빨간 집

빨간 집

리브 앤더슨 지음

최유솔 옮김

늘

제 1 장

켈시 포스터
뉴멕시코 어딘가 — 1997년

밤은 영겁처럼 길었다. 낮은 더 끔찍했다. 괜찮아. 저 개자
식은 곧 죽어. 나는 계속해서 곱씹었다. 주문처럼 외우던 그 말은
나를 버티게 하는 유일한 힘이었다. 황량한 곳에 덩그러니 홀로 서
있는 집을 떠올렸다. 그때 머리 위 마룻장이 삐걱거렸다. 어깨가
움츠러들고 경직되었다. 그는 매일 해가 뜨면 어딘가로 나갔다가
어두운 저녁에야 돌아왔다. 이 기분 나쁜 집 안을 그는 오르락내리
락 열심히도 돌아다녔다. 한 시간째였다. 그에게는 나를 조롱하는
악취미가 있었다.

기다려야 했다. 아득한 시간 속에서 할 수 있는 것은 기다림뿐이
었다. 손에 피가 통하도록 팔을 조금씩 꼼지락거렸다. 몸 아래 판
자에서 삐져나온 가시가 등을 찔러 여기저기가 따끔거렸다. 베개
에는 흰곰팡이가 생겨 썩은 내가 났다. 몸 위에 두툼한 짐승의 생
가죽이 덮여 있었고 지하실은 더웠다. 덥고, 건조하고, 낮에는 보이

지 않던 것들이 해가 지면 피부 아래에서 들끓었다. 나를 덮은 가죽에서 좀약과 지독한 암내가 풍겼다. 매일 아침 그는 차가운 물수건으로 땀 흘린 몸을 닦아 주었다. 거미에게 물린 상처를 찾고 있다는 명목으로 내 몸을 유심히 관찰했는데 그 위선적인 손길에 구역질이 났다. 언젠가 그를 공격할 때 이 기회를 써먹으리라고 이를 갈았다.

빗장이 드르륵 풀리는 소리가 들리면 나는 숨을 참는다. 그가 신은 단화가 바닥을 저벅저벅 밟는 소리를 들으며 숫자를 셌다. 열셋까지 세자 그가 걸음을 멈추고 잡동사니를 챙기기 시작했다. 고문관이 탁자 위에 늘어놓은 연장 앞에서 무엇을 고를까 고심하는 모습이 떠올랐다. 그는 일곱 걸음을 더 걸어와 묶여 있는 내 발을 풀 것이다. 하지만 그는 언제나 발만 풀어주었고 다른 곳은 허용하지 않았다. 손바닥이 거친 판자를 파고들기 직전인데도 손에 묶인 끈을 풀어주는 법은 없었다. 그의 혀가 내 목을 탐닉했다. 손가락은 내 몸을 더듬고, 움켜쥐었다. 맨살 위로 잽싸게 움직이는 지네와 비교도 되지 않을 정도로 절망적인 감촉이었다. 고통스러웠다. 양손에 박힌 가시보다 훨씬 더.

나는 혐오감을 애써 숨겼다. 순종적인 피해자, 그를 경멸하는 섹스 상대, 쉬지 않고 간섭하는 부모, 어떤 역할을 연기하든 결과는 늘 같았다. 그가 원하는 건 단 하나였다. 무엇이 됐든 그를 흥분시키는 도구로 자위하는 것. 거친 숨소리. 그리고 신음, 시큼한 냄새가 나는 끈적끈적한 역겨운 액체…. 나는 죽은 듯이 누워 잠자코 그를 지켜볼 뿐이었다. 감옥처럼 비좁은 창문으로부터 허름하고 지저분한 방에 쏟아지는 빛을 관망했다. 돌처럼 차가운 시선이, 암

흑처럼 차가운 또 다른 시선과 마주쳤다. 머릿속으로 기억했다. 날짜, 달의 밝기, 1~4점으로 분류한 잔인함의 정도. 꾹꾹 눌러 새기며 기회를 노렸다.

이건 게임이야. 기다림에 지친 나 스스로를 다독였다. 상대보다 한 수 앞서면 승자가 되는 마지막 룰만큼은 확실했다. 우리 중 단 한 사람만 이 집에서 살아서 나갈 수 있고, 그가 최후의 1인이 되는 일은 절대로 없을 것이다.

제 2 장

코니 포스터
뉴욕주 뉴욕시 — 현재

아무것도 걸치지 않은 남자의 몸이 깊은 잠에 든 듯 일정하게 들썩였다. 그 위로 드리워진 그림자로 미루어 정오에 가까워졌다는 사실을 알았다. 바닥에 깔린 시트는 사포처럼 까끌까끌했다. 몸에 덮인 시트는 땀과 뭔지 모를 오물이 엉겨 붙어 바스락거렸다. 침대 옆으로 몸을 일으키니 머리가 깨질 것 같았다. 오늘로 22일째. 가지고 있던 현금도 바닥이 나서 첼시 지역 근방에 사는 이름 모를 남자의 아파트에서 바닥 신세를 지는 중이다. 브라이언? 브루스? 브렌트? 누구인지 알게 뭐람. 중요한 건 지금 이브가 예견했던 대로 가지고 있던 쥐꼬리만 한 돈을 정말 흥청망청 다 써 버리고 길거리에 나앉을 신세가 되었다는 사실이다.

이런 밑바닥 삶도 오래 걸리지 않을 거야. 뾰족한 수가 있겠지. 어젯밤의 호구가 느릿느릿 바닥에 놓인 매트리스에서 기어 나와 커튼을 걷었다. 그러자 먼지가 잔뜩 낀 뿌연 창문을 통해 햇살이 쏟아졌고 바퀴벌레들이 서둘러 자리를 피했다. 그가 땀과 정액에 절은 듯한 수건을 내게 건넸다.

"먼저 씻어."

그의 눈동자는 주방 식탁 위에 놓인 시계를 힐끔거리고 있었다.

"조금 있다가 나가 줘야 할 것 같아, 코니."

미안한 말투에 두려움 가득한 눈빛이었다. 나는 여행용 가방을 뒤적거렸다.

"와이프?"

"말했지, 결혼 안 했다고."

"와이프가 없다면 적어도 여자친구는 있을 거 아냐."

그가 등을 돌렸다.

"걔는 네가 여기서 밤을 보낸 사실을 몰라."

"어련하시겠어."

우중충하고 밋밋한 아파트 실내 장식으로 짐작하건대 친구라는 그 여자는 그의 말대로 정말 친구일 가능성이 컸다. 친구 사이가 아니라면 쓰레기장이나 다름없는 이 아파트를 어떤 콘셉트로 꾸몄거나 적어도 청소 정도는 그에게 시켰을 것이다. 우리가 처음 이곳에 도착했던 이틀 전 밤, 혹시 모를 다른 여자의 흔적을 샅샅이 뒤졌었다. 하지만 다른 사람의 칫솔도, 탐폰도, 라벤더 향이 나는 바디워시도 없었다. 그는 결혼하지 않았다. 만약 결혼했다면 별거 중인 게 틀림없었다. 이곳은 사랑하는 커플이 보금자리로 삼을 만큼 컨디션이 좋지도 않았다.

남자는 자신이 변호사라고 했다. 그가 사는 동네나 가지고 있는 옷, 전자기기 따위로 추측해 보면 아무도 맡지 않는 사건을 수임하며 그나마도 썩 훌륭하게 해결하지 못하는 그저 그런 변호사일 것 같았다. 아니면 국선 변호사? 패러리걸? 패스트푸드점에서 화장실 청소나 하는 사기꾼일 수도 있고. 진짜 직업이 뭐든 간에 그는 지금 불그레한 얼굴과 거뭇거뭇하게 자란 수염으로 찌질한 얼굴을 한 이름 모를 남자에 불과했다. 잔뜩 쪼그라든 성기를 가리는 데는 조금도 관심 없다는 듯 가슴 앞에 팔짱을 끼고 서 있었다.

나는 기지개를 켠 후 더러운 수건으로 몸을 가린 채 침대에서 일어났다.

"갈 데는 있어?"

그는 진심으로 걱정하는 눈치였다. 그의 성기가 발기되지 않거나 가슴 아래 손톱자국이 눈에 띄지 않았더라면 나도 그 사려깊음에 감동했을 것이다. 어젯밤 마신 다섯 잔의 버번위스키와 바닥에서의 한바탕 몸싸움이 희미한 기억 속에 어렴풋이 떠올랐다. 후회됐다. 입안은 텁텁했고 눈을 감을 때마다 눈꺼풀에 통증이 느껴졌다. 역시 이브가 예언했던 그대로다.

"당연하지."

당장 이 집을 벗어나고 싶은 심정이었다. 바닥에 놓인 빨래 바구니에서 옷을 주섬주섬 꺼내는 동안 그가 나를 빤히 쳐다보았다. 카고바지에 다리를 끼워 넣고 검은색 터틀넥 스웨터를 입었다. 옷이 답답하게 목을 조여왔다.

"현금 좀 줄까?"

"이걸로 돈 벌진 않거든요."

"나도 알아."

그의 얼굴이 붉어졌다. 이제 그는 사각팬티를 입고 있었지만, 그의 성기는 여전히 타탄 무늬 천 위로 뻣뻣하게 곤두선 상태였다.
쓸데없이 희망적이군.

"즐거웠어, 코니. 그리고 그 여자애는… 걔는 그냥 친구야. 우리
다시 만날 수 있을까?"

"글쎄."

그의 눈에 비친 혼란스러움을 마주하는 순간 머릿속에서 이브
의 목소리가 들렸다. '한 번 창녀는 영원히 창녀야.' 작별 인사로
그의 뺨에 키스할까 잠시 고민했지만 그러지 않기로 했다.

"재워 줘서 고마워. 그리고 나도 즐거웠어."

그가 내 손을 잡고 사타구니 쪽으로 내 몸을 당겼다. 나는 그의
배 위에 주먹을 대고 세게 밀어냈다.

"아냐."

장난스레 투덜댄 다음 서둘러 그 집을 빠져나왔다.

갈 곳이 없었다. 거주지가 없으니 일자리를 구하는 게 쉽지 않았
다. 22일 동안 나름대로 돈을 아꼈지만 수중에 남은 돈이라고는 고
작 68달러뿐이었다. 여기에 지하철 교통카드와, 브라이언이었나,
브루스였나. 브렌트였나? 하여간 남자들의 주방 조리대에서 훔쳐
온 10달러뿐이었다. 훔친 게 아니라 바퀴벌레 소굴에서 무사히 살
아남은 것에 대한 생존 보상금이라고나 할까.

집을 나와 처음으로 구했던 방은 알고 보니 약쟁이 소굴이었다.
그곳에서의 여섯 번째 밤, 옆방에서 스며드는 살아있는 시체 냄새
를 도저히 참을 수 없어서 결국 집을 뛰쳐나왔다. 돈이 너무 필요
했다. 이브에게 전화 한 통만 하면 돈을 보내줄 테지만 그 여자에
게 전화를 거느니 차라리 죽는 게 나았다. 호의의 대가는 언제나

혹독했다.

머리 위로 짙은 구름이 드리워지자 고층 건물이 즐비한 사위가 금세 짙은 회색빛으로 물들었다. 이제 뭘 해야 할지 고민하면서 이스트 42번가를 정처 없이 떠돌아다녔다. 5번가에 도착했을 무렵 빗방울이 후두두 떨어지기 시작했다. 5월 초의 폭우가 쏟아지기 전에 그랜드 센트럴 역으로 잽싸게 들어갔다. 바게트 하나와 아몬드 한 봉지를 사고 앉을 곳을 찾아 교통카드로 지하철을 탔다. 일단 지하철을 타면 원할 때까지 내릴 필요가 없었다. 누구의 눈치도 보지 않고 아주 오랫동안 있을 수 있었다.

* * *

나도 모르게 깜박 잠이 들었다. 화들짝 놀라 눈을 뜨니 방향 감각을 상실한 기분이었다. 지하철 객차 안의 불빛이 비정상적으로 밝게 느껴졌다. 초점을 잃은 멍한 눈의 승객들은 미동도 없이 시체처럼 앉아 서로에게 눈길도 주지 않고 있었다. 때와 주름으로 얼굴이 쭈글쭈글한 여자가 나를 빤히 보며 구걸을 했다. 오른쪽 팔뚝에 아물지 않은 상처는 고름이 가득 차 있었다. 노숙자의 손을 보니 밖에서 보낸 무수히 많은 밤의 흔적이 보였다. 60살인지, 40살인지 나이를 가늠하기도 힘들었다.

창문 쪽으로 시선을 돌리며 마른세수를 했다. 유리에 비친 내 모습은 수척하게 여위어 뼈가 앙상했다. 이전에 내 모습은 흔적조차 찾을 수 없었다. 이브가 그 유치한 술수를 쓴 이유도 나를 궁지에 몰아넣기 위해서였을 것이다. 다른 방법이 없을 때마다 그녀는 그 방법을 쓰곤 했다. 이 바닥에서 살거나 죽거나, 헤엄치거나 가라앉도록 말이다. 그녀가 하는 게임은 외줄을 타듯 늘 아슬아슬했다.

노숙자가 투덜거리는가 싶더니 앞에 있는 손잡이를 잡고 서서 온몸으로 애원하는 눈빛을 보냈다. 여자의 목에는 듬성듬성 멍이 들어 있었고 몸에서는 땀내와 쓰레기 썩은 내가 진동했다. 이런 사람도 누군가의 딸이라는 사실을 잊지 않기 위해 애를 써야만 했다.

"젠장."

나보다 이 여자에게 돈이 더 필요할 거라는 생각에 가방을 향해 손을 뻗었다. 하지만 가방은 이미 사라진 후였다. 깜박 잠이 들 때를 대비해 다리에 가방을 묶어 놓았는데 역과 역 사이 잠깐 깜깜해지는 그 찰나에 누군가 줄을 끊고 가져간 모양이다.

"누가 가져갔는지 봤어요?"

여자에게 물었다. 여자는 신음하면서 손만 내밀 뿐이었다.

"내 가방 훔쳐 간 새끼 본 사람 없어요?"

내 입에서 나온 짜증 섞인 목소리가 나도 마음에 들지 않는데 노숙자의 귀에도 거슬린 모양이다. 여자는 아무런 말 없이 그림자 속으로 사라져 버렸다. 객차 안에 있던 대여섯 명의 승객도 벽이나 바닥에 시선을 고정하고 있었다. 뉴욕 빈곤층 사이의 불문율이다. 보지도 말고, 듣지도 말고, 말하지도 말 것.

"아, 젠장."

목구멍에서 비명이 차올랐다가 그대로 잦아들었다. 눈을 감고 조용히 자리에 앉았다. 좋든 싫든 갈 곳이 없었다. 잃어버린 여행용 가방에는 여벌 옷과 아이패드가 들어 있었다. 지금 수중에 남은 얄팍한 돈으로는 다시 살 수 없었다. 다행히 나는 돈을 나누어 보관하곤 했다. 일부는 큰 가방에, 일부는 브래지어에 달린 작은 파우치, 나머지는 작은 배낭에. 내 생존 능력을 시험했던 첫 번째 도시 시카고에서 혹독한 경험을 통해 몸소 깨달은 바다. 적어도 휴대폰과 작은 배낭은 살렸다는 사실에 안도하며 자리에서 일어났다. 휴대폰은 이브가 남겨준 최소한의 선물이었다.

지하철 밖을 내다보며 보호소에서 하룻밤을 보내야겠다고 생각했다. 내일 소호로 이동해서 일을 찾아볼 요량이었다. 검표원, 바닥청소부, 광고판 아르바이트, 돈만 벌 수 있다면 무엇이든 상관없었다. 지긋지긋한 게임이 끝나가고 있었으니 학교와 유산, 내 쌍둥이 자매 리사 모두 어떻게 되든 관심 밖이었다. 어쩌면 이번엔 정말로 이브에게서 해방될 수 있을지도 몰랐다. 반드시 끝을 봐야만 했다.

여자 노숙자가 돌아왔다. 돌아와서는 내 눈을 뚫어져라 쳐다봤다.

"꺼지세요."

그 여자뿐 아니라 같은 칸에 타고 있던 모든 사람을 향해 원한을 담았다. 노숙자에게 다른 데로 가라고 손을 휘젓자 움찔하더니 등이 잔뜩 움츠러들었다. 폭력에 너무 많이 시달렸나. 어쩐지 가여웠지만 나는 내 안의 동정심을 억지로 떨쳐냈다.

지하철이 종점에 도착했다. 노숙자의 손에 2달러를 쥐여 주고는 지하철에서 내렸다. 오늘 밤은 다시 그랜드 센트럴 역으로 돌아가 밤을 보낼 생각이었다. 초점 잃은 승객들의 시선은 이미 질릴 만큼 보았지만. 일단 이곳에서 운에 맡겨보기로 했다.

나와 함께 술집 안에 있던 그의 이름은 어빙이었다. 처음 마주쳤을 때부터 별로라고 생각했다. 기다란 팔에 새하얀 이, 때가 낀 것 같은 회색 머리의 남자. 이탈리아 호기브레드[1]와 케케묵은 담배 냄새가 그의 모공까지 지독하게 스며들어 있었다. 도난당한 가방에 들어 있을 바게트와 아몬드 생각이 났다. 내내 굶주리다 결국 꼬르륵 소리가 났다. 어빙이 미소 지었다. 그의 입이 내 목을 스쳤다.

"얼마지?"

남자가 속삭였다. 그를 밀어내고 눈으로 출구를 찾았다.

"항문으로 하는데?"

처음 이곳에 왔을 때 가게에는 사람이 거의 없었다. 먼저 화장실에 가서 간단히 세수하고 원하는 만큼 실컷 수돗물을 마셨다. 공짜 땅콩을 먹기 위해 친절해 보이는 사람을 물색했지만 아무도 찾지 못했다. 유일하게 있던 한 사람, 어빙이 내게 술을 사주겠다고 했다. 절망적인 상황을 눈치채고 접근해 온 게 분명했다. 어빙과 같은 포식자는 그런 냄새를 쉽게 맡는다. 변태적인 그의 취향에 내 처지는 달콤한 피냄새나 다름없었다. 그의 제안을 거절했지만 그는 계속해서 들러붙었다. 혀로 내 귀를 핥았다.

"내숭 떨지 말고, 얼마야?"

외로움과 후회만 가득했다. 밖으로 나가 택시를 잡을까 했지만 문제는 역시 돈이었다. 나에게는 택시를 탈 만큼의 충분한 돈이 없었다. 지하철역은 이곳에서 한 블록 떨어져 있었고, 그래도 나가야겠다는 생각이 앞섰다. 해가 뜰 때까지 지하철이나 계속 타야지. 자

---

1. 기다란 샌드위치용 빵

리에서 일어섰다. 그러자 어빙이 팔을 붙잡았다. 손길을 뿌리치고 물값 1달러를 테이블에 올려놓은 다음 출입구로 향했다. 결국 그도 나를 따라 나왔다. 바 바깥 건너편에서 정장을 입은 흑인이 우리를 지켜봤다. 나는 이중 유리문을 지나쳐 사람이 없는 한적한 도로로 나섰다. 차가운 밤공기가 뺨을 찰싹 때려 정신이 번쩍 들었다.

"야,"

그가 소리쳤다.

"어딜 가. 이리 오라고."

그는 나이 먹은 남자치고 걸음이 제법 빨랐다. 나는 발걸음을 재촉하며 재빨리 걸음을 옮겼다. 그가 내 뒷목을 움켜쥐었다. 비정상적으로 긴 팔을 내 허리에 감았다.

"오라고 했잖아."

어빙이 나를 자기 쪽으로 더 바짝 끌어당겼다. 옆구리에 서늘한 느낌이 들었다. 내게 칼을 대고 있었다.

"너도 좋으면서 뭘 그래. 조용히 따라와."

쿵쾅거리는 심장이 목구멍으로 튀어나올 것만 같았다. 숨을 깊게 들이마셨다 내쉬면서 긴장된 마음을 가라앉히려 노력했다. 나는 어빙 같은 놈들의 습성을 잘 안다. 자기 앞에서 두려워하는 모습에 희열을 느끼겠지. 그는 내 귀에 입을 맞추고 한 손으로는 내 가슴을 움켜쥐었다.

"몇 시간이면 돼. 아프지 않게 살살 해 줄게."

"…알았어요."

"그렇지. 그렇게 나오셔야지."

긴장된 근육에 힘을 빼고 칼에서 최대한 멀리 떨어질 요량으로 남자 쪽으로 몸을 기댔다. 가로등이 깜박이는 탓에 안 그래도 좁은 시야가 더욱 혼란스러웠다. 어디선가 바스락거리는 소리가 들렸지만 길을 따라 이어진 가로등만 빛을 내며 덩그러니 서 있을 뿐이었다. 그는 여전히 나를 도망치지 못하게 붙잡고 있었다.

"오십 달러."

자포자기한 심정으로 말했다.

"이십."

남자가 내 배낭을 뺏어 눈앞에 흔들어 보였다. 도로 빼앗으려 했지만 손이 닿지 않았다.

"이십에 내가 원하는 대로 다 해주기."

"…알겠어요."

남자가 나를 잡은 손에 힘을 풀기 시작했다. 그때 나는 순간적인 힘으로 그를 확 밀치면서 손목을 잡고 등 뒤로 팔을 꺾어버렸다. 칼이 쨍그랑 소리를 내며 바닥으로 떨어졌다. 남자와 나의 시선이 동시에 칼로 향했다. 등 뒤로 꺾은 그의 팔을 더 세게 꺾으며 급소를 무릎으로 세게 걷어찼다. 남자의 입에서 신음이 새어 나왔다. 작고 낮게 시작된 신음은 분노에 찬 소리로 크게 내질러졌다.

"가세요!"

조금 전에 봤던 정장 차림의 흑인 남자였다.

"내가 잡고 있을 테니까."

나는 어빙의 등을 다시 한번 더 걷어차고는 정장을 입은 남자 쪽으로 있는 힘껏 밀치고 칼을 향해 손을 뻗었다. 그 남자는 어빙보다 키가 6인치는 더 크고 몸무게도 20킬로그램은 족히 더 나가 보였다.

"고마워요!"

내가 말했다. 그는 고개를 끄덕하는 것으로 답례를 대신했다. 나는 쏜살같이 달려 뒤도 돌아보지 않고 지하철역 입구로 들어갔다.

* * *

새벽은 천천히 찾아왔다. 인간 바퀴벌레들이 우르르 몰려왔다가 우르르 빠져나갔다. 지하철 객차 한쪽 구석에서 일어나는 그 모습을 나는 가만히 지켜보았다. 누군가는 정신이 말짱했고, 누군가는 약에 취해 있었다. 누군가는 정직하고 누군가는 부정하겠지. 아무래도 상관없었다. 나는 돈은커녕 신분증도 없고, 마땅히 갈 곳도 없었다. 어쨌거나 이브가 있는 버몬트에는 절대로 가지 않을 것이다. 그 여자가 내 실패를 그토록 바라고 있다는 걸 누구보다 잘 알고 있고, 이 상태에서 돌아간다면 그녀가 옳았다고 인정하며 영원히 함께 살겠다고 약속하는 것이나 다름없다. 차라리 이런 거지 같은 삶을 지속하기로 했다. 그렇게 나는 내 고집 때문에 여기서 썩어가겠지.

아침 7시 15분이 되어 그랜드 센트럴 인근에 내리쬐는 햇볕 속으로 다시 걸어 나왔다. 밝고 희망찬 하루였다. 도시는 완전히 잠에서 깨어나 있었다. 어빙이 칼을 댔던 옆구리가 욱신거렸다. 입속의 침은 기분 나쁘게 끈적거렸다. 얼마 없는 돈을 손에 꼭 쥐고 무료 급식소에 가서 끼니를 때울까 고민했다. 7시 24분, 휴대폰이 울렸다. 배터리가 남아 있다는 사실이 새삼 감사했다. 발신인을 확인했다. 리사였다. 무슨 일이지? 전화 받기가 무섭게 리사가 용건을 불쑥 털어놨다.

"죽었어."

"누구?"

"엄마."

덤덤한 말투였다. 리사가 거짓말을 하는 게 아닌지 의심이 들 정도였다.

"뭐? 어떻게?"

여러 가지 추측이 마음속에서 두서없이 떠올랐다.

"사고로. 호수에서."

"무슨 사고?"

짧은 침묵이 이어졌다.

"아침 수영을 하다가 물에 빠졌대."

"수영하다가?"

매일 수영으로 하루를 열던 엄마가 수영으로 목숨을 잃었다고? 금발 머리에 파란 눈동자, 돈을 쌓아 둔, 냉정하고 거만한 인간에게 겨우 그런 결말이라니. 그 여자의 죽음은 그보다 훨씬 더 극적인 사고여야 했는데. 어디 탑에서 떨어진다거나 격렬한 비행기 충돌 사고 같은 거. 그는 남들이 일할 때 여유롭게 점심을 즐기는 사교모임에서도 주도권을 잡을 잔 다르크 같은 사람이었다. 다만 그녀에게는 같이 점심을 먹을 사교모임 회원이 없었다. 친구도, 같이 점심 먹을 이도 하나 없고, 애정도, 다정함도 없었다.

"코니, 이제 집에 와."

리사가 말했다. 집이라. 나에게는 집이 없었다.

"지금 차를 보낼게. 다 끝났잖아."

리사가 잠시 머뭇거리다가 말을 이었다.

"그냥 돌아와, 코니."

"안 가."

내가 듣기에도 나약한 어조였다. 속으로 자조했다. 말은 그렇게 했지만 보나 마나 돌아가겠지. 버몬트 집이 아니면 갈 곳이 없으니까. 리사는 굳이 내 남은 대답을 기다리지 않았다. 내가 늘 이브에게 돌아갔던 것처럼 마음이 금방 바뀌리라는 것을 알고 있었다.

"데이비드와 함께 차를 보낼 테니까 서둘러. 난 엄마 집에 먼저 가서 기다리고 있을게."

리사가 뜸을 들였다. 잠시 후 갈라지는 목소리로 입을 열었다.

"코니, 꼭 와야 해."

제 3 장

이브 포스터
뉴멕시코주 닐라 — 1997년

이브는 너무 화가 나 몸이 부들부들 떨렸다. 딸 켈시를 향해 악담을 퍼부으면서도 다시 만날 때를 대비해서 가장 심한 욕은 아껴 두었다. 켈시는 이브의 외모를 빼다 박았지만 성격은 아빠를 닮아 고집불통이었고, 사람을 교묘하게 조종하는 능력이 있었다. 고집스러운 성격에 사람의 심리를 잘 간파하는, 머리가 비상한 아이였다.

티모시 메이어 경관은 옛날 방식대로 모자를 살짝 벗으며 인사했다. 제법 나이가 든 것 같은 그는 머리카락이 없었고 떡 벌어진 가슴과 큰 키에 비해서 팔이 다소 짧았다.

"이미 닐라를 떠난 것으로 보입니다, 포스터 부인. 우리는 지금 쓸데없는 곳만 들쑤시고 있는 거예요."

태양이 하늘에 오렌지색 원반처럼 떠 있었다. 이들은 문명의 발길이 닿지 않은 마을 외곽 경찰서 앞에 서 있었다. 하늘을 향해 고개를 든 이브는 얼굴을 한번 찌푸리고는 눈이 부시지 않게 선글라스를 고쳐 썼다. 어깨에 두른 고급 스카프를 팽팽하게 당기고 경관의 눈을 물끄러미 응시했다. 회색빛이 바랜 초록색 눈동자가 빠르게 흘러가는 강물 같았다. 사막의 진흙 빛과 잘 어울렸다.

메이어 경관이 이브 쪽으로 몸을 기울였다.

"방금 제가 한 말 들으셨어요?"

이브는 가방에 들어 있던 케이스에서 담배 한 개를 꺼냈다.

"여기 분위기, 쓸쓸한 게 진짜 끔찍하네요."

그녀가 담배에 불을 붙였다.

"건조하고, 햇볕은 너무 뜨겁고… 망할 선인장까지."

이브가 고개를 절레절레 흔들면서 담배를 한 모금 빨고는 도넛 모양을 만들면서 담배 연기를 내뿜었다. 건조한 공기 사이로 동그라미가 희미해지는 모습을 보면서 이브는 다시 한번 고개를 저었다.

"켈시가 여기에 있을 거라는 느낌이 와요. 계속 찾아보세요."

"그 애를 본 사람이 없다니까요, 며칠 동안이나."

"내가 저번에 고용한 탐정이 말하길 여기에서 켈시의 흔적을 발견했다던데요. 켈시를 본 사람이 없다는 거 알겠는데, 그렇다기엔 떠나는 걸 본 사람도 없잖아요?"

"애들은 남의 차를 얻어 타기도 합니다. 낯선 남, 뭐… 대충 새로운 친구들이라고 해 둡시다. 그렇게 만난 새로운 사람하고 떠나기도 하니까요."

이브는 그가 '낯선 남자들'이라고 말하려고 했다는 사실을 알아차렸다. 그의 말이 틀린 것도 아니었다. 낯선 남자들은 켈시의 약점이었다. 켈시는 낯선 남자들과 노는 걸 좋아했다. 이곳저곳에서 소소한 모험을 즐기며 몇 명의 낯선 이와 몸을 섞었을지 누가 알겠는가. 이브는 담배 연기가 폐를 가득 채울 때까지 담배를 깊게 한 모금 빨아들였다. 딸에 관해서는 아무런 환상도 가지고 있지 않았다. 분노에 찬 상태로 연기를 내뿜으며 다 쓸데없다는 생각을 했다.

새빨간 립스틱을 바른 입술로 담배를 물고 선글라스를 벗어 느긋하게 케이스에 다시 넣었다. 천천히 의도적으로, 그녀가 차고 있는 값비싼 보석과 막강한 권력을 과시했다. 스위스 은행 계좌와 여러 회사를 소유하는 데서 오는 우아하고도 오만한 힘이었다. 겉으로는 아무런 티가 나지 않았다. 그녀는 다시 그의 얼굴을 빤히 쳐다보면서 자신의 파란 눈동자가 경관의 흙빛 눈동자에 빨려 들어가도록 내버려 두었다.

"탐정 말로는 닐라 주변에서 실종 사건이 몇 건 더 있었다던데. 그 사건들도 모두 '새로운 친구들' 때문이겠네요."

메이어가 아무런 말도 하지 않자 이브가 말했다.

"내 딸 찾아요. 그게 당신 일이니까."

메이어는 꿈쩍도 하지 않았다. 허리춤에 손을 얹은 채 그저 난감하다는 눈빛으로 이브의 얼굴을 쳐다볼 뿐이었다. 이브는 켈시를 잡지 못한 자기 모습에 불현듯 혐오감을 느끼며 먼저 고개를 돌렸다.

가출, 마약, 파티, 섹스⋯ 닐라 사람들이 켈시를 봤다면 다 똑같은 생각을 했을 것이다. 그 애는 부유하고 성적 매력이 넘치는, 어린 여자였으니까. 운 좋으면 세상 물정 모르는 어린 여자애의 세상 경험 정도로 끝나겠지만 최악의 경우 범죄 피해자가 될 수도 있었다. 지금쯤 돈을 노린 어떤 쓰레기 자식 눈에 띄었을 수도 있고, 오래된 폭스바겐 밴에서 약에 취해 베개 더미에 누워있을지도 몰랐다.

메이어 경관은 이제 더는 쓸모가 없었다. 이브는 경관이 속으로 어떤 생각을 하는지 다 알고 있었다. 거들먹거리는 경찰의 시선이 모든 것을 말해 주었다. 감정보다는 돈을 앞세운 고압적인 엄마와 그 밑에서 가정 교육도 제대로 못 받고 떠난 가출 청소년인가 싶겠지. 그런데 그건 사실이 아니었다. 이브가 바닥으로 담배를 던지자 경찰관 발바로 앞에 떨어졌다. 그녀는 머리카락을 날리며 휙 돌아섰다.

* * *

버려진 집이 드문드문 줄지어 늘어서 있었다. 보고 있자면 먼지 구덩이 속으로 빨려 들어가는 기분이었다. 어느 건물 나무판자 위로 '잭스 플레이스'라고 대충 휘갈긴 글씨가 적혀 있었다. 닦지 않은 앞 유리는 얼룩덜룩했다. 경찰서에서 500미터 정도 떨어진 술집이었다. 이브는 그곳에 들어가 나무로 된 바 가장 안쪽 그늘진 자리에 자리를 잡았다. 엉성하게 꾸민 무대가 눈에 들어왔다. 바 건너편 화려한 인어 장식이 그녀를 응시했다.

"뭐로 드릴까요?"

바텐더의 새까만 눈동자 주위로 검은색 눈썹이 기러기처럼 솟아 있었다.

"진토닉. 마틴 밀러 진으로요."

이브는 고갯짓으로 인어를 가리켰다.

"이 근방에는 바다가 없지 않나요?"

바텐더는 대답 대신 회색 천으로 테이블을 한번 닦더니 유리 선반에 놓인 잔을 집어 들었다.

"씨그램 진만 있어요."

"그걸로 주세요."

바텐더가 이브의 눈을 아주 오래 빤히 바라보았다.

"어디서 오셨어요?"

"필라델피아요."

"진토닉을 마시러 아주 멀리서 오셨군요."

이브가 웃었다.

"뉴멕시코 닐라가 그렇게 아름답다기에 한번 와 보고 싶었어요."

그가 카운터 뒤에 있는 개수대로 천을 던지고 이브가 주문한 진토닉을 완성했다.

"거짓말이죠? 일부러 닐라를 찾아오는 사람은 아무도 없어요."

"멕시코 바로 옆에 있는 도시치고는 이름이 재밌어요. 뭐랄까. 중동 느낌?"

"세상과 단절된 것처럼 보일지 모르겠지만 모든 길은 닐라와 연결되어 있어요. 이 말이 무슨 뜻인지는… 두고 보세요."

술잔을 놔 주고 이브의 모습을 관찰하는 바텐더의 입가에 옅은 미소가 배어 있었다. 그녀를 제외하고 바에 있는 두 명의 손님, 멕시코산 라거 맥주를 홀짝거리는 나이 든 백인과 몸에 문신이 가득한 민머리 청년을 일별하고는 다시 물었다.

"진짜로요. 여기는 왜 온 거예요?"

이브가 술을 한 모금 마셨다. 싸구려 진이었지만 목 넘김이 부드러웠다.

"사람 찾아서 왔어요."

가방에서 켈시의 사진을 꺼내 바텐더에게 내밀었다.

"여기서 바 운영한다면 한 번쯤 본 적 있을 것 같은데."

"어두워서, 잠시만요."

바텐더가 사진을 들고 탁한 햇빛이 고여있는 바 입구 쪽으로 걸어갔다. 그 옆에는 민머리 문신 청년이 앉아 있었다. 호리호리한 중간 체형으로, 훤히 드러난 그의 구릿빛 팔뚝에는 이두박근을 가로지르는 선홍색의 긴 화상 자국이 있었다. 그는 계속해서 술을 들이켰다. 잔을 잡은 손과 손목에는 벽에 걸린 인어와 비슷한 인어 문신이 새겨져 있었다. 선량한 구석 하나 없는 그의 얼굴에 입술만은 부드러웠다. 그를 관찰하다가 바텐더가 해가 비치는 쪽으로 사진을 들자 그제야 이브는 시선을 거두었다.

바텐더가 이브 자리로 돌아와 사진을 건네주었다.

"전혀, 한 번도 본 적 없어요. 예쁘네요! 동생이에요?"

그는 이브의 눈을 똑바로 보지 못했다.

"딸이요."

이브가 금속 케이스에서 담배를 꺼냈다.

"열여섯 살."

바텐더가 어깨를 으쓱했다.

"그래서 제가 못 봤군요. 미성년자라."

"네, 그러겠네요."

이브가 남은 술을 입에 전부 털어 넣고는 지갑에서 돈을 꺼냈다.

"당신 이름이 뭐예요?"

"잭 코즈비."

그렇게 말하면서 출입구 유리에 적힌 간판을 턱으로 가리켰다.

"여긴 제 바고요."

이브는 10달러짜리 지폐 한 장과 100달러짜리 지폐 두 장을 꺼내 카운터 너머로 건넸다.

"잭, 뭐라도 좋으니까 뭐든 생각나면 전화해요."

이브는 지폐 한 장에 자신의 이름과 묵고 있는 모텔 번호를 적어 주었다. 잭의 눈동자가 카운터에 놓인 지폐에서 이브의 얼굴, 그리고 다시 이브의 가슴으로 빠르게 움직였다. 그가 고개를 끄덕였다.

"열여섯 살이면 이 동네에선 성인이나 다름없죠."

이브가 스툴에서 일어났다.

"그게 포인트예요."

* * *

이브는 베개 바깥쪽으로 손을 넣어 귀퉁이를 움켜쥐고 앞으로 당겨 머리를 감쌌다. 잭의 눈이 커졌다가 멍해지고 신음으로 입이 일그러지더니 힘이 풀린 채 그녀의 실크 블라우스 위로 풀썩 주저앉았다. 이브는 허벅지로 그의 등을 감싸고 있었지만 시선은 출입구만 바라보면서 그가 절정에 이를 때까지 조용히 초를 세고 있었다. 이브는 남자의 오르가슴을 싫어했다. 지저분한 것을 넘어 추했다.

"당신 차례예요."

그가 중얼거렸다. 이브가 그런 그를 밀어냈다.

"괜찮아."

"아직 못 느꼈잖아요."

"괜찮다니까."

그가 이내 바지를 들고 일어났다. 청바지 단추를 채우고 뒤를 돌

아 이브를 바라보았다. 그런 그의 모습을 감상하며 이브도 그의 시
선을 피하지 않고 똑바로 남자의 눈을 쳐다보았다. 그는 이브가 평
소에 좋아하던 타입은 아니었지만 이브의 눈을 즐겁게 하고 왠지
끌리는, 거부할 수 없는 남자다움이 있는 사람이었다. 기분 전환
삼아 한 번쯤 즐기기에 나쁘지 않았다.

이브가 돌아누워 쭈글쭈글해진 싸구려 시트의 주름을 폈다. 방
안에 짙게 밴 방향제 냄새는 그럭저럭 참을 수 있었지만 텍사스와
멕시코를 섞어 놓은 듯한, 출처를 알 수 없는 싸구려 모텔 장식은
도저히 참을 수가 없었다.

"좋았어요."

이브는 그 말에 억지로 미소를 지으며 침대에서 일어났다. 팬티
와 치마를 차례로 입고 천천히 지퍼를 올렸다. 그리곤 침대 옆 탁
자에 놓인 담배 케이스에서 담배를 골랐다. 잭은 기교가 조금 부족
하지만 넘치는 열정으로 부족한 부분을 보완하는 제법 괜찮은 잠
자리 상대였다. 가야 한다며 굳은살이 박인 손으로 부츠 끈을 묶는
모습을 지켜보자니 그의 손이 파르르 떨렸다.

"긴장했어?"

이브가 장난스레 물었다.

"그만 가야 돼요."

이브는 담배 연기를 내뿜으며 나른한 걸음으로 느릿느릿 걸어
나갔다. 잭이 있는 곳까지 걸어가 그 앞에 서서 기다렸다. 신발 끈
을 묶은 남자는 똑바로 서 있었다. 그에게서 뜨거운 열기가 파도처
럼 밀려오는 것을 느꼈다. 이브는 남자를 가까이 끌어당겼다. 아직
옷을 입지 않은 상체를 밀착시켜 키스를 해 주었다. 긴장했던 그의

몸이 이완됐다. 그가 키스를 받아들일 때까지 기다렸다가 곧바로 밀어내고는 그와 눈을 마주쳤다.

"내 딸 잊지 말고."

"…그것 때문에 나랑 잔 거예요?"

"난 내가 자고 싶은 남자랑만 자. 하지만 켈시는 찾아야 하니까."

"우리 바에 온 적 없다고 했잖아요."

"그냥 솔직하게 얘기해."

잭은 이브의 얼굴 주변에 번지는, 블라인드 사이 스며든 부드러운 후광을 가만히 느꼈다. 이브는 그 시선에 은근한 미소를 지었다. 남자들을 어떻게 매혹할 수 있는지 알고 있었다. 우유처럼 하얗고 깨끗한 피부, 굴곡진 라인과 가슴… 30대에 접어들었지만 이브는 여전히 탄탄하고 매끈한 몸매를 유지하고 있었다.

잭이 말했다.

"젠장! 맞아요, 본 적 있어요."

"어디서?"

"바는 아니에요."

이브는 탁자 위 유리잔에 담뱃재를 털었다. 그리고 차분하면서도 차가운 시선으로 잭을 가만히 쳐다보았다.

"바는 됐고. 어디서 봤어?"

이브는 기다렸다.

"말해."

"젠장, 가게 바로 밖에 있었어요. 됐어요? 어떤 남자랑 같이 있었어요. 창문 너머로 봤어요."

잭이 말을 더듬었다.

"즈, 즐거워하는, 그러니까, 그 애가 즐거워하는 모습이…"

즐거워했다니. 자신에게 닥칠 운명 따위는 조금도 신경 쓰지 않은 게 영락없는 켈시였다.

"그게 언제였는데?"

"몇 주 전이요."

"남자는 누구였고?"

"몰라요."

"알잖아."

잭이 머리를 긁적였다.

"예쁜 여자랑 데이트하는 게 범죄는 아니잖아요."

"그 여자가 실종 상태면, 그리고 열여섯이면 얘기가 다르지."

잭이 동의할 수 없다는 듯 고개를 저었다.

"미성년자처럼 보이지 않았다고요. 21살? 25살 정도로 보였어요."

"너 내 딸이랑 잤니?"

잭이 고개를 저었다. 이브가 잠시 침묵했다.

"누구였냐고."

"…안토니오 르루."

경찰서에서 몇 시간을 보내고 이미 닐라 주변을 샅샅이 뒤진 이브는 그 성을 단박에 알아차렸다.

"르루… 판사 아들 말하는 거구나."

잭이 끄덕였다. 그의 이마에 땀이 송골송골 맺혔다.

"맞아요."

이브가 담배를 비벼 껐다.

"이제 그만 가."

"뭘 어쩌려고요? 내가 알려줬다는 말은 하지 마세요. 내가 이 사건에 자기 아들을 끌어들인 걸 알게 되면 루르 판사가 기분 나빠할 테고 제 가게에 화풀이할지도 모르니까…"

이브의 차가운 눈빛에 잭이 말을 잇지 못하고 멈췄다.

"나가라고."

잭은 셔츠를 들고 아무 말 없이 자리를 떠났다.

제 4 장

코니 포스터
버몬트주 셸번 — 현재

이브의 운전사인 데이비드 대거는 그녀의 집으로 이어지는 긴 도로를 따라 차를 몰았다. 나는 분위기도 익히고 담배도 한 대 피울 겸 진입로에 차를 세워달라고 부탁했다. 이브는 집에서 담배를 피우는 것을 절대로 허락하지 않았다. 입구를 따라 걸어가면서 담배를 태우는 것은 그녀를 엿 먹이는 것과 다름없었다. 담배를 끊은 지 오래였지만 일부러 더 연기를 뱉어냈다.

한 모금 더 길게 들이마신 다음 먼 곳을 응시했다. 언덕 꼭대기에 어렴풋이 집 한 채가 보였다. 새하얀 빅토리아 양식의 외관이 챔플레인 호수를 내려다보고 있는 풍경. 세찬 바람이 불어와 집 쪽으로 담배 연기를 날려 보냈다. 시원한 공기 속으로 연기가 사라졌다. 5월 초인데도 갑작스러운 한기가 느껴져 입고 있던 플리스 재킷 지퍼를 끝까지 올렸다.

이곳에서는 나무 틈 사이로 호수가 보였다. 파도가 일렁이는 푸른 물결, 저 멀리 장엄하게 서 있는 애디론댁 산맥, 그리고 아직 눈이 덮인 산봉우리까지. 흠잡을 데 없이 완벽한 풍경이었지만 도려낼 수 없는 악성 종양 같은 바로 그 존재가 느껴졌다. 엄마.

데이비드가 기침 소리를 내어 그가 있는 방향을 힐끔 쳐다보았다. 그는 지난 몇 년 동안 이 집의 붙박이 가구 같은 존재였다. 파이프 담배와 박하 비슷한 기침약 냄새로 식별할 수 있는, 가뜩이나 그림자로 가득한 집에 더 조용한 그림자 같은 존재였다. 평소에도 말이 많은 사람은 아니었지만 오늘은 유독 침울했다. 나는 다시 차에 올라탔다.

"기분 괜찮아요?"

거울에 비치는 덥수룩한 회색 눈썹이 일그러졌다.

"괜찮습니다."

"엄마가 그립지는 않고요?"

"…그립습니다."

거짓말이었다. 이브는 나에게만큼이나 직원들에게도 못되게 굴었다. 요리사, 가정교사, 정원사, 가정부, 누구도 우리 집에 남으려 하지 않았다. 우리 집은 불행한 사람들이 거쳐 가는 회전문 같은 곳이었다. 문득 데이비드가 이브를 위해 5년 넘게 일하고 있다는 사실을 알아차렸다. 엄마가 그에 맞는 대가를 치러야 했을 텐데. 나는 새로운 시선으로 운전사를 바라보았다. 금으로 된 두꺼운 시곗줄, 이탈리아산 울 팬츠, 빳빳하게 다린 브룩스브러더스 셔츠. 월급이 넉넉했나 보군. 어쩌면 그가 엄마를 위해 계속 일하는 이유인지도 몰랐다.

데이비드가 대문을 통과해 현관 쪽으로 차를 몰았다. 창문을 내려 풍경을 내다보았다. 이브의 집에서 그리웠던 것은 거의 없었지만 호숫가 냄새와 소리는 예외였다. 매일 아침 자연이 깨어나 낮이 밤으로 녹아들면서 점점 더 우렁차게 퍼지는 개구리와 새의 울음소리가 벌써 그랬다.

차에서 내리는 나를 위해 데이비드가 문을 잡아주었다. 나는 넓게 펼쳐진 현관을 가로질러 두 개의 유리문으로 된 입구까지 천천히 걸어갔다. 이곳에서는 그린 산맥의 완만한 봉우리와 그 너머 뉴햄프셔의 바위투성이인 화이트산맥을 볼 수 있었다. 이곳에 살 만한 가치가 없었던 것은 아니다. 하지만 이곳을 '절대로' 떠나지 않겠던 이유는 아직도 이해할 수 없었다.

해안가에서 갈매기 한 마리가 목 놓아 울었다. 머리 위로 갈매기가 날아가는 모습을 지켜보았다. 바람이 파도를 일으키고 잔잔했던 호수 표면이 하얗게 부서지는 파도로 뒤덮였다. 스코틀랜드의 네스 호수에 살고 있다고 알려진 괴물처럼, 어린 시절의 나는 챔플레인 호수에 산다는 신비로운 생명체 챔프가 그 모습을 드러내기를 기다렸다. 하지만 한 번도 나타나지 않았다. 내가 아는 유일한 괴물이라고는 엄마뿐이었다.

* * *

리사가 나를 맞아줄 거라고 생각했지만 나 홀로 거대한 현관에 우두커니 서 있었다. 그 '게임'을 3번이나 연속으로 치르느라 3개월간 집을 떠나 있었는데 변한 것이 아무것도 없었다. 복도 바닥은 반짝반짝 윤이 났고, 대리석 위를 걸을 때마다 신발과 바닥이 부딪히면서 또각또각 소리가 났다. 그 소리는 새하얀 벽과 높은 천장에 부딪혀 집 전체에 울려 퍼졌다.

나는 이 집이 싫었다. 스스로 작고 볼품없는 사람이라 느끼게 했다. 왜인지 불안감을 주는 이 집을 나는 혐오했다. 그 게임을 그나마 지속할 수 있었던 것도 이런 감정 때문일지도 모른다.

"돌아왔네."

리사가 응접실 입구에 서 있는 나를 찾기 위해 고개를 돌렸다. 그녀의 얼굴은 그림자에 가려져 있었다.

"방금 왔어."

"네 방 치워 놨어."

"'내' 방이라니? 고맙지만 사양할게."

리사가 어떤 마음인지 궁금했지만 그늘에 얼굴이 가려진 탓에 잘 보이지 않았다.

"그럼 그냥 '파리' 방. 치워 놨어."

엄마는 자신이 방문했던 장소의 이름을 따서 여섯 개의 손님 방에 이름을 붙이곤 했다. 파리, 아테네, 아비뇽, 베르사유, 샌프란시스코, 런던. 어렸을 때는 허세를 부린다고 생각했지만, 여행했던 이야기를 듣는 것은 잠자기 전에 들려주는 옛날이야기나 다름없이 환상적이었기 때문에 손님 방에 있어서는 대부분 좋은 기억이 연상되곤 했다. 손님 방이 따로 마련되어 있다고 해서 우리 집에 매번 손님이 찾아왔던 것은 아니다. 내가 기억하는 바로는 손님이라곤 한 명도 없었다. 그 덕분인지 그 방들은 어린 시절 우리가 놀이를 하고 상상력을 펼칠 수 있는 공간이 되어 주었다. 그리고 숨을 수 있는 장소도.

리사는 내게 저녁 식사가 언제 준비되는지, 변호사는 몇 시에 만날 예정인지, 그리고 어떤 옷을 입어야 하는지 등을 설명해 주었다. 나는 리사가 어떤 말을 더 하기를 기다리면서 잠자코 서 있었다. 서로 그렇게 한동안 말없이 있었다. 나는 거대한 현관에, 리사는 그림자 속에. 우리 사이에 흐르는 긴장을 더는 감당할 수 없을 즈음 계단을 올라 파리 방으로 가기 위해 걸음을 옮겼다.

"잠깐만."

리사가 나를 불러 세웠다. 빛이 드는 쪽으로 걸어 들어오자 지난 몇 달간 보지 못했던 리사의 얼굴을 자세히 관찰할 수 있었다. 나와 달리 리사는 황금빛 머리칼과 상아색 피부를 가지고 있었다. 나는 까무잡잡한 피부에 앙상하게 마른 체형이었지만 리사는 보드랍고 살집이 있어 육감적인 분위기였다. 사람들은 쌍둥이는 고사하고 우리가 자매라는 사실도 믿지 않았다. 리사는 오늘따라 더욱 창백했다. 눈 밑의 연약한 피부를 따라 멍 같은 짙은 그림자가 드리웠고, 머리카락은 생기를 잃은 파도처럼 얼굴을 따라 축 늘어져 있었다. 지금껏 울고 있던 모양이다.

"어떻게 지냈어?"

리사가 마침내 입을 열었다.

"보다시피."

리사가 시선을 피하더니 아무 말 없이 등을 돌렸다. 그러고는 어깨너머로 이야기했다.

"여섯 시에 봐."

* * *

저녁 식사 메뉴는 (이제는 고인이 된 이브의 말에 의하면 소화가 잘되는) 소고기 콩소메와 웨지 샐러드, 구운 연어였다. 우리가 쌍둥이라는 사실이 믿기지 않을 만큼 지루한 대화가 오갔다.

* * *

변호사는 내가 한 번도 본 적이 없는 사람이었다. 따분해 보이는 회색 눈동자와 덥수룩한 흰머리, 제법 나이가 들어 보이던 그는 이브의 물건을 만지면 어떤 병에라도 감염될 듯 조심조심 이브의 책상에 앉았다. 나름대로 길고 우아한 손가락으로 마닐라 폴더를 뒤적거리는데 눈으로는 단호한 표정으로 휴대 전화를 응시하고 있었다.

리사와 나는 화려한 마호가니 책상 앞 다마스크 커버가 씌워진 두 개의 퀸 앤 스타일 의자에 각자 앉았다. 이곳에서 변호사를 만나기로 한 것은 리사의 아이디어였다. 나라면 식탁이나 발코니에서 만나자고 해도 아무렇지 않았을 텐데, 리사는 정석대로 하기를 바랐다. 이 서재에 대한 좋은 기억은 하나도 없었지만 이브가 없는 지금은 아무런 감정이 들지 않았다. 이렇게 의자에 앉아 있어도 더는 혼나는 느낌이 들지 않았다. 엉덩이를 맞을 때의 느낌이나, 지하실 바닥의 축축한 습기가 허벅지에 닿는 느낌, 구토와 눈물, 따끔거리는 느낌 모두, 더는 존재하지 않았다. 그런 면에서 이브 포스터에게 많은 신세를 졌다는 생각이 들었다. 고통을 견디는 일쯤이야 이젠 아무것도 아니었으니까.

"흠."

변호사가 목을 가다듬었다. 그의 회색 눈이 높이가 높은 천장으로 향했다가 벽난로 선반으로 옮겨갔다. 맞은편에 앉은 리사와 내가 참을성 있게 그를 기다리고 있었음에도 아랑곳하지 않고 벽난로 선반 위 시계만 쳐다봤다. 마치 우리가 보이지 않는 듯이.

"이봐요, 할아버지."

기다림을 참지 못하고 내가 먼저 입을 열었다.

"하지 마."

리사가 내 입을 막았다. 정확히 8시가 되자 변호사가 말을 하기 시작했다.

"여러분의 어머니는 제가 유언장 내용을 전달하는 시간까지 아주 상세하게 지침을 남기셨습니다."

그가 목을 가다듬더니 말을 이어갔다.

"유언장은 사망 직후 저녁 8시 정각에 서재에서 발표해야 한다는 특이한 지침까지 남기시긴 했지만 사실 그 내용 자체는 아주 간단합니다. 그럼 이제 유언장에 적힌 내용을 읽어 드리겠습니다."

그는 이브의 편지 봉투 칼을 사용해 옛날 방식의 밀랍 봉인을 잘라냈다. 내용물을 꺼내 눈으로 훑어본 후 나와 리사를 차례로 쳐다보는데, 아주 잠깐 그의 눈빛이 부드러워졌다. 그가 경계를 늦춘 그 찰나의 순간에 나는 속이 뒤틀렸다. 뭔가 있네. 이브가 무덤에서 벌떡 일어난 것 같은 기분. 그 여자가 계획한 게 무엇이든 유쾌하지 않은 일임이 틀림없었다. 굳이 8시여야 했던 이유와 장황한 규칙들을 떠올려 보니 안 봐도 훤했다.

이 집에서는 매일 지옥이 열렸다. 벌을 받아야 할 때 나는 꼭 8시에 불려갔는데 성적이 떨어지거나 직원에게 소리를 지르는 등

규칙을 위반했을 때부터 사소한 이유까지, 내가 지옥을 맛보는 시간은 늘 8시였다. 한 번은 허락 없이 침실로 케이크를 가져갔다가 이틀 밤이나 지하실에서 알몸으로 자야 했던 적도 있다.

"얘들아."

거친 목소리로 변호사가 말했다.

"지금 이 메시지를 듣고 있다면 내가 세상을 떠났다는 뜻이겠지. 진부하지만 그게 사실이야. 나는 사후세계를 믿을 만큼 감상적인 사람이 아니야. 그저 어쩌면 그저 내게 주어진 고통을 회피하고 싶은 걸지도 모르지. 세상을 살면서 내가 했던 모든 일에 한 점 부끄럼이 없다고 해도 신이 내 방법을 용인했을지 모르겠네. 하지만 그분은 내가 겪은 일을 겪지 않았으니까."

변호사가 잠시 멈췄다. 앞으로 읽어야 할 분량을 확인하고 있었다.

"불공평하게 들릴지도 모르겠어. 먼저 리사, 넌 언제나 착한 딸이었어. 다른 이의 말을 경청할 줄 아는 지혜와 순종할 줄 아는 품위를 갖췄지. 그 점은 칭찬받아야 마땅해. 그다음 코니, 우리 사이의 거리는 한없이 멀기만 하고 지금도 여전히 그렇네. 내가 무슨 말을 하든 신경도 쓰지 않을 테지만 그래도 들어. 너는 앞으로도 네 실패와 무능함의 원인이 나라고 생각하겠지. 그래, 어느 정도 사실이긴 해. 겸손함을 가르치고 지혜롭게 사는 법을 알려 주는 게 부모의 역할인데 실패했으니까. 이기적인 태도에는 보상이 주어지지 않기 마련이야. 무례한 태도나 어리석은 태도도 마찬가지고."

변호사가 자세를 고쳐 앉았다. 자조하는 척 비꼬는 표현들을 읽어야만 하는 그의 표정이 불편해 보였다. 나는 괜찮았다. 이미 수백만 번은 족히 들어본 얘기였다.

"자,"

변호사가 말을 이었다. 그의 목소리가 떨리고 있었다.

"리사, 이제 네가 내 일을 물려받아 회사의 지분과 포스터 가문의 부동산을 관리해 줬으면 좋겠어. 부동산, 주택, 사업 지분 등 모든 재산을 신탁으로 맡기겠다. 단,"

변호사가 나를 똑바로 바라보았다.

"뉴멕시코 닐라에 있는 부동산은 코니에게 남긴다. 중요하지 않은 자질구레한 다른 문제들도 남아 있지만 그것들은 나중에 공유할게. 지금 이 글을 읽고 있을 내 신탁 및 유산 변호사 크레이그 버가 너희에게 필요한 정보를 모두 알려준 뒤 내 지시에 따라 자산이 상속되는지 지켜볼 거야. 너희는 반드시 버 변호사가 시키는 대로 해야 해. 그리고 한 가지 더."

크레이그의 시선이 나와 리사를 차례대로 훑은 후 다시 내게로 돌아왔다.

"상황이 어떻든 내 결정에 의구심을 가지지 마."

변호사가 유언장 읽기를 멈췄다. 창백한 얼굴을 한 리사가 반박했다.

"모든 걸 정확하게 반으로 나누겠어요."

크레이그는 리사의 말에 아무런 대꾸도 하지 않고 유언장을 마저 읽기 시작했다.

"리사, 너는 반듯한 아이니 분명 내 유언장 내용에 대해 반박하리라고 생각해. 이런 결정을 내리기까지 충분히 고민했다는 사실을 알아주렴. 어떤 방식으로든 유언장의 내용을 바꾸려고 한다면 모든 것을 잃게 될 테니까. 그리고 코니 너는 내 재산의 관리자인

리사와 이곳에서 함께 살 수 없어. 리사가 항공권과 식비, 그리고 초기 비용으로 정확히 5천 달러를 너에게 줄 수 있고, 이후에는 매년 5천 달러씩 줄 수 있지만 그 이상은 안 돼. 이 유언장을 읽은 후 72시간 이내로 짐을 챙겨 이곳을 떠나."

리사가 자리에서 벌떡 일어섰다.

"말도 안—"

"앉으시죠."

크레이그가 말했다. 잿빛이 된 얼굴로 리사가 자리에 앉자 크레이그가 말을 이어갔다.

"미리 일정을 잡고 크레이그가 승인을 한다면 매년 일주일 동안은 이곳을 방문할 수 있어. 참, 그리고 이 유언을 읽은 날로부터 3년 동안은 뉴멕시코 부동산을 임대하거나 매매할 수 없어. 만일 임대 또는 매매를 시도하려고 하면 부동산을 매각하여 수익금을 자선단체에 기부해 버릴 거야."

크레이그가 내 얼굴을 보고 눈을 깜박였다.

"법정에서 이 결정에 이의를 제기할 생각이니? 글쎄다, 코니 포스터. 다시 한번 생각해 보길 바란다. 나는 이미 저명한 정신과 의사 두 명으로부터 정신 상태가 아주 멀쩡하다는 진단서를 받아 놓았어. 장담하건대 모든 것이 합법적이고 정상이야. …이제 끝. 장례는 공식적인 발표나 수사 없이 조용히 치르고 싶어."

크레이그가 종이를 내려놓았다.

"어머니께서 남기신 유언을 반드시 따라야 합니다. 그렇지 않으면 두 분 다 모든 것을 잃게 될 것입니다."

리사가 인형같은 얼굴을 하고선 울었다.

"괜찮아."

도리어 리사를 타이르며 말했다.

"주긴 줬잖아. 이미 내가 가진 것보다 훨씬 더 많은 돈이라고. 집도 생겼고."

"뉴멕시코에 있는 집에 대해서 너 아무것도 모르잖아."

리사가 내가 말했다. 그녀의 갈색 눈동자가 눈물로 일렁이고 있었다.

"너도 여기에 있어야 해. 혼자는 안 돼."

"데이비드는 뭐가 돼? 요리사는 뭐가 되고."

나는 분위기를 풀어주려 장난스레 말했다. 리사가 고개를 저었다.

"부탁이에요."

그녀는 가죽 서류 가방에 종이를 넣고 있는 크레이그에게 애원했다.

"엄마는 이제 없잖아요. 이게 무슨 상관이죠? 분명 바꿀 수 있는 방법이 있을 거예요."

"미안합니다. 정말로요. 하지만 법정에서 시시비비를 가리고 싶지 않다면 유언에 적힌 대로 이행해야 합니다."

그는 가방의 잠금장치를 채우고 내게 직접 말했다.

"코니 포스터 씨, 항공권을 예매해 드리죠. 뉴멕시코에 있는 부동산은… 아마 돈이 좀 필요할 겁니다. 리사가 5천 달러를 줄 의향이 있다면요. 5천 달러를 줄 건가요, 리사?"

리사가 훌쩍이며 고개를 한 번 끄덕였다. 크레이그가 말했다.

"좋아요. 그럼 오늘은 여기까지 하고, 추후 두 분께 각자의 재산과 양도 조건에 대해 자세히 알려드리겠습니다."

문을 향해 걸어가는 그는 드디어 끝났다는 안도감을 온몸으로 표현하고 있었다.

"72시간입니다, 코니. 그리고 일 년에 일주일이고요. 허락을 받아야 한다는 건 이제 아시지요? 부탁인데, 동생의 유산을 무사히 지켜 주세요."

그는 서류 가방 너머로 나를 쳐다보았다.

"이브가 이렇게 하길 원했어요. 어쨌거나 결국 그분 돈이니까요."

나는 어떠한 반박도 하지 않았다. 어차피 소용없는 일이었다. 이브가 그렇게 하길 원했다니. 엄마답네. 이브 포스터는 세상이란 모든 것이 이미 정해져 있고, 다 선과 악으로 나뉘어 있다고 생각했다. 그녀의 세상에서 중간은 없었다. 한 명이 보상을 받는다면, 나머지 한 명은 벌을 받는 게 그 여자 이치에 맞는 논리였다.

제 5 장

이브 포스터
뉴멕시코주 닐라 — 1997년

앤드루 르루 판사는 마을에서 10킬로미터 가량 떨어진, 크고 화려한 어도비 벽돌로 지어진 저택에 살고 있었다. 커다란 수영장이 있는 중앙 안뜰을 중심으로 여러 개의 반듯한 사각형 건물들이 연결된 그 집은 어디서부터 집이고 어디까지가 땅인지 구분하기 어려울 정도로 크고 비밀스러웠다. 152센티미터 높이의 나무와 철제 울타리가 집 주변을 에워싸고 있었지만, 이브는 집 입구를 찾아냈다. 대지를 에워싸고 있는 먼지 자욱한 비포장도로를 따라가다가 마침내 콘크리트 조각으로 만들어진 진입로를 발견했다. 범퍼에 더 클래시[2] 스티커가 붙은 흰색 쉐보레 차량 뒤 키가 작은 돌담 앞에 주차한 후 차에서 내렸다.

세 번 정도 노크를 한 끝에 키가 작고 날씬한 여자가 문을 열었다. 그녀는 이브를 보자 얼굴을 찡그렸다. 이브는 뾰족한 구두코를

2. 1976년 영국에서 결성된 5인조 펑크 록 밴드

문틈으로 재빨리 밀어 넣고 이야기했다.

"르루 부인? 당신 아들 안토니오하고 이야기를 좀 하고 싶은데요."

"누구시죠?"

이브는 짧은 대화에서 그녀가 미국 남부 출신이라는 사실을 감지했다. 그러나 남부 고유의 억양이 여자의 짜증까지 가리지는 못했다. 기운 없이 약간 축 처진 어깨, 작은 체구에 비해 너무 큰 축 늘어진 리넨 카디건, 눈 밑의 다크써클… 이 여자는 힘든 상황에 부닥쳐 있거나 병에 걸린 게 틀림없었다. 이브는 슬쩍 어두컴컴한 현관으로 들어섰다.

"전 이브 포스터라고 해요."

"처음 뵙는 분인 것 같은데요."

"조용히 이야기할 만한 곳이 있을까요?"

"지금은 곤란해요."

이브는 제멋대로 집 안으로 들어갔다. 집 안쪽까지 들어와 보니 여자가 왜 그렇게 지쳐 있었는지 알 것 같았다. 해골 같은 사람이 거실에 놓인 휠체어에 앉아 꾸벅꾸벅 졸고 있었다. 하얗게 센 머리에 위태롭게 얹어 놓은 분홍색 모자가 아니었다면 성별을 가늠할 수 없었을 것이다. 이브는 르루 부인을 보며 큰 소리로 말했다.

"제 딸 켈리 포스터에 대해 안토니오와 이야기를 좀 하고 싶은데요. 제 딸을 만나지 않으셨나요?"

깜짝 놀란 르루 부인의 눈이 휘둥그레졌다.

"목소리 좀 낮춰 주시겠어요?"

"르루 부인!"

이브는 일부러 고함을 치다시피 했다. 그 소리에 놀란 노파가 잠에서 화들짝 깼다. 집주인의 얼굴에 스치는 당혹스러운 표정에서 이브는 만족감을 느꼈다.

"제 딸 보셨냐고요!"

"브렌다!"

여자가 수습하듯이 말했다.

"전 브렌다 르루라고 해요. 우리, 주방에서 이야기해요. 시어머니가 낮잠을 자고 계셔서요."

이브는 브렌다를 따라 좁은 복도를 지나 주방으로 들어갔다. 참나무로 만든 수납장이 흰색 타일로 마감한 바닥과 어우러져 있었고, 벽은 현관처럼 부드러운 갈색 어도비 벽돌로 꾸며져 있었다. 조리대 위에는 식사 대용 단백질 보충제가, 싱크대 안은 더러운 접시가 널브러져 있었다. 깡마른 검은 고양이 한 마리가 나무 스툴에 앉아 비난하듯 이브를 쳐다봤다. 이브도 시선을 피하지 않고 고양이를 노려봤다.

"안토니오는 지금 집에 없어요."

브렌다가 말했다.

"회사에 있어요."

"밖에 차가 주차되어 있던데요."

"그건 안토니오 차가 아니에요. 시어머니 차예요."

"오, 저 할머니가 더 클래시 밴드의 팬인가 보네요."

당황한 브렌다가 눈살을 찌푸렸다.

"원하는 게 뭐죠?"

"안토니오가 원래 장난을 좋아하나요, 브렌다?"

여유를 부리던 이브는 이탈리아 요리책 아래 꽂혀 있는 어떤 책에 시선을 돌렸다. 그 책은 아인 랜드가 쓴 것이었다. 그 제목을 단박에 알아본 이브는 천천히, 그리고 신중하게 켈시의 사진을 꺼내 타일이 깔린 조리대 위로 브렌다에게 사진을 건넸다.

"제 딸에게 짓궂은 장난을 치다가… 상황이 걷잡을 수 없이 나빠진 걸까요?"

브렌다가 사진을 관찰하기 시작했다. 이브는 브렌다가 사진을 빤히 쳐다보는 모습을 보며 자기 눈에 보이는 것들이 이 여자의 눈에도 보이는지 궁금했다. 켈시… 웃음기라고는 조금도 찾아볼 수 없는 녹색 눈동자. 비열함이 감춰졌다면 더 아름다웠을 얼굴. 너무 창백한 나머지 투명한 피부.

사진의 배경이 된 대관람차는 대개 유쾌함이나 흥겨운 분위기의 상징이었지만, 이브에게는 영원히 씻을 수 없는 악몽이나 다름없었다. 다른 두 명의 소녀는 몇 피트 떨어진 곳에 같이 서 있었다. 친구들? 켈시는 그렇게 말했지만, 이브는 확신할 수 없었다. 같은 또래 애들이랑 우연히 같이 찍힌 거겠지. 아니면 켈시가 돈을 내주기로 하고 축제에서 만나기로 한 같은 반 친구 정도거나. 이브는 영원히 알 수 없을지도 모르는 내용이었다. 켈시는 자기 엄마가 머리를 싸매고 고민하는 것을 그냥 내버려 두곤 했다.

"정말… 예쁘네요."

브렌다가 이브에게 사진을 돌려주며 말했다.

"죄송하지만 제가 도와드릴 수는 없겠어요. 전 따님을 만난 적이 없거든요."

이브가 조리대에 놓인 사진을 낚아채듯 집어 다시 가방에 넣었다.

"그 말은 사실이 아닌 것 같은데요, 브렌다."

"그만 돌아가 주세요."

"제 딸은 어디 있죠?"

"저도 몰라요."

이브가 웃기다는 듯이 브렌다를 쳐다봤다.

"『우리, 살아있는 자들』. 저기 선반에 꽂혀 있는 거. 켈시 책이에요. 걔 아빠가 선물한 거거든요."

뉴스 프로그램이 웅얼거리는 소리를 제외하고 정적이 흘렀다. 제빙기가 윙윙거리며 작동하는 소리, 다른 방에서 노파가 조그맣게 코를 고는 소리뿐이었다. 브렌다가 어깨를 한번 으쓱했다. 왠지모르게 그녀의 다크써클이 더 진해져 얼굴에 구멍이 두 개 난 것처럼 보였다.

"저건 제 아들 책이에요."

"아인 랜드의 책을 읽는다고요?"

"대학생이니까요. 한때 그랬었죠."

이브는 책이 꽂혀 있는 선반으로 걸어갔다. 브렌다에게 시선을 고정한 채로 『우리, 살아있는 자들』 책을 꺼내 페이지를 넘겨 한쪽 모퉁이가 접힌 제목 페이지를 펼쳤다.

"사랑하는 나의 딸, 켈시에게. 너의 삶은 엄청난 가치가 있단다. 사랑하는 아빠로부터."

이브가 고개를 들었다.

"아드님 이름이 켈시예요?"

"거짓말이 아니에요. 난 당신 딸을 만난 적이 없다고요."

"이 정도면 당신 아들은 만난 적이 있는 것 같은데요."

"스쳐 가듯 몇 번 만난 것뿐이에요. 아무 사이도 아니었어요. 아주 잠깐 서로에게 호감이 있었던 것뿐인 듯했는데."

"아들 어디에 있어요?"

"저도 몰라요."

이브가 방을 가로질러 성큼성큼 걸어가자 브렌다 르루가 뒷걸음질쳐 벽에 등을 대고 섰다. 이브는 자신보다 키가 작은 여자를 내려다보고 서서 베이지 스텔레토 힐을 신은 다리로 그녀를 벽으로 더 몰고 갔다.

"두 번 말하게 하지 마."

브렌다가 눈을 감았다.

"네 아들 지금 어디에 있냐고 묻잖아."

"메, 메인에 있는 '마이크스 나이브스'에 있어요. 하지만 그 애는 정말 아무것도 몰라요."

그녀의 눈에서 눈물이 흐르고 있었다.

"우리 아들은 정말로 착한 애예요."

그녀가 침을 꼴깍 삼켰다.

"우리는 그 애한테 얘기했어요. 둘이 어울리지 않는다고…"

이브가 두 손가락을 여자의 목에 얹었다. 브렌다의 얼굴에 얼굴을 바짝 대고 뾰족하게 다듬은 손톱을 브렌다의 쇄골 위 부드러운 살 위에 꾹 눌러 연약한 피부에 반달 모양의 새빨간 자국을 두 개 남겼다. 그리고는 미소 지었다.

"그런가요?"

이브가 뒤로 물러섰다. 브렌다는 가슴에 손을 얹고 숨을 헐떡였다. 이브의 손에는 여전히 『우리, 살아있는 자들』 책이 들려있었다. 집을 나서던 이브는 현관으로 가는 길에 거실에 잠시 멈춰서 휠체

어에 앉은 노파 앞에 허리를 굽혔다. 그러고는 쪼글쪼글해진 여자의 얼굴을 들여다보았다.

"워!"

이브가 갑자기 소리를 질렀다. 깜짝 놀란 노파가 자리에서 펄쩍 뛰었다.

"한심하기는."

이브는 현관문을 활짝 열어놓은 채 그 집에서 나왔다.

제 6 장

코니 포스터
버몬트주 셸번 — 현재

"괜찮아?"

내가 물었다. 리사는 파리 방의 킹사이즈 침대에 앉아 있었다. 흘러내리지 않게 머리를 단단히 틀어 올리고 검은색 맞춤 바지 정장에 알이 굵은 다이아몬드와 진주 액세서리를 착용한 그녀는 이미 셸번 저택의 안주인처럼 보였다.

"오늘 밤은 유난히 심란하다. 미안."

"네가 미안할 일이 뭐가 있어."

마지막 남은 청바지를 배낭에 넣고 지퍼를 잠갔다.

"네가 유언장을 작성하거나 신탁 조건을 정한 것도 아니고."

"그건 그렇지."

"그리고 엄마가 무슨 생각을 하고 있는지도 몰랐고."

"그것도 맞아."

나는 문 옆에 놓아둔 등산지팡이 옆에 배낭을 세워놓았다. 그러고는 침대로 와서 리사 옆에 앉았다. 리사는 여러 면에서 나와는 정반대였다. 내가 늘 고집스러운 반면 리사는 포용적이었다. 나는 가정교사가 방문 수업을 할 때 자리에 가만히 앉아 있지 못하고 꼼지락거렸지만, 리사는 어떤 과목이든 과제를 척척 해내서 선생님의 칭찬을 독차지하곤 했다. 외모도 다르기는 매한가지였다. 리사의 부드러운 이목구비와 완만한 곡선은 여자들에게는 호의를, 남자들에게는 감탄의 시선을 자아냈다.

이브는 내 외모를 두고 의뭉스럽고, 굶주려 있으며, 돈을 벌 수만 있다면 뭐든 할 준비가 되어있는 성서 속 창녀 같다고 말했다. 그 생각이 틀렸다는 사실을 증명하기 위해 노력할수록 나는 더욱 곤란한 상황에 빠졌다. 판단력이 부족한 애로 컸다는 엄마의 질책은 내게 저질렀던 모든 짓에 대한 변명에 불과했다.

"엄마는 잔인한 사람이었어, 코니. 엄마가 했던 말을 곧이곧대로 받아들일 필요는 없어."

우리를 입양한 엄마를 두고 리사가 안 좋은 말을 하는 것은 처음이었다. 나야 물론 엄마에 대한 불만을 늘 입에 달고 살았지만. 반면 리사는 언제나 사람들의 긍정적인 면만 봐주었다. 나는 고개를 끄덕였다.

"당연하지."

"유언에 이의를 제기하자. 너에게 절반을 나눠 줄 방법이 있을 거야."

"괜히 애쓸 필요 없어. 그 여자 알잖아. 만반의 준비를 해 두었을 걸. 법원에서 그 여자 결정을 번복하는 일은 없을 거야. 만일 유언에 이의를 제기할 수 있다고 해도 정말 그런 일로 시간과 돈을 낭비하고 싶어?"

내 시선이 창문 너머에 있는 챔플레인 호수로 향했다.

"정말 무슨 일이 있었던 건지. 물에 빠져 익사했다니."

이브는 수영을 잘했다. 매일 아침 같은 시각에 호수에 나가 수영했고, 겨울이 아니면 단 한 번도 수영을 거르는 법이 없었다. 비가오든 해가 쨍하니 내리쬐든, 집 앞에서 왔다 갔다 하며 수영하는 동안 주황색 부표가 까닥거리며 그녀의 뒤를 따라가는 모습을 보곤 했다. 그런 그녀에게 물에 빠지는 사고 따위가 일어날 가능성은 거의 없었다.

리사는 손가락 마디가 붉어졌다가 하얗게 질릴 때까지 무릎에 올려놓은 손을 꽉 쥐었다. 물에 들어가는 것을 무서워했으니까. 엄마는 그녀에게 카약이나 카누 타는 법을 배워야 한다고 압박을 줬지만 리사는 호수 근처에는 얼씬도 하지 않았다.

"갑자기 거센 돌풍이 불었어. 경찰 말로는 엄마가 파도에 휩쓸린 다음에 부표를 구명구로 사용하려고 했던 것 같대. 그때 입고 있던 두꺼운 잠수복이 몸을 움직이는 데 방해가 되었을 수도 있다고 하고. 밧줄… 밧줄이 가슴과 목에 감겨있었어. 깊은 물 속에서 몸부림을 쳤던 게 분명해. 하지만 그럴수록 상황만 더 나빠진 거지."

챔플레인 호수는 너울이 사납기로 유명한 자연 수역이었다. 나도 폭풍이 오기 전 호수에서 카약을 타본 적이 있어서 얼마나 위험한지 잘 알고 있었다. 이브는 신중한 사람이었지만 호수 안쪽으로 멀리 들어간 상태에서 바람이 불었다면 되돌아오기 쉽지 않았을 것이다. 나를 입양한 본인처럼 호수 역시 예측이 불가능했다.

"갈 길이 머네."

말이 끝나자마자 리사의 눈에 눈물이 고였다. 그렇게 우리는 몇 분 동안 아무 말도 하지 못했다. 먼저 침묵을 깬 사람은 리사였다.

"똑같이 절반을 가져야 해."

나는 가방에 양말 한 켤레를 더 쑤셔 넣고는 침대 위로 올라갔다.

"절반까지 필요 없어. 집이 있잖아. 그거면 충분해."

"그럼 보석을 가져가. 백만 달러는 족히 될 거야."

이브는 은둔형 외톨이였지만, 보석을 좋아한 탓에 세계 각지에서 보석을 공수해 오곤 했었다. 보석이라… 솔깃한 제안이었지만 리사가 물려받은 유산을 위험에 빠뜨릴 수는 없었다.

"집이 있어서 난 괜찮아."

"그래……. 분명 예쁜 집일 거야."

그렇게 말하면서도 진심으로 그렇게 생각해 말한 것 같지는 않았다. 우리는 다시 침묵 속에 앉아 있었다. 나는 파리를 연상시키는 무늬, 연철 침대 프레임, 고풍스러운 프랑스 스타일 옷장을 차례로 훑어보았다. 이브는 엽기적인 행각에도 불구하고 취향이 세련된 사람이었다. 버몬트에 부동산을 소유했고, 그전에는 코르푸에 아름다운 집을 가지고 있었다. 분명 뉴멕시코주에 있는 집도 이와 비슷하겠지.

"뉴멕시코는 왜 한 번도 가보지 않았을까?"

내 생각을 읽기라도 한 듯 리사가 말했다.

"남서부에 집이 있다는 사실을 왜 한 번도 얘기하지 않은 거냐구."

그것에 대해서는 나도 전혀 아는 바가 없었다.

"살아있을 때보다 죽고 난 이후에 어떤 인간인지 더 많이 알게 될 것 같은 예감이 드네."

리사는 나를 안타깝다는 듯 바라보았다. 우리는 최근에 사이가 멀어졌다. 리사는 이브의 무리한 명령에 복종하지 않는 내 모습을 끔찍이 걱정했다. 플로리다, 앨라배마, 뉴욕… 리사는 내가 이브의 게임에 기꺼이 응하기로 마음먹은 이유를 전혀 알지 못했다. 아니, 차라리 모르는 편이 더 나았다. 내가 정복해야 하는 도시가 하나씩 늘어날 때마다 우리의 사이도 그만큼 소원해졌으니까. 하지만 지금 이 순간만큼은 리사와 함께 있었고, 그 친밀감은 나조차도 깨닫지 못했던 아픔을 채워 주었다.

"매년 일주일 동안 나를 보러 오겠다고 약속해."

리사가 속삭였다.

"약속."

새끼손가락 걸고 약속… 그때, 어떤 기억이 눈앞에서 춤추듯 헤엄쳤다. 손에 닿지는 않았다. 새파란 수면 아래… 빨간 원, 빨간 손톱, 금발 머리… 심장이 두근거렸다. 아주 오래전의 기억이 보내온 메아리였다. 혹은 어린아이의 두려운 상상이었던가.

"빨리, 어서 새끼손가락 걸고 맹세해."

어여쁜 리사의 얼굴이 일그러졌다. 그녀의 고통을 없앨 수만 있다면 나는 어떤 약속이든 할 것이다.

"새끼손가락 걸고 약속해. 우리 둘은 떨어질 수 없어."

리사가 눈을 감고 미소 지었다. 나는 이 약속이 거짓이라는 걸 알고 있었다. 나는 절대로 돌아오지 않을 것이었다. 하지만 리사는 내 약속을 받아들였다. 그녀는 자신을 속이는 데 능숙했다. 그것은 내가 가지지 못한 리사의 장점이었다.

그날 밤늦게 리사의 침실을 지나쳐 거실로 내려갔다. 그리고 대리석 바닥을 가로질러 지하실로 통하는 문으로 향했다. 문은 잠겨있었다. 하지만 열쇠를 어디에 보관하는지 알고 있었기 때문에 문이 잠긴 것쯤은 아무런 문제가 되지 않았다. 품행이 단정한 사람답게 리사는 음침한 생각을 하지 못했다.

아니나 다를까, 주방 반대편에 있는 다용도실에 커다란 철제 열쇠가 걸려있는 것을 발견했다. 고리에서 열쇠를 빼서 발소리가 들리지 않게 살금살금 계단을 내려가 문 앞에 도착했다. 왜 그렇게 소리를 내지 않으려고 애를 썼는지 나조차도 알 수 없었다. 이제는 지하실에 가둬 둘 사람도 없는데.

열쇠 구멍으로 열쇠가 미끄러지듯 들어갔다. 열쇠를 돌리자 익숙한 삐걱거리는 소리와 함께 저 너머의 검은 심연으로 이어지는 문이 열렸다. 문틀 옆의 스위치를 켜자 새까맣던 시야가 삽시간에 밝아졌다. 짙은 회색 페인트가 칠해진 벽과 차가운 흰색 테두리가 있는 계단은 예전과 다를 바 없어 보였다. 아래쪽으로 연결된 계단을 따라 집 안 깊숙한 곳까지 내려갔다. 숨이 목에 턱 하니 막히고 심장이 거칠게 뛰기 시작했지만 꾹 참고 계단 세 개를 마저 내려가 바닥에 도착했다.

'새끼손가락 걸고 맹세…'

오래전부터 지하실은 세 구역으로 나뉘어 있었다. 한 곳에는 난로와 온수기, 냉동고 등 건물에 필요한 설비가 보관되어 있었다. 냉동고에는 이브가 절대로 먹지 않던 고기가 가득했다. 두 번째 공간은 오락을 위한 곳이었다. 이곳엔 포도주 저장고와 우리에게는 사용이 금지되었던 게임룸이 마련되어 있었다. 마침내 지하실에서 가장 어둡고, 축축하고, 소름 끼치는 마지막 세 번째 구역이 나왔다.

세 번째 구역에는 방이 두 개였다. 처벌의 방, 그리고 또 하나의 방… 처벌의 방과 연결된 문은 굳게 잠겨 있었다. 내 손에 들린 열쇠로는 그 문을 열 수 없었다. 나는 그 안에 무엇이 있는지 알고 있었다. 커버가 없는 간이침대, 천장에 매달려 있는 전구 하나, 화장실, 콘크리트 바닥, 금속 케이지가 덧씌워진 전등 스위치. 내 기억이 맞다면 그 케이지는 이 열쇠로 열 수 있었다. 처벌의 방에는 이브가 쓰던 옛날 방과 연결된 통풍구도 있었다. 모두 이브가 말해 준 내용이다.

문을 열 마음의 준비를 하고, 귀신이든 사람이든 한 번에 제압할 채비를 마친 채 손을 뻗었다. 다른 방으로 통하는 문은 언제나 그랬던 것처럼 지금도 굳게 닫혀 있었다. 그런데 못 보던 금속 자물쇠가 매달려 있는 것이 눈에 들어왔다. 자물쇠? 이게 왜 필요하지? 이제 와서 무슨 이유로?

그때, 지하실 깊은 곳에서 어떤 물체가 콘크리트 바닥을 딸깍거리는 소리가 들렸다. 깜짝 놀란 나머지 손이 너무 떨려서 열쇠를 떨어뜨리고 말았다. 시선이 다시 자물쇠로 향했다. 그 문은 항상 닫혀 있었고, 이브는 우리에게 그 방 안에 들어가지 말라고 경고하곤 했다. 우리가 얼마나 순종적인지를 보려는 테스트였겠지.

'켈시.'

우리는 켈시에 대해 아는 바가 없었지만 직원들은 그녀가 20 × 20 크기의 콘크리트 상자에 갇힌, 정신 나간 딸이었다고 이야기했다. 우리를 향한 경고나 다름없었다. 복종해라, 그렇지 않으면 저렇게 된다. 적어도 어렸을 때는 그렇게 믿고 자랐다. 지하실에서 보낸 수많은 밤중에 나는 많은 소리를 들었다. 울음소리, 비명… 하지만 커다란 집 지하실에서 어둠 속에 홀로 겁에 질려 누워있을 때는 내 귀에 들리는 소리가 다른 소녀의 신음인지, 내 것인지 분간할 수 없었다.

바닥에 떨어진 열쇠를 낚아채 계단을 성큼성큼 올라갔다. 귀신을 마주할 기회가 또 있겠지.

* * *

다음 날 아침, 리사가 잠에 빠져 있는 동안 집을 나섰다. 그편이 훨씬 나았다.

제 7 장

이브 포스터
뉴멕시코주 닐라 — 1997년

'마이크스 나이브스'는 먼지 자욱한 거리 끝에 있는 빛바랜 파란 건물에 있었다. 이브는 길가 쪽으로 천천히 차를 몰아서 가게 바로 앞에 주차했다. 하루가 저물어 갔고, 하늘도 점점 흐려지고 있었다. 머리 위로 몰려온 먹구름이 뜨거운 햇볕을 가렸다. 이브는 차 안에서 비가 쏟아지는 것을 지켜보았다. 먼지투성이인 마을 위에 내리는 심판의 비. 세찬 소나기가 한차례 잦아들자 렌터카에서 내려 우산을 펼쳤다. 철장이 있는 창문 뒤에서 지켜보는 남자의 시선을 의식하면서도 서두르지 않고 정문으로 걸어갔다.

손님은 이브뿐이었다. 수염을 기른 늙은 남자와 검은색 웨이브 머리에 쿼터백처럼 덩치 좋은 젊은 청년이 카운터 뒤에 서 있었다. 두 명 모두 이브를 쳐다봤다. 그중 나이 든 남자가 경계하는 듯한 눈초리로 이브에게 알은체를 했다. 이브는 먼저 주변을 흘끗 둘러보았다. 벨트, 승마용 채찍, 칼집, 지갑과 같은 가죽 제품이 선반과 고리에 걸려있었다. 아메리카 원주민 문화에서 영감을 얻어 화려하게 디자인된 칼이나 사냥 도구들이 계산대 주변과 가게 곳곳의 진열대에 놓여 있었다. 바닥은 리놀륨으로 마감, 벽은 흰색으로 칠이 되어있었는데 색이 있는 것들은 가죽 제품을 장식한 깃털과 칼 손잡이의 정교한 디자인뿐이었다. 동물 가죽 냄새가 이브의 입에 고약한 맛을 남겼다.

이브는 미소를 머금은 채 계산대로 향했다. 젊은 남자는 아무 소리도 들리지 않는 듯 시선을 내리깔고 광택용 천으로 접이식 칼을 박박 문질러 닦고 있었다.

"찾으시는 거 있나요?"

나이 많은 남자가 물었다.

"마이크, 맞으시죠? 가게 이름이."

남자가 고개를 끄덕이자 이브가 웃으며 손을 내밀었다.

"이브 포스터라고 해요."

이브는 자신의 이름을 말하면서 곁눈질로 젊은 남자를 봤다. 남자가 그 시선에 반응할 거라고 내심 기대했지만 실망했다. 그의 표정에 아무런 변화가 없었기 때문이다. 이브는 가게 주인 마이크와 잠시 대화를 나누다가 고개를 아예 돌려 버렸다.

"당신이 안토니오군요."

그의 손은 여전히 날카로운 금속 칼의 모서리 위를 움직이고 있었다. 칼에서 눈을 떼지 않은 채로 그가 물었다.

"무슨 일이시죠."

"내 딸 알죠? 켈시."

그는 순간 놀라더니 이내 의심스러운 눈초리로 물었다.

"그런데요."

"지금 어디 있어요?"

"그걸 왜 저한테 물어요?"

"켈시가 마지막으로 목격되던 그때, 같이 있었잖아요."

안토니오는 마이크의 눈치를 살피더니 칼을 케이스에 넣었다. 그러고는 천천히 광택용 천을 접어 카운터에 얌전히 내려놓았다.

"경찰이 이미 다녀갔어요. 켈시가 어디로 사라졌는지는 저도 몰라요."

"같이 있었다는 사실은 인정하는군요."

"네, 그래요."

남자가 다시 한번 마이크를 힐끔거리고는 대수롭지 않다는 듯 말했다.

"뭐가 문젠데요?"

이브가 대화 상대를 마이크로 바꾸었다.

"사무실이나 어디… 안토니오하고 잠시 조용하게 이야기할 수 있는 공간이 있을까요?"

그녀는 가방에서 100달러짜리 지폐를 꺼내 카운터 너머로 건넸다. 그는 이브가 뭐라 덧붙이기도 전에 지폐를 빼갔다.

"저쪽으로 가 봐요."

마이크가 매장 뒤편에 있는 작은 사무실을 가리켰다.

"10분이에요."

안토니오가 마이크를 노려보았지만, 마이크는 카운터 아래에서 돈 상자를 꺼내느라 정신이 없었다. 이브는 기다리지 않았다. 가죽 모자 진열대를 지나쳐 비좁은 사무실로 들어갔다. 안토니오가 그녀를 따라 사무실로 들어왔다.

"문 닫고 앉아."

안토니오가 의자에 앉자 이브는 안토니오가 자신을 올려다볼 수밖에 없도록 책상 가장자리에 걸터앉았다.

"너, 내가 찾아올 줄 알았잖아."

"엄마가 전화하셔서…."

"그랬겠지. 아직 네 점심 도시락도 싸주시겠네."

이브는 몸을 숙여 손으로 책상을 쾅 내리치며 그를 놀라게 했다.

"내 딸한테 무슨 짓을 했지, 안토니오?"

"아무것도요."

"같이 있었잖아."

"경찰에 말했어요. 네 번인가 다섯 번쯤 같이 만나서 놀았다고요. 그런데 잠시도 가만히 있질 못해서 헤어졌어요. 그게 다예요."

"켈시랑 잤어?"

안토니오가 당황한 듯 크게 움찔했다.

"그런 것까지 대답할 필요는 없다고 생각해요."

"너 몇 살이야?"

"스물두 살이요."

이브가 앞코가 뾰족한 구두로 바닥을 탁탁 두드렸다.

"미성년자랑 섹스하는 건 중범죄야."

"켈시는 미성년자가 아니었어요."

"아니었다고?"

이브가 황당하다는 표정을 지었다.

"걔는 고작 열여섯 살이었어."

61

"젠장!"

안토니오의 이마에 땀이 송골송골 맺히고 긴장감에 왼쪽 무릎이 들썩이기 시작했다.

"켈시가 자기는 스물한 살이라고 했어요. 외모는 그보다 더 성숙해 보였고요."

그가 침을 삼켰다.

"뉴멕시코주에서는 아마 열여섯 살은 합법일 걸요."

"합법? 그럴 수도 있고, 아닐 수도 있지. 어쨌거나 열여섯이라는 사실은 변하지 않아."

이브가 일어섰다. 사무실 뒤편에 있는 철제 선반으로 걸어가서 마이크와 두 명의 어린 소년이 함께 찍은 사진이 든 액자를 집어 들었다. 이브가 쯧, 혀를 찼다.

"아주 곤란한 상황을 겪게 될 수도 있어, 안토니오."

"켈시가 열여섯 살이라는 건 말도 안 돼요."

목소리를 높이며 자신을 설득하고 있었다.

"걔는 너무 많은 걸 알고 있었다고요."

이브가 등을 돌렸다. 안토니오는 얼굴을 붉히는 예의는 보였지만 그럼에도 이브는 여전히 매서운 눈으로 안토니오를 노려보았다.

"켈시를 찾을 수 있게 도와줘. 그럼 신고하지 않을게."

"증거도 없잖아요."

이브가 미소 지었다.

"지금 그 말 후회하지 않을 자신 있어?"

이브는 초조함으로 몸을 꼼지락거리는 모습을 보며 곤경에 빠진 그의 모습에 동정심을 느꼈다. 그녀는 누구보다 자기 딸을 잘 알고 있었다. 안토니오는 잘생긴 소년이었다. 몸이 탄탄하고, 약간 순진한 면도 있었으며, 어쩌면 속이기에도 쉬웠을 것이다. 자신만만한 성격에 세련된 켈시는 그와 같은 소도시 소년, 특히 판사인 아빠의 뜻을 거스르고 싶어 하는 소년에게 매력적으로 다가왔을 것이다. 게다가 켈시는 덩치가 크고 어리숙한, 한 번 즐기고 떠날 수 있는 가벼운 상대를 좋아했으니. 배짱이라고는 눈을 씻고 찾아볼 수도 없었지만, 이브는 켈시가 이 소년에게서 무엇을 보았는지 이해할 수 있었다. 그는 귀엽고 멍청했다.

"네 아빠는 판사야. 아들이 열여섯 살짜리 여자애하고 성관계했다는 혐의를 받는 건 별로 안 좋아하실걸."

안토니오는 여전히 초조하게 다리를 떨고 있었다. 이브는 그의 턱밑에 두 손가락을 대고 고개를 들어 올려 소년이 그녀의 눈을 쳐다보게 했다. 이브의 숨결이 그의 뺨을 스치고 팔에 가슴이 눌릴 정도로 그에게 가까이 다가갔다. 그는 애써 시선을 피하면서 그녀에게서 떨어지려고 몸을 꼼지락거렸다.

"어디에 있는지 저는 정말 몰라요."

"켈시를 마지막으로 본 게 어딘지 말해."

그는 얕고 거친 숨을 쉬고 있었다. 동공이 빠르게 움직였지만 그의 시선에 담기는 것은 이브뿐이었다. 마침내 입을 열었다.

"친구 몇 명하고 사막으로 놀러 갔었어요. 술도 마셨어요. 취, 취할 만큼."

안토니오는 또다시 시선을 피했다. 이브가 턱에 대고 있던 손을 뗐다. 가게의 주인인 마이크 눈치를 슬쩍 살펴보니 그는 유리 뒤에서 그녀를 지켜보고 있었다. 이브는 그에게 손을 들어 시간을 조금 더 달라는 신호를 보냈다.

"계속해."

"딱히 말할 건 없어요. 켈시가 술에 취했고 다른 사람하고 같이 있는 게 좋겠다고 결정했어요. 제 질투심을 유발하려고 했던 것 같아요."

안토니오가 어깨를 으쓱했다.

"어쨌든, 켈시가 그 남자랑 같이 가 버렸어요. 그러고 나서는 켈시가 마을을 떠났다고 생각했고요."

"다른 남자가 누구였는데?"

그가 다시 어깨를 으쓱했다.

"켈시랑 다퉜니?"

"경찰이 그렇게 말하던가요?"

"내가 묻잖아. 켈시랑 싸웠냐고."

안토니오가 한숨을 쉬었다.

"맞아요, 저한테 화가 났어요."

"뭐 때문에?"

"다른 애하고 장난을 쳐서 켈시가 화를 냈어요. 됐나요?"

"장난을 친 거야, 아니면―"

"우리는 진지하게 사귀고 있던 것도 아니었다고요."

그가 뚱한 표정을 지었다.

"있잖아요, 사막으로 그렇게 놀러 갈 때는 서로 구속하지 않겠다는 걸 암묵적으로 합의하고 가는 거예요. 내가 다른 사람과 있는 모습을 보더니 켈시가 화를 냈어요. 그러고는 자리를 박차고 나가 버렸고요. 다른 사람과 떠나겠다고 절 협박했죠. 그래서 마음대로 하라고 했어요. 제가 뭐라고 하겠어요? 우리가 사귀고 있던 것도 아니었는데요. 경찰한테도 이렇게 말했어요. 전부 다요."

"그전에는 너랑 같이 지냈던 거야?"

"제 방바닥에서 몇 번 자고 간 적이 있어요."

"손님 접대가 정말 후하네."

"저기요, 켈시는 마을을 떠났어요. 말씀드렸듯이 가만히 있지 못했다고요. 그날 밤이 아니었대도 얼마 지나지 않아서 결국 마을을 떠났을 거예요. 닐라를 지켜워하고 있던 참이었거든요. 닐라를 떠난 게 오로지 켈시 선택이라고 생각하지는 않지만."

그의 눈이 이브의 뒤쪽에 있는 가게 안의 무언가로 향했다. 이브가 책상에 신발을 탁탁 두드렸다.

"안토니오, 내 딸을 다치게 했어?"

"아니요."

그가 눈을 동그랗게 뜨고 말했다.

"정말이에요. 전 아무도 해치지 않았어요."

마지못해 이브는 고개를 끄덕였다. 소년과 남자의 과도기에 있는 이 아이는 켈시의 상대가 되지 않았다.

"켈시와 같이 떠난 남자가 누구지?"

안토니오가 모르겠다는 듯 어깨를 으쓱했다.

"야."

"경찰한테도 이미 말했지만 어떤 떠돌이였어요. 모르는 사람이요."

이브는 안토니오의 얼굴을 유심히 관찰했다.

"…거짓말이잖아."

"마이크가 기다리고 있어요. 여기서 잘리면 안 돼요. 그만 가야겠어요.”

이브가 사무실 문 앞으로 걸어가 그가 밖으로 나가지 못하게 막았다.

“켈시가 누구랑 떠났는지 대답해.”

이브가 낮은 목소리로 말했다.

“그 인간 이름이 뭐냐고.”

“제발, 부탁이에요.”

안토니오가 손으로 머리를 쓸어 넘겼다.

“켈시는 이곳을 떠났어요. 이곳저곳을 떠돌아다니는 애니까 또다시 모험을 찾아 떠났나 보죠. 버스를 탔을지도 모르고. 누가 알겠어요? 켈시는 남들과 다른 구석이 있었으니까요.”

이브가 얼굴을 찌푸리자 당황한 안토니오가 새파랗게 질렸다. 멈칫하고 뒤로 물러나더니 팔을 휘저었다.

“죄송해요. 당신 딸이었는… 아니, 딸인데.”

“그 새끼가 누군지 말해.”

“미치겠네.”

안토니오가 손등으로 이마의 땀을 훔쳤다.

“아빠가 알면 절 죽일 거라고요.”

“안토니오, 그 남자 이름 알려 주면 널 안 괴롭힐게. 켈시는 이제 막 열여섯 살이 됐어. 그런데 넌 그런 애랑 섹스하고, 개처럼 방바닥에서 재우고, 사막에 혼자 내버려 뒀어. 걔는 열여섯 살인데 넌 스물두 살이고. 설령 너랑 관계없는 사건이라고 해도, 너희 아빠가 그 사실을 좋아하실까?”

이브는 가만히 기다렸다. 필요하다면 온종일이라도 기다릴 수 있었지만 그렇게까지 오래 기다릴 필요는 없어 보였다. 사무실 전화가 울렸다. 벨 소리에 깜짝 놀란 안토니오가 정신을 차린 것 같았다.

"젠장, 젠장, 젠장. 완전히 망했네."

안토니오가 손으로 머리를 쥐어뜯었다.

"카일 서머스요, 됐어요?"

그가 손으로 눈을 비볐다.

"씨발, 카일 서머스라고요. 이제 만족해요?"

"카일 서머스? 내가 알 만한 사람이야?"

안토니오가 뒷걸음질 쳤다. 그러고는 의자에 풀썩 주저앉았다.

"모르시겠죠. 우리 외삼촌인데요."

"내 딸이 너희 삼촌하고 떠났다고? 오, 세상에! 자존심에 큰 상처를 입었겠어, 안토니오."

안토니오는 별일 아니라는 듯한 표정을 지었다.

"삼촌은 나이도 많고 돈도 있으니까… 여자들은 그딴 거 좋아하잖아요. 어쨌거나 전 삼촌하고 별로 친하지 않아요."

"카일은 어디에 살지?"

알아들을 수 없게 중얼거려 이브가 안토니오의 발을 밟았다. 스틸레토 구두의 뾰족한 코가 그의 복사뼈를 누르자 안토니오가 움찔했다.

"집이 어디지?"

"메이베리 스트리트요. 이 마을 부자 동네에 있어요."

"이 동네에 그런 곳이 있는 줄은 몰랐네."

안토니오는 금방이라도 울음을 터뜨릴 듯한 표정으로 입술을 깨물었다.

"내가 알려줬다는 말은 하지 마세요."

그는 간절한 눈빛으로 애원하고 있었다.

"경찰도 이미 알고 있어요."

"왜 삼촌을 보호하려는 거지?"

"우리 아빠가 어떤 사람인지 몰라서 그래요."

이브는 몸을 숙여 안토니오의 얼굴에 자기 얼굴을 바짝 갖다 댔다.

"그래, 네 아빠는 아직 안 만나 봤지."

안토니오가 눈을 감았다. 여기 오기 전 만났던 그의 엄마가 지었던 표정과 똑같았다. 어떠한 연유에서인지 겁쟁이 같은 그 모습이 이브의 화를 돋우었다. 이브는 발로 책상을 걷어찼다.

"뭘 자꾸 알려줬다고 말하지 말래? 짜증나게. 내가 어떤 사람인지 말해 줘야겠어?"

안토니오는 여전히 눈을 감고 있었다.

"부탁이에요."

그가 말했다. 이브는 겁쟁이처럼 잔뜩 웅크리고 있는 안토니오를 남겨두고 가방을 챙겨 사무실을 떠났다.

제 8 장

코니 포스터
뉴멕시코주 어딘가 — 현재

늦은 오후가 되어서야 앨버커키에 도착했다. 택시를 타고 먼지가 잔뜩 쌓인 중고차 판매장으로 가서 오래된 흰색 아큐라 인테그라를 구매하는 데 얼마 없는 정착금 일부를 지출했다. 녹이 슨 곳은 없었고, 수동 변속기를 장착하고 있었다. 판매 직원은 늘어진 턱살에 갈색 체크무늬 폴리에스터 셔츠와 애틀랜타 브레이브즈 야구단의 야구모자를 쓴 40대 남자였다. 그는 지루한 듯 하품을 하며 열쇠를 건네고는 내가 자동차에 타는 모습을 지켜보다가 표지판 아래에 튀어나온 지네를 밟아 죽였다. 지네와 사막. 이곳이 마음에 들지 않았다.

앨버커키에서 차를 몰고 나오면서 도시 주변으로 우뚝 솟아 있는 산디아 산맥을 보고는 감탄이 절로 나왔다. 위용 있는 자태가 아름다웠다. 하지만 황량한 갈색 무덤처럼 보이기도 했다. 나는 버몬트의 녹색 풍경을 그리워하다가 리사를 떠올렸다. 지금 뭘 하고 있을까?

리사… 어린 시절에는 누구보다 가까웠지만 지금은 너무나 소원해진 나의 쌍둥이 자매. 엄마는 마치 우리 사이를 감시하고 있었던 것처럼 너무 가까워지면 나서서 끼어들곤 했다. 의도적이었든 아니든 이브가 내린 벌은 나와 리사 사이에 균열을 일으켰고, 서로 간의 차이를 극명하게 드러냈다. 나에게는 별 의미 없는 차이였지만 이브는 그 간극에 집착했다.

25번 도로를 따라 북서쪽으로 달리면서 바뀌는 풍경을 감상했다. 황량한 갈색이 점차 푸르른 녹색으로 바뀌고, 평평한 땅이 언덕으로 변했다. 샌타페이에 도착했을 즈음에는 풍경이 더 부드러워졌고, 피곤과 허기가 몰려왔다. 피시 타코 세 개와 다이어트 펩시 콜라를 먹고 나서 다시 길을 따라 달리기 시작했다. 밤이 깊어지면서 조금이나마 남아있던 희망이 새삼 절망으로 바뀌어 버렸다. 돈은 거의 바닥났고, 집은 한 번도 본 적이 없는 데다가, 버몬트 집으로 돌아가는 것도 금지되어 있다니. 어둠 속에서 새집을 마주할 수는 없었다. 지금까지 이브에게 걸려들어 감행했던 모든 멍청한 게임들도 이 상황과는 달랐다.

멀리서 네온사인이 번쩍였다. 일 층짜리 모터타운에 '빈방 있음'이라고 적힌 모텔 간판이었다. 나는 침대가 있을 거라는 생각에 사로잡혀 그 앞에 차를 세웠다. 앞니가 썩은 심술궂은 표정의 백인 여자가 열쇠를 내밀었고, 나는 여자에게 47달러를 현금으로 주었다. 여자가 입을 열고 신용카드를 달라고 말하려는 듯하기에 나는 카운터 너머로 10달러를 더 건넸다.

"손님, 남자 손님은 들이면 안 돼요."

어이가 없었다.

"그럴 생각 없어요."

"남자든 누구든 안 돼요."

"저 혼자예요."

여자는 퉁명스럽게 고개를 끄덕이며 마지못해 열쇠를 건넸다. 내 가슴을 힐끗 쳐다보고는 한 마디 더 덧붙였다.

"호객 행위도 안 되고요."

매춘을 에둘러 표현할 수 있는 단어는 전부 다 쓴 것 같은 느낌이었다.

"저 보건복지부 소속이에요. 됐어요?"

멍한 여자의 시선을 뒤로하고 자리를 떴다. 주황색 꽃무늬 폴리에스터와 판지로 만든 가구가 있는 16호실은 말 그대로 엉망이었지만 침대 시트는 깨끗했고 물도 잘 나왔다. 커튼을 단단히 친 후 옷을 벗고 샤워를 했다. 욕실에서 수건으로 물기를 닦는데 누군가 쾅, 하고 문을 두드렸다. 자물쇠에 열쇠를 넣고 딸깍 돌리는 소리가 연이어 들렸다. 나는 허겁지겁 티셔츠를 찾아 서둘러 목과 팔을 끼워 넣고는 나머지 부분은 물기도 닦지 않은 채 알몸으로 문 옆에 섰다. 싸구려 잠금장치가 무기력하게 매달려 있었지만 어느 정도는 안전을 보장해 줄 테니까. 심장이 쿵쾅거렸다. 이런 곳에서 마음 놓고 샤워를 하다니. 내가 부주의했다.

"거기 누구 있어요?"

내가 소리쳤다. 문이 벌컥 열리자 앳돼 보이는 얼굴의 남자가 문 앞에 서 있었다. 그는 한 손에는 렌치를, 다른 한 손에는 클립보드를 들고 있었다. 나를 쳐다보는 그의 눈빛에 당혹스러움과 흥미가 한데 뒤섞여 있었다. 문 바깥으로 차들이 지나가는 시끄러운 소리가 들렸다.

"무슨 일이시죠?"

의심스러운 말투로 묻자 그가 더듬거리는 말투로 접수대 직원이 파이프를 고치러 보냈다고 말했다. 그 여자 그럴 줄 알았어. 나를 확인하려 보낸 거겠지. 파이프를 고치지 않아도 된다고 말하고 남자를 보낸 후 문을 잠갔다. 문손잡이 아래 의자를 끼워 고정하고, 청바지를 입은 채로 침대에 누웠다. 차들이 지나가는 소리를 몇 시간 동안 듣다가 이브를 떠올렸다. 그러다가 나도 모르게 설핏 잠이 들었다.

* * *

이브는 내 양어머니다. 젊은 나이에 그리스에 있는 보육원에서 우리를 데려왔다. 우리의 이름을 콘스탄티나와 리자에서 각각 코니와 리사로 바꾸었다. 그러고는 '엄마'라고 자신을 부르도록 했다. 이브에 대한 나의 첫 번째 기억은 마치 물로 된 필름이나 연기로 된 베일에 가려진 것처럼 희미하고 일그러진 채로 남아 있다. 금발 머리와 녹색 눈, 그리고 빨간색… 아직도 나는 빨간색이 싫다.

* * *

다음 날 아침 9시 12분, 닐라에 도착했다. 수면 부족과 먼지 알레르기로 눈이 충혈되고 퉁퉁 부었다. 진통제 세 알과 커피를 들이

붓다시피 했는데도 여전히 머리가 지끈거렸다. 여기에서 무엇을 만나게 될지 아는 게 하나도 없었다. 새로운 건물들, 포장된 도로, 남서부 샌타페이에서만 느낄 수 있는 세련된 분위기가 아닐까 싶었는데. 내가 순진했지. 바보처럼. 닐라는 먼지 구덩이였다.

메인 도로를 따라 달리면서 새로운 주변 환경을 탐색했다. 널찍한, 빛바랜 아스팔트 도로가 마을의 중심을 가로지르면서 약 800미터 동안 이어져 있었다. 양쪽에는 키가 작은 콘크리트 건물과 어도비 벽돌을 흉내 낸 건물들이 있고, 아침 식사, 수표 현금 교환, 약, 식품을 광고하고 있었다. 상점들 가운데에는 판자로 입구가 막힌 채 버려진 것들도 듬성듬성 눈에 띄었다. 비포장도로는 좀벌레 다리처럼 번화가를 가로지르고 있었다. 한 노파가 비닐봉지 세 개와 종이로 만든 멕시코 국기로 장식된 보행기에 의지해 금이 간 인도 위에 서 있었다.

나는 텅 빈 식당에 차를 세우고 방향을 확인했다. 내가 찾는 길은 13번 매드독 도로였다. 내 새로운 집. 매드독? 미친개라니, 이곳에 어울리는 이름이었다.

* * *

차로 20분을 더 달린 후에야 매드독 도로를 찾을 수 있었다. 그곳은 주택가라기보다는 그저 후미진 곳으로 비포장도로를 따라 단 세 채의 집만이 있을 뿐이었다. 하늘색 대문이 있는 처음 두 집은 서로 옹기종기 모여있었다. 직사각형 형태 어도비 벽돌의 쌍둥이 건물이 더는 사막화가 되지 못하게 가로막고 있었다. 길 아래쪽에는 키가 작고 뒤틀린 나무 몇 그루가 키가 작은 관목, 선인장과 함께 여기저기 흩어져 있었다. 저 멀리 산맥이 웅장하게 우뚝 솟아 있었지만 이곳의 땅은 그저 평평하기 그지없었다. 철사를 엮어 만든 울타리만이 사유지의 경계선을 표시하고 있었다.

이브가 물려준 집을 찾는 건 그리 어렵지 않았다. 파란색 대문이 있는 쌍둥이 건물에서 안쪽으로 한참을 더 들어가니 도로 끝에 외로이 서 있는 집 한 채가 있었다. 높이가 낮은 지붕이 빨간색의 작은 직사각형 건물 위를 덮고 있었다. 그나마 찾아볼 수 있는 장식이라고는 지붕선 아래 흰색 말뚝 디자인과 문 주위의 검은색 프레임뿐이었다. 콘크리트 바닥의 앞마당에는 두 개의 낡은 철제 의자가 놓여 있었고, 그 옆으로 찌그러진 콜라 캔으로 가득 찬 손수레가 있었다.

시동을 끄고 주변을 살폈다. 집 뒤로 똑같이 빨간색이지만 크기가 더 작고 지붕이 평평한 건물이 하나 더 보였다. 텅 빈 닭장 옆에는 작은 텃밭이 자리 잡고 있었다. 몇 킬로미터 떨어진 곳은 흙과 갈색과 황량함뿐인데 집 바로 주변에는 식물이 있었다. 녹색 관목, 녹색 화분, 녹색 나무. 녹색 정원 안에는 아름다운 가구도 몇 개 있었다. 플레임 메이플로 멋을 낸 작은 원형 비스트로 테이블, 등받이가 없는 벤치, 나무를 깎고 빨간 쿠션을 덧대 만든 키가 작은 의자. 마치 누군가 자연과 결투해서 작은 승리를 하나씩 얻어낸 듯이 말이다. 하지만 이곳은 왠지 좋아하기 힘든 불쾌함이 느껴졌다. 그게 뭔지 콕 집어 말하기 힘들었다.

나는 집을 한참이나 들여다봤다. 혼란스러웠다. 여기가 정말 내 집인가? 여기서 어떻게 살 수 있지? 이토록 낯설고 불친절한데. 아니, 그렇지만은 않았다. 묘하게 친숙한 끌림이 있었다.

집에 대해 어떻게 생각하든 그건 중요하지 않았다. 누군가 이미 이곳에 사는 게 분명했기 때문이다. 낡은 포드 트럭 한 대가 집 옆에 세워져 있었다. 트럭 주인이 작은 집 창문에 서서 유리창 아래로 총을 겨눈 채 수염 난 얼굴로 나를 노려보고 있었다.

제 9 장

이브 포스터
뉴멕시코주 닐라 — 1997년

카일 서머스. 이제 이름을 알아냈으니 어디서부터 시작해야 할까. 이브는 칼 판매점을 나와 큰길을 따라 서쪽으로 향했다. 렌터카 앞 유리에 이미 미세한 먼지가 얇게 코팅되어 있었다. 와이퍼를 켰다. 다음 목적지를 어디로 정할지 고민하다가 차를 돌려 경찰서로 향했다.

메이어 경관은 통화 중이었다. 이브는 안내 담당자에게 기다리겠다고 말했다. 로비에 있는 의자에 앉아 바닥에 신발을 딱딱 두드리면서 안내 담당자의 서슬 퍼런 시선을 즐기고 있었다. 한 시간쯤 지나자 메이어 경관이 모습을 드러냈다.

"제가 아는 건 전부 말씀드렸을 텐데요."

이브를 본체만체하며 지나쳤다. 이브는 그가 시선을 피한 것이 영 마음에 들지 않았다. 무시당하지 않겠다는 듯 그 옆에서 성큼성큼 걸었다.

"저한테 새로운 정보가 있거든요."

이브가 말했다.

"이야기를 좀 해야겠어요. 지금 당장."

메이어 경관이 아랑곳하지 않고 계속 걸음을 옮겼다. 아보카도 색 타일이 깔린 복도와 헤진 굽이 부딪히는 소리가 났다.

"르루 판사."

이브가 덧붙였다. 메이어 경관이 걸음을 멈췄다. 주변을 두리번 거리더니 갑자기 잔뜩 경계하는 눈빛으로 이브를 바라보았다.

"딱 5분 만이에요."

＊ ＊ ＊

"경관님. 저한테 숨기는 게 있으시더군요."

이브와 메이어 경관은 작은 사무실에 앉아 있었다. 이브는 갈색 접이식 의자에, 메이어 경관은 얼룩진 회전의자에 앉았다. 둘 사이 에는 투박한 철제 책상이 놓여 있었다.

"말장난할 시간 없어요, 포스터 부인. 정확히 무슨 뜻이죠?"

"카일 서머스요."

메이어 경관이 매끈한 머리를 문질렀다. 그는 화가 난 척했지만, 이브의 눈에는 그의 속이 훤히 들여다보였다. 그는 무슨 말을 할지 생각하면서 시간을 벌고 있었다. 그러다가 어떤 말을 할지 간신히 선택했다.

"카일 서머스가 어쨌는데요?"

"켈시가 흔적도 없이 마을을 떠났다고 하셨죠. 그리고 낯선 사람과 도망친 것처럼 이야기하기도 했고요."

"네, 저희는 그렇게 생각합니다."

"그리고 은근슬쩍 켈시가… 헤픈 여자라고도 했고요."

"전 켈시를 두고 헤픈 여자라고 말한 적이 없습니다."

"아뇨. 그런 뉘앙스로 말씀하셨잖아요. 굳이 그 단어를 직접 입에 올리진 않았지만요. 딸을 과소평가하지 마세요. 제 딸은 경관님이 하찮게 생각해도 될 사람이 아니에요."

'그 애는 뭐든 할 수 있는 애니까.' 이브는 그렇게 말하고 싶었다. '그 애가 당신을 가지고 놀 거예요. 바보 같은 우리를 전부 속일 거라고!' 마음속 생각을 입 밖으로 꺼내는 대신 손을 뻗어 기지개를 켜는 척하면서 손가락에 낀 3캐럿짜리 다이아몬드 반지를 보여주었다. 케이스에서 담배를 꺼내고 느릿느릿 불을 붙였다.

"제가 알아낸 바에 의하면 제 딸이 마지막으로 함께 있었던 사람이 이곳 판사님의 처남이라던데, 그 사실도 저에게 말하지 않더라구요."

메이어 경관의 시선이 이브의 입술로 움직이는 담배에 고정되었다.

"솔직히 말씀드리자면, 그건 당신이 신경 쓸 일이 아니에요. 우리가 이미 카일과 이야기를 했으니까요. 따님의 실종과 카일은 아무 상관이 없습니다."

이브는 눈앞에 있는 남자를 관찰했다. 차분하게 앉아 있는 척했지만, 이마에 송골송골하게 맺힌 땀방울과 해진 의자 모서리를 움켜쥔 손가락이 눈에 들어왔다. 이브가 경관을 향해 몸을 기울였다.

"르루 판사에 대해 알려줘요."

"뭐가 궁금하신 거죠?"

"마을 사람들이 왜 전부 르루 가족을 보호하려고 하는지요."

"그런 사람은 없습니다."

"안토니오가 내 딸과 잤어요. 생각해 봐요. 파티에 갔던 낯선 남자하고 나갔다고요. 그것도 성인 남자랑."

이브는 낮은 목소리로 이야기했지만 그 말투에 분노가 점점 차올랐다.

"켈시가 겨우 열여섯 살이었다는 사실을 다시 말씀드려야 할까요?"

"저도 알고 있습니다."

"카일 서머스는 나이가 많은 성인이에요."

"그 점에 대해서는 드릴 말씀이 없습니다."

이브의 마음이 조금 누그러졌다.

"내 딸을 마지막으로 본 사람도 그 남자고."

"그걸 입증할 증거는 없습니다만."

이브가 일어섰다. 그녀는 창문으로 가서 흙먼지가 날리는 거리를 내다보았다. 여자가 보였다. 한 손에는 머리가 검은 아기를 안고 다른 한 손에는 부피가 큰 알 수 없는 물체로 가득 찬 쓰레기봉투 여러 개가 담긴 손수레를 끌면서 인도를 따라 걸어 내려오고 있었다.

"카일 서머스가 제 딸에 대해 뭐라고 하던가요, 경관님?"

이브가 몸을 돌려 메이어 경관을 쳐다봤다.

"그날 밤 켈시를 집으로 데려가지 않았다면 대체 뭘 했죠?"

메이어 경관이 자리에서 일어섰다. 그는 성큼성큼 걸어가 문을 열었다.

"약속했던 5분이 지났습니다."

"내 딸에 대해 뭐라고 말했는지 말해 주기 전까지는 여기서 한 발짝도 움직이지 않겠어요."

메이어 경관이 한숨을 쉬었다.

"아무 말도요. 아무 말도 안 했어요. 마을까지 차를 태워 줬대요. 아마 시내에서 다른 차를 얻어 탔겠죠."

"누구요? 이 동네 사람?"

"그건 저도 모릅니다. 아마 트럭 운전사겠죠. 어쩌면 새로운 곳에서 새 출발을 했을 수도 있고요. 카일은 마을까지 데려다주기만 했어요. 그 이후에 뭘 했는지는 카일도 모릅니다."

이브가 얼굴을 찌푸렸다.

"다 큰 성인이 열여섯 살밖에 안 된 미성년자를 한밤중에 마을 한복판에 두고 갔다는데 걱정도 안 된다니 놀랍군요."

"애초에 모르는 사람 차를 얻어 타고 여기까지 온 거 아니었나요?"

그는 이미 열려 있는 문을 더 활짝 열었다.

"안녕히 가십시오, 포스터 부인. 새로운 단서가 발견되면 부인께 연락드리겠습니다. 가시기 전에 안내 담당자에게 집 전화번호를 남기고 가세요."

"전 아직 떠날 생각이 없는데요."

이브는 창가에 계속 서 있었다. 작은 사무실을 둘러보며 공기 중에 스며든 절망과 함께 보잘것없는 평범함과 게으름의 퀴퀴한 냄새를 받아들였다. 이브의 시선이 액자에 걸린 고등학교 졸업장에 고정되었다.

"닐라 고등학교를 졸업하셨군요, 메이어 경관님."

메이어 경관의 네모난 턱이 경직되고, 눈이 찌푸려졌다.

"이 작은 마을에서 인생 대부분을 보내셨네요. 여기서 자라고, 고등학교도 졸업하고, 아마 고등학교 동창과 결혼하셨겠죠?"

그가 아무런 반응을 보이지 않자 이브가 계속 말을 이었다.

"닐라처럼 먼지투성이의 잊힌 작은 마을에서는 기회가 그리 많지 않을 거예요. 아마도 사다리를 올라가기 위해 고군분투해야 했겠죠."

이브가 미소 지었다.

"아니면 필요한 사람을 사귀던가요. 인생에 도움이 되는 적절한 인맥."

메이어 경관은 여전히 아무 말이 없었다. 하지만 이브는 그가 자신이 무슨 말을 할 생각인지 이미 알고 있다고 확신했다.

"마을을 상징하는 인물을 거역하는 건 분명 모양새가 좋아 보이지 않았겠죠."

"전 경찰관입니다, 포스터 부인. 제 일은 주민들을 보호하는 거예요."

"아, 그러세요?"

이브가 말하면서 경관의 책상에 놓인 재떨이에 담배를 비벼 껐다.

"정확히 누구를 보호하는 건데요?"

제 10 장

코니 포스터
뉴멕시코주 닐라 — 현재

"당신 누구야?"

열린 창문에서 텍사스 억양이 살짝 섞인 낮고 조심스러운 목소리가 들려왔다. 총은 아직 내 심장을 향해 겨눠져 있었다.

"이봐요! 당신은 누군데요?"

조금 더 큰 소리로 외쳤다.

"저 코니 포스터고, 여기 제 집이에요."

총구의 각도가 살짝 내려갔다. 그 위로 레이저처럼 날카로운 파란 눈동자 두 개가 보였다.

"어머니 이름이 뭐지?"

"이브 포스터요. 돌아가셨고."

창틀에 얹어져 있던 총이 뱀처럼 스르륵 뒤로 물러났다. 잠시 후, 문이 열렸다. 키가 크고 어깨가 떡 벌어진 30대 후반쯤으로 보이는 남자가 밖으로 걸어 나왔다. 깔끔하게 다듬은 수염도 강철처

럼 단단해 보이는 그의 턱이나 불신에 찬 눈빛을 감춰주지는 못했
다. 그는 버튼이 달린 격자무늬 셔츠의 소매를 팔꿈치까지 걷어 입
었는데, 소매 아래로 큰 상처가 깊게 팬 두 손은 여전히 총을 쥐고
있었다. 그가 문을 닫기 직전에 래브라도로 보이는 깡마른 검은색
개가 튀어나왔다. 미친 듯이 짖으며 내게 달려들었다.

"미카, 앉아."

남자가 명령했다. 개는 남자 뒤에 앉았지만, 눈빛으로는 계속 나
를 경계하고 있었다.

"신분증."

남자가 퉁명스럽게 말했다.

"신분증? 미치겠네. 나야말로 당신이 누구인지 물어봐야 할 사
람인데요. 여기 내 집이라니까요."

"신분증."

"좋아요. 알겠다고요."

낯선 남자에게 시선을 고정한 채로 아큐라의 트렁크를 열었다.
가방을 뒤져서 나온 지갑에서 운전면허증을 꺼내 남자의 눈앞에
대고 흔들었다. 그가 내 손에 들린 운전면허증을 낚아채려고 했지
만, 재빨리 그의 손을 피했다.

"어림없지. 눈으로만 봐요."

남자가 눈살을 찌푸리고는 몸을 앞으로 숙여 신분증 사진과 나
를 번갈아 쳐다보았다.

"이 사진이 더 어린 것 같은데."

"예? 이땐 더 어렸으니까요."

"알았어요. 당신이 코니란 말이죠. 당신 집은 저기예요."

그가 빨간 집을 가리키고는 자리를 떴다. 남자의 등 뒤에 대고
소리쳤다.

"아저씨는 누군데요? 집에는 어떻게 들어가는 거예요?"

남자가 걸음을 멈췄다.

"몰라요?"

"네. 이 집이 내 것이란 사실도 며칠 전에야 알게 됐다고요. 변호
사가 그것 말고는 아무것도 말 안 해 줬어요."

남자가 등을 돌렸다. 호리호리한 체형이었지만 몸에 딱 맞는 셔
츠 아래 단단한 근육이 자리 잡고 있었다. 팔꿈치에 덧댄 패치와
지적인 눈빛, 나를 응시하는 강렬한 눈빛이 느껴졌다. 무기로 사용
할 만한 게 있을까 싶어 슬쩍 주위를 둘러보았다.

"긴장 풀어요."

그가 말했다.

"제트라고 합니다. 관리인이에요."

"관리인이요? 변호사가 관리인이 있다는 말은 안 했는데. 어디
살아요?"

"헛간이요. 별채."

"별채요?"

집 뒤의 작은 건물을 가리켰다.

"저기 저 건물이요?"

"그래요."

남자가 대수롭지 않은 표정으로 작은 건물을 가리켰다. 그러고
는 집을 가리켰다.

"여긴 집이고요. 난 할 일을 했어요. 이제 전부 당신 거예요."

"제법 그럴듯하지만, 총을 들고 있잖아요."

남자의 얼굴에는 여전히 웃음기가 없었지만 나는 계속 말을 이었다.

"여기서 기다려요. 당신 말대로 정말 관리인이 맞는지 확인해야 하니까."

재빨리 차로 돌아가서 이브의 변호사인 크레이그에게 전화를 걸었다. 전화 연결이 되지 않았다. 그의 비서가 집에 관리인이 있다는 사실은 확인해 주었지만, 알려 줄 수 있는 정보는 거기까지였다. 다시 마당으로 돌아온 내가 물었다.

"내가 당신에게 돈을 지불하고 있는 것 같으니 그 총 좀 치우고 집 좀 보여주겠어요?"

"당신? 아니, 이브가 돈을 주는 거죠."

"아, 정말! 그게 그거죠."

"아니에요."

남자는 한참 동안 나를 관찰했다. 그의 시선이 낡은 운동화에서 시작해 얼굴까지 이어졌다. 그러고는 내 눈을 가만히 응시했다. 아무런 말도 하지 않고 자신이 머무는 별채로 서둘러 걸어갔다. 미카는 그 자리에 그대로 앉아서 나를 계속 노려보았다.

"착하지."

내가 손을 뻗자 으르렁거렸다. 제트가 안내해 주지 않을 거라고 포기할 즈음, 성까지는 알 수 없지만 어쨌든 이름은 제트인 남자가 다시 밖으로 나왔다. 그는 빨간 집으로 성큼성큼 걸어가더니 문을 열었다. 나는 관자놀이가 세게 눌린 것 같은 불안감을 안고 남자를 따라갔다. 얼마간의 시간이 지나자 눈이 어둠에 적응하기 시작했다. 먼지, 거미줄, 부서진 마룻바닥, 벽지가 벗겨진 벽, 커다랗게 뚫린 구멍…

'고마워 죽겠네요, 이브.'

이 모든 것이 사라져 버리길 바라며 나는 다시 눈을 감았다.

* * *

내가 열두 살이었을 때 이브와, 나, 리사는 그리스 코르푸섬의 위풍당당한 대리석 저택에 살고 있었다. 집은 이오니아해의 해안가에서 좁은 해변을 내려다보는 모양새였다. 이브의 구두 소리가 울리는 대리석 바닥과 저 멀리 알바니아까지 보이는 지붕 위에서의 풍경은 아직도 잊히지 않을 만큼 아름다웠다.

이브는 형편없는 유머 감각을 지니고 있었다. 하루는 내게 생일 파티를 열어 주겠다고 약속한 적이 있다. 쌍둥이인 리사는 빼고 오로지 나를 위한 생일 파티를. 같은 마을 친구였던 니콜라스가 떠올랐다. 까맣고 부스스한 머리에 연약하고 창백한 얼굴로 늘 나른한 미소를 짓던 아이… 학교 수업이 끝나고 니콜라스와의 파티 생각에 설렜다. 나만을 위한 무언가가 있다는 사실에 들떠서 행복감에 젖어 있었다.

파티가 한창이던 집에 도착하니 동네 아이들로 바글거렸다. 모두 내 친구가 아닌 리사의 지인들이었다. 이브가 나를 보고 환하게 웃었다. 신도 깜박 속아 넘어갈 듯한 천상의 미소였다.

"니콜라스는요?"

이브에게 묻는 사이 알 수 없는 두려움이 내 안에서 파도처럼 들썩거렸다. 커다란 창문을 통해 바다를 내다보았다. 물에 떠 있는 빨간 뗏목 위에 작은 내 친구가 있었다. 어찌나 멀리 떨어져 있는지 얼굴이 점처럼 보였다. 니콜라스는 수영을 할 줄 몰랐다. 수영을 배워야 한다고 이브가 끈질기게 말했지만 수영을 못하기는 나도 마찬가지였다.

"생일 축하한다."

이브가 말했다. 리사는 손으로 머리를 감싼 채 구석에서 웅크리고 있었다. 이브의 기행에 익숙하지 않은 사춘기 이전의 아이들이 당황한 표정으로 리사 주위에 앉아 있었다.

"…무슨 상황이에요?"

어린 내가 말했다.

"선물이야. 너희에게 주는. 수영 강습."

나는 해안가에서 점점 더 멀어지는 친구를 무력하게 쳐다볼 수밖에 없었다. 이브가 망연자실한 나를 보며 말했다.

"두려움보다 강한 동기부여는 없어, 코니."

나는 두려움을 이겨내고 니콜라스를 구했다. 돌아와 배불리 먹으며 파티를 즐겼지만 그날 이후 니콜라스는 내게 단 한 번도 말을 걸지 않았다.

* * *

내가 말했다.

"이거 농담이죠?"

제트는 무표정한 얼굴로 출입구에 서서 나를 기다리고 있었다.

그와 달리 나는 메스꺼움을 느꼈다. 그에게서 어떠한 설명도 들을 수 없다는 확신이 들었을 때 나는 벽을 더듬거리면서 전등 스위치를 찾았다.

"전기는 이미 나갔어요. 불 안 들어온 지 몇 년은 됐을 텐데."

"몇 년씩이나요? …그쪽은요? 헛간은 전기가 들어와요?"

남자의 코웃음을 나는 긍정으로 이해했다.

"빈집에 전기를 연결할 필요가 있나요."

"집이 왜 비어있었는데요? 세를 놓을 수도 있었잖아요."

나는 남자의 다부진 표정 변화를 살펴보았다.

"이브가 이 집을 계속 가지고 있었던 이유가 대체 뭐예요?"

제트가 질문에 대한 답을 해주지 않아 거실처럼 보이는 곳으로 자리를 옮겼다. 날것 상태로 여기저기가 부서진 마룻장이 합판을 덮고 있었다. 벽과 천장은 외장용 판자가 가로로 겹쳐져 있었다. 벽에서 떨어져 나온 파란색 페인트 조각이 동그랗게 말린 채 벽에 붙어있고, 삼 분의 일 정도 되는 천장 면적은 엉망진창이라 페인트를 새로 칠해야 할 것 같았다. 양쪽으로 난 두 개의 창문으로 희뿌연 빛이 들어오고 있었다. 구석에 놓인 흔들의자는 곡선을 이루는 손잡이에 먼지와 거미줄이 수북이 내려앉아 있었다. 한때는 흰색이었을 문틀이 다른 방과 거실을 이어주고 있었다. 출입구가 나란히 있었기 때문에 이곳에 있으면 세 개의 방을 전부 볼 수 있었다.

"이런 집을 샷건 하우스[3]라고 합니다."

제트가 말했다. 설명하는 게 낯선 듯 쉰 목소리였다.

"방이 전부 다른 방과 연결되어 있어요."

---

3. 모든 방이 일렬로 쭉 연결된 집

나는 조금 더 안쪽으로 들어가 보았다. 다섯 걸음만 걸으면 다음 방에 다다를 정도로 작았다. 한쪽 벽에 철제 침대 프레임이 기대어 서 있고, 그 옆으로 때가 탄 협탁이 보였다. 방 반대편에는 녹이 슨 무쇠 욕조가 있었는데 수도는 당연히 연결되어 있지 않은 것 같았다. 거실과 마찬가지로 이 방도 파란 페인트가 군데군데 벗겨져 있었고 바닥도 이곳저곳이 울퉁불퉁하게 패여 있었다. 당황스러운 마음으로 이브를 떠올렸다.

"문이 없네요. 사생활은 어떻게 보호하죠?"

제트가 별일 아니라는 듯 대꾸했다.

"문을 달면 되죠."

마지막 방은 주방이었다. 표면이 거친 나무 찬장이 한 줄로 길게 늘어서 있었고, 그 위로 비닐이 찢긴 조리대가 있었다. 먼지와 거미줄만 빼면 찬장은 그럭저럭 쓸만해 보였다. 벽에는 크고 낡은 냉장고가 있었고, 찬장 한쪽 끝에는 작은 스테인리스 싱크대가 있었다. 오븐은 없었다.

"냉장고 냄새는 보나 마나 고약하겠군요."

찬장을 열자 무언가 빠르게 흩어지는 소리가 들렸다. 쥐들은 적어도 인간이 아니라는 사실을 떠올리며 실성한 듯 웃어 보였다.

"물은 나와요?"

"우물이 있어요."

희망적이군.

"욕실은요?"

제트가 바깥쪽으로 연결된 칠이 벗겨진 주방 문을 고갯짓으로 가리켰다. 손을 문을 밀자 낮은 변기가 놓여 있었고, 그 옆으로 작은 스테인리스 세면대와 어린아이 크기의 샤워 스톨이 보였다. 먼지가 잔뜩 낀 창문 하나를 통해 빛이 조금씩 들어오고 있었다. 크기는 옷장만 했지만 그래도 쓸만해 보였다. 배관이 아직 작동한다면 말이다. 제트가 욕실 옆 벽의 특정 지점을 유심히 살펴보았다.

"욕조를 주방으로 옮겨요. 수도를 연결해서 쓸 수 있게."

그러고는 바닥에 얼룩진 부분을 가리켰다.

"예전에는 욕조가 저기에 있었던 것 같네요."

"좋네요."

나는 폴짝폴짝 뛰며 바닥이 얼마나 튼튼한지 시험해 보았다.

"적어도 무너지진 않을 것 같네요. 이게 다인가요? 다른 공간은 없어요?"

제트가 모호한 표정으로 덧붙였다.

"지하실이 있어요."

"지하실?"

"그런 셈이죠. 밖에서 들어갈 수 있어요. 천장이 낮아서 기어 다녀야 하지만."

주방 뒤쪽으로 난 문이 눈에 들어왔다. 다른 출입문과 마찬가지로 현관문과 일렬로 나란히 있었다. 군데군데 흰색 페인트가 벗겨져 거친 나무 프레임이 훤히 드러나 있었다.

"이쪽으로 나갈까요?"

"좋을 대로 해요. 당신 집이니까."

제트를 따라 한쪽으로 기울어진 나무 계단을 통해 작은 마당으로 내려갔다. 입구에서 보았던 초록빛이 풍경을 꾸며주었다. 높이가 있는 화단, 녹색 관목, 화분에 심은 꽃들, 그리고 가구. 찬찬히 풍경을 훑던 중 또 다른 헛간이 눈에 들어왔다. 집 뒤에 있는 것보다 크기가 더 작았다. 문이 마당 쪽으로 열려 있었고 그 안에서 번쩍이는 기계가 얼핏 보였다.

"직접 만든 건가요?"

제트가 고개를 끄덕였다.

"아름답네요."

제트는 아무런 대답도 하지 않았다. 그의 내성적인 성격이 나를 불안하게 했지만 드러내지는 않았다. 건물을 빙 둘러 걸어가자 땅에 비스듬히 난 문이 보였다.

"여기가 지하실이에요?"

"내려가 봐요."

"같이 안 갈 거예요?"

"다 큰 성인이잖아요. 난 해야 할 일이 있어요. 잠깐 기다려요."

그가 천천히 창고로 걸어가더니 손전등을 들고 밖으로 나왔다.

"이게 필요할 거예요."

나는 사양하지 않고 손전등을 받았다.

"이 집이 얼마나 오래 비어있었던 거죠? 마지막 세입자가 집을 제대로 관리하지 않은 것 같은데요."

"마지막 세입자 같은 건 없어요."

"언제부터요?"

"내가 여기 왔을 때부터요."

"그게 언젠데요."

제트가 손으로 숱이 많은 머리카락을 쓸어 넘겼다.

"몇 년 전?"

"그럼 그전에는?"

그도 자세히 아는 눈치가 아니었다.

"포스터 부인이 자세한 이야기는 안 해줘서요."

'이유가 뭘까.' 그를 유심히 관찰했다. 거칠고 굶주린 분위기를 풍기는 제법 잘생긴 남자였다. 나는 이브가 이 남자를 선택한 이유가 무엇인지 궁금했다. 돈을 조금만 줘도 돼서? 조용해서? 아니면 둘 다? 그것도 그렇고 다 허물어져 가는 집에 관리인이 필요했던 이유는 뭐였을까. 신탁 재산과 유언으로 남긴 조건들을 생각하면서 물었다.

"이 집의 역사나 이 집을 한 번도 찾아오지 않는 이유 같은 것에 대해 아무 말도 안 했다니 신기하네요."

"이 집을 지켜보라고 저를 고용했어요. 집에 들어가 살거나 실내 장식을 바꾸는 것은 허락되지 않았고요. 다른 조건들도 몇 가지 더 있긴 한데, 정당한 임금을 내고 절 이곳에 혼자 남겨 뒀죠."

"제가 올 줄 알고 있었나요?"

"연락을 받았습니다."

"변호사요?"

대답이 없었다.

"제가 여기 왔으니, 이제 떠나실 거죠, 제트?"

"미안합니다."

남자가 창고를 향해 걸어가기 시작했다.

"'미안하다'라는 게 무슨 말이에요?"

"한동안은 여기서 계속 지낼 거예요. 지금은 그 말밖에 할 수 없습니다."

"얼마나 오래요?"

또다시 침묵.

"말도 안 돼요."

등을 돌리고 그가 말했다.

"제가 정한 규칙이 아니에요. 이브가…"

그놈의 규칙. 게임! 엿이나 먹어라. 이브는 늘 게임을 했다. 세상을 떠난 후에도 무덤에서 멍청한 게임이나 하고 있지 않은가. 제트가 돌아섰다. 마치 까탈스러운 아이를 돌보고 있는 것처럼 인내심을 동원해 억지로 꾹꾹 눌러 참고 있는 표정이었다. 얼마간 아무 말 없이 나를 쳐다보더니 창고 안으로 사라졌다가 잠시 후에 다시 나타났다. 다시 집으로 걸어가면서 그가 물었다.

"정말 지하실에 내려갈 생각이에요?"

나는 한숨을 쉬었다.

"안 될 거 있나요. 집 구조도 파악할 겸 해서요."

나는 흙을 발로 찼다.

"사람이 살 만한 곳은 아니네요."

남자가 열쇠 꾸러미를 건넸다.

"물건 아래로 손을 넣지 마세요. 독거미가 종종 나타나니까."

"자물쇠 달린 문은 없는 줄 알았는데요."

"지하실은 사정이 달라요."

"왜요?"

"…뱀 조심해요. 특히 방울뱀이요. 지하실에 난 구멍을 통해서 들어와요. 총 있어요?"

남자는 내 질문 같은 건 사뿐히 무시하려는 듯 보였다.

"아니요, 제트. 전 총 같은 거 안 가지고 다녀요."

"그럼 삽이라도 들고 가요."

그가 집 외벽에 가지런히 진열된 원예 도구를 손가락으로 가리켰다.

"방울뱀이 나타나면 죽여버려요. 안 그럼 당신을 공격할 테니까."

제 11 장

코니 포스터
뉴멕시코주 닐라 — 현재

낡은 자물쇠는 녹이 슬어 있었지만 구멍을 몇 번 찌르니 쉽게 열렸다. 문에 걸려있던 자물쇠를 풀어 호주머니에 넣은 다음 제트를 뒤에 세워두고 문과 실랑이했다. 몇 차례 힘겨루기를 한 끝에 지하실로 향하는 문이 열리고 그 아래 검은 암흑같은 풍경이 나타났다. 지독한 악취가 느껴졌다. 수년 동안 버려져 있던 공간이라 헛구역질이 절로 나오는 단내가 가득해서 고개를 돌려 심호흡했다. 한 손에는 삽을, 다른 손에는 손전등을 들고 계단을 내렸다.

"정말 같이 안 갈 거예요?"

내가 물었다.

"좁은 공간은 별로 안 좋아해서요."

누군 여기가 좋아서 가나. 손전등에서 나온 빛줄기가 좁은 공간을 가득 채웠다. 낮은 천장, 여기저기 쳐진 거미줄… 주위를 살피면서 천천히 지하실 한가운데를 향해 걸었다. 지하실은 잡동사니로 어수선했다. 오른쪽에는 부서진 의자 4개, 낡은 안락의자, 협탁, 터키석 컬러로 색을 칠하고 진홍색의 작은 꽃과 녹색 잎사귀가 군데군데 장식된 작은 목제 서랍장이 있었다. 왼쪽에는 먼지가 자욱한 격자무늬 천 소파와 아무 표시도 없는 종이 상자 더미, 그리고 낡은 장난감이 한 무더기 있었다.

정체를 알 수 없는 것이 쉬식 도망가는 소리를 내 재빨리 손전등을 비췄다. 나도 모르게 숨이 턱 막혔다. 쥐였겠지. 나는 다시 천천히 그리고 조용히 참은 숨을 내쉬었다. 모든 신경이 바짝 곤두선 느낌이었다. 퀴퀴한 냄새로 절여진 공기, 정적, 심장이 쿵쾅거리는 소리까지. 그러다 지하실 밖에 있는 남자가 떠올랐다. 저 남자가 문을 잠그고 날 여기에 가두면 어떡하지. 저 남자와 한집에 있어도 괜찮은 걸까? 그런데 대체 잠은 어디서 자야 하지? 빌어먹을 이브!

또다시 바스락거리는 소리가 들렸다. 이번에는 근처였다. 기다란 형태의 갈색 물체가 꿈틀거렸다. 화들짝 놀란 나머지 본능적으로 뒷걸음질 쳤다. 태어나서 본 것 중에 가장 큰 지네가 손전등 빛을 빠져나와 소파 아래로 서둘러 몸을 숨겼다. 벌레야. 벌레일 뿐이야. 나는 스스로 다독였다. 하지만 여전히 다른 지하실에서 들었던 소리가 귓가에 윙윙거렸다. 손톱으로 긁는 소리. 신음. 흐느끼는 소리. 밤이 되면 들려오던 소리. 나는 눈을 감았다. 이곳은 뉴멕시코주였다. 버몬트 '그 지하실'이 있던 시간과 장소에서 아주 멀리 떨어진 곳이다.

이브도 이런 상황을 예지하고 있었을 것이다. 몰랐을 리 없다. 이 모든 것은 무덤에서까지 내 머릿속을 비집고 들어와 내 정신 상태를 엉망으로 만들려고 일부러 벌인 일인 것이 분명했다.

"코니?"

머리 위에서 날 부르는 소리가 들렸다.

"난 괜찮아요."

떨리는 손을 진정시키고 억지로 눈을 떠 처음 들어왔을 때처럼 차분히 방을 살펴보았다. 값이 나갈만한 물건은 없었다. 상자에 쓸만한 물건이 들어 있을 수도 있지만 상자까지 뒤질만한 여력도, 용기도 없었다. 그나마 협탁은 재활용이 가능할 것 같았다. 운이 좋다면 페인트칠을 한 서랍장까지.

또다시 무언가 바스락거렸다. 움직이는 물체의 형태를 찾으려 눈을 크게 떴다. 알 수 없는 물체가 내 발목을 스쳐 지나갔다. 바닥을 향해 재빨리 손전등을 비췄지만 정체를 알 수 없는 그것은 이미 어둠 속으로 사라진 뒤였다.

뒷걸음질 치던 발뒤꿈치에 계단이 걸려 균형을 잃고 발을 약간 삐었다. 삽을 목발 삼아 지상으로 향하는 계단을 천천히 올랐다. 계단 끝에 이르러 잠시 숨을 고른 이후에야 맥박이 느려지고 호흡이 정상으로 돌아왔다. 햇빛이 이보다 감사할 수 없었다.

"머리카락에 거미줄이 붙어있어요."

제트는 몇 발자국 떨어진 마당 경계에 서 있었다. 작은 벤치를 사포로 문지르던 중이었다. 사포질을 멈춘 그가 매끄러운 경목재 표면을 손으로 유심히 살피더니 내 손에 들린 열쇠를 낚아챘다.

"방울뱀 없었어요?"

나는 지하실 문을 닫고 원래대로 자물쇠를 채운 다음 습관처럼 머리카락을 쓸어 넘겼다.

"지네 한 마리. 그리고 쥐로 추정되는 것 하나."

제트가 고개를 끄덕였다.

"아마 죽은 것들도 몇 있었을 거예요."

제트는 사포로 의자를 몇 번 더 문지르더니 쪼그려 앉아서 사포질이 제대로 되었는지 유심히 관찰했다.

"전기가 필요할 겁니다. 전기를 다시 연결해 달라고 전기 회사에 연락해 놨어요. 아마 하루 이틀쯤 걸리겠죠. 물론 그전에도 이 집에서 지내도 됩니다."

"그것도 계약 내용인가요?"

"이브 씨는 꼼꼼한 분이셨으니까요."

나는 청바지에 손을 쓱쓱 문질러 닦았다.

"이보세요. 이브는 죽었어요. 알잖아요. 일을 시키는 사람이 이 세상에 더는 없다고요."

내 입에서 나온 말들은 내 귀에도 공허한 아우성처럼 들렸다. 어쨌거나 저 위대한 곳에서 여전히 사람을 부리고 있지 않은가? 적어도 제트에게 월급을 주고 있으니 그것만으로도 이브의 말을 따르게 만들기에 충분했다.

제트가 도구를 다시 창고에 넣는 동안 나는 다시 집으로 돌아왔다. 어느덧 정오가 지나 머리 위로 태양이 강렬하게 내리쬐고 있었다. 저 멀리 보이는 산들은 분홍색과 붉은색으로 빛나고 있었고, 화성에서나 볼 수 있을 법한 웅장하고 황량한 풍경은 녹음이 짙고 푸르른 버몬트와 완벽히 상반된 모습이었다.

주방과 이어진 현관 입구의 계단을 올라 문을 활짝 열었다. 세면대 수도꼭지를 돌리자 털털거리는 소리를 내며 물이 조금씩 뿜어져 나오더니 금세 갈색빛의 녹물이 쏟아졌다. 깨끗한 물이 나오기를 바라면서 물을 계속 틀어 두었다. 한편 그럭저럭 쓸만해 보이는 냉장고의 겉모습에 속아 문을 연 나는 열자마자 문을 다시 닫았다. 더러운 오물로 가득해서 그것을 처리하기 전까지는 통조림으로 끼니를 때워야 할 것 같았다. 냉장고는 회생 불능이었다.

수도꼭지에서는 여전히 갈색 녹물이 나오고 있었다. 나는 대체 무슨 생각으로 이 집에서 살려고 했던 걸까. 가구도 없고 가구를 살 돈은 더더욱 없는데. 마시면 죽는 게 아닐까 의심스러운 물, 집 뒤 별채에 사는 낯선 남자까지. 제트를 이 집에서 쫓아내고 싶었지만 이 집에 대해 알아내기 전까지는 그가 더 필요했다. 이브가 이 집을 가지고 있었던 이유는 대체 뭘까? 그리고 왜 내게 이 집을 남긴 걸까?

* * *

한 시간이 지난 후 나는 제트를 찾으러 나갔다. 그러나 작업장에도, 테라스에도 제트의 모습이 보이지 않았다. 작은 건물의 문이 살짝 열려 있었다. 안에서는 고요한 공기 사이로 기계가 열심히 돌아가는 소리가 들렸다.

"제트?"

제트의 집 안으로 고개를 살짝 밀어 넣으려는 순간 문이 쾅 하고 닫혔다. 나는 문을 두드렸다.

"이봐요, 착각하지 마세요. 집 열쇠를 받으러 온 거라고요!"

대답이 없었다. 나는 집 안에서 들리는 소음과 경쟁하듯 더 세게 문을 두드렸다.

"제트!"

소리가 멈추고 문이 열렸다.

"뭐예요?"

"열쇠 좀 달라고요."

제트는 의심이 가득한 표정으로 가늘게 실눈을 뜨고 나를 빤히 쳐다봤다. 그가 입고 있는 티셔츠가 땀에 흠뻑 젖어 있었다. 담배 연기와 톱밥 먼지, 그리고 남자의 짙은 체취가 뒤섞인 냄새가 났다. 나는 손을 뻗었다.

"열쇠요. 전부 다 줘요."

"어디 가는데요?"

"외출이요. 상관없잖아요? 그쪽은 문단속을 대수롭지 않게 생각할지 모르겠지만 전 다르거든요."

제트가 집 안으로 사라지더니 열쇠 하나를 가지고 돌아왔다. 그러고는 내 손에 열쇠를 툭 하고 떨어뜨렸다. 제트가 등을 돌리기 전에 내가 서둘러 말했다.

"열쇠가 이거 하나밖에 없는 것도 아니고 왜 이렇게 예민하신지."

"그거 하나뿐이에요."

"네? 그럼 지하실 열쇠는요?"

"없어요."

"없다는 게 무슨 뜻이죠?"

"포스터 부인이 지하실 열쇠는 나만 가지고 있으라고 하셨거든요."

"다시 얘기하지만 당신이 사랑하는 그 포스터 부인은 지금 죽었어요."

의도치 않게 버럭 성질을 내고 말았다. 그 순간 제트의 얼굴에

이 상황이 흥미롭다는 미소가 살짝 스쳤다. 신경 쓰지 않고 한마디 덧붙였다.

"엄마의 유언은 이제 누구한테도 중요하지 않아요."

"그 반대죠."

제트가 손등으로 이마의 땀을 훔치더니 티셔츠 밑단으로 손을 가져갔다. 그러고는 머리 위로 셔츠를 올려 옷을 벗었다. 나는 넓고 단단한 근육이 잡힌 그의 가슴으로 시선이 향하는 걸 들키지 않으려고 애를 썼다. 하지만 결국 그는 나의 시선을 눈치챘다.

"포스터 부인의 유언이 가장 중요해요. 당신도, 나도 그걸 잘 알고 있고요. 그게 아니라면 당신이 여기에 오지도 않았겠죠."

틀린 말은 아니네.

"어쨌든요."

"외출하는 거죠?"

제트가 지평선을 훑어보더니 지하실 열쇠를 내게 던졌다.

"이 동네는 밤이 압권이에요. 나라면 해가 지기 전에는 무조건 집에 돌아올 겁니다. 그리고 코요테 조심해요. 올리버가 키우는 닭을 잡아먹으러 가끔 오거든요. 성질이 제법 고약해요. 아! 퓨마도요."

그는 이 엄청난 정보들을 늘 그런 것처럼 재미있다는 듯 거들먹거리는 톤으로 말했고, 그런 그의 어투는 내 신경을 긁고 있었다. 그만 돌아가기 위해 등을 돌렸다.

"아 참, 이브가 내게 이걸 전해 주라고 했어요."

제트가 작은 서류 봉투 하나를 건네주었다. 차로 돌아온 나는 봉투를 손에 들고 안에 든 내용물에 대해서 깊은 고민을 해 보았다. '확인할 것인가, 그냥 버릴 것인가.' 결국 봉투를 열었다. 아리송한 수수께끼 같은 정보라 해도 아무것도 모르는 것보단 나았다. 봉투 안에는 이브가 좋아했던 개러몬드 글꼴의 볼드체로 한 줄의 메시지가 적힌 흰 종이가 들어 있었다. '코니, 여기가 별로라고 다른 남자 집에 가서 자는 둥 신세 지지 마.'

나는 눈을 질끈 감았다. 빌어먹을 이브, 망할 이브! '엿이나 드세요.' 나는 종이를 구겨 바닥으로 던져버렸다.

* * *

닐라로 가는 길에 리사가 전화를 걸어왔다.

"너도 여기 같이 있었으면 좋았을 텐데. 괜찮아?"

리사의 목소리가 너무나 쓸쓸하게 들린 탓에 나는 한 가지 대답밖에 할 수 없었다.

"난 뭐, 아주 좋아."

"집은 아직 못 봤어?"

"봤어."

침을 삼켰다.

"좋더라고."

"정말?"

반 옥타브쯤 높아진 목소리를 들으니 거짓말을 한 보람이 있었다.

"정말 다행이다. 걱정 많이 했거든."

"내 걱정은 안 해도 돼."

얼마간 정적이 흘렀다.

"이 집은 너무 외로워. 혼자 살기엔 집이 너무 큰 거 같아."

"곧 익숙해질 거야."

매드독 도로 기슭에서 두 집을 지나쳤다. 갑자기 자동차 앞으로 닭 한 마리가 뛰어들었고 나는 핸들을 꺾어 가까스로 피했다.

"그냥 그집에서는 지하실만 가지 마, 리사."

리사가 힘없이 웃는 웃음에 긴장감이 어려 있었다.

"코니,"

"왜?"

"이브가 싫어?"

이상한 질문이었다.

"응."

그렇게 말하면서 제트가 건네준 종이 한 장과 이브의 고약한 유언을 떠올렸다.

"이브가 그런 사람인 걸 몰랐던 것도 아니잖아."

"맞아, 그렇지."

말을 잇지 못하는 리사의 수화기 너머로 비발디가 들렸다. 리사가 제일 좋아했던 음악이다. 나는 챔플레인 호수가 내려다보이는 베란다에서 프랑스 부르고뉴산 포도주와 함께 신선한 과일을 먹으며 호수 위 요트를 감상하는 리사의 모습을 떠올렸다. 아니, 틀린 부분이 있다. 리사는 술을 마시지 않는다. 술이 아니라 알맞게 차가운 온도로 보관한 에비앙이나 다른 생수로 상상 속 모습을 바꿨다. 생수에 레몬이나 신선한 오이 한 조각을 곁들일 수도 있고. 리사는 늘 부족함 없이 잘 먹여 키운, 이브의 얌전한 애완동물이었다.

"어쩌면 이브가 좋은 마음으로 이런 유언을 남긴 게 아닐까? 그러니까 이브가 보기에 각자에게 필요하다고 생각한 걸 준 거라고 말이야."

리사가 물었다. 오, 리사한테는 3천만 달러와 고급 저택이 필요
하고, 나는 저 멀리 떨어진 외딴 뉴멕시코의 허물어져 가는 집이
필요하다고 생각한 게 아니냐고? 세상 물정 모르는 리사의 천진난
만함은 때로 잔인할 정도였다. 비발디 〈사계〉의 고조와 저조를 따
라가다가 대답했다.

"됐어."

리사에게 상처가 될 걸 알면서도 솔직하게 말했다.

"마지막으로 한 번 더 우리를 자기 멋대로 조종하고 싶었던 거
라고 생각해."

제 12 장

이브 포스터
뉴멕시코주 닐라 — 1997년

아무런 소득 없이 경찰서를 나온 후 이브는 잭의 술집으로 향했다. 바깥의 공기는 불쾌할 만큼 덥고 건조했고, 벌레들은 도로 위에서 익어가고 있었다. 이브에게는 생각을 정리할 수 있는 시원한 장소가 필요했다. 바 끝에 자리를 잡고 주문을 하려고 기다렸지만 잭은 고집스럽게 이브를 무시했다. 술집에는 손님이 없었다. 이브가 흠집이 있는 바의 나무를 긴 손톱으로 두드렸다.

"저기요."

"뭘 드릴까요."

퉁명스러운 말투였다. 꽉 끼는 회색 셔츠의 소매가 조각 같은 이두박근을 감싸고 있었다. 유리로 된 맥주잔을 닦으려고 팔을 움직일 때마다 근육이 불끈거렸다.

"일단 프랑스 부르고뉴 한 잔이요."

계산서와 함께 음료를 가져다주고는 자리를 피해 버렸다.

"잠깐만."

이브가 말했다.

"할 말이 있어."

"안 됐네요, 이브. 전 할 말이 없거든요."

"같이 잔 여자들한테 늘 그렇게 까칠해?"

잭이 꼼짝하지 않고 그대로 멈췄다. 오후의 햇살이 창문을 통해 쏟아지고 있었고 햇빛에 눈이 부신 잭이 얼굴을 찡그렸다. 그때 술집 문이 열리고 청바지에 청재킷을 입은 멕시코 카우보이 두 명이 반대쪽 바 끝의 스툴에 자리를 잡고 앉았다.

"늘 먹던 거로!"

그중 한 명이 소리쳤다. 잭이 양주용의 작은 유리잔 두 개를 손에 들고 호박색 액체를 따르기 시작했다.

"이브, 원하는 게 뭐죠? 난 바빠요. 내가 아는 건 이미 전부 말했고요."

"카일 서머스 알아?"

"그 사람이 왜요."

"그러니까 그 남자를 안다는 거지?"

"당연하죠. 카일을 모르는 사람도 있나요? 왜요? 카일이 뭘 어쨌길래요?"

잭은 정말로 궁금해하는 표정이었다. 그가 반대쪽으로 사라져 손님이 주문한 술을 건네고는 다시 돌아왔다.

"설마 카일이 딸의 실종과 관련이 있다고 생각하는 건 아니죠?"

"모르겠어."

잭은 이해한다는 듯한 표정이었다.

"지푸라기라도 잡고 싶은 심정이군요."

이브가 술을 홀짝거리며 생각했다.

"카일이 켈시와 함께 파티장에서 나갔다고 하네."

잭이 어깨를 으쓱했다.

"그게 뭐요?"

"내 생각엔 카일이 켈시를 집으로 데려간 것 같아."

"카일은 당신 딸보다 나이가 훨씬 더 많아요."

순진한 척하는 잭의 말에 이브가 미소 지었다.

"켈시는 나한테 싸움을 걸거나 나를 골탕 먹일 수 있는 일이라면 뭐든 좋아했어. 나이 많은 남자를 좋아했으니 그와 함께 나간 게 맞겠지. 거기다 유부남이라면 더 좋아했을 거고."

"카일은 미혼이에요."

이 말을 하는 잭의 어조에 이브는 잠시 할 말을 잃었다.

"결혼을 안 했어?"

이브는 의자에 등을 기댔다.

"있지, 다른 실종 사건도 몇 건 있었다고 들었어. 살인 사건도. 아무래도 닐라에 연쇄살인범이 있는 것 같아. 카일이란 남자가 사건과 관련이 있을지도 모르고."

순간 잭의 표정이 일그러졌다. 그는 바의 반대편 끝에 앉은 남자들을 힐끗 쳐다보았다. 그가 다시 등을 돌렸을 때 아랫입술이 벌겋게 부어오를 때까지 입술을 잘근잘근 씹고 있었다.

"내연녀가 있어요. 불법인데 다들 알면서도 쉬쉬하고 있죠."

"불법체류자 말이야?"

잭이 고개를 끄덕였다. 뭔가 더 할 말이 있는 것 같았지만 입을 다물었다. 새로운 남자 두 명이 가게로 들어와 높이가 높은 테이블에 앉았다. 잭이 주문을 받기 위해 자리를 떴다. 담배에 불을 붙인 이브는 바 위쪽에 그려진 인어를 바라보았다. 하늘을 향해 흩어지는 연기를 바라보면서 조금 전에 잭이 한 말을 떠올렸다. 내연녀가 있고, 아내는 없다. 이 말은 곧 그가 혼자 산다는 의미였다. 동시에 그가 원하는 것은 무엇이든 마음대로 할 수 있다는 걸 의미했다. 그게 열여섯 살 난 소녀라 할지라도.

카일 서머스란 남자를 만나봐야 했다. 잭이 다시 바 뒤로 돌아왔을 때 이브는 마지막 남은 와인 한 모금을 입에 털어 넣고 카운터로 20달러 지폐 한 장을 던졌다. 잭이 지폐를 줍고는 거스름돈을 챙기기 시작했다. 이브가 됐다는 손짓을 했다.

"마을을 떠나는 건가요?"

잭이 팁을 호주머니에 챙기며 물었다.

"왜 그렇게 다들 날 못 쫓아내서 안달인 거야."

"낯선 사람을 보는 게 익숙한 동네는 아니니까요."

이브는 담배 케이스를 손바닥에 톡톡 쳐서 담배 한 개비를 더 꺼냈다.

"아니면 내가 진실에 점점 더 가까워지고 있어서 그런 걸지도 모르고."

잭이 고개를 저었다.

"따님 일은 유감이지만 닐라에서 더 할 수 있는 건 없는 거 같네요."

"확실히 해야겠어."

이브가 핸드백에서 작은 수첩과 은색 펜 하나를 꺼냈다.

"카일 서머스를 만나려면 어디로 가야 하는지 알아?"

"그가 운영하는 사업체가 마을 곳곳에 있어요. 아파트는 대부분 그가 소유하고 있다고 볼 수 있죠."

"메이베리 스트리트에도 집이 있지?"

화들짝 놀란 잭의 표정에 이브가 미소 지었다.

"메이베리 어느 쪽? 지난번에 가 봤어. 거리에 집이 아주 많던데."

"나도 몰라요. 카일하고 그렇게 친한 사이는 아니라서요."

"그럼 내연녀하고는?"

자신은 아무것도 모른다는 듯 잭이 어깨를 으쓱했다.

"내연녀가 일하는 곳은 어디야?"

바 반대편에 앉아 있던 남자 두 명이 테이블 위로 동시에 유리잔을 쾅 하고 내려놓았다.

"잭! 여자랑 그만 노닥거리고 술이나 한잔 더 줘!"

그중 한 명이 소리쳤다.

"손님한테 가봐야겠어요, 이브."

잭이 말했다.

"내연녀 이름을 말해 줘, 이름만 받아 적고 나갈게."

"이브, 당신은 지금까지 만난 여자 중에 가장 고집이 세요."

그가 이브를 잠깐 바라보더니 점점 표정이 굳기 시작했다.

"내가 도와주면요?"

"나 지금 계속 같은 모텔 방에서 지내거든. 찾아와도 좋아."

잭이 퉁명스럽게 고개를 끄덕였다. 그는 바 반대편에 있는 남자들의 주문을 받기 위해 자리를 떴다. 다시 돌아온 그가 말했다.

"메인 스트리트에 있는 '캣츠 미우'라는 숙박업소예요. 거기서 청소부로 일해요. 이름은 플로라고요."

잭이 고개를 갸웃거렸다.

"몸조심해요. 거기서 뭘 목격할 수도 있으니까. 동네 사람들은 그 건물을 계집애들의 궁전이라는 의미로 '푸시 팰리스'라 부르거든요."

"조심할게."

잭이 고개를 저었다.

"조심해야 할 사람은 당신이 아니라 그 사람들 같네요."

제 13 장

코니 포스터
뉴멕시코주 닐라 — 현재

"내가 무서운 이야기해 줄게요."

바에 몸을 기댄 여자가 눈언저리가 붉게 충혈된 반쯤 풀린 눈으로 말했다.

"닐라, 그리고 어둠의 사랑에 관한 이야기예요."

바 건너편에서 바텐더 론이 내게 테킬라 한 잔을 내밀었다.

"에이미가 또 헛소리해요?"

남자는 여자 앞에 흥건하게 고인 맥주를 닦고는 억지로 꾸민 짜증 섞인 표정으로 고개를 저었다.

"밤새도록 들어야 할 거예요."

그러면서 손으로 미친 사람 흉내를 냈다. 나는 카운터에 10달러짜리 지폐를 올려놓았다.

"멀쩡해 보이는데요."

에이미가 론을 향해 혀를 내밀었다.

"이제야 내 이야기를 들어줄 사람이 나타났네."

바텐더는 한숨을 쉬고는 카운터 반대편으로 사라졌다. 기다란 나무판자가 사방에 둘러싸인 술집은 답답한 느낌이었는데, 장식이라고 할 만한 것은 바 위에 원색으로 칠해진 인어 그림뿐이었다. 숨겨진 스피커에서는 밴 헤일런의 노래가 흘러나오고 있었다. 나와 에이미를 제외하면 '잭스 플레이스'에 남은 손님은 세 사람뿐이었다. 바텐더는 벽에 걸린 소리가 나오지 않는 텔레비전으로 시선을 돌려 혼란스러운 사건을 보도 중인 뉴스를 보고 있었다.

여자가 말했다.

"5년 동안 6명의 여자애들이 납치됐다가 강간당하고 고문을 받은 후, 사지가 절단된 채로 버려졌어요. 어떤 애들은 며칠 동안 잡혀 있었는데, 몇 주 동안 잡혀 있었던 애들도 있다나 봐요. 그 불쌍한 애들 중 한 명이 됐다고 생각해 봐요. 범인의 자비를 바라면서 알지도 못하는 곳에 홀로 남겨진 모습을요!"

여자가 고개를 저었다.

"여섯 명이나요?"

나는 술을 꿀꺽 삼켰다.

"말도 안 돼."

바 테이블 위로 여자가 흘린 맥주 위로 팔이 미끄러지자 여자가 얼굴을 찡그렸다.

"여기 사람 아니죠?"

"어떻게 알았어요?"

에이미가 내 질문을 무시한 채 말했다.

"90년대에 6명의 여자아이들… 그리고 지금 다시 시작되고 있어요."

그녀는 인사불성 상태였다. 끝을 블루 컬러로 염색한 금발 머리가 얼굴로 쏟아져 한쪽 눈을 가리고 있었다. 눈가에는 마스카라가 번져 있었고, 잔뜩 주름진 리넨 상의는 이탈리아 지도 모양으로 맥주 얼룩이 져 엉망이 되어있었다. 알코올도 그녀를 막지 못했다. 여자는 내 쪽으로 스툴을 바짝 당겨 앉더니 큰 소리로 내 귀에 속삭였다.

"지난 넉 달 동안 여자애들이 두 명이나 사라졌다고요."

에이미가 바 테이블을 손으로 내리쳤다. 균형을 잃은 몸이 뒤로 젖혀지면서 블라우스가 올라가자 옆구리에 새긴 천사 문신이 드러났다. 열아홉 살 같기도, 서른 살 같기도 했다. 몇 살이든지 간에 살아온 세월이 녹록지 않았음은 분명했다.

"죽은 여자 두 명! 강간당하고, 고문당하고, 사라졌어요."

그녀가 손가락으로 텔레비전을 가리켰다.

"그런데 왜 뉴스에는 그런 이야기가 나오지 않을까요?"

"글쎄요. 그럴 수가 없었겠죠. 너무 무능력해 보일까 봐?"

술에 취한 여자가 고개를 끄덕였다.

"목격자도 없고, 용의자도 없어요. 왜 그런 것 같아요? 내가 이유를 말해 줄게요. 왜냐하면, 아무도 이 여자들한테 신경을 안 쓰니까요. 어느 날 닐라 주위에 몰래 숨어 있다가 다음 날이면 사라져 버리거든요. 그러다가 며칠, 아니면 몇 주가 지난 다음에 플라스틱 가방에 담겨서 발견되는 거예요. 마치 네 등분으로 조각낸 닭고기처럼!"

여자가 손으로 입을 가리고 눈을 크게 떴다. 나도 모르게 온몸에 소름이 쫙 끼쳤다. 이미 지나간 살인 사건이야 그렇다 쳐도 새로 살인 사건이 일어난다는 건 완전히 다른 문제였다.

"그렇게 말하면 난 여기서 어떻게 안심하고 살아가죠? 전부 닐라에서만 일어난 일인 거 맞아요?"

"그래요, 빌어먹을 닐라에서요."

에이미가 맥주를 벌컥벌컥 들이켰다.

"한 잔 더."

주위를 둘러보고는 함께 작당이라도 하듯 속삭이며 말했다.

"경찰은 아무것도 안 해요. 나도 여기 출신은 아니지만 궁금한 게 있으면—"

론이 몸을 돌려 우리 쪽을 향했다. 에이미의 맥주잔을 물과 바꿔치기했다.

"에이미, 인제 그만 술을 깰 시간이에요. 이 불쌍한 아가씨는 그만 괴롭히고요."

에이미가 나에게서 멀어졌다. 바텐더가 테킬라 한 잔을 더 따르더니 내 앞에 놔 주었다.

"내가 사는 거예요. 에이미 이야기 들어 주느라 고생했어요."

"괜찮아요."

에이미가 나를 보며 활짝 웃으며 다시 다가왔다. 그녀는 물을 한 모금 마시더니 휘발유라도 마신 듯 얼굴을 찡그렸다.

"론이 알고 있는 게—"

"에이미. 그만할까요?"

바텐더가 몸을 숙여 에이미의 귀에 무언가를 속삭였다. 에이미의 얼굴이 창백해지더니 고개를 끄덕이고는 자리에서 일어났다.

나를 향해 고개를 주억거리며 인사하고는 돈도 내지 않고 바에서 나갔다. 론은 에이미가 술집을 나가는 모습을 지켜보면서 고개를 절레절레 흔들었다.

"미안해요."

에이미가 앉아 있던 자리를 젖은 수건으로 닦자 광택제를 바른 나무에 반달 모양의 자국이 남았다.

"술을 마시면 정신이 좀 오락가락하거든요. 관심을 끌려고 이야기를 꾸며내기도 하고요."

"에이미 말이 사실이에요? 넉 달 동안 여자애가 두 명이나 사라졌다는 게."

바텐더는 말실수를 하지 않기 위해 조심하는 듯 보였다.

"이곳을 잠깐 거쳐 가는 사람들이 많아요. 앨버커키나 멕시코, 아니면 서부로 가는 사람들이 많이 들리곤 하죠."

"제가 물어본 건 그게 아닌데요."

"그 술 마실 거예요?"

그가 공짜로 준 테킬라를 가리키며 물었다.

"네. 아마도요."

나는 잔을 들어 빙빙 돌렸다.

"뭐, 마약 거래 때문에 안 좋은 일이 많이 생기기도 하죠."

"흠."

테킬라를 입에 털어 넣고 목구멍이 불에 타는 듯한 느낌을 즐겼다. 첫 번째 잔은 내 신경에 아무런 영향도 미치지 못했지만 두 번째 잔을 마시고 나니 마음이 차분해지는 느낌이 들었다. 먹을거리와 청소 도구를 사려고 왔다가 술과 대화를 즐기고 있는 이 순간이.

"뻔한 일이죠."

바텐더는 아랫입술을 잘근잘근 씹었다. 그는 키가 땅딸막했고 새까맣고 두꺼운 콧수염은 털이 송송 난 애벌레를 연상시켰다.

"어디서 묵고 있어요?"

"그게 왜 궁금해요?"

"호텔까지 태워다 줘야 할 수도 있으니까요."

나는 술잔을 바텐더 쪽으로 밀었다.

"괜찮아요."

"B&B에 묵어요?"

"아뇨, 매드독 도로요."

"…올리버 손녀딸이에요?"

누군가의 손녀딸이 되는 상상에 나도 모르게 입가에 미소가 번졌다.

"아니요. 거리 끝에 있는 작은 집에 살아요."

"아. 그 빨간 집."

바텐더가 나를 유심히 관찰했다.

"제트 여자친구예요? 제트가 여자친구를 사귀는 줄은 몰랐는데. 뭐, 남자친구도 본 적은 없지만."

그가 고개를 갸웃거렸다.

"제트와는 상관없어요. 제가 집주인이거든요. 제트가 사는 집도 사실상 내 소유고요."

론이 얼굴을 찌푸렸다. 바에 있는 다른 손님을 눈으로 한번 훑더니 다시 나를 쳐다봤을 때는 그의 태도가 묘하게 달라져 있었다. 잔뜩 긴장한 채로 행주를 싱크대에 던졌다.

"주문 마감합니다!"

그가 소리쳤다.

머리 위 텔레비전에서는 뉴스 진행자가 산타페이 지역에서 발생한 충돌 사고 관련 소식을 아직도 보도하고 있었다. 텔레비전을 보는 내내 물을 마시면서 운전을 할 수 있을 만큼 술이 깨기를 기다렸다. 론은 차가운 태도로 나를 깍듯하게 손님으로만 대했다. 매드독 도로까지 온 즈음에야 론이 내 질문에 대답하지 않았다는 사실이 문득 떠올랐다. 닐라에서 최근에 두 명의 소녀가 죽었다. 살인이 보기 드문 건 아니지만 이 마을에서 살인 사건이 일어났다면 왜 그 사건을 감추려고 하는 걸까?

* * *

첫째 날 밤 나는 차 안에서 잠을 자다가 새벽에 수탉이 우는 소리를 듣고 잠에서 깼다. 두개골을 쥐어짜는 듯한 두통과 함께 뻐근한 통증이 목을 감쌌다. 잠에서 깨기 위해 스트레칭을 하니 커피 생각이 간절했다. 청바지를 운동복 바지로 갈아입는데 비좁은 공간에서 쉽지 않은 일이었다. 아침 공기는 건조하고 쌀쌀하게 느껴졌다. 진통제 두 알을 입에 털어 넣고 어제 산 김빠진 탄산음료를 마시며 오늘은 무엇을 할지 고민했다.

집 청소를 하는 것도 좋을 것 같았다. 하루라도 빨리 집을 수리해야 자동차 뒷좌석이 아닌 제대로 된 침대도 생길 테니까. 아침 커피도 더 빨리 마실 수 있겠지. 제트의 집은 불이 꺼져있었고 그의 트럭도 보이지 않았다.

나는 거실 바닥으로 여행용 가방을 던졌다. 집은 소름이 끼칠 만큼 아무 소리도 들리지 않았다. 올리버가 기르는 닭 울음소리도 건물의 두꺼운 벽을 뚫지 못했다. 나는 세 개의 방을 돌아다니며 머릿속으로 계획을 세웠다. 페인트를 새로 칠하고, 중고 가구를 사고, 새 가전제품도 사야지. 외벽에도 새 페인트칠이 필요해 보였다. 청소용품과 공구도 필요하겠군.

일자리도 찾아야 한다. 은행 계좌 개설도. 하지만 가장 먼저 필요한 건 전기였다. 전기를 언제 연결해준다고 했더라. 아침 일찍 외출했던 제트가 지금쯤 돌아왔기를 바라면서 뒷문으로 나가 서성였지만 여전히 그의 트럭은 보이지 않았다. 저 멀리서 코요테 한 마리가 울부짖었다. 차가운 손으로 팔을 문지르며 어떻게 해야 할지 고민했다. 이렇게 이른 시각에 문을 여는 가게는 없을 텐데. 어쩌면 제트의 작업장에 청소 도구가 있을지도 몰라.

제트의 작업장이 있는 헛간의 문은 굳게 닫혀있었지만 다행히 잠겨 있지는 않았다. 문이 삐걱거리며 열리는 바람에 나도 모르게 움찔했다. 내부는 어두웠다. 가늘게 실눈을 뜨고 더듬거리면서 스위치를 찾았다. 무언가 내 얼굴을 스치는 순간 깜짝 놀랐지만 곧 그게 줄이라는 걸 깨달았다. 줄을 당기자 불이 들어왔다.

작업장 내부는 먼지 하나 없이 아주 깔끔했다. 목공 도구, 단순한 목제 작업대, 한쪽 끝에는 반쯤 완성된 의자가 나무 탁자 위에 거꾸로 세워져 있었다. 의자 옆에 놓인 캐비닛을 발견하고는 콘크리트 바닥을 가로질러 걸어갔다. 캐비닛 문은 자물쇠로 잠겨 있었다. 혹시나 하는 마음에 캐비닛 위를 손으로 더듬거렸지만 먼지 덩어리뿐, 아무것도 없었다.

그것 말고는 비좁은 공간에 별다른 캐비닛이나 서랍장이 없었다. 실망한 채로 등을 돌리다가 의자에 몸이 부딪혔다. 균형을 잃은 의자가 나무 탁자에서 떨어졌지만 바닥에 떨어지기 전 간신히 잡을 수 있었다. '젠장.' 혼잣말로 중얼거렸다. 의자를 다시 나무 탁자 위에 세워놓으려다가 나무 탁자가 바닥에 난 문 위에 놓여 있다는 사실을 알게 되었다. 적어도 '어딘가'로 향하는 지하실 입구 같은 윤곽선이었다.

의자가 떨어지지 않게 한 손으로 의자를 잡고 나무 탁자를 옆으로 밀었다. 크기가 약 가로세로 2인치 정도로 보이는 문은 고작 한 사람이 겨우 통과할 수 있을 법한 크기였다. 문 가장자리를 따라 버튼이나 문을 열 수 있는 장치가 있는지 살폈다. 아무것도 만져지지 않았다. 나무는 군데군데 적갈색으로 변해 있었고 문 가장자리와 인접한 바닥 면으로 번진 레이스 패턴이 작업용 책상 아래로 구불구불하게 이어져 있었다. 손으로 패턴을 따라가면서 불길한 예감에 사로잡혔다.

술집에서 만났던 에이미라는 여자 생각을 떨쳐버릴 수가 없었다. '지난 넉 달 동안 여자애들이 두 명이나 사라졌다고요.' 잠겨 있는 캐비닛, 바닥에 숨겨진 공간, 성을 알 수 없는 남자.

나는 무릎을 꿇고 문을 유심히 관찰했다. 모서리에 억지로 손톱을 밀어 넣다가 손톱 아래 나무 조각이 단단히 박히고 말았다. 손가락 마디를 타고 붉은 피가 뚝뚝 흘렀다. 소리 없이 아우성치다가 재빨리 손톱을 입에 넣어 피를 빨았다. 나뭇결을 따라 이어진 레이스 패턴이 나를 조롱하는 것만 같았다. 그 패턴에는 어딘지 익숙한 부분이 있었다. 사진을 찍어 두려고 휴대폰을 꺼내려다 문득 집에

둔 배낭에 들어 있다는 사실이 떠올랐다.

자리에서 일어서는 찰나 나무 바닥으로 드리워진 그림자를 보았다. 길고 일그러진 형태의 그림자는 뚜렷한 사람의 형상이었다. 몸을 돌리기엔 너무 늦었다. 퍽, 하는 소리와 함께 두개골이 강한 통증으로 화끈거렸다. 마지막으로 기억나는 것은 빨간 무늬였다. 머리에서 흘러나온 피가 바닥에 스며들어 레이스 패턴과 한데 어우러진, 낯설고 새로운 무늬.

제 14 장

코니 포스터
뉴멕시코주 닐라 — 현재

정신을 차리니 어두컴컴한 방 안이었다. 전구 하나가 머리 위 공간을 비추고 있었고 방 가장자리는 그림자로 여전히 어둑어둑했다. 머리가 지끈거렸다. 충격으로 숙취가 더 심해졌다. 나는 근육에 잔뜩 힘을 주고 몸 상태가 어떤지 확인했다. 머리가 쿵쾅거리며 울리는 것 말고도 갈비뼈에 통증이 있었고 손가락도 뻣뻣한 느낌이 들었다. 주먹을 쥐자 가시가 박힌 자리에 반창고가 붙어있는 것이 느껴졌다. 시간을 들여 피해자의 손가락에 반창고를 붙여주는 인간은 대체 어떤 놈일까?

조그마한 방은 크기가 겨우 커다란 벽장만 한 정도였다. 벽은 나무판자가 붙어있었고, 싱글 침대 하나가 놓여 있었다. 간소했지만 깨끗했다.

"난 이 여자를 믿지 않아. 너도 조심하는 게 좋을 거야."

누군가의 목소리가 들렸다. 남자가 투덜거리며 대답했다.

"여자를 어쩔 생각이야? 여기에 이렇게 계속 내버려 둘 수는 없잖아. 이 여자는 여기에 오면 안 됐다고."

"마치 다른 선택을 할 수 있었던 것처럼 얘기하는군."

"우리에겐 늘 선택권이 있으니까."

첫 번째 목소리는 낯설었지만 두 번째 목소리는 제트의 목소리라는 걸 알아차렸다. 자리에서 일어나려고 했지만, 속이 울렁거렸다. 통증을 참기 위해 이를 악물고 팔꿈치에 기댄 채 힘겹게 몸을 일으켰다. 신음이 저절로 새어 나왔다.

"정신이 들었나 보네."

제트가 말했다.

"올리버, 잠시 여기서 기다려."

발소리가 들리더니 이내 문이 활짝 열리고 빛이 쏟아져 들어왔다. 나는 눈을 찡그렸다. 제트가 방을 가로질러 걸어오는 소리가 들렸다. 그가 내 어깨를 어루만지며 물 한잔을 건넸다.

"운이 좋네요. 죽지는 않았으니까요."

뒤통수를 손으로 문지르자 끈적끈적한 것이 만져졌다. 두피가 물컹거렸다.

"이게 운이 좋은 건가요?"

"그렇게 생각하신다면 뭐."

제트가 내민 손을 잡았다. 그는 내가 자리에서 일어나는 것을 도와주었다.

"올리버가 낯선 사람에게 익숙하지 않아서요. 당신이 누구인지 몰랐대요. 그냥 있으면 안 될 곳에 있는 사람으로 생각했다나 봐요."

"참 내. 닭을 기른다더니 닭만큼 겁이 많네요."

"그런 식으로 말하지 말아요. 예민한 사람이에요."

제트는 다른 방으로 나를 안내했다. 새로운 방 역시 크기가 작았지만 숨이 턱 막힐 만큼 비좁지는 않았다. 2인용 직사각형 나무 탁자 맞은편으로 격자무늬 안락의자 한 쌍이 러그 위에 놓여 있었다. 군더더기 없이 매끈한 탁자의 마감 선에서 제트의 손길이 느껴졌다. 방 한쪽 구석에는 찬장이 길게 늘어서 있고, 소형 냉장고, 전자레인지, 싱크대가 구비되어 있었다. 인덕션 버너는 벽에 밀착되어 세워진 두꺼운 이동식 아일랜드 장 위에 자리 잡고 있었고 방 맞은편에는 탁자 옆으로 컴퓨터 책상이, 책상 뒷벽에는 작은 텔레비전이 걸려있었다. 두 개의 창문으로 빨간 집과 그 너머의 진입로가 보였다.

같은 방 탁자에 앉아 있는 남자에게로 시선이 향했다. 그림자에 가려져 있었지만, 몸을 앞으로 숙여 빛이 있는 쪽으로 얼굴을 내밀자 풍성한 적회색 머리카락과 작고 여린 얼굴이 나타났다. 60살, 어쩌면 70살쯤? 그는 나이가 많은 노인이었다. 구부정한 등과 기다란 팔이 유인원과 흡사한 인상을 주었다. 검은 개 미카는 그의 발 옆에 엎드려있었다.

"당신이 올리버군요."

내가 말했다.

"동네에 새로 온 사람을 환영하는 방식이 정말 독특하시네요."

올리버가 얼굴을 찡그리더니 자리에서 일어섰다.

"어디 한번 잘해 보라고."

그가 제트에게 말했다. 나는 올리버가 현관문을 열고 멀어지는 모습을 지켜보았다.

"사회성이 조금 떨어지시네."

"올리버는 낯선 사람이 내 집을 기웃거리는 걸 싫어한다고 말했 잖아요."

제트가 불만 섞인 말투로 투덜거렸다.

"저기요. 여긴 우리 집이거든요. 전부 다."

"메인 건물은 당신 집이죠. 하지만 별채는 아직 나한테 권리가 있어요."

"이브가 고용한 변호사는 그런 말 안 하던데요."

그 이유까지는 알지 못한다는 듯 제트가 어깨를 으쓱했다. 제트 에게는 그런 단순한 몸짓조차도 거만해 보이게 만드는 재주가 있 었다.

"전화해서 직접 물어보시죠. 이브하고 쓴 계약서에 그렇게 쓰여 있으니까. 그건 이브가 사망한 뒤에도 유효해요."

그렇게 말하며 주방으로 향하는 내내 내게서 시선을 떼지 않았 다. 냉동실을 열어 아이스팩 하나를 꺼내더니 내 쪽으로 던졌다.

"머리에 좀 대고 있어요."

아이스팩을 두개골에 살포시 얹었다.

"젠장."

얼음은 통증을 더 악화시킬 뿐이었다.

"그런데 헛간에서 뭘 하고 있던 거예요? 올리버 말이 바닥을 기 웃거리고 있었다던데."

"청소 도구를 찾고 있었어요."

"바닥에서요?"

제트가 나를 빤히 쳐다보았지만 지금 그가 어떤 생각을 하고 있는지 읽을 수 없었다. 제트는 평소 내가 혐오하던 유형의 남성성을 가지고 있었다. 자신이 어떤 사람인지 설명할 필요도 없을 만큼 강인함이 최고 가치인 과묵한 남자. 감정에 숨김이 없고 자신의 논리가 옳다고 굳게 믿는 사람. 잘생긴 얼굴 믿고 웬만한 여자들을 마음껏 휘두르는 데 익숙한… 문제는 내가 그 대부분의 여자가 아니라는 데 있었다. 이브를 싫어하긴 했지만 그녀에게서 배운 얼마 안 되는 것 중에 남자를 다루는 방식도 있었다. 나는 거의 모든 남자를 큰 개나 흑곰을 대하듯 조심스럽게 대했다. 특별한 목적이 있는 게 아니라면 최대한 거리를 두는 편이 나았다.

제트가 내 집에서 사라졌으면 좋겠다고 생각했다. 그는 내가 예상한 적도, 동의한 적도 없는 복잡한 변수였다. 제트가 내 손에서 아이스팩을 빼앗아 위치를 바꾸어 머리에 대 주었다.

"변호사에게 전화해서 물어봐요. 나랑 같이 살아야 해서 유감이네요. 적어도 얼마 동안은요. 내가 다시 물어보죠, 코니. 그런데 정말 내 작업실에서 뭘 찾고 있었던 거예요?"

"아무것도 안 찾았다고요. 청소 도구 없나 살펴봤다니까요."

"올리버 말로는 뭘 찾는 것 같지는 않고 뒤지고 있었다던데."

"바닥에서 작은 문을 봤어요. 그게 뭔지 궁금해서 보고 있던 것뿐이에요."

"그건 그냥 화학 약품이 들어 있는 보관장이에요."

안개가 긴 것처럼 희미했던 머릿속에 레이스 모양의 얼룩이 번뜩 떠올랐다.

"나무 바닥, 오래된 건가요?"

"그렇죠. 이 집만큼 오래됐겠죠."

또다시 메스꺼움이 밀려왔다. 나는 다리 사이에 얼굴을 묻고 울렁거리는 느낌이 사그라지기를 기다렸다. 눈을 감고 헛간 바닥에서 보았던 적갈색 얼룩을 떠올렸다. 나무판자 위로 부채처럼, 풍차 모양으로 번져 있던 그것.

"괜찮아요? 아무래도 뇌진탕 같은데. 코니?"

부채가 아니다. 풍차도 아니었다. 작고 붉은…

"코니?"

마치… 손 같았다. 짙게 드리우는 공포심 속에서 내가 보고 있던 게 무엇이었는지 깨달았다. 손자국이었다. 후세를 위해 남겨진 섬뜩한 핑거 페인팅이 이브의 헛간에 남아있는 것 같았다.

* * *

제트가 양동이와 바닥 청소용 솔, 그리고 세제를 가져다주었다. 그에게 고맙다고 이야기하긴 했지만, 작업장 바닥에서 본 얼룩의 정체를 알고 나니 눈을 똑바로 바라보기가 어려웠다. 그 얼룩이 정말로 손자국이라면 오래전에 찍혔을 가능성이 크다며 스스로 위로했다. 제트는 그 헛간에서 일어난 일과 아무런 관련이 없다고.

제트… 내 집에 계속 드나들었던 남자. 나는 그에 대해 아는 게 하나도 없었다. '어쩌면 내가 말도 안 되는 상상을 하는 걸지도 몰라.' 생각에 잠겼다. '손자국이 아닐 수도 있잖아. 그렇다면 피가 아닐 확률도 있고. 페인트나 목재가 변색된 것일 수도 있지. 침착하자. 난 지금 안전해.' …내가 정말 안전한가?

청소용 솔로 바닥을 문지르고 벽과 창문을 닦으면서 전날 밤 방문했던 '잭스 플레이스'와 그곳에서 만났던 에이미가 떠올랐다. 4개월 동안 살해된 두 명의 여성… 에이미 말이 사실일까? 끔찍한 살인 사건이 일어났다면 언론에서 이렇게 잠잠할 리가 없는데. 닐라라는 이름의 이 작은 마을에서 정말 8명의 여자가 살해당한 사건이 일어난 게 맞는지, 바텐더의 말처럼 에이미가 그저 관심이 필요로 하는 거짓말쟁이에 불과한 건지 알 수 없었다.

나는 제트와 에이미, 그리고 미제로 남은 살인 사건들에 대한 생각을 떨쳐버리려 애를 썼다. 지금은 그보다 눈앞에 닥친 해결해야 할 일들이 산더미였다. 이를테면 두 다리 뻗고 잠잘 수 있는 곳 마련하기.

그날 오후, 차를 몰고 닐라 중심가로 향했다. 첫 번째 목적지는 배관 용품, 페인트, 앞문과 뒷문에 달 자물쇠를 살 수 있는 가게였다. 제트가 집에 들어오겠다고 작정하면 자물쇠 따위는 아무런 소용이 없겠지만 총을 사지 않는 이상 뭘 어떻게 해야 할지 알 수 없었다. 총을 사려면 돈이 필요했고 내게는 그만한 돈이 없었다. 차를 몰아 매드독 도로로 돌아오는 길에 리사에게 전화를 걸었다.

"코니, 목소리 들으니까 좋네. 집 꾸미기는 어떻게 돼 가?"

인사 같은 체면치레 따위로 시간을 낭비할 겨를이 없었다.

"리사, 변호사한테 연락 좀 해 줘. 이브의 유언장을 읽어 준 그 사람한테."

"크레이그 버? 왜?"

"그 사람한테 제트라는 남자에 관해 물어봐. 이브가 유산으로 남긴 집의 관리인인데, 어떤 조건으로 일하기로 한 건지 알고 싶어."

침묵이 흘렀다.

"직접 전화해 봐, 코니. 번호를 알려 줄게."

"아냐. 이거 하나만 해 줘, 리사. 부탁이야. 사람이 살 만한 수준으로 집을 고치는 것만으로도 정신이 없고, 변호사 상담료 낼 돈도 없어. 제트를 그만 집에서 내보내야 할 것 같은데."

"집이 좋다고 하지 않았어?"

내가 그랬었나?

"아, 맞아. 괜찮아. 수리는 좀 필요하지만."

"난 못해. 내가 잘못 얘기해서 우리가 이브의 유언을 어긴다고 생각하면 어떻게 해. 잘 모르는 질문을 하면 어떻게 대답하고…."

"네가 잘 해결하겠지. 부탁할게."

"코니, 아무래도 네가 직접 전화하는 게 나을 것 같아."

간신히 매달려 있던 내 안에 무언가가 툭 하고 끊어지는 듯했다. 나는 크게 심호흡하고 액셀을 밟아 속도를 냈다.

"너는 지금 호숫가 옆 대저택에서 리얼리티쇼랑 토크쇼나 보고 있잖아. 나는 지금 가구도 없고 전기도 없고 깨끗한 물도 안 나오는 집에서 살게 됐어. 망할 가스레인지도 없다고. 날 위해서 이거 하나도 못 해줘?"

말이 끝나자마자 아차 싶었지만 주워 담기에는 이미 너무 늦어 버렸다. 리사가 말했다.

"집이 사람이 살 수 없을 정도라는 걸 몰랐어. 말을 안 해 준 걸 내가 어떻게 아니?"

떨리는 리사의 목소리에 나를 향한 원망스러움이 묻어났다. 당연히 리사는 알지 못했다. 오히려 내가 모든 게 다 좋다고 해 둔 마당이니 무슨 수로 알겠는가. 리사는 그 말이 사실이기를 바랐겠지만 그때는 나 역시도 그 애가 그 말 그대로 믿어주기를 바랐다. 왜였을까. 리사를 걱정시키고 싶지 않아서? 징징거리는 소리 듣고 싶지 않아서? 한숨이 나왔다.

"미안해, 리사. 네 말이 맞아. 내가 할게."

"아냐. 신경 쓰지 마. 내가 해."

더는 목소리가 떨리지 않았다. 리사의 말투에는 분노만 남아있었다.

"리사, 내가 한다고 하잖아."

하지만 리사는 이미 전화를 끊은 뒤였다.

* * *

'핸디맨스 하이드아웃'에는 공구, 생활용품, 건축 자재, 낚시 및 사냥 장비, 동물 사료 등이 어지럽게 뒤섞여 있었다. 카트가 넘칠 만큼 물건을 가득 채운 후 분홍색 야구 모자를 쓴 할머니가 계산을 마칠 때까지 인내심을 갖고 기다리는 사이, 내 머릿속은 여전히 리사와 다툰 일로 찜찜함이 남아있었다.

"집 공사를 하시나 봐요."

계산대에 있던 직원이 물었다.

"네."

그녀가 고개를 끄덕였다. 모카커피 색깔의 주름진 피부와 대조를 이루는 하얗게 센 얇고 성긴 머리카락이 눈 덮인 하얀 메두사처럼 모자 아래로 툭 튀어나와 있었다.

"닐라로 이사 오신 거예요?"

여자가 내 얼굴을 유심히 관찰했다.

"한 번도 본 적이 없는 것 같아서요. 전에 봤으면 기억을 했을 텐데."

"새로 이사 왔어요."

"어디에 살아요?"

"마을 외곽이요."

여자가 바코드를 찍던 페인트 통을 내려놓고 활짝 웃자 얼굴에 주름이 생겼다.

"그렇게 말하면 어디인지 전혀 알 수가 없겠는걸요."

며칠 만에 처음 보는 미소에 내 얼굴에도 미소가 번졌다. 다만 내가 사는 곳을 일러 주자 그녀의 얼굴에서 미소가 사라졌다.

"아, 올리버네 근처군요."

"길 끝 집이에요."

"남자들이 많은 동네에서 살려면 조심하는 게 좋아요. 레이먼드 라고 올리버 동생이 있는데 썩 좋은 사람이 아니에요. 제트는 다른 사람하고 잘 안 어울리고요."

그녀가 고개를 살짝 기울이며 억지로 미소를 지었다.

"제트네 집에 세를 구했나요?"

"제 집이에요."

여자의 눈썹이 치켜 올라갔다.

"그 작은 빨간 집이요? 제트가 주인인 줄 알았는데. 몇 년 동안 비어있었거든요. 버려진 상태였죠. 제트가 나타나기 전까지는요."

"사실 저희 엄마 소유의 집이었는데 최근에 돌아가셨어요."

"엄마요?"

"네. 이브 포스터요."

여자가 입술을 꽉 다물자 얼굴이 차갑게 일그러졌다. 그러고는 아무런 말 없이 조용히 남은 물건들의 바코드를 찍기 시작했다. 무슨 말 때문에 냉담히 마음을 닫아버린 건지 알 수 없었지만 나는 닐라 사람들이 갑작스럽게 정색하는 데 점차 익숙해지고 있었다.

여자가 물건 값을 알려 주었다. 나는 지갑에서 20달러짜리 지폐를 꺼내 울며 겨자 먹기로 건넸다.

"혹시 직원 안 구하세요?"

내가 물었다. 요즘 내 기준이 낮아져서 그런지 이만하면 직원도 충분히 친절한 편이라는 생각을 했다. 무엇보다 나는 돈이 필요했다. 여자가 손님이 없는 텅 빈 가게를 둘러보았다.

"지금은 새로운 직원이 필요하지 않아요. 그리고 닐라에서는 당신에게 일 줄 사람이 없을 거예요."

직원의 목소리는 눈치를 살피는 말본새치고 제법 컸다.

"제가 이 마을 사람이 아니라서요? 아니면 여자라서?"

여자가 다시 미소를 지어 보였지만 이번에는 슬픔이 묻어나는 쓸쓸한 표정이었다.

"닐라는 죽어가고 있으니까요. 죽어가는 도시에서는 사람을 구할 일이 없죠."

제 15 장

이브 포스터
뉴멕시코주 닐라 — 1997년

'캣츠 미우'는 주류 할인 매장과 타코 가게 사이에 있는 허름한 건물이었다. 이곳저곳이 부서지고 출입구 계단은 손상되어 있었다. '배회 금지/반려견 금지/취객 금지'라고 적힌 표지판이 손님을 가장 처음 맞이한다니. 알 만했다. 이브는 블라우스 밑단으로 손잡이를 감싼 후 조심스레 문을 열었다. 가파른 계단을 올라가자 병원 건물에서나 볼 수 있는 녹색 페인트의 더러운 로비가 나타났다. 구석에는 낡고 작은 책상이 놓여 있었고 전화기는 금속 체인으로 벽에 고정되어 있었다. 로비 양쪽으로 긴 복도가 이어졌는데 두 방향 모두 축축하고 어두웠다. 짙은 라이솔 살균 소독제 냄새에 지린내와 구토 냄새가 희미하게 섞여 있었다.

이브는 책상 위에 놓인 종을 연속으로 빠르게 세 번 울렸다. 아무도 모습을 드러내지 않아 큰 소리로 소리쳤다.

"계세요?"

잠시 후 왼쪽 복도 끝 첫 번째 문에서 한 남자가 나왔다. 키가 작고 체격이 건장한 남자의 양팔을 따라 길게 문신이 새겨져 있었다. 흰색 셔츠에 달린 이름표에는 라울이라는 이름이 적혀 있었다. 그는 호기심으로 가득 찬 눈으로 이브를 위아래로 훑어보았다.

"방 하나 드려요?"

그가 강한 억양이 섞인 저음으로 물었다.

"사람을 찾고 있어요."

그가 두툼한 손을 들어 이브를 저지했다.

"아가씨, 잠깐만요. 만나는 남자 때문에 여기에 온 거라면 제가 해 드릴 수 있는 게 없어요."

"남편 찾으러 온 거 아니고… 내 남편은 이미 죽었어요."

그러자 남자가 큼큼거렸다.

"그럼 무슨 일이죠?"

"플로라 푸엔테스라는 사람을 찾고 있어요."

남자의 눈빛이 불신에 가득 찬 의심으로 바뀌자 이브가 덧붙였다.

"음, 플로라가 가지고 있던 것 같은 물건을 찾았어요."

"플로라는 여기에 없어요."

"그럼 어디에 사는지 알려 줘요."

밖에서 자동차 경적이 울렸다. 남자는 굳은 표정으로 경적이 들리는 방향으로 시선을 옮겼다.

"플로라한테 전해 줄 물건이 있으면 여기에 맡기고 가요. 내가 가져다줄 테니."

"그건 곤란해요."

"미안하지만 그럼 나도 도와줄 수 없겠네요."

자신의 방으로 돌아가기 위해 남자가 돌아섰다.

"잠깐만요!"

이브가 성큼성큼 걸어서 남자를 쫓아갔다. 그러고는 50달러짜리 지폐를 남자에게 건넸다.

"부탁이에요. 플로라를 만나야 해요."

남자는 방울뱀이라도 보듯 이브의 손에 들린 지폐를 유심히 살폈다. 그러다가 결국 고개를 저었다.

"난 남의 일에 끼어들지 않아요. 플로라와 볼 일이 있으면 직접 찾아봐요."

"좋아요. 플로라는 언제 출근하죠? 플로라가 일하는 시간에 다시 찾아올게요."

남자가 고개를 저었다. 손을 뻗어 자신의 방으로 이어지는 문을 열고는 고개를 돌려 이브를 바라보았다. 그가 스페인어로 나지막이 속삭였다. 그가 하는 말을 전부 알아들을 수는 없었지만 어떤 부분은 똑똑히 들었다. '백인 계집이 돈은 많아가지고.' 이브는 자신이 어떤 인간인지 제대로 보여 줘야겠다고 생각했다.

＊　＊　＊

잭은 손가락으로 이브의 유두를 가볍게 훑었다. 그들은 이브의 모텔 침대에 함께 누워있었다. 저녁이 한참 지난 밤이었고, 이브는 담배를 물고 잭의 손가락이 움직이는 방향을 쳐다보며 묘한 평화를 느끼고 있었다.

"키 작은 남자… 몸에 문신이 많은 사람이에요?"

이브가 고개를 끄덕이자 잭이 말했다.

"라울이네요. 그가 푸시 팰리… 아, 미안해요. 캣츠 미우를 관리
해요."

잭이 혀로 이브의 쇄골을 따라 빠르게 할짝였다.

"나쁜 사람은 아니에요."

"나쁘다곤 안 했어."

잭이 이브의 손을 잡고 자기 사타구니를 문질렀다. 성기가 단단
했다. 이브는 손을 빼고 고개를 저었다.

"빨리요—"

이브가 몸을 일으키고 이불을 잡아당겨 가슴을 가렸다.

"플로라를 찾을 수 있게 도와줘. 어디 사는지 알고 싶어. 플로라
와 이야기를 해 봐야지."

"나한테 도움을 받으려고 나랑 자는 거예요?"

이브가 웃었다.

"나도 좋아서 당신하고 있는 거야. 도움도 받으면 서로 좋잖아."

"계산적인 여자."

이브는 침대 옆 트레이에 담배를 내려놓았다.

"그보다 더한 말도 많이 들어 봤어."

잭이 이브를 내려다보며 미소를 지었다. 그의 눈동자는 그리움
과 혼란이 뒤섞여 흐릿했다. 이브는 잭과의 섹스가 치명적인 실수
가 되는 게 아닐지 걱정됐다. 그는 잘생기고 몸도 탄탄했지만 정확
히 해 두어야 했다. 감정적 애착을 원하지는 않으니까. 그것은 자
존심을 의미했고, 곧 문제를 암시했다. 잭과의 섹스를 거래로 남겨
둘 필요가 있었다.

이브는 침대 아래로 약간 내려가서 잭에게 몸을 밀착시키고 옆구리를 따라 조심스럽게 천천히 손을 내렸다. 찾고 있던 것에 도달했을 때 이브는 부드러운 피부를 따라 손으로 물결을 그리며 그의 성기를 문질렀다. 잭이 전율했고, 이브는 그를 가볍게 쓰다듬었다.

"난 딸을 찾아야 해. 당신도 이해하잖아."

"딸이… 닐라에 있는 건 확실해요?"

"딸은 여기 있어. 여기서부터 흔적이 사라졌으니까."

이브는 잭의 귀 옆으로 입을 옮겼다.

"플로라 찾는 걸 도와줄래?"

잭이 눈을 감았다. 이브가 잭의 성기를 잡은 손에 힘을 주었다. 그의 호흡이 가빠졌다. 이브가 움직임을 멈추자 그가 눈을 번쩍 떴다.

"뭐예요?"

"도와줄 거야, 잭?"

이브가 다시 그를 가볍게 만지기 시작했다. 그가 약속하기 전까지는 원하는 것을 주지 않을 참이었다.

"잭."

"알았어요."

잭이 몸을 돌려 그녀 위로 올라탔다.

"알았어요. 알겠다고요."

* * *

모든 것이 끝났을 때 이브는 눈을 감았다. 졸음이 몰려왔다. 켈시를 찾기 위한 집착에서 벗어나 결국 켈시는 자기를 이길 수 없다는 것을, 그리고 늘 자기가 그녀보다 똑똑하고 강하다는 사실을 분명히 각인시키기로 했다. 또한, 만약 누군가 켈시를 다치게 했다면 그게 누구든 지옥에서라도 그 대가를 치르게 할 생각이었다.

"딸을 정말 사랑하나 봐요."

잠시 다른 생각에 빠진 이브를 다시 되돌린 이는 잭이었다.

"사랑하다니, 누구를?"

"당신 딸이요."

이브는 얼굴을 찡그리고는 몸을 돌려 천장을 응시했다.

"켈시를 사랑하는 건 선인장을 사랑하는 것과 같아. 사랑하기도 어렵고, 안아 주기는 더 어려워."

"켈시가 갑자기 집을 나가 버렸어요?"

"게임이었어. 일종의 숨바꼭질 같은. 나는 못 나가게 했지만 그 애는 내 말을 무시했어."

이브가 한숨을 쉬었다.

"켈시는 늘 그래. 미행을 따라 붙이기도 했는데 닐라에서 휙, 사라져 버렸어."

"딸을 찾으면 어떻게 할 거예요?"

"나도 몰라."

'어떻게 해야 할까?' 이브도 알고 싶었다.

"애들이라도 자기 결과에 책임을 져야 해요."

"그래?"

"누가 더 센지 알아야 할 필요가 있죠."

이브의 미소가 희미해졌다.

"켈시가 떠나겠다고 했을 때 난 유언장에서 켈시의 이름을 제외했어. 물려줄 재산이 제법 많았거든."

"켈시도 그 사실을 알고 있었나요?"

"당연하지. 켈시를 막으려고 그렇게 했던 거니까."

"켈시는 분명 당신이 마음 약한 부모라고 생각했을 거예요. 뭐든 다 받아주는 그런 부모요."

이브가 웃었다.

"아냐. 난 져주는 타입은 아니야."

잭이 바짝 다가가서 이브의 옆구리에 몸을 밀착시켰다. 그러고는 이브의 얼굴에 붙은 머리카락을 뒤로 넘겨주었다.

"부잣집 출신이죠? 고급 차를 몰고 여기에 와서 여기저기 뒷돈을 뿌리잖아요."

"뒷돈이라니. 유인책이지."

"부르고 싶은 대로 불러요. 그럼 뭐… 신탁 재산이라도 물려받은 거예요?"

이브가 긴장했다.

"아니야…."

잭이 이브의 이마에 입을 맞췄다.

"얼음 여왕도 감정이 아예 없는 건 아니군요."

판단도 동정도 없는 덤덤한 말투였지만 이브는 순간 그를 향한 증오와 애정을 동시에 느꼈다. 둘은 몇 분 동안 침묵 속에서 조용히 누워있었다. 이따금 도로를 달리는 자동차 소리만 침묵을 깰 뿐이었다. 먼저 입을 연 사람은 잭이었다.

"혹시 저 때문에 화났어요?"

"켈시가 태어났을 때 난 고작 열다섯이었어. 열네 살에 임신했거든."

"…애 아빠는 누구죠?"

"지금은 죽고 없는 리암 포스터 3세. 나보다 나이가 27살이나 많았어. 자원봉사 중이던 병원의 의사였지."

깜짝 놀란 잭의 눈빛에 이브가 고개를 끄덕였다.

"내가 아픈 사람들에게 용기와 희망을 주는 병원 자원봉사자처럼 보이지 않았나. 리암은 권력의 화신이었어. 외과 의사, 발명가, 사업가… 그가 진찰하는 환자 수보다도 특허가 더 많았지. 회사 두 곳의 지분도 보유하고 있었고."

눈을 감고 숨을 내쉰 다음 말을 이어갔다.

"병원 원장이 문 바로 밖에 있었는데 청소 도구 창고에서 날 덮친 거야. 날 임신시켰어."

이브가 담배를 향해 손을 뻗었다. 천천히 불을 붙인 다음 한 모금 깊게 빨아들이고는 동그란 연기를 내뿜으며 어둠 속으로 희미해져 가는 그것을 공허하게 바라보았다.

"그 남자와… 결혼했나요?"

"응. 켈시가 태어나기 석 달 전에. 우리 아빠는 아내가 없었지만 지역 목사로 나름의 권력을 가지고 있었거든? 리암을 엄청 압박했어. 결혼해야 한다고. 리암은 내게 화가 났고 나는 아빠에게 화가 났지. …왜 이런 일이 생긴 걸까."

이브는 손톱으로 잭의 이두박근을 따라 내려가면서 그가 움찔하는 것이 느껴질 때까지 세게 파고들었다.

"켈시는 자기 아빠를 닮았어. 버릇없고, 고집이 세고, 결단력이 있어. 그리고 항상 그 망할 심리 작전을 펼쳐."

잭이 담배를 가져가 한 번 깊게 빨고는 다시 이브에게 돌려주었다. 털이 많고 근육이 단단한 잭의 종아리가 이브의 다리에 닿는 것이 느껴졌다.

"그 엄마에 그 딸이네요. 리암은 죽었나요?"

"죽었어. 켈시가 열 살이 됐을 때 교통사고로 가 버렸어. 우리한테 제법 많은 재산을 남겨줬고."

이브가 구슬픈 미소를 지었다.

"켈시는 리암의 죽음을 받아들이지 못했어. 아닐 수도 있지만."

이브는 다시 한번 반쪽짜리 미소를 지었다. 전보다 더 씁쓸한 웃음이었다.

"켈시의 마음을 알기는 쉽지 않아. 리암 때문에 엇나가게 된 걸까, 아니면 리암의 죽음 이후에 엇나가게 된 걸까?"

"닭이 먼저냐, 달걀이 먼저냐 하는 질문 같은데요."

"그래. 비슷해."

"당신 딸은 정말 다루기 쉽지 않은 아이군요."

여전히 나체 상태인 이브가 침대에서 일어났다. 창문으로 걸어가 커튼을 활짝 젖히고는 잭의 시선을 의식하면서 움직였다. 에어컨에서 나오는 찬 바람이 그녀의 몸을 감싸는 느낌을 느꼈다. 팔의 솜털이 곤두섰고 희미하게 남아있던 나른한 졸음이 싹 달아났다.

"이제 그만 가 줘."

이브가 말했다.

"좀 더 있고 싶어요."

이브는 잭에게 바지를 던져 주었다.

"플로라랑 약속 잡고 전화해."

"이브, 들어 봐요—"

이브는 그의 말을 들을 생각이 없었다. 그녀는 이미 리암과 켈시, 그리고 남편이 죽고 난 후 몇 년 동안 일어난 그 모든 일들, 기억에 마음을 뺏긴 상태였다. 은둔자가 된 상태로 자기 자신의 그림자가 되어있었다. 유령의 집에서 거울을 보고 있는 뒤틀린 10대 청소년으로 6년의 세월을 보낸 켈시는 참 대범했고, 소심하기도 했다. 잭이 옷을 입고 문 앞까지 걸어가는 동안 이브는 알몸을 가릴 생각도 하지 않고 가만히 기다렸다.

"내가 가고 나면 바로 문 잠가요."

잭이 말했다. 이브는 고개를 끄덕였다. 그는 이브가 총을 갖고 있다는 사실을 몰랐다.

"잘 자요."

잭이 돌아서기 전 이브에게 키스했다.

"내일 전화할게요."

"플로라."

이브가 말했다.

"플로라한테 연락해 보는 거 잊지 말고."

"당신은 그 생각뿐이죠?"

그는 이브의 몸을 힐끗 쳐다보고 침을 삼켰다.

"알겠어요. 플로라."

잭이 떠난 후 이브는 다시 침대에 누웠다. 혼자만의 시간을 가지면서 눈을 감고 리암을 생각했다. 그가 잠든 모습을 지켜보던 느낌. 누군가 죽기를 간절히 바라다가 마침내 그 소원이 이뤄졌을 때 기쁨으로 울부짖던 그 희열에 대해서.

제 16 장

코니 포스터
뉴멕시코주 닐라 — 현재

가게에서 만났던 여자의 말이 옳았다. 나에게 일을 주겠다는 사람은 아무도 없었다. 내키지는 않았지만 메인스트리트에 있는 싸구려 숙소를 포함해 여섯 군데나 방문했지만 아무런 소득이 없었다. 수중에 돈은 바닥날 참이었고, 집은 수리가 필요했으며, 일자리를 구할 수 있을 것 같지도 않았다. 이브의 마지막 패가 제대로 효과를 발휘하고 있었다. 내게 벌을 주려는 게 목표였다면 이브는 원하는 것을 이룬 셈이었다.

철물점 할인 코너에서 해바라기 샤워기를 샀다. 머리를 감을 때마다 수영복을 입어야 했지만 돈을 아끼느라 어쩔 수 없었다. 사생활 침해는 말할 것도 없었다. 나 혼자만의 착각일 지도 모르나 내 벌거벗은 등을 쳐다보는 제트의 차가운 시선이 종종 느껴졌다. 뜨거운 물에 몸을 담그고 싶은 욕망이 어쩌나 간절한지. 배관이 연결되어 있지 않아 침실에 그야말로 무쓸모하게 방치되어 있었다. 그건 급한 문제도 아니었다. 욕조를 계속 침실에 두더라도 문을 잠그고 블라인드를 내리면 사생활을 보호할 수 있지 않을까? 욕실을 확장해서 아예 욕조의 위치를 바꾸는 건 어떨까.

그나마 이제 집에 전기가 들어오기 시작한 것이 다행이었다. '신이시여! 감사합니다!' 해비타트⁴에서 소형 냉장고도 구매했기 때문에 이제 먹을 수 있을 만한, 음식이라고 부를 만한 것들을 보관할 수 있었다. 요거트, 당근, 육포 같은 것들도 음식이라고 부를 수 있다면 말이다.

작은 집의 화장실을 무려 세 번째 박박 문질러 닦고 있었다. 세면대에 남은 녹 얼룩을 제거하려고 미친 사람처럼 애쓰고 있을 때 드디어 리사가 제트에 관한 소식으로 전화를 걸어왔다. 리사의 목소리는 커다란 장애물에 부딪힌 듯 우울했다.

"먼저 말할게."

리사가 인사도 없이 불쑥 말했다.

"지금부터 내가 하는 말이 마음에 들지 않을 거야."

나는 벌떡 일어나서 손에 끼고 있던 고무장갑을 벗고 수신 감도가 더 좋은 마당으로 나갔다. 주차된 차 옆으로 가서 듣는 사람이 없는지 살폈다.

"이제 더 놀랄 것도 없어."

차에 앉자마자 리사에게 말했다.

"말해 봐."

"그 집에서 제트를 내보낼 수 없어."

그러니까 제트는 지금까지 정말 사실을 말하고 있었던 거다.

---

4. 주거 환경이 열악한 사람들을 도와주는 국제 NGO 단체.

"이유는?"

"그 집에 포함된 사람이야. 집을 상속받고 난 후 3년 동안 제트도 그 집에서 살기로 되어있어."

"그러니까 대체 왜?"

"이브가 어떤 이유로 그런 행동을 했는지 알아?"

왜냐하면, 그럴 만했으니까. 아니면 잔인한 사람이었으니까? 뼛속까지 우리를 혐오했으니까? 누가 알겠는가?

"리사, 또 말해 줄 만한 거 없어?"

"본명은 버나드 제트슨 몽고메리야. 텍사스 출신이고. 뉴욕, 노스캐롤라이나 애시빌, 그리고 LA에 살았어. 매드독 도로에 있는 부동산을 관리하면서 한 달에 5천 달러와 무료로 살 집을 제공받고 있던 거야."

나는 휘파람을 불었다.

"한 달에 5천 달러? 와우! 대단하다. 뭐 때문이래?"

"크레이그가 그거까진 말 안 해 줬어. 그냥 관리인이라고만 하던데."

내가 일 년에 한 번씩 받는 돈을 그 개자식은 매달 받고 있었다니! 나는 의자에 뒤통수를 쾅쾅 부딪쳤다. 대체 왜? 집을 제대로 관리하는 것 같지도 않았다. 집은 엉망진창이었다. 그 정도는 내눈으로도 얼마든지 확인할 수 있었다. 얼마 전에 전기가 들어온 것만으로도 신에게 감사해했는데!

리사가 망설였다.

"크레이그 말이 제트가 본채 수리를 도와줄 수는 없대. 너 혼자서 해야 한대."

"진짜야?"

리사는 아무 말이 없었지만 내게는 그것만으로 충분했다.

"제트를 해고할 수 없다고?"

"응, 3년 동안은."

"왜 3년인 건데?"

또다시 리사는 아무 말이 없었다. 대답할 필요가 없다는 것을 알았다. 그녀도 그 이유를 모르기 때문이었다.

"그 사람의 배경에 대한 정보는 없어? 학력이라든가, 직업, 범죄 기록 같은 거."

"없어."

"그럼 집에 대한 기록은? 예를 들면 이브가 이 집을 가지고 있었던 이유?"

"미안해, 코니. 아무것도 몰라."

나는 한숨을 쉬었다.

"확인해 줘서 고마워."

"코니?"

"왜."

"지난번에 갑자기 화를 내서 미안해. 나는 그냥… 너무 외로워. 여기는 너무 조용해."

"요리사도 있고, 데이비드도 있잖아."

"무슨 말인지 알잖아."

리사가 한숨을 쉬었다.

"들어 봐. 난 항상 나 자신이 안쓰러웠어. 넌 괜찮은 거 맞아?"

"당연히 괜찮지."

'아니.' 실제로는 아니라고 대답하고 싶었다.

"이브가 내게 물려준 것들을 전부 포기할 수 있어. 어딘가로 떠나서 함께 살자. 돈 같은 거에 구속되지 말고 새롭게 시작하는 거야."

순간적으로 리사와 내가 메인 주 해변에 있는 작은 오두막집에서 함께 사는 모습이 떠올랐다. 군더더기 없는 단출함. 물론 우리는 가난할 것이다. 하지만 그게 어때서? 이브에게서 벗어나 함께 있을 수 있다는 것은 또 다른 의미였다.

"리사, 정말 그렇게 하기를 원해?"

"네가 안전했으면 좋겠어."

나는 왠지 모를 실망감으로 눈을 감았다. 리사가 원하는 건 오두막집이나 가난이 아니었다. 그리고 리사가 왜 그래야 하겠는가? 그녀는 이미 사는 데 필요한 모든 것을 가지고 있었다. 돈의 안락함과 그 이상의 힘이 리사의 손에 있었다.

내 차 운전석에 앉아 전화를 받고 있던 이때, 제트가 집을 나서며 문 잠그는 모습을 지켜보았다. 미카와 함께 트럭에 타면서 작은 집을 계속 쳐다보는 그의 모습을 몰래 지켜보았다. 그는 내가 차 안에 있다는 사실을 눈치채지 못한 것 같았다. 다행스러웠다. 덕분에 나도 한 번은 그를 염탐할 수 있었으니까.

내가 말했다.

"그만 끊을게."

내 목소리에 지울 수 없는 쓸쓸함이 묻어나서 덧붙였다.

"건강 챙기고."

리사의 대답에서 안도감이 느껴졌다.

"너도, 코니. 우린 서로를 늘 챙길 거야. 자매니까."

                              * * *

해비타트를 다시 찾은 것은 현명한 선택이었다. 안락의자와 사이드 테이블은 50달러, 작은 비스트로 테이블은 10달러, 식탁 의자 두 개는 15달러, 침대 프레임과 서랍장은 75달러였다. 디자인이 썩 마음에 드는 건 아니었지만 불평할 처지가 아니라 구매했다. 목욕하고 싶은 것만큼이나 멀쩡한 침대에서의 단잠이 간절했다. 추가로 25달러를 지불하고 다음 날 가구를 전부 배송받기로 했다.

이제 필요한 것은 매트리스뿐이었다. 마을에 있는 유일한 매트리스 할인 매장으로 가는 길에 끝을 파랗게 염색한 금발 머리 여자가 나를 스쳐 가는 것이 보였다. 술집에서 만났던 에이미였다. 그녀는 싸구려 모텔 옆 타코 가게로 걸어가고 있었다.

주차장에 차를 세웠다. 에이미가 가게로 들어가자마자 재빨리 차에서 내려 따라갔다. 타코 가게의 문을 여는 순간 기름에 튀긴 고기와 양파 냄새가 내 위를 자극했다. 공기 중에 스며든 기름 냄새가 뜨거운 열기, 소음과 함께 훅 밀려왔다. 위가 요동치고 나서야 어제부터 아무것도 먹지 못하고 쫄쫄 굶은 상태라는 것이 기억났다. 손님들로 가득 찬 열두 개 남짓의 부스와 탁자를 둘러본 후 카운터에 앉아 있던 에이미를 발견했다. 입구에 서서 기다리기로 했다.

5분쯤 지나자 음식이 든 봉투와 음료를 든 에이미가 내 쪽으로 걸어왔다. 무심코 나를 지나치려다가 고개를 돌려 나를 다시 한번 쳐다보았다. 나를 알아본 듯한 미소가 그녀의 얼굴에 스쳤다. 생기 있는 아름다운 미소였다. 하지만 그 미소는 이내 사라졌다. 나는 에이미의 나이가 생각보다 더 어리다는 사실을 알았다. 나보다도 어리군. 20대 초반쯤 된 것 같았다.

"에이미, 맞죠?"

그녀가 고개를 끄덕였다.

"미안해요. 당신 이름을 잊어버렸네요."

"코니예요. '잭스 플레이스'에서 만났었죠."

"아, 기억나요."

에이미는 어딘지 불안해 보이는 미소를 지어 보였다.

"그날 밤은 제가… 실수를 했던 것 같아요."

나는 손사래를 치며 그녀의 사과를 거절했다.

"누구나 그럴 때가 있잖아요."

"네, 그게, 저는 그럴 때가 많아서요."

나는 충동적으로 물었다.

"점심 같이 먹을래요?"

에이미는 어안이 벙벙한 표정으로 서 있었다. 어떻게 대답해야 할지 모르는 표정이었다.

"그러죠. 안 될 거 있나요."

나는 치킨 타코 세 개를 주문하고 메인 스트리트가 내려다보이는 레스토랑 뒤쪽 창가 옆에 에이미와 자리를 잡았다. 그녀는 내가 주문한 타코가 나올 때까지 기다려주었다. 그녀의 타코는 포장지 위에 깔끔하게 펼쳐져 있었고 양상추 조각은 포장지 한쪽 구석에 깔끔하게 쌓여 있었다.

"닐라에서 지내는 건 어때요?"

내가 자리에 앉자 에이미가 물었다. 그녀는 창밖을 바라보고 있었다. 그녀의 턱선에 새로 생긴 상처와 눈썹 뼈 가장자리에 멍이 들었다가 노랗게 빠진 흔적이 보였다.

"그냥… 조용해요. 아름답기도 하고요."

그녀가 시선을 돌려 나를 바라보았다. 아치형으로 올라간 눈썹과 비웃음이 섞인 미소.

"닐라를 아직 잘 모르시나 봐요."

"모르다니요?"

"아니에요."

우리는 몇 분 동안 시시콜콜한 대화를 나누었다. 에이미는 내게 어떻게 닐라로 이사를 오게 되었는지 물었고, 나는 이브나 제트, 유산에 관한 이야기는 전부 생략하고 사실대로 최대한 간략히 말해 주었다. 나도 에이미에게 이곳에서 살게 된 이유를 물었다. 저번에도 얘기했듯 그녀 또한 외지인으로, 옆집에 살던 사람과 맺었던 다사다난했던 관계를 끝내면서 이곳으로 오게 된 경위를 간략하게 설명했다.

"지저분한 집이지만 침대도 있고, 지금은 월세를 감당할 수 있거든요."

에이미가 타코를 한 입 베어 물고는 얼굴을 찡그렸다.

"사실 예전에는 '푸시 팰리스'라고 불렸어요. 침대와 창녀를 원하는 트럭 운전사들에게 유명한 장소였죠. 새 주인이 창녀들을 전부 쫓아내긴 했지만 여전히 역겹기는 마찬가지죠."

나는 월세를 지원해주는 것과 비슷한 형식으로 우리 집에서 함께 지내자고 제안해 볼까 고민했다. 집을 수리하는 데 도움을 받을 수 있었고 그녀도 더 나은 환경에서 지낼 수 있었기 때문이다. 하지만 나는 그녀가 어떤 사람인지 잘 알지 못했고, 내 집도 상태가 그다지 좋지 못했으며, 술집에서 만났던 술에 취한 모습을 떠올려 볼 때… 소란스러운 일만큼은 피하고 싶었다. 그녀가 그날 술집에서 언급했던 살인 사건에 관해 묻자 갑자기 그녀의 눈에 생기가 사라졌다.

"그냥 취해서 한 말이었어요."

내가 이브의 테스트에서 살아남을 수 있었던 것은 사람들의 표정을 읽는 법을 배웠기 때문이다. 에이미는 거짓말을 하고 있었다. 내가 그 사실을 알아차렸다는 것도 알고 있었다. 에이미는 종이 냅킨 모서리로 입을 닦으면서 앞에 놓인 음식에 시선을 고정했다. 목을 가다듬고는 자리에서 안절부절못했다.

"어디서 일어난 살인 사건인데요?"

내가 물었다. 그녀는 어깨를 으쓱했다.

"솔직히 말하자면 어디선가 막연한 소문을 들었던 것 같아요. 하지만 그게 전부예요. 제가 술에 취하면 좀… 어떤 모습인지 직접 보셨잖아요. 술이 깨면 후회할 말들을 잔뜩 늘어놓는 거요."

에이미가 진실을 말할 때는 알코올이 그녀의 혈관을 타고 흐르고 있을 때뿐이라고 확신했다.

"술집에서 몇 년 전에 그런 일이 있었다고 말했잖아요."

"제가요?"

그녀가 얼굴을 찡그렸다.

"오래된 살인 사건에 대해서는 이야기한 기억이 없어요."

내가 가만히 쳐다보기만 하자 그녀가 입을 열었다.

"그런데 그런 일이 있었다고 들은 적은 있어요. 아주 오래전에요. 90년대쯤?"

"여섯 명의 여자아이들이요?"

에이미의 기억을 되살리려고 노력하면서 물었다.

"그렇게 들었어요. 가출해서 마약에 빠진 애들이요… 돌봐 주는 사람이 아무도 없어서 버려진 애들, 쓰레기 같은 것들…"

창밖을 쳐다보는 에이미의 표정에 난감한 기색이 역력했다.

"하지만 코니, 저한테 그 이야기를 해 준 사람은 아마도 겁주려고 그랬을 거예요."

그녀는 자리에서 잔뜩 긴장된 표정으로 문을 힐끔거리기 시작했다.

"그러니까… 제 예전 남자친구요. 무슨 수를 써서라도 저를 통제하려고 했거든요. 그 이야기는 그냥 소문이었을 거예요."

우리는 몇 분 동안 아무 말 없이 앉아 있었다. 맛이 제법 괜찮았던 타코를 먹는 동안 에이미는 음료수만 빨대로 마시고 있었다. 마침내 그녀가 기지개를 켜고 자리에서 일어났다.

"그만 가 봐야겠어요. 한 시간 후에 면접이 있어서. 행운을 빌어 줘요."

"어디서 직원을 구한대요?"

"동네 주유소에 사람이 필요하대요."

에이미가 의심스러운 눈으로 나를 쳐다봤다.

"거기 이력서 낼 거 아니죠? 저 이 일이 꼭 필요해요."

마음이 동하긴 했지만 그러지 않겠다고 약속했다. 에이미는 테이블에서 일어나 문으로 향하다가 멈추고는 뒤로 돌아섰다.

"잘 지내요."

"당신도요."

무슨 말을 해야 할지 몰라 계속 그 자리에 어정쩡하게 서 있는 에이미의 모습을 보고 덧붙였다.

"에이미, 나중에 또 같이 밥 먹어요."

그녀는 우리가 같이 식사하면 안 될 수천 가지 이유가 떠오른 듯 불편한 표정이었지만 잠깐 고민하다 고개를 끄덕였다.

"그럼요."

에이미가 식당을 떠난 후 내게 친구가 필요하다는 사실을 깨달았다. 술버릇이 어찌 됐든 에이미는 마음을 터놓고 이야기할 수 있는 사람이었다. 나는 인정하고 싶지 않을 만큼 외로웠고, 아주 오랜만에 옅은 두려움을 느꼈다.

닐라와 관련된 어떤 진실과 알 수 없는 이 모든 상황이 나를 두렵게 했다. 유령 마을에 후미진 뒷동네 같은 분위기 때문일 수도, 살인 사건에 대한 소문이나 그에 대한 주민들의 반응 때문일 수도 있었다. 어쩌면 아직 남아있는 이브의 잔상 때문일지도 모른다. 이브는 이유 없이 어떤 행동을 하는 사람이 아니었으니까. 식사 메뉴부터 내게 시킨 게임까지, 모든 것은 다 이유가 있었다.

이런 일을 꾸민 이유가 뭘까? 가본 적도 없는 작은 마을에 있는 미완성의 집을 왜 내게 남겼지? 식당 창문 너머 싸구려 모텔로 사라지는 에이미의 뒷모습을 지켜보면서 그녀가 했던 말을 떠올렸다. '쓰레기 같은 것들…' 감정을 느끼고 곤란함에 처해 있는 사람들에게 사용하기엔 너무나 잔인한 표현이었다.

테이블 위로 머리를 기댔다. 술이 마시고 싶었다. 달콤한 술로 머릿속에서 닐라를 씻어내고 싶었다. 이브도 함께.

제 17 장

코니 포스터
뉴멕시코주 닐라 — 현재

에이미에 관한 생각을 떨쳐 버릴 수 없었다. 진짜로 술에
취해 한 말이었다면 지난 넉 달 동안 닐라에서 두 명의 여성이 살
해당했으니 범인은 지금 도시 안 혹은 근처에 사는 인물이 틀림없
었다.

주차장 진입로에 앉아 유산으로 물려받은 집을 바라보았다. 지
붕 윤곽을 따라 벗겨진 페인트, 녹슨 지붕, 작고 어두운 창문. 왜 나
에게 이 집을 물려주었을까? 이브가 이 집을 사기 전에는 누가 이
집에서 살았을까? 이 집은 왜 버려졌지? 대체 왜 관리인을 고용하
고서 아무것도 하지 말라며 집을 방치하고 더 낡아지도록 내버려
둔 다음에서야 내게 물려준 걸까. 이 집, 그리고 닐라에 대체 뭐가
숨어 있기에 마지막 게임 장소로 선택된 것일까? 도무지 단서가
잡히질 않았다.

땅거미가 내려앉았다. 멀리서 코요테가 울부짖었다. 소름이 돋

아 팔에 솜털이 곤두섰다. 그렇지만 집에서 눈을 뗄 수 없었다. 반짝이는 창문 유리, 문에 새로 칠한 페인트, 현관에 놓인 화분 등 오늘 내가 소소하지만 나름의 노력을 기울였음에도 집은 여전히 황량했다. 황량하면서도 동시에 악의적이었다.

크게 심호흡을 했다. 아직 침대가 없기도 했고, 전기가 연결되긴 했지만 무덤 같은 집에서 잠을 자고 싶지는 않았다. 차에서 하룻밤을 더 보내야 했다. 제트가 타고 나간 트럭은 내가 집에 도착한 이후에도 계속 보이지 않았다. 제트의 외출이 길어지면 이 밤, 낯선 이웃이 어떤 사람인지 알 수 있는 또 다른 기회였다. 올리버가 나를 공격하는 일이 없도록 해가 완전히 질 때까지 잠자코 기다렸다.

해 질 녘의 사막은 숨이 멎을 듯 아름다웠다. 수많은 별, 고요함… 사방이 심연과 같은 절대적 어둠으로 차올랐다. 내 집과 제트의 헛간 사이 얼마 되지 않는 거리를 걷는 것만으로 아드레날린이 솟구쳤다. 여전히 울부짖고 있는 코요테 무리의 귀신같은 소리가 너무 가까운 나머지 불안감을 증폭시켰다. 작업장 너머 덤불로 형체를 알 수 없는 무언가 미끄러지듯 들어왔다. 깜짝 놀란 나는 그제야 내가 평소와 다르게 거친 숨을 쉬고 있다는 사실을 깨달았다. 갑자기 끝없이 이어지는 시야와 웅장한 산, 건조한 공기, 삭막한 풍경의 이곳이 낯설게 느껴졌다. 버몬트의 완만한 산과 계곡, 경계가 뚜렷한 풍경이 주는 안정감이 그리웠다.

경계. 이브와 함께 살면서 받은 저주는 내가 체계와 경계를 갈망하는 동시에 증오한다는 것이었다. 규칙은 숨이 막혔고, 자유는 압도적이었다. 이브는 나를 불안하게 만들겠다는 목표를 평생을 받쳐 달성했다. 이브가 세상을 떠나고 나만의 공간이 생겨 안도감을 느껴야 할 지금 이 순간에도 숙제가 남아있는 것처럼 느껴졌다. 당장에라도 나를 압도하려고 무언가 기다리는 기분이었다.

깽깽거리며 울부짖는 코요테 무리는 올리버네 마당에 있는 것 같았다. 닭을 쫓는 모양이었다. 쉼 없이 울어대는 코요테의 울음으로부터 도망치고 싶었던 나는 일이 잘 풀리기를 바라면서 제트의 현관문 손잡이를 돌렸다. 문은 잠겨 있었다. 미카가 있는지 확인하기 위해 먼저 노크를 했다. 아무 소리도 들리지 않았다. 혹시 다른 입구가 있는지 헛간 주변을 살폈다. 10분쯤 주위를 살핀 끝에 뒤쪽에 자물쇠가 고장 난 작은 창문을 발견했다. 창문을 열고 간신히 안으로 들어가 어둠 속으로 툭 떨어졌다.

창문이 닫히지 않도록 유리창과 창틀 사이에 나무 조각을 끼운 다음 손전등을 켰다. 내가 창문을 통해 들어온 곳은 다용도실이었다. 눈에 띄는 물건이라고는 빗자루, 대걸레, 진공청소기가 전부였다. 문을 열고 몇 걸음 걸어가니 제트의 거실이 나왔다. 블라인드를 내리고 주위를 둘러보았다. 카메라 같은 건 보이지 않았다. 지난번 방문으로 보안 장치 같은 건 없다는 사실을 이미 알고 있었다. 나는 안방에 있는 작은 컴퓨터 책상으로 곧장 가서 서랍을 뒤지기 시작했다. 청구서와 영수증. 목공용 카탈로그. 오래된 펜트하우스 잡지 한 권. 제트에 대해 알 수 있는 건 아무것도 없었고, 이브와 관련이 있어 보이는 단서도 없었다.

주방으로 이동했다. 조리 공간은 이곳에 사는 사람이 제법 훌륭한 요리 실력을 갖춘, 오래도록 혼자 살아온 남자라는 사실을 보여주었다. 무쇠 냄비와 프라이팬 몇 개, 고기로 가득한 냉동실, 냉장고의 채소들. 팬트리는 향신료로 가득 차 있었다. 작은 찬장의 맨 아래 서랍에는 구급상자, 사냥용 칼, 조명탄이 있었다. 물건들의 위치가 바뀌지 않도록 조심하면서 다시 서랍에 넣어 두었다.

안방의 나머지 부분은 널브러진 잡동사니가 하나도 없었다. 심장이 튀어나올 것 같은 쿵쾅거림을 무시하고 안방 문을 열었다. 오늘 밤 제트는 집에 돌아오지 않는다. 제대로만 한다면 내가 여기 다녀간 사실도 모를 것이다. 그런데도 그가 언제 돌아올지 몰라 서둘러야 했다. 눈으로 재빨리 내부 공간을 훑었다. 제트는 깔끔한 남자였다. 침실 역시 군더더기 없었다. 남색 울 담요와 베개 두 개가 놓인 작은 침대는 깔끔하게 정리되어 있었고, 그 옆에 놓인 아름다운 침대 협탁 위에는 스탠드를 제외하고는 아무런 소지품도 올라와 있지 않았다. 서랍 하나를 열어 빠르게 살펴보니 펜 세 자루, 새 노트, 너무 변태스럽지 않은 포르노 잡지 몇 권, 콘돔 한 상자, 윤활유 튜브 한 개가 들어 있었다. 유일한 서랍장 역시 말끔하게 접힌 옷만 있을 뿐 다른 것은 아무것도 없었다. '콘돔이 있다는 건 그가 활발한 성생활을 즐기고 있다는 의미인데. 혹은 그런 생활을 원하거나.' 옷장에 들어 있는 옷들이 전부 오래된 평상복이라는 것으로 미루어 보아 취향이 까다로운 사람은 아니라는 것을 알 수 있었다.

실망스러운 마음으로 작은 화장실 문을 열었다. 샤워부스, 변기, 세면대가 각각 하나씩 놓여 있었고, 세면대 위 약장은 면도기 세 개, 이부프로펜 1병, 소독약, 반창고 한 상자를 제외하고는 텅 비어 있었다. 점점 더 절망스러운 마음으로 거실로 돌아왔다.

컴퓨터 책상을 다시 살펴보았지만 서랍에는 아무것도 없었다. 내가 이브에게 물건을 숨겼던 방법을 생각하며 냉장고 위와 의자

쿠션 아래를 샅샅이 뒤졌다. 컴퓨터 책상 아래를 손으로 쓸고 있는 바로 그때, 딱딱한 물체 하나가 손가락에 스쳤다. 쪼그려 앉아 그 자리에 손전등을 비추니 작은 나무 상자 하나가 책상 밑에 붙어있었다. 조심스럽게, 주의를 기울여 상자를 꺼냈다. 작은 은색 열쇠 두 개와 검은색 열쇠 한 개가 들어 있었다.

그 열쇠를 한참 동안 들여다보면서 헛간을 떠올렸다. 직감적으로 이 열쇠가 어떤 자물쇠를 열기 위한 건지 느낌이 왔다. 정신을 가다듬고 집안을 원래대로 정리한 다음 이 집에 들어왔을 때 사용했던 깨진 창문을 통해 다시 밖으로 나갔다.

* * *

어둠 속에서는 많은 일들이 일어난다. 끔찍한 일들, 인간이 가진 정신력의 인내와 의지를 시험하는 일들. 나는 세상의 다른 짐승들과 우리를 구분 짓는 것이 이와 같은 순수한 잔인함이라고 확신한다. 나는 이브와 생존 게임을 하면서 그런 것들을 직접 목격했다.

고통받는 사람은 대개 우리 중 가장 약한 사람들이었다. 모두가 잠든 컴컴한 밤, 누군가의 삶과 영혼을 구하는 영웅이라 나 스스로를 묘사하고 있었지만 그건 허상이었다. 진실은 인간성의 가장자리를 따라 기어 다니다가 고통을 마주할 때 눈을 감아버린다. 제정신을 유지하는 유일하고 비겁한 방법이었다. 나는 고통을 더하지 않으려고 노력했다. 살아남거나 살아지거나. 상황이 나아질 거라고 믿는 것까지 할 수 있는 최선을 다했다.

그때마다 나는 이브의 죽음을 위해 기도했다. 나와 내 위로 군림

하려는 이브의 뒤틀린 욕망을 없애 주세요, 그럼 나는 평범해질 수 있어요, 하고. 무의식 속에 억눌려 있던 조용한 기도였다. 돌이켜보면 그것은 나의 주문이자, 명상이자, 희망이었다.

'평범한 사람.' 평범하다는 게 어떤 건지 내가 알기나 할까? 입양아로 엄격한 가정교사의 손에 홈스쿨링을 받고, 이브, 리사, 그리고 몇 명의 가정부와 함께 고독한 생활을 하다가 어머니란 사람에 의해 끊임없이 거리로 내던져졌다. 나는 평범할 수 없었다. 자신을 위해 새로운 의미의 평범함을 만들어 냈을 뿐이다. 그럼에도 매드독 도로에 있는 집이라면 새로 시작할 수 있었다. 나를 위한 집. 이곳에서 내가 안전할 수 있다면 뭐든 할 생각이었다. '아무것도 나를 통제할 수 없음을 몸소 증명해 보이겠어.'

작업장 문은 잠겨있었지만 검은색 열쇠로 검은색 자물쇠를 풀자 문이 열렸다. 나는 또다시 제트의 작업실 안에 들어와 어슬렁거리며 살펴봤다. 은색 열쇠 중 하나는 내가 생각했던 대로 건물 뒤쪽의 금속 캐비닛을 여는 열쇠가 맞았다. 그 안에 뭐가 들어있기에 다른 건물에, 그것도 눈에 보이지 않는 은밀한 공간에 열쇠를 숨겨두었을까.

나는 맨 위 캐비닛부터 살펴보기 시작했다. 서류 더미 아래 책 몇 권과 값비싸 보이는 조각 도구 몇 개가 놓여 있었다. 또 가구를 팔고 받은 것으로 보이는 영수증, 세금 서류, 주문서, 비용 지출 증빙 서류 등이 보였다. 사기 치려고 신원을 도용한 게 아니라면 대단히 비밀스러운 것들은 아니었다. 세 번째 열쇠로 아래쪽 캐비닛을 열어보았지만 자물쇠는 꼼짝도 하지 않았다. 남은 열쇠로 무엇을 열 수 있을지 주위를 둘러보았다. 호기심이 호기심을 불렀다.

자물쇠가 달린 것은 더 없었다.

벌써 새벽 한 시가 지나 있었다. 피로감이 몰려왔다. 열지 못한 아래쪽 캐비닛의 열쇠도 헛간 어딘가에 숨겨놓지 않았을까? 캐비닛 안쪽을 손으로 더듬거리며 만져보았지만 아무것도 잡히지 않았다. 이번에는 문서들 틈에 있던 책 한 권을 펼쳤다.

빙고. 책 한 권의 내부를 파서 그 안에 열쇠를 숨겨 놓다니 감쪽같군. 그 열쇠로 아래쪽 캐비닛을 열었다. 시체나 피, 아니면 어떤 비밀문서가 들어 있을 거라고 예상했지만 내가 발견한 것은 '투명 광택제'라고 적힌 두 개의 상자와 자물쇠로 잠긴 커다란 금속 상자뿐이었다. 광택제 상자를 열자 6개의 칼과 총, 그리고 쌍절곤처럼 보이는 도구가 있었다. 목공인이 가지고 있기에는 다소 뜬금없는 물건들이었다.

제트의 집에서 가져온 세 번째 열쇠는 바로 그 금속 상자의 자물쇠를 열기 위한 것이었다. 떨리는 손을 진정시키고 상자를 열었다. 상자 안에는 총 두 자루가 있었다. 그리고 100달러짜리 지폐가 수북이 쌓여 있었다.

* * *

"십만 달러는 됐을 거야."

차 안에 앉아 리사에게 속삭였다. 제트의 집에서 가져온 열쇠를 포함해 모든 물건을 제자리에 돌려놓고 원래 있던 자리와 위치가 바뀌지 않았는지 온 신경을 기울여 유심히 관찰했다. 여전히 내가 무언가 놓치고 있다는 느낌을 떨칠 수 없었다. 무언가 나를 속이는 기분이었다. 아직도 손이 떨리고 심장이 뒤틀리는 것 같았다.

"부잣집 아들일 수도 있지."

"리사, 생각해 봐. 부잣집 아들이라면 은행에 돈을 보관하거나 주식에 투자했겠지. 헛간에 몰래 숨겨두는 게 아니라."

"그럼 조직 폭력배?"

"차라리 그쪽이 가능성이 더 높아 보이네. 조직 폭력배나 범죄자. 그렇지 않고서야 그 많은 현금을 왜 가지고 있었겠어?"

리사는 한동안 말이 없었다. 애리조나와 버몬트 사이에는 시차가 존재했고, 버몬트 시각으로는 리사의 취침 시간이 훨씬 지난 아주 늦은 밤이었다. 자고 있던 리사를 깨웠다는 것을 불현듯 깨달았다. 어쩐지 차분한 말투에, 피곤해 했지만 총과 돈에 관해서 이야기하자 이내 활기를 되찾았다. 리사가 말했다.

"이브…"

"이브라니?"

"그래. 생각해 봐, 코니. 그 현금이 전부 이브가 준 것이라면? 그 돈이 집을 관리하는 조건으로 받은 월급이라면?"

"그 여자가 월급으로 매달 얼마를 줬는지 알고 있잖아. 세금 서류도 있고. 숨어 사는 건 아니라니까."

"만약…"

리사가 무슨 생각을 하고 있는지 알고 있었기 때문에 내가 대신 말을 이었다.

"이브가 집을 관리하는 거 말고 다른 이유로 돈을 준 것이다? 그 현금은 보너스다, 그 말 하려고 했지?"

"코니, 그 다른 이유라는 게… 널 죽이는 일이면 어떻게 해? 그래서 이브가 너를 그곳에…"

리사의 목소리에 두려움이 가득했다. 서둘러 그녀를 안심시켰다.

"말도 안 되잖아. 이브가 아무리 사이코여도 그런 짓은 안 해."

리사는 대답하지 않았다. 그럴 필요가 없었다. 우리 둘 다 이브가 그만큼 사악한 것을 마음속 깊이 절감하고 있었기 때문이다. 어린 시절의 절반가량 이브를 옹호했었던 리사조차도 이브가 기괴하고 잔인한 행동을 저지르는 인간이라는 것을 알고 있었다. 다만 그 병적인 욕망을 창의적인 방식으로 표출했던 것뿐.

"그 집에서 나와야 해."

리사가 말했다.

"아파트를 빌리거나 호텔 같은 데로 가. 변호사가 그렇게 하면 안 된다고는 안 했잖아."

"돈이 없어."

"그럼 내가 예약할게."

"리사, 그건 날 돕는 거잖아. 네 유산을 생각해야지."

"나는 상관없어."

"아니, 상관있어. 유산을 뺏기면 우리 둘 다 길거리에 나앉게 될 거야. 단순히 서로만 있어도 된다, 뭐 그런 거랑은 다른 차원의 문제라고."

리사가 길에서 생활하는 모습을 상상하는 것만으로도 덜컥 겁이 났다. 리사는 얼굴에 로션을 바르고, 진정제를 먹으며 백색 소음기를 쓰는 사람이다. 길거리에서 단 하루도 버티지 못할 것이다.

"난 괜찮을 거야, 리사."

"그럼 쉼터나 교회로 가. 어디든 떠나."

공포심이 그녀의 발음까지 뭉개고 있었다. 나는 차의 잠금장치를 풀었다.

"아냐. 여기 있을 거야."

차 문을 열고 집으로 걸어갔다. 바닥에서 잠을 자야 할지언정 이제는 집에서 잠을 자야 할 때였다. 내 공간을 확보하고 이곳을 내 것으로 만들어야만 했다.

"평생 도망만 다닌 기분이야. 어디가 됐든 내 공간이 있었으면 좋겠어. 나에겐 집이 필요해."

"거긴 집이 아니야! 알잖아. 거기 있으면 안 돼."

"이야기 들어줘서 고마워."

"코니, 내가 방법을 찾아볼게. 정말이야. 네가 돈을 받을 수 있는 방법, 우리 둘 다 유산을 공평하게 나눠 가질 방법 말이야. 코니, 그러니까 제발—"

집 안에 들어서자 어딘가 생경한 느낌이 들었다. 나는 방을 둘러보며 위치가 바뀌거나 방향이 틀어진 가구가 있는지 찾아보았다. 하지만 모든 게 제자리였다.

"여보세요? 코니?"

내 시선이 거실 벽에 꽂혔다. 누군가 석고를 새로 발라 그 위에 도자기 십자가를 걸어 두었다. 밝은 색으로 칠한 멕시코산 마욜리카 도자기는 화려하고 아름다운 장식품이었지만 내가 가져다 둔 게 아니었다. 직감적으로 범인이 떠올라 주먹이 불끈 쥐어졌다.

"리사, 그만 가 봐야겠어."

"코니, 잠깐만! 만약에—"

전화를 끊은 내 시선은 여전히 십자가에 고정된 상태였다. 대체 언제 여기에 들어온 거지? 내가 제트의 집을 살펴보는 동안 제트도 내 집에 몰래 들어와서 여기저기 살펴봤던 걸까? 나는 두 명의 죽은 소녀와 제트의 헛간에 있던 현금 상자를 떠올렸다. 상상만으로도 너무나 소름이 끼치는 또 다른 의문이 제기됐다.

제트가 연쇄살인범이라면? 제트는 베일에 싸인 사람이었다. 이름이나 그가 가구를 만든다는 사실을 제외하고는 그의 배경에 대해 아는 바가 하나도 없었다. 폭력성이라든가 닐라에 숨어 사는 이유, 또 나이가 몇 살인지도 몰랐다. 만약 제트가 살인마고 이브가 우연히 그 사실을 알게 됐다면… 그래, 마지막 게임이 시작된 것인지도 몰랐다.

제 18 장

이브 포스터
뉴멕시코주 닐라 — 1997년

이브가 플로라와 만날 수 있도록 잭이 인맥을 동원했다. 플로라가 퇴근한 다음 날 저녁 7시 15분에 자기 술집에서 보기로 약속한 것이다. 잭은 늘 부수입을 올릴 방법을 찾고 있던 플로라에게 일자리를 구해 줄 것처럼 그녀를 유인했다. 이브는 플로라가 겁먹지 않도록 그녀가 나타날 때까지 밖에서 기다리기로 했다. 초조한 마음으로 차에 앉아서 술집을 드나드는 사람들을 지켜보았다. 7시 14분이 되자 매력적인 라틴계 여성이 술집으로 들어갔다. 그 여자가 플로라일 것이라고 직감한 이브는 차 문을 잠그고 술집으로 들어갔다.

이전에 잭스 플레이스에 왔던 것과 사뭇 다르게 술집 안은 손님으로 가득 차 있었다. 그래서 플로라를 발견하기까지 시간이 좀 걸렸다. 그녀는 밝은 색 자수가 놓인 꽃무늬 핸드백을 들고 바 옆에 서 있었다. 이브는 그녀를 유심히 관찰했다. 길고 두꺼운 검은색 머리카락, 지성으로 빛나는 아몬드 모양의 적갈색 눈동자, 당찬 인상의 오똑한 콧날, 도톰한 입술. 키가 크고 풍채가 당당한 그녀는 꽉 끼는 청바지에 상의는 그보다 더 꽉 끼는 블라우스 차림이었다. 남자들은 그녀에게서 시선을 떼지 못했다. 이브의 시선 역시 플로라에게 고정되어 있었다. 다른 이유에서였긴 했지만.

저 여자가 카일의 내연녀라고? 플로라는 이제 막 성인이 된 듯한 앳된 얼굴이었다. 많아 봐야 20대 초반일까. 다른 사람의 시선을 의식하고 있는 듯 술집을 둘러보는 소심한 눈빛부터 잭이 말을 걸어주기를 바라며 쭈뼛거리고 있는 모습까지, 잔뜩 긴장한 것 같았다. 이브는 인정하고 싶지 않지만 플로라가 예쁘다고 생각했다. 아니, 아름다웠다. 하지만 아름다운 여자들은 그녀 말고도 많았다. '무엇이 특별히 다르지? 판사의 남동생은 그녀와 대체 뭘 했을까?'

이브는 맞은편에서 잭과 플로라가 대화를 나누는 모습을 지켜보았다. 플로라가 찡그린 얼굴로 주위를 둘러보았다. 경계하는 표정이던 그녀의 얼굴이 두려움으로 바뀌었다. 그러다 단호히 고개를 젓고 바에서 물러났다. 잭이 손을 뻗어 플로라의 팔을 잡았지만 팔을 뿌리치고는 서둘러 출구로 향했다. 잭의 눈동자가 건너편에 있던 이브의 눈동자와 마주쳤다. 그는 플로라가 있는 방향으로 고갯짓하며 이브에게 조심하라는 경고의 눈빛을 보냈다. 이브는 자리에서 일어나 테이블 사이를 지그재그로 통과해 플로라의 뒤를 쫓았다.

플로라가 문을 열고 밖으로 나갔고, 곧바로 이브가 그녀의 뒤를 따랐다. 이브의 피부에 닿는 밤공기가 서늘했다. 플로라는 꽉 끼는 청바지를 입고 할 수 있는 한 가장 빠른 걸음으로 인도를 따라 서

둘러 걸어갔다. '캣츠 미우' 방향으로 가는 것을 보니 그곳에 차를 주차해둔 것 같았다. 이브는 서두를 필요가 없다고 생각했다. 차를 몰고 왔다면 미행이 쉬워진다는 생각으로 렌터카에 시동을 켜고 어두운 도로를 따라 집으로 돌아가는 플로라의 뒤를 쫓았다. 플로라는 두 번 정도 고개를 돌려 어깨너머로 뒤를 살폈다. 이브 자신을 볼 수 있다는 걸 알고 있었으나 숨지 않았다. 그녀가 모든 것을 실토할 수 있도록 겁을 주고 싶었다.

'캣츠 미우'에 도착하자 플로라는 가방을 뒤져 낡은 은색 닷선 자동차의 문을 열기 위해 씨름하고 있었다. 이브는 그 자동차의 모양과 번호판을 외웠다. 그러고는 자신이 탄 차를 향해 뒤를 돌아보는 모습까지 대놓고 지켜보았다. 이브는 여전히 자신의 존재를 숨길 생각이 없었다. 플로라 뒤에서 멀찌감치 떨어져 서성거리다가 라이트를 켰다. 마침내 플로라가 자동차 문을 열었을 때 이브는 재빠르게 플로라의 차 옆으로 가 차를 세우고 창문을 내렸다.

"안녕, 플로라."

이브가 말하자 플로라가 소스라치게 놀랐다. 그녀는 가방과 자동차 열쇠를 손에 꼭 쥐고 몸을 돌렸다. 자동차 문을 열고 그대로 차를 몰고 도망가려 했지만 이브가 차를 바로 옆에 세운 탓에 문을 열 만한 공간이 충분치 못했다.

"잠깐이면 돼요."

이브가 낮고 차분한 목소리로 말했다. 플로라는 자동차 옆에서 머리까지 온몸을 떨고 있었다. 이브가 차에서 내려 문을 닫았다.

"당신 때문이 아니에요, 플로라. 당신한테 원하는 건 없어요."

"그럼 뭘 원하는 거죠?"

우유처럼 부드럽고 매끈한 목소리. 강한 억양이 있긴 했지만 알아들을 수는 있었다.

"정보죠."

플로라가 조금씩 뒷걸음질 쳤지만 이브가 재빨리 자리를 옮겨 자동차에 몸을 기대 플로라가 도망갈 수 있는 경로를 차단했다. 그때 차 한 대가 지나갔고 이브와 플로라는 운전자가 도로를 따라 내려가 모퉁이를 돌아 사라지는 모습을 지켜보았다. 캣츠 미우의 방한 곳에서 헤비메탈이 울려 퍼졌다. 저 멀리 보이지 않는 곳에서는 트럭이 경적을 울렸다.

"제발 날 좀 내버려 둬요."

"5분만 시간을 내줘요. 그럼 다시는 나타나지 않을게요."

플로라가 답답하다는 듯 고개를 뒤로 젖혔다. 그녀의 얼굴이 짜증으로 일그러졌다.

"그 말을 어떻게 믿죠?"

이브는 기다렸다. '캣츠 미우'에서 누군가가 고함을 지르자 음악이 멈췄다. 갑작스러운 침묵이 어색하게 느껴졌다. 이브는 주머니에서 켈시의 사진을 꺼내 플로라에게 건넸다.

"애 본 적 있어요?"

플로라가 사진을 받아 들었다. 거리를 따라 놓인 가로등 불빛이 희미했다. 플로라는 사진을 향해 몸을 바짝 숙이고 유심히 얼굴을 살폈다.

"아니요, 본 적 없어요."

"확실해요?"

플로라가 고개를 끄덕였다. 그러고는 이브에게 다시 사진을 돌려주었다.

"확실해요."

"내 딸이에요. 실종됐어요."

"이게 나랑 무슨 상관이 있는지 모르겠네요."

"카일 서머스."

아는 이름이 나오자 플로라는 공포심으로 몸을 떨었다. 굳은 표정으로 입술을 굳게 다물었다.

"오, 아는 이름인가 봐요?"

"아뇨."

그 말에 이브는 웃음이 나왔다. 플로라가 차 문을 향해 손을 뻗었지만, 가로막았다.

"거짓말은 하지 말죠."

"전 그 사람이 누구인지 몰라요, 아시겠어요? 제발 가 주세요. 질문에 대한 대답을 다 해 줬잖아요. 전 그 애가 누구인지 모른다고요."

이브는 플로라보다 최소 2인치쯤 키가 큰데다 힐 구두까지 신고 있었다. 다리를 살짝 구부리고는 플로라와 눈높이를 맞췄다. 짐승이 으르렁거리는 듯한 낮은 목소리로 플로라에게 말했다.

"당신이 카일 서머스를 그냥 알고 있는 정도가 아니라 연인 사이라는 사실까지 알고 왔어요. 그가 어디에 살고 뭘 하는지도 잘 알고 있겠죠."

이브는 차가운 미소를 지었다.

"자, 카일이 어디에 살죠?"

플로라는 이브에게 침을 뱉었다. 그녀의 얼굴에서 침방울이 떨어졌다. '아,' 이브는 생각했다. '선제공격인가.' 플로라의 손목을 딱 잡고 말했다.

"카일의 집이 어디지?"

이브가 낮은 목소리로 속삭였다.

"카일이 지금 내 딸을 데리고 있어? 말해."

"놔 줘요. 아파요."

"말하라고."

이브는 곁눈질로 경찰 순찰차가 도로를 따라 내려오는 것을 보았다. 그녀는 분노를 주체하지 못하고 이성을 잃은 자신에게 혐오감을 느끼면서 플로라의 손목을 놓아주었다. 순찰차는 이브와 플로라 옆에서 속도를 줄였다. 이브는 운전석에 앉은 경찰이 누구인지 알아보지 못했지만, 상황을 살피는 경찰의 시선을 피하지 않고 차분히 바라보았다. 옆에 서 있는 플로라가 긴장한 것이 느껴졌다.

"무슨 일 있나요?"

시선은 이브를 향해 있지만, 플로라를 향한 질문이었다. 플로라가 고개를 저었다.

"아무 일도 없어요."

그러자 경찰은 차를 몰고 떠났다. 플로라가 틈을 놓치지 않고 자동차 조수석 문을 열었다. 그러고는 운전석으로 가서 시동 장치에 열쇠를 꽂았다. 이브는 플로라를 지켜보았다. 마침내 운전대를 잡은 손으로 차를 몰아 그곳을 떠났다. 정면을 응시한 상태로 그늘에 가려 표정을 읽을 수 없는 아름다운 얼굴로 이브가 거기 있다는 사실을 무시한 채… 밤은 고요했고 이브는 아무런 말도 없이 꼼짝없이 서 있었다.

이브는 생각했다. 이번에는 보내 주지만 다음에 또 만날 기회가 있을 거라고. 플로라의 뒤를 쫓아 그녀가 어디로 가는지 확인할 수도 있었고 플로라도 이브가 자신을 쫓아 올 거라 예상하겠지만 상관없었다. 플로라가 사는 곳을 알아내는 것은 어려운 일이 아니었다. 어디에서 일하고 있는지 알고 있으니 기회만 엿보면 됐다. 번거롭긴 해도, 해야 할 일을 하고 돈을 줘야 할 곳에 돈을 내면 그만이었다.

중요한 건 켈시를 찾는 일이었다. 이브는 직감적으로 알았다. 플로라가 자신을 카일 서머스에게로 데려다줄 것이라는 걸. 그가 켈시를 다치게 했든 안 했든, 켈시를 마지막으로 본 사람은 그였다. 그건 가장 중요한 단서였다. 이브는 마르지 않는 피로감과 분노의 물결이 밀려오는 것을 느꼈다. 대체 왜 모든 사람이 카일 서머스를 보호하는 걸까? 보호하는 게 맞긴 한 건가. 어쩌면 이브 자신이 미쳐가고 있는 걸지도 몰랐다. 닐라는 사람을 미치게 하는 힘이 있었다. 이브는 가빠진 호흡을 차분하게 가다듬고 정신을 집중했다. 그녀의 목표는 단 하나였다.

차를 몰고 앞으로 나아가는 플로라의 얼굴에 조명이 비쳤다. 축축이 젖은 뺨에 내려앉은 수많은 반짝임이 산산이 부서졌다. 두려움의 산물이었다. 그녀를 공포심에 떨게 만든 대상은 누구였을까? 경찰, 이브, 카일 서머스 중에 하나라는 것만은 틀림없는 사실이었다.

제 19 장

코니 포스터
뉴멕시코주 닐라 — 현재

"우리 집 비상용 열쇠 가지고 있으면 다 내놔요."

두려운 마음이 들키지 않길 바라며 손바닥을 위로 펼쳤다. 제트가 우쭐한 미소를 지었다.

"없는데요."

"십자가요. 우리 집에 몰래 들어와서 벽에 걸어 놨잖아요."

"열쇠를 가지고 있으면 몰래 들어갔다고 볼 수 없죠."

나는 분노에 가득 찬 표정으로 그를 노려보았다.

"개소리 말고 열쇠나 줘요."

제트는 탁자처럼 보이는 윗면에 손으로 사포질을 하고 있었다. 이미 매끈해진 표면을 천천히 계속 문지르면서 내 요구를 전부 무시했다. 그의 손은 크고 굳은살이 박여 있었지만 손톱은 깔끔하게 다듬은 상태였다.

"십자가를 가져다 놨다는 건 인정하는 거예요?"

얼마간 뜸을 들인 후 제트가 말했다.

"십자가는 당신 거예요. 이브가 보낸 선물이에요."

그러시겠지. 어련하시겠어.

"아, 이브의 선물이었군요. 몰래 들어가서 십자가를 걸어놓고 사람 놀리라고 하던가요?"

제트는 아무런 말도 하지 않았다. 나는 그가 손에 쥐고 있던 사포를 빼앗았다. 나를 노려보는 매서운 눈빛에 순간 겁을 먹고 뒷걸음질 쳤다. 그의 눈을 쳐다보는 것은 마치 저속 촬영 사진을 보는 기분이었다. 분노에 찬 표정에서 순식간에 평온해진 얼굴이라… 애써 본심을 억누르고 있다고밖에 생각되지 않았다.

"젠장, 제트. 당신이 그런 거 맞잖아요. 대체 왜 그런 거예요?"

그는 바지에 손을 쓱쓱 문질러 닦았다.

"이브가 무슨 생각이었는지는 나도 몰라요. 나한테 말하길, 당신이 이사를 오고 나면 당신이 외출한 사이에 집에 그 십자가를 걸어두라고만 했어요."

나는 눈을 질끈 감았다. 무덤 너머에서 이브의 장난이 또다시 이어진 것이다. 눈을 뜨자 제트는 동정심에 가까운, 아니 불쌍하다는 표정으로 나를 쳐다보고 있었다. 제트가 한숨을 쉬었다.

"열쇠를 줄 수는 없어요. 혹시라도 열쇠를 바꾸려는 생각은 하지 말고요. 내가 억지로 열고 들어가서 다시 열쇠를 바꿔놔야 하니까. 이브는 엄청나게 많은 규칙을 세워놨고, 미안하지만 변호사에게 모든 것을 확인한 후 공증까지 받아놨어요. 계약이 끝나기 전까지는 내가 집주인이나 다름없다는 말이에요."

법정에서 시시비비를 가릴 수 있는 내용인지 확신이 안 섰고 애당초 누구 말이 맞는지 따져 볼 공방전을 이어갈 돈도 없었다.

"다른 규칙은 또 뭐가 있는데요?"

내가 물었다. 제트는 입을 꾹 다물고 한숨을 쉬었다.

"현금이 유입되는 출처를 감시해야 해요. 쌍둥이 자매한테 돈을 받는 건 일절 금지되어 있고 의심스러운 상황이 있으면 변호사에게 이야기해야 하고요."

"크레이그 버 말이죠?"

제트가 고개를 끄덕였다. 놀랄 일도 아니었다.

"또 뭐가 있죠?"

수염 아래 제트의 얼굴이 비트처럼 붉게 변했다. 그는 고개를 가로젓고는 사포를 돌려 달라고 손을 내밀었다. 나는 휴전의 뜻으로 사포를 돌려주었다.

"그것 말고도 규칙이 더 많은 거 알아요. 혹시 이브가 날 미치게 만들라고 하던가요? 내가 이 집에서 떠나게?"

내 목소리에서 느껴지는 히스테리가 영 마음에 들지 않았지만 나는 점점 더 날카로워지고 있었다.

"날 죽이라고… 하던가요?"

제트는 다시 사포질을 시작했다. 그에게서 더 이상 정보를 캐낼 수는 없었지만 리사의 추측이 옳은 것 같았다. 제트가 가지고 있던 현금의 출처는 단연 이브일 것이다. 그것이 무엇이든 제트에게 시킨 미친 짓의 대가인 게 분명했다. 이브는 제트의 약점을 쥐고 있었다. 적어도 돈으로 제트를 쥐락펴락하고 있었던 것이다.

다르게 바꿔 말하면, 이것이 내가 유일하게 가진 이점이었다. 이브가 지금 어떤 게임을 하고 있든 상황에 맞게 수를 바꿀 수는 없

173

었지만, 게임 패턴이 뭔지 알아내면 충분히 승산이 있었다. '내가 패를 잡을 차례야.' 나는 생각했다. '다음은 뭐지?'

* * *

그날 오후 예기치 않게 내린 비로 마당에 물이 넘쳤다. 먼지가 풀풀 날리던 사막이 물길이 거센 강으로 변했다. 빗줄기가 금속 지붕을 두드리는 소리가 위안이 되었지만, 고립감을 더 고조시켰다. 제트가 작업실에서 작업하는 소리는 들리지 않았다. 그렇다 해도 그곳에 그가 있다는 사실을 알고 있었다. 나는 주방에서 찬장 위 벽의 낡은 페인트를 벗겨내고 새 페인트를 칠하는 내내 창문 너머로 보이는 제트의 작업실 문을 예의주시했다. 우울한 기분이 파도처럼 밀려왔다. 리사가 생각났다. 이상적인 가족의 모습을 떠올렸다.

오후 두 시 무렵 손목과 허리가 욱신거리기 시작했다. 페인트 냄새에 취해 기분이 한껏 고조되었다. 공구를 세척한 다음 리넨 블라우스와 바지로 갈아입었다. 마을로 가서 다시 일자리를 구해볼 참이었다. 혹은 와이파이를 제공하는 지역 도서관에 가서 인터넷을 쓴 다음 철물점에서 필요한 물건 몇 가지를 사 올 생각이었다. 현관문을 잠그기 전 집 주위를 둘러보았다.

"잠그는 게 소용이 있나."

그렇게 자조하면서도 일단 문단속은 해 두었다.

차에 우비를 던져 넣고 운전대를 잡았다. 휴대 전화를 충전기에 연결하는데 누군가가 나를 쳐다보는 것이 느껴졌다. 고개를 돌리니 키가 큰 사람 한 명이 올리버네 집 건물과 파란색 쌍둥이 건물 사이에 서 있는 게 보였다. 수염을 기른, 불뚝 튀어나온 배 위로 회색 티셔츠 차림을 한 남자였다. 올리버의 형제 레이먼드인가? 내 시선을 사로잡은 건 그의 수염도, 배도 아니었다. 위험해 보이는 칼이었다. 그는 날카로운 은색 라인을 따라 능숙하며 경건한 움직임으로 앞뒤로 칼을 문지르고 있었다. 진입로를 빠져나와 집 앞을 지나치는 빤히 쳐다보는 그 남자를 쫓아내려고 자동차 속도를 늦추는데, 그대로 그림자 속으로 사라져 버렸다. 더 이상 보이지 않았지만 리듬에 맞춰 위아래로 움직이는 칼날의 섬뜩한 반짝거림은 그대로였다.

* * *

저번에도 방문했던 철물점 '핸디맨스 하이드아웃'에는 손님이 거의 없었다. 지난번과 같은 여자가 계산을 도와주며 현관문 및 창문 센서 알림벨을 심드렁한 눈으로 쳐다봤다. 마침내 여자가 말했다.

"이건 효과가 없어요. 잠귀가 밝으면 알람 소리가 작게나마 들릴 테지만 알람이 울리고 난 후에 대처하려고 보면 그놈은 이미 당신 위에 있을 거예요."

마치 경험에서 우러나온 충고 같았다.

"그렇지만 이게 지금 제가 할 수 있는 최선이에요."

여자는 내 말에 얼굴을 찌푸리고는 아랫입술을 잘근잘근 씹었다. 오늘은 흰머리를 얌전하게 모자 속으로 빗어 넘겼지만 여전히 숲의 여신이나 마녀 같은 야생적인 분위기를 물씬 풍기고 있었다. 그녀에게 묘한 매력이 느껴졌다.

"집에 부비트랩을 설치해요. 아니면 지뢰선 같은 거. 수류탄도 괜찮고요."

웃음이 나왔다.

"과하지 않나요?"

그녀가 어깨를 으쓱했다.

"전에 나는 총에 지뢰선을 붙여놓곤 했어요. 그런데 전남편을 향해 총구를 겨눌 때 떼버렸어요. 내 '공격적인 수단'을 법이 그다지 좋아하지 않더라고요."

그녀는 공격적인 수단이라는 단어에 특히 힘주어 말했다. 내가 미소 짓자 여자가 말했다.

"혼자 사는 여자는 스스로 보호해야 해요. 특히 여기는 닐라잖아요."

"저도 들었어요."

"사람들이 하는 말을 듣지 말아요."

여자가 목소리를 낮췄다.

"사람들이 말하는 것보다 훨씬 더 심각하니까."

"살인 사건이 몇 건 있었다고 듣긴 했어요."

스텔라라는 이름이 적힌 명찰을 찬 여자는 내가 산 물건들을 종이 가방에 담아 내게 건네주었다. 그녀는 텅 빈 매장을 흘끗 둘러보았다.

"많은 질문은 독이에요. 엉뚱한 사람들이 들을 수 있으니까요. 여긴 작은 마을이지만 다들 기억력이 좋은 편이죠."

여자가 손을 내밀어 광대뼈 윤곽을 따라 내 얼굴을 쓰다듬었다.

"우리 딸처럼 정말 예쁘네요. 광대뼈도 매력적이고요."

나는 뒤로 물러섰다. 예상치 못했고 반갑지도 않은 그녀의 손길이 불이 붙은 담배처럼 따갑게 느껴졌다. 쇼핑백을 챙겨 가게를 나서려고 등을 돌렸다. 당황한 탓에 아무런 말도 할 수 없었다.

"미안해요. 그냥 난… 그나저나, 아직도 일자리 구하고 있어요?"

나는 스텔라를 바라보고 고개를 끄덕였다. 그녀의 미소에는 미안한 마음이 담겨 있었다.

"마누엘라네 가게에 가 봐요. 길을 따라 몇 킬로미터 내려가면 주유소 근처에 있어요. 식당치고는 음식이 꽤 맛있어요. 허름하고, 팁은 많지 않겠지만 마누엘라가 마음에 들 거예요."

나는 고개를 끄덕였다.

"고마워요."

한 남자가 가게로 들어와 우리를 힐끗 쳐다보고는 퉁명스럽게 고개를 까닥이며 알은체를 했다. 스텔라도 고개를 끄덕이며 답례했다. 수많은 질문이 머릿속을 맴돌았지만 스텔라가 새로 온 손님을 응대하느라 정신이 없었기 때문에 쇼핑백을 챙겨 가게 밖으로 나왔다.

나가는 길에 누군가 내게 기다리라고 외치며 나를 붙잡는 소리가 들렸다. 스텔라가 황급히 따라 나와 내 손에 무언가를 쥐여 주었다.

"영수증 두고 가셨어요."

의아함에 뒤를 돌아보았다. 이미 영수증을 넣어주었는데… 어쨌든 그녀가 건네주는 종이를 받아 들었다. 내가 질문을 하기도 전 스텔라는 다시 가게 안으로 사라졌다. 나는 그녀가 준 종이를 들고 별생각 없이 차에 올라탄 후 길을 따라 달리기 시작했다.

제 20 장

코니 포스터
뉴멕시코주 닐라 — 현재

알고 보니 닐라에는 공공도서관이 없어서 도로를 28킬로미터나 달려야 도서관을 갈 수 있었다. 도착한 곳은 웰스로, 주변에서 가장 큰 마을이었다. 한창 개발 중이라기보다는 한물간 도시에 가까웠지만 도서관은 제법 빠른 와이파이 속도와 오래된 신문을 저장해 둔 마이크로피시 기기가 갖춰져 있어 큰 도움이 될 것 같았다. 나는 움푹 팬 소나무 탁자에 앉아 노트북과 노트를 꺼내고 작업을 시작했다. 스텔라라는 이름만 간신히 아는 그녀가 건넨 구겨진 종이 안에는 이름 하나가 적혀 있었다. '조시아 스미스.' 주소는커녕 전화번호도 없었다. 신분을 확인할 수 있는 정보라곤 전무했으나 나는 조시아 스미스가 닐라에 거주하고 있거나 거주했던 사람이라고 생각했다. 구인 중인 사람이니 찾아가 보라고 준 쪽지일까? 아니면 비밀을 아는 사람이라서? 어쩌면 그 살인 사건에 대해 알고 있는 사람일지도 몰랐다.

조시아부터 뒷조사를 시작했다. 당연하게도 이름만으로는 결정적인 단서를 찾을 수 없었다. 인터넷을 뒤진 결과 닐라에는 스미스라는 성을 가진 사람이 여섯 명이나 있었다. 그중에 이름이 조시아인 사람은 아무도 없었다. 이번에는 스미스라는 성을 가진 사람과 함께 동거한 사람을 찾기 위해 전화번호부를 뒤져 보았다. 로리 레인이라는 곳에 레베카 스미스와 함께 거주한 'J. 스미스'라는 이름을 찾아냈다. 검색 엔진의 지도 기능을 살펴보니 로리 레인은 내가 사는 마을 건너편 고속도로와 가까운 곳에 있는 지역이었다. J. 스미스라는 사람은 SNS 계정도 없었고, 인터넷에 최근 흔적도 전혀 찾을 수 없었다. 일단 노트에 주소를 옮겨 적은 후 다음 검색을 시작했다.

일전에 리사가 알려 준 '버나드 제트슨 몽고메리'라는 이름을 검색했다. 아무런 소득이 없었다. 그래서 '제트 몽고메리', '버나드 몽고메리' 등 이름을 새롭게 조합하면서 검색을 시도했다. 이미 알고 있는 현재 거주지 주소를 제외하고는 제트에 관해 새롭거나 도움이 될 만한 검색 결과는 없었다. 좌절감을 느낀 나는 살인 사건으로 검색 범위를 넓히기로 했다. 그러던 중 중요한 정보를 입수했다.

전국적으로 보도되는 온라인 신문에서는 최근 살인 사건을 다루지 않았지만, 온라인 지역 신문에서 보도한 짤막한 관련 기사를 여러 개 발견했고, 타오스라는 지역 사이트에서 자세한 기사도 하나 찾을 수 있었다. 헤더 애그뉴라는 이름의 소녀와 신원이 밝혀지지 않은 또 다른 소녀 한 명의 시신이 각각 닐라와 닐라 인근에서 발견되었다는 내용을 전하고 있었다. 에이미의 말이 사실이었다니! 헤더의 훼손된 시신이 쓰레기봉투에 담겨 고속도로 옆에 버려져 있었고, 훼손된 신체 부위가 어느 곳인지는 정확하게 나와 있지 않았지만 신원을 확인할 수 있을 만큼은 남아 있었으며, 또 다른 피해자는 10대 후반의 라틴계 여성으로 두 달 전 철물점 뒤편 쓰레기통에서 발견되었다고 되어 있었다. 철물점? 세상에. 자세히 보니 '핸디맨스 하이드아웃'이었다. 스텔라가 왜 그 이야기를 하지 않았는지 의구심이 들었다. 시신 두 구의 상태는 이들이 오랫동안 감금되어 있었음을 시사했다. 오래 굶주렸을 뿐 아니라 구타, 고문, 강간을 당한 상태였다. 나는 신문을 내려놓고 눈을 감았다. 닐라에서 최근에 일어난 살인 사건을 다룬 기사는 타오스 지역 신문이 유일했다. 에이미는 살해당한 여자의 수가 여섯이라고 말했었지만 기사에서는 9명으로 밝히고 있었다.

80년대 후반부터 90년대까지 닐라에서 9명이 죽거나 실종됐다. 과거에 발생한 살인 사건은 대부분 비슷한 수법으로 이루어졌다. 열세 살에서 서른 살 사이의 여자들이 쓰레기통이나 쓰레기봉투에서 숨이 끊어진 채 발견되었고, 단 한 명만 예외적으로 버려진 차의 트렁크에서 시선을 찾을 수 있었다. 신체가 훼손된 시신, 강간. 잘못된 성의식 범죄, 정신 나간 사이코패스의 소행이었다.

그 이야기는 결말이 지어진 것이 아니라 현재까지 이어지고 있었다. 최근에 두 명이 더 살해되었으니까. 과거 사건과 연관이 있을까? 기자는 모든 것을 낱낱이 분석하면서도 정작 연결 고리는 밝히지 못했다. 기사 말미에는 철물점 뒤편에서 발견된 신원 미상의 여성에 대해 아는 바가 있다면 누구든 제보해 달라고 되어 있었다. 나는 기사를 쓴 사람이 누구인지 확인했다. 그의 이름은 가장 아래쪽에 숨겨져 있었다. 알베르토 로드리게즈. 사진이나 다른 추가 정보는 없었다.

나는 기사를 저장하고 알베르토의 이름을 메모한 다음, 로드리게즈가 작성한 다른 기사들을 검색해 보았다. 그러자 30개가 훌쩍 넘는 기사가 검색되었다. 차량 절도부터 살인에 이르기까지, 전부 타오스 안팎에서 발생한 범죄를 다룬 기사들이었다. 그중 6건은 닐라에서 발생한 사망 및 실종 사건과 관련된 기사였다. 가장 오래된 기사는 2000년에 작성된 것이었다. 초창기 살인 사건은 인터넷이 널리 보급되기 전에 일어났기 때문에 마이크로피시 기기에 관련 기사가 남아 있을지 의문이었다.

손으로 눈을 비비면서 도서관을 둘러보았다. 중앙에 4개의 커다란 책상을 두고 사방이 책꽂이로 둘러싸인 휴게실에는 나뿐이었다. 투명한 유리창을 통해 쏟아지는 빛이 황금빛 후광으로 외롭게 놓인 컴퓨터를 감싸고 있었다. 부족한 자금에도 불구하고 누군가 이 외로운 장소를 관리하기 위한 수고를 아끼지 않는 듯했다. 책이나 지식이나 역사의 가치를 소중히 여기는 사람, 혹은 그 세 가지 모두를 소중히 여기는 사람.

그 사람을 찾아가기로 했다. 오래된 잡지와 마이크로피시 기기를 보관해 두는 뒷방으로 가자 한 여인이 있었다. 그녀는 만년필을 손에 쥐고 노란색 리걸패드에 메모를 적고 있었다. 키가 작고 마른 50대 여성으로, 이목구비에서 북아메리카 원주민의 혈통을 물려받았음을 알 수 있었다. 막 방에 들어간 나를 짙은 갈색 눈동자로 쳐다보기에 미소 지으며 인사를 건네자 표정이 이내 부드러워졌다. 우리는 도서관에 대해 몇 분간 이야기를 나누었다. 내가 도서관 관리 상태에 대해 칭찬하자 그 평가에 고마워했다. 그렇지만 살인 사건에 관해 물어보았을 때, 금세 표정이 굳어졌다.

"아, 그 사건들이요."

그녀가 노트를 내려다보며 말했다.

"그건 오래전 일이에요."

"80년대와 90년대에 일어났죠. 그때도 여기에 사셨나요?"

"닐라 근처에서 살았어요."

다음 말이 이어지기를 기다렸지만 그녀는 아무 말도 덧붙이지 않았다. 나는 최근에 일어난 살인 사건에 대해 또다시 물었다.

"이곳을 스쳐 가는 뜨내기들이 많아요."

그녀의 말에 바텐더 론이 했던 말이 떠올랐다.

"최근 살인 사건과 관련이 있다고 생각하세요?"

"관련이 있다니요?"

"옛날 살인 사건들이요."

여자의 얼굴이 일그러졌다.

"경찰이 어떻게 파악하고 있는지 저도 모르겠네요."

"경찰 말고 당신이요. 이곳에 사는 사람들은 최근 살인 사건에 그런 연관성이 있다고 생각하나요?"

사서가 펜을 내려놓고 모서리에 있는 책상 서랍에 노트를 휙 하고 밀어 넣었다. 그러고는 양손으로 관자놀이를 문질렀다. 얇은 금색 결혼반지가 눈에 띄었지만 그것 말고는 매니큐어도, 특별한 관리도 하지 않은 손이었다. 자기를 응시하고 있다는 사실을 알아차린 그녀가 관자놀이를 문지르기를 멈췄다.

"그러니까, 사건들 사이에 연결 고리가 있을까요?"

이번에는 좀 더 부드러운 목소리로 여자에게 다시 물었다.

"그건 왜 물으시는 거예요? 기자예요?"

직감적으로 개인적인 정보를 발설하면 안 될 것 같은 느낌이 들었다.

"닐라에 사는 친구가 있어요. 친구가 걱정을 많이 해서요."

"친구가 닐라 출신인가요?"

에이미를 떠올리며 대답했다. 그녀 또한 외지인이었다.

"아니요."

고개를 끄덕이는 모습이 다소 안도하는 표정이었다.

"걱정되는 건 이해하지만 그럴 필요는 없다고 생각해요. 그 아이들은 길에서 차를 얻어타고 다니는 가출 청소년들이었거든요. 어떤 일에 연루되었는지 누가 알겠어요. 마약이나 인신매매가 연관되었을 수도 있고요."

여자는 크게 중요하지 않다는 듯 어깨를 으쓱했다. 희망이라고는 조금도 찾아볼 수 없는 절망적인 몸짓이었다.

"비극적인 일이죠. 친구에게 밤에 혼자 돌아다니지 말라고 하세요."

그렇게 말하고는 사서는 작은 방을 나가려고 했다. 나는 팔을 뻗어 그녀를 막아섰다.

"마이크로피시 설정하는 방법 좀 알려 주실래요?"

그녀가 의심스러운 눈초리로 물었다.

"왜요?"

"직접 찾아보고 싶어서요. 혹시나 연관이 있는지."

"안타깝지만 그건 불가능할 것 같네요. 저희 기록이 정말 오래된 것들뿐이거든요. 1950년대랑 60년대 자료만 있고 80년대나 90

년대 자료는 없어요."

이상한 답변이었다.

"자료를 요청할 수 있지 않나요?"

"다른 도서관에서 대여하는 것 말인가요? 원하는 자료가 뭔지 정확히 알면 그것도 가능하겠죠. 정기 간행물 이름과 호, 그리고 페이지 번호가 필요해요. 알고 있어요?"

당연히 그런 정보는 가지고 있지 않았다.

"그럼 필요한 게 뭔지 정확히 알게 됐을 때 다시 오세요. 아니면 타오스나 산타페에 있는 도서관을 방문하셔도 좋고요. 그쪽이 자료가 좀 더 다양하거든요."

'타오스. 그 동네로 가볼까.' 가는 길에 알베르토 로드리게즈 기자가 누구인지 알아볼 수도 있고, 로드리게즈를 만날 수 있다면 몇 시간 동안 마이크로피시를 들여다봐야 하는 수고를 덜 수 있었다. 상당한 정보를 가지고 있을 거란 직감이 들었다. 그의 펜촉이 닐라를 향하고 있었으니까.

* * *

마지막 목적지는 마누엘라의 식당이었다. 인접한 주유소는 펌프가 두 대 있는 소규모 주유소였고, 마누엘라 식당에 가려면 주유소를 통과해야 했다. 스텔라의 말은 농담이 아니었다. 그다지 별 볼 일 없는 식당이었다. 좌석 10개와 스툴 6개가 전부인 긴 카운터가 있는 그곳은 창고가 딸린 오래된 모듈형 주택에 자리 잡고 있었다.

하지만 식당에서 나는 냄새만큼은 강력했다. 내 위가 요동쳤다.

문을 열고 안으로 들어가자 여섯 명의 남자들이 일제히 나를 쳐다봤다. 주차장에 세미트레일러 세 대가 주차된 것으로 미루어 보아 이들 대부분 트럭 운전사들인 것 같았다. 뒤쪽 부스에는 한 노부부가 파이 한 조각을 나누어 먹고 있었다. 나는 어깨에 메고 있던 배낭을 던지듯 내려놓고 얼굴로 흘러내린 머리카락을 뒤로 쓸어 넘겼다. 홀 직원이 보이지 않아 일단 스툴에 자리를 잡고 기다렸다.

검은 머리에 콧수염을 풍성하게 기른 옆자리의 남자가 몸을 기울여 속삭였다.

"마누엘라가 일손이 부족해서 시간이 좀 걸릴 거요. 혼자서 요리와 서빙을 다 하거든."

스텔라가 이곳을 추천한 이유가 이해되는 대목이었다. 몇 분쯤 지나자 한 여자가 주방에서 나왔다. 정확히 말하자면 미끄러지듯 사뿐사뿐 걸어 나왔다. 그녀는 키가 엄청나게 크고 가슴이 풍만했는데, 머리카락을 짙은 남색 빛으로 염색한 상태였다. 나는 그녀가 비정상적으로 키가 큰 이유가 스틸레토 힐 때문이라는 것을 곧 알게 되었다. 그리고 불뚝 튀어나온 목젖으로 추정하건대 굽을 제외한 나머지 키는 그녀의 Y 염색체와 관련이 있는 것으로 보였다. 마누엘라는 플라스틱으로 코팅된 메뉴를 내 앞으로 가져다주고는 허스키한 목소리로 말했다.

"타말레만 빼고 주문하세요. 품절이니까."

그러곤 남자 두 명이 앉아 있는 카운터 앞을 닦더니 콧수염을 기른 남자에게 미트로프는 5분 뒤에 나올 거라 안내했다. 곧 내가 주문한 엔칠라다는 커다란 소파이피야 그리고 포솔레와 함께 서빙되었다. 마누엘라는 피곤함에 절은 미소를 지으며 꿀 병을 내밀었다.

"같이 먹어 봐요."

그녀의 말대로 꿀을 곁들여 먹으니 맛이 좋았다. 모든 음식이 맛있었다. 문득 몇 주 동안 제대로 된 식사를 하지 못한 사실이 떠올랐다. 몇 달인 것 같기도 했다. 만족스러운 기분으로 마누엘라가 식당을 누비며 서빙하고 계산하는 바쁜 모습을 지켜보았다. 그녀는 거친 남자들의 요구사항도 아주 능숙하게 처리하고, 미묘하지만 미묘하지만은 않은 그들의 시선을 가볍게 무시했다. 이윽고 노부부와 마누엘라만 식당에 남게 되었을 때 내가 그곳에 방문한 이유를 밝혔다.

"스텔라가 여기로 와 보라고 했다고요?"

그녀가 물었다. 그녀의 속눈썹은 파리 패션쇼에 서는 모델도 부러워할 정도로 길고 탄력 있었다.

"좋아요. 뭘 잘하나요?"

"성실하고, 일을 빨리 배워요."

나는 턱으로 주방을 가리켰다.

"요리도 조금 할 줄 알고요."

"화장실 청소할 수 있어요?"

"네! 그럼요."

마누엘라는 지나친 걱정과 극심한 운동 부족으로 삐쩍 마른 내 팔을 유심히 바라보았다.

"밥 먹는 데 문제가 있는 건 아니죠? 건강상의 이유로 소란이 일어나는 건 싫어요. 내가 보는 앞에서 쓰러진 여자들이 몇 있었거든요."

"그냥 마른 체형인 거예요."

마누엘라는 머리를 뒤로 넘겼다.

"남자들은요? 남자들을 어떻게 다뤄요? 여긴 남자 손님들이 정말 많아요. 트럭 운전사, 건설 인부들. 타말레를 가지고 농담 따먹기를 하거나 소시지로 장난처럼 때리기도 해요. 내가 하는 말이 무슨 말인지 알죠?"

나는 자리에서 일어났다. 변기를 닦고, 바닥을 청소하고, 기름때가 잔뜩 낀 주방에서 양파를 썰 수도 있었지만 화장실에서 몸을 팔라고 한다면 어림도 없는 일이었다. 마누엘라에게 내 생각을 말했다. 그러자 그녀가 손뼉을 쳤다.

"좋아요! 난 소신이 있는 여자가 좋더라. 같이 일해요. 바로 일할 수 있어요?"

"그럼요! 당장 지금부터도 가능한 걸요!"

"뒤쪽에 앞치마가 있어요. 그거 입고 손을 닦은 후에 시작하죠."

마누엘라가 내 얼굴을 보며 가늘게 실눈을 떴다.

"이름이 뭐예요?"

"코니요. 코니 포스터."

마누엘라가 확신에 찬 표정으로 고개를 끄덕였다.

"어디에나 있고 어디에도 없는 코니."

그렇게 말하고는 웃음을 터뜨렸다.

"식당에 큰 도움이 될 거 같아요. 그런 느낌이 드네요."

제 21 장

이브 포스터
뉴멕시코주 닐라 — 1997년

'푸시 팰리스'라는 별명으로도 불리는 '캣츠 미우'는 바퀴벌레 모텔에 어울리는 장소였다. 이브는 차례로 그곳을 나서는 남자들을 지켜보았다. 그들은 모두 기대와 두려움이 반반 섞인 멍청한 표정을 지으며 건물 안으로 들어갔다. 어떤 사람들은 건물에 들어가면서 긴장한 표정으로 주위를 살폈고, 조금이라도 주의를 뺏기면 그 저속한 만남에 차질이라도 생길까 입구만 보고 걸음을 재촉하는 사람도 있었다.

이브는 남자와 관련된 일이라면 인내심이 거의 없었다. 그녀의 눈에는 그들이 무엇을 원하는지 빤히 보였는데, 그 욕구를 이해해 줄 아량은 없었다. 그곳에 들어가거나 나가는 여자는 보지 못했기 때문에 남자들이 누구를 보러 방문하는 것인지 궁금했다. 그곳을 드나드는 여자는 플로라와 또 다른 여자 한 명뿐인 것 같았고, 그들이 매춘부라고 해도 하나도 놀랄 것이 없었지만 드나드는 시간과 착용한 유니폼으로 미루어 보아 매춘부는 아닌 것 같았다.

그렇다면 게이 전용 성매매업소일까? 혹은 서비스 제공 여성들이 이 건물에 아예 거주를 하고 있나. 여자들이 이곳에 살고 있다면 자발적으로 그런 일을 하는 걸까? 그 여자들의 노고에 대해 크게 신경을 쓸 것은 아니었지만 푸시 팰리스에 여자들이 감금되어 있다면 켈시도 그런 상황에 처해 있을지 모른다는 추측에서 벗어날 수 없었다. 그 점이 이브의 관심을 끌었다.

건물에 들어가거나 나오는 남자 중 한 명을 붙잡아 세울까 생각도 해 보았다. 천박한 행동들이 언론에 보도되면 아내와 일자리에 위협받을 수 있었기에 돈을 준다 해도 입을 열 것 같지는 않았다. 그놈들은 잃을 것이 너무나 많았다. 이브는 지갑을 들고 크림색 카디건을 가슴에 꽉 움켜쥔 채 성큼성큼 건물로 들어갔다.

이브가 기억하기로 관리인은 왼쪽 복도의 첫 번째 집에 살았다. 노크했지만 아무도 대답하지 않았다. 이브가 더 세게 문을 두드렸다. 문 안쪽에서 누군가 소리쳤다.

"빌어먹을! 젠장. 좀 기다려요. 볼일을 보는 중이라고요. 관리인이면 똥도 못 싸요?"

잠시 후 관리인 라울이 문을 열었다. 그는 무선 전화기를 턱 아래 낀 채 바지 버클을 채우고 있었다. 문 앞에 서 있는 이브를 보자마자 성난 얼굴이 짜증으로 바뀌었다.

"말했잖아요. 난 플로라의 보호자가 아니라고요. 젠장. 플로라하고 이야기하고 싶으면 플로라와 직접 이야기할 수 있는 방법을 찾아봐요."

그가 방심한 틈을 타서 그의 아파트 안으로 밀고 들어갔다. 작고 낡은 집이었지만 의외로 깔끔했다. 라울이 뭐라고 항의하기도 전에 이브는 100달러짜리 지폐를 내밀었다.

"이봐요. 당신이 매춘업소를 운영하든 말든 난 관심 없어요. 더 솔직하게 얘기할까요? 지하실에 감금된 여자가 20명이든 말든 난 신경 안 쓰고, 그냥 내 딸이 여기 없는 게 확실한지 그것만 확인하면 돼요."

남자는 정말 혼란스러워 보였다.

"대체 무슨…"

"남자들, 이 건물에 들락날락하더군요. 여기를 계속 지켜봤는데, 여기가 뭘 하는 곳인지 지나가던 바보도 알겠던데요? 쓰레기 건물 같은 이곳을 '푸시 팰리스'라고 부르는 이유가 있겠죠. 아녜요?"

이브는 돈을 흔들었다.

"켈시, 어딨어요?"

그는 어떻게 하는 게 좋을지 고민하는 것 같았다. 마침내 그가 이브의 손에 들려있던 지폐를 낚아챘다.

"켈시는 여기 없어요. 전에도 말했듯이."

"증명해 봐요. 내가 건물을 확인해 볼게요."

"이봐요! 정신 나갔어요? 여긴 사람들이 사는 곳이에요. 그 사람들 방을 마음대로 뒤지게 놔둘 수는 없어요."

남자는 차갑고 계산적인 눈으로 이브를 노려보았다.

"미쳤구먼. 젠장. 좋아요. 방을 보여주면 더 이상 귀찮게 안 할 거예요? 손님방은 안 돼요. 그리고 다시는 찾아오지 않는다는 조건이에요."

이브가 고개를 끄덕였다.

"백 달러 더 줘요."

그가 말했다.

"먼저 건물을 확인한 다음에 주겠어요."

이브는 남자가 손에 쥐고 있는 지폐를 가리켰다.

"선금은 지불했잖아요?"

라울이 한숨을 쉬며 투덜거렸다. 그는 슬리퍼를 신고 현관문을 열었다.

"이쪽이에요."

그가 말했다. 라울은 문 옆 서랍에서 총을 꺼내 바지에 쑤셔 넣었다.

"만약을 대비하는 거예요. 여기서는 어떤 놈을 마주칠지 모르니까."

* * *

"위층에 있는 방은 전부 셋방이에요. 아래층으로 내려갑시다."

이브는 관리인을 따라 1층 복도를 통과해 아래층으로 내려갔다. 공기가 축축하고 눅눅했다. 굳게 닫힌 네 개의 문을 지나쳤다. 복도 끝에 있는 다섯 번째 문 앞에서 멈춘 라울이 열쇠를 찾았다. 그는 이중 자물쇠를 열고 대기실 같기도 하고 창고처럼 보이기도 하는 내실로 들어갔다. 나무 의자 두 개, 작은 책상 하나, 통조림과 화장지가 빼곡히 놓여 있는 책장이 두 개의 벽을 차지하고 있었다. 방에는 세 개의 문이 더 있었다. 라울이 첫 번째 문을 열었다. 세면대, 변기, 샤워부스가 있는 작지만 군더더기 없고 깔끔한 욕실이었다.

"만족해요?"

라울이 물었다.

"나머지 문도요."

그가 고개를 끄덕였다. 그는 첫 번째 문을 신경질적으로 두드렸다.

"뭐야?"

여자의 목소리가 들렸다.

"옷 입었어?"

"라울이야? 내가 언제 옷 입고 있는 거 봤어?"

목이 쉰 소리로 웃는 여자의 말투에는 동유럽 억양이 섞여 있었다.

"열쇠로 열고 들어오셔."

라울이 다른 열쇠로 문을 열었다. 방 안은 어둡고 연기로 가득 차 있었으며, 울타리 끝에 있는 작은 창문을 통해 들어오는 빛이 유일했다. 이브는 갑자기 불안한 마음이 들어 가방을 꽉 움켜쥐었다. 이브의 맞은편에 있는 또 다른 작은 창문 옆에는 그늘이 드리워진 곳에 조각상 같은 금발 여자가 서 있었다. 여자는 빨간 레이스 캐미솔과 빨간색 팬티를 입고 있었고, 불이 붙은 담배를 무기처럼 들고 있었다. 이브를 보자 여자가 또 한번 쉿소리 섞인 웃음을 터뜨렸다.

"여자랑 자라는 거야? 그럼 이십 달러 추가야."

여자는 거만한 자신감으로 이브를 위아래로 훑어보았지만 이브의 눈에는 여자가 제정신이 아닌 것처럼 보였다.

"긴장했네. 서른쯤 됐나."

여자는 크리스털 용기에 담배를 비벼 끄고는 라울과 이브에게로 미끄러지듯 다가왔다. 희미한 불빛 속에서 이브는 눈가의 주름과 그녀의 목, 그리고 가슴 사이의 연약한 피부에서 주름이 시작되는 것을 보았다. 캐미솔 끈이 옆으로 미끄러지자 풍만한 가슴과 짙은 유두가 모습을 드러냈다. 여자는 그것을 가릴 생각이 없었다. 대신 립스틱을 바른 입술을 삐죽 내밀고 앞으로 몸을 숙여 가슴골과 그 아래 평평하고 매끄러운 배를 자랑하듯 보여주었다.

"이리 와요."

여자가 아양을 떨며 말했다. 그녀는 뒤에 놓인 커다란 침대를 가리키고 있었다. 루비색의 두꺼운 이불이 침대 위에 덮여 있었다. 이브의 머릿속에는 침구에 득실거리는 세균만 떠오를 뿐이었다.

"그거 때문에 온 거 아니야, 보야나."

"에? 그럼 원하는 게 뭐예요?"

보야나라는 이름의 여자가 캐미솔 어깨끈을 올리고 허리를 곧게 폈다. 표정이 굳기 시작했다.

"이민국 직원을 여기로 데려온 거야, 라울?"

여자가 이브를 보며 말했다.

"서류가 있어요. 여기에 합법적으로 있는 거라고요. 직접 보여줄 수 있어요."

라울이 말했다.

"그것 때문에 온 것도 아니야. 내가 여자를 지하실에 가둬 놓고 성매매를 시킨다고 생각해. 자기 딸이 여기 있다고 의심 중이야."

보야나의 웃음소리는 날카롭고 비열했다.

"여긴 나뿐이에요. 다른 여자들은 없어요. 감금당한 사람도 없고요."

보야나가 라울을 흘끗 쳐다보았다.

"다른 사람은 없는 게 신상에 이로울 거야, 라울. 나도 먹고살아야지."

이브가 말했다.

"들어가서 좀 봐도 될까요."

라울이 고개를 끄덕이자, 보야나가 한 걸음 뒤로 물러섰다. 이브는 침실, 간이 주방, 작은 거실로 이루어진 방을 조심조심 걸어 다니며 살폈다. 담배 연기와 싸구려 향수, 그리고 퀴퀴하고 찝찝한 정액 냄새가 곳곳에 베여있었다. 이브는 숨겨진 출입구, 비밀 통로로 연결된 작은 문이 없는지 꼼꼼히 찾아보았다. 하지만 이 작은 아파트에 다른 사람의 흔적은 찾을 수 없었다. 보야나 한 명뿐이었다.

"다른 문은 어때요? 화장실, 여기, 그리고 세 번째 문은 어디로 연결되죠?"

라울과 보야나는 눈빛을 교환했다. 보야나가 괜찮다는 듯 고개를 끄덕였다. 라울은 다시 복도로 나가 세 번째 문의 자물쇠를 열었다. 그는 이브에게 직접 문을 열게 했다. 그 문은 콘크리트로 된 작은 바깥 공간과 연결된 문이었다. 문 앞에는 쉐보레 승용차 한 대가 주차되어 있었다.

"여기는 보야나가 출퇴근하는 통로예요."

라울이 설명했다.

"경찰이나 세입자의 의심을 피하고, 남자들이 스토킹하지 못하게 하려고 써요."

"신비스러운 비밀 통로라고나 할까요."

보야나가 자신이 한 농담에 웃음을 터뜨렸다.

"그말은, 다른 여자나 여자애들을 여기로 데리고 올 수도 있다는 뜻이네요."

이브가 말했다.

"그것도 아무도 모르게."

"우리가 왜 그런 짓을 하겠어요? 전 제법 벌이가 괜찮거든요. 일단은 닐라를 거쳐 가는 남자들이 그 정도로 많지 않고, 여기 있는 이 멍청이에게 월세를 주고 나면 그럭저럭 먹고살 만해요. 어린애들을 데리고 오면 관심을 뺏길 수도 있고 내 공간도 나누어 써야 하잖아요. 나이가 많은 나한테는 불리한걸요."

그녀가 하는 말을 믿어야 할지 확신할 수 없었지만 이곳을 드나드는 남자의 수를 직접 지켜본 바로는 보야나의 말이 거짓은 아닌 것 같았다. 어쩌면 이곳은 소규모로 운영되는 공간일지도 몰랐다. 그래. 켈시가 이곳에 있을 것 같지 않았다. 이제 이브에게 남은 감정은 반발심뿐이었다.

이브가 문을 닫았다. 그러는 사이 뒤통수에 차가운 금속 물체가 닿는 느낌이 찌릿하게 느껴졌다. 고개를 돌리려고 하자 총구가 더 세게 그녀의 뒤통수를 겨눴다.

"라울이 그러더라? 돈을 좀 가지고 있다고."

보야나가 말했다. 이번에도 쇳소리가 섞인 웃음이 이어졌다.

"좀만 나누어 쓰자."

"잠깐만요."

이브가 지갑을 열려고 했지만 가방 안쪽에 몰래 숨겨둔 작은 권총을 꺼내기도 전에 보야나가 이브의 손에서 가방을 낚아챘다.

"고마워. 우리가 직접 할게."

보야나는 이브의 클러치를 열고 지갑을 꺼냈다. 그러고는 그 안에 든 내용물을 샅샅이 훑어보았다. 이브는 항상 돈을 넉넉히 가지고 다니면서도 너무 많이는 가지고 다니지 않으려고 주의했다. 보야나가 지갑에서 100달러짜리 지폐 5장을 꺼내며 놀란 척을 했다. 다행히도 경박한 사기꾼 두 명을 만족시키기에 충분했다. 보야나는 지폐 네 장을 자신이 챙기고 나머지 한 장을 라울에게 건넸다.

"이거만 먹어. 사생활을 침해한 대가."

라울은 돈과 들고 있던 총을 주머니에 넣고 이브의 팔을 잡아 복도로 끌고 갔다. 이브가 말했다.

"다 가져갔으면 내 가방 돌려줘."

보야나가 텅 빈 지갑과 함께 가방을 이브에게 던져주었다. 이브는 군말 없이 라울을 따라 성매매 소굴을 빠져나왔다. 시선은 땅을 향해 있었지만 그녀의 손은 가방을 꼭 쥐고 있었다. 그녀의 작은 권총은 가방 안쪽의 메이크업 파우치에 숨겨져 있었다. 보야나가 없는 눅눅한 복도로 다시 나왔을 때 이브는 재빠르게 행동했다. 가방에 들어 있던 권총과 함께 라울의 바지 주머니에 있던 총을 꺼내고는 동시에 총구를 라울의 어깨뼈 사이에 찔러 넣었다. 아, 과소평가하고 있던 상대에게 진짜 실력을 보여줄 때 얼마나 짜릿한 기분인지.

"다음에는 죽는다."

이브가 속삭였다. 라울의 등에 여전히 총구를 겨눈 상태로 총의 안전장치를 해제했다. 딸깍하는 소리가 경쾌했다. 이브는 라울의 앞쪽으로 팔을 뻗고 그의 고환을 움켜쥐었다. 그러고는 그가 고통으로 신음할 때까지 고환을 쥔 손에 힘을 주었다.

"내 딸은 어디 있어?"

"여긴 없어요."

이브가 고환을 더 세게 움켜쥐자 그가 낮은 앓는 소리를 냈다. 주변을 의식한 이브는 손에 힘을 풀었지만 총구를 살 깊숙이 찔러 넣었다.

"날 속이려는 생각은 아예 하지 않는 게 좋을 거야."

라울이 호흡을 가다듬기 위해 숨을 헐떡였다.

"손들고 계단을 올라가. 다 올라가면 당신 아파트로 들어가서 문을 닫고 열쇠를 잠가. 현금은 가지든지 말든지 마음대로 해. 총은 내가 가져간다."

"보통이 아닌 계집이군."

라울이 말했다.

"잭 말이 맞았어."

라울의 입에서 잭의 이름이 나오자 이브는 몸이 딱딱하게 굳었다. 하지만 이내 정신을 차리고 신경을 쓰지 않으려 노력했다. '집중해.' 이브는 총 끝을 라울의 등에 쑤셔 넣었다.

"움직이라고. 당장."

라울이 자기 아파트에 안전하게 도착하고 이브가 차에 올라탄 후에야 그녀는 긴 숨을 내쉬었다. 잭이 라울과 만난 건가? 이브는 적어도 잭은 믿을 수 있는 사람이라고 생각했다. 그가 점잖기도 했고, 그와 하는 섹스가 좋았기 때문이었다. 하지만 이브가 경계를 낮춘 것은 사실이었다. 잭이든 섹스든 이 일과 무관했다. 또 건물의 관리인인 라울에게 자신의 절박함을 보여줌과 동시에 그를 열받게 했으니 이제 라울은 복수할 기회를 찾을 것이다. 적어도 더 이상의 정보를 내놓지 않을 테지. 이제 그녀는 그로 인한 대가를 치르게 될 테고, 자신이 일을 완전히 망쳐버렸다는 자괴감이 있었지만 다시 마음먹기로 했다.

차를 몰고 그곳을 빠져나오면서 이브는 스스로 달랬다. '만회할 수 있어.' 잭은 이브가 라울을 만난 사실을 모르고 있었다. 그 사실을 이용하면 되었다. 그리고 플로라가 있지 않은가. 플로라의 마음을 돌려야 했다. 이번에 당근을 사용한다면 지난번보다는 더 효과가 있을 것 같았다. 당근, 그러니까, 현금.

이브는 차를 몰고 모텔로 돌아왔다. 시간이 없었다. 지역 주민들은 점점 불안해하고 있었고, 이 지옥 같은 곳에서 빠져나가야만 했다. 빌어먹을 켈시는 대체 어디에 있을까?

제 22 장

코니 포스터
뉴멕시코주 닐라 — 현재

게임은 내가 열여섯 살이 되었을 때 시작되었다. 이브는 홈스쿨링을 중단하고 나를 구제 불능이라 선언했다. 나는 소위 '인생 수업'이란 것을 받게 되었는데, 첫 번째로 시카고에서 일주일을 보냈다. 이브는 내게 100달러와 대포 폰을 주었고, 배낭에 직접 옷을 챙기게 했다. 규칙은 간단했다. 알아서 생활하고 집에 전화하지 않는 것.

시카고에서는 100달러로 숙소는커녕 식비로도 충분하지 않았다. 거리에서 구걸하다가 총으로 위협하는 강도를 만나기도 했고, 교회에서 하룻밤을 보내려다가 쫓겨나기도 했다. 이브를 경찰에 신고할까 고민도 해 봤지만 내가 가출한 것이었다고 둘러댈 것이 분명했다. 신상을 밝히지 않고 노숙자 쉼터에 정착했다. 매일 밤 내 침대로 몰래 기어들어 와 엎드린 내 등 뒤에서 나를 껴안는 나이 많은 여자를 애써 무시하면서 지냈다. 누군가 아동복지국에 연락했을 즈음 나는 게임을 마치고 버몬트로 돌아갈 준비를 마친 상태였다. 이브는 시내에서 나를 만나 일등석 비행기를 태워 집으로 데려갔다. 나 때문에 기내에 악취가 가득했다.

이브가 옳았던 한 가지가 있었다. 그녀의 말대로 그것은 정말로 인생 수업이었다. 일련의 인생 수업. 나는 쓰레기통을 잘 뒤지면 음식점과 식료품점에서 버린 멀쩡한 음식을 고스란히 꺼내 먹을 수 있다는 사실을 배웠다. 누군가가 나를 공격할 때 칼을 사용하는 방법과 경찰을 항상 믿을 수 있는 것은 아니라는 것, 때로는 낯선 노숙자가 더 도움된다는 사실을 배웠다. 새벽 3시를 한밤중, 즉 '어둠마저 잠든 밤'이라고 부르는 데는 이유가 있다는 것도 배웠다. 잠든 도시를 홀로 배회하는 것보다 더 무서운 일은 없었다. 도시는 기실 잠들어 있지 않았고, 깨어있는 사람은 나뿐이 아니었다. 개중 가장 큰 배움은 이것이었다. 신뢰할 수 있는 단 한 사람이 실은 가장 가혹한 학대자라는 것.

시카고 여행을 마치고 버몬트로 돌아왔을 때 리사는 목줄이 풀린 맹견을 마주한 상처 입은 강아지처럼 내 주위를 맴돌았다. 이브는 내가 공부를 계속할 수 있도록 개인 과외를 시켜 주었다. 시카고에서 보낸 일주일에 대해서는 아무런 말이 없었고, 리사가 그 이야기를 꺼냈을 때 아무 말도 하지 못하도록 나를 지하실로 밀어 넣어 3일 밤을 그곳에서 보내게 했다.

두 달 후, 잔뜩 화가 난 이브가 한밤중에 나를 깨웠다. 이브는 내 옷을 홀딱 벗기고는 따뜻한 옷을 입히고 배낭과 새로운 대포 폰, 그리고 100달러를 건네주었다. 이번에는 운전기사가 나를 태우고 북쪽으로 두 시간을 달려 국경을 지나 캐나다로 갔다. 미안한 기색이 역력한 미소를 지으며 20달러짜리 지폐 한 장을 더 건네고는 나를 맥도날드 앞에 내려주었다. 그렇게 나는 열흘 동안 몬트리올에 머물렀다.

그 다음번에는 떠나기를 거부해 보았다. 그러자 이브는 나 대신 리사를 보내겠다고 협박했다. 그렇게 십 대 청소년 시절을 보냈다. 내 천진난만함은 흔적도 없이 사라졌다. 나에게 왜 그런 학대를 저질렀을까? 왜 나는 반항하지 않고 그 모든 걸 받아들였을까. 수년 동안 계속해서 자문했던 질문이다. 이브는 분명 게임을 하면서 역겨운 쾌감을 느꼈을 거다. 어쩌면 나도 결국에는 양어머니에게 '엿먹어라'라고 말하는 것과 같은 반항심과 생존 능력을 즐기게 됐는지도 모른다. 길거리에서 생활하면서 겪게 되는 유혹과 더러움, 그리고 불확실성을 감당할 수 있게 된 것이다.

나는 그 게임이 리사와 어느 정도 관련이 있다는 사실을 점차 깨달았다. 리사가 안전하게 생활해야 한다는 대의를 위해 길모퉁이나 낯선 사람의 침대에서 자는 것 따위에는 아무런 불만도 가지지 않았다. 내가 이브의 희생양이 되지 않았더라면 리사가 당했을 것이다. 리사는 이런 삶을 살 수 없는 사람이었고, 나는 그것이 이 게임의 원리라고 진심으로 믿었다.

생존에는 늘 대가가 따랐다. 편집증, 지긋지긋한 타인의 선의⋯ '윤리적이다'라는 표현에 있어 모두가 다른 해석을 갖고 있었다. 누군가는 편안한 거실에서 내 게임이 근본적으로 부도덕하다고 말하는 사람들도 있을 것이다. 이브는 올바른 결과를 얻기 위해 때로는 잘못된 일을 해야만 할 때도 있다는 사실을 가르쳐 주었다. 결과만 좋으면 방법이야 어찌 됐든 관계없다는 식이었다. 하지만 마음을 조종하고 의심하는 것은 현실에 대한 불신으로 이어졌다. 편집증은 그것에 대한 부산물이었다. 내가 보고 있는 것이 진실일까? 사람들의 행동에 숨은 의미가 있거나 동기가 숨어 있는 건 아닐까? 나는 어떤 것을 액면 그대로 받아들여도 괜찮을까?

이곳 닐라에서 나는 편집증에 걸린 걸까? 살인은 그냥 우연일 뿐이고 빨간 집은 미워했던 딸을 위한 작은 선물이며, 관리인을 둔 것도 처음 3년 동안 집을 잘 관리하려던 순수한 의도였을까? 나는 다시 스스로 자문했다.

'이브가 꾸민 이 상황은 정말 그간의 뒤틀린 게임의 피날레일까?'

마누엘라와 함께 일한 지 4일째 되던 날, 그런 생각들이 나를 괴롭혔다.

"코니, 여기."

마누엘라가 내게 행주를 건네주었다.

"카운터를 닦고 냅킨을 채워 줘."

나는 그녀가 부탁한 대로 했다. 지금까지 마누엘라는 합리적인 사장의 모습만 보여주었다. 내가 벌어들인 팁과 함께 정당한 액수의 시급을 주었다. 그 대가로 나는 웨이트리스, 요리사, 관리 직원, 정원사, 계산 담당자, 무엇이든 마누엘라가 필요로 하는 역할을 충실하게 해냈다. 그저 돈을 벌 수 있다는 사실에 감사하며 묵묵히, 그리고 열심히 일했다. 곧 쓸 만한 매트리스를 살 수 있을 만큼의 돈이 모였다.

"여기 살다니 안 됐네."

주방에서 양파와 고추를 다듬으며 마누엘라가 말했다. 오픈 30

분 전 즈음이었는데 손님이 오기 전 우리 둘만 있는 이 시간이 내가 하루 중 가장 좋아하는 시간이었다. 마누엘라는 수다스러웠지만 친근하고 상냥한 말투로 잠시나마 내가 겪고 있는 모든 일을 잊게 했다.

"닐라는 젊은 사람들이 살만한 곳이 아니야. 기껏해야 이제 몇 살이니? 스무 살?"

"스물여섯이요."

"나이보다 훨씬 어려 보이는데 행동은 어른스럽네."

그녀는 잠시 나를 쳐다보더니 석류처럼 빨간 입술을 굳게 다물고 마뜩잖은 표정을 지었다.

"서부 해안 도시에 바가지 씌우는 커피숍 같은 데서 섹시한 바리스타로 일해야 하지 않아?"

그녀가 물었다. 나는 웃었다.

"집을 물려받아서요."

마누엘라가 고개를 갸웃거렸다.

"여기? 닐라에? 누가 물려줬는데?"

"엄마요."

나는 마누엘라에게 내가 이곳에 오게 된 이유를 최대한 잘 포장해서 들려주었다.

"그래서 제가 그 집과 자동차를 가지게 된 거예요."

마누엘라는 다진 양파와 고추를 스테인리스 통에 던져 넣었다. 그러고는 해시브라운을 만들기 위해 감자를 잘게 썰기 시작했다. 평소 그녀답지 않게 아무런 말이 없었다.

"평생 여기서 사셨어요?"

내가 물었다.

"아니, 10년 전쯤에… 만나던 사람을 따라 이곳에 왔어. 애인은 나를 떠났지만 그때 즈음 이 식당을 차릴 수 있을 만큼 돈을 모았지."

마누엘라가 나를 흘끗 쳐다보았다.

"레몬 조각 좀 썰어 줘. 오믈렛에 넣을 치즈 좀 준비해 주고."

이제 뭘 해야 하는지 정도는 익히 알고 있었다. 레몬을 자르면서 대화 주제를 하나 던지기로 했다. 마누엘라가 새로운 화제를 찾는 것처럼 보였다.

"닐라 안팎에서 일어난 살인 사건에 대해 얘기를 들었어요."

무심한 듯 자연스럽게 말했다.

"최근에 여자애 두 명이 살해당한 사건하고, 비슷한 예전 살인 사건이요."

마누엘라는 껍질을 벗긴 감자를 업소용 믹서의 분쇄기에 더 넣었다.

"오늘은 평소보다 치즈를 더 많이 준비해야 해. 금요일은 트럭 운전사들이 떼로 몰려오니까. 이유는 모르지만 다들 오믈렛을 먹거든. 치즈를 더 준비해 줘."

분쇄기 소리에 묻히지 않게 큰소리로 외쳤다.

"다들 칼로리 걱정은 안 하나 봐요."

"일주일에 한 번인데 뭐."

마누엘라가 스위치를 눌러 업소용 분쇄기의 전원을 껐다. 손톱은 매끈했지만 그녀의 손은 크고 두툼했다. 자신의 그런 모습에 대해 그다지 신경을 쓰지 않는 것 같은 태도가 오히려 친절한 자신감을 발산했다. 철물점의 스텔라가 옳았다. 나는 이곳에서 편안함을 느꼈다. 하지만 그런 편안함조차 살인 사건에 관해 이야기하기를 거부했다는 좌절감을 막지는 못했다. 마누엘라는 스테인리스 스틸 카운터에 손을 내려놓았다.

"이 마을 사람들은 전부 최근에 일어난 살인 사건을 필사적으로 피하려는 것 같아요. 잭스 플레이스 바텐더도 그렇고, 철물점 스텔라도 마찬가지고요. 옆 동네 도서관 사서도 그랬는데 마누엘라도 그러네요. 금기시되는 얘기인가 봐요."

"금기 같은 건 없어. 그냥 할 말이 없는 거야."

불안하게 흔들리는 마누엘라의 눈동자는 그녀가 이 주제에 대해 이야기하고 싶지 않다는 것을 말해 주고 있었다.

"치즈 다 됐니?"

"하고 있어요."

나는 뜸을 들이다 다시 말을 꺼냈다.

"제발요. 말해 줘요. 대체 무슨 일이 일어나고 있는 거예요?"

마누엘라가 한숨을 쉬었다. 그녀는 카운터에 기대어 손톱 두 개로 카운터 표면을 몇 번이고 두드렸다.

"말 그대로 할 말이 없는 거야. 여자애 세 명이 발견됐는데—"

"세 명이요?"

마누엘라가 고개를 끄덕였다.

"비극적인 사건이야, 코니. 그래서 아무도 이야기하고 싶어 하지 않는 거야. 그러니 네가 이해해."

"하지만 이 여자들은—"

"그 애들은 집에서 가출했거나 떠돌이 생활하는 아이들이었어. 마약, 매춘, 인신매매. 닐라와는 아무런 관련이 없어. 이 시대의 슬픈 흔적일 뿐이지."

내 마음은 숫자 '셋'에 집중되어 있었다.

"전 살해당한 여자애가 두 명인 줄 알았어요."

"오늘 아침 뉴스야. 경찰이 사막에서 여성 시신 한 구를 발견했대."

마누엘라는 눈을 찌푸리더니 생각에 잠겼다.

"…너희 집에서 멀지 않은 곳에서."

집 뒤로 펼쳐진 광활한 사막을 생각하면서 마른침을 삼켰다. 그리고 제트에 대해 생각했다. 지금 내가 느끼는 감정보다 차분하게 보이도록 목소리를 억지로 가다듬었다.

"누구인지 알아요? 그 살해당한 여자요."

마누엘라는 더는 이야기를 이어 나갈 생각이 없어 보였다. 창고에서 가져온 커다란 양파 자루를 가리켰다.

"모르겠어. 하지만 곧 손님들이 들이닥칠 거라는 건 알지. 오늘 하루는 시작도 안 했어. 마음을 단단히 먹어야 할걸."

그렇게 말하며 미소 짓는 그녀의 눈은 피곤에 절어 보였다. 나는 양파 봉지를 뜯고 요리사용 칼을 집어 들었다.

또 다른 소녀가 죽었다. 사막에서.

오늘 밤 할 일 두 가지는 세 번째 살인에 대해 더 알아내는 것, 조시아 스미스란 사람을 다시 추적하는 것이었다. 관할 경찰서에 물어볼 수도 있었다. 경찰을 찾아가는 게 썩 내키지는 않지만 내 집 근처에서 새로운 시신이 발견됐다니 이제는 때가 된 것 같았다.

* * *

경찰을 찾아가기 위해 기다릴 필요가 없었다. 공교롭게도 그날 늦게 경찰이 마누엘라의 식당을 찾아왔기 때문이다.

마누엘라의 옛사랑, 그녀를 닐라로 데려온 장본인은 항공기 조종사였다. 마누엘라는 그를 완전히 잊었지만 그는 아직도 그녀를 잊지 못했고, 앨버커키에 머무는 동안 주를 가로질러 운전해 마누엘라의 직장에 찾아가 괴롭히면서까지 집착 어린 사랑을 증명해 보였다. 그의 거친 언행과 호전적인 태도는 성전환자의 권리 따위에는 그다지 관심이 없는 마을 사람들의 기분조차도 상하게 만들었다. 어쨌거나 마누엘라는 지역 주민들이 즐겨 찾는 식당의 주인이었기 때문이다. 결국, 싸움이 벌어졌다.

조종사는 술에 취했고, 동네 사람들은 신나는 일이 없는지 좀이 쑤시던 덩치 큰 사내들이었으므로 싸움은 일 분 동안이나 계속되었다. 마음이 진정된 후 미안함을 느낀 전 애인은 손이 묶인 채 마누엘라 식당의 부스에 앉아 포마이카 테이블에 머리를 대고 경찰이 오기를 기다렸다. 주민들은 공짜 커피를 마시며 건배했다.

닐라 경찰서에서는 경관 두 명을 보냈다. 나보다 나이가 많을 것 같지 않은 흑인 남성 제임스 라일리 경관과 나이가 많고 홍조가 있는 백인 남자 리틀 경관이었다. 하지만 '리틀' 경관은 이름과는 전혀 다른 모습이었다. 배짱이 그의 자부심만큼 큰 남자인 게 분명했다. 그는 마누엘라를 혐오스러운 눈빛으로 쳐다보았다.

"저 남자가 당신을 다치게 했나요?"

리틀이 물었다.

"아니요."

마누엘라가 답했다.

"저 남자가 식당 기물을 파손했나요?"

"아니요."

리틀은 파트너 라일리를 힐끗 쳐다보았다. 그는 나를 관찰하던 중이었다. 리틀 역시 라일리를 따라 나를 쳐다보기 시작했다.

"불법체류자예요?"

그가 다시 마누엘라를 보며 나에 대해 물었다. 마누엘라가 웃음을 터뜨렸다.

"코니요? 아뇨. 궁금한 게 있으면 직접 물어보세요. 여잔데도 직접 말을 할 수 있더라고요!"

식당 안에서 킥킥거리는 웃음이 터져 나왔다. 구석 부스에 있던 한 노인이 마누엘라에게 엄지손가락을 치켜세웠다. 리틀 경관의 얼굴이 달아올랐다. 라일리 경관은 표정을 감추기 위해 손으로 얼굴을 가렸지만 그의 눈빛으로 짐작하건대 그 역시 즐거워하고 있었다.

"조용히 이야기 좀 할 수 있을까요?"

리틀이 내게 물었다. 질문 자체는 정중한 반면 그의 어투에는 거들먹거림이 섞여 있었다.

"주방이 좋겠군요."

그가 화난 눈빛으로 손님들을 쳐다보았다. 대부분은 완전히 넋이 빠진 상태로 이 상황을 흥미진진하게 지켜보고 있었다.

"아니면 단둘이 이야기할 수 있는 다른 곳도 괜찮고요."

"장사해야 하는데요? 마누엘라 혼자서는…"

"경관님, 밖에 나가서 이야기해요. 그리고 지금은 근무 시간이니까 업무에 지장이 생기지 않게 조심해 주시고요."

마누엘라가 말했다. 그녀는 아직도 탁자 위에 머리를 대고 앉아 있는 자신의 전 애인을 손가락으로 가리켰다.

"여기 온 이유도 저 인간 때문이잖아요."

리틀은 나와 조종사를 차례로 쳐다보았다. 적막 속 손님 중 한 명이 목을 가다듬었고, 리틀이 마음의 결정을 내렸다.

"네가 데리고 나가서 심문해 봐."

그는 라일리 경관에게 지시했다.

"여기 난장판은 내가 처리하지."

그의 파트너가 고개를 끄덕였다. 라일리 경관은 나에게 먼저 밖으로 나가 있으라 손짓했고, 나는 그의 말대로 밖으로 나갔다. 공기가 기분 좋게 따뜻하면서 건조했고, 태양이 머리 위에 원반처럼 떠 있었다. 산들바람이 불고, 비닐 포장지 하나가 식당 앞 아스팔트 위를 스치고 지나갔다. 라일리 경관은 허리를 숙여 나뒹굴던 쓰레기를 줍더니 주머니에 쑤셔 넣었다.

"길이 더러워지는 걸 싫어해서요."

내가 지켜보고 있는 것을 발견하자 그가 중얼거렸다. 웃음이 나왔다. 나는 사람을 보고 크게 동하지 않지만 그때만큼은 웃음을 지었다. 그때 길 건너편에서 주유소 직원으로 일하는 다리를 절뚝거리는 노인이 손을 흔들었다. 마누엘라 식당의 단골 중 한 명이었다. 나도 그에게 손을 흔들어 보이고는 다시 라일리 경관에게 고개를 돌렸다. 그는 메모장과 펜을 꺼내더니 적당히 근엄한 표정으로 나를 바라보았다.

"이름이 뭐예요?"

이름을 알려 주었다. 그가 잠시 멈추더니 고개를 끄덕였다.

"무슨 일이 있었는지 얘기해 줄래요?"

나는 단조로운 목소리로 어떤 일이 있었는지 들려주었다. 경험상 경찰은 아무리 공정해도 여성의 감정을 신뢰하지 않았다.

"그가 피해자를 때리거나 다른 방식으로 공격했나요?"

"아뇨. 몸에 손을 댄 건 아니고, 말로 괴롭혔어요."

나는 마누엘라의 옛 애인이 내뱉은 불쾌한 말들을 전달해 주었다. 그는 이따금 고개를 들어 눈을 맞추면서 메모를 했다. 마침내 그가 내게 시간을 내줘서 고맙다고 인사를 했다. 짙은 갈색에 속눈썹이 두껍고 온화한 그의 눈빛은 분명히 내게 관심을 보이고 있었다.

"닐라에서는 뭐 하고 계세요?"

그는 마치 '닐라'가 피해야 할 장소인 것처럼 단어를 뱉어냈다. 나는 그에게 마누엘라에게 들려준 것과 똑같이 편집된 버전의 이야기를 들려주었다. 엄마의 사망, 물려받은 유산, 갈 곳 없는 처지. 그는 다소 동정 어린 눈빛으로 고개를 끄덕였다. 내가 말했다.

"제가 더 말씀드릴 것은 없는 거죠?"

그가 메모장을 힐끗 쳐다보았다.

"그런 것 같네요."

"그럼 뭐 하나 물어봐도 돼요? 마누엘라의 전 애인하고는 상관없는 건데…"

"물론이죠."

나는 최근 살인 사건에 대해 이야기했다. 라일리 경관은 메모장을 탁하고 닫더니 식당 쪽을 바라보았다.

"그만 들어가 봐야겠어요."

대형 화물차 한 대가 주차장으로 들어와 도로 경계석과 나란히 차를 세웠다. 우리는 플란넬 옷을 입은 남자가 팔자걸음으로 어슬렁거리며 차에서 나와 길을 가로질러 오는 모습을 지켜보았다. 남자는 안으로 사라졌다.

"마지막 시신이 발견된 위치가 우리 집 근처예요."

내가 말했다.

"그러니 정보를 알 권리가 있다고 생각해요."

나는 잠시 뜸을 들였다가 말을 이었다.

"살해당한 사람이 누구예요? 어떻게 살해당한 거죠?"

시간이 한참 흐른 다음에야 경찰이 입을 열었다. 그는 깊은 한숨을 내쉬었다.

"…교살이요. 그렇게 간단히 표현할 문제는 아니지만요."

그가 얼굴을 찡그렸다.

"시신이 훼손된 상태였어요."

술집에서 에이미가 해 준 말을 들은 이후였기 때문에 그의 말을 듣고도 나는 놀라지 않았다.

"피해자는 누구였어요? 떠돌이? 지역 주민?"

라일리 경관은 고개를 저었다.

"가족에게 알리기 전에는 아무 말도 할 수 없어요. 자세한 내용이 언론에 공개될 때까지 기다리세요."

"그럼 그동안 전 어떻게 해야 하죠?"

"문단속 잘하시고요."

그는 고개를 돌려 고속도로와 그 너머 지평선을 바라보았다.

"아니면 원래 살던 곳으로 돌아가세요. 그게 가장 현명한 방법이에요."

그는 다시 내게 시선을 돌렸다. 친절함이 느껴지는 표정이었다. 나지막한 목소리로 그가 덧붙였다.

"이곳에서 떠나는 게 최선입니다."

제 23 장

코니 포스터
뉴멕시코주 닐라 — 현재

자세한 내용이 기사로 보도되기까지 그리 오래 기다릴 필요가 없었다. 그녀의 이름은 앰버 화이트페더였고, 인근의 원주민 보호구역 출신의 18세 소녀였다. 그녀의 시신은 고속도로 인근에서 발견되었다. 살인 사건은 지역 신문에 대서특필되었지만 전국 뉴스에서는 언급조차 없었다. 또다시 이유가 궁금해졌다.

그 뉴스는 제트의 신경을 거스른 것 같았다. 화이트페더의 살인 사건이 보도된 후 나는 며칠 동안 그를 지켜보았다. 마을 사람들은 아무 일도 없었다는 듯 태연하게 지내고 있었지만 제트는 평소보다 훨씬 더 불만 가득한 표정으로 내 쪽으로는 거의 눈길도 주지 않으면서 집이나 작업실에 주로 머물렀다. 물론 그를 화나게 한 것이 뉴스가 아니라 다른 이유일 수도 있었다. 하지만 제트가 내게 말을 걸지 않았기 때문에 내가 이유를 알 방법은 없었다.

나는 제트를 믿지 않았다.

월요일은 휴일이었다. 멍하니 앉아 제트가 날 피하는 모습을 지켜보는 것으로 시간을 허비하지 않기로 했다. 지하실 보관되어 있던 잡동사니들을 천천히 정리하고 그것들을 아큐라에 실어서 쓰레기장에 버린 후 곧장 타오스로 향하기로 했다. 알베르토 로드리게즈를 찾아갈 생각이었다. 또 로리 레인에서 J. 스미스와 함께 살았던 레베카 스미스란 여자를 찾아야 했다. 계속 돌아다니거나 도움이 될 만한 것들을 찾지 않으면 미쳐버릴 것 같았다. 적어도 그게 내가 해야 할 일이었다.

집을 나서기 전 지하실을 둘러보았다. 현재까지의 진행 상황에 만족스러운 기분이 들었다. 남은 건 낡은 아기 침대와 내 힘으로 옮길 수 없는 소파, 그리고 전갈이나 거미가 숨어 있을 것 같아 무서워서 열지 못한 상자 몇 개뿐이었다. 집을 막 나서려는데 무언가 내 시선을 끌었다. 가장 어두운 구석에서 반짝이는 물체가 보였다. 손전등을 들고 오진 않았지만 활짝 열린 출입구로 햇빛이 들어오고 있어서 공간 뒤편의 형태를 충분히 볼 수 있었다.

호기심에 몸을 숙여 물체를 집어 들었다. 사진이 끼워진 액자였다. 3×5 크기의 작은 액자 속에는 한 여성의 모습이 담겨 있었다. 누가 봐도 미녀였다. 갈색 피부의 라틴계 여성으로 검은 눈동자와 찰랑거리는 머리카락에 경계심 어린 미소를 짓고 있었다. 나는 한참 동안 사진을 빤히 바라보다가 가방에 넣었다.

타오스까지 가는 동안 내 머릿속은 온통 사진 생각뿐이었다. 이집의 전 주인이었을까? 그럼 지하실에 있던 물건들은 전부 그녀의 것인가? 조시아 스미스와 어떤 식으로든 엮여 있을까? 조시아 스미스는 누굴까? 이브는 사진 속 여자를 알고 있었을까? 그렇다면 이브가 사진을 거기에 놓아둔 건가? 젠장. 점점 편집증 환자가 되어갔다. 가방을 힐끗 쳐다보며 유리 아래 사진으로 남은 여자를 생각했다. 매드독 도로 뒤편의 광활한 사막에서 죽은 채로 발견된 앰버 화이트페더도 생각했다. 제트와 그의 어두운 표정, 그가 작업실에 숨겨 놓은 돈을 생각했다. 이대로 떠날 수도 있었다. 쉼터로 가서 허드렛일이나 하면서 생계를 유지할 수 있는 일자리를 찾을 수도 있었고, 언젠가는 대학에 가서 학위를 받고 시간제 일자리를 구해 생활비를 벌 수 있을지도 몰랐다. 하지만 북서쪽으로 이어지는 먼지 자욱한 고속도로를 따라 타오스로 향하는 동안만큼은 이곳을 떠날 때가 아니라고 생각했다. 아직은 떠날 수 없었다.

* * *

타오스에 있는 신문사 사무실은 옛 방식으로 진흙 벽돌을 사용해 건축한 것으로 보이는 직사각형의 낮은 건물에 자리 잡고 있었다. 석고 조각이 여기저기 떨어져 나간 탓에 흉측한 시멘트 바닥이 훤히 드러나 있었다. 관리가 되지 않아 제멋대로 자란 화단이 입구의 통로를 장식했고, 통로와 이어진 유리로 된 현관문에는 '관계자 전용 통로'라는 팻말이 붙어있었다. 그마저도 누군가 낙서를 해 놓은 채였다. 문은 열려 있었다.

보호시설처럼 보이는 사무실 내부에는 세 사람이 싸구려 책상에 앉아 있었다. 한쪽 구석에서는 공기청정기가 윙윙거리며 돌아가고 있었고, 작은 테이블 스피커에서는 바흐의 음악이 흘러나오고 있었는데 소리가 너무 작아 처음엔 무슨 음악인지 알아채기도 힘들었다. 나이 든 금색 골든 리트리버 한 마리가 건성으로 꼬리를 흔들며 문 앞에서 나를 맞아 주었다. 그러곤 책상 아래로 사라졌다.

"도티예요. 우리 비서죠."

머리부터 발끝까지 하얀 리넨 옷을 입은 나이 많은 여자였다. 내 쪽으로는 눈길 한 번 주지 않고 키보드를 연신 두드리고 있었다.

"도티가 예전보다 기력이 달리긴 해도 충성심은 여전하답니다."

마침내 여자가 나를 쳐다보았다.

"어떻게 오셨어요?"

사무실에 있던 다른 두 명은 머리가 벗겨진 30대 남자와 예순을 훌쩍 넘긴 듯한 남자였다. 그중 젊은 남자가 가벼운 호기심을 드러내며 시무룩한 얼굴로 나를 지켜봤다. 다른 남자는 내 존재를 완전히 무시하고 있었다.

"알베르토 로드리게즈 씨를 만나러 왔어요."

내가 말했다.

"제대로 찾아오셨네요. 알베르토를 만나러 오신 이유는요?"

나는 머뭇거렸다.

"그분이 쓰신 기사 때문에요."

"그것만으로는 방문 목적을 정확히 알기 힘듭니다."

나이가 많은 남자가 말했다. 그는 키보드 앞에서 일어나 경멸이라고밖에 설명할 수 없는 표정으로 나를 응시하고 있었다.

"내가 쓴 기사를 보고 따지러 왔군요? 그 대단하신 '신사들의 클럽' 기사 때문에 열받은 관리자가 대신 욕이라도 퍼부어주고 오라던가요?"

그가 코웃음을 쳤다.

"그거 맞죠? 거기서 일하는 댄서예요?"

나야말로 웃음이 나왔다.

"전 댄서도 아니고 '신사들의 클럽'을 지지하는 사람도 아니에요."

젊은 남자가 웃었다. 알베르토가 벌컥 짜증을 냈다.

"그럼 왜 날 찾아온 거죠?"

"이야기 좀 하려고요."

휴게실을 찾기 위해 사무실을 둘러보았다. 하지만 '화장실'이라
고 적힌 문 외에는 아무것도 없었다.

"알베르토 씨, 제가 커피 한 잔 사도 될까요?"

그는 다시 컴퓨터 화면으로 시선을 돌렸다.

"바쁩니다."

사무실에 있던 나머지 사람들 역시 그가 나를 내보내기를 기다
리고 있는 것 같았다. 모두가 컴퓨터 화면으로 시선을 돌리더니 날
완벽히 무시했다. 심지어 골든 리트리버 도티조차도 내게 흥미를
잃고 꼬리 아래로 머리를 넣어 버렸다.

"부탁이에요."

애원했지만 아무런 대답이 없었다.

"앰버 화이트페더. 칼라 디어링. 마리아 산체스."

알베르토가 고개를 들었다. 펜을 잘근잘근 씹으며 냉정한 눈빛
으로 나를 쳐다보았다. 나는 계속 이야기했다.

"낸시 케인. 로제나 스칼레티. 시모네 무어. 스테파니 맥팔레인.
그리고 신원이 밝혀지지 않은 두 명의 여자까지…"

마침내 그가 반응했다.

"30분만이에요. 길 아래쪽에 피자가게가 있어요. 맛은 별로지만

조용하죠. 그쪽이 사는 거로 해요."

* * *

그의 말대로 피자는 형편없었다. 그래서인지 손님 없이 조용한
것 같기도 했지만 알베르토는 피자 네 조각과 콜라 한 잔을 게걸스
럽게 먹어 치웠다.

"20년 동안 9명의 여자아이가 살해당했어요. 더 있을 수도 있고요."

그는 내게 마지막 피자 조각을 가리키며 먹을 건지 묻고 콜라를
한 모금 삼키더니 피자 끝부분을 베어 물었다.

"9명의 여자아이가요."

그가 피자를 한 입 베어 물며 말했다.

"닐라나 그쪽 인근에서 발견됐지만 경찰은 그 사건들 사이에 동일
범의 패턴이 보이지 않는다며 연쇄 살인을 인정하지 않고 있어요."

"그럼 무작위로 일어난 사건이라고 보는 건가요?"

"그 질문에 답하기 전에 먼저, 이 사건이 궁금한 이유가 뭐예요?
왜 이런 질문을 하는 거죠?"

알베르토 로드리게즈가 의심스러운 눈으로 날 쳐다봤다. 그는
검은색에 가까운 짙은 눈동자에 쓴 웃음을 짓고 있는 듯한 입매를
가지고 있었다. 하지만 흰색과 검은색이 섞인 수염 아래 솟은 광대
뼈, 그리고 반짝이는 지적인 눈빛은 잘생기지는 않았지만 부인할
수 없는 강렬한 존재감으로 빛났다. 나는 그에게 끌리면서도 거부
감이 들었다.

"전 닐라에 살고 있어요. 최근에 이사했거든요. 그 동네로 이사

온 다른 사람에게 살인 사건에 대한 이야기를 들었는데 주위에 물어봐도 아무도 알려 주지 않아서 여기까지 왔어요."

그 무시무시한 이야기로부터 나 자신을 보호하려는 듯 두 팔로 상체를 나도 모르게 꼭 감싸 안고 있었다. 억지로 팔을 풀어 테이블 위에 내려놓았다.

"입 밖으로 꺼내지 않는다고 해서 아무 일도 아닌 게 되는 것이 아닌데, 다들 그렇게 생각하는 거 같아요."

그는 고개를 끄덕였다. 만족스러운 답변이 된 것 같았다.

"경찰은 이번 사건이 이전 사건과 관련이 없다고 주장하고 있고, 쓰레기 같은 일간지들은 여자들이 중요한 인물들이 아니니 별 관심을 보이지 않아요."

"중요한 인물이 아니다?"

"방치되거나 도망친 사람들이란 거죠."

나와 눈이 마주친 그의 시선은 이제 완전히 누그러져 있었다. 그는 자신이 아는 것에 대해 이야기하기 시작했다.

"화이트페더는 원주민 보호구역에서 온 술주정뱅이였어요. 항상 휴게소를 배회하고 있어서 경찰도 그녀의 존재를 알고 있었죠. 90년대 살해당한 피해자들도 마찬가지였어요. 디어링은 마약 중독자에, 매춘부였고, 산체스도 마약 중독자에, 집에서 가출한 후 멕시코에서 불법으로 밀입국했죠. 케인은 노숙자였고요. 스칼레티는 퇴근 후에 차에서 몸을 파는 스트리퍼였어요. 무어에 대해서는 아무것도 찾을 수 없었는데 이것 역시 그 자체로 많은 것을 말해 주죠. 맥팔레인은 부유한 가정에서 태어났지만 열네 살에 가출했어요. 부모 말로는 항상 거짓말을 하고 말썽을 일으키는 반항적인 성격 탓에 통제가 힘들었다고 해요. 그래서 시신으로 발견됐다는 말을 들었을 때도 별로 놀라지 않았고요."

"그중에 닐라 출신도 있었나요?"

"아니요."

그가 잠시 말을 멈추고 콜라를 한 모금 마셨다.

"없어요."

"없다고요?"

그가 아무런 대답도 하지 않아 내가 다시 물었다.

"신원이 밝혀지지 않은 사람들은요?"

알베르토는 마지막 피자 조각을 들어 잠시 살펴보더니 다시 접시 위로 옮겼다.

"첫 번째 시신 말이죠? 그 시신은 형체를 알아볼 수 없을 정도로 완전히 타 버렸어요. 경찰이 치아로 신원을 확인하려고 했는데 일치하는 결과가 없었죠. 다른 시신은 아무도 모르고요. 그녀는 고문과 강간을 당한 후 살해당했고 시신은 훼손되었지만 신원은 아직 밝혀지지 않았어요."

그는 접시 위에 남은 피자 조각을 밀었다.

"생전에 그랬던 것처럼 죽은 후에도 외로운 삶이죠."

나는 의자에 등을 기댔다. 9명의 소녀, 그리고 하나의 작은 마을.

"모두 고문과 강간을 당했나요?"

"내가 알기론 그래요. 최근에 일어난 사건은 확실하지 않지만요."

알베르토가 창밖을 내다보았다.

"이 고속도로가 다른 주와 연결된 고속도로라서 닐라를 경유하던 소녀들이 사라진 일도 있고요. 실종자 신고도 있고 소문도 있었

221

죠. 살해당한 여자의 수가 정확히 9명인지 20명인지 정확히 알려진 바도 없어요."

그는 고개를 저으며 다시 시선을 내게로 돌렸다.

"빙산의 일각일 뿐이에요. 얼마나 많은 여자가 아무도 모르게 실종됐겠어요?"

나는 다음 말을 신중하게 선택했다. 그는 겉으로 보이는 것보다 이 살인 사건에 훨씬 더 많은 관심을 가진 인상을 남겼다. 감정적으로 통하는 느낌이 들었다. 잘못된 질문으로 분위기를 망치고 싶지 않았다.

"최근 몇 달 동안 일어난 살인 사건이 80년대와 90년대 일어났던 사건들과 관련이 있다고 생각하세요?"

그가 조롱 섞인 코웃음을 터뜨렸다.

"글쎄요, 내 생각엔 닐라에 뭔가 문제가 있는 것 같아요. 뭔가 지독하게 부패하고 썩어서 악취가 진동하죠."

그의 목소리는 낮았고 어투는 냉정했다.

"이 사건들이 전부 연관이 있냐고요? 그건 너무 억지스럽지 않나요? 마지막 살인 사건과 최근 살인 사건 사이에는 간격이 20년이나 되잖아요. 연관성이 있다고요? 정신 나간 작자라면 그렇게 말할 수 있겠죠. 현지 경찰이 희생자들의 불행한 상황에서 우연히 발생한 살인 사건이라고 발표했으니까요. 마치 피해자들에게 책임이 있는 것처럼. 경찰은 고속도로가 마을에 인접해 있고, 고속도로 때문에 교통량이 많다는 점을 원인으로 지적하고 있다나 봐요."

그의 시선은 다시 나를 향해 있었고, 눈동자는 레이저처럼 날카로운 분노로 가득 차 있었다.

"하지만… 네, 맞아요. 난 그 사건들이 연관되어 있다고 생각해요. 그렇게 생각하는 사람이 나 하나뿐인 것 같지만요."

"알베르토 당신 혼자만 그렇게 생각하는 게 아닐 수도 있어요."

"지금 그쪽도 그렇게 생각한다고 말하는 거예요? 어째서요? 기분 나쁘게 듣지는 말고, 그렇다고 해서 당신이 뭘 할 수 있죠?"

"아무것도요."

알베르토는 아무 말 없이 그 자리에 계속 앉아 있었다. 아직도 나를 멸시하는 눈빛이었다. 내가 말했다.

"뭐 때문에 기사를 쓰세요?"

"정의요."

"죽은 소녀들을 위해서요?"

그가 잠시 멈칫했다.

"우리 어머니요. 그리고 내 여동생."

나는 그가 이야기를 꺼낼 준비가 될 때까지 아무 말 없이 기다려주었다.

"1995년에 글로리아라는 이름의 젊은 라틴계 여성이 실종된 적이 있어요. 그녀의 가족은 닐라에서 20마일 떨어진 스프링스라는 작은 마을에 살고 있었죠. 글로리아를 찾으려고 몇 달이나 애를 썼지만 헛수고였어요. …그 아이는 심성이 착하고 공부도 잘하는 우등생이었어요. 뉴멕시코 경찰은 글로리아를 가출 청소년으로 분류했지만 맹세코 아니었어요. 글로리아의 시신이 발견되지 않았으니 아직 사막 어딘가에 있을 거라고 난 확신해요."

그가 종이 접시를 내 쪽으로 밀었다.

"글로리아는 내 막냇동생이었고요."

"유감이에요."

알베르토가 고개를 끄덕였다.

"글로리아는 그해 남서부 지역에서 실종된 수많은 라틴계 소녀 중 한 명이었어요. 닐라와 그 근방에서 두 명의 소녀가 더 발견됐고, 그중 한 명은 에스메렐다라는 소녀였는데 나이가 겨우 열다섯 살이었어요. 글로리아의 친구였죠."

"제가 검색했을 때 에스메렐다라는 이름은 없었어요."

그의 여동생 이름도 마찬가지였다.

"그래서 놀랐나요?"

전혀.

"경찰이 범인을 잡지 못했나요?"

기자의 미소가 뒤틀린 씁쓸함으로 바뀌었다.

"사람들을 체포하긴 했었죠. 1997년 후반에 남자 두 명을요. 경찰은 그들이 여자애들 몇 명을 살해한 책임이 있다고 주장했지만 난 그게 말도 안 되는 헛소리라는 걸 알아요."

그가 시계를 흘끗 쳐다보았다.

"그만 가야겠어요. 옛날이야기고 이제는 아무도 신경을 쓰지 않으니까."

"제가 신경을 쓰잖아요."

그는 사건에 관심이 있는 사람과 실제로 이야기를 나누고 있었다는 사실이 다시 한번 생각난 듯했다. 눈빛이 연민으로 누그러졌다.

"걱정하는 마음은 나도 잘 알아요. 혼자서 돌아다니지 말아요. 가장 좋은 건 마을을 떠나는 거고요."

"그럴 수 없어요."

"왜요?"

"그 집은 내가 가진 전부거든요."

"그럼 몸조심해요. 혹시 뭔가를 듣거나 보게 되면… 연락하고요."

"경찰은요?"

"무시해요."

나는 한숨을 내쉬며 냅킨에 내 전화번호를 적었다.

"뭔가 발견하면 내게도 연락해 줄 수 있나요?"

그가 번호를 힐끔 쳐다보았다.

"802? 이 지역 전화번호가 아닌데요?"

"원래 살던 버몬트라는 데 살았었거든요. 매드독 도로에 있는 집은 얼마 전에 유산으로 받은 거예요. 자동차를 제외하면 제가 가진 유일한 재산이죠."

그의 얼굴이 차갑게 굳었다.

"왜 그래요? 버몬트 사람 처음 봤어요?"

유머로 상황을 무마시키려는 내 시도는 가볍게 실패로 돌아갔다.

"매드독이요?"

그가 물었다.

"매드독 도로요. 이상한 이름이죠? 저도 알아요."

"닐라에 있는 매드독 도로. 빨갛고 작은 그 집이요?"

"그 집을 알아요?"

핏기가 가신 알베르토의 얼굴이 창백해졌다.

"1996년에 그 집에서 800미터 떨어진 곳에서 에스메렐다의 시신이 발견됐어요. 강간당하고 어딘가에 감금되어 있던 상태로. 목이 졸려 훼손된 시신을 발견했을 때는 체중이 겨우 40킬로그램에 불과했고요."

끔찍한 일이었다. 에스메렐다와 유족이 어떤 기분이었을지 상상조차 할 수 없었다.

"우리 집과 에스메렐다의 죽음 사이에… 연관성이 있을까요?"

그는 회의적인 표정으로 대신 대답했다.

"제가 알기로는 없어요. 당시 그 집에는 플로라 푸엔테스라는 이름의 젊은 멕시코 여성이 혼자 살고 있었는데 그녀는 아무것도 듣지 못했고 보지도 못했다고 주장했죠."

"네? 시신을 발견한 사람이 그 여자였나요?"

그는 고개를 저었다.

"올리버 바드라는 남자였어요. 개자식."

나는 올리버에게 가격당한 부위를 손으로 문질렀다. 딱딱해야 할 두개골이 여전히 물컹했다.

"저도 알아요, 올리버란 사람. 제 이웃이거든요."

그를 떠올리며 잠시 말을 멈췄다.

"혹시 그럼, 제트라는 사람을 아세요?"

알베르토가 날 멍하니 쳐다보기만 해서 덧붙였다.

"버나드 제트슨 몽고메리! 혹시 떠오르는 사람 없나요?"

"아뇨. 알아야 해요?"

"우리 집을 관리하는 관리인이에요. 엄마가 고용했어요."

그는 자리에서 일어나 접시와 컵을 집어 들었다.

"미안합니다. 모르는 이름이네요. 이제 정말 가야 해요."

"부탁이니 뭐라도 알게 되면 꼭 연락해주세요."

그가 문밖으로 나가 길을 따라 걸어가는 모습을 보면서 문득 내가 찾은 사진 속 여자의 이름이 플로라인지 궁금해졌다.

제 24 장

이브 포스터
뉴멕시코주 닐라 — 1997년

모텔로 돌아온 이브는 변호사 짐에게 전화를 걸었다. 그도 딱히 도움이 되지 않았다. 짐은 이브의 남편이 사망한 후 켈시가 아직 아이였을 때부터 줄곧 함께 일해 왔다. 그녀의 요청을 절제된 우아함으로 재치 있게 받아주었으며, 우월감을 느끼면서도 그런 감정을 절대 내보이지 않았다. 하지만 오늘만큼은 그도 별다른 아이디어를 내놓지 못했다. 인내심이 바닥난 것 같았다.

"켈시가 집을 나가면 의절하겠다고 협박했고, 실제로도 의절했고… 사설탐정도 고용했는데 소용이 없었고, 급기야 뉴멕시코까지 가서 직접 딸을 찾고 있잖아요. 켈시가 당신의 눈을 피해 꼭꼭 숨어버렸다는 생각은 안 해요?"

이브는 모텔 창문의 차기운 유리 위로 머리를 기댔다. 그 생각을 안 해본 것은 아니었다.

"그래도 이대로 떠날 수는 없어요."

"켈시는 제 아빠를 닮았잖아요, 이브."

그는 그 말이 얼마나 사실인지 알지 못했다. 켈시를 임신했을 때 이브는 고작 열다섯 살이었다. 이제는 고인이 된 남편의 카리스마와 자신감에 끌린 건 사실이었지만 그것 말고 이브가 뭘 알았을까? 어린아이에 불과했던 이브는 갑작스러운 남편의 죽음을 맞이하기 전까지 10년 동안이나 고문을 당했다. 리암 포스터는 자신의 어린 신부에게 상처를 주었다. 눈에 안 보이도록, 작지만 은밀히 퍼지는 교활하고 교묘한 방식을 썼다. 일종의 심리 게임이었다. 또, 섹스 게임. 그는 이브가 돌아갈 곳이 없다는 사실을 알고 있었다. 독실한 부모에게서 버림받은 처지였으니 말이다. 그녀의 집은 호화로웠음에도 감옥이었고, 리암은 교도관이면서 구원자였다. 고문자이자 치료사, 신의 형상을 한 사탄 그 자체였다.

이브는 무심코 팔을 문질렀다. 그의 죽음이 이브에게 자유를 가져다주었지만 켈시까지 해방시키지는 못했다. 오히려 켈시의 경우 상황이 더 나빠졌다. 그 아이의 어린 시절은 지뢰밭과도 같은 심리적 경고 신호로 가득했다. 한번 집에 놀러 오면 다시는 집에 오지 않는 친구들, 사라지는 작은 동물들, 정치인들조차도 혀를 내두를 만한 교활한 거짓말. 켈시는 이브를 게임의 대상으로 삼았고 흔적도 없이 사라짐으로써 대단원의 피날레를 장식했다.

이브는 손에 든 휴대 전화를 응시했다. 그 애는 지금 배수로에 죽은 채 버려져 있을 수도 있고 어떤 사이코패스에 의해 감금됐을 가능성도 있다. 분명 심각한 일에 직면해 있을 테지만 자신이 승리를 거머쥐도록 끝까지 어디선가 기다리고 있을 것이었다. 이브는 알고 있었다. 그 애가 이곳 닐라에 있다는 것을. 모녀간의 끈끈한 유대감 덕분에 느낄 수 있는 감정은 아니었다. 사냥꾼이 가까이 다가오는 것을 감지한 사슴의 감각과 비슷했다.

이브는 적어도 자신의 정신 건강을 위해 켈시에게 무슨 일이 있었는지 알아내야만 했다. 하지만 그녀의 변호사는 그런 사실을 아무것도 모르고 있었다. 그의 눈에는 그저 어린 엄마와 또래보다 똑똑한 청소년, 그리고 이들이 가진 막대한 재산뿐이었다. 이브가 말했다.

"무슨 말인지 알아요, 짐. 하지만 할 수 있는 건 전부 해야 해요."

리암의 오랜 변호사였던 짐은 잠시 침묵했다. 마침내 그가 입을 열었을 때는 그의 목소리에 체념이 묻어났다.

"딸을 찾고 싶은 마음은 저도 압니다. 실종된 아이를 찾을 때까지 부모가 마음을 놓을 수 없다는 사실도요. 계좌에서 돈을 송금해드리겠습니다. 하지만 조심하세요."

"네."

이브가 전화기에 대고 말했다.

"무슨 일이 생겼다면 엄마인 내가 알아야만 하잖아요, 짐."

'신이시여, 그래야만 제가 정말로 자유로워질 수 있어요.' 이브 마음속에서 작은 목소리가 말했다. 이브는 눈을 감고 그 목소리를 차단했다. '나는 어떤 엄마지?' 리암과 켈시는 차치하고 이브는 대체 어떤 종류의 괴물이었을까?

* * *

메이베리 스트리트는 닐라에서 제법 멋진 거리에 속했을지 모르지만 이브가 보기에는 기껏해야 그저 그런 수준이었다. 허름한 분위기를 고속도로와 인접하다는 장점 하나로 보완 중이었다. 마을의 북동쪽을 말굽 모양으로 휘감아 돌며 사막을 가로지르는 도로에는 길을 따라 다섯 개의 긴 단독주택 블록이 있었다. 한쪽 끝에는 어도비 스타일의 오두막집과 19세기 미술공예운동에서 영감을 얻은 단층집 등 작은 집들이 섞이어 모여 있었다. 개중 괜찮아 보이는 집들은 전부 길의 동쪽 끝에 있었고 이브는 그곳을 집중적으로 공략했다. 지역 도서관에서 전화번호부를 뒤졌지만 카일 서머스의 주소는 나와 있지 않았다. 이브는 그저 운이 따라 주길 기도하면서 지켜보는 수밖에 없었다.

메이베리의 마지막 두 번째 블록에 차를 세워두고 30분 동안 다음 단계를 고민했다. 2시 37분, 볼보 차를 몰고 한 여성이 커다란 집으로 들어가 진입로에 차를 세워둔 후 집 안으로 들어갔다. 잘 차려입은 은발의 여성은 그곳에 사는 사람인 것이 분명한, 자신감 넘치는 발걸음으로 현관문에 갔다. 그녀의 모습이 이브에게 아이디어를 주었다.

이브는 자동차 시동을 켜고 여자의 집 진입로로 들어가 볼보 뒤에 차를 세웠다. 차에서 내려 당당하게 진입로를 걸어간 이브는 현관문 앞에 도착에서 문을 여는 여자에게 다가갔다. 여자가 이브를 쳐다보았다.

"무슨 일이시죠?"

"카일이 잠깐 들르라고 부탁했어요."

"카일이요? 아, 카일 서머스를 만나러 오신 거면 집을 잘못 찾아오셨어요."

이브는 건물 옆에 적힌 숫자를 읽었다.

"분명히 메이베리 416번지라고 말했던 것 같은데 이상하다."

이브가 활짝 미소 짓자 딱딱하게 굳어있던 여자의 표정이 부드러워졌다.

"448번이에요. 여기가 착각하기 쉽긴 해요."

이브가 미소 지었다.

"고마워요. 아휴, 정말 헷갈렸네요."

* * *

메이베리 448번지는 그리스의 졸부 버전이었다. 잡초가 무성한 넓은 화단에서 조경의 흔적을 엿볼 수 있는 612평의 부지를 갖춘 이 집은 스타일보다는 크기에 압도되는 집이었다. 이브는 차에 앉아 집을 바라보았다. 이렇게 과시적인 성향을 지닌 사람이 납치범이라고는 생각되지 않았다. 그러면서도 다른 가능성에 대해서는 생각할 수 없다고 단념했다. 마약 소굴에서 몸 파는 창녀처럼 켈시가 이곳에 숨어 약에 취해 카일 서머스와 놀아나고 있을지도 모르니까. 이브는 켈시가 이곳에 자발적으로 왔을 수도 있다고 추측했다. 아예 마약 소굴을 운영하고 있을 가능성도 있었다.

내키진 않았지만 이브는 차에서 내려 집을 둘러보았다. 입구 근처에는 경보 시스템을 경고하는 작은 표지판이 있었다. 이브는 초인종 버튼을 연달아 두 번 누르고 몇 초간 기다렸다가 다시 버튼을 눌렀다. 오후 3시 13분이었다. 카일은 아마 직장에 있을 것이다. 무슨 일을 하는지는 알 수 없지만.

이브가 포기하고 그만 돌아가려 할 때 집 문이 열렸다. 놀랍게도 문 안에 서 있던 사람은 플로라였다. 아름다운 얼굴이 한쪽 눈을 덮은 멍으로 망가져 있었고, 오른쪽 뺨은 부어있었다. 펑퍼짐한 파란색 일자 원피스를 입고 있던 그녀는 한 손은 문틀을 잡고 나머지 한 손으로는 금방이라도 이브를 내칠 요량으로 문을 붙잡고 있었다.

"어쩌자고 왔어요?"

"이야기하러 왔죠."

"당신한테 할 말 없어요. 아무것도 없으니까 돌아가세요."

"당신 얼굴,"

이브가 말했다. 망설이며 손을 뻗어 닫히는 문을 재빨리 밀었다.

"당신 얼굴이 그렇게 되었는데 나더러 그냥 가라고요? 몇 분만 시간을 내줘요."

플로라가 눈을 감았다. 멍이 든 눈은 울혈이 생겨 제대로 감기지 않았다. 플로라가 손등으로 멍든 눈을 가렸다. 뒤를 돌아보며 한숨을 내쉬고는 콘크리트 계단으로 내려와 등 뒤로 문을 닫았다.

"따라와요."

플로라가 집 옆으로 돌아 거리를 오가는 사람들의 눈에 띄지 않게 집과 창고 사이에 홀로 서 있는 나무 그늘로 가서 섰다. 이브도 그녀의 뒤를 따랐다. 이브가 지갑에서 켈시의 사진을 꺼냈다. 사진을 꺼내는 일도 진력이 난다고 생각했다.

"내 딸이에요. 저번에 보여 줬죠?"

이브는 플로라의 표정을 살피며, 켈시를 알아보는 기미가 있는지 관찰했다.

"날라에서 마지막으로 목격됐어요."

"그래서요?"

"마지막으로 같이 있었던 사람이 카일 서머스예요."

이브는 잠시 뜸을 들였다.

"당신 남자친구요."

플로라는 풍만한 가슴 앞으로 팔짱을 끼더니 턱을 앞으로 내밀었다.

"당신 딸이 어디 있는지 난 모른다고요."

"카일이 어디 있는지는 알잖아요."

"여기엔 없어요."

"어디에 가면 만날 수 있는데요?"

이브는 큰 집으로 향하는 플로라의 시선을 뒤쫓았다. 2층 창문을 쳐다보는 것 같았다. 플로라가 입을 열었다.

"여행 중이에요."

"거짓말인 거 다 알아요."

"없어요. 카일은 떠났어요. 정말이에요. 지금 집에 없어요."

이브는 플로라에게 한 발짝 다가갔다. 그러고는 플로라의 상처 난 뺨을 관찰하는 시늉을 했다.

"그를 왜 보호하죠?"

"보호하는 게 아니에요."

플로라가 고개를 돌렸다.

"카일이 어디 있는지 알고 싶어서 온 거라면 이제 그만 가주세요. 난 당신 딸이 어디 있는지 모른다고 이미 얘기했고, 카일도 여기에 없어요."

"도대체 카일이 어떤 약점을 쥐고 있길래 다들 마주치기조차 두려워하는 거예요?"

플로라는 시선을 피하지 않고 대답했다.

"이곳은 사이가 끈끈한 동네예요. 누군가 공격받으면 똘똘 뭉치죠."

"당신, 닐라 출신도 아니잖아요."

플로라가 고개를 살짝 돌렸다. 퉁퉁 부은 얼굴에 햇빛이 드리우자 올리브색 피부 아래 보라색 멍이 핏빛으로 변했다. 이야기하는 그녀의 목소리는 슬픔과 체념으로 가득 차 있었다.

"제발 내버려 두세요. 닐라를 뒤져봤자 아무것도 안 나올 거라구요."

"아뇨, 여자애들이 실종됐고, 살인 사건에 대한 소문도 돌고 있어요. 표면 아래 숨겨진 것들이 있어요. 아무도 인정하지 않는 것들이요."

플로라는 이브에게 패배한 미소를 지었다.

"내가 태어난 나라에 이런 말이 있어요."

스페인어로 무어라 이야기하던 그녀는 고개를 저었다.

"포스터 씨, 그만 집으로 돌아가 줘요."

이브는 플로라가 마당을 가로질러 집 현관문으로 걸어가는 모습을 지켜보았다. 다리를 절뚝거리고 있었다. 나중에 지역 도서관의 의자에 앉은 후에야 이브는 그 말이 무슨 뜻인지 찾아볼 여력이 생겼다. 스페인어-영어 사전을 덮으며 이브는 깊은 생각에 잠겼다. 대충 번역하자면 '악마의 손이 닿은 곳은 한동안 흔적이 남는다'였다. 다시 말해, 악마는 늘 흔적을 남긴다는 뜻이었다.

제 25 장

코니 포스터
뉴멕시코주 닐라 — 현재

로리 레인은 메인 스트리트에서 뒷골목처럼 어설프게 튀어나와 있었다. 나는 별다른 수고를 들이지 않고 레베카 스미스의 집을 쉽게 찾아냈다. 작지만 아늑해 보이는 소박한 크래프트맨 형식의 오두막집이었다. 나무로 된 외관, 투박한 현관, 넓은 창문, 조그만 크기의 집을 둘러싸고 있는 금속 울타리. 진입로에는 혼다 자동차 한 대가 주차되어 있었고, 범퍼에는 '서로 사랑하자'는 조잡한 스티커와 12개의 주 및 구립공원 스티커가 붙여져 있었다. 차 안은 쓰레기, 옷, 책, 담요 등으로 어수선했다. 대체 이런 차를 어떻게 몰고 다닐 수 있는지 신기했다. 세 번째 문을 두드렸을 때 집 뒤쪽에서 한 여성이 튀어나왔다.

"알았으니까 그만요!"

그녀는 장갑을 낀 한 손을 나에게 흔들면서 다른 손으로는 밝은색 머리카락을 뒤로 쓸어 넘겼다.

"한번 깨면 다시 재우는 게 얼마나 힘든지 알아요?"

"아, 미안해요."

나는 사과의 의미로 허공에 손을 올렸다.

"문제를 일으키려던 건 아니었어요."

여자는 잠시 숨을 골랐다. 키가 작고 깡마른 체격에 턱까지 오는 머리카락으로 동그란 얼굴이 강조되어 보였다. 그녀는 진흙투성이가 된 무릎을 내려다보며 웃었다.

"반바지를 입고 일을 좀 했더니."

여자는 장갑을 벗고 곁눈질로 나를 살폈다.

"시간이 나면 정원을 가꾸거든요. 그러면 잡생각이 나지 않아요."

나는 그녀에게 내가 지을 수 있는 가장 따듯한 미소를 지어 보였다. 여자는 친근한 사람인 듯했고, 온화한 얼굴을 보니 기분이 좋아졌다.

"레베카 스미스 씨인가요?"

"누구시죠?"

"전 코니 포스터라고 합니다."

내가 손을 내밀자 그녀가 떨떠름하게 악수했다.

"전 사실 조시아 스미스를 찾고 있어요."

"베키 스미스예요."

어색하게 고개를 끄덕였다.

"그렇다면 제대로 찾아오셨네요. 저희 삼촌은 왜 찾아오신 거예요?"

"사실은, 저도 확실하진 않은데요, 제가 닐라에 새로 이사를 왔거든요. 누군가 삼촌의 이름을 알려줬어요. 이야기를 나눠보면 좋을 것 같다고요.”

“변호사예요?”

나는 고개를 저었다.

“아뇨.”

“기자?”

“아니요.”

뭔가 마땅한 대안을 생각해 내야 했지만 조시아가 나와 어떤 관련이 있는지 알 수 없었고 철물점에서 만난 스텔라의 이름을 이야기하고 싶진 않았다. 결국 나는 어설픈 핑계로 둘러댔다.

“사실 그 ‘누군가’는 제 고향 친구예요. 조시아를 한번 만나 보라고 알려줬어요. 오래전부터 알고 지낸 사이인데… 저에게도 도움이 될 거라고 생각했나 봐요.”

나는 바닥을 내려다보았다.

“새로운 곳에 적응하는 게 쉽지 않잖아요.”

“닐라에 처음 오셨다고요?”

나는 고개를 끄덕였다.

“최근에 이사했어요. 아직 적응 중이에요.”

여자가 한숨을 쉬었다.

“조 삼촌, 아 저는 그렇게 부르거든요. 아무튼, 조 삼촌이 도와드릴 수 있으면 좋겠네요. 컨디션이 좋은 날엔 지인을 만나는 걸 좋아하셔요.”

그녀는 미소 지었다.

“여자들을 좋아했어요. 한때는 인기도 꽤 많으셨죠.”

“혹시 병을 앓고 계시는가요?”

"치매요? 아니에요. 일 년 전에 뇌졸중을 앓으셨는데 의사 말이 증상이 경미해서 현재 상태를 설명할 수 없다고 하더라고요. 같은 집으로 이사해서 삼촌을 잘 돌보려고 노력 중이에요. 컨디션이 좋은 날에는 대화도 하고, 식사도 직접 하시고, 산책도 조금 하세요."

여자가 어깨를 으쓱했다.

"컨디션이 안 좋으시면, 주무시기만을 기다리고요."

"오늘은 컨디션이 안 좋은 날인가 봐요?"

베키가 고개를 끄덕였다.

"유감이네요."

"맞아요."

여자가 장갑을 흔들었다.

"정원에 다시 가 봐야겠어요. 삼촌이 주무시는 동안에만 자유시간을 가질 수 있는 데다가 아직 뽑아야 할 잡초가 화단 반이나 남았거든요."

잔뜩 실망한 내 표정을 눈치챘는지 그녀가 덧붙였다.

"전화번호를 주고 가시는 건 어때요? 컨디션이 좋은 날에 전화를 드릴게요. 약속해요."

가방에 들어 있던 종잇조각에 내 전화번호를 적었다. 그녀는 종이를 주머니에 쑤셔 넣었다. 나는 잠깐 그녀가 엉망진창인 차 안에서 그 쪽지를 잃어버리는 상상을 했다. 집을 나서기 전 말했다.

"스미스 씨는 닐라에서 뭘 하셨어요?"

베키가 허리를 곧게 폈다.

"삼촌이요? 주 전체를 담당하는 검사였어요. 그래서 사실 그것 때문에 오신 줄 알았어요. 몇 년 전에 일어난 살인 사건 때문에 아직도 사람들이 삼촌에게 종종 연락하곤 하거든요. 기자들이나, 민사소송 변호사들, 법대생들 같은 사람들이요."

여자가 고개를 갸웃거리며 머리부터 발끝까지 나를 훑어보았다.

"멀리서 오셨으니 컨디션만 잘 맞으면 아마 삼촌이 전부 다 말해 주실 거예요."

* * *

철물점의 스텔라는 내게 왜 전직 검사의 이름을 알려준 걸까? 집으로 돌아가는 내내 이 질문이 나를 괴롭혔다. 나는 알베르토 로드리게즈에게 전화를 걸어보기로 했다. 사무실로 전화를 걸자 그를 바꿔 주었다.

"점점 골칫거리가 되어가는 중이군요."

그가 말했다.

"조시아 스미스라는 이름을 들으면 뭐 생각나는 거 있나요?"

알베르토는 말이 없었다. 마침내 그가 입을 열었다.

"그건 왜요?"

"그냥 좀 궁금해서요."

"그냥 갑자기 떠오른 이름이 아닐 텐데요, 코니."

"부탁이에요."

그는 기가 찬다는 듯 한숨을 내쉬었다.

"조시아 스미스는 1990년대와 2000년대 초반 이곳의 주 담당 검사였어요. 살인 혐의로 기소된 노튼 스몰우드와 마크 르브론 관련 사건을 담당했죠."

"당신이 말한 남자들, 에스메렐다와 관련된 사건이었네요."
내가 말했다.

"조시아 스미스가 에스메렐다를 죽인 살인자들을 감옥에 보냈 군요."

"그래요. 하지만 그건 헛소리예요. 그 둘은 트럭 운전사지 진짜 연쇄살인범이 아니에요. 둘 다 죄 없는 흑인이었고 경찰은 영웅 대접을 받았죠. 이 지역 사람들이 다 같이 안도했어요. 어쨌거나 그 사람이 바로 조시아 스미스예요. 그는 스몰우드와 르브론이 수감 되고 몇 년 후에 은퇴했어요. 착한 일에 대한 보상을 두둑이 챙겼 겠죠."

그는 심호흡하고 숨을 내쉬었다.

"내가 말했으니 이제 당신 차례예요. 조시아 스미스가 왜 궁금 한 거죠?"

"누군가 저에게 그 사람과 이야기해 보라고 알려줬어요."

"누구요?"

"그냥 우연히 알게 된 사람이요."

나는 눈을 감고 관자놀이를 문질렀다.

"사실 그 사람이 나한테 그 이름을 왜 알려줬는지 나도 몰라요. 지금 조시아 스미스가 조카랑 살고 있어서 찾아갔는데 자기 삼촌 과 대화가 불가능하다고 하더라고요."

"코니."

"그래서 지금 어떻게 해야 할지 모르겠어요. 조시아 스미스가 어떤 관련이 있는 걸까요? 왜 나에게 그 사람의 이름을 알려 주었 을까요? 대체 왜…"

"코니 포스터!"

나는 눈을 번쩍 떴다.

"제발 닐라에 대해 더 캐고 다니지 말아요. 부탁이에요. 제발 그만 멈춰요."

오히려 그의 말투가 내 관심을 끌었다.

"왜요?"

"지금 당신이 무슨 짓을 하고 다니는지 정말 모르는 거예요?"

"…제가 뭘 하고 있는데요? 뉴스에 나와야 할 사건들에 대해 질문하는 거? 평범한 사람들이 신경 쓰는 그런 것들을 묻고 다니는 거요?"

"젠장. 제발 거기서 멈춰요. 질문하고 다니지 말라고요. 뭔가를 알고 싶으면 차라리 나한테 전화해요. 인터넷 검색을 하던가, 아예 미국 대통령한테 전화해서 물어봐요. 하고 싶은 거 뭐든 다 해도 좋은데, 동네에서 여기저기 물어보면서 캐고 다니지 말아요."

"왜요? 이유를 말해 줘요."

그는 내 귀에까지 들릴 정도로 크게 한숨을 쉬었다.

"죽은 여자들 대부분이 닐라에 온 지 얼마 안 된 사람들이었다는 거 알죠?"

"네."

"'대부분'이라고 내가 그랬잖아요. 1997년에 살해된 여자애가 있었어요. 그 아이는 다른 사건과 좀 달랐죠. 쓰레기통에서 시신이 발견됐는데 교살되긴 했지만 강간의 흔적도 없었고 경찰에서 파악하기로는 고문을 당한 흔적도 없었어요."

"알아듣게 얘기해 줘요."

"범인들이 체포된 이후 일어난 일이었어요."

나는 그가 하려는 말이 무슨 말인지 그제야 이해가 되었다.

"살인 용의자들이… 구금된 후를 말하는 건가요?"

"그래요."

"그러면 그 여자애가… 질문을 하고 다녔나요?"

"그 애가 그랬던 건 아니었어요. 하지만 그 애와 가까운 사람이 그랬죠."

나는 자동차의 속도를 늦추고 갓길에 차를 세운 다음 마음을 진정시켰다. 더는 설명할 필요가 없었다.

"누구였나요? 질문을 하면서 사건을 캐고 다닌 사람이요."

"이름을 알려 주면 그 사람들을 찾아가서 더 많은 정보를 캐내려고 할 게 뻔한데 내가 알려 줄 것 같아요? 적어도 그 사람들을 귀찮게 할 텐데. 꿈도 꾸지 말아요, 코니."

"질문을 해도 안 되고, 온라인에 검색도 안 되고, 당신도 정보를 공유해 주지 않으면 난 어떻게 하라고요!"

"일을 해요. 데이트를 하든가, 뜨개질도 좋… 내가 어떻게 알아요? 그냥 제발 그 입 좀 닥치고 있으란 말입니다."

"만일 내가 이미 표적이 됐다면요?"

알베르토가 조용히 말했다.

"총 있어요?"

"없어요."

"하나 사요."

* * *

당장 총을 살 수는 없었다. 돈도 없었고 총을 사고 싶은 생각도 없었기 때문이다. 그리고 여기저기 질문을 하고 다니는 것도 당연히 멈추지 않았다. 돌이켜보면 그의 말대로 하는 것이 옳았다는 생각이 들지만 말이다. 나는 이 모든 일에 너무 근접해 있었고, 이 살인 사건과 이브의 의도가 야만적인 매듭으로 얽혀있을지도 모른다는 망상에 사로잡혀 있었다. 알베르토는 내가 질문하면 그다음에는 그의 질문에 대한 답을 해주는 것으로 거래의 기본을 충실히 알려 주었다. 하지만 그 살인 사건은 몇 년 전에 일어난 일이었다. 똑같은 살인범이 닐라에 여태 남아 범죄를 저지를 가능성이 얼마나 될까? 알베르토는 그럴 가능성이 충분하다고 생각했지만 그의 판단이 옳은지 확신할 수 없었다.

다음 목적지가 어디인지는 잘 알고 있었다. 내 머리를 강타했던 올리버를 만날 차례였다. 그의 집은 우리 집보다 더 크고 모던했지만 그렇다고 큰 차이가 있는 것은 아니었다. 밝게 칠해진 파란색 대문을 열고 들어가니 붉은 타일이 깔린 마당으로 이어졌다. 나는 차에서 내려 문을 잠그고 회갈색으로 말라버린 관목을 밟으며 파란 문이 달린 현관으로 향했다. 집에서는 아무 소리도 들리지 않았다. 닭 한 마리가 마당에서 모이를 쪼아대다가 고개를 들어 내가 움직이는 방향을 힐끗 쳐다보고는 흙먼지 속에서 벌레 사냥을 계속 이어 나갈 뿐이었다.

"올리버?"

마당 경계선에서 이름을 불렀다. 닭이 불평하듯 내 앞으로 달려오더니 타일이 깔린 마당으로 멀리 도망쳤다. 그 뒤를 따라가자 텅 비어있는 커다란 화분들이 깨진 테라코타 멕시코 타일 위에 놓여 있었다. 한쪽 구석에서 닭 세 마리가 나를 쳐다봤고, 한 마리는 나에게 경고하듯 큰 소리로 울며 마당을 가로질렀다. 망이 헤지고 더러워진 해변용 의자 한 개가 담배꽁초가 가득 차 있다 못해 흘러넘치는 금색 양동이 옆에 자리 잡고 있었다. 길 아래에서 제트가 사용 중인 기계의 윙윙거리는 소리와 텔레비전에서 흘러나오는 시트콤의 방청객 웃음소리가 낮게 울려 퍼졌다. 마당에서는 신선한 담배 연기 냄새가 났다. 나는 집 입구를 노크했다. 문이 벌컥 열렸고 어두컴컴한 집 안쪽에서 올리버가 나를 노려보았다.

"뭐요?"

그가 말했다.

"얘기할 시간 좀 돼요?"

"아니요."

그는 문을 쾅 닫았다. 그만하면 인사는 끝났다. 나는 다시 문을 노크했다.

"올리버, 잠깐이면 돼요."

"싫다고 했잖아요."

이번에는 문을 세게 두드렸다.

"올리버!"

아무런 대답을 하지 않아서 내가 덧붙였다.

"에스메렐다! 이 이름을 모르지 않을 텐데! 에스메렐다!"

이번에도 답이 없었다. 마당 건너편에서 닭들이 나를 꾸짖고 있었다. 좌절감과 분노를 안고 문에서 물러섰다. 나는 다시 소리쳤다.

"겁쟁이! 당신은 비겁한 겁쟁이야! 나와서 나랑 이야기 좀 해요!"

포기하고 차 안에 들어가 기어를 1단으로 바꾸고 있는데 무언가가 내 시선을 사로잡았다. 적회색 머리카락에 수북한 수염. 키가 크고 건장한 체격. 이번에는 칼을 들고 있지 않았지만 그는 파란색 집 사이 마당에서 지난번처럼 반짝이는 눈으로 나를 쳐다보고 있었다. 나는 창문을 내리고 외쳤다.

"이봐요!"

그러자 그는 토끼처럼 옆집으로 쏜살같이 달려가더니 집 안으로 사라졌다.

* * *

집에 돌아왔을 즈음에는 다홍색 띠로 지평선이 물들어 있었다. 저 멀리 바위투성이 산의 윤곽이 희미해지기 시작했다. 넋을 잃을 만큼 아름다운 풍경에 나는 우리 집에 기대어 서 있는 호리호리한 제트를 못 보고 지나칠 뻔했다. 그의 모습은 저 너머 사막의 수많은 그림자 속으로 빨려 들어가고 있었다. 내가 제트를 부르자 그가 희미한 현관 불빛 속으로 가까이 걸어 나왔다.

"십자가 선물 추가하러 왔어요?"

내가 물었다. 그가 미소 지었다.

"이번에는 다른 거예요."

"아, 그러세요?"

집 열쇠를 교체했기 때문에 그가 집에 어떻게 들어갔는지 알고 싶었다.

"뭔데요?"

"따라와요."

제트가 집 뒤쪽으로 사라졌다. 그때 코요테 한 마리가 울부짖는 바람에 화들짝 놀랐다. 그때까지 난 내가 얼마나 긴장하고 있었는지 알지 못했다. 제트를 따라가는 대신 집 안으로 들어가 불을 전부 다 켰다. 제트가 집에 새로운 '선물'을 갖다 놓지 않았다는 것을 확인했다. 나는 내가 가진 최고의 무기인 스위스 군용 칼을 뒷주머니에 넣고 기다렸다. 알베르토의 경고가 내 마음을 짓눌렀다. 몇 분 후 제트가 문을 두드렸다.

"따라오라니까, 어디 갔었어요?"

그는 내 어깨너머로 집 안을 들여다보았지만 나는 몸으로 그의 시야를 가렸다.

"피곤해서요. 게임 같은 거 할 기분도 아니고."

"게임 아니에요."

그가 손을 들었다.

"약속해요. 내가 뭘 좀 만들었거든요. 그게 다예요. 이리 와 봐요."

어쩔 수 없이 제트를 따라 어둠 속으로 걸어나갔다. 집을 나가면서는 문을 잠갔다. 혼자 울고 있던 코요테에게 친구들이 생겼고, 이제 한 무리가 집 뒤편 넓은 들판에서 하울링하기 시작했다. 온몸에 소름이 돋아 체온을 유지하기 위해 두 팔로 몸을 감쌌다. 제트는 나를 작업실로 안내했다. 안으로 들어가서 불을 켠 다음 작업실 한가운데를 가리켰다. 페인트가 튄 방수포 위에 소박한 책상 하나가 놓여 있었다. 단풍나무로 만든 책상은 나무가 지닌 섬세한 아름다움을 드러냈다.

"이사 선물이에요."

그는 한쪽 입꼬리가 올라간 보조개가 깊게 팬 미소를 지으며 내게 말했다.

"그리고 십자가랑, 올리버가 당신 머리를 가격한 것에 대한 사과의 의미예요."

어떻게 대답해야 할지 몰라서 나는 책상만 멍하니 바라보았다.

"광택제를 몇 번 더 바르면 완성될 거예요."

사람은 난데없이 좋은 일을 하는 일이 정말 드물었고, 그것이 나를 위한 경우라면 더더욱 드문 일이었다. 이 일로 그를 향한 불신이 해소되었는지, 혹은 더 깊어졌는지 나조차도 확신이 서지 않았다. 제트는 한쪽 모서리에 남자다운 손을 얹었다.

"예쁘네요."

"마음에 든다니 다행이군요."

제트가 한 발짝 물러서서 나를 바라보았다. 검게 탄 피부와 수염이 카우보이 같은 매력을 풍겼다. 여자들이 그의 어떤 면에 매력을 느낄지 알 것 같았다. 나는 그와 눈을 마주치지 않으려고 시선을 피했다. 그의 눈빛에는 날것 상태의 굶주림이 있었고, 그 굶주림이 내 안의 갈증에 닿았다는 사실을 인정하고 싶지 않았다.

"그만 갈게요."

작업실을 나가려고 돌아서는데 제트가 내 어깨를 붙잡았다.

"올리버가 방금 전화했어요. 올리버 집에 갔었다던데. 할 말 없어요?"

"별로요."

"올리버를 자극하는 건 좋은 생각이 아니에요, 코니. 올리버 형제는 뭐랄까… 정신적으로 불안정하거든요."

'얼마나 불안정하면 저러지?' 의문이 들었다.

"네. 올리버도 저랑 이야기하지 않으려 하던데요. 다른 형제는 지난날 칼을 가지고 놀면서 절 지켜봤어요."

"레이먼드는 대부분 위험하지 않아요. 지적 능력이 열두 살 정도 수준에 머물러 있는 것으로 알고 있어요. 하지만 올리버는,"

제트가 손가락으로 자기 머리를 톡톡 두드렸다.

"똑똑하지만 약삭빠르죠. 그 집에는 가지 않는 게 좋아요."

제트에게 내가 알베르토라는 기자와 이야기를 나눴다는 것을 밝히려다 멈추었다. 올리버가 에스메렐다의 시신을 발견한 사람이었고, 계속되는 살인 사건 등 진실이 알고 싶다고 말하고 싶었지만 제트에게는 말을 최대한 아끼는 편이 나았다.

"조심해야 해요."

제트가 말했다.

"닐라는 외부인에게 호의적인 곳이 아니거든요."

"그 말은 지겹도록 들었어요. 특히 낯선 여자에게 말이죠?"

제트가 불만스러운 표정으로 나를 쳐다봤다.

"특히 이상한 여자들이요."

그가 내 집을 힐끗거렸다.

"밥 먹었어요?"

"아직이요."

"카술레를 만들었어요. 같이 먹을래요?"

헛웃음이 나왔다.

"카술레요? 카우보이가 먹기에는 제법 고급 음식이네요."

제트가 어깨를 으쓱했다.

"올리버가 돼지를 잡아서 고기 몇 덩이를 줬거든요."

또다시 한쪽 입꼬리만 올라간 웃음을 지었다.

"나 요리 제법 잘해요."

배가 고프기도 했고 몇 주 동안 집에서 먹은 거라고는 통조림이 전부였기 때문에 그의 제안에 유혹을 느꼈다. 하지만 거절했다. 원하는 게 무엇인지 모르지만 제트나 이브의 손에 놀아나서 좋을 게 없었기 때문이다. 제트는 실망한 표정이었다.

"마음이 바뀌면 말해 줘요. 넉넉하게 만들었으니까."

"고맙지만 됐어요."

내가 먼저 나갈 수 있도록 제트가 작업실 문을 잡아주었다. 밖에는 용광로 같았던 하늘이 별이 가득한 천상의 지붕으로 뒤덮여 있었다. 제트가 고개를 들어 하늘을 보았다.

"아름답죠? 계속 봐도 질리지 않아요."

"아름답네요."

나는 집으로 곧장 걸어갔다. 제트가 손전등을 켜고 내 옆을 비추며 말했다.

"본인이 평범한 여자가 아니라는 건 잘 알고 있죠?"

"네. 다른 사람들한테 많이 들어서 알아요."

"내가 예상했던 거와는 달라요."

나는 미끼를 물었다.

"뭘 기대했는데요?"

"같이 저녁 먹는다고 하면 말해 줄게요."

"허, 당신 의견 따위 관심 없어요."

제트의 손전등을 피해 집으로 걸어갔다.

"좋아요. 말해 줄게요. 그쪽이 그렇게 알고 싶어 하니까 말해 주죠."

제트가 말했다.

"사실 세상 물정 모르는 사람일 거라고 생각했어요. 집사가 없으면 신발 끈도 못 묶는 그런 사람이요."

나는 돌아섰다.

"무슨 근거로 그렇게 생각했어요?"

"내가 본 이브는 그런 사람이었거든요. 당신도 그런 사람이라서 이 거래가 어쩌면… 깨달음을 주기 위한 게 아닐까 생각했어요. 거친 세상에서 살아가는 방법을 스스로 배워 봐라, 그런 거 있잖아요."

제트가 고개를 저었다.

"하지만 당신은 어떻게 해야 하는지 이미 알고 있는 것 같네요. 집도 고치고, 일자리도 구하고요."

제트가 손으로 제 머리를 빗어 넘기고 팔짱을 꼈다.

"말해 봐요, 코니 포스터. 이브가 혼자서 사는 법을 가르치고 싶었던 게 아니라면 이런 규칙이 왜 필요한 거죠? 닐라에서 대체 뭘 배워야 하는 겁니까?"

"나도 몰라요. 놀랍게도 그게 진실이에요."

"이 집이 정말 유산인 건 맞아요?"

"이브는 날 미워했어요."

제트가 손전등을 껐다.

"이브는 당신을 싫어한다고 말한 적 없어요."

나는 고개를 뒤로 젖히고 큰 소리로 웃었다. 내 귀에도 미친 사람의 웃음소리처럼 들렸다.

"이브는 절대로 대놓고 말하지 않아요. 그게 그 여자 방식이에

요. 아마 자기 의도를 전달하기 위해 간접적으로 고통을 주는 방법
이라든가 쉽게 알아칠 수 없는 잔혹한 방법을 찾아냈을 거예요."

"엄마 맞나요? 너무 끔찍한데."

그의 말투에 어려 있던 감정은 공감과 조롱 가운데 무엇이었을
까? 알 수 없었다.

"있죠, 제트. 내가 왜 밥 같이 안 먹는 줄 알아요? 왜 날 초대하
는지 이유가 불분명하기 때문이에요. 이브의 각본대로 잘 따르고
있어요? 나한테 친절하게 대해 주라며 돈을 주던가요? 아니면 내
음식에 독을 넣으라고 했으려나. 그것도 아니면 날 유혹하래요?"

쉴 새 없이 쏟아내면서 그의 표정을 살폈지만 어두운 마당에서
는 표정을 읽기 힘들었다.

"진짜라고 믿을 수 있는 건 아무것도 없어요."

"친구도요?"

나는 발끝을 내려다보았다.

"가까울수록 특히 더 그래요."

"그렇게 살면 외로울 텐데."

나는 속으로 대답했다. '그러니까요….'

제 26 장

코니 포스터
뉴멕시코주 닐라 ― 현재

"달걀 세 개! 한쪽은 살짝만 익혀서!"

마누엘라가 소리쳤다.

"이번엔 노른자 안 터지게 살살 부탁해. 툭 치면 죽어 버리는 개복치처럼 살살 대하란 말이야."

뜬금없는 예시를 드는 바람에 웃음이 났다. 가끔 마누엘라가 나보다 나이가 거의 두 배나 많다는 사실을 잊는다.

"알았어요."

마누엘라가 주방 건너편에서 나를 몰래 훔쳐보았다. 그녀는 내게 요리를 가르쳐 주었고 손님이 거의 없을 때는 철판 요리를 맡기기도 했다. 하지만 오늘 아침에는 제대로 되는 게 하나도 없었다. 베이컨은 타고, 달걀은 덜 익고, 치즈는 제대로 녹지 않았다. 이미두 개의 주문이 주방으로 되돌아왔다. 마누엘라는 인내심이 많은 사람이었지만 오늘은 이해하기 어렵다는 듯 말했다.

"무슨 일 있어? 평소 같으면 다른 농담으로 받아쳤을 텐데 개복
치를 듣고도 그냥 '알았어요' 하고 넘어간다고? 분명 무슨 일이 있
어. 그게 뭔지는 모르겠지만."

마누엘라는 내게 가까이 다가와 몸을 숙이고 눈을 빤히 쳐다보
았다.

"어디 아파?"

나는 미소 지었다.

"아니요, 괜찮아요."

그러고는 철판에 팬케이크 반죽 세 개를 동그랗게 부었다.

"그냥 딴생각이 나서요."

"어떤 놈이야?"

나는 웃었다.

"왜 남자 문제일 거라고 생각해요? 욕조는 침실에 있고, 냉장고
는 열 엄두도 못 내겠고, 뒷마당에는 무시무시한 관리인이 있는 집
에 살아서 골치가 아픈데. 남자 문제를 고민할 새도 없어요."

마누엘라의 눈썹이 치켜 올라갔다.

"무시무시하다는 그 관리인?"

"상속받은 집에 포함되어 있었어요. 그 사람을 믿지 못하는데
상속 조건이라 쫓아낼 수도 없어요."

"전과 있어?"

"제가 알기론 없어요."

홀에서 누군가 마누엘라를 불렀다. 그녀는 아무것도 적히지 않
은 주문서를 들고 내게 말했다.

"직접 알아봐. 신원 조회를 해보면 되지. 뒷마당에 그런 골치 아

픈 일을 감당할 필요가 없잖아. 약간의 돈과 쓸 만한 사설탐정이나 변호사만 있으면 필요한 정보를 전부 알아낼 수 있어."

당연한 말이었다. 나는 돈이 없었지만 내 주변에는 돈이 있었다. 점심시간에 한바탕 몰려들었던 손님들이 전부 빠져나간 후 리사에게 전화를 걸었다. 전화를 받지 않았지만 5분 후에 다시 전화가 걸려 왔다.

"부탁이 있어."

내가 말했다.

"관리인 제트에 대한 뒷조사를 좀 해 줘."

"뭐? 안 된다는 거 알잖아."

"안 된다니 무슨 말이야? 왜? 유언 때문에?"

가게 밖 쓰레기통 옆에 서서 통화를 하는 바람에 트럭이 지나갈 때마다 대화가 끊겼다.

"이브의 변호사가 절대 안 해 줄 거야. 이미 물어봤어. 이브는 제트가 반드시 그 집에 머물러야 하고 정해 둔 신탁 조건을 무조건 따라야 한다고 말했대."

나는 눈을 감았다. 턱에 힘이 들어가는 것이 느껴졌다.

"리사, 그럼 다른 변호사를 고용하면 되잖아. 사설탐정을 찾든지. 너 이제 성인이야."

"그러면 내가 금전적으로 널 도와주는 게 되지 않아? 우리 그렇게 하면 안 된다고 했잖아."

"내가 걱정돼서 네가 자발적으로 그렇게 하기로 했다면 금전적으로 나를 지원하는 게 아니지."

"그 남자가 너를 해쳤어?"

"아니, 그냥 이 사람을 못 믿겠어."

'그를 믿고 싶거든.' 나는 그렇게 생각했다. '믿을 만한 사람이 필요하다고.' 몇 분쯤 시간이 흐른 것 같았다. 마침내 리사가 입을 열었다.

"내가 할게."

"고마워."

"코니."

"응?"

나는 기다렸다.

"널 만나러 갈까 해. 엄마는 널 만나러 가면 안 된다고 말한 적이 없고, 내가 지금 몇 가지 계획을 세우고 있거든. 너랑 나를 위해서. 직접 만나서 이야기하는 게 좋을 것 같아."

알베르토 로드리게즈와 나눴던 대화가 떠올랐다. 내가 제일 기피하는 상황은 리사가 닐라에 있는 것이었다. 안전하지 않을 테니까. 여기에서는 무슨 일이든 혼자 해야만 했다. 하지만 리사에게 그렇게 말할 수는 없었다.

"그래? 좋은 생각이다. 집 공사가 끝날 때까지 조금만 기다려. 알겠지? 나 아직도 바닥에서 잠을 자고 있거든."

"시내에 괜찮은 호텔이 있겠지."

나는 큰 소리로 웃었다.

"싸구려 모텔 하나뿐이야. 하룻밤에 삼십 달러 정도면 방을 구할 수 있어. 소름 끼치게 멋진 룸메이트도 만날 수 있을걸. 예전에는 '푸시 팰리스'라는 사랑스러운 이름으로 불렸다던데. 그게 무슨 뜻인지 짐작이나 할 수 있으려나."

리사가 깜짝 놀란 듯 거친 숨을 들이마셨다.

"아…"

"그래."

마누엘라가 식당 뒷문에서 내게 손을 흔들고 있었다.

"그만 가 봐야 해. 뒷조사가 끝나면 전화해 줘."

"뭔가 끔찍한 걸 발견하면 어쩌지?"

"그럼 나에게 말해 주면 되지. 내가 처리할 거니까. 리사, 나 정말 가 봐야 해."

"코니, 보고 싶어."

'리사는 이브가 보고 싶구나.' 그렇게 생각했다. 지난 몇 년 동안 집에서 리사와 함께 시간을 보낸 적이 거의 없었기 때문이다. 그 말을 입 밖으로 꺼내진 않았다. 깔끔하게 포장된 리사의 삶은 수년 동안 거짓말 위에 세워진 것이었다. 이제 와서 그것을 망가뜨릴 이유가 없었다.

* * *

"손님 왔어."

마누엘라가 나를 안으로 잡아끌었다. 젖은 천으로 내 이마를 닦아 주더니 뒤쪽으로 나를 밀고는 얼굴을 유심히 관찰했다.

"립글로스를 바르면 더 좋겠지만 이걸로도 충분할 거야."

"무슨 말을 하는 거예요? 누가 왔는데요?"

"그 친절한 경찰. 제임스 라일리."

라일리 경관?

"마누엘라 예전 애인이 난동 부릴 때 왔던 그 사람이요? 그 사람이 저한테 무슨 볼일이 있어서요?"

"늦은 점심을 먹으러 왔대. 널 찾던데."

마누엘라의 눈이 반짝였다.

"어서 가 봐. 요리는 내가 할 테니."

그녀는 나를 식당 홀로 밀었다. 라일리 경관은 앞에는 스릴러 소설책을, 왼팔 옆에는 휴대 전화를 놓아두고 부스에 앉아 있었다. 이번엔 유니폼 차림이 아니었다.

"쉬는 날이에요?"

나는 그가 앉아 있는 부스 맞은편에 자리를 잡으며 물었다. 그러고는 테이블 위로 메뉴판을 건넸다. 그는 미소 지었다.

"뭐, 그런 셈이죠. 잘 지냈어요, 코니?"

"잘 지냈어요. 마누엘라가 그러는데 절 찾으셨다고 해서…"

그가 또다시 미소 지었다. 이번에는 수줍은 듯한 모습이었다. 그가 메뉴판을 펼쳤다.

"그릴드 치즈 샌드위치 어때요?"

"그릴드 치즈 샌드위치 맛이에요."

"그거랑 버거 중에 고른다면요?"

"흠. 그릴드 치즈요."

"그걸로 2개 주세요. 콜라도요. 혹시 감자튀김은 어때요? 감자튀김도 줄래요?"

나는 메뉴판을 받았다.

"원래 늘 이렇게 추천하는 대로 먹는 타입이에요?"

그가 고개를 기울였다. 그는 감정이 풍부한 눈을 가지고 있었다.

그가 말할 때 그 눈빛이 빠르게 밝아지는 모습을 보았다.

"솔직히 말하면 아뇨. 전 대개 먼저 행동하는 유형이거든요."

"다행이네요, 라일리 경관님. 우유부단한 사람들은 삶이 피곤하잖아요."

미소를 지어 보였다.

"마누엘라에게 시간을 좀 주시겠어요? 금방 가져다 드릴게요."

내가 일어서자 그가 내게 잠시 앉으라고 손짓했다. 그러고는 낮은 목소리로 말했다.

"당신을 만나러 왔어요."

내가 대답하기도 전에 그가 덧붙였다.

"살해당한 소녀에 관한 거예요. 당신 집 근처에서 발견됐다고 했던 그 소녀요."

"…앰버 화이트페더요?"

진지한 표정으로 고개를 끄덕였다.

"어린아이였어요."

"기사에서 봤어요."

"그러면 그 애가 원주민 보호구역 출신이라는 것도 알고 있겠군요."

누군가 가게 안으로 들어오는 소리에 그의 시선이 출입구로 향했다. 단골손님인 노부부였다. 다른 남자 한 명이 뒤이어 들어왔다. 나이가 많고 키가 작으며 옷을 잘 차려입은 남자까지 노부부의 일행이었다. 그들은 모두 웃는 얼굴로 식당으로 들어왔다. 라일리가 고개를 숙이고 말했다.

"당신이 신문에서 보지 못했을 만한 내용이 있어요."

단골 부부와 그들의 친구가 초조한 눈으로 나를 쳐다보고 있었다. 나는 라일리 손 위에 내 손을 얹고 말했다.

"잠깐만요."

그들의 주문과 라일리의 주문을 함께 전달한 후 나는 라일리가 주문한 콜라를 들고 그가 앉아 있는 부스로 돌아왔다. 그는 빨대는 사양하고 고마워하며 콜라를 받아 들었다. 노부부는 다시 수다를 떨기 시작했는데 그들의 친구는 나와 라일리를 지켜보았다. 혹시 더 필요한 게 있는가 싶어서 눈을 마주쳤지만 미소를 지어 보이고는 다시 노부부와 나누던 대화에 집중하는 모습이었다.

"앰버 관련한 얘기 말이죠?"

내가 물었다.

"맞아요. 앰버."

라일리는 부스에 등을 기대고 거의 들리지 않을 만큼 작은 소리로 말했다.

"쓰레기 봉지 세 개에서 그녀의 시신이 발견됐어요. 초기 보고서를 보니까 강간과 고문을 당한 것 같아요. 그것도 몇 주 동안이나요."

나는 말을 잃었다. 어떤 정신병자 같은 놈이 그런 짓을 하는 걸까?

"나쁜 놈이죠. 나도 알아요."

라일리의 눈에 그늘이 졌다.

"어쨌든, 겁주려고 들른 건 아니고요. 조사를 좀 해 봤는데 다른 사망 사건들도 패턴이 같아요. 토막 난 시체, 강간, 고문."

그는 침을 삼켰다.

"납치."

"이미 알고 있는 얘긴데요."

그의 말을 들으니 에이미가 내게 했던 말이 떠올랐다.

"다 아는 내용을 왜 뉴스에 대대적으로 보도하지 않는지 모르겠어요."

"나도 같은 질문을 했지만 제대로 된 대답을 듣지 못했어요. 가장 먼저 떠오른 생각은 인종과 사회적 지위 때문이 아닐까 해요. 피해자는 대부분 아이였어요. 그것도 모두 여자아이들이요. 대부분 결손 가정에서 자랐고, 상당수는 가출 청소년이었죠. 간혹 앰버처럼 북미 원주민 출신인 아이들이나 흑인, 라틴계 아이들도 있었는데 전부 그런 건 아니에요."

나는 알베르토 로드리게즈와 나눈 대화를 떠올렸다. 그도 똑같은 말을 했었다. 가출 청소년과 버림받은 아이들. 그런 아이들을 건드리다니 비열한 인간들.

"그것 말고도 중요한 사실이 있는 거죠?"

"맞아요. 중요한 건 제 생각엔 단순히 인종 문제는 아닌 것 같아요."

그는 다른 테이블에 앉은 사람들을 흘끗 쳐다보았다.

"코니, 먼저 이 말을 해야겠어요. 난 당신을 믿고 있어요. 그러니 다른 사람에게 내가 한 말을 전하지 마세요. 그러면 난 직장을 잃게 될 거예요. 난 이 일이 꼭 필요하거든요."

나는 그에게 약속했다.

"아무도 단서를 추적하지 않아요. 이게 핵심이에요. 이유를 모르겠어요."

"무슨 뜻이에요?"

"앰버가 고속도로에서 히치하이킹을 하는 모습을 본 목격자들을 만나 심문했어요. 앰버는 문제아였어요. 마약에 불법적인 일을 저지르기도 하고 심지어 화물 자동차 휴게소에서 성매매를 하기도 했어요. 앰버의 부모는 그녀가 이번에 집을 나갔을 때 동쪽으로 갔다고 말했고, 뉴욕시 관련한 무언가도 언급했어요. 트럭 운전사 한 명과 다른 운전사가 제보해 오기도 했고요. 어떤 사람이 앰버를 태우는 모습을 봤대요. 자동차에 대해 꽤 구체적으로 설명해 줬고요. 하지만 그게 끝이었어요. 내가 알기로는 경찰에서 아무 단서도 추적하지 않았어요."

"경찰에서 추적하지 않는다니, 당신도 담당 경찰 아녜요?"

"저요?"

그는 웃었다.

"전 강력반이 아니라 순찰대 소속일 뿐이에요. 그리고 확실히 말하는데, 다들 제가 질문하는 걸 꺼렸어요."

나는 그의 말을 곰곰이 생각했다. 그러고는 그에게 살인 사건에 대한 이야기를 꺼낼 때마다 사람들이 회피했던 경험을 들려주었다.

"심지어 동네 술집 바텐더와 옆 동네 도서관 사서까지도 똑같은 반응이었다니까요."

마누엘라가 주방에서 종을 울렸고 나는 라일리가 주문한 음식을 가져왔다. 음식을 라일리 앞에 놓았지만 그는 뚱한 표정으로 접시만 쳐다볼 뿐이었다.

"안 먹을 거예요?"

"먹어야죠."

그는 여전히 어딘가에 정신이 팔린 모습이었다.

"그것 말고도 또 있어요, 코니."

다시 종이 울렸다. 내가 말했다.

"잠깐만요."

이번에는 다른 테이블에서 주문한 엔칠라다 스페셜 두 개와 햄버거가 나왔다. 나는 음식을 가져다준 후 그들이 요청한 살사 소스를 추가로 서빙하고 라일리가 앉아 있는 부스로 갔다. 라일리는 샌드위치 두 개를 전부 먹어 치우고 감자튀김을 골라 먹고 있었다.

"맛이 괜찮아요?"

"네. 그릴에 잘 구웠고 치즈 맛이 아주 많이 나네요."

잠시 후 그의 얼굴에서 미소가 사라졌다.

"인터뷰 기사를 읽었는데 피해자가 살해되던 날 어떤 남자와 함께 있는 걸 누군가 봤다고 하더군요."

나는 아주 작은 흥분이 솟구치는 것을 느꼈다.

"그래서요? 인상착의는요?"

"그게 다예요."

라일리는 종이 냅킨을 동그랗게 말아서 빈 접시 위로 던졌다.

"목격자를 인터뷰한 경찰은 피해자가 '남자'가 함께 있는 모습이 목격됐다고 말했어요. 인상착의도 모르고, 심지어 나이도 몰라요."

그의 말에 나는 실망했다.

"원래 그런 식으로 수사하나요?"

"당연히 아니죠. 일례로 마누엘라의 전 남자친구에 대한 사건 보고서만 해도 그보다 훨씬 자세했으니까요."

"목격자는 어때요? 이름이 있었어요? 따로 연락할 방법은 없고요?"

라일리가 고개를 저었다.

"제가 사건에 개입하고 싶어도 그러지 못해요. 누가 보고서를 썼는지 모르지만 목격자 이름도, 그녀가 남자와 함께 있는 모습을 본 사람도, 그녀가 차에 타는 모습을 본 트럭 운전사도 기록되어 있지 않았어요."

"사건 조사 절차를 위반한 건가요?"

라일리는 등을 기댄 채 팔짱을 끼고 앉아 고개를 끄덕였다.

"목격자가 협조를 거부하고 이름을 밝히지 않았다고 해도 그 기록이 남아 있어야 해요."

마누엘라가 주방에서 고개를 삐죽 내밀었다가 나를 보고는 다시 안으로 들어갔다. 나는 노부부와 그들의 친구를 힐끗 쳐다보았다. 그들은 음료를 반쯤 비운 채 아직 식사 중이었다.

"말이 안 돼요."

라일리는 거의 비어있는 접시를 쳐다보다가 고개를 들어 나를 바라보았다.

"마음에 안 들어요."

"마치 범인이 누구인지 이미 알고 있고 그를 보호하고 있는 것 같네요."

"그렇죠."

"이제 어쩔 생각이에요, 라일리?"

그는 감자튀김을 한 조각을 집어 들고 쳐다보다가 접시 위 동그랗게 말린 냅킨 옆으로 다시 던졌다.

"아무것도 할 생각 없어요."

"네? 그럼 나한테 이런 이야기를 해 주는 이유가 뭐예요?"

"당신은 젊고, 혼자서 지내고, 닐라에 이사 온 이방인이니까요."

그의 눈빛이 내게 간청했다.

"당신이 내게 한 질문에 답을 하자면… 부디 몸조심해요. 살해당한 아이들을 위해 정의가 구현되는 일은 없을 거예요, 코니. 미해결 살인 사건으로 분류돼서 데이터로나 남겠죠. 올해 안으로 그 파일이 전부 사라질 거라는 데 일 달러를 걸게요."

그는 고개를 천천히 끄덕였다.

"아니, 몇 개월 안에."

"당신은 정말 아무것도 안 할 거예요?"

"내가 뭘 어쩌겠어요? 목격자를 심문한 사람이 사건 담당 팀장이라고요."

"당신이 해 줄 수 있는 일이 있어요. 곤란해지지 않을 일이에요. 도와줄래요?"

라일리가 날카로운 눈빛으로 쳐다보았다.

"그게 뭐죠?"

희생자들이 데이터로 남게 될 거라는 그의 이야기에서 아이디어가 떠올랐다.

"데이터베이스에 접근할 수 있죠?"

"물론이죠. 전부는 아니지만."

"그럼 들키지 않고 접속하는 것도 가능해요?"

그가 잠시 곰곰이 생각했다.

"안 될 것도 없죠."

"검색을 좀 할 수 있겠어요? 그 지역에서 비슷한 패턴을 찾아볼 수 있을까 해서요."

"왜요?"

"20년이나 아무 일이 없었는데 최근에 살인 사건이 다시 시작됐잖아요. 같은 살인범이 다시 돌아온 것인지, 아니면 새로운 살인범이 마을에 나타난 것인지 궁금해요."

"이전에 일어났던 살인 사건은 해결됐어요. 범인들이 잡혔거든요."

"말도 안 되는 헛소리예요, 라일리. 우리 둘 다 그 사실을 잘 알고 있잖아요."

나도 모르게 목소리가 높아졌다는 사실을 깨닫고는 소리를 낮췄다.

"당신이 내게 해준 이야기만 생각해 봐도 90년대 살인 사건으로 수감된 그 두 사람이 실제 살인범일 가능성은 희박하지 않아요?"

"비슷한 패턴을 추적해서 날짜가 맞으면 닐라에 같은 살인범이 돌아왔다는 사실을 입증할 수 있을 거라고 생각하는군요, 코니."

"가능성이 희박하긴 해요."

아주, 아주 희박한 가능성이다.

"하지만 맞아요. 그게 내가 바라는 거예요. 비슷한 패턴을 발견할 수 있을지도 모르잖아요."

"시도해 볼 만하네요."

라일리가 지갑을 꺼내려고 손을 뻗었고 나는 그에게 지갑을 꺼낼 필요 없다고 말해 주었다.

"마누엘라는 경찰한테 돈을 받지 않아요."

내 말에도 불구하고 라일리는 지갑에서 20달러를 꺼내 파란색 펜으로 직접 쓴 전화번호가 적힌 명함과 함께 테이블에 올려놓았다.

"그럼 팁이라고 생각하고 받아줘요."

라일리가 웃었다. 나는 그의 미소가 좋았다.

"인심이 넉넉하시네요."

"제가 참 마음이 넓긴 하죠."

* * *

그날 저녁 집으로 돌아가는 길에 '캣츠 미우'에 들렀다. 이 근방에 표적이 될 수 있는 젊은 이방인 여성은 나뿐만이 아니었다. 술집에서 만난 에이미에게도 경고해 줘야 했다. 라일리의 신뢰를 깨지 않고도 그녀에게 귀띔해줄 방법이 있었다. 그냥 조심하라고 알려 주는 것. 어쨌거나 먼저 조심하라고 주의를 준 사람도 에이미였으니 나라고 못할까.

건물 관리인은 별다른 특색 없는 로비로 나를 안내했다. 리놀륨 바닥, 흰 벽, 스테인리스 스틸 가구, 근처 산의 모습을 담은 액자 몇 개가 전부였다. 누가 이곳을 사들였는지는 몰라도 현대적으로 꾸며 보려고 시도하긴 했지만 차가운 병원 같은 건물의 분위기는 여전히 어둡고 조잡할 뿐이었다. 나는 그에게 에이미라는 세입자를 찾고 있다고 말했다.

"에이미 봄바디?"

"성은 모르겠어요. 키가 이 정도쯤 돼요."

손으로 위치를 어림잡아 말했다.

"머리카락 끝을 파란색으로 염색했고요."

"봄바디 맞네요. 친구예요?"

"지인이에요."

살 때문에 두툼하게 접힌 주름 사이로 관리자의 눈이 사라졌다.

"그렇네. 친구라면 성이 뭔지 알겠지."

그는 뺨 안쪽을 씹으며 호기심이 가득한 뻔뻔한 표정으로 나를 바라보았다.

"전 남자친구가 보낸 사람이 아닌 게 확실해요? 문제가 생기면 골치가 아파서요."

"아뇨, 그냥 아는 사람이에요. 우리는… 음, 도서관에서 만났어요. 잘 지내고 있나 궁금한데, 여기 있나요?"

"7번 방이요. 그런데 아침에는 방에 없었어요."

관리자가 앞장서서 걷기 시작했다.

"출근한 거 아닐까요?"

"글쎄요. 세입자를 감시하는 건 내 일이 아니에요."

나는 그가 로비를 떠날 때까지 기다렸다가 축축하고 지저분한 복도를 따라 7번 방으로 향했다. 여섯 번이나 노크하자 옆방에 있던 노인이 내게 닥치라고 핀잔을 주었다.

"오, 안녕하세요. 에이미 보셨나요?"

문밖에서 그에게 물었다.

"저리 꺼져."

그가 대답했다. 나는 그의 대답을 보지 못했다는 뜻으로 이해했다.

제 27 장

이브 포스터
뉴멕시코주 닐라 — 1997년

메이어 경관과 이브는 다음 날 만날 약속을 잡았다. 경찰서로 이어지는 갈라지고 빛바랜 아스팔트 도로에 햇살이 내리쬐고 있었고, 이브는 검은색 새 스틸레토를 신고 그 틈새로 걸어 들어갔다. 오늘 약속을 위해 몸에 딱 맞는 검은색 정장도 차려입었다. 어쨌거나 그녀는 포스터 테크놀로지의 소유주였다. 이브는 그 사실을 잊지 않기 위해 다시 한번 마음에 새겼다. 리암 포스터는 끔찍한 남편이었지만 사업에 관한 한 천재였다. 그리고 이브는 리암의 돈을 마음대로 쓸 수 있었다. 그것은 변호사 짐이 한 시간 전에 송금해준 돈이었다.

"포스터 부인, 오늘은 뭘 도와드릴까요?"

메이어가 물었다. 그는 며칠 동안 기른 콧수염을 뽐내고 있는데 얼굴에 난 수염 때문인지 10년은 더 나이 들어 보였다.

"카일 서머스를 체포해 주세요. 그가 내 딸을 데리고 있어요."

메이어가 재미있다는 표정을 지었고, 그런 그의 표정은 이브의 결심을 더욱 단호하게 만들었다.

"무슨 근거로 그렇게 심각한 혐의를 제기하는 거죠?"

"그 사람이 내 딸을 데리고 있다는 사실을 이젠 다 알아요."

"증거가 필요합니다. 아시잖아요."

"영장을 받아서 집을 수색해요. 켈시는 분명 그 집에 있어요."

"필라델피아에서는 사정이 어떤지 모르지만 이 동네에서는 영장을 받으려면 납득할 만한 근거가 있어야 해요. 제정신이 박힌 판사라면 잘 알지도 못하는 여자가 말하는 터무니없는 주장만으로 영장을 발부하진 않을 겁니다."

이브는 비웃었다.

"그렇죠? 가해자가 판사의 처남이라면 더 말할 것도 없겠죠."

유쾌했던 메이어의 분위기는 금세 냉랭해졌다.

"포스터 부인, 지금 당신이 하는 터무니없는 행동이 어떤 건지 다시 생각해 보시기 바랍니다. 여기저기 기웃거리고, 질문하고, 문제를 일으킨다는 불만을 여러 사람에게서 들었거든요. 엄마로서 걱정되는 마음을 모르지 않으니 이번 한 번은 봐 드리겠습니다. 하지만 경찰서에 와서 우리 직원을 비난하는 건 이제 그만하시죠."

이브는 냉정한 눈빛으로 노려보았다. 그러고는 자리를 박차고 일어나 경관의 금속 책상으로 걸어갔다. 아직 머리카락이 다 자라지도 않은 머리에 리본을 달고 분홍색 프릴 드레스를 입고 있는 여자아이의 사진이 담긴 액자를 집어 들었다.

"딸인가 보죠?"

메이어가 대답하지 않자 이브는 사진을 내려놓고 그를 향해 고개를 돌렸다.

"부모가 된다는 건 특별한 일이에요. 안 그래요? 항상 걱정하잖아요. 만약 딸에게 무슨 일이 생기면 어떻게 하시겠어요? 아이가 사라진다면?"

이브는 고개를 저었다.

"그런 걱정이 가장 큰 부담인 겁니다, 경관님."

"포스터 부인, 지금 절 협박하시는 겁니까?"

이브는 자신이 지을 수 있는 가장 부드러운 미소를 지었다.

"그럴 리가요. 전 그저 같은 부모의 입장으로 말씀드리는 거예요. 자식이 실종되면 부모가 하지 못할 일은 아무것도 없어요. 아무것도요."

또다시 미소를 지었지만 이번에는 더 슬픈 얼굴이었다. 이브는 손에 든 사진을 다시 쳐다봤다.

"뭐, 경관님도 이해하시리라 믿어요."

"그만 가 주시죠."

이브가 고개를 저었다.

"약속을 해 주기 전까지 못 가요. 시간도 많고, 전 이거 말고 급한 일도 없는 걸요. 다시 말할게요. 카일 서머스를 다시 조사해 주시겠어요?"

"…알겠습니다. 오늘 사람을 보내죠."

이브가 다시 사진을 제자리에 내려 놓으려는 찰나 액자가 선반에 닿기도 전에 손에서 빠르게 미끄러졌다. 사진이 바닥으로 떨어졌고 유리가 작은 파편으로 부서졌다.

"오, 이런!"

이브가 뒷걸음질 쳤다. 그녀는 미안한 듯한 미소를 지었지만 눈은 얼음 구슬처럼 차가웠다.

"어머나, 정말 미안해요."

"당연히 그러시겠죠."

메이어가 수화기를 들고 관리인을 호출했다. 수화기를 다시 내려놓고는 엉망진창이 된 바닥을 내려다보았다.

"그만 가 주시죠, 포스터 부인."

그의 어조는 단호했지만 이브는 그의 눈에 휩싸인 두려움을 포착했다. 이브가 보고 싶어 했던 두려움이었다.

* * *

이브는 차에 앉아 기다렸다. 샌드위치 몇 개와 보온병에 담긴 커피, 총으로 무장한 그녀는 방광이 허락하는 한 언제까지고 차에 머물 수 있었다. 오늘 푸시 팰리스는 매우 붐볐다. '보야나가 신이 났겠군.' 이브는 그렇게 생각하며 남자 두 명이 동시에 푸시 팰리스를 떠나는 모습을 지켜보았다. 하지만 이브가 쫓는 건 보야나가 아니었다. 이 쓰레기 소굴 같은 건물의 관리인 라울도 아니었다.

이브는 사설탐정과 대화한 후 적은 메모를 훑어보았다. 켈시를 추적하는 데는 영 소질이 없었지만 적어도 뒷조사에서만큼은 재능이 뛰어났다. 이브는 그에게 카일 서머스와 관련된 최신 정보를 부탁했고, 그는 이브가 원하는 정보를 찾아 주었다. 이혼 후 재혼은 안 함. 나이는 서른아홉. 빨래방, 주거용 임대 건물, 주유소, 철물점, 그리고 그 사랑스러운 푸시 팰리스를 포함해서 총 9개의 지역 사업체를 소유하고 있음. 브렌다 르루의 형제. 음주운전을 포함해서 전과 기록은 없음. 평생 닐라에서 거주함… 고용한 사설탐정은 플로라 푸엔테스에 대해서는 아무것도 찾아내지 못했다(유령 같은 존재라는 말만 전했을 뿐). 앤드루 르루 판사는 주차 위반 딱지, 18세 때 받은 과속 딱지 한 장, 돈을 받고 교도소 수감자들에게 필요한 물건을 공급해 줬다는 근거 없는 혐의를 제외하고는 깨끗했다. 사설탐정은 그에게서 구린 냄새가 나지만 출처가 명확하지 않다고 덧붙였다.

이 마을에는 나쁜 짓이라고는 도저히 할 수 없을 것 같은 선한 얼굴의 사람들과 미심쩍은 판사 한 명뿐이었지만 분명 이들 중 누군가가 켈시를 데리고 있었다. 나는 그 애의 흔적이 아무 이유도 없이 닐라에서 멈춘 거라 생각하지 않았다. 그러니까, 이 지역은 막다른 골목이나 다름없었다. 은행 계좌에서 현금을 인출한 흔적도 없고, 켈시가 직접 관리하던 신용 카드 사용 내역도 없었다. 집으로 배달된 불쾌한 엽서나 법원 소환장도, 켈시가 닐라에서 떠나는 모습을 본 사람도, 아무것도 없었다. 마치 유령이 온 마을을 홀린 듯이.

이브는 뒤를 돌아보았다. 한 블록 뒤에 경찰차가 서 있고 그 안에 사복을 입은 경찰이 잠복하고 있었다. 그렇게 이브는 자신이 미행 당하고 있다는 사실을 알게 되었다. 경찰은 이브가 카일을 찾아갈 것이란 사실을 이미 예상했다. 그리고 플로라도 추적할 것까지 내다본 듯했다. 경찰이 뒤를 미행하든 말든 이브는 신경 쓰지 않았다.

뒷조사 노트를 다시 한번 살펴보았다. 카일의 전 부인은 벨라 미누스키라는 여자였다. 재혼한 그녀는 인근 마을에서 미용실을 운영하고 있었다. 미용실 전화번호와 주소도 적혀 있었다. 어쩌면 그녀가 이브에게 도움이 될 만한 정보를 가지고 있을지도 몰랐다.

이브는 시계를 흘끗 쳐다보았다. 더는 화장실을 참기 어려울 것 같았다. 바로 그때 문이 열리고 플로라가 나타났다. 플로라는 누군가 자신을 지켜보고 있다는 사실을 까맣게 모른 채 낡은 자동차를 몰고 그곳을 떠났다. 이브는 회심의 미소를 지었다. 차를 세워둔 갓길에서 천천히 멀어졌다. 경찰도 시간차를 두고 이브와 똑같이 멀어졌다. 이브에게는 경찰을 따돌릴 계획이 있었지만 일단은 미행하도록 그냥 놔두었다.

이브는 플로라를 뒤쫓아 마을을 통과해 이름 모를 먼지투성이 도로를 따라 달렸다. 길 양옆으로 마당 앞쪽으로 길게 기울어진 지붕과 아주 작은 마당이 있고, 물결 모양의 금속 울타리로 경계를 구분해 둔 소형 단층 판잣집이 늘어서 있었다. 흡사 가축우리 같았다. 개와 닭이 자유롭게 돌아다녔고 코흘리개 아이들은 뒷마당에서 술래잡기를 하는 중이었다. 플로라는 이런 집들이 모여 있는 동네를 지나쳐 비슷하지만 그나마 상태가 조금 더 나아 보이는 도로 끝 판잣집에 차를 세웠다. 이 집은 바깥 담장을 따라 꽃이 심겨 있고 쇠사슬을 두른 울타리가 있었다.

이브는 플로라가 안으로 사라지는 것을 지켜보았다. 경찰차는 좁은 길 끝을 어슬렁거리며 이브를 기다렸다. 그녀는 고개를 뒤로 젖히고 숨을 들이마시며 방광에서 보내는 신호를 애써 무시하려 했다. 30분이 지나 더는 참을 수 없게 된 이브는 좁은 골목에서 간신히 차를 돌려 동네를 떠났다. 그녀를 미행하던 경찰도 똑같이 따라 했다. '내가 알아채든 말든 신경도 쓰지 않는가 보군.' 이브가 생각했다. '오히려 내가 눈치채기를 바라고 있어.'

도로 중앙으로 갑자기 튀어나온 잡종견을 피하려고 급하게 핸들을 틀었다. 이브는 거친 욕을 퍼부으며 백미러를 통해 길 끝에 있는 집을 돌아보았다. 플로라의 차는 여전히 그 자리에 세워져 있었고 집 현관문은 굳게 닫혀 있었다. '나중에,' 이브가 생각했다. '다시 플로라를 미행해 봐야지.'

절망스러운 마음으로 모텔로 돌아오는 길, 경찰이 자동차 몇 대를 사이에 두고 여전히 그녀의 뒤를 쫓고 있었다.

제 28 장

코니 포스터
뉴멕시코주 닐라 — 현재

목요일 다음 날은 온종일 쉬는 날이었다. 최고 기온이 섭씨 27도까지 올라가는 화창한 아침이었고, 건조한 날씨에 선선한 바람이 불어서 초록이 무성한 버몬트에 대한 향수를 불러일으켰다. 나는 휴일을 맞이하여 집안 공사를 진척시키고 지하실을 정리하기로 했다. 침실에는 페인트칠이 필요했고 해야 할 일 중에서 그 부분을 먼저 마무리하고 싶었다. 마누엘라의 식당에서 일하면서 받은 팁으로 매트리스를 살 수 있을 만큼 충분한 돈을 모았지만 그전에 먼저 침실 공사를 마무리해야 했다. 차분한 톤의 파란색 페인트 한 통이 나를 기다리고 있었다.

나는 낡아빠진 침대 프레임을 버리고 벽과 바닥을 박박 문질렀다. 벽을 닦고, 젯소를 칠하고, 사포질을 한 후 창틀에 테이프를 붙여 보양 작업을 마무리하려고 페인트 통을 막 열려는 찰나, 날카로운 노크 소리가 들렸다. 내게 만들어 준 책상을 들고 제트가 서 있었다. 검은 개 미카는 성실하게 그의 뒤를 졸래졸래 따라다니는 중이었다. 그가 말했다.

"안녕."

나는 문을 활짝 열고 제트와 미카를 안으로 들여보냈다.

"어디에 둘까요? 거실?"

"네, 좋아요. 고마워요."

솔직히 말하자면 내 기분이 어떤지 나도 잘 알 수 없었다. 좋은 가구는 고사하고 가구 자체가 거의 없던 공간에서 제트가 내게 만들어준 책상은 그와 나를 잇는 유대감처럼 느껴졌다. 나는 제트와 어떤 식으로든 연결되는 것을 원하지 않았다. 제트가 청바지에 손을 문질러 닦았다.

"이제 휴전인가요? 우리 서로 안 좋았던 것 같은데."

내가 대답하지 않자 그가 물었다.

"페인트칠 중이었군요. 도와줄게요. 페인트 붓 하나 더 있어요?"

"괜찮아요."

"바니시가 마를 때까지 한 시간 정도 시간이 조금 있어요. 내가 도와줄게요."

그의 도움에 대해 고민하다 입을 열었다.

"사실 페인트칠보다 도움이 필요한 부분이 있어요."

"뭔데요?"

"지하실이요. 남은 상자를 가지고 올라오고 그 망할 소파를 톱으로 잘라 버려야 해요."

그는 어깨를 으쓱했다.

"뭐든지 말만 해요. 기꺼이 도와드릴 테니."

그가 손을 내밀었다.

"물어보기 전에 말해 두는데, 도와주는 건 계약서에 포함 안 되어 있어요."

"순수한 도움이라는 거죠? 좋네요, 제트. 전기톱 있어요?"

"네, 있어요."

* * *

소파를 분해하고 계단 위로 끌고 올라오는 데 한 시간이 넘게 걸렸다. 페인트칠은 나 혼자서도 할 수 있었다. 하지만 이 작업을 혼자서 했다면 온종일 끙끙대고 나서야 겨우 마칠 수 있었을 것이다. 분해한 조각들을 차 근처에 쌓아두고 작은 냉장고에서 맥주 두 캔을 꺼내 하나를 제트에게 건넸다. 그리고 제트의 뒤를 수줍게 서성이고 있는 미카를 턱으로 가리켰다.

"간식 하나 줘도 돼요?"

"개 간식이 있어요?"

"철물점에서 하나 샀어요."

"물론이죠."

맥주 캔을 땄다.

"코니, 지금 아침 11시밖에 안 된 거 알아요? 술 마시기에는 조금 이른 것 같은데."

"아이 참. 점심이라고 생각하세요."

한 모금 길게 들이키고는 차가운 음료가 몸을 타고 내려가는 시원한 느낌을 즐겼다. 지하실은 덥고 퀴퀴한 냄새가 가득했고, 나는 땀에 흠뻑 젖은 상태였으며 머리도 약간 어지러웠다. 제트는 맥주를 든 손으로 냉장고를 가리켰다.

"저거 아직도 안 치웠어요?"

"도와주게요?"

그는 내가 이곳에 온 첫날 벽에 붙어있던 상태 그대로 움직이지 않고 자리를 지키고 있는 낡은 가전제품을 힐끗 쳐다보았다.

"도와주고 싶지만 내 능력 밖의 일인 것 같네요."

나는 웃었다.

"언젠가 치워야죠. 나머지 부분을 먼저 해결하고 난 다음에요."

"스트레스를 받으면 늘 술을 마셔요?"

나는 맥주 캔 너머로 그를 관찰했다. 농담인지 진담인지 구분하기 어려웠다.

"원래 늘 그렇게 무뚝뚝해요?"

"그럴 필요가 있을 때만요."

"그러시군요."

그가 고개를 갸웃거렸다.

"불신으로 가득 찬 삶을 사는 것은 지옥이나 다름없겠어요."

"익숙해요."

"어쩌면 당신이 생각하는 것보다 내가 당신을 더 잘 이해할 거라고 생각해 본 적 있어요?"

나는 쪼그리고 앉아 미카에게 손을 내밀었다. 녀석은 내 손길에 불안한 표정을 지었다. 공간을 침범했다는 생각에 미안한 마음이 들어 자리를 옮겼다. 내가 대답했다.

"없는데, 얘기해 보세요."

제트가 맥주를 한 모금 마시고는 고개를 저으며 웃었다.

"편집증에서 벗어나는 것도 이브에게 복수하는 한 가지 방법이라는 건 알고 있죠? 이브는 코니 당신이 긴장을 늦추지 않기를 원했던 것 같아요. 당신이 세상에 홀로 남겨지길 원했고요. 그런데 당신은 이브가 당신을 통제하도록 내버려 두고 있고요."

"남 일이니 판단하기 쉽겠죠."

"그렇지 않아요."

남은 맥주를 입에 털어 넣고는 싱크대로 캔을 던졌다. 찬장 안에는 땅콩버터 병과 캠벨 수프 캔 옆에 강아지용 비스킷이 있었다. 나는 하나를 꺼내 미카에게 주었다.

"당신은 어떤데요, 제트? 무슨 사연이 있나요? 어린 시절에 충분한 사랑을 못 받고 자라기라도 했어요?"

나는 미카에게 뼈다귀 하나도 내밀었다. 경계하는 자세로 슬금슬금 다가오더니 결국 내 손가락 사이에 끼워져 있던 뼈를 조심스레 가져갔다. 제트는 내가 한 질문을 은근히 즐기는 듯했다. 남은 맥주를 입에 털어 넣고는 내가 마신 맥주 캔 옆에 자신의 캔을 던져 놓고 대답했다.

"십 대 시절을 낭비했죠. 제 길을 찾는 데 시간이 좀 걸렸지만 결국 찾았어요."

"그게 정확히 무슨 뜻이에요?"

"뭐 뻔한 것들."

"뭔데요. 도둑질? 통금 시간 어기기? 미성년자 음주?"

제트가 손목에 찬 시계를 내려봤다.

"이제 시간이 30분밖에 남지 않았어요. 산타페에 사는 여성 고객이 주문한 테이블 작업을 끝내야 하거든요. 이 몸은 약속은 꼭 지키는 사람이라서요. 저 상자는 어떻게 할 거예요?"

"미카처럼 정말 한시도 가만히 있질 못하네요."

"맞아요. 사람도 좋아하죠. 갈까요?"

나는 제트를 따라 밖으로 나간 후 지하실로 내려갔다. 미카에게 계단 꼭대기에 있으라고 말하자 미카는 문 옆에 웅크리고 앉아 우리를 지켜봤다. 잡동사니가 사라진 지하실 창고는 더이상 누군가의 방문을 반기지 않는 분위기였다. 더 소름 끼치는 기분이었고, 공기마저 무거워 폐쇄 공포증에 걸릴 것만 같았다.

"난 여기가 싫어요."

내가 말했다.

"느껴져요? 이 음산한 기운."

나는 팔로 상체를 감쌌다.

"정리가 끝나면 다시는 내려오지 않을 거예요."

제트가 벽을 두드렸다.

"지하실이 있다는 것만으로도 운이 좋은 거예요. 이 주변 집들은 대부분 지하실이 없거든요."

그는 머리 위에 있는 서까래를 올려다보았다.

"이건 개조한 거네요."

제트의 시선이 움직이는 대로 나도 따라갔다.

"굳이 개조할 필요가 있었을까요?"

제트는 콘크리트 블록을 다시 두드리더니 흙바닥을 가리켰다.

"이 집은 꽤 오래됐어요. 아마 90년 정도 된 거 같아요. 내 생각에는 이곳으로 이사 온 의사나 선교사였던 동양인이 지하실을 원해서 집 밑에 지하실을 파낸 것 같아요."

"원래부터 있던 게 아니라는 걸 어떻게 알 수 있죠?"

"첫째, 일단 구조가 달라요. 콘크리트 블록은 위층에 사용된 자재보다 더 최신 자재예요. 둘째, 지하실 공간이 집 면적보다 작아 보여요."

제트의 말을 이해할 수 있을 것 같았다.

"30센티미터는 족히 차이가 나는 것 같네요."

"적어도요."

상자 옆에 무릎을 꿇고 있던 나는 일어서서 바지를 털었다.

"이 집에 대해 뭘 알고 있어요? 이 집의 역사?"

"말했잖아요, 정말 아무것도 몰라요. 1920년대 초에 지어진 것 같은데… 올리버가 더 잘 알 거예요. 이 골목에서 40년 넘게 살았으니까."

"올리버는 나랑 이야기 안 할 거예요. 잠깐 들르려고 했더니 면전에 대고 문을 쾅 닫아버리는 거 있죠?"

제트는 친절하게도 당황하는 표정을 지었다.

"언젠가는 마음을 열 거예요."

"그럴까요? 잘 모르겠어요. 무슨 사연이 있나요?"

제트는 손으로 얼굴을 문질렀다.

"나도 알았으면 좋겠네요. 올리버 형제는 이 동네 출신이에요. 말수는 적지만 저한테 잘해 줬어요. 이곳을 지켜봐 주고 닭과 달걀, 가끔 고기도 주죠."

그는 어깨를 으쓱했다.

"코니, 이미 알고 있겠지만 이 동네 사람들은 대부분 이상하잖아요. 적어도 올리버는 베풀어요."

나는 얼굴을 찡그려 올리버가 나를 가격한 곳을 문질렀다.

"당신 말에 뭐라고 반박해야 할지 모르겠네요. 아니면 나한테 무슨 불만이 있대요?"

"올리버는 낯선 사람을 믿지 않아요. 그 점은 당신과 비슷하다고 할 수 있죠."

나는 제트가 쉽게 빠져나가도록 놔두지 않았다.

"당신도 한때는 낯선 사람이었잖아요. 올리버가 당신을 받아 준 건 뭔가요?"

제트는 허리를 숙여 상자를 들었다.

"그를 대신해서 뭐라고 얘기해 줄 수는 없어요, 코니. 올리버가 당신을 처음 만난 게 우리 집 주변을 기웃거렸을 때였으니까요. 그걸로 아직 감정이 남아 있을지도 모르죠."

"아니면 여자를 싫어하거나."

제트가 열린 지하실 문과 끙끙거리기 시작한 미카를 바라보았다.

"서둘러요. 어서 이 상자들을 밖으로 내놓읍시다."

"대답 안 할 거죠? 올리버는 여자를 싫어하나요?"

제트가 계단을 올라가기 시작하다가 다시 아래로 내려왔다.

"상자를 어디로 옮길까요? 이건 제법 무거운데요."

"현관문 옆이 좋겠어요."

* * *

큰 상자 두 개와 작은 상자 한 개, 상자는 총 세 개였다. 나는 가장 큰 상자부터 해치우기로 했다. 상자는 강력 테이프로 단단히 밀봉되어 있었고, 나는 떨리는 마음으로 천천히 테이프를 잘라 상자를 열었다. 쓰레기를 묶어서 시내로 가지고 나가기 편하도록 자동차 옆에서 상자를 열어보고 있었다. 상자 안의 내용물이 궁금하면서도 혹시나 독충이나 내가 알지 못하는 오염 물질이 들어 있을까 봐 겁이 났다.

장갑을 끼고 조심스럽게 내용물을 꺼냈다. 지네도 전갈도 없었다. 자수가 새겨진 베개 두 개와 세트처럼 보이는 식탁보, 그리고 아무런 무늬가 없는 노란색 침대 시트 몇 세트가 전부였다. 흰색 베개는 때가 타서 때 묻은 회색으로 변했지만 손으로 직접 새긴 자수의 아름다움은 그대로였다. 후크시아, 제비꽃, 밝은 노란색 꽃들이 녹색 잎사귀의 물결 위에서 춤추고 있었다. 오래전 어느 날 이 물건들이 집 안에 놓인 탁자와 의자를 장식하는 모습을 상상했다. 수작업으로 만든 사랑이 넘치는 모습. 그때에는 화려한 모습이었겠지만 지금은 슬퍼 보였다.

다음 큰 상자를 열어 보니 옷이 들어 있었다. 청바지, 상의, 브래지어, 잠옷. 전부 싸구려 물건이었지만 깨끗했고 오래된 흔적이 보였다. 모두 미디엄 사이즈의 여성용 옷이었다. 눈에 띄는 것은 없었다. 누군가 보관하고 있다가 잊어버린 물건이 담긴 상자가 아닐까.

나는 비슷한 물건이 더 들어있을 거라고 기대하며 작은 상자를 열었다. 내용물을 본 순간 처음에는 혼란스러웠고, 그다음에는 서서히 공포가 몰려왔다. 상자를 들고 집 안으로 가져갔다. 상자 안에 손을 넣기를 주저하면서 내용물을 자세히 살폈다. 그 안에는 십자가가 들어 있었다. 제트가 우리 집 벽에 몰래 걸어 놓고 간 것과 똑같은 십자가였다. 여러 가지 색깔로 화려하게 장식된 멕시코산 마욜리카. 손으로 직접 만든 것 같았다.

'장난해?' 나는 성큼성큼 걸어 나와 뒤쪽에 있는 제트의 작업실로 향했다. 그러고는 노크도 하지 않고 반쯤 닫힌 문을 발로 차서 열었다. 그는 손에 페인트 붓을 들고 서 있었다. 미카는 작업대 밑에서 잠을 자던 중이었다.

"코니, 무슨 일이에요?"

"이게 뭐예요? 친구 하자더니. 완전 개소리였네요."

나는 바로 앞에 있던 탁자를 두 손으로 거칠게 밀쳤다.

"이 망할 개자식아!"

제트가 페인트 붓을 떨어뜨렸다.

"진정해요."

그의 뒤에서 미카가 으르렁거렸다.

"코니, 대체 뭐 때문에 이러는 거예요?"

나는 눈을 감고 심호흡을 했다.

"그 십자가요. 당신도 알고 있었잖아요!"

"대체 무슨 말을 하는 거예요?"

분노가 치밀어 오르는 것을 느꼈다. 머리가 빙글빙글 돌기 시작했고 목구멍에 숨이 턱하고 걸렸다. 이건 나답지 않았다. 나는 침착하고 이성적인 사람이었다. 나는 생존자였다.

"젠장!"

나는 숨을 헐떡이며 명령조로 말했다.

"따라와요."

제트는 나를 따라 우리 집 입구까지 와서 집 안으로 들어왔다.

그가 우리 집 벽에 걸어놓았던 십자가를 손으로 가리켰다. 그 십자가는 이제 거실 바닥의 쓰레기 더미 위에 놓여 있었다.

"상자 안을 봐요."

나는 지하실에서 가져온 상자를 제트가 있는 방향으로 발로 밀었다.

"지하실에 있던 그 십자가는 당신이 한 게 아니라고 말해 보시죠."

제트가 상자 안을 들여다보더니 이내 다시 나를 쳐다보았다.

"내가 가져다 놓은 거 아니에요."

"하지만 똑같은 십자가잖아요."

제트는 상자에서 십자가 하나를 집어 들고 뒤집은 다음 벽에 걸려있던 십자가의 뒤를 살폈다.

"같은 이름, 거의 똑같은 디자인이네요."

그는 미간을 찌푸렸다.

"그리고 이건… 지하실에 있던 상자에 들어 있던 거고요."

그가 두 번째 십자가를 들고 말했다. 나는 고개를 끄덕였다.

"무슨 말을 해야 할지 모르겠어요, 코니. 지하실에 있던 상자는 내가 가져다 둔 게 아니에요. 그리고 지하실에서 십자가를 가져온 것도 아니고요."

"저기요, 이브가 이 십자가를 우리 집 벽에 걸라고 시켰잖아요."

"맞아요, 그건 이브가 시킨 일이었어요."

"그 십자가가 지하실에 있던 십자가와 똑같은 거면 당신도 내게 뭔가 얘기해 주어야 하지 않아요?"

다시 목소리가 커지는 것이 느껴져 나는 목소리를 고르게 유지하려고 애썼다.

"당신이 거기에 두지 않았다면 누가 그런 거예요? 똑같은 십자가가 지하실에 보관된 상자에 봉인되어 있다는 걸 이브가 어떻게 알았겠어요?"

"이브의 집이잖아요, 코니. 그녀가 이 집의 소유자라고요. 이브가 가져다 놨을 수도 있죠."

"상자 위에 먼지가 쌓여 있었어요. 일이 년 안에 쌓일 먼지가 아니었다고!"

"이브는 오랫동안 이 집을 소유하고 있었어요."

그 말은 나를 얼어붙게 했다. 우리는 자라면서 한 번도 뉴멕시코에 와본 적이 없었다. 리사와 나는 이 집의 존재조차 몰랐지만 그렇다고 이브가 이곳에 한 번도 오지 않았다는 뜻은 아니었다. 하지만 그렇게 오래전부터 나를 함정에 빠뜨릴 계획이었다니? 아무리 이브라고 해도 너무 계산적이었다. 대체 무슨 목적으로? 왜 그렇게까지! 하나밖에 없는 거실 의자에 앉아 손으로 머리를 감쌌다. 제트는 십자가를 내려놓고 내 옆으로 다가와 다리 옆 바닥에 미끄러지듯 앉았다.

"코니."

그가 얼굴을 감싼 손을 잡아당겼다. 그의 손길은 부드러웠다.

"날 봐요."

짙은 눈동자는 걱정과 혼란스러움으로 가득 차 있었다. 그러한 감정이 진심에서 우러나온 것이라는 걸 어떻게 확신할 수 있을까. 이브와의 관계 말고 제트에 대해 아는 게 뭐가 있지? 아무것도 없었다. 그는 가스라이팅의 대가일 수도, 연쇄살인범일 수도 있었다. 나는 그의 손길을 뿌리치고 자리에서 일어섰다. 제트가 그 자리에 그대로 앉아 나를 쳐다보는 동안 십자가 두 개를 신문지에 싸서 지하실에서 가져온 상자에 넣었다. 십자가를 쓰레기장으로 가져갈 생각이었다. 일단은 내 눈앞에서 보이지 않게 치워야 했다. 제트가 말했다.

"이 일하고 나는 아무 상관도 없는 거 알잖아요."

"모르겠는데요."

어느새 분노는 사라지고 무기력한 좌절감만 느껴졌다.

"난 당신이 어떤 사람인지 몰라요. 이브에게 뭘 해 주겠다고 약속했는지도 모르고요. 내가 아는 건 이 모든 게 전부 가식이라는 거고 모두 잘 짜인 계획의 일부라는 것뿐이에요."

제트가 믿을 수 없다는 표정으로 나를 쳐다보았다. 굳이 그를 보지 않고도 알 수 있었다. 내 입에서 나온 말은 미친 소리처럼 들렸다. 하지만 목숨을 잃는 것보다는 미친 사람이 되는 게 나았다.

"코니, 내가 도울게요."

"이브와 계약 관계로 얽혀있는 한 당신은 날 도울 수 없어요."

그는 아무 말이 없었다. 나는 상자에 다시 테이프를 붙여 밀봉하고 주변에 세정제를 뿌렸다. 나머지 물건을 챙기기 위해 빈 쓰레기봉투를 들고 밖으로 나가려는 찰나 제트가 나를 불러 세웠다.

"잠깐만요."

나는 천천히 뒤를 돌아보았다.

"왜요."

"이브랑 맺은 계약서를 보여주면 그때는 내 말을 믿을 거예요?"

나는 잠시 생각했다.

"기다려요."

제트가 돌아오기를 기다리는 사이 밖으로 나가 지하실 상자에 있던 낡은 옷들을 쓰레기봉투에 담고 차에 실었다. 머리 위 하늘에 성난 멍이 들었고 폭풍이 다가오는 것이 느껴졌다. 비가 시원하게 쏟아졌으면 좋겠다고 생각했다. 처음에는 부드러운 빗방울이 떨어지기 시작하더니 이내 작은 구슬처럼 딱딱한 알갱이가 하늘에서 내려오기 시작했다. 나는 고개를 들어 얼굴과 팔에 닿는 우박의 촉감을 느꼈다. 잠시나마 모든 것을 잊을 수 있는 순간을 즐겼다.

그 시간은 오래가지 못했다. 내 머릿속은 이브에 관한 생각으로 가득 차 있었다. 그녀는 눈이 붉게 충혈된 상어처럼 내 머릿속을 헤엄치고 있었다. 이브는 집에 똑같은 십자가가 두 개 있었다는 사실을 분명 알고 있었을 것이다. 나중에 사용할 수 있도록 하나를 더 상자에 담아 보관해 둔 사람 또한 분명 이브일 것이다. '증오.' 나는 생각했다. 증오야말로 사람을 그토록 교활하고 잔인하게 만들 수 있었다.

빗속에서 빙글빙글 돌자 젖은 머리카락이 목에 감겼다. 눈을 감고, 빨간 집에 관한 생각을 떨쳐냈다. 쏟아지는 빗줄기에 윤곽이, 그 형태가 희미해졌지만 여전히 새빨간 색은 볼 수 있었다. 붉은 하늘, 붉은 해, 가느다란 붉은 선들, 거칠고 까다로운 모습들.

"코니?"

제트의 목소리에 깜짝 놀란 나는 균형을 잃고 말았다.

"뭐 하는 거예요? 안으로 들어와요."

나는 제트를 따라 집 안으로 들어갔다. 그가 나에게 수건을 건네주었다. 욕실로 가서 젖은 옷을 벗고 가운으로 갈아입었다. 아직 이른 시간이었지만 몸이 떨리고 지친 기분이었다. 술 한 잔과 낮잠이 간절했다.

"이리 와요."

제트가 주방 의자를 가리켰다. 의자 앞 탁자 위에는 흰 종이 세 장이 놓여 있었다.

"앉아서 읽어 봐요."

제트는 맞은편 자리에 앉았고 미카는 그 옆에 누웠다. 나는 서류를 손에 들고 의자에 앉았다. 손마디가 하얗게 질리고 머리는 여전히 어지러운 상태에서 이브가 제트에게 맡긴 역할들에 대한 목록을 읽어 내려갔다. 부동산 유지 관리. 현장에 상주. 부동산 보안 유지. 딸 코니 포스터에게 소유권이 이전된 후 최소 3년 동안 부동산에 거주. 그 대가는 돈, 엄청나게 많은 돈이었다. 작업장에 있던 현금 뭉치가 떠올랐다. 제트가 이곳에서 검소한 생활을 했다면 그 돈은 그가 우직하게 모아 온 돈일 가능성이 있었다. 그에게 직접 물어보고 싶었지만 그러면 내가 제트의 집에 몰래 들어가 자물쇠를 열어봤다는 사실이 들통날 것이 뻔해 관두었다. 그 대신 그에게 말했다.

"여기 십자가에 관한 이야기는 없잖아요."

"그건 이브가 따로 요청했던 거예요."

제트가 눈살을 찌푸렸다.

"이브가 사망한 후 그녀의 변호사가 자세한 설명서와 함께 십자가를 보냈어요."

나는 등받이를 향해 몸을 젖히고 머리를 벽에 기댔다. 리드미컬한 미카의 호흡이 내 마음을 달래주었고, 나는 그 소리에 몸을 맡겼다.

"그럼 지하실에 있던 상자에 대해… 정말 아무것도 모르는 거예요?"

"지하실을 직접 봤잖아요. 먼지가 잔뜩 쌓여 있는 거 하며, 낡은 가구들도 눈으로 봤고요. 내가 그랬다면 몇 년 전에 그 모든 걸 전부 계획해 놨어야 해요."

제트는 내 손에 들려있던 계약서를 챙겨 자리에서 일어섰다.

"이브가 무덤 속에서 무슨 게임을 하고 있는지 나는 몰라요. 나는 이브가 시키는 대로 움직이는 말일 뿐이니까."

"내가 추적할 수 있는 단서는 당신 말뿐인 거 알잖아요. 무슨 뜻인지 이해하죠? 이브가 이 서류에 적히지 않은 다른 일들을 해 달라고 부탁했을 수도 있잖아요."

제트의 눈빛이 누그러졌다. 그의 눈빛에서 나는 동정심을 읽을 수 있었다. 그가 고개를 저었다.

"이브가 이미 게임에서 이긴 것 같네요."

제 29 장

코니 포스터
뉴멕시코주 닐라 — 현재

소리가 먼저 들린 후 '그것'이 시야에 들어왔다. 보드카로 인해 시야가 안개처럼 흐릿했는데 꼬리에서 나는 쉭쉭 거리는 소리에 화들짝 놀랐다. 낡은 냉장고 옆에서 밧줄처럼 몸을 둥글게 말아 고개를 치켜든 채 꼬리를 흔들고 있었다.

"세상에."

누워 있던 자리에서 천천히, 조심스럽게 일어나 침실로 간 다음 무기가 될 만한 것을 찾아보았다. 빗자루가 벽에 세워져 있었고, 그 옆에 커다란 양동이가 놓여 있었다. 양동이를 집어 들고 다시 주방으로 갔다. 뱀은 크기는 작아도 잔뜩 흥분한 상태였다. 빗자루를 이용해 뒷문으로 날려버릴까도 생각했지만 나를 공격할까 봐 두려움이 앞섰다. 최대한 가까이 다가가서 빗자루를 손잡이 삼아 뱀 위로 양동이를 떨어뜨렸다. 쾅.

조용히, 그리고 차분하게 숨을 내쉬었다. '좋아, 이제 어떡하지?'

나는 혼자였다. 밖은 어두웠고 아침이 될 때까지 이곳에 올 사람은 아무도 없었다. 방울뱀을 집에 두고 잠을 잘 수는 없었다. 차에서 잠을 잘 수도 있었지만 뱀이 양동이에서 나와 도망친다면? 뱀을 집어서 집 밖에 재빨리 내놓는데 사용할 수 있는 무언가가 필요했다. 갈고리 같은 거.

운동화를 신고 현관문으로 나갔다. 제트가 사는 헛간에 불이 켜져 있었다. 문을 노크하자 그가 거친 목소리로 대답했다.

"올리버? 뭐 때문에 그래? 아… 올리버가 아니군요."

"그렇게 신난 표정으로 쳐다보지 마세요."

"뭔데요, 그럼?"

그의 차가운 말투를 무시하고 방울뱀에 대해 얘기했다.

"주방에요?"

"네, 그 낡은 냉장고 바로 옆이요. 바닥에 갈라진 틈으로 들어온 게 분명해요."

제트는 내 말을 믿지 못하는 눈치였다. 다만 나는 그가 주방에 뱀이 있다는 것을 의심하는 것인지, 아니면 바닥을 통해 들어왔다는 것을 의심하는 것인지 확신할 수 없었다. 그가 집으로 다시 들어가더니 검은색 작업실 열쇠를 들고 다시 밖으로 나왔다.

"잠깐만요. 나한테 좋은 생각이 있어요."

마당을 가로질러 그의 작업실로 향하면서 내가 말했다.

"직접 해줄 필요는 없고—"

그는 내 귀에도 들릴 만큼 숨을 크게 들이마시고 돌아섰다.

"왜요? 내가 나쁜 짓을 할 것 같아서요? 뱀을 당신 침대에 풀기라도 할까 봐? 나는 당신보다 이 동네에 훨씬 오래 살았고 방울뱀을 다루는 데도 더 익숙해요. 어쨌든 이건 내가 할 일이에요."

제트는 내가 대답할 때까지 기다리지 않고 창고 문을 열었다. 몇 초 후, 그는 손잡이가 긴 갈고리를 들고 마당으로 돌아왔다.

"뱀이 어디 있는지 알려 줘요."

나는 현관문을 열고 제트를 집 안으로 데리고 들어갔다. 뱀은 내가 나갔을 때 상태 그대로 아직 양동이 밑에 있었다. 제트가 양동이 옆으로 가더니 뒷문을 열고 양동이를 들어 올린 다음 재빠르고 능숙한 동작으로 뱀을 갈고리에 걸었다. 밖으로 사라진 그는 몇 분 후에 빈 갈고리를 들고 돌아왔다.

"고마워요."

내가 말했다. 제트는 고개를 끄덕였다. 머리가 흐트러진 그는 체크 무늬 잠옷 바지 차림이었다. 뱀에 정신이 팔린 나머지 조금 전에는 그런 그의 모습을 제대로 보지 못했다. 나는 찬장을 열고 보드카를 꺼냈다.

"마실래요?"

"아뇨."

그는 주방을 서성거리며 벽 주변을 살피고 있었다. 나는 내가 마실 요량으로 잔에 술을 따랐다.

"뒷문이 잠겨 있지 않았네요. 그리고 뱀은 바닥을 뚫고 침입할 수 없어요. 이 집에 구멍 같은 건 없어요. 적어도 여기 위쪽에는 틈이 없네요. 당신이 지하실에서 가져온 상자 중 하나에 들어있었을 수도 있지 않을까요?"

그 말은 가슴만 더 답답하게 만들었다.

"제트, 상자를 밖에서 열었잖아요. 게다가 테이프로 밀봉되어 있었고요. 심지어 크기도 너무 작았어요. 상자에 있었다면 뱀을 못 봤을 리가 없어요."

"그래서 당신 생각에 뱀이 어떻게 들어온 거 같은데요?"

내가 떠올릴 수 있는 유일한 범인은 당신뿐이라는 말이 목 끝까지 차올랐다. 지푸라기라도 잡는 심정으로 그를 원망하고 싶었다. 나는 그가 무슨 말을 하려는지 정확히 알고 있었다. 인정하고 싶지 않았을 뿐.

"모르겠어요."

제트의 입가가 찡그려졌다.

"집 나머지 부분도 확인해야 해요. 다른 곳에 아직 뱀이 있을지 모르니까요."

나는 제트를 따라 작은 집 안을 돌아다니며 내가 가진 얼마 안 되는 가구 밑을 샅샅이 살펴보았다. 하지만 죽은 바퀴벌레와 말라비틀어진 나방을 제외하고는 아무것도 발견하지 못했다. 주방으로 돌아온 제트가 말했다.

"아직 침대도 없네요."

"준비 중이에요.

"당신 말대로 누군가 뒷문을 열고 뱀을 들여놓은 것 같아요. 그거 말고는 가능성이 없어요."

"오늘 종일 집에 있었어요. 그랬다면 내가 알아챘을 거예요."

둘 사이의 거리가 고작 몇 인치밖에 되지 않을 만큼 제트가 내게 가까이 다가왔다. 수염 아래 가려진 그의 얼굴은 내 얼굴 못지않게 갸름한 각이 져 있었고, 눈은 빠져들 만큼 매혹적이었다. 제트가 상체를 구부리자 그의 입술이 내 이마에 닿을 듯 말 듯 했고,

나는 피부로 그의 숨결을 느낄 수 있었다. 내 호흡이 가빠졌다.

"제트—"

제트가 내 손에서 잔을 빼앗아 싱크대에 내려놓았다.

"종일 집에 있었지만 주의를 기울이지 않았잖아요. 정신이 맑은 상태도 아니었을 거고."

"당신도 집에 있었지 않아요? 자동차 소리같은 건 들렸을 텐데요."

"일하고 있었어요. 기계 소리 때문에 자동차 소리가 묻혔을 거예요. 게다가 차를 멀리 세우고 걸어왔을 수도 있고요."

"뱀을 가지고요?"

제트가 어깨를 으쓱했다.

"베갯잇 속에 뱀을 넣어왔다면 별문제 없이 가지고 올 수 있었을 거예요."

"올리버가 아닐까요?"

"그는 이런 짓을 하지 않아요."

"확신하시네요."

"올리버가 할 만한 일이 아니에요. 그는 혼자 틀어박혀서 종일 드라마를 보면 모를까, 드라마를 만드는 타입은 아니에요."

정적이 흘렀고 제트는 뒷문을 잠근 후 보드카를 다시 찬장에 넣었다.

"그만 가야겠어요. 미카가 혼자 있는 걸 좋아하지 않아서요."

내가 대답하지 않자 그가 물었다.

"괜찮겠어요?"

나는 고개를 끄덕였다. 내 머릿속에는 제트가 싱크대에 부어버린 아까운 보드카와 임시 침대가 바닥에 있다는 생각뿐이었다. 누군가 일부러 이런 짓을 했을 수도 있다는 걸 알면서 어떻게 잠을 잘 수 있을까. 제트는 한 손으로 문을 잡고 있었다. 그리고 걱정 반 호기심 반으로 나를 지켜보고 있었다.

"정말 괜찮겠어요?"

"가세요. 난 괜찮아요."

"미카가 혼자 있으면 말썽을 부려서요."

"그 얘긴 벌써 했잖아요. 이해한다고요. 난 괜찮을 거예요."

제트는 그 자리에 그대로 조금 더 서 있다가 뒷문으로 나갔다. 그가 나간 후 나는 문을 잠그고 나무에 등을 바짝 기대고 섰다. 십 자가, 뱀, 나를 싫어하는 이웃. 이곳은 결코 집처럼 느껴지지 않았 다. 두 팔로 상체를 감싸고 바닥에 주저앉았다. 울지 않을 거야. 스 스로를 다독였다. 나는 절대 안 울어.

* * *

이번에는 날카로운 노크 소리가 나를 깨웠다. 뒷문에 기댄 채로 잠이 들었는데 덕분에 목이 뻣뻣하게 굳어 욱신거렸다. 시계는 11 시 14분을 가리키고 있었다. 깜박 잠이 든 20분이 영원처럼 느껴 졌다. 나는 긴장한 근육을 풀어주려고 고개를 돌리다 자리에서 벌 떡 일어났다. 아까보다는 머리가 개운했다. 그것만으로도 좋은 일 이었다.

"누구세요?"

"제트예요. 문 좀 열어줘요."

"무슨 일이에요?"

"불이 켜져 있는 걸 봤어요."

"불 켜진 게 왜요?"

"잔말 말고 문이나 빨리 열어요, 코니."

잠금장치를 열고 문을 여니 문 앞에 제트와 미카가 서 있었다. 조금 전과 같은 잠옷을 입은 제트는 커다란 상자를 들고 있었다. 비는 그쳤고, 밤공기는 맑고 시원했으며, 머리 위에는 지붕처럼 별이 가득했다. 나는 남자와 개를 차례로 쳐다보고는 그들을 집 안으로 안내했다. 상자를 보며 얘기했다.

"나를 처치하고 난 다음에 그 상자에 넣어서 묻으려고요?"

"엉뚱하기로는 정말 상상 초월이네요. 에어 매트리스예요. 진짜 침대를 사기 전까지 적어도 바닥에서 자는 건 피할 수 있을 것 같아서요."

제트가 내 옆을 지나 침실로 들어갔다. 미카는 뒤에서 슬금슬금 그를 따라갔다.

"내가 그 뱀을 발견했다면 바닥에서 자고 싶지는 않을 것 같아서."

그 말이 진짜일지 의심이 들었다. 어떤 일에도 동요하지 않을 것 같은 인상이었는데. 그럼에도 고마웠다. 그에게 감사 인사를 했다. 에어 매트리스는 설치까지 몇 분밖에 걸리지 않았다. 나는 주방에 앉아 제트를 지켜보면서 누가 우리 집에 뱀을 풀어놓았을지를 생각했다. 그는 커다란 매트리스의 포장을 재빨리 풀고 능숙하게 공기를 채워 넣었다. 펌프에서 나는 소음에 겁먹은 미카는 주방으로 황급히 도망쳐 왔다. 내 다리에 몸을 바짝 붙이는 친근함으로 나를 놀라게 했다. 나는 손을 뻗어 미카의 머리를 쓰다듬었다. 제트가 고개를 들었다.

"배신자."

그가 개를 향해 말했다.

"미카는 어디서 만났어요?"

검은 개 미카는 따뜻하고 진실된 존재였다.

"트럭 정류장 근처를 배회하고 있었는데, 그때는 강아지였어요. 쓰레기통에서 나온 음식 찌꺼기를 먹고 있었고, 다른 강아지들과 같이 떠돌이 생활을 하면서 살고 있었죠."

매트리스 조립을 마친 그가 일어섰다.

"다른 강아지들은 살아남지 못했고요."

"저런, 가여워라."

나는 미카의 귀를 문질렀다. 고개를 들어 나를 바라보는 미카의 촉촉한 검은 눈동자가 슬퍼 보였다.

"태어난 지 얼마 안 된 새끼들이었나요?"

"기생충이 너무 많았어요. 살리려고 했는데… 아무튼. 미카도 거의 죽을 뻔했어요. 생각하면 마음 아픈 일이죠."

미카는 내 곁을 떠나 다시 제트에게로 돌아갔다. 자신의 존재에 사과라도 하듯 고개를 푹 숙이고 걸어갔다. 제트가 등을 긁어주었다. 미카의 몸은 물결처럼 일렁였고, 갑자기 꼬리를 격렬하게 흔들었다.

"미카가 당신을 많이 좋아하네요, 제트."

제트가 미카의 귀 뒤를 쓰다듬었다.

"나는 미카 집사일 뿐이에요."

제트가 미카를 바라보는 눈빛을 보면서 둘 사이의 관계가 단순히 필요로 이루어진 파트너십 이상이라는 것을 알았다.

"뭐 좀 드릴까요?"

그렇게 물으면서 제트와 미카가 계속 여기에 있기를 바라는 생각을 하는 나 자신에 깜짝 놀랐다.

"아뇨, 됐어요. …원한다면 조금 더 있을게요. 누군가와 같이 있고 싶은 게 잘못된 건 아니니까요."

제트는 상자를 들고 내 옆을 지나 문 쪽으로 걸어갔다. 잠시 머뭇거리더니 다시 내 쪽으로 돌아섰다. 나는 손을 뻗어 그의 뺨을 쓰다듬었다. 그가 나를 향해 바짝 다가섰고, 나는 그의 입술에 내 입술을 갖다 댔다. 키스는 길고 강렬했으며 욕망으로 가득 차 있었다. 제트가 먼저 뒤로 물러났다.

"그것 때문에 여기 온 게 아니에요."

그가 속삭였다.

"알아요."

나는 그의 손을 잡고 내 허리의 곡선을 따라 움직였다. 제트를 임시 침대로 이끌고는 바닥에 가운을 벗어 던졌다. 섹스는 거칠고 부드러웠으며 급하면서도 나른했다. 섹스가 끝난 후, 우리는 서로의 팔을 베고 잠이 들었고 미카는 우리 옆 바닥에 누워있었다. 제트 옆에서 몸을 웅크리고 잠이 들었을 때 나는 처음으로 소속감을 느꼈다. 잠에서 깼을 때 제트와 미카는 이미 사라진 후였다.

제 30 장

이브 포스터
뉴멕시코주 닐라 — 1997년

이브는 다음 날 아침 10시 '벨라스 베스트'에 예약을 했
다. 짧은 여행을 하는 데 도움을 줄 특색 없는 밋밋한 자동차를 찾
는 데 한 시간이나 걸렸지만 돈으로 하지 못할 일은 없었고 이브는
결국 원하는 것을 얻는 데 성공했다. 그날 저녁 이브는 쇼핑몰을
가장한 동네 가게에 가서 청바지와 스팽글 버튼다운 셔츠, 싸구려
카우보이 부츠를 샀다. 경찰은 쇼핑몰까지 그녀를 따라갔지만 차
에서 내리지는 않았다. 이브는 안심하고 쇼핑을 즐겼다. 모텔로 돌
아온 그녀는 프런트 데스크에 가서 다음 날 오후 2시 모닝콜을 요
청했다.

"몸이 좋지 않네요. 늦잠을 좀 자려고요."

다음 날 아침 7시 15분, 청바지와 스팽글 셔츠를 입은 이브는 모
텔 뒤쪽의 초라한 수영장 근처에서 택시가 그녀를 태우러 올 때까
지 기다렸다. 그녀를 태운 차는 이브를 근처 렌터카 사무실로 데려

다주었고, 이브는 평범한 회색 세단을 골랐다. 세단을 몰고 닐라에서 35킬로미터가량 떨어진 에반스빌로 가서 '벨라스 베스트' 뒤에 차를 세웠다.

'벨라스 베스트'의 모습은 실망 그 자체였다. 11평 크기에 특별함이라고는 찾아볼 수 없는 장식과 너무도 지루한 컨트리 음악이 흐르는 미용실이었는데, 세면대, 푹신한 접이식 금속 의자 두 개, 작은 매니큐어 테이블, 스타일리스트 의자 한 개, 계산대가 전부였다. 투명한 플라스틱 선반에는 촌스러운 보석들이 폴리에스터 스카프와 모조 다이아몬드 선글라스와 함께 진열되어 있었다. 이브는 접이식 의자 중 하나에 앉아서 벨라가 구식 부팡을 쓴 파란 머리 노인의 손질을 끝낼 때까지 기다렸다.

"보자, 예약자 이름이… 에드위나 마르티넬리 맞죠?"

벨라가 웃으며 말했다.

"커트하고 염색을 하러 오신 건가요?"

'그럴 리가.' 이브는 벨라와 단둘이 보낼 시간을 만들기 위해 그만큼의 서비스를 원하는 척했을 뿐이었다.

"그냥 매니큐어만요."

"아."

벨라는 실망하는 눈치였다. 그녀는 다시 예약 캘린더를 흘끗 쳐다보았다.

"제가 왜 한 시간이나 예약을 통으로 비워 놨는지 모르겠네요. 아무튼, 이리로 오세요. 먼저 손을 좀 볼게요."

벨라는 테이블보와 네일 도구가 가득한 접이식 임시 탁자로 이브를 안내했다. 그녀의 엉덩이는 좁은 어깨보다 너비가 두 배쯤 넓었고, 걸을 때마다 격렬하게 흔들렸다. 촌스럽긴 해도 이브는 벨라가 제법 매력적인 여성이라고 생각했다. 호감형의 얼굴은 캐러멜색 앞머리와 긴 생머리로 강조되었다. 그녀는 이브의 맞은편에 앉아 긴 머리카락을 뒤로 넘겼다. 이브의 손가락을 잡고는 손톱을 관찰하면서 수다를 떨기 시작했다.

"왜 매니큐어를 하시는 거예요? 손톱이 아주 예쁜데요. 뭐가 필요하신지 모르겠어요. 지금도 완벽해요."

벨라가 가까이 몸을 숙였다.

"와, 돈을 제법 많이 줬겠어요. 누가 했는지는 모르지만 손재주가 좋은 사람이네요. 솔직히 말하면 매니큐어를 새로 바르거나 큐티클을 제거할 필요도 없겠는데요. 까진 곳도 없네."

"색이 싫증 나서요."

"흠, 그러면 여기에서 골라보세요."

벨라는 색색의 매니큐어가 놓여 있는 벽 선반을 가리켰다.

"저 빨간색이요."

이브는 그중 가장 붉은색을 가리켰다.

"끝나면 저 매니큐어를 제가 살게요. 발톱에도 칠하려고요."

벨라가 웃었다.

"이제 시작할게요."

벨라는 오래된 매니큐어를 지우고 주방 세제처럼 생긴 액체에 이브의 손을 담갔다.

"여긴 무슨 일로 오셨어요? 이 동네는 뉴멕시코의 관광 중심지도 아닌데."

"이혼이요."

거짓말이었다.

"유감이네요."

"네, 뭐. 새 출발을 할 수 있어서 운이 좋은 거죠."

"에빈스빌로 이사 오신 거예요?"

"타오스에 있는 친구를 만나러 왔어요. 여기 있는 동안 주를 한 바퀴 둘러볼 생각이에요."

벨라의 얼굴이 환해졌다.

"저도 타오스를 정말 좋아해요. 결혼 생활이 끝나고 그곳으로 이사할까 생각했었죠."

그녀는 미간을 찌푸렸다.

"인간은 계획하고 신은 웃는다는 말이 있잖아요."

"나도 그 말 알아요."

이브가 얼굴을 찡그렸다.

"당신도 이혼했어요?"

"네, 하지만 지금은 새 남편이 있어요. 그는 절 많이 사랑해 줘요."

벨라는 이브의 손을 마사지하다가 고개를 들었다.

"이번 남편을 만난 건 운이 좋았어요."

"결혼한 지 얼마나 됐어요?"

"지금 남편이요? 4년 조금 넘었어요."

"전남편은 어때요? 결혼 생활이 길었나요?"

벨라의 손톱이 이브의 손바닥을 세게 파고들었고 이브는 움찔했다.

"2년이었는데, 그것도 너무 길었어요."

"안 됐네요."

벨라가 고개를 끄덕였다. 그녀는 반대편 손을 잡고 마사지를 시작하면서 필요 이상으로 힘을 세게 주어 아래쪽으로 손을 쓸어내렸다.

"좀 아프네요."

이브가 말했다.

"미안해요! 네일을 할 때 전 남편을 생각하는 건 아무래도 좋지 않은 것 같아요."

벨라가 쓸쓸한 미소를 지었다.

"언제든 별로 좋은 일은 아니죠."

그녀는 이브의 손을 내려놓고 따뜻한 수건으로 두드렸다.

"미안해요, 정말. 5년이 넘었는데도 여전히 그 남자가 싫어요."

"결혼 생활이 힘들었나 보죠?"

벨라가 매니큐어를 가지러 일어났다.

"그런 셈이죠. 그와 전 서로 맞지 않는 사람들이었어요. 전 테킬라를 좋아하지만 그는 술을 마시지 않고, 전 선상에서 파티를 즐기는 크루즈를 좋아하는데 그는 호수 낚시를 좋아했어요. 전 춤 추는 걸 좋아하고 그는 저에게 혼자 추라고 했죠. 이상하지 않아요? 모든 걸 혼자 할 생각이라면 결혼을 왜 하죠?"

벨라는 어깨를 으쓱하고 다시 앉았다.

"얼마 후 지겨워졌어요."

"제 전남편도 나랑 아주 달랐어요."

이브가 말했다.

"그래요? 이해해요. 그건 진짜 결혼 생활이 아니에요."

"그래도 당신은 원만하게 이혼했잖아요."

벨라가 코웃음을 쳤다.

"글쎄요. 그렇게 원만한 이혼도 아니었어요."

그녀는 매니큐어를 세게 흔들다가 잠시 멈췄다. 벨라는 접이식 의자와 하나뿐인 미용사 의자를 향해 손짓했다.

"보셔서 아시겠지만요."

"유감이네요."

벨라가 어깨를 으쓱했다.

"그 자식은 항상 나를 통제하려고 했어요. 우리가 결혼할 때 그가 사소한 거 하나까지도 다 간섭하려고 할 때 진즉 알아봤어야 했는데. 시키는 대로 하거나 아님 떠나거나, 뭐 그런 말도 있잖아요."

이브는 자세를 고쳐 앉았다.

"통제가 심했다고요?"

"그랬었죠."

벨라는 매니큐어를 흔들던 손을 멈추고 뚜껑을 열었다. 탁자 위에 매니큐어 병을 올려놓고는 라벤더색으로 반짝이는 긴 손톱으로 옆면을 두드렸다.

"누구를 만나고, 어디를 가고를 통제하는 남편은 아니었어요. 그런 것과는 완전히 달랐어요. 그보다는 뭐라고 할까, 다른 방식으로 절 통제하려고 했죠. 사소한 것도 자기 방식대로 해야만 했어요. 욕실 수건 색깔이라든가 내가 운전할 자동차 제조사, 침대를 정리하는 방법 같은 거요."

벨라가 이브의 손가락을 가져갔다.

"정말로 그런 것들을 신경쓰기는 했는지 모르겠지만 자기 말대로 하지 않으면 화를 냈어요. 조용하지만 무서운 분노였죠. 내가 하는 말이 무슨 뜻인지 아시죠?"

벨라는 고개를 절레절레 흔들었다.

"소리를 지르는 사람은 참을 수 있는데 며칠 동안 입을 꾹 닫고 말을 안 하는 사람은 정말 딱 질색이에요. 정말 빨리 지겨워졌어요."

"이혼 조건도 그가 정했나요?"

태연한 척하려 했지만 이브의 심장은 요동치고 있었다. 그녀는 벨라가 자신의 손목에서 쿵쾅거리는 맥박을 느끼지 않기를 바랐다.

"이혼 조건이요? 음, 전남편은 인맥이 좋았거든요. 난 그렇지 못했지만."

"인맥이요?"

"가까운 지인 중에 판사가 있었어요. 그러면 이럴 때 도움이 되잖아요."

"와우."

"내 말이 그 말이에요. 전 닐라에서 그럭저럭 미용실을 잘 운영하고 있었거든요. 손님도 많고 장사도 잘됐죠. 물론 건물을 소유한 건 제 전남편이었지만. 사실 처음 그렇게 그를 만났던 거예요. 그가 제 집주인이었거든요. 지금은 빨래방이 됐다나 뭐라나."

벨라가 코웃음을 쳤다.

"그가 우리 집에서 멕시코 여자와 잤다고 들었어요. 아마 내 침대에서 '그 짓'을 했겠죠. 보나마나 이혼하기 전부터 그러고 다녔을 거예요."

벨라는 탁자에 한 손을 고정하고 다른 손으로 이브의 손가락을 자신 쪽으로 끌어당겼다. 그녀의 체온은 따뜻했고, 손길은 단호했다.

"개자식. 그래서 나한테 그렇게 빨리 이혼하자고 한 것일지도 모르겠네요."

"다른 여자랑 자려고요?"

벨라가 붓으로 이브의 손톱에 선을 긋자 창백한 복숭아색 피부 옆에 피처럼 붉은 선이 길게 자국을 남겼다.

"아마도요. 그럴 수도 있죠. 누가 알겠어요?"

벨라가 다시 코웃음을 쳤다.

"속이 시원해요. 다른 여자 만나라고 하죠, 뭐. 끼리끼리 만나니 서로 잘 어울리겠네."

* * *

이브는 정오가 조금 지난 후 모텔로 돌아왔다. 그녀는 뒤편 주차 장에 차를 세우고 챙이 넓은 카우보이모자를 내려 얼굴을 가린 다 음 건물 뒷문을 이용해 안으로 들어왔다. 방으로 돌아온 그녀는 청 바지와 스팽글 셔츠를 벗고 린넨 바지 잠옷으로 갈아입었다. 그리 고 외지에서 구입한 야간용 고글과 가발을 장식장 서랍에 넣었다. 두 시에 그녀를 깨우는 전화가 걸려왔을 때 이브는 자신을 찾은 사 람이 있었는지 물었다.

"어떤 신사분께서 손님에 관해 물어보셨습니다."

모텔 관리자가 그렇게 말했다.

"그분께는 주무시고 계시다고 전해드렸습니다."

2시 30분, 이브는 숙소를 나섰다. 주차장 건너편에서 내내 자신 을 지켜보고 있는 남자를 의식하면서 과시하듯 차에 올랐다. 이브 는 경찰이 자신을 뒤쫓도록 내버려 두고 구식 추격전 게임을 하듯 그를 유도했다. 물론 그녀의 그런 행동에는 예상 밖의 전개가 숨어 있었다.

제 31 장

코니 포스터
뉴멕시코주 닐라 — 현재

십자가와 뱀은 나를 계속 괴롭혔다. 이 게임을 하는 게 제트가 아니라면 대체 누구란 말이지? 출근 전 나는 다시 도서관으로 향했다. 노트북을 켜고 무료 와이파이에 연결한 후 검색을 시작했다. 닐라와 그 근처에서 일어난 오래된 사건들을 검색하면서 매드독 도로에 있는 집과의 연관성을 찾기 위해 노력했다. 에스메렐다의 시신이 발견된 곳 근처라는 점을 제외하고는 실질적인 연결 고리는 없어 보였다. 방향을 틀어 이번에는 과거 살인을 저지른 혐의로 수감된 두 명의 트럭 운전사에 대한 언급이 있는지 찾아보았다.

한 시간 동안의 검색과 두 번의 전화 끝에 마크 르브론과 노튼 스몰우드가 모두 사망했다는 사실을 알게 되었다. 르브론의 사인은 자상이었다. 스몰우드는 61세의 나이에 뇌졸중으로 쓰러졌고 얼마 지나지 않아 사망했다. 두 사람 모두 감옥에서 세상을 떠났기 때문에 그들이 과거에 일어났던 살인 사건의 실제 범인일지언정

이번 사건의 범인은 아니었다.

스몰우드와 르브론에 관한 내용 중 내 눈길을 끄는 것이 두 가지가 있었다. 첫 번째는 스몰우드의 장례식에 대한 언급이었다. 스몰우드의 배우자였던 아니타 린 스몰우드는 고속도로에서 불과 몇 정거장 떨어진 웰스에 살고 있었다. 아니타의 부고 기사를 찾을 수 없어서 그녀가 아직 살아 있을지도 모른다는 생각이 들었지만 주소를 찾을 수 없었다. 그러던 중 산타페에 있는 한 가게의 매니저로 그녀의 이름이 적혀있는 것을 발견했다. 다음날 가게를 찾아가보기로 했다. 시도해 볼 만한 가치가 있었다.

두 번째로 내 관심을 끌었던 것은 1997년 살인 사건에 관한 기사에 묻혀 있던 모호한 정보였다. 기자는 필라델피아에서 실종된 소녀에 대해 언급했는데 소녀의 시신은 발견되지 않았다. '필라델피아.' 이브도 필라델피아 출신이었다. 도서관 밖에서 알베르토 로드리게즈에게 전화를 걸었다. 하지만 그가 전화를 받지 않아 메시지를 남겼다.

필라델피아를 생각하니 자연스레 이브의 가족에 대해서도 생각하게 되었다. 적어도 내가 아는 한 이브는 자기 부모님과 친한 사이는 아니었고, 가족에 관해 물어볼 때마다 가끔 언급하던 사촌이 있었다. 샌디 젠킨스. 이브 아버지의 조카였다. 20분 정도 시간을 더 보낸 끝에 마침내 샌디의 전화번호를 찾아냈다. 그녀라면 날 입양한 엄마에 대해 알려 줄 수 있을지도 몰랐다. 그녀가 어떤 사람이었는지, 왜 리암 포스터와 결혼한 건지, 그녀의 딸 켈시에게 무슨 일이 있었는지, 그리고 뉴멕시코에 살던 가족이 있었는지. 하지만 그녀 역시 전화를 받지 않아 이번에도 메시지를 남겨야 했다.

두 가지 단서가 모두 만족할 만한 결과를 가져다줄 거라고 기대하지는 않았지만 진실을 찾고 싶은 마음이 간절했고, 마냥 기다리는 것보다는 무엇이라도 하는 편이 나았다. 비록 내가 기다리는 게 무엇인지는 알 수 없었지만 말이다.

* * *

마누엘라가 주방을 맡고 나는 홀을 맡고 있었다.

"애플파이 한 조각하고 커피 한 잔 주세요."

잠시 후 나는 카운터 끝에 앉아 있는 트럭 운전사 앞에 컵과 접시를 내려놓았다. 그는 내게 10달러 지폐를 건네주었다.

"잔돈은 됐어요."

오후 시간에는 손님이 없었는데 나에게는 다행스러운 일이었다. 밀려드는 손님을 감당할 만한 에너지가 없었기 때문이다. 그럼에도 저녁 식사 시간이 가까워지면서 식당에 활기가 돌기 시작했다. 홀로 식당을 찾은 손님 두 명이 카운터에 앉아 있었고, 뒤쪽 부스에는 나이 지긋한 비즈니스맨 한 명이 무가당 아이스티와 스페셜 메뉴를 먹으며 십자말풀이와 월스트리트 저널을 번갈아 보고 있었다. 전에도 식당을 찾은 적이 있는 손님이었지만 늘 십자말풀이를 푸는 데 너무 몰두하는 나머지 잡담을 나눌 짬이 없었다. 나로서는 그것도 상관없었다.

4시 30분에 철물점의 스텔라가 들어와 부스 한쪽에 자리를 잡았다. 스텔라는 내 모습을 보고 미소 지었다.

"어떻게 지내는지 보러 왔어요. 마누엘라랑 잘 맞는 것 같네요."

나는 친근하고 익숙한 얼굴에 반가워 미소를 지으며 그녀에게 답했다.

"정보 고마워요. 마누엘라는 좋은 사람이에요."

그녀는 오늘따라 거칠고 자유분방한 흰 머리를 거친 손으로 성글게 뒤로 쓸어 넘겼다. 스텔라 앞에 메뉴판을 올려놓았지만 그녀는 고개를 저었다.

"녹차 한 잔, 쿠키만 조금 주세요. 쿠키가 있다면요. 마누엘라가 설탕 쿠키를 잘 만들거든요. 없으면 아무거나 주세요."

두 트럭 운전사에게 현금을 받아 계산을 마치고 스텔라에게 설탕 쿠키와 차를 가져다주었다. 스텔라가 말했다.

"같이 먹어요."

"일하는 사람이 저밖에 없어서요."

"5분 정도는 쉴 수 있잖아요, 안 그래요? 성미가 고약한 손님 때문이라고 해요."

스텔라는 접시를 내 쪽으로 밀었다.

"쿠키 좀 먹어요."

"괜찮아요."

나는 스텔라 맞은편에 앉아 그녀가 조심스럽게, 천천히 쿠키를 먹는 모습을 지켜보았다. 식당에 남아 있는 다른 유일한 손님인 뒤쪽의 사업가는 아직도 십자말풀이에 정신이 팔려서 서두를 필요가 없었다. 몇 분 후 스텔라가 조용히 말했다.

"내가 알려준 이름 있잖아요, 연락해 봤어요?"

"조시아 스미스요? 시도는 해 봤죠."

나는 그녀에게 조시아의 집을 찾아간 일과 그의 조카, 그리고 그의 병에 대해 이야기해 주었다.

"그 사람 이름을 왜 알려준 거예요?"

스텔라는 쿠키 끝을 조심스럽게 갉아먹고 있었다. 그녀의 갈색 눈은 테이블에 고정된 상태였다. 피곤하고 지친 듯 보이는 그녀의 친절한 에너지가 갑자기 사라졌다. 그녀는 힘겹게 침을 삼켰다.

"코니, 닐라를 떠나요."

그녀가 말했다. 아주 작은 목소리로 말한 탓에 거의 들리지 않았다.

"왜요? 이유도 말하지 않고 그런 이야기를 들을 수는 없어요."

스텔라는 차에 설탕을 넣고 저었다. 그녀의 눈은 애원하고 있었지만 아무런 말도 하지 않았다. 비즈니스맨이 기침하는 소리를 듣고 자리에서 일어나 그의 접시를 치우고 계산을 했다. 거스름돈을 받고 있는데 주유소 직원인 단골손님과 낯선 사람 두 명을 포함해 세 명의 남자가 차례로 식당으로 들어왔다. 이들은 각자 카운터에 나란히 자리를 잡았다. 내가 이들의 주문을 받고 음식을 내오는 사이 스텔라는 식당을 빠져나갔다. 그녀가 떠난 자리에는 먹지 않고 남긴 쿠키 옆에 충분한 음식값과 작은 팁이 놓여 있었다. 그때 마누엘라가 식당 홀로 나왔다.

"점점 바빠지네."

"그런 것 같아요."

비즈니스맨은 인사도 하지 않고 재킷을 챙겨 건물 밖으로 나갔다. 새로 온 손님이 십자말풀이를 펴고 셔츠 주머니에서 연필을 꺼냈다. 50대로 보이는 그 남성은 건장한 체격에 얼굴은 창백했고, 대머리를 감추기 위해 몇 가닥 남지 않은 금발의 머리를 옆으로 빗어 넘겼다. 목에는 줄이 달린 선글라스를 걸고 있었다. 그는 홀 저편에서 큰 소리로 엔칠라다를 주문했다. 마누엘라가 한숨을 쉬었다.

"남자들이란."

그녀가 말했다.

"남자들이란."

나 역시 그녀의 말에 동의했다.

* * *

필라델피아에 사는 샌디가 부재중 통화 내역을 보고 그날 늦게 다시 전화를 걸어왔다. 그녀의 목소리는 높고 유쾌했지만 내가 질문을 하자 혼란스러워했다. 나는 몰래 밖으로 나가 주차장에서 전화를 받았다.

"이브와 대화를 한 지는 오래됐어."

그녀가 말했다.

"그러니까 아주 오래전이었어."

"어릴 때는 친했나요?"

샌디가 잠시 생각에 잠겼다.

"별로. 이브는… 그냥 동성 친구가 없는 아이였다고 해두자, 무슨 말인지 알지?"

"죄송하지만 모르겠어요."

"이브는 남자, 옷, 돈에 있어서 경쟁심이 강했어. 이브가 결국 돈 많은 남자와 결혼한다고 했을 때도 별로 놀라지 않았던 것 같아. 가족 중 누구도 그 남자와 억지로 결혼할 필요는 없다고 했는데, 그 남자 이름이 '리암'이던가… 어쨌든 그건 실수였어. 나중에는 가족들 모두가 이브의 아빠인 리차드와 대화를 하지 않게 됐지. 그게 문제의 발단이 되었던 거야."

나는 리암에 대해, 그의 사고에 대해, 이브가 물려받은 돈에 대해 이미 알고 있었다. 이브의 아버지가 지옥 불을 연상케 하는 설교가라는 것도 알고 있었다. 내가 알고 싶은 건 뉴멕시코에 관한 이야기였다.

"이브가 딸을 잃었잖아요."

내가 말했다.

"사라진 건가요?"

샌디는 한숨을 쉬었다.

"응, 그것 때문에 이브가 변했을 거야. 켈시가 사라진 후 이브도 한동안 자취를 감췄거든. 그러다가 그리스로 떠났고 가족 중 누구도 몇 년 동안 이브의 소식을 듣지 못했어. 이브가 돌아왔을 때는… 알다시피 너희 쌍둥이 자매를 입양했고."

창문 너머로 BMW 렌트카를 탄 한 남자가 차를 주차한 다음 서류 가방과 신문을 들고 식당에 들어오는 모습이 보였다. 그를 응대해야 했지만 이브의 사촌과 조금만 더 얘기하고 싶었다.

"그 후에 이브와 이야기한 적 있나요?"

"아니, 없어."

그녀는 잠시 멈칫했다.

"생각해 보니 우린 다시는 연락을 하지 않았네. 이브의 엄마는 그녀가 미국으로 돌아오기 3년 전에 돌아가셨고, 아빠는 그보다 몇 달 전에 돌아가셨어. 이브는 미국으로 돌아온 후 메인주인가 어디에서 숨어 지내면서 사람들을 만나지 않은 걸로 알고 있어."

"버몬트요."

"맞아, 버몬트. 어떻게 지내고 있어, 코니? 괜찮니?"

"잘 버티고 있어요."

나는 그녀에게 뉴멕시코에 있는 집에 대해 말했다.

"이브가 뉴멕시코주에 대해 이야기를 한 적이 있나요? 아니면 닐라라는 마을에 대한 얘기라도요."

샌디의 대답을 기다리면서 나는 식당으로 다시 돌아갔다. 조금 전에 들어온 손님이 신문을 읽으며 직원을 기다리고 있었다. 샌디가 말했다.

"그래, 기억난다. 이브가 켈시를 찾으러 뉴멕시코에 갔던 것 같아. 그 후로는 아무것도 없었고. 이브가 굉장히 괴로워했어. 켈시는 정말 행방불명이었고 마치 지구상에서 완전히 사라져 버린 것 같았거든. 적어도 우리한테는 그랬어."

그녀가 한숨을 쉬었다.

"미안해, 코니."

"뭐가요?"

"우리는 가족이잖아. 이브가 그리스에서 널 데려왔을 때 만나서 따듯하게 맞아 주었어야 했는데 말이야. 그러면 너희 쌍둥이가 가족에게 도움을 받을 수 있었을 텐데."

"그렇게 말해 줘서 고마워요."

내가 답했다.

"그것만으로도 큰 도움이 되었어요."

전화를 끊으면서 나는 그 말이 얼마나 큰 의미가 있는지 깨달았다.

* * *

마누엘라가 그만 퇴근하라고 했을 때는 저녁 7시가 지난 후였
다. 마지막으로 카운터를 닦다가 신문 더미를 발견했다.

"내일 쉬는 날이지?"

마누엘라가 주방에서 소리쳤다.

"네. 출근할까요?"

"문 닫을까 생각 중이야. 나도 하루 정도 휴식이 필요하니까."

마누엘라는 그럴만한 자격이 있었다. 쉬지 않고 계속 일만 했기
때문이었다.

"제가 대신 문을 열까요?"

나는 신문 더미에서 오늘 신문을 꺼냈다. 깨끗하고 날짜가 얼마
지나지 않은 신문이면 다음 날까지 보관하는 게 마누엘라의 원칙
이었다. 나머지 신문은 재활용했다. 십자말풀이는 하나라도 빈칸
이 채워져 있으면 과감히 버렸다. 마누엘라가 뒷정리 중인 홀로 나
왔다. 그녀는 청바지와 흰 블라우스로 옷을 갈아입은 상태였다.

"데이트 있어요? 내일 재밌는 계획이라도 있는 거죠?"

내가 물었다.

"아니. 전 애인이 부린 난동 때문에 법원에 가. 그 후에는 오래
산책을 하고 마사지도 좀 받을까 해."

마누엘라는 카운터로 몸을 숙이고는 뜨거운 비눗물이 담긴 통
에 행주를 던졌다.

"나도 그럴만한 자격이 있지?"

"당연하죠. 접근 금지 명령은 받았어요?"

"그냥 신청하지 않으려고. 더 공격적인 행동을 하지 않는 이상

그럴 만한 가치도 없는 것 같아."

마누엘라를 걱정하는 나로서는 그 말에 전적으로 동의할 수 없었다.

"유감이네요."

마누엘라는 단호하게 손을 흔들며 눈썹을 치켜 올렸다.

"그게 인생이고 사랑이란다."

쓸만한 신문을 정리해서 다음 날 쓸 수 있게 카운터에 올려놓았다. 십자말풀이를 쓰레기통에 버리려던 찰나, 나는 얼어붙고 말았다.

"코니? 괜찮은 거야?"

신문을 보았다. 맨 위에 있는 십자말풀이의 모든 열과 행에 깔끔한 빨간색 글씨로 쓰여 있었다. '작고. 빨간. 집.'

제 32 장

이브 포스터
뉴멕시코주 닐라 — 1997년

강풍과 천둥, 번개를 동반한 비가 굵고 탐욕스러운 방울로 떨어졌다. 이브는 안전한 모텔 방에서 폭풍을 지켜보고 있었다. 이브는 닐라에 계속 체류하면서 계좌에 있는 돈을 야금야금 탕진하고 있다는 이유로 화가 난 변호사 짐의 전화를 기다리는 중이었다. 오전 9시 48분, 전화벨이 울렸다.

"당신 말이 맞았어요. 닐라 안팎에서 수많은 여자아이가 살해당했어요. 실종 신고가 된 아이들도 많고요. 대부분은 이곳을 지나가던 중이었고 일부는 인근에 원주민 보호구역 출신이었어요. 가난한 집 아이들, 가출 청소년이요."

그가 기침했다.

"이브 당신이 걱정할 필요는 없어 보여요. 켈시는 그 애들보다 똑똑하고 돈도 있으니까요."

짐은 이브가 이곳에서 직접 들은 이야기를 확인시켜 줄 뿐이었다.

"짐, 켈시는 위험한 게임을 좋아해요. 그 애가 사람들에게 무슨 말을 했을지 누가 알겠어요? 자신의 과거에 대해 말도 안 되는 이야기를 지어냈을 수도 있고, 위험을 자초했을 수도 있죠."

"켈시가 왜 그런 짓을 해요?"

이브는 그의 어투에 담긴 질책이 마음에 들지 않았다.

"항공권은요?"

"정말 후회하지 않겠어요?"

"확실해요, 짐. 항공권 예약해 줘요."

머리 위로 천둥이 울렸고, 이브는 소리가 잦아들 때까지 기다렸다가 말을 이었다.

"언제 떠날지는 모르지만 내가 이곳을 떠난다고 그들이 믿게 만들어야 해요."

그리고 조용한 목소리로 속삭였다.

"날 미행하고 있단 말이에요."

"말도 안 돼요. 그건 정말 피해망상이에요."

물론 그의 말이 맞았다. 이브는 침대에 누워서 실크 잠옷을 입은 다리를 길게 뻗었다.

"내가 어설프게 경관 가족을 위협했거든요. 그것 때문에 이러는 건지도 모르겠어요."

이브는 짐의 판단을 기다렸다. 그가 아무 말이 없자 계속 말을 이어갔다.

"이곳은 어떤 자원이든 부족한 마을이라 지금 묵고 있는 방을 도청할 일은 없을 거예요. 하지만 미행 당하고 있다는 건 확실해요. 그런데 뭐, 그들을 따돌릴 방법을 알아냈어요."

"당연히 그러시겠죠. 그래서 항공편을 예약해 달라고 하는 거잖아요."

"맞아요."

잠시 후 그가 말을 이었다.

"난 당신 변호사예요. 항공사 직원이 아니고요."

이브가 딱딱한 목소리로 말했다.

"이 일만 해 줘요. 나머지 수임료는 전부 가지고 이쯤에서 그만 작별하는 것으로 하죠."

"이브—"

"진심이에요. 그럴 때가 됐어요. 당신은 리암의 변호사였지 내 변호사는 아니잖아요. 그리고 솔직히 말해서 우린 서로 좋아하지도 않았고요."

"이브, 아이처럼 굴지 말아요—"

"잘 지내요, 짐."

이브는 전화를 끊었다. 어쨌든 그를 해고할 생각이었다. 그는 이브가 원하지 않는 리암과의 연결 고리였다. 이브는 침대에서 일어나 머리를 빗고 약간의 화장을 한 다음, 실크 잠옷을 벗고 얇은 레이스 속옷으로 갈아입었다. 침대 옆 시계가 그녀에게 시간이 얼마 남지 않았음을 알려 줬다. 이브는 가발과 현란한 싸구려 옷이 보이지 않게 주의해서 짐을 싸고는 문 옆에 짐을 쌓아두었다. 이불에 향수를 뿌리고 있을 때 문을 두드리는 소리가 들렸다.

"들어와."

잭이 어깨를 뒤로 젖히고 가슴에 잔뜩 힘을 준 채 이번에는 지지 않겠다는 기세로 방으로 들어왔다. 이브를 본 그는 그 자리에 얼어붙었다. 이브가 말했다.

"잭, 벗어. 전부 다."

잭은 고개를 저었다. 혼란스러운 표정이었다.

"—플로라가 협조하지 않아서, 난 그래서 당신이 날 여기로 오라고 부른 줄—"

"아냐, 그런 거."

이브는 그가 셔츠와 청바지를 벗는 것을 도와주었다. 그는 침대로 올라가면서 탐욕스러운 눈으로 이브의 몸을 살피더니 자기 몸으로 그녀를 끌어당겼다. 잭은 이브에게 키스하기 위해 그녀의 입술을 찾았지만 이브는 고개를 돌렸다. 그의 머리는 원하는 곳을 찾을 때까지 이브의 몸을 따라 아래로 내려갔다. 잭의 혀는 따뜻했다. 이브는 엉덩이를 움직이며 신음으로 잭의 움직임에 보답했다.

"이브."

그는 이브의 손을 자신의 성기로 끌어당겼다.

"아직 아니야."

이브가 속삭였다. 이브는 그의 머리를 더 멀리, 더 세게 아래로 밀었다. 그의 혀가 그녀에게 가하는 압력을 느끼고 싶었다. 이브가 원하는 건 완전한 망각의 순간이었다.

* * *

"이곳을 떠나는군요."

잭은 또 다른 친구의 삶에 대한 정보를 알게 된 사람처럼 아무렇지 않게 말했다.

"곧 동부로 돌아갈 거야."

이브가 한 모금 길게 빨아들이고 나서 잭에게 담배를 건넸다.

"날 그리워할 거야?"

잭은 시트 위에 훤히 드러난 이브의 뽀얀 허벅지 위쪽을 문질렀다. 그는 침대에서 이브를 바라볼 수 있게 몸을 뒤집었다.

"아마도 그럴 거 같아요. 당신은 나를 그리워할 거예요?"

이브는 수수께끼 같은 미소를 지어 보였다. 그러고는 두 번째 담배에 불을 붙이고 깊게 빨아들인 다음 긴 한숨을 내쉬었다. 잭이 다시 몸을 돌려 이번에는 등을 대고 천장을 올려다보며 누웠다.

"딸 찾는 걸 포기하는 건가요?"

"포기한 건 아니지만 더는 여기서 머무는 비용을 감당할 수가 없어. 지금으로선 카일 서머스와 이야기하고 싶고, 그 후에는 경찰에게 모든 걸 맡겨야겠지."

잭은 자신의 담배를 오래도록 바라보았다.

"카일에게 그렇게 집착하는 이유가 뭐예요?"

"마을 사람들이 그를 보호하고 있으니까. 나도 조사를 다 해 봤어."

이브는 팔꿈치에 지탱하면서 몸을 일으켜 세웠다.

"닐라의 여자애들이 강간당하고 살해당했지만 아무도 그 이야기를 하지 않아. 딸에 대해 물으면 이상한 사람 취급이나 받고 말이야. 닐라 같이 악명 높은 동네에서 딸이 실종됐다면 걱정되지 않겠어?"

"당연히 걱정되죠. 하지만 왜 카일이에요?"

"아무도 카일에 관해 이야기하고 싶어 하지 않으니까. 감히 손댈 수 없는 사람처럼 다들 떠받드니 이상하잖아. 말해 봐. 너는 왜 그를 보호해?"

이브는 잭과 라울의 관계에 대해 생각했다. 잭이 솔직하게 말할 거라고 믿진 않았지만 그래도 그에게 묻지 않을 수 없었다.

"난 누구를 보호하는 게 아니에요. 여기 당신하고 같이 있잖아요. 카일은 성인이고, 그냥 다들 사이가 좋은 동네일 뿐이에요. 사람들은 당신을 잘 몰라요. 그렇게는 생각 안 해 봤어요?"

"왜… 사이가 좋은 동네에서 어린 소녀가 아닌 다 큰 성인 남자를 보호하려고 할까?"

"마을 사람들은 그가 잘못한 게 없다고 생각하니까요."

이브가 침대에서 일어났다. 그녀는 천천히 가운을 찾아 입으며 생각했다.

"카일을 보호하는 이유가 정말 그런 거 맞아? 카일 서머스가 닐라에서 가장 큰 권력을 쥐고 있는 사람이랑 친한 사이라서가 아니고?"

"르루 판사를 말하는 거예요?"

"모두 그 사람이 무서워서 벌벌 떠는 꼴 좀 봐."

잭이 재미있다는 듯 눈을 가늘게 떴다.

"마을에 온 지 얼마 되지도 않았는데 그런 것까지 알 수는 없지 않아요?"

"카일 여자친구를 만났어. 그 멕시코 여자. 얼굴이 정말 말이 아니었어… 카일이 그 여자를 폭행하나 봐."

잭의 얼굴이 붉어졌다.

"이성을 잃는 사람이 카일밖에 없는 건 아니잖아요. 성격이 불같다고 해서 연쇄살인범이라고 볼 수는 없어요."

"판사와 정의를 그렇게 대단하게 생각하는 마을이 플로라 푸엔테스에 대해서는 별로 관심이 없어 보이네. 내 눈에는 카일을 보호하는 데는 그만한 이유가 있는 것 같고, 그 이유가 바로 그 알량한 권력인 거 같아."

"닐라 같은 마을에서는 보이는 게 전부가 아녜요."

이브가 가운을 꽉 움켜쥐고 돌아섰다.

"그게 무슨 뜻이야?"

"내가 한 말 그대로예요. 누군가 지위를 가지고 있거나 재산을 소유하고 있다고 해서 권력을 가지게 되는 게 아니란 말이에요."

이브가 순진한 척하는 미소를 지었다.

"아, 그렇구나. 그러면 닐라의 권력은 누가 쥐고 있어? 말해 봐, 잭."

* * *

잭이 떠난 후 이브는 크림색 리넨 바지와 벨트가 달린 같은 색깔의 튜닉을 입고 하이힐을 신었다. 그리고 검은 리본이 달린 챙이 넓은 모자를 쓰고 차 트렁크에 짐을 실었다. 그녀가 쓴 커다란 모자는 사람들의 이목을 집중시켰다. 이브는 곁눈질로 경찰 표시가 없는 위장 수사용 차에 앉아서 그녀를 지켜보고 있는 경찰의 모습을 보았다. 짐을 전부 챙긴 후 모텔에서 체크아웃을 하고, 세단에 앉아 변호사 짐이 알아낸 주소로 카일의 사무실로 가는 방향을 확인했다.

8분 후, 그녀는 마을 외곽에 있는 이름 모를 아파트 건물에 도착했다. 카일의 사무실은 한때 관리인의 아파트로 사용되던 1층에 있었다. 문에 달린 영업 중 팻말을 본 이브는 가방을 들고 안으로 들어갔다. 안내 데스크에 앉아 있던 여자의 파란색 아이라이너로 뚜렷한 눈이 동그래졌다. 짜증은 났지만 놀라지는 않은 표정이었다. 그녀는 매니큐어를 곱게 바른 한 손을 휴대 전화에, 다른 한 손은 책상에 올려 둔 상태였다. 이브가 말했다.

"카일 서머스를 만나러 왔는데요."

"죄송하지만 지금 안 계세요."

"밖에 세워 둔 BMW는 카일이 타는 차 아닌가요?"

"잠깐 볼일이 있어서 차를 두고 갔어요."

이브는 여자의 책상 모서리에 앉아 그녀를 내려다보았다. 겨우 스물두 살쯤 된 듯한 그녀는 풍만한 가슴을 강조하는 몸에 달라붙는 노란색 원피스를 입고 있었다. 그런 그녀의 모습을 이브는 경멸했다.

"기다리죠, 그럼."

이브가 말했다. 여자가 전화기를 들었다.

"경찰에 신고하겠어요."

"그럴 필요 없어요, 브렌다."

어딘가에서 불쑥 남자가 나타났다. 단정하게 단추를 채운 멀끔한 차림새에 호리호리하지만 평범한 인상의 남자였다. 그는 몸에 꼭 맞는 비즈니스 정장을 입고 서류 더미를 들고 있었다. 금발 머리는 짧게 자르고 드라이기로 빗어 넘겨 고정한 상태였다. 그는 안내 담당자의 책상 위에 서류를 올려놓았다.

"이 서류들 좀 처리해 줄래요, 브렌다?"

"네, 서머스 씨."

그는 이브를 향해 활짝 웃었다.

"당신이 이브 포스터군요. 전 카일이에요. 당신 이야기는 많이 들었어요."

'그랬겠지.' 이브는 생각했다. 그녀는 브렌다의 책상에서 일어났다. 하이힐을 신은 이브의 키가 카일보다 적어도 1인치 이상은 커보였다.

"잠시 이야기했으면 하는데요, 카일. 조용한 곳으로 갈 수 있을까요?"

카일은 브렌다를 힐끔 쳐다보았다.

"사무실에 있을 테니 필요하면 전화해요."

이브는 카일을 따라 메인 리셉션 구역에서 떨어진 곳에 있는 크고 밝은 사무실로 향했다. 커다란 체리나무 책상이 비슷한 디자인의 서류 캐비닛 옆에 놓여 있었다. 선반 위에는 비즈니스 서적이 잔뜩 꽂혀 있었고, 우수 비즈니스, 모범 시민, 심지어 교회 기금 모금 상까지 각종 상으로 빈틈이 없을 정도였다. 그의 사무실은 그가 '모든 면에서 훌륭한 사람'이라고 외치고 있었다. 하지만 이브 눈에 그의 미소는 가식 그 자체였다. 이브는 카일의 전처가 그를 두고 모든 걸 통제하려고 하고, 결핍이 있는 사람이라고 묘사했던 것을 떠올렸다. 이브는 먼저 카일의 사무실을 칭찬했다.

"사무실이 멋지네요."

카일은 다시 미소 지었다.

"이곳이 바로 마법이 일어나는 곳이랍니다. 앉으세요."

그는 덮개를 씌운 책상 맞은편 안락의자를 향해 손짓했다. 이브가 순순히 응하자, 그는 이브가 안내원에게 했던 것처럼 책상 모서리에 걸터앉았다.

"무엇을 도와드릴까요, 포스터 부인? 당신도 알다시피, 내가 평생을 살아온 고향에서 당신이 내 명성에 먹칠하는 일은⋯ 괴로운 일이었어요. 딸 때문에 정신이 없으신 거 압니다. 저도 이해해요."

"켈시와 함께 마지막으로 목격된 사람이 당신 맞죠?"

카일은 한숨을 쉬었다.

"실수였어요. 제가 켈시를 시내까지 태워다 줬거든요. 켈시는 제 조카 안토니오와 사막에서 파티를 하고 있었어요. 저는 안토니오를 만나러 사막에 갔었죠. 따님의 표정이 좋지 않길래 어차피 나가려던 참이니 제가 마을까지 태워다 주겠다고 했어요. 이 이야기는 이미 경찰에게도 전부 말했고요."

이브는 그의 시선을 피하지 않았다.

"그게 몇 시였죠?"

"자정쯤이요."

"켈시를 어디에 내려 주셨나요?"

"시내요."

"그냥 길 한가운데요? 자정에요? 큰 도시가 아니니 좀 더 구체적으로 말해 주시죠."

"켈시는 그날 밤 근처 숙소에서 하룻밤을 묵으려고 했어요. '캣츠 미우'라는 곳이었죠. 그리고 다음 날 버스를 타고 집으로 돌아갈 계획이었어요."

"켈시가 그렇게 말하던가요?"

"네."

"푸시 펠리스⋯ 버스를 타고 집에 간다⋯ 확실해요?"

이브는 그의 표정에 처음으로 균열이 생기는 것을 보았다. 그의 눈동자가 초점을 잃고 흔들렸다. 이내 책상을 내려다보더니 창밖을 바라보았다. 켈시라면 절대 '캣츠 미우' 같은 곳에서 하룻밤을 묵지 않을 것이고, 다른 곳으로 이동하기 위해 '버스'를 타는 일은 없었을 것이다. 무엇보다 켈시는 그런 상황에서 결코 집에 돌아갈 만한 애가 아니었다. 집으로 돌아가면 게임에서 지는 것과 마찬가지였으니까. 그 사실을 그도 분명히 알고 있을 거라고 생각했다. 그를 가만히 지켜보던 이브는 자리에서 일어섰다.

"캣츠 미우의 관리인인 라울은 켈시를 본 적이 없다고 하던데."

카일이 말이 없자 이브가 물었다.

"열여섯 살짜리 애를 한밤중에 인적이 드문 마을 한복판에 내려주고도 왜 그게 괜찮을 거라고 생각한 거죠?"

"켈시는 자신이 스물한 살이라고 했어요. 그리고 아주… 성숙했고요."

현관문이 열리는 소리와 함께 안내원의 나긋나긋한 목소리를 들렸다. 곧 경찰이 들이닥칠 것이다. 카일과 단둘이 있을 시간이 몇 분밖에 없었다.

"파티에 대해 말해 줘요. 딸에게 위협이 될 만한 사람이 거기에 있었나요? 그런 사람이 아무도 없었나요?"

카일은 다시 창밖을 내다봤다. 그는 가늘게 눈을 떴다. 까만 눈동자가 마치 블랙홀 같았다.

"정말 모르고 계시는군요?"

"제가 모르는 게 뭔데요?"

"당신 딸은 파티에 왔었어요. 지갑을 열고 다리를 벌린 채 즐거운 시간을 보낼 수만 있다면 누구든 좋아했어요. 내가 그날 저녁 당신 딸을 마을까지 데려다줄 때쯤에는 닐라에 있는 남자 절반과 이미 잠을 잤을 거라고요."

그런 말로 이브의 기분을 상하게 할 생각이었다면 엄청난 착각이었다. 이브는 딸이 어떤 사람인지 알고 있었고, 그렇기에 방금 그가 나불댄 사실 정도야 이미 알고 있었다. 엄마에게 복수하는 데 이보다 더 좋은 방법이 있을까? 그래서 뭐? 이브가 확신하고 있는 카일의 짓과 켈시는 전혀 상관없는 일이었다.

이브는 자신의 앞에 있는 남자를 유심히 관찰했다. 동요하거나 걱정하는 눈치는 보이지 않았다. 침착하고 자신감 넘쳤고 심지어 즐거워 보였다. 깔끔하게 다듬어진 손톱부터 완벽하게 닦인 구두까지, 그의 모든 것이 완벽해 보였다. 하지만 이브는 플로라의 얼굴을 떠올렸다. 예의 바른 겉모습 이면에는 성질 급하고 욕구를 절제하지 못하는 남자가 숨어 있었다. 그가 내보이고 싶지 않은 욕구. 이브가 말했다.

"그런 얘기는 관심 없어요, 카일."

이브는 앞으로 몸을 숙여 카일의 얼굴에 자기 얼굴을 바짝 갖다 댔다. 그에게서 켈시의 향수 냄새를 맡을 수 있기를 바라면서 그의 냄새를 들이마셨다. 두려움의 냄새를 맡을 수만 있다면. 하지만 이브에게 남은 건 실망뿐이었다.

"내 딸을 마지막으로 본 사람이 당신 맞죠?"

"아는 것 모두 말해 줬잖아요."

"거짓말인 거 알아요."

사무실 문이 열리고 두 명의 남자가 안으로 들어왔다. 메이어 경관과 또 다른 남자, 메이어 경관보다 키가 작고 땅딸막한 대머리의 사내로 총을 들고 있었다.

"르루 판사님."

이브가 말했다.

"판사님도 이 자리에 함께 있었으면 좋겠다고 생각하고 있었는데 잘됐네요. 만나 뵐 수 있기를 기다리고 있었어요."

판사는 카일과 눈빛을 교환한 후 두툼한 허리춤에 감긴 권총집에 총을 집어넣었다.

"이곳에서 제법 큰 소란을 일으키고 계신다고 들었습니다만."

"닐라 주민들이 납치범과 살인범을 방조하고 있어요."

르루는 어이가 없다는 표정이었다.

"포스터 부인, 이제 그만하시죠. 앞으로 24시간 드리겠습니다. 그 안에 마을을 떠나지 않으면 이 남자가 당신을 체포할 겁니다."

그는 턱으로 메이어를 가리켰다.

"농담하는 거 아닙니다. 당신의 그 태도로는 닐라에서 뭘 원하든 절대 얻을 수 없을 겁니다. 돈도 소용없어요."

"뭘로 절 체포하시게요? 내 딸은—"

"여기에 없습니다."

르루는 사무실을 서성거리다가 거리가 내려다보이는 창가에 섰다.

"메이어 경관이 성실하게 수사를 했습니다. 따님이 닐라에 왔고 이곳저곳을 떠돌아다니다가 닐라를 떠났어요. 지금은 어디에 있냐고요? 캘리포니아나 라스베이거스, 아니면 멕시코에 있을 겁니다. 트럭 운전사들이 매일 지나가니까. 카일이 그녀를 내려준 다음 히치하이킹으로 다음 목적지로 이동했을 겁니다. 그게 끝이에요. 괜히 닐라에서 시간 낭비하지 마시죠."

이브는 허벅지 아래로 손을 밀어 넣어 눈물이 날 정도로 세게 꼬집었다. 그녀는 고개를 숙였다. 고개를 들어 다시 판사를 보았을 때 그녀는 그에게 살짝 고개를 끄덕였다.

"이제 마을을 떠나실 건가요?"

메이어가 물었다.

"생각해 볼게요. 근데, 저에게 알려 주실 만한 단서는 없나요? 아무거나요. 제가 찾아갈 만한 곳은요?"

"말씀드려."

르루가 말했다. 메이어가 눈을 비볐다.

"타오스 북쪽의 고속도로 휴게소에서 따님의 인상착의와 일치하는 여자를 봤다고 주장하는 트럭 운전사가 있었어요."

이브는 세 남자를 번갈아 가며 쳐다보았다.

"그 이야기를 왜 이제야 하는 거죠?"

"최근에 알게 됐어요."

메이어가 말했다.

"오늘 아침에 그를 심문했습니다."

이브는 침을 삼켰다.

"켈시가 다른 트럭 운전사와 함께 있었나요?"

"우리가 심문한 운전사는 그렇게 말했습니다."

메이어가 뜸을 들였다.

"아무래도 따님이… 음…"

"성매매."

카일이 비꼬는 미소를 지으며 말했다. 이브는 심호흡을 했다.

"고맙습니다. 어쨌든 계속 추적해볼 수는 있겠네요."

이브가 한숨을 쉬었다.

"부모가 되는 건 정말 힘든 일이에요. 모두 이해하시겠지만요."

르루가 미소 지었다. 그의 이빨은 하얗고 날카로웠다. 육식 동물
처럼.

"아이들을 위해 저희도 최선을 다합니다, 포스터 부인. 하지만
때로는… 그것만으로는 충분하지 않을 때가 있죠."

제 33 장

코니 포스터
뉴멕시코주 닐라 — 현재

늦은 밤 '비교적' 안전한 집에서 리사에게 전화를 걸었다. 시간은 여덟 시가 훌쩍 지났고 밖에는 어둠이 내려앉기 시작했다. 나는 리사와 통화하면서 집 구석구석을 샅샅이 뒤지며 뱀이 있는 지 확인했다. 리사는 피로로 정신이 혼미한 건지 말끝을 잘 알아들을 수 없게 웅얼거렸다. 나는 그녀에게 괜찮은지 물었다.

"괜찮아."

"리사, 너보다 내가 널 더 잘 알아."

침묵.

"리사."

"그냥 집이잖아."

침묵.

"집으로 돌아와."

"이미 다 겪어봤잖아."

대화할 때마다 매번 되풀이되는군.

"그럴 수 없어."

"네가 집으로 돌아왔으면 좋겠어. 같이 있자."

말이 더 어눌해졌다.

"나에게 계획이 있어. 우리 둘을 위한 계획. 너도 알게 될 거야."

거실 의자에 앉은 채 통화를 이어갔다.

"리사, 지금 뭐 먹어?"

"그냥 진정제."

리사가 크고 날카로운 웃음으로 웃었다. 평소 내가 알고 있던 웃음소리가 아니었다.

"다시 또 시작됐어."

나는 자세를 고쳐 바로 앉았다.

"뭐가 시작돼?"

"그 소음."

설명이 더 필요하지 않았다. 지하실, 잠긴 방. 얼마나 많은 밤을 거기 누워 정체를 알 수 없는 소리를 들으며 겁에 질려 있었을까? 창문에 비친 내 모습을 보기 위해 고개를 들었다. 석고상처럼 창백한 피부, 크고 피곤한 눈동자. 유리창에 비친 유령 같은 내 모습이 마음에 들지 않았다.

"지하실엔 아무도 없어."

내가 말했다.

"이브가 우리 머릿속에 그런 생각을 일부러 심어 놓은 거야. 유령 이야기 때문에 우리가 무서워했으니까."

"내가 듣는 소리가 뭔지 나도 잘 알아."

"이브의 사촌과 이야기했어. 필라델피아에 사는 그 사람 말이야. 켈시가 사라졌다, 그녀는 버몬트에 살지 않았다, 그 이야기들은 우리를 겁주고 겁먹게 하려고 꾸며낸 이야기야."

"내가 듣는 소리가 뭔지 나도 잘 안다고."

"지하실 근처에 가지 마, 리사. 안 그러면 정말 미쳐버릴지도 몰라."

"낡고, 부스럭거리고, 신음하는 소리. 만약에 켈시가 지하실에 갇혀 있으면 어떻게 해? 이브가 죽은 이후 굶어 죽고 있는 거라면?"

"애초에 켈시는 지하실에 있었던 적이 없었어. 내 말 듣고 있어? 이게 모두 이브가 만든 게임일 뿐이라고."

리사는 흐느끼고 있었다.

"누군가 있는 소리가 들려. 제발, 제발 집으로 돌아와. 나 무서워, 코니."

"리사."

단호한 목소리로 말했다.

"그만해. 그렇게 걱정되면 데이비드나 요리사에게 지하실에 내려가서 거기에 뭐가 있는지 봐 달라고 부탁하면 되잖아. 자물쇠 열쇠를 찾아서 문을 열어 보면 알게 될 거야. 늘 그랬던 것처럼 텅 비어있을걸."

"정말 그렇게 생각해?"

"아무리 이브라고 해도 20년이나 지하실에 사람을 가둬 놓을 수는 없어."

"네 말이 맞아. 당연히 네 말이 맞겠지."

리사가 말했다. 점점 잠에 취하는 소리였다.

"잘 자, 코니."

"마음 굳게 먹어야 돼, 리사. 부탁이야."

하지만 그녀는 이미 전화를 끊은 뒤였다. 그날 밤 나는 침대에 누워 사막에서 들려오는 소리를 들었다. 우리 집 어딘가 헐거워진 판자에 바람이 부딪히는 소리, 볼품없이 넓게 펼쳐진 광활한 평지에 울려 퍼지는 코요테 울음소리, 토끼의 비명. 밤의 소리였다. 버몬트에서는 봄에 창문을 열고 자면 해가 지고 난 후 작은 개구리가 귀가 먹먹해질 만큼 큰 소리로 울곤 했다. 올빼미와 코요테 소리, 가끔 챔플레인 호수 기슭에 둥지를 튼 아비새의 소리도 들을 수 있었다. 만약 내가 지하실에 갇혀 있었다면 다른 소리도 들을 수 있었겠지. 달가닥거리는 소리, 나무판자가 삐걱거리는 소리, 신음.

"그 애야. 그 딸 말이야, 도망간 그 애."

가사도우미들은 그렇게 속삭이곤 했다. 나는 깜짝 놀라 물었다.

"저렇게 크고 오래된 집에요? 생쥐가 아니라요?"

운전사 데이비드도 도우미를 말리지 않고 웃으며 가세했다. 이브는 내가 착각한 거라고 말했다. 그녀는 늘 진지한 태도였기에 도리어 내가 제정신이 맞는지 스스로 의심하게 했다. 하지만 나만 그 소리를 듣지는 않았다. 리사는 아직까지도 그때 트라우마로 고통받고 있으니.

나는 요리사 또한 그 비밀에 가담하고 있을 거라고 의심했다. 이브의 딸 켈시가 그 끔찍한 지하실에 갇혀 있었다면 요리사가 켈시를 먹이고 돌보는 일을 담당했을 거라는 게 내 추측이었다. 잿빛 쪽진 머리에 장식이 하나도 없는 단화를 신은, 좀처럼 늙지 않는 요리사. 그녀는 자신이 원하는 것보다 더 많은 것을 알고 있는 여성처럼 보였다. 다른 직원이 해고된 상황에서도 그녀는 어떤 이유인지 이브의 집에서 살아남았다. 그리고 이브의 운전기사, 데이비드 대거도 마찬가지였다.

바람이 집을 향해 거칠게 몰아쳤다. 무언가 창문에 세차게 부딪혔다. 한 번, 두 번. 나는 몸을 뒤집어 베개에 머리를 파묻고 소음을 차단했다. 헐거워진 널빤지 소리겠지. 제트에게 고쳐 주길 부탁해야겠다고 생각했다.

리사의 귀에도 지하실에서 나는 소리가 들렸다면 아마도 가사 도우미들이 하는 말이 맞았을 것이다. 켈시가 정말로 지하실에 있었을지도 모른다. 하지만 그렇다면 이브가 유언장에 켈시를 돌봐 달라는 조항을 남기지 않았을까? 이브가 매정한 사람인 건 사실이지만 그녀는 나름의 방식대로 현실적인 사람이었다. 딸을 말 그대로 썩어가게 내버려 두는 것은 너무 역겨운 일이었다. 아니, 리사가 들은 소리는 쥐 소리였을 가능성이 컸다. 아니면 좀 커다란 동물. 혹은 자신의 마음속에서 생겨난 환청일 수도.

눈꺼풀이 잠에 취해 점점 무거워졌다. 밖에서 또 한번 '쾅' 하는 소리가 들렸을 때 나는 숨을 헐떡이며 긴긴밤의 첫 번째 악몽 속으로 빠져들었다. 내 빨간 작은 집은 버몬트 저택의 지하에 묻힌 방이 되었고, 리사와 나는 지하실에 갇혀 버렸다. 아무리 문을 두드려도 우리를 구하러 오는 사람이 없었다. 핏빛 손자국이 벽을 따라 줄줄이 이어졌다. 숨도 쉴 수 없었고 움직일 수도 없었다. 나는 산 채로 묻혀 있었다.

* * *

아침이 되자 바람이 잦아들었다. 노란 주황빛 햇살이 내 방을 가득 채웠다. 중심을 잃은 기분으로 엉망진창이 된 침대에서 기어 나왔다. 악몽의 잔재가 먼지 낀 그림자처럼 마음 한구석에 남아있었다. 양치질하고, 옷을 갈아입고, 머리를 느슨하게 하나로 묶었다. 거울로 얼굴을 한 번 확인한 다음 창백한 얼굴에 찬물을 뿌렸지만 큰 도움은 안 됐다.

8시 14분경, 그제야 집 입구에 스며든 피를 보았다. 피처럼 보이는 기다란 선들이 두껍게 말라붙어서 문 전체가 얼룩져 있었다. 전날 밤에 들었던 소음을 기억하며 창문을 확인하러 밖으로 뛰쳐나갔다. 유리창에도 피가 묻어 있었다. 유리의 피는 별무늬가 그려져 있었다. 나는 혼란스러움과 두려움을 동시에 느끼며 핏자국을 응시했다. 거짓된 위안을 주는 태양이 시야를 왜곡시켜 핏빛을 흐리게 만들었고, 핏빛은 문에 섬뜩한 인상주의 그림으로 번져 있었다. 어지러웠다. 어젯밤에 누가 여기에 온 거지? 이 피는 누구 거지? 당황한 나는 큰 소리로 제트를 불렀다. 그가 집 모퉁이에서 고개를 내밀었다.

"코니, 무슨 일이에요?"

나는 손으로 핏자국을 가리켰다. 그는 아주 오랫동안 내 손끝을 쳐다보더니 되물었다.

"무슨 일이 있었는지 알아요?"

나는 고개를 저었다.

"당신은요?"

"모르죠."

그는 뒤돌아 자기 집을 바라보았다.

"어젯밤에 미카가 짖더라고요. 바람 때문인 줄 알았는데."

"집에서 쿵쿵거리는 소리를 들었어요. 그냥 바람 때문에 나는 거라고 생각했는데."

우리는 서로를 바라봤다. 얼마 전에 벌거벗은 채로 그의 품에 안겼던 기억을 떠올렸다. 내가 제트에 대해 잘못 생각하고 있던 걸까? 이 섬뜩한 장난의 배후에 제트가 있는 건 아닐까? 날 미치게 하려고? 당연히 나는 이 사건이 장난이기를 진심으로 바랐다. 제트가 미카를 향해 휘파람을 불었고, 녀석은 집 옆을 돌아 우리 쪽으로 달려왔다. 제트가 내게 말했다.

"누군가 상처를 입고 쓰러져 있을지도 모르니까 집 주변하고 인근 사막을 수색할게요. 미카는 내가 데리고 다닐게요. 당신은 경찰에 신고해 줄래요?"

나는 충성스러운 개를 곁에 두고 넓은 어깨를 뒤로 젖힌 채 집의 가장 안쪽 구석까지 걸어가는 제트의 모습을 지켜보았다. 제트가 믿을 만한 사람이라고 생각해야 했다. 그리고 리사가 안전하다고 믿어야 했다. 그것만이 내가 미치지 않는 유일한 방법이었으니까. 내가 가장 두려웠던 것은 어젯밤의 악몽이 현실이 되는 것이었다. 꿈속에서 리사는 집 안으로 들어가게 해달라고 애원했고, 그동안 손이 피투성이로 변해버렸다. 리사의 고통을 알지 못한 채 깊은 잠을 자는 나의 모습은 공포 그 자체였다.

제 34 장

코니 포스터
뉴멕시코주 닐라 — 현재

내가 느끼는 두려움은 원인이 없었다. 하지만 왜 계속 불
안감을 떨칠 수 없을까? 리사에게 연락하니 그녀는 전날 밤보다는
정신이 더 맑은 것 같았다. 지하실에 대해 언급하지 않기에 나도
악몽이나 문에 있던 불길한 핏자국에 대해서 굳이 말하지 않았다.
경찰이 도착하는 모습을 본 나는 전화를 끊었다.

출동한 경찰관들은 퉁명스러웠다. 그들은 집의 문과 창문을 들
여다보고 몇 가지 질문을 한 후 제트의 오두막집을 의심스러운 눈
초리로 바라보았다. 그들은 제트와도 대화를 나누고 싶어 했다. 무
슨 일이 있었는지는 전혀 관심이 없어 보였다. 제트에게 무슨 말을
했는지는 모르겠지만 경찰은 얼마 안 있다가 떠났다. 제트와 나는
그들이 철수하는 모습을 지켜보았다.

"어떤 것 같아요?"

내가 물었다.

"경찰은 눈곱만큼도 관심이 없는 것 같아요. 후속 조치는 없을 거예요."

우리는 길가에 서 있었다. 그 길은 먼지가 쌓인 막다른 골목이었다. 제트는 끈을 들고 있었고, 나는 아주 잠깐 제트가 그 끈으로 누군가를 찌르는 모습을 그려 보았다. 그 '누군가'가 우리 집으로 달려와 문을 두드리며 도와달라고 애원하는 것까지. 상상만으로도 끔찍한 장면에 나는 눈을 감았다. 제트를 의심할 이유가 없었다. 아직은 십자가를 걸어둔 것 말고는 이브를 위해 일한다는 것뿐, 의심을 살만한 근거가 없었다. 나는 집으로 들어가려다가 자기 집 마당 끝에서 우리를 지켜보고 있던 올리버에게로 방향을 바꾸었다.

"어디 가요?"

제트가 물었다.

"표백제 좀 가지러요. 집에 묻은 피를 닦아내야겠어요."

제트가 손을 내밀었다.

"시내에 가야 할 일이 있긴 한데 그전에 잠깐 도와줄 수 있어요."

"괜찮아요."

제트가 내게 다가왔고 나는 한 발짝 물러섰다. 함께 보낸 밤의 기억이 아직도 머릿속에 남아있었지만 그를 향한 의심이 완전히 사라진 것은 아니었다.

"다른 게 필요하면 말해요."

제트가 말했다. 나는 고개를 끄덕이고 현관문을 열었다.

"잠깐만, 나라고 생각하는 건 아니죠?"

제트가 침을 삼켰다. 햇볕에 그을린 근육질의 목에 목젖이 까닥거렸다. 그의 두툼한 근육질의 목을 빤히 쳐다보면서 그가 나보다 얼마나 강할지 생각했다. 내가 대답했다.

"당연히 아니죠."

"당신이 날 믿든 말든 그게 왜 신경 쓰이는지 모르겠지만, 신경이 쓰이네요."

나는 미소를 지으려 애썼다. 제트를 향한 나의 신뢰도는 닐라 주민들에 대한 신뢰도, 딱 그 정도였다. 그저 저 피를 닦아내고 오늘 하루를 시작하고 싶을 뿐. 제트는 나를 유심히 관찰했다. 나 또한 굳게 닫힌 제트의 턱과 불그스름해진 그의 얼굴을 보았다. 그의 분노가 커지고 있었다. 학대당했던 사람만큼 분노의 징후를 금방 알아채는 사람은 없다.

"제트."

"난 그런 사람이 아니에요."

그가 단호한 목소리로 말했다.

"나를…"

나를 뭐? 뭐가 어쨌다는 거지?

제트는 당장이라도 피투성이가 된 창문에 끌을 던질 것처럼 보였다. 하지만 바닥에 던지고는 그 자리를 빠져나갔다.

* * *

전화를 걸자마자 알베르토 로드리게즈가 한번에 전화를 받았다.

"우리 이야기 좀 해야겠어요."

내가 말했다.

"그만 잊어버려요, 코니."

"오늘이요. 한 시쯤 어때요? 내가 점심 살게요."

"코니, 아무래도 이건 좋은 생각이 아닌 것 같아요. 내 말 들어요. 부탁이에요. 여기저기 캐고 다니는 짓은 이제 그만해야 한다고요. 당신이 경보를 울리고 있어요. 사람들의 관심을 끌고 있다고 몇 번이나 더 말해야 알아듣겠어요?"

그가 잠시 멈칫했다.

"기자로서 양심의 가책을 느낀다고요."

"용서해 드릴게요."

나는 번화가에 있는 작은 식당 이름을 알려 주었다.

"한 시에 만나요."

* * *

알베르토를 만나기 전에 만나야 할 사람이 있었다. '올리브 브랜치'는 산타페 시내에 있는 작은 가게로, 올리브 오일, 식초, 고급 식료품을 전문으로 취급하는 곳이었다. 아침 영업시간에 맞춰 도착했는데 이미 작은 인파가 가게 안을 가득 채우고 있었다. 가게의 유일한 판매원은 나와 비슷한 또래였다. 빨간 머리에 해맑은 미소를 짓고 있는 그녀는 손님들을 스스럼없이 대했다. 나는 그녀가 한 노인이 그리스산 오일을 시음하는 것을 도와줄 때까지 기다렸다가 다가갔다.

"아니타 이모를 만나러 왔는데요."

나는 거짓말을 보태 설명을 덧붙였다. 알베르토가 누명을 쓴 거라고 알려준 노튼 스몰우드의 아내.

"이모를 본 지 너무 오래돼서 마침 마을에 온 김에 이모를 만나러 잠깐 들렀어요."

아니타의 이름을 말하자 직원의 얼굴이 환해졌다.

"아니타에게 가족이 있는지 몰랐어요. 정말 좋아하실 거예요. 그런데 죄송하지만 아니타는 정오가 지난 후에 출근하실 거예요."

나는 알베르토와의 약속을 생각하며 한숨을 내쉬었다.

"그렇게 오래 기다릴 수 없을 것 같네요."

"아쉽네요."

중절모를 쓴 중년 남성이 식초 한 병을 들고 가격을 물었다. 그녀가 가격을 알려 주고 난 후 뭔가 생각났다는 듯 손가락을 튕기며 말했다.

"아니타는 보통 길 아래 카페에서 늦은 아침을 먹고 출근해요. '베티스'요. 스몰 사이즈 커피 한잔에 크림 두 개, 베리를 추가한 요거트 한 개, 블루베리 스콘을 주문하죠. 아니타는 짜여진 일상을 즐기거든요. 거기로 한번 가 보세요."

나는 그녀의 도움에 진심으로 고마워하며 미소를 지었다.

"혹시 식당에서 못 만나면 가게에 찾아오셨다고 전해 드릴까요?"

"아뇨, 그러지 마세요."

내가 말했다.

"나중에 다시 깜짝 방문할 생각이라서요."

내가 도착했을 때 '베티스'에는 손님이 거의 없었다. 긴 나무 카운터와 12개의 테이블이 있는 소박한 커피숍인 그곳은 따뜻한 시나몬과 커피 향으로 나를 반겨주었다. 나는 톨 사이즈 커피와 아침 샌드위치를 주문했다. 웨이트리스는 내게 이름을 물었고, 곧 주문이 완료되었다. 나는 그녀에게 20달러를 건네며 아니타라는 여자가 주문하는 음식값을 이 돈으로 계산해달라고 부탁했다. 고개를 끄덕이는 것으로 보아 그녀는 아니타가 누구인지 분명히 알고 있는 듯했다. 아침을 먹고 아니타를 기다렸다.

10시 36분, 온화한 이목구비에 머리를 바짝 자른 나이 든 흑인 여성이 카페에 들어왔다. 바리스타는 그녀를 알아봤다. 단정하게 차려입은 그녀는 바리스타가 주문이 이미 결제되었다고 말하자 머뭇거렸다. 바리스타가 나를 가리켰고, 나는 손을 흔들었다. 아니타는 고개를 갸우뚱하고는 얼굴을 찡그리며 바리스타에게 신용 카드를 건네주었다. 바리스타는 어깨를 으쓱하며 카드를 받았다. 아니타가 내 테이블로 걸어왔다. 부드러운 이목구비에 사나운 눈빛이 숨겨져 있었고, 그녀는 나를 노려보았다.

"누구시죠? 그리고 왜 절 따라오신 거예요?"

"오! 당신을 따라다닌 적 없어요. 맹세해요."

"그럼 내 이름은 어떻게 알고 내가 여기 있을 거라는 건 어떻게 알았죠?"

그녀는 내 쪽으로 몸을 기울였다.

"기자예요? 난 기자랑은 할 말 없어요."

"전 기자가 아니에요. 제 이름은 코니 포스터예요. 닐라에 살고 있어요."

바리스타가 아니타의 이름을 불렀다. 아니타가 기다리라고 손짓하며 잠시 한눈을 파는 사이 먼저 말했다.

"당신 남편인 스몰우드 씨 때문에 왔어요."

그 말을 듣고 있던 아니타가 내 말을 중단시키려고 했지만 내가 손을 들어 그녀를 저지했다.

"부탁이에요. 제 말 좀 들어주세요. 남편분이 결백하다는 거 알아요. 그와 공범으로 잡힌 남자가 누명을 썼다는 것도요. 더 많은 살인 사건이 있었어요. 경찰이 사건을 은폐하고 있는 것 같아요. 제발 앉아서 제 말을 들어주세요."

나는 비어있는 의자를 가리켰다.

"시민단체에서 나왔어요?"

"아니요, 아뇨, 그냥 겁에 질린 여자일 뿐이에요."

아니타의 얼굴이 잿빛으로 변했다. 그녀는 자리에 털썩 주저앉았다. 내가 말했다.

"남편을 잃은 것은 정말 유감이지만 혹시 도움이 될 만한 정보를 알고 계시는지 알고 싶어요. 남편의 누명을 벗기고 사람들 목숨을 살릴 수 있는 거요."

아니타는 카페를 둘러보더니 고개를 뒤로 젖혔다.

"스몰우드 부인?"

"다신 안 할 거예요. 절대 안 해요."

"뭘요?"

"당연한 걸 지적하는 거요. 당신 같은 누군가가 찾아와서 단서를 얻어 갔다가 정의가 실현될 거라고 믿는 기대감이 쓰레기통에 버려지는 거, 그만 보고 싶어요."

"난 당신 편이에요. 스몰우드 씨가 결백하다고 믿어요."

잠시 후 그녀가 말했다.

"신분증 보여 줘요."

나는 지갑에서 버몬트 운전면허증을 꺼내서 그녀에게 건넸다.

"전 지금 닐라에서 물려받은 집에 살고 있어요. …여기 온 이후
로 이상한 일이 계속 일어나고 있는데, 아무도 그 일을 입 밖에 내
지 않고 있어요. 전… 두려워요."

그렇게 이야기하면서 내 입을 통해 나오는 말들이 얼마나 진실
된 것들인지 깨달았다. 수년간의 허세와 잃을 것이 없다는 치기,
그리고 이렇게 아무것도 모른다는 무지가 내 마음속 깊은 곳에서
두려움에 불을 지폈다. 아니타는 면허증을 뚫어져라 쳐다보았다.

"정말… 닐라에 있는 사람이 당신을 보낸 게 아니에요?"

"아니에요."

아니타가 고개를 저었다.

"이해 못 하시겠지만, 대체 뭐 때문에요? 물론 우리 남편은 결백
해요. 남편 말고 그 다른 남자도 죄가 없었고요. 그 둘이 결백하다
는 사실을 누구도 의심하지 않았어요. 그 멍청한 꼭두각시 경찰서
장도, 검사도, 심지어 그의 사건을 심판한 판사도요. 그들 모두 노
튼이 무죄라는 것을 알고 있으면서도 그를 곧장 감옥으로 보내
버렸어요."

"왜요? 대체 왜 그랬을까요? 정치적 이유 때문인가요?"

"사람들이 그렇게 생각하기를 바랐던 거죠. 문제를 빨리 해결할
방법이 필요했고, 나중에라도 이들이 유죄 판결을 받은 것에 대해
의문을 제기하면 대중을 안심시키기 위해 신속하게 처리할 수밖에
없었다고 말할 수도 있었고요."

"하지만 그게 사실이 아니었죠?"

아니타 스몰우드는 주위를 둘러보며 속삭임으로 들릴 정도로
목소리를 낮췄다.

"그들은 다른 누군가를 보호하고 있었어요. 그 마을에 있는 누군가를요."

그녀는 어이없다는 듯 코웃음을 쳤다.

"닐라…."

마치 독약을 뱉어내는 것처럼 그 이름을 뱉어냈다.

"누구요? 누구를 보호하고 있었다는 거죠?"

"의심이 가는 사람은 있지만 사실 잘 모르겠어요. 그가 누구였든지 간에 영향력이 있는 사람이었던 게 틀림없어요."

바리스타가 아니타의 음식을 테이블로 가져왔고, 나는 그녀가 떠날 때까지 기다렸다가 아니타에게 물었다.

"조시아 스미스라는 사람을 아세요?"

"그를 알아요? 그 사건을 기소한 검사가 그 사람이에요. 겁쟁이자식."

아니타는 다시 고개를 절레절레 흔들며 눈을 부릅뜨고 말했다.

"조시아는 그들이 무죄라는 걸 알고 있었어요. 그의 얼굴에서 그걸 똑똑히 읽었죠. 내 눈이나 노튼의 눈을 똑바로 바라보지도 않았어요. 단 한 번도요."

나는 10대 소년 두 명이 휘핑크림을 가득 얹은 머그잔을 들고 우리 옆 테이블로 와서 앉는 모습을 보았다. 그들은 아니타가 고통스러워하고 있다는 사실을 전혀 의식하지 못한 듯했다.

"스몰우드 부인, 살해당한 여성들은 대부분 가출한 상태였어요. 대부분 이 동네 출신이 아닌 아이들이었죠."

"맞아요."

"그런데 왜 당신 남편과 마크 르브론을 이 사건의 범인으로 지

목했을까요?"

"당연히 흑인 남자 두 명이 잘못된 시간에, 잘못된 장소에 있었기 때문이겠지요. 흑인 남성 두 명과 어린 소녀라는 조합만큼 대중의 분노를 불러일으키는 데 좋은 먹잇감은 없으니까요."

"지난 몇 달 동안 사망한 여자들이 더 있다는 사실 알고 계셨어요?"

아니타가 대답하지 않자 내가 덧붙였다.

"그리고 아무도 그 사건에 관해 이야기하지 않고요."

"아무도 말 안 할 거예요."

"왜요?"

"그야 나도 모르죠."

아니타는 한숨을 쉬었다. 분노는 사그라든 것 같았다. 담담한 표정으로 스콘을 한 입 베어 물었다.

"잘은 모르지만 닐라 인근에서는 그 이야기를 하는 게 금기시되어있어요."

"만약 진짜 범인을 은폐하려는 시도가 있었고 당신 남편과 르브론이 억울하게 누명을 썼다면, 지금 일어나는 사건에 같은 사람이 연루되었을 수도 있다고 생각하세요?"

아니타는 요거트를 먹으며 내 질문에 대해 생각했다. 그리고 조용히 남은 스콘을 냅킨에 싸서 가방에 넣었다.

"아니타?"

"일하러 가야 해요."

"같은 범인이 아직도 여자아이들을 살해하고 있다는 사실을 입증할 수 있다면 당신 남편도 누명을 벗을 수 있어요."

아니타는 쟁반을 들고 쓰레기통으로 걸어갔다. 그리고 다시 자리로 돌아왔을 때 그녀는 슬픔에 잠긴 표정을 지었다.

"있잖아요, 나는 여자아이들이 왜 또다시 시체로 발견되기 시작했는지 잘 몰라요. 노튼 사건을 담당했던 판사도 이미 죽고 없고, 그 외에는 뭐가 어떻게 되어가는지 나도 모른다고요."

아니타가 커피를 집어 들었다.

"거기서 무슨 일이 일어나든 이제 내가 신경 쓸 일이 아니에요. 이제 나랑은 상관없는 일이죠. 난 내 몫의 희생을 치렀어요. 노튼의 누명을 벗길 필요도 없어요. 애초에 더럽혀진 적이 없었으니까. 그들이 제정신이었더라면 아무도 그 이야기를 믿지 않았을 거예요."

"더 많은 여성이 사라지거나 죽을 수 있어요. 그게 걱정되지 않으세요?"

"이곳 닐라에서는 불의에 맞서 싸우는 게 아니라는 사실을 뼈저린 경험을 통해 배웠어요. 더 많은 소녀가 목숨을 잃고, 더 많은 남자가 감옥에서 생을 마감할 수도 있겠죠."

아니타는 어깨에 가방을 메고 차가운 눈으로 나를 바라보았다.

"날 원망하는 눈으로 보지 말아요. 내 남편은 좋은 사람이었어요. 신을 신실히 믿고, 의용 소방대원으로 활동했었죠. 억울하게 감옥에서 썩을 사람이 아니었어요. 우리는 함께 미래를 계획했었다고요."

"아니타—"

아니타가 눈을 깜빡였다. 나는 그녀의 눈에 눈물이 고이는 것을 보았다. 누그러진 목소리로 그녀가 말했다.

"여자아이들이 죽었고, 노튼도 죽었고, 나도 죽은 사람이나 다름없어요."

제 35 장

이브 포스터
뉴멕시코주 닐라 — 1997년

이브는 곧장 앨버커키 공항으로 향했다. 산타페를 막 통과할 무렵 백미러를 통해 사복 경찰이 그녀의 뒤를 쫓고 있는 것을 발견했다. 그들은 공항 주차장에 도착할 때까지 이브의 뒤를 미행했다. 이브가 공항 주차장에 차를 세우자 남자는 사라졌다. 이브는 어떤 위험도 감수하지 않았다. 짐을 챙기고 렌터카를 반납한 후 공항으로 들어갔다. 불편한 의자에 40분 동안 앉아 있다가 마침내 미행이 끝났다고 판단했다. 이브는 곧장 화장실로 향했다.

그곳에서 청바지와 카우보이 부츠, 그리고 꽃무늬 블라우스로 갈아입었다. 가방에서 곱슬곱슬한 검은색 가발을 꺼내 자신의 금발 머리 위에 조심스럽게 올려놓았다. 값비싼 가발이었고 그 효과는 대단했다. 금색 링 귀걸이와 오버사이즈 선글라스로 차림을 완전히 바꾸었다.

공항 터미널로 다시 돌아온 이브는 리무진 구역에서 자신을 기다리고 있던 차에 올라탔다. 화려하지 않은 평범한 쉐보레 차량이었다. 이브는 운전기사에게 알은체하고는 닐라 외곽의 고속도로 근처에 있는 다른 모텔 주소를 알려 주었다. 그녀는 기사에게 길을 멀리 돌아가 달라고 부탁하면서 200달러를 요금으로 주겠다고 말했다. 그는 이브의 부탁에 기꺼이 응했다.

"굳이 돌아가는 이유가 뭡니까?"

기사가 백미러를 통해 이브를 쳐다보며 물었다.

"어떤 사람한테서 도망이라도 치는 거예요?"

"어떤 사람에게로 도망가는 거예요."

이브는 무성하게 자란 운전자의 눈썹이 미간을 중심으로 하나로 뭉쳐지는 것을 보았다.

"그럼 가장 빠른 길로 가는 게 낫지 않아요?"

"그냥 말씀드린 대로 가 주세요."

이브는 창밖을 스쳐 지나가는 풍경을 바라보았다. 공기는 건조했고 하늘은 맑았다. 굳게 마음을 먹긴 했지만 고속도로를 달리면서 본 표지판의 페인트처럼 호기로운 기세가 한풀 꺾여 있었다. 이브는 눈을 감았다. '켈시는 닐라에 있어.' 어미 사자의 본능으로 이브는 그 사실을 알 수 있었다. 또 자신의 앞을 가로막는 사람은 누구든 죽일 생각이었다. 카일 서머스와 메이어 경관, 그리고 다른 사람들은 상황을 더 복잡하고 위험하게 만들고 있었다. 그들 뜻대로 되면 이브는 곤경에 처할 수밖에 없었다. 그녀는 가방을 만지작댔다. 그 안에 총이 있다는 사실만으로도 힘이 되었다.

"이름이 뭐예요?"

운전사가 물었다.

"…조지나예요."

"예쁜 이름이네요. 외모랑 잘 어울려요."

"그래요?"

"조지아에서 왔어요?"

그는 자신이 한 농담이 정말 재밌다는 듯 껄껄대며 웃었다.

"캔자스를 거쳐 네브래스카에서 왔어요."

"옥수수 농장에서 왔겠군요. 당신이 만나러 가는 남자가 얼마나 운이 좋은 놈인지 알아야 할 텐데요. 중서부에서 온 여자들은 주방에서도 끝내주지만 침실에서도 환상적이거든요."

이브는 백미러를 통해 그가 윙크하는 모습을 보았다. 이브는 불쾌함을 드러내지 않으려 애를 썼다.

"내가 만나러 가는 사람은 그렇게 생각하지 않을 것 같네요."

운전사가 고개를 저었다.

"우리 때는 남자들이 고마워할 줄 알았는데."

"아저씨 이름은 뭐예요?"

이브는 별로 궁금하지도 않은 질문을 아무 생각 없이 던졌다. 대화는 관심을 다른 곳으로 돌리는 방법이었고, 그가 자신을 네브래스카에서 온 조지아라고 굳게 믿을수록 이브에게 좋은 일이었다.

"난 에드라고 해요. 뉴욕에서 태어나고 자랐죠. 10년 전에 은퇴하고 이곳으로 왔어요. 그 뒤로 뉴욕은 가 본 적도 없어요."

"은퇴 후 생활하기는 좋은 곳이에요."

"대부분 그렇죠."

그는 이브를 흘끗 쳐다보았다.

"당신 애인 말이요, 닐라에 살아요? 아니면 트럭 운전사예요?"

"애인의 여자친구가 닐라 근처에 살아요."

"아, 미안해요."

"네, 뭐. 남자들은 나쁜 놈이 되기도 하니까요."

에드의 눈이 동그래졌다.

"여자는 나쁜 년이 될 수 없나요?"

"여자요? 글쎄요. 여자는 희생자 아니면 기 센, 고약한 성질의 여자뿐이죠. 그렇게 얘기하잖아요, 이 세상은."

"조지나, 당신은 어떤 유형인데요?"

그는 재미있다는 표정으로 백미러를 통해 이브를 쳐다보았다.

"저요? 기 센 여자인 거 같아요."

이브는 다시 창밖 풍경으로 시선을 돌렸다.

"전 다시는 피해자가 되지 않을 거예요. 그러니까, 저한테 남은 건 고약한 성질밖에 없네요."

공기 같은 말들이 그녀의 입안에서 톱밥처럼 텁텁하게 느껴졌다.

* * *

이 모텔은 이전에 머물렀던 모텔보다 더 끔찍했다. 얼룩진 러그, 촌스러운 실내장식, 복도와 방 전체에 스며들어 있는 담배 연기 냄새. 이브는 어떤 것도 기꺼이 받아들일 준비가 되어 있었기에 조지나 호킨스라는 이름으로 방을 빌렸다. 편안한 방이 왜 필요하겠는가. 어차피 잠은 잘 생각도 없었다.

그녀를 위해 준비된 렌터카는 누구라도 타고 싶지 않을 황갈색 뷰익이었다. 그 차를 몰고 먼저 타오스로 가서 음식과 생필품을 구매한 다음 카일의 집으로 가서 잠복을 시작했다. 경찰의 미행이나 판사의 감시에서 벗어나 닐라에서 무슨 일이 벌어지고 있는지 알 아낼 수 있었다. 모든 정황을 파악한 후 공격할 생각이었다.

제 36 장

코니 포스터
뉴멕시코주 닐라 — 현재

내가 도착했을 때 알베르토는 나보다 먼저 음식점에 도착해 자리를 잡고 앉아 있었다. 그는 뒤쪽 부스에 몸을 숨기고 시무룩한 표정을 짓고 있었다. 나는 그가 앉아 있는 부스 맞은편에 앉아 만나줘서 고맙다는 인사를 건넸다.

"죽고 싶어서 환장한 모양이네요."

그가 중얼거렸다.

"글쎄요. 이런 사건을 기사로 쓰는 사람은 당신이잖아요. 제가 위험할 이유가 뭐가 있겠어요?"

"방법의 문제죠. 나는 합법적인 신문사의 보호 아래 피해자를 주제로 기사를 쓰잖아요. 그리고 중요한 건 전 닐라에 거주하지도 않고요. 나는 그 지옥에서 멀리 떨어져 있다고요."

그는 커피가 담긴 것 같은 머그잔을 한 모금 마시고 구겨진 냅킨으로 입을 닦았다.

"그리고 그 불구덩이에서 춤을 추고 있는 건 당신이라고요."

가게 직원이 와서 타코 플레이트 스페셜과 물을 주문했다. 알베르토는 엔칠라다 세 개, 밥, 콩, 소파이피야, 샐러드를 주문했다.

"사 준다고 했죠?"

그가 미묘한 미소를 지으며 말했다. 직원이 자리를 뜨자 그는 자세를 고쳐 앉고 인상을 쓴 채 이전처럼 입술을 씹었다.

"원하는 게 뭐예요? 빨리 말해요. 시간이 별로 없어요."

나는 그에게 아니타 스몰우드와 나눈 대화를 들려주었다.

"아니타는 노튼이나 마크 레브론이 유죄일 거라고 생각하는 사람이 아무도 없을 거라고 말해 줬어요. 담당 검사나 판사조차도 그들이 범인이라고 생각하지 않는 것 같다고요. 사실이에요?"

"아니타 말이 맞다면 그들이 사람들을 제대로 속인 거죠."

"재판을 담당한 판사 있잖아요, 누군지 알아요?"

알베르토가 눈썹을 찌푸렸다.

"르루라는 사람이요. 6년 전에 죽었을 거예요."

"아는 사람이었나요?"

"재판 중에 본 것밖에 없어요."

"아니타 말이 조시아 스미스가 담당 검사였다고 하던데요."

"내가 말했잖아요. 검사라고."

로드리게즈가 냅킨을 얇은 조각으로 비틀었다.

"코니, 대체 무슨 생각이에요? 이미 재판이 가짜라는 것을 알고 있었잖아요. 르브론과 스몰우드가 결백하다는 것도 알고요. 그런데 왜 아니타를 귀찮게 한 거예요?"

그가 테이블에 냅킨을 던졌다.

"날 귀찮게 하는 이유가 뭐예요?"

"나도 몰라요."

"모른다고요?"

나는 그에게 어젯밤에 있었던 일에 대해 말했다. '쿵' 하는 소리, 그리고 피, 그리고 제트에 대해서.

"놀랄 일이 한두 개가 아니네요. 그 손자국… 경찰이 그걸 진짜 피라고 하던가요?

"그러니까요. 와서 몇 가지 물어보더니 주위를 둘러보고 갔어요. 내가 샤워하는 데 걸리는 그 짧은 시간만큼만 둘러보고 가 버렸다고요. 범죄 현장이라고 표시는커녕."

알베르토는 생각에 잠긴 표정이었다.

"그럼 그 남자요, 관리인이라는 사람, 그는 어젯밤 일에 대해 뭐라고 하던가요?"

"버나드 제트슨 몽고메리라니까요. 텍사스 출신이고요. 그리고 별말 안 했어요."

내가 너무 많은 부탁을 한다는 걸 알았지만 그래도 말하지 않을 수 없었다.

"저, 혹시 그 사람 배경을 좀 알아봐 주실 수 있나요?"

"난 사설탐정이 아니에요."

"네, 알아요. 하지만 전 탐정을 고용할 돈도 없고, 조심해야 한다고 말한 건 기자님이잖아요."

그의 눈이 커졌다.

"첫째, 언제부터 내 말을 들었죠? 둘째, 안 돼요."

"부탁할게요."

음식이 나오고 직원이 자리를 뜨자마자 알베르토는 음식을 허겁지겁 먹기 시작했다. 포크가 그의 입과 접시 사이를 네 번쯤 왔다 갔다 했을 때 그가 식사를 멈추고 수염에 옥수수 토르티야 조각을 묻힌 채 나를 쳐다보았다.

"진심으로 부탁하는 거 아니죠?"

"진심이에요."

"제트가 살인 사건과 관련이 있다고 생각해요?"

"아니요, 그건 아니에요. 그런데 유언장에 적힌 바보 같은 조항 때문에 그를 해고할 수 없어요. 그리고 전 이브의 판단력을 신뢰하지 않고요. 그 여자는… 끔찍한 사고방식을 가졌어요."

나는 포크로 타코를 찍었다. 냄새는 근사했지만 입맛이 싹 사라져버렸다.

"그 남자를 정말 믿고 싶은데, 모든 게 다 정말 너무 그럴듯해요."

"어떤 것이든 단정 지어 확신할 수 없다는 사실을 알아야만 해요. 목욕을 마친 아기의 엉덩이처럼 아주 깨끗해 보여도 실제로는 변태일 수도 있어요. 엄청나게 많은 전과 기록을 가진 채로 테레사 수녀 같은 삶을 살고 있을 수도 있고요."

알베르토가 감자튀김 하나를 들고 허공에 흔들었다.

"테드 번디 같은 연쇄살인범을 봐요. 다들 모범 시민이라고 생각했잖아요. 티가 나지 않았을 뿐이에요. 무슨 말인지 알죠?"

나는 웃었다.

"알아요. 하지만 아무것도 없는 것보다는 낫잖아요."

"큰 기대는 말아요."

그가 입 안에 음식을 잔뜩 넣고 중얼거렸다.

"고마워요. 정말이에요."

그는 포크로 나를 가리켰다.

"빚진 거 같아야 해요, 코니. 당신이 계속 조사하고 다닐 거라는 거 알아요. 뭔가 발견하면 나한테 전화해요. 약속해 줘요."

"약속할게요."

"그래야죠."

그는 작은 접시에서 소파이피야를 들고 두 개로 찢었다. 그는 테이블 위에 놓은 꿀 병에서 꿀을 한 방울 짜고는 조각을 입에 넣었다.

"이 난장판 같은 세상에서 내가 믿을 수 있는 유일한 것은, 정치인들은 실망시키지만 이곳은 그렇지 않다는 거예요."

나는 접시를 내려다보다가 음식을 먹어야 한다는 것을 깨닫고 타코를 집어 들었다.

"당신 어머니요."

알베르토가 음식을 씹는 사이에 말했다.

"정말 보통은 아니에요."

"말씀하신 그 '보통은 아니다'란 게 가학적인 미친 사람을 말한다면, 맞아요."

"이름이 뭐라고 했죠?"

"이브요. 이브 포스터."

"그 사람이 매드독 도로에 있는 집을 유산으로 남겼다는 거죠?"

"맞아요. 가지고 있는지도 몰랐던 집인데."

알베르토는 포크를 내려놓았다.

"흠."

"왜요?"

"처음에 집을 어떻게 소유하게 됐는지 궁금해서요. 오랫동안 버려져 있던 집이거든요."

나는 그를 흘끗 쳐다보았다.

"그 집에 원래 살던 사람을 아세요?"

그는 고개를 저었다.

"아니요, 에스메렐다 때문에 길만 알아요. 그래도 지나가던 기억은 나요. 텅 비어 있어서 슬퍼 보였죠."

오래전 일을 떠올리는 것 같은 눈빛으로 그는 문을 바라보았다.

"사실은 그 집에 들어가 보려고 시도했던 적이 있어요. 그 집이 여동생의 실종과 관련이 있을 거라고 생각했거든요. 그런데 문이 굳게 잠겨 있었어요."

그의 시선은 다시 현시점, 그리고 내게로 돌아왔다.

"당신 어머니의 사인은 뭐예요?"

"익사했어요."

"끔찍하군요."

"이상해요. 이브는 수영을 잘했어요. 늘 체력 관리를 해왔고요. 호수의 차가운 물이 젊음의 비결이라고도 했었죠."

나는 어깨를 으쓱했나.

"그러면 뭐 하나. 죽었는데."

"우리는 부모님을 공경하는 문화가 있어요."

"어떤 인간인지 몰라서 그래요."

내가 조용히 대답했다.

"까탈스러웠다고 했던가요?"

"그렇게 말할 수도 있죠."

나는 어린아이를 데리고 온 한 엄마가 우리 쪽 부스 근처에 자리를 잡는 모습을 지켜봤다. 엄마는 어린 소녀가 조그만 배낭에서 장난감 동물을 하나씩 전부 꺼내 테이블 위에 펼쳐놓을 때까지 참을성 있게 기다렸다.

"이브는 딸을 잃었어요. 제가 보기에는 그 일에서 완전히 회복하지 못한 것 같아요. 그 일이 있고 난 이후 그녀는… 뒤틀리고, 잔인해졌죠."

"자식을 잃는다는 건 끔찍한 일이에요."

나는 고개를 끄덕였다.

"딸 켈시는 집을 나가서 사라졌어요. 때로는 이브의 가사도우미들이 우리를 겁주려고 켈시가 정신이 나가서, 다루기 힘든 사람이 돼서 돌아왔다고 말하기도 했어요."

"끔찍하네요."

"물론 우리 집에서 일한 직원들도 켈시를 본 적은 없었고 이상한 소리만 들었을 뿐이에요. 우리를 놀리면서 즐거워했었죠. 이브 밑에서 오래 버틴 사람은 아무도 없었지만."

나는 기억을 더듬으며 편히 기대앉았다.

"그리고 켈시도 돌아오지 않았어요."

나는 어깨를 으쓱했다.

"죽었겠죠. 아니면 도망쳐서 찾을 수 없게 꼭꼭 숨어버렸거나. 나만큼이나 직원들도 이브를 싫어했어요. 그 소문은 직원들이 이브와 우리를 골탕 먹이려고 지어낸 이야기라고 생각해요. 그들도 켈시가 이브의 상처라는 걸 알고 있었거든요."

"'집에서 일하는 직원들'이라니."

그가 거들먹거리며 웃었다.

"그러니까 당신은 가난하지만 부잣집 딸인, 이중적인 인간이라는 거군요. 이게 무슨 차가운 핫초코 같은 말인지."

나는 냅킨을 접시 위로 던지고 직원에게 계산서를 가져다 달라는 신호를 보냈다. 물론 이브는 부자였다. 하지만 이 대화에서 그가 알아낸 정보가 고작 그런 것이라니 기분이 상했다. 나는 직원에게 20달러 지폐 두 장을 건네고 자리에서 일어났다.

"제트 뒷조사 고마워요."

나는 차갑게 말했다.

"워, 잠깐만요, 코니. 당신도 농담하잖아요. 나도 농담이었어요. 원래 그런 거잖아요."

그가 나를 올려다보았다.

"너무 예민하게 받아들이지 말아요. 당신 가족에 대해 그렇게 말한 건 미안해요."

나는 고개를 끄덕였다.

"뭐라도 알아내면 전화해 줘요. 나도 그럴게요."

"아직도 화났군요."

나는 어린 딸을 데리고 온 젊은 엄마를 다시 쳐다보았다.

* * *

제임스 라일리가 내 휴대 전화로 전화를 걸었을 때는 9시가 훌쩍 넘어 있었다.

"소식 들었어요. 괜찮아요?"

365

"네, 괜찮아요."

"내일 만날 수 있어요?"

라일리가 연락해 온 것도 의외였는데 그가 나를 보고 싶어 한다는 사실은 그보다 더 놀라웠다.

"일하는 날인데요."

내가 말했다.

"마누엘라 식당으로 오세요. 6시까지는 거기 있을 거거든요."

짧은 침묵이 이어졌다.

"근무 시간 이후에 만나면 더 좋을 것 같아요. 음, 6시 이후 어때요? 내가 저녁을 사서 집으로 갈게요. 피자나 뭐 그런 거요."

그의 목소리에서 긴장감을 느끼지 않았다면 그의 제안이 반가웠을 것이다. 그는 함께 있으면 편한 사람이었다. 같이 있으면 눈이 즐거운 것은 확실했다.

"좋아요. 그것도 좋을 것 같네요. 무슨 일 있어요?"

"그게…"

다시 짧은 침묵이 이어졌다.

"내일 봐요. 7시까지 갈게요."

제 37 장

코니 포스터
뉴멕시코주 닐라 — 현재

라일리는 정각 7시에 도착했다. 아직 제복 차림이었고, 파란색 제복을 입은 그의 모습은 단정하고 진지해 보였다. 문 앞에 서 있는 그의 모습을 보니 반가웠지만 표정은 어두웠다. 그의 손에는 피자와 산타페 페일에일 6병이 들려있었는데, 그가 나를 보더니 맥주를 높이 들고 미소 지었다. 나는 그를 주방으로 안내했고 그는 자신이 가져온 피자와 맥주를 식탁 위에 올려놓았다.

"어떤 술을 마시는지 몰라서 안전하게 가기로 했어요. 피자도 마찬가지고요. 밋밋하고 평범한 맛이에요."

"요즘 같을 땐 평범한 것만큼 좋은 게 없죠. 고마워요."

"초대해 줘서 고마워요."

나는 웃었다.

"선택의 여지가 없었잖아요."

그는 내 미소에 답하지 않고 주위를 둘러보았다.

"우리 둘뿐인가요?"

나는 고개를 끄덕였다.

"라일리, 괜찮아요? 우리 집 진입로에서 돌아가신 고모할머니라도 본 것 같은 표정이던데요."

그는 상자에서 맥주 두 병을 꺼냈다. 나는 서랍에서 병따개를 꺼내 그에게 던져 주었다. 그는 병뚜껑을 따고 맥주 한 병을 내게 건네주었다.

"피자를 먼저 먹을까요?"

"안 돼요. 그런 표정을 짓고 있는 한 식사를 할 수 없어요."

이 말이 그에게 가서 닿은 듯 긴장된 그의 어깨에 힘이 풀렸다. 굳게 다문 입도 마찬가지였다. 처음은 아니었지만 나는 거친 남자 같은 그의 외면이 부드럽고 친절한 눈과 어우러지는 것을 보았다. 나는 그를 믿었다. 이 지옥 같은 마을에서 누군가를 죽도록 믿고 싶었던 건지는 모르겠지만. 그가 정말 믿을 만한 사람인지는 두고 봐야 했다.

"좋을 대로 하세요."

그가 자리에 앉았고 나도 그를 따라 앉았다.

"혹시 당신이 찾고 있던 그 데이터, 비슷한 살인 사건에 관한 건가요?"

그는 아니라는 의미로 고개를 저었다.

"코니, 어제 작성한 신고서요, 혹시 후속 조치가 있었나요?"

"첫 번째 전화 말고는 없었어요."

"방문했던 경찰관들은 기억하시나요?"

나는 그들의 인상착의를 설명했고 라일리는 얼굴을 찡그렸다.

"이런."

"아는 사람들이에요?"

"네, 아는 사람들이에요. 같은 경찰서 소속이고요. 평판이 좋은 사람들이에요."

"그게 무슨 뜻이에요? 손자국을 보고 그걸 그냥 심한 장난 정도로 판단했다는 건가요?"

"아니요, 그런 문제가 아니에요. 사건 보고서를 조회하려고 했는데 아무것도 나오지 않았어요."

그는 맥주를 내려놓았다.

"경찰관에게 진술한 게 확실해요?"

"당연하죠."

"그리고 그게 피라고 확신했고요."

"전 그게 피일 거라고 확신해요. 하지만 결정은 경찰이 하는 거잖아요, 그렇지 않아요?"

"무슨 일이 있었는지 한 번 더 설명해 줄 수 있어요? 최대한 자세하게 설명해 봐요."

그는 불안한 표정을 지으며 가까이 몸을 기울였다.

"그 상황을 다시 떠올리게 해서 미안하지만 무슨 일이 있었는지 들어봐야겠어요."

늦은 밤 밖에서 들렸던 소리부터 아침에 일어나 창문에 찍혀 있던 끔찍한 자국을 본 일까지, 나는 기억나는 모든 내용을 그에게 다시 들려주었다.

"얼룩과 별 모양이라고 하셨죠?"

나는 고개를 끄덕였다.

"일부러 그런 손자국을 만들었다기보다는 얼룩이나 모양이 무작위로 생긴 모습이었어요. 마치 누군가—"

나는 잠시 멈추고 침을 삼켰다.

"누군가 필사적으로 안으로 들어가고 싶어 하는 것처럼요."

라일리가 일어섰다. 그는 싱크대로 걸어간 다음 그 자리에 서서 세면대를 응시했다.

"당신이 여기 사는 걸 아는 사람이 또 누가 있어요? 나하고 세입자는 제외하고요."

"많지 않아요. 마누엘라. 출동한 경찰들, 올리버 형제… 아, 올리버 형제는 근처에 사는 사람들이에요."

"다른 사람은 없어요?"

고개를 뒤로 젖히고 곰곰이 생각했다.

"모르겠어요. 그냥 지나가는 사람들에게 말했을 수도 있고요."

"그렇군요."

그가 다시 식탁으로 돌아왔다.

"코니, 사실은 어제 어떤 여자가 …로 발견됐어요. 백인이고, 나이는 20대 중반쯤? 신분증은 없었고요."

"어떻게 발견됐다고요?"

"시체로 발견됐어요."

닭살이 돋고 가슴이 답답해졌다.

"이 근처에서요?"

그의 침묵은 충분한 대답이 되었다.

"세상에, 그 여자가 누구인지는 모르고요?"

그러다 깨달았다. 에이미, 바에서 만난 여자. 내가 사는 곳을 아는 사람 중에 에이미가 있었다! 그녀도 혼자였고, 이 사건에 대해 불만이 있었고, 불안해하고 있었다. 범인이 외지인만 살해한다면 에이미도 표적이 될 가능성이 있었다. 나는 좌절할 듯 어렵사리 말을 꺼냈다.

"머리카락 끝을 파란색으로 염색하고… 옆구리에 천사 문신이 있었나요?"

라일리가 깜짝 놀란 표정을 지었다.

"맞아요!"

나는 에이미가 죽었다는 데 너무 놀랐지만 침착함을 유지하려고 애를 썼다. '침착해, 코니.' 겁먹고 호들갑 떨 필요는 없었다.

"누구인지 알아요. 에이미예요. '캣츠 미우'라는 셰어 하우스에서 살고 있고,"

"마을에서 혼자 살고 있었나요?"

"남자친구 이야기하긴 했었는데 헤어진 것 같았어요."

나는 라일리에게 앉으라고 권했고, 그는 의자 가장자리에 걸터앉아 다리를 쭉 뻗고 두 손에 깍지를 꼈다.

"에이미를 처음 만났을 때 그녀는 술에 취해 있었어요. 계속 살인 사건에 대한 이야기만 늘어놓았죠. 두 번째로 우연히 마주쳤을 때는 다른 사람처럼 보였어요. 뭐라고나 할까. 누군가의 통제를 받고 있고, 잔뜩 긴장한 모습이었어요."

나는 어깨를 떨면서도 이야기를 이어나갔다.

"며칠 전에 에이미를 만나러 갔는데 집에 없었어요. 마을을 떠난 줄 알았는데. 범인과 관련된 단서는 없었나요?"

라일리는 그런 건 발견되지 않았다는 표정을 지었다.

"나도 아는 게 하나도 없어요. 당신처럼 궁금한 것투성이에요. 이 문제에 대해서는 경찰서에서 함구하고 있어요. 정보도 없고, 데이터베이스에 접속해 봤지만 아직 결정적인 단서는 찾지 못했어요."

"에이미에 대해 어떻게 알았어요?"

"데릭이라는 경찰관이 알려줬어요. 데릭도 이 동네에서 오래 살았지만 나만큼이나 당황스러운 것 같더군요. 당신에게 일어난 일을 데릭에게 말했더니 최근 희생자에 대해 말해 줬어요."

끔찍한 예감이 떠올랐다.

"에이미도 다른 여자들처럼 고문을 당했나요?"

"모르겠어요."

"내가 본 손자국에 맞는 부상이 있었나요?"

"아마도요."

라일리는 손을 뻗어 내 손목을 잡았다.

"사실 직접 만나서 이야기하고 싶었어요. 기밀이거든요. 아직 공개되지 않아서 수사에 방해가 되고 싶지 않아요. 그래도 경찰서에서 누군가 당신에게 연락을 해줬기를 바랐어요."

"그랬어야죠."

그 순간 갑작스러운 생각이 떠올랐다. 라일리가 그렇게 초조해 보였던 진짜 이유. 나는 그에게 물었다.

"시신이 언제 발견된 거죠?"

그는 또다시 침묵했다. '젠장.' 그 망할 자식들은 우리 집을 찾아왔을 때 이미 시신이 발견됐다는 사실을 알고 있었다. 라일리가 내게 말하려고 했던 것도 바로 그것이었다. 그래서 집에 찾아왔던 것이다.

"우리 집에 왔을 때 이미 시신이 발견됐다는 사실을 알고 있었죠?"

나는 벌떡 일어나 벽을 주먹으로 세게 쳤다.

"젠장, 라일리, 그들은 우리 집 근처에서 여자가 살해된 걸 알고 있었어요. 지금 누구 놀려요? 그 피가 살해된 여자의 피일 수도 있다는 사실을 알고 있었다고요."

그것이 의미하는 바가 떠오르자 정신이 번뜩 들었다.

"피해자가 에이미라면 우리 집에 도움을 요청하러 왔을 수도 있어요. 그 개자식이 누구든 간에 도망치고 있었을 수도 있죠. 도망치려고 시도를 했을 수도 있고요. 아, 이런."

"왜 그래요?"

"내가 에이미를 구할 수 있었어요. 에이미를 집 안으로 들여보냈다면! 내가 몇 가지 일을 더 진지하게 생각했더라면 말이에요."

"뭐가 어쨌길래요, 대체 무슨 말을 하는 거예요, 코니?"

나는 침실로 달려가 가방에서 십자말풀이를 꺼냈다. 그것을 식탁 위 라일리 앞에 놓고 손가락으로 십자말풀이를 톡톡 두드렸다.

"작고 빨간 집…."

그가 글씨를 읽었다.

"이거 어디서 났어요?"

"식당에서요."

"누가 쓴 거예요? 누가 썼는지 봤어요?"

"아니요, 그러니까 내 말은 손님들이 혼자서 밥을 먹을 때 십자말풀이를 하곤 하잖아요. 남자 몇 명이 그날 십자말풀이는 푸는 모습을 보긴 했는데 그중 누가 이런 짓을 했는지는 몰라요."

라일리는 신문을 다시 내려다보았다.

"언제 이런 일이 있었죠?"

나는 그에게 말했다.

"아마도 이 집과 내 엄마 이브 포스터 사이에 관련이 있는 것 같아요."

라일리가 의아한 표정으로 나를 쳐다보는 순간 나는 그가 입 밖에 내지 않은 질문을 손짓으로 거부했다.

"이 집에는 역사가 있어요, 라일리. 여기서 무슨 일이 있었다는 게 직감적으로 느껴져요. 에이미의 죽음과 십자말풀이에 '작고 빨간 집'을 쓴 사람이 서로 관련이 있는지 밝혀내고 싶어서 참을 수가 없네요."

라일리는 확신하지 못하는 표정이었다.

"한 가지는 분명하네요. 당신은 여기 있으면 안 돼요."

나는 싱크대 위의 찬장을 열고 위기 상황에 마시기 위해 아껴둔 좋은 보드카 한 병을 꺼냈다. 내가 마실 목적으로 잔에 술을 따랐다.

"같이 마셔요."

"사양할게요."

"근무 시간도 아니면서."

"저녁을 먹고 나서 다시 경찰서로 돌아가서 여자의 신원을 파악할 수 있는 방법이 없는지 보려고요."

나는 고개를 끄덕이고 술을 한 모금 마셨다. 술이 목구멍을 타고 흘러내려 가면서 느껴지는 찌릿한 느낌이 좋아 한 모금 더 마셨다. 술잔을 비우고 다시 잔을 채웠다.

"지금은 다른 곳으로 몸을 피하는 게 좋겠어요. 당신 말대로 두 사건 사이에 연관이 있다면 다음번엔 당신 차례일 수도 있으니까요."

"난 아무 데도 안 가요."

"누군가 이 십자말풀이를 가지고 당신을 조롱하고 있었어요. 아니면 경고일 수도 있고요."

나는 신문을 다시 방에 가져다 두었다. 더는 그 빨간 글씨도 보고 싶지 않았다. 방에서 나오는 길에 화장실에 들러 얼굴에 찬물을 뿌렸다. 물론 그의 말이 맞긴 했지만 그렇다고 해서 떠나야만 하는 건 아니었다. 주방으로 돌아와서 상자를 열고 차갑게 식은 피자 한 조각을 꺼냈다.

"먹을래요?"

"코니, 여기 있으면 안 되는 거 알잖아요. 문제가 없는 척한다고 해서 일이 해결되는 것도 아니에요."

나는 보드카를 꿀꺽 삼키고는 연이어 맥주를 마신 다음 피자를 한 입 베어 물었다. 기름진 탓에 속이 더부룩해질 것 같아 먹자마자 후회가 들었다. 나는 입가심을 하기 위해 맥주를 한 모금 더 마셨다.

"코니―"

"망할, 라일리. 여긴 내 집이에요. 가진 게 이것뿐이라고요. 난 안 가요."

나는 이브에 대해 생각하고 있었다. 전 세계 도시에서 밤을 지새우던 일들, 정신 나간 게임과 잔인한 줄다리기, 그리고 이브의 사악한 붉은 입술이 떠올랐다. 낯선 사람의 침대와 굶주림, 그리고 날 괴롭혔던 날 것 상태의 공포와 외로움까지.

"아무도 날 쫓아낼 수 없어요."

그는 고개를 저으며 조심스레 내 손목을 잡고는 공상적인 박애주의자와 같은 눈빛으로 내 눈을 쳐다보았다. 걱정과 친절로 가득한 눈빛에 나는 감정의 쓰나미에 휩쓸릴 뻔했다. 감당하기 힘든 것이었다. 이 모든 게 너무 벅찼다. 나는 손목을 비틀어 그의 손에서 내 손을 뺐다. 그가 다른 말을 하려고 입을 열었고 나는 내 몸을 그의 몸에 밀착시켰다. 거칠게 키스하면서 그의 벨트 버클을 향해 손을 뻗었다. 경찰과 잠을 자는 것은 이번이 처음이었다.

"코니."

"아무 말 말아요."

내가 입고 있던 셔츠를 벗고 그의 셔츠 단추를 풀기 시작했다.

"아무 말 말고 그대로 있어요, 라일리."

그렇게 주방 식탁에서 우리는 섹스했다. 내 다리가 그의 단단한 몸통을 감싸고, 그의 몸은 두려움과 외로움, 분노를 마구 공격했다. 섹스가 끝나고 그는 주방에서 조금 더 머물렀다. 연갈색의 부드러운 눈동자는 초점을 잃은 듯했고 조금은 혼란스러워 보이기도 했다. 나는 그가 그날 밤 나와 함께 이 집에 있어 주기를 바랐다. 적어도 조금 더 오래 함께 있어 주기를. 하지만 닐라의 어둠 속으로 사라지는 그를 아무 말 없이 보내 주었다.

제 38 장

코니 포스터
뉴멕시코주 닐라 — 현재

다음 날 아침 7시 30분에 또 끔찍한 악몽을 꾸며 잠을 자고 있던 나를 베키 스미스가 전화로 깨웠다. 나는 그녀가 이름을 세 번이나 반복해서 말한 후에야 누구인지 기억이 났다. 키가 작은 여자, 진흙투성이 무릎. 검사의 조카였다.

"난 약속을 지키는 사람이거든요. 오늘은 조시아의 컨디션이 좋아요."

그녀가 말했다.

"당신을 만나고 싶대요."

나는 침대에서 일어나 앉았다.

"좋아요, 물론이죠… 언제 가면 될까요?"

"지금 시간이 있어요. 안타깝게도 이 상태가 얼마나 오래 지속될지, 당신이 여기 도착했을 때 삼촌이 마음을 바꿔 보고 싶지 않다고 할지는 모르지만요."

"알았어요."

나는 침대에서 부리나케 일어나 어깨와 턱 사이에 휴대 전화를 낀 채 대답하면서 청바지를 입었다.

"지금 바로 갈게요. 20분쯤 후에 도착해요."

전화를 끊고 양치질을 한 후 셔츠를 입었다. 어젯밤의 과음으로 머리가 쿵쾅거렸다. 라일리가 떠난 후 나는 혼자서 술을 몇 잔 더 마시면서 걱정을 털어낸 뒤 불안한 밤의 잠 속으로 빠져들었다. 보드카를 과하게 마신 일은 후회됐지만 라일리와 있었던 일은 그렇지 않았다. 차에서 그에게 전화를 걸었다. 자동 응답기로 연결됐다. 나중에 다시 전화하기로 하고 차의 시동을 걸었다.

15분쯤 지난 후 스미스의 집에 도착했다. 현관문이 열려 있었고 벤게이 바르는 파스와 고양이 소변 냄새가 은은하게 스며나오는 비좁은 거실에 베키와 그녀의 삼촌이 앉아 있는 것이 보였다. 베키가 안으로 들어오라고 손짓했다. 그녀는 남색 소파에 웅크리고 앉아 있었고, 고양이 한 마리가 그녀의 무릎에 앉아 있었다. 노인은 베키가 앉아 있던 의자와 한 세트처럼 보이는 커다란 안락의자에 기대어 앉아 있었다. 남자는 눈을 크게 뜨고 입을 움직이고 있었지만 그의 입에서는 아무런 말도 나오지 않았다. 책과 서류 더미가 베이지색 카펫이 깔린 바닥을 포함해 모든 표면을 덮고 있었다. 그녀는 잡동사니들을 치웠다. 얼룩무늬 은색 고양이 한 마리가 내게 몸을 비비고 그르렁대면서 나를 맞이했다.

"쿠키예요."

베키가 말했다.

"쿠키 여동생은 탁자 아래 숨어 있어요. 사람들을 무서워하거든요. 그리고 얘는 프린세스고요."

그녀가 무릎에 앉은 주황색 고양이를 쓰다듬었다.

"이 아이들이 우리 아기들이에요."

"우리가 아니라 네 고양이지."

노인이 낮은 목소리로 말했다. 몸을 숙여 고양이를 쓰다듬자 다섯 쌍의 눈이 모두 나를 쳐다보는 것이 느껴졌다.

"삼촌, 이 분이 제가 말했던 그 사람이에요."

베키가 크고 정확히 발음하면서 큰 소리로 말했다.

"여기, 소파에 앉으세요."

그녀는 오래된 사진첩을 치우고 쿠션을 토닥였다. 나는 불편할 정도로 그녀와 살을 맞대고 그녀가 권한 자리에 앉았다.

"조시아 삼촌은 청력에 문제가 있으세요. 그래서—"

"아주 잘 들린다."

"하! 재밌네요."

베키가 톡 쏘듯 말했다.

"그럼 지금까지 절 무시하고 계셨던 거네요."

안락의자에 앉은 남자가 헛기침을 하더니 눈을 감았다. 힘줄이 드러날 만큼 뼈가 앙상한 그는 드문드문 머리가 하얗게 셌고 알코올 중독자처럼 안색이 거칠고 붉었다.

"아이스티 드릴까요?"

베키가 물었다.

"이 분은 아이스티를 마시고 싶지 않아."

"스미스 씨,"

내가 말했다.

"닐라에서 있었던 일에 관해 이야기하고 싶어요. 90년대에 있었던 일이요."

붉게 충혈된 축축한 눈동자가 번뜩였다. 그는 곁눈질로 나를 슬쩍 훑어보았다.

"그만 나가 봐라."

남자가 조카에게 말했다. 그러고는 더 친절한 목소리로 덧붙였다.

"베키, 밖으로 나가려무나. 정원에서 하고 싶은 거 해. 정원에서 일하는 거 좋아하잖니."

베키는 삼촌의 말대로 자리에서 일어나 밖으로 나갔다. 베키가 자리를 뜨자 조시아는 안락의자 등받이를 고정해 자세를 바로 앉고는 내 쪽으로 고개를 돌렸다.

"베키가 마음이 약해서 나를 생각하는 마음에 이런 일을 한다고 생각하지는 마요. 집세를 내가 내고 있으니까. 못된 남편 놈이 떠난 후로 마땅히 갈 곳이 없어서 나와 함께 사는 것뿐이지, 사실 정당한 물물교환이에요. 그 애는 나를 돌봐주고 그 대가로 살 집을 얻는 거죠. 우리 둘 다에게 썩 유쾌한 일은 아니지만 말입니다. 나는 저 고양이들이랑 난장판이 된 집과 함께 저 애가 온종일 내 주위를 알짱거리는 걸 참아야 하고 베키는⋯ 뭐, 나를 돌보는 것 자체가 쉽지 않겠지."

그는 손수건에 기침을 했다.

"때때로 인생은 유쾌하지 않은 물물교환이나 마찬가지라니까."

예상과 달리 그의 목소리에 힘이 있어서 깜짝 놀랐다. 그는 베키가 묘사한 것과는 전혀 다른 사람인 것 같았다.

"유쾌하지 않은 물물교환에 대해 잘 알고 있어요."

내 말에 그가 미소 지었다.

"똑똑한 아가씨군요. 아, 요즘은 함부로 아가씨라고 하면 안 되지."

그는 고개를 저으며 눈곱이 낀 눈을 문질렀다.

"흑인, 중국인, 게이 같은 말을 함부로 쓰면 안 돼요. 다들 너무 예민하거든. 사람은 사람일 뿐인데 언제부터 누군가를 묘사하는 게 나쁜 말이 된 건지."

여기에 온 목적과 상관없는 대화를 하며 시간을 보낼 생각은 없었다.

"노튼 스몰우드와 마크 레브론 사건을 담당했던 검사셨죠?"

"그건 알면서 하는 말인가, 질문인가?"

"질문 아닙니다."

그는 거의 눈치채지 못할 정도로 희미하게 고개를 끄덕였다. 그러고는 다시 눈을 감고 내 시선을 피했다. 그는 필요할 때마다 외면해 버리는 데 아주 능숙한 것 같았다. 그가 병을 앓고 있다는 것은 얼마만큼 진짜였고, 얼마만큼 거짓이었을까? 나는 그가 지루함을 느끼기 전까지 얼마나 오래 그의 관심을 끌 수 있을까?

"그 사람들은 죄가 없었어요. 진짜 범인은 도망쳤고요."

"살인자들. 한 명이 아니었으니까."

나는 그가 한 말을 곰곰이 생각했다.

"뭔가 알고 계시는 듯한 말투네요."

"그의 파트너가 살인자인지는 모르겠지만 도움을 받았다는 것은 확실해요."

나는 혼란스러웠다.

"그들이 무고한 걸 알았다면 대체 왜 르브론과 스몰우드를 기소한 건가요? 불쌍한 사람들의 인생을 망친 이유가 뭐죠?"

침묵, 그리고 가래 낀 기침이 이어졌다.

"조시아 스미스, 당신은 알면서도 아무것도 하지 않았어요. 두 명의 무고한 사람을 감옥에서 썩게 내버려 뒀다고요."

그는 똑바로 앉아서 나를 노려보았다.

"아니야. 나는 그들이 무고하다는 사실을 확신할 수 없었어요. 증거가 설득력이 떨어진다는 것은 알고 있었고. 또 그 남자들이 나쁜 놈들이라는 것도 알고 있었고, 그들이 감옥에 가면 세상이 더 나아질 거라는 것도 알았—"

"그건 당신이 결정할 일이 아니었어요."

"노튼은 변태였어."

"그의 아내는 그가 교회에 다니고 의용 소방대원으로 활동하던 가정적인 남자였다던데요."

"그는 트럭에 미성년자 포르노를 숨겨뒀어. 그것도 아주 더러운 것들로."

나는 고개를 갸웃거렸다.

"그가 가지고 있던 거예요? 아니면 누군가 몰래 갖다 놓은 거 말씀이세요?"

조시아가 목 뒷부분에서부터 불쾌한 소리를 냈다. 내가 말했다.

"그들이 감옥에 갇혀 있는 동안 진짜 살인범, 아니, 살인범'들'이 여전히 밖을 활보하고 있었다고요."

"그게 내가 후회하는 한 가지요."

내가 물었다.

"뭐가요?"

"그 살인자들이 아무런 벌도 받지 않고 무사히 빠져나간 것 말이요. 매일 그 생각으로 괴로워하고 있어요."

"범인이 누구인지 알고 계시는군요."

침묵.

"그럼 왜 그때 아무 조치도 취하지 않았나요?"

그의 얼굴이 붉어졌다.

"그게 바로 젊은 세대의 문제야. 당신 같은 젊은이들은 모든 게 이미 정해져 있다고 생각하고 옳고 그름으로만 판단하는… 세상은 그런 식으로 돌아가지 않는데 말이지."

"저도 알아요."

내가 말했다.

"유쾌하지 않은 물물교환 말씀이잖아요."

그는 뒤틀린, 씁쓸한 미소를 지었다.

"코니 포스터, 그렇게 가만히 앉아서 계속 성인군자인 척하시지 그래. 지금까지 살면서 일이란 걸 단 하루도 해 본 적이 없는 사람인 게 확실하군. 우리 같은 사람들은 어려운 선택을 해야 해. 당신은 내 입장이 돼 보는 것이 어떤 깃인지 상상도 못 할 거요."

"그럼 알려 주세요."

조시아가 나를 유심히 관찰했다. 그의 눈이 갑자기 커졌다. 그의 눈에 두려움이 비쳤다.

"당신은 그 여자를 닮았어."

"누구요?"

조시아가 고개를 저으며 한숨을 쉬었다.

"여기 있어 봤자 좋을 게 하나도 없어. 이곳을 떠나야 한다고. 원래 있던 곳으로 돌아가서 이 일은 잊어버려요."

"뭘 잊어버리라는 거예요? 살인 사건이요?"

"그들이 아직 살아 있어."

그리고 더 희미한 목소리로 덧붙였다.

"당신은 이걸 막을 수 없다고."

그의 눈에서 불꽃이 사라지고 있었다. 영혼이 빠져나가는 것처럼. 그의 영혼이 머무는 다른 세계가 어디인지 모르지만 그곳으로 빠져나가기 전에 그의 관심을 더 끌어보려고 애를 쓰며 그 자리에 계속 서 있었다.

"스미스 씨,"

큰 소리로 그를 불렀다.

"왜 절 보자고 하셨어요?"

그가 오른쪽으로 고개를 돌렸다. 나는 그가 나를 볼 수 있게 안락의자 옆으로 돌아갔다.

"마음속에 묻어둔 이야기를 솔직하게 털어놓으세요. 지금이요. 이제라도 바꿀 수 있어요. 알려 주세요. 뭘 알고 계신 거예요? 왜 저를 보자고 하신 거예요?"

"참 친절했는데."

그가 말했다.

"예쁘기도 했고. 그런 대접을 받아서는 안 됐어."

"누가요?"

"더 있어."

그가 말했다.

"그녀의 잘못이 아니었어. 더 있어."

"더 있다니 뭐가요? 여자들? 희생자들? 살인자들? 알아듣게 이야기해 주세요."

소리를 지르고 있다는 걸 문득 깨달았지만 신경 쓰지 않았다. 베키가 현관문을 열고 들어오는 소리가 들렸다. 신경 쓰지 않고 말했다.

"후회하고 계신 거 다 알아요. 그러니 무슨 말인지 이해할 수 있게 말해 주세요. 그녀가 누구예요? 그리고 더 있다는 게 뭐예요?"

하지만 그는 이미 다른 세계로 떠난 뒤였다. 촉촉한 눈을 감고 입을 크게 벌리고 있었다. 가슴이 옥죄었고, 무거웠고, 숨 쉬는 게 고통스러웠다. 대체 그녀가 누구고 뭐가 더 있다는 거지? 그 빌어먹을 작고 빨간 집에 대한 단서를 거의 알아낼 뻔했는데! 바로 코앞이었는데 또다시 아무것도 남은 것이 없었다.

"시체들."

베키가 내 뒤에서 속삭였다. 그녀는 침대 밑에 있는 괴물의 이름을 말할 때처럼 조심스럽게, 그리고 겁에 잔뜩 질려 말했다.

"발견되지 않은 시체가 더 있어요."

나는 뒤로 돌았다.

"베키, 그 말을 하려고 했다는 걸 어떻게 알아요?"

"잠꼬대하니까요. 실종된 여자들에 대해 중얼거리거든요. 벌써 몇 달이나 됐어요. 얼마 전… 얼마 전에 살인 사건이 다시 시작된 이후로요."

그녀의 미소에는 미안함이 묻어났다.

"더 많은 피해자가 있다고 생각하세요. 모든 게 자기 잘못이라고요."

"그럼 '그녀'는요? 잠꼬대할 때 그녀가 누구인지도 말하던가요?"

"아니요."

베키가 말했다. 오늘은 무릎이 깨끗했지만 습관처럼 무릎을 계속 털고 있었다.

"하지만 누구를 말하는지 알아요."

"알려 주세요."

"내가 어렸을 때 삼촌이 실제로 관심을 가졌던 유일한 여자였거든요."

"그게 누구예요, 베키? 조시아가 말하는 여자가 누구예요?"

'내가 누구를 닮았다는 거지?'

"그녀의 이름은 플로라 푸엔테스였어요. 20년 전에 닐라에서 살해당했죠."

* * *

광활한 사막, 먼지투성이의 황량한 시내, 인도에 스며든 절망, 지칠 줄 모르는 붉은 태양 아래서도 닐라는 그 나름대로 아름다움이 있었다. 험준한 산봉우리가 끝없이 펼쳐진 하늘을 향해 뻗어 있는 황량한 산에서 묘한 아름다움이 느껴졌다. 마누엘라의 식당을 찾은 손님들이 그녀 주위로 모여드는 모습에도 아름다움이 있었고, 철물점에서 일하는 스텔라가 보여준 모성애에서도, 라일리와 나눈 키스에도 아름다움이 있었다.

조시아 스미스에게서는 그런 아름다움을 발견하지 못했다. 그에게서 찾을 수 있는 것은 추악한 겁쟁이의 모습이었다. 닐라의 모든 것이 어긋나게 만들어 버린 원인. 조시아와 나눈 대화가 종일 머릿속에 맴돌았다. 스몰우드와 르브론, 두 사람에 관한 생각을 도저히 떨쳐 버릴 수가 없었다. 한 명 또는 여러 명인지 모를 그 살인자를 보호하기 위해 왜 마을 전체가 고의로 무고한 사람들을 희생시켰을까? 정말 자기 자식들은 어떻게든 그런 상황을 피할 수 있을 거라고 생각했나? 아니면 실제 살인범이 너무 교활하거나 강력해서 잡히지 않았고, 패배를 인정하기보다는 희생양을 선택하기로 한 권력자들 때문은 아니었을까?

플로라 푸엔테스는 대체 누구지?

그날 오후 일하다 잠깐 짬이 나는 시간에 라일리에게 다시 전화를 걸었다. 여전히 전화를 받지 않았고 곧바로 음성 메시지로 연결되었다. 슬슬 걱정되기 시작했다. 식당 문이 열릴 때마다 혹시 라일리가 아닐지 기대하면서 고개를 들었다. 그에 대해 많은 것을 알지 못했지만 지금까지 내가 본 그는 자기 일에 있어서 만큼은 완벽주의자였기 때문에 이렇게 오래도록 휴대 전화의 전원을 끈 상태로 살해당한 여성의 신원을 추적하기만 하는 게 이해되지 않았다. 발견된 시체의 신원이 에이미가 맞는지 확인하고 싶었지만 그보다도 라일리의 목소리를 듣고 싶었다.

두 번째 전화는 알베르토에게 걸었다. 이번에도 자동 응답기로 연결되었다. 플로라 푸엔테스에 대한 정보를 메시지로 남기고 그에게 제트에 관해 새로 발견된 내용이 있는지 질문을 남겨 두었다. 8시가 넘어서 집 진입로에 차를 세웠을 때였다. 해가 지고 꽉 찬 보름달이 집 주위에 그림자를 드리우고 있었다. 제트의 작은 집과 작업실 모두 불이 켜져 있었지만 우리 집은 자물쇠로 단단히 잠겨 있었다. 잠긴 문을 열고 주방으로 향했다. 내 손이 보드카 병에 닿앗을 때 전화가 울렸다. 리사였다. 나는 병을 찬장에 다시 올려두고 전화를 받았다.

"안녕, 뭐 하고 있어?"

"또 뭘 먹었구나. 목소리만 들어도 알겠네."

"먹으면 안 되는 건 없어."

리사가 한숨을 쉬었다.

"데이비드가 처방전을 받아 왔어. 그냥 신경 안정제야."

조용한 목소리로 리사가 말했다.

"요리사가 관두겠대. 오늘 말하더라."

나는 식탁에 앉았다. 요리사가 없으면 리사는 그 큰 집에서 거의 혼자 지내는 거나 다름없었다.

"괜찮겠어?"

"별로. 새로운 요리사를 어디서 구하는지 내가 뭘 알겠어? 그리고 이 집은… 뭐, 굳이 또 말할 필요도 없이 너무 크잖아."

세 가족이 편안하게 지낼 수 있을 정도로 아주 큰 집.

"집을 팔면 어때, 리사?"

내가 말했다.

"그 집을 팔고 더 작고 관리하기 쉬운 곳으로 이사하는 거야. 안 좋은 기억이 없는… 그런 집으로 말이야."

"집을 팔아도 되려나."

"변호사가 그런 조항을 읽어 준 기억은 없어."

하지만 리사는 이미 그 주제에 대한 흥미를 잃었다.

"있잖아, 코니, 네가 너무 그리워. 내가 이 망할 복도를 돌아다니는 유령이 된 기분이야. 결국 엄마가 바라던 대로 된 거 같아."

"무슨 뜻이야?"

"날 자기한테 데려가려고 하는 거지. 이제 유령 둘이 되어서 이 괴물 같은 집을 돌아다니고 있잖아. 살아 있을 때처럼 한심하게 말이야."

"그런 말 좀 하지 마."

그러고는 목소리를 누그러뜨리고 덧붙였다.

"나도 너랑 있으면 좋지. 그런데 넌 혼자가 아니야. 데이비드도 있고, 정원사도 있어. 내가 널 항상 생각하고 있어. 그걸 기억해. 우리가… 어렸을 때 그랬던 것처럼."

"맞아, 나도 알아."

"내 말 잘 들어. 계속 이렇게 살면 안 돼. 혼자서 미쳐가고 있잖아. 데이비드에게 도움을 요청해 봐. 필요하면 변호사에게 전화해서 부동산 중개인도 알아봐 달라고 해. 요리사 없이 살기엔 집이 너무 커."

요리사가 있다 하더라도 큰 게 문제지만. 리사는 요리를 할 줄 몰랐다. 컨디션이 좋은 날에도 입이 짧은 편이라 누군가 그녀에게 먹을 것을 계속 권하지 않으면 금방 쇠약해지고 말았다.

"서둘러."

"지하실 자물쇠 열쇠를 찾았어."

리사가 말했다.

"그 소리 말이야, 그 소리를 이젠 멈추고 싶어."

소음에 대한 집착이 다시 시작되었다. 리사는 상상하고 있었다. 그 집에 대한 모든 것, 그 모든 시간이 리사에게는 감당하기 힘든 것이었다.

"리사, 그냥 호텔로 가. 그 집에서 나와서 한동안 깨끗하고 조용한 곳에서 지내."

"나한테 생각이 있어. 우편물을 확인해 봐. 사서함으로 보냈어."

"리사—"

"이브가 가지고 있던 보석이야."

속삭이는 말투였다.

"그건 추적할 수 없잖아. 벌링턴에 있는 안전 금고에 몰래 숨겨 뒀어. 곧 충분한 돈이 모일 거야. 그때 어디로든 같이 떠나자."

"리사, 그럴 필요 없어—"

"너도 열쇠를 하나 가지고 있으면 좋겠어. 혹시 모르니까."

그녀는 가쁜 숨을 몰아쉬었다.

"나한테 무슨 일이 생길지도 모르니까."

바닥에 무언가 달그락거리는 소리가 들리고, 리사가 '젠장'이라고 중얼거렸다. 더 단호한 목소리로 리사가 덧붙였다.

"나는 가진 게 많잖아. 내가 해결할 수 있어. 너랑 이브는 항상 내가 약하다고 생각했었지. 강하고 뭐든 할 수 있는 코니와 약하고 바보 같은 리사. 내가 두 사람에게 보여줄 거야. 나도 할 수 있다는 걸 말이야."

리사는 전화를 끊었다. 다시 전화를 걸었지만 아무도 받지 않았다. 요리사와 데이비드에게 전화를 걸어 리사를 잘 보살펴 달라는 메시지를 남겼다. 리사가 당장 그 집을 떠나는 것이 나았지만 이브의 바보 같은 규칙 때문에 내게는 리사가 그 집을 나오게 할 마땅한 수가 없었다. 나는 리사의 말이 옳다고 확신했다. 이브의 목적은 우리를 갈라놓는 것이 분명했다. 돈으로 우리 사이를 갈라놓으려는 거겠지. 나는 돈 없이도 살 수 있었다. 이미 몇 년이나 그런 생활을 해오지 않았던가? 하지만 리사는 이미 풍요로운 생활에 익숙해져 있었다. 이브가 리사를 그렇게 만들었다. 리사가 재산을 버리고 떠나는 건 있을 수 없는 일이었으니 지하실에서 들리는 상상 속 소리에 시달리는 미친 여자가 되어서 그 망할 집에서 조용히 썩어갈지도 몰랐다.

또다시 전화가 울렸다. 이번에는 알베르토였다.

"알베르토? 뭐 좀 알아냈어요?"

"어이구, 내가 뭘 알아냈다고 누가 그래요?"

"수다나 떨려고 전화한 건 아니잖아요."

알베르토가 웃었다.

"그냥 수다나 떨려고 전화한 거면 좋았겠네요. 나쁜 소식을 전하는 건 재미가 없거든요."

"기자가 하는 일이 원래 나쁜 소식을 전하는 거 아닌가?"

농담이었지만 관자놀이에서 긴장감이 느껴졌다. 알베르토가 무슨 말을 하든 상황이 이보다 더 나빠질 수는 없었다.

"당신이 음성 메시지로 남긴 이름 있잖아요, 플로라 푸엔테스. 찾아볼 필요도 없었어요. 누군지 기억하고 있거든요. 90년대에 사망한 사람이에요."

나는 일어서서 창문으로 걸어갔다.

"희생자 중 한 명인가요?"

"확실하지 않아요. 그녀의 시신은 예전에 '잭스 플레이스'가 있던 곳 인근에서 일어난 주택 화재에서 발견됐어요. 시신이 불에 타버려서 화재로 사망했는지 아니면 살해당한 후 버려진 건지도 파

악할 수 없었어요. 화재로 그녀가 있던 집과 술집 일부가 불에 탔
거든요."

"그 집은 누구 집이었어요?"

"술집 주인이 소유하고 있던 집이었어요. 술집 이름 보고 짐작
했겠지만 잭이라는 사람이에요. 하지만 그는 아는 게 없다고 딱 잡
아뗐어요. 그 집은 몇 년 동안이나 비어 있었고 그 안에 누가 있었
든 불법으로 들어온 거라고요."

"방화였나요?"

"아마도요. 신고 내용이 확실하지 않았어요."

'그것참 편한 대답이네.'

"그럼 또 다른 피해자일 수도 있겠네요."

"경찰과 검사는 르브론과 스몰우드에게 죄를 뒤집어 씌우려고
했지만 결국 실패했어요. 그들을 연결해 주는 증거가 하나도 없었
거든요."

그가 멈칫했다.

"진짜 비극은 그녀의 아이들이었어요."

"아이들이요?"

"딸이 두 명 있었어요. 쌍둥이. 사건 당시 나이가 두 살쯤이었는
데 화재 당시 플로라와 함께 있지 않아서 아이들에게 무슨 일이 일
어났는지 아무도 몰라요."

"쌍둥이요?"

쌍둥이, 리사와 나도 쌍둥이였다.

"네."

불길한 예감이 밀려왔다. 지하실에서 찾은 물건들. 십자가와 옷

가지들.

"그 사람들 여기 살지 않았었나요? 플로라 푸엔테스와 그녀의 딸들이요."

알베르토는 또다시 멈칫했다.

"지금 당신이 사는 빨갛고 작다는 그 집이 한때 플로라가 살던 집이었어요. 그녀가 죽고 아이들이 사라지자 결국 경매에 부쳐졌죠. 한 회사가 그 집을 매입했어요."

"회사 이름이 뭐죠?"

"잠깐만요. 어디 보자… 에이펙스 버튼이네요. 부동산 자회사인데 모기업이―"

"포스터 엔터프라이즈."

"어떻게 알았어요?"

"엄마 회사예요. 아니, 그랬었죠. 아무튼, 그러니까 엄마가 경매로 이 집을 샀다는 거죠? 왜요?"

알베르토가 말했다.

"그건 나도 몰라요. 내가 아는 건 플로라의 죽음이 마을에 파문을 일으켰다는 거예요. 사람들이 그녀를 무척 좋아했거든요. 불법 체류 중이어서 어떤 사람들은 그녀의 가족이나 남편이 그녀를 납치했다고 믿었어요. 쌍둥이 딸도 목숨을 잃었다고 생각하는 사람들도 있었죠. 닐라 어딘가에 시체가 매장되어 있을 거라고요."

'조시아도 시체가 더 있다고 주장했었는데.' 나는 알베르토의 말을 이해하려고 애썼다. 어딘가에 살아 있을지 모르는 희생자, 쌍둥이 소녀들, 경매에서 산 집. 두 눈을 감아 색을 보고 느꼈다. 빠르게 스쳐 지나가는 뒤틀린 붉은 미소… 저 멀리 핏빛 구슬이 보였다. 불에 탄 살에 스미는 타는 듯한 붉은 고통. 거기 무언가 남아 있었다. 손이 닿지 않는 곳에 아직 무언가 남아 있었지만 그게 뭔지 알 수 없었다. 리사와 내가 그 쌍둥이일 가능성도 있을까? 그게 이 모든 일의 연결 고리인 걸까? 여전히 눈을 감은 채로 내가 물었다.

"이게 대체 이브와 무슨 관련이 있을까요?"

"닐라에서 실종됐다가 시신이 발견되지 않은 사람 중 한 명이 켈시 포스터였어요."

알베르토는 아주 천천히 내 질문에 대답했다.

"이브의 딸이요."

알베르토가 덧붙였다.

"어쩌면 플로라는 이브가 납치범을 찾는 걸 돕고 있었을지도 몰라요. 당신이 찾는 진실이 그것일 수도 있고요."

알베르토의 가설에 대해 생각해 보았다. 켈시가 사라진 마을, 그곳에 살다가 죽은 여자, 그 사람이 소유하고 있던 집. 그것을 경의의 표시로 내게 준 거라고?

"그건 말이 안 돼요."

"난 애당초 이 모든 게 말이 된다고 한 적 없어요."

"쌍둥이 아빠는 누구였나요?"

"카일 서머스라는 남자예요."

"그가 아이들을 데려갔군요."

"맞아요."

그가 또다시 머뭇거렸다.

"아니면 그가 살인 사건과 관련이 있거나?"

"그렇게 생각하세요?"

알베르토는 머뭇거렸다.

"그게, 카일 서머스는 기억하고 있어요. 살인 사건을 담당했던 판사의 처남이죠. 담당 형사와도 막역한 사이였어요."

"질문에 대한 답을 교묘하게 피하시네요."

"플로라가 사망한 후 공교롭게도 카일 서머스도 사라져 버렸어요. 가족을 잃고 상실감에 빠진 건지, 아니면 더 사악한 일이 벌어진 건지, 그건 나도 몰라요."

"하지만 의견을 말해 줄 수는 있잖아요."

"그건 그렇죠."

그가 한숨을 쉬었다.

"있잖아요, 코니, 당시 사람들이 내게 했던 말을 들어 보면 닐라는 족벌주의와 뇌물에 푹 빠진 상태였던 것 같아요. 르루 판사에게 빚을 지지 않은 사람이 없었는데 어찌 보면 당연한 일이었어요. 그가 몰래 사람들에게 호의를 베풀었거든요. 음주운전은 사라지고, 애들은 소년원 대신 보호 관찰을 받고, 학대당한 아내는 접근 금지 명령이 거부되고, 아동 포르노 건도 사라졌어요. 그리고 카일 서머스는 닐라에 있던 부동산의 절반을 소유하고 있었어요. 그는 마을 사람들에게 집주인이자 고용주, 교회 안내인이었어요. 르루 판사와 카일 서머스가 만나면 막강한 힘을 소유할 수밖에 없었던 구조예요. 그런데 어느 날 카일 서머스가 사라졌어요."

"그리고 살인 사건도 멈췄고요."

"닐라에서 20년 넘게 살인 사건이 일어나지 않았던 거죠."

'하지만 살인이 다시 시작되고 있고…' 그가 굳이 말하지 않아도 알 수 있는 사실이었다. 생각할 것이 많았다. 알베르토가 공유해 준 정보에는 진실이 담겨 있었다. 이브와 이 집 사이에는 연결 고리가 있을 거라는 사실은 예전부터 알고 있었다. 이 집이 플로라 푸엔테스의 소유였다는 사실은 그동안 내가 찾고 있던 사건의 연결 고리였다. 그렇다고 해서 이브가 내게 이 집을 물려준 이유가 다 설명되진 않았지만 켈시의 죽음, 그리고 플로라가 켈시의 행방을 찾는 데 도움을 주었을지 모른다는 사실은 어느 정도 설명이 되었다. 아마도 이브는 플로라에 대한 감사한 마음이나 딸과의 유대감 때문에 집을 매매했을 것이다. 어쩌면 그녀는 켈시의 사망 이후 지난 과오를 뉘우치려고 노력했을지도 모른다. 갑자기 두 개의 십자가가 머릿속에 떠올랐다. '뭔가 더 있을지도 몰라.'

상황이 어찌 됐든 단서를 따라가 볼 만한 이름을 몇 개 알아냈다. 플로라 푸엔테스, 카일 서머스, 잭 코즈비. 잭 코즈비가 아직 살아있다면 그를 찾아낼 수도 있을 것 같았다. 나는 알베르토에게 고맙다는 인사를 했다.

"아직 인사를 하기는 일러요."

그가 말했다.

"전화한 이유가 이것 때문만은 아니니까."

나는 바람이 들어오도록 창문을 열었다. 한 시간 전부터 제트는 작업장에서 계속 작업을 하고 있었다. 기계로 무언가를 갈고 있는 소리가 멈추지 않았다. 멀리서 번개가 번쩍하더니 이내 구불구불한 선이 지면으로 이어지는 것을 보았다.

"또 뭐가 있죠?"

"제트슨의 기록이 비공개로 설정되어 있어요. 청소년도 아닌데 이상한 일이죠. 이건 뭔가 심각한 일이 있었다는 뜻이에요."

"아니면 빽이 있든가요."

"이브같은."

"그럴지도요. 어쨌든 이게 계속 신경이 쓰이더라고요. 나는 달리 할 일이 없는 한가한 사람이니까, 아, 농담이에요. 난 바빠요. 아무튼 내가 조사를 조금 더 해 봤는데 아무것도 없었어요. 인터넷 사용 내역도, 소셜 미디어도, 대학 동문 목록 그 어디에서도 그를 찾을 수 없었어요. 정말 이상해요. 그래서 이 친구의 고향 친구에게 전화를 걸어서 주변을 좀 수소문해 달라고 부탁했어요. 결론은 결국 그를 찾아냈는데, …메이건 법 때문이었어요."

"성범죄자 통지법이요?"

"네, 주별로 성범죄자 통지법이 있는데 특히 정보 공개 부분에 관해서는 규정이 조금씩 다르거든요. 범죄자로 등록되어 있었어요."

제트가 성범죄자라고? 나는 그대로 털썩 주저앉았다. 예상치 못한 정보였다고 말하고 싶었지만 차마 그럴 수 없었다. 그에게 뭔가 이상한 점이 있다는 걸 눈치채고 있었고, 이브와의 관계도 석연치 않았기 때문이다. 이브가 그를 선택했다는 사실만으로 그가 이브의 지시를 충실히 따를 의향이 있다는 걸 의미했고, 경험상 지푸라기라도 잡고 싶은 사람들은 돈만 준다면 이브가 시키는 더러운 일을 할 가능성이 컸기 때문이다.

"죄목이 뭔지 알아요?"

"아니요. 범죄자로 등록되어 있다는 것만 알아요. 굳이 추측하자면 조용히 숨어 살 곳을 찾아서 닐라에 온 것 같아요. 성범죄자들은 평범한 삶을 살기가 힘드니까. 용서라는 게 없잖아요."

그리고 피해자나 그 가족에게도 평화 같은 건 없었다.

"알겠어요. 고마워요, 알베르토. 정말 도움이 되었어요."

"이제 손 뗄 거예요? 그 개자식을 해고하고 뉴멕시코에서 떠날 거냐고요."

알베르토의 전화기에서 신호음이 울렸다. 그는 나에게 잠깐 기다리라고 부탁한 후 잠시 후 돌아와 말했다.

"미안해요. 이제 더는 질문하지 말아요. 알겠죠? 이쯤 하면 봉사활동 시간은 다 채운 것 같네. 이제 가 봐야겠어요. 어제 사고당한 그 경찰 때문에요. 그에게는 지옥 같은 밤이었을 거예요. 어쨌든 인제, 그만 일하러 가야겠어요."

나는 자세를 고쳐 앉았다.

"사고당한 경찰이요?"

"네. 못 들었어요? 젊은 남자요. 사고가 완전히 크게 났다고 들었어요. 어젯밤 늦게 당신 집 근처에서 사고가 났었는데 아직도 위독한 상태라고 하더라고요."

"이름이 뭐예요?"

아는 이름이 나올 것 같은 두려움에 천천히 그에게 물었다.

"제임스 라일리요. 왜요?"

'아….' 멀쩡한 정신으로 나와 헤어졌던 라일리. 그는 술을 한 잔 마시라는 내 제안도 거절하고 경찰서 이곳저곳을 다니며 사건에 대해 캐고 다녔을 것이다. 그리고 그는 나를 도우려고 한 것 말고는 아무것도 잘못한 것이 없었다.

"가 봐야겠어요."

내가 말했다.

"괜찮아요, 코니?"

"지금 가야 해요."

전화를 끊고 아래를 내려다보니 팔뚝에 피가 흐르고 있었다. 손톱이 살을 찢을 정도로 살갗을 세게 움켜쥐고 있었기 때문이었다. 라일리가 사고를 당했다니. 내 잘못이다. 내가 그를 이 지경으로 만든 것이다. 에이미, 그리고 이제 라일리까지. 닐라에 있는 누군가는 여전히 이 살인 사건의 진실이 밝혀질 봐 걱정하고, 무고한 사람은 피해를 보고 있었다.

제 39 장

이브 포스터
뉴멕시코주 닐라 — 1997년

이브는 플로라가 카일의 집 현관문을 잠그고 돌길을 따라 내려가는 모습을 지켜보았다. 7시에 가까워지면서 해가 저물었고, 집 너머 사막의 선인장과 유카가 황금빛 후광으로 물들고 있었다. 카일의 뒷마당을 둘러싸고 있는 울타리 너머 지평선까지 펼쳐진 사막은 이브에게 시간을 초월한 느낌을 주었지만 이브는 그것이 자신을 기만하는 순간적인 느낌이라는 것을 알고 있었다. 시간이 얼마 남지 않았다. 켈시를 빨리 찾지 못하면 딸에게 무슨 일이 일어났는지 영원히 알 수 없을지도 몰랐다.

플로라는 한 손으로 종이봉투를 가슴에 감싸 안고 다른 손으로는 식료품 봉투를 들고 있었다. 팔뚝을 따라 꽃처럼 멍이 피어 있었고, 싸구려 분홍색 블라우스 아래에서 해조류처럼 그 모습을 비죽 내밀고 있었다. 어깨는 구부정했고 걷는 내내 고개는 땅을 보고 있었다. 겁에 질린 두더지처럼 허겁지겁 도망치는 모습, 망가진 채

400

복종하는 듯한 모습. 플로라는 이브의 생각이 옳았다는 것을 몸소 보여주고 있었지만, 이브는 그녀의 고통이 달갑지 않았다. 카일은 겉으로 보이는 것과는 완전히 다른 사람인 게 분명했다.

플로라는 차 트렁크에 가방을 싣고 운전대에 올랐다. 등 뒤로 블라우스가 말려 올라가자 다시 끌어내리면서 불안한 표정으로 주위를 둘러보았다. 그녀는 운전대에 잠시 머리를 기대었다가 차의 시동을 걸었다. 옆 좌석에 쌍안경을 올려놓고 검은 가발의 윗부분이 고정되어 있는지 확인했다. 그러고는 백미러로 성공적으로 변장한 자기 모습을 흡족하게 바라보았다. 그녀를 미행하던 경찰도 보이지 않았다. 마을 사람들은 이브가 이곳을 떠났다고 생각했다. 단정하고 세련된 이브 포스터는 사라지고 스스로조차 거의 알아볼 수 없는 여자가 이브의 자리를 대신했다. 그런데도 그녀는 잠시 기다렸다가 플로라의 뒤를 따라나섰다. 최대한 자연스럽게 행동해야 했다. 이렇게 조용한 동네에서는 경계심이 심한 사람이 낯선 이방인을 쉽게 찾아낼 수 있었기 때문이다.

학대받는 여성들에게는 특별한 주의가 필요했다. 그들은 평범한 사람들이 결코 이해할 수 없는 방식으로 사람을 읽었다. 이브 역시 그 사실을 체험을 통해 분명히 이해하고 있었다. 그리고 그렇게 배운 것들을 자신에게 유리하게 사용했다.

* * *

플로라가 도착한 곳은 마을 외곽에 있는 작은 직사각형 건물이었다. 고속도로에서 1.2킬로미터쯤 떨어진 곳에 홀로 외롭게 서 있는 낡고 허름한 건물이었다. 경유차에서 나온 매연이 공기 중으로 퍼져 나갔고, 볼품없는 수정초가 건물 외벽을 따라 늘어선 바위 정원에 흩어져 있었다. 철조망 울타리에 붙어있는 표지판에는 '그레타 탁아소'라고 적혀 있었다. 틀린 글씨는 스프레이 페인트로 대충 고쳐 놓은 흔적이 보였다. 울타리 뒤에는 밝은 색의 통과 삽이 흩어져 있는 사이에 스쿠터 여섯 대와 모래 놀이 장난감이 놓여 있었다. 분홍색 양말 한 짝이 울타리 가장자리에 걸쳐져 있었는데 한때는 흰색 레이스였을 법한 장식은 갈색으로 얼룩져 있었다. 눈에 띄지 않게 주차할 곳을 찾지 못한 이브는 탁아소를 지나쳐 차를 돌린 다음 길가에 차를 세우고 플로라가 나오기를 기다렸다.

그레타 탁아소. 플로라가 아르바이트를 하고 있거나 아이가 있다는 뜻이다.

어느 쪽인지 알아내는 데는 그리 오래 걸리지 않았다. 20분 후 플로라가 모습을 드러냈다. 그녀는 한 손으로는 아이의 손을 잡고 다른 손으로는 품에 아이를 안고 있었다. 두 명의 어린 여자아이였다. 한 명은 작고 금발이었고, 다른 한 명은 엄마처럼 길쭉한 키에, 갈색 머리칼을 가졌다. 한 명이 다른 사람의 아이가 아니라면 두 아이의 나이가 너무 비슷해서 쌍둥이라고 생각할 수밖에 없었다. 금발 머리 아이는 두 팔로 플로라의 어깨를 꼭 감싸고 있었다. 다른 한 명은 짤막한 다리로 앞으로 달려가려 애를 썼다. 이브는 쌍안경을 조절했다. 그녀의 심장이 요동쳤다. 마침내 이브 자신이 사용할 수 있는 패가 생겼다.

플로라는 멀리서 낯선 사람이 자신을 지켜보고 있는 사실은 전혀 눈치채지 못한 채 차 뒷문을 열었다. 금발 머리 아이를 차에 태우고 말괄량이처럼 보이는 갈색 머리 아이를 향해 손을 뻗었다. 하지만 아이는 플로라의 손을 뿌리치고 도로를 향해 돌진했다. 플로라가 아이의 팔을 잡았지만 그녀는 어깨를 뒤로 젖히고 발을 땅에 꼭 붙인 채 길거리에서 꼼짝도 하지 않았다. 이브가 쌍안경을 내려놓으려던 찰나, 한 아이가 이브가 있는 방향을 정면으로 바라보았다.

까만 눈동자, 어린 나이에도 불구하고 총명함이 넘치는… 금방이라도 비명을 지를 것 같은 입은 당장이라도 주절주절 말할 준비가 된 것처럼 보였다. 저 아이는 언젠가 길들이기 힘든 사람으로 자랄 것이었다. 어쩌면 지금도 다루기 힘든 아이일지도 모른다. 마치 켈시처럼.

이브는 아이가 자기 모습을 보기에는 너무 멀리 떨어져 있다는 것을 알면서도 작은 소녀가 자신이 있는 방향을 쳐다보는 모습에 마치 아이가 자신과 눈을 마주치고 있는 것 같은 느낌이 들었다. 꿰뚫어 보는 느낌. 이브는 갑자기 아무것도 걸치지 않은 채 심판받는 기분으로 숨겨진 욕망을 포착당한 불안감이 엄습했다.

제 40 장

코니 포스터
뉴멕시코주 닐라 — 현재

천둥소리가 가슴을 두드리는 듯 울려 퍼졌다. 숨을 쉴 수가 없었다. 이브가 꾸며 놓은 모든 상황 중에서 이번이 가장 최악이었다. 아마도 내가 규칙이 무엇인지 정확히 몰랐기 때문이겠지. 라일리를 향한 진짜 감정이 싹트기 시작했기 때문일 수도 있었다. 아니면 그냥 겁이 났기 때문일 수도.

지역 병원의 이름과 전화번호를 검색했다. 차례대로 전화를 걸었지만 누구에게도 라일리의 소식을 들을 수 없었다. 라일리가 근무하는 경찰서에도 전화해봤지만 사고를 당했다는 사실만 확인해 줄 뿐 아무것도 알려 주지 않았다. 그들은 내게 이름과 연락처를 물었다. 하지만 엉뚱한 경찰이 질문을 마구 쏟아낼 것이 두려워 대답하지 않았다.

천둥이 치고 멀리서 번개가 번쩍이며 지면을 강타했다. 온몸을 씻겨주는 차갑고 축축한 빗줄기가 떨어지기를 바랐다. 하지만 힘을 잃은 폭풍이었다. 소음과 섬광만 있을 뿐 비는 내리지 않았다. 나는 절망감과 무력감, 분노로 좌절했다. 알베르토와의 통화를 시도했지만, 이번에도 음성 메시지로 연결되었다. 경찰서에 다시 전화를 걸려고 하던 찰나, 라일리가 믿을 수 있다고 말한 사람의 이름이 떠올랐다. 라일리는 데릭이 신뢰할 만한 경찰이라고 말했었다. 15분 동안 미친 듯이 검색을 한 끝에 데릭 프레스만이라는 이름을 찾아냈다. 그리고 또 15분 더 검색한 결과 그의 집 전화번호를 알아내는 데 성공했다. 신호가 세 번 울렸고 여자가 전화를 받았다. 피곤에 절은 목소리로 짐작하건대 자고 있던 그녀를 내가 깨운 것 같았다.

"안녕하세요. 데릭 프레스만과 통화할 수 있을까요?"

"누구시죠?"

날카로우면서도 조심스러운 말투였다. 변명거리를 찾느라 머릿속이 복잡해졌다. 그러다 좋은 아이디어가 떠올랐다.

"노라입니다. 주정부에서 트라우마 상담을 담당하고 있어요."

"아, 네, 라일리 때문이군요. 데릭은 여전히 괴로워하고 있어요. 사실 그는 지금 병원에 있어요."

라일리가 입원한 병원이 어디인지 당장 알아내고 싶던 와중, 그녀의 대답에 갑자기 힘이 났지만 묻기도 전에 그녀가 말했다.

"아이가 울고 있어서요. 전화번호를 알려 주시면 데릭에게 꼭 전화를 드리라고 할게요. 상담을 받으면 데릭에게도 도움이 될 거예요. 이런 문제는 상처가 오래가잖아요."

나는 휴대전화 번호를 알려준 후 전화를 끊었다. 고개를 떨구고 팔을 쭉 뻗은 채 생각에 잠겼다. 잔에 보드카를 따르고 마음을 바

꿔 마시지 말까 생각했지만 그냥 들이켰다. 목구멍을 따라 내려가
면서 싸한 느낌이 들었다. 알베르토가 내게 했던 말을 곱씹으며 한
모금 더 마셨다. 의문의 화재 사고로 목숨을 잃은 불법 체류자 플
로라, 그녀의 아이 두 명, 그리고 이 집, 그리고 제트. 우연을 가장
해서 내게 접근했던 빌어먹을 제트. 그가 우리 집에 몰래 들어와
벽에 걸어놨던 십자가, 그의 작업실 바닥에 있던 핏자국, 내 침대
에 누워있던 따뜻하고, 편안하고, 단단했던 그의 몸. 이브의 꼭두각
시였던 제트. 어쩌면 가장 악랄한 인물일 수도 있는…

나는 보드카 한 잔을 더 비운 후 문을 박차고 나가 제트의 집으
로 향했다. 건물 사이를 질주하는 동안 번개가 길을 비춰주었다.
기계가 윙윙대는 소리는 이제 멈췄지만 작업할 때 제트가 부는 휘
파람 소리로 미루어 보아 아직도 그가 작업실에 있다는 사실을 알
수 있었다. 빌어먹을 휘파람 소리. 제트가 이브와 잠까지 잤을지
궁금했다. 한때 둘이 연인 사이여서 내 작은 집에서 몸을 섞으며
나를 미치게 만들 계획을 세운 건 아닐까? 이브는 가스라이팅에
능하다. 그녀의 공범이자 성범죄자인 제트도 그렇게 한 편이 되었
겠지.

생각해 보니 나는 그를 믿고 있었다. 신뢰를 깨 버린 제트 때문
에 나는 더 혼자가 되었고, 더 비참해졌다.

작업실 문이 열려 있어서 분노로 숨을 헐떡이며 안으로 뛰어들
어갔다.

"이 개자식아. 어떻게 그럴 수 있어?"

"코니!"

제트를 향해 달려갔다. 그의 얼굴은 그림자에 가려져 있었지만

머리 위 전구의 희미한 불빛에 그의 눈이 반짝였다. 그의 눈동자에서 충격과 두려움을 보았다. 그는 뒷걸음질 치며 내 손목을 잡고 움직이지 못하도록 내 몸을 꽉 잡아당겼다.

"도대체 이제 무슨 짓이에요?"

나는 그의 손에서 벗어나기 위해 몸부림쳤다. 그는 내 손목을 꽉 잡은 채로 나를 뒤로 밀었다.

"코니, 무슨 일인지 말 좀 해 봐요."

"나한테 거짓말을 했죠? 이브가 뭘 해 준 거예요? 전과 기록을 말소해 달라고 누군가에게 백만 달러를 쥐여 주기라도 했어요? 왜요? 왜!"

구명보트가 거친 파도를 타고 어둠 속을 표류하듯 이성이 현실에서 서서히 사라지는 것이 느껴졌다. 수년 전 코르푸에서 만난 친구가 물속에서 공포에 떨고 있는 모습이 떠올랐다. 지하실에 갇혀 눈물로 얼룩지고 공포에 질린 리사의 얼굴이 보였다. 나는 백기를 들 준비가 되어 있었다. 나는 이 게임에서 이길 수 없었다. 무덤에서조차도 이브는 처절하리만큼 나를 미워했다. 시야가 흐려지고 이대로 정신을 잃을 것만 같았다. 내게는 아무도 없었다.

나는 몸부림을 멈췄다. 제트가 몸을 숙여 내 눈을 바라보았다.

"나한테 기회를 줘요. 다 설명할 수 있어요."

제트는 내 손목을 놓아주고 주위에 다칠 만한 물건들이 없는 의자로 나를 데리고 갔다. 그리고 조심스럽게 나를 의자에 앉혔다. 나는 벽에 머리를 기대고 호흡을 조절하려고 노력했다.

"나를 어떤 사람이라고 생각하는지 모르겠지만 말소할 기록 같은 건 없어요. 그러니까 진짜 범죄 기록이요."

그는 의자 하나를 자신 쪽으로 당겨 왔다.

"아버지가 감옥에 수감되었을 때 전 열두 살이었어요. 엄마가 약물 중독이 되었을 때는 열다섯 살이었고요. 법원은 나를 할아버지와 함께 살도록 했는데 못된 인종 차별주의자인데다가 일을 하는 것보다 술을 마시는 걸 더 좋아하는 사람이었죠. 제 십 대 시절이 범죄와 마약으로 얼룩진 것은 놀라운 일도 아니었어요."

나는 심호흡을 하면서 마음을 진정시킨 다음, 제트가 거짓말을 하고 있다는 신호가 있는지 찾아보려고 그를 살폈다. 흔들리는 눈동자, 빠른 호흡, 긴장된 몸짓. 하지만 그는 어린아이나 잠시도 가만히 있지를 못하는 강아지에게 대하듯 차분하고 단호한 어조로 말하고 있었다. 나는 본능을 믿지 않았다. 그가 하는 말을 그냥 들을 뿐이었다. 제트는 조용히 자리에서 일어나 나무 조각에 사포질을 천천히 시작했다.

"현지 교사가 저를 도와주겠다고 했어요. 목공예를 가르쳐주고 고졸 학력 인증 시험을 볼 수 있도록 도와주셨죠. 여전히 화가 나고 혼란스러웠지만 그래도 어떻게 살아야 할지 조금은 알게 되었어요. 열여덟 살이 되던 날, 친구들과 함께 축하하러 나갔어요. 술집 밖에서 일어난 싸움으로 그날 밤의 외출이 마무리되었죠. 꽤 심하게 맞았어요."

제트는 머리를 뒤로 쓸어 넘기며 얼굴을 찡그렸다.

"경찰이 도착했을 즈음 술집 밖 덤불에 오줌을 싸고 있었는데 말 그대로 바지를 내린 상태에서 경찰에게 잡혔어요. 몇 년 동안 골칫거리였는데 그제야 좋은 건수를 잡은 거죠."

"이해가 안 돼요."

"성인이 되면서 소년원 기록은 봉인됐어요. 하지만 내가 살던 지역에서는 공공장소에서 노상 방뇨하는 것도 성기 노출로 간주하거든요."

"아직도 잘 모르겠어요."

"노상 방뇨를 성범죄로 기소할 수 있다는 말이에요. 그리고 그 멍청이들이 한 짓이 바로 그거였죠. 폭행, 구타, 성기 노출, 여러 가지 말도 안 되는 죄목으로 기소됐는데 그중에 법원에서 성기 노출이 인정됐어요. 당시 열여덟 살이었기 때문에 성인이었고, 그렇게 성범죄자라는 낙인이 찍혔죠."

"이브가 이 일과 어떤 관련이 있는 거죠?"

사포질을 하던 나무 조각의 매끄러운 가장자리를 손가락으로 부드럽게 어루만졌다. 그는 때가 탄 운동복 상의를 입고 있었고, 소매로 나무 조각의 먼지를 닦아냈다. 그의 손길은 부드럽고 엄숙했다. 그런 사람이 작업장을 범죄로 더럽힐 수 있었을까? 알 수 없는 일이었다. 더는 아무것도 알 수가 없었다. 마침내 그가 말했다.

"이브가 내 전과 기록을 지워줬어요. 그 얘기가 듣고 싶었던 거죠? 멤피스에서 그녀를 만났어요. 비즈니스 차 그곳에 왔다고 했죠. 같이 술을 마셨는데 내가 술에 취해서 고민을 털어놨어요. 전 스물다섯 살이었고, 가난했고, 여전히 분노에 차 있었거든요. 이브가 내게 거래를 제안했어요."

"이브는 당신이 나를 망치길 원했어요."

그가 등을 돌렸다.

"이건 당신과는 아무 상관 없는 일이에요. 이브는 집을 관리할 관리인이 필요했을 뿐이고, 나는 새로운 삶과 약간의 사생활을 원했을 뿐이에요. 그녀는 내가 별채를 수리하고 살 수 있게 허락해줬고, 월급도 줬어요. 그리고 그 대가로 난—"

"영혼을 팔았죠."

"이브가 내미는 바보 같은 계약서에 사인을 했죠."

제트는 손을 뻗어 전구를 비틀어보더니 뜨거운 유리에 손이 닿자 움찔했다.

"일을 시작하고 1년이 지난 후에 이브는 내 전과 기록을 지웠다고 말했고, 공개적으로 남아 있는 저에 대한 언급도 모두 삭제했어요. 성범죄자 통지법이 시행 중이기 때문에 할 수 있는 게 아무것도 없었지만 이브가 혼자 알아서 전부 처리했어요."

"이브에게 충성심을 빚졌군요. 그러면 현금은 뭐죠? 관리인이 벌었다고 보기엔 현금이 제법 많던데요!"

"현금이요?"

그의 얼굴이 일그러졌다.

"우리 집에 들어왔었군요."

"여기 처음 왔을 때 살펴봤어요. 이 집의 주인은 나니까요."

제트의 표정이 굳어졌다.

"코니. 이브가 정한 규칙에 따라 이 별채는 내 전용 공간이에요. 그건 무단침입이고요."

"내 입장에서 생각해 봐요. 집을 상속받았는데 낯선 관리인을 해고할 수 없다고 하면 그 사람이 어떤 사람인지 알고 싶지 않겠어요?"

나는 붉어진 그의 얼굴이 다시 가라앉을 때까지 기다렸다.

"그 많은 현금이 어디서 났는지 말해요. 그리고 작업실에 핏자국이 있는 이유도요."

"피요?"

제트가 의아한 표정으로 나를 바라보았다.

"현금은 맞고 피는 아니에요."

자리에서 일어서자 어질어질했다. 나는 핏자국을 보았던 위치로 걸어갔다. 얼룩을 손으로 가리켰지만 작업장 뒤쪽의 불빛이 너무 어두워서 잘 보이지 않았다. 주머니에서 휴대전화를 꺼내 손전등 기능을 켜고 바닥을 비췄다.

"보여요?"

제트가 쪼그리고 앉아 나무판자에 시선을 고정했다.

"젠장, 전혀 몰랐어요."

그는 고개를 들고 나를 쳐다보았다.

"진짜예요, 코니. 이 얼룩은 나랑 아무 상관이 없어요."

"그럼 그 많은 돈은 어떻게 설명할 거죠?"

"그냥 모아둔 거예요. 여기선 돈이 많이 필요하지 않으니까요. 집세와 공과금이 월급에 전부 포함되어 있으니 식비랑 비즈니스를 운영하는 데 필요한 돈 말고는 쓸 곳이 없어요. 그래서 나머지 돈을 모아둔 거예요. 거기다 가구를 팔아서 받은 추가 수익도 있어서 생활비가 충분하거든요."

나는 마지못해 고개를 끄덕였다. 그가 검소한 생활을 하는 것은 분명했고, 몇 년 동안 현금을 모았다면 큰 돈을 충분히 모을 수 있었을 것이다. 나는 손가락으로 얼룩을 어루만졌다.

"그럼… 여기서 무슨 일이….'

고개를 들자 제트는 내가 거주하는 본체를 응시하고 있었다. 불안한 표정이었다.

"왜 그래요?"

여전히 그 집에서 시선을 떼지 않은 채로 그가 말했다.

"이곳에 처음 왔을 때, 이브가 본채에 들어가지 말라고 했어요. 지금 상태 그대로 보존하고 싶다고요. 그 이유가 항상 궁금했지만, 당시에는 나이도 어렸고, 이브에게 고마웠을뿐더러, 혹시라도 해고당할까 봐 무서워서 그냥 시키는 대로 했어요."

나는 이 사실을 이미 알고 있었다.

"제트, 무슨 말을 하는 거예요?"

그가 대수롭지 않은 말투로 덧붙였다.

"이제 와 생각해 보면 이상한 요청이었어요. 관리인을 고용하고서 왜 집이 망가지도록 방치했을까…."

나도 그 점이 궁금했다.

"뭔가 숨기고 싶은 게 있었던 거죠."

머릿속에서 흩어져 있던 조각이 맞춰지기 시작했다.

"관리인을 고용해서 감시하는 것만큼 더 안전한 방법이 있었을까요? 집에 몰래 들어오는 사람도 없고, 호기심에 기웃거리는 아이들도 쫓아낼 수 있으니까요."

그렇게 말하며 자리에서 일어났다. 목소리가 불안하게 흔들리고 있었고 손까지 부들부들 떨렸다. 지하실을 떠올렸다. 흙바닥으로 된 뒤늦게 만든 지하실.

"삽… 있어요?"

"네, 왜요?"

"빌려줄래요?"

작업실 뒤쪽 벽에 기대어 세워 둔 삽을 발견했다. 그곳으로 가서 장비를 챙긴 다음 다시 어둠이 내려앉은 밖으로 나왔다. 빠르게 스쳐 가는 사막의 폭풍으로 어느새 비가 내리고 있었고 나는 비를 맞으며 내 안의 두려움을 씻어냈다.

"어딜 가는 거예요?"

제트가 소리쳤다. 나는 대답하지 않았다. 아무 데도 갈 생각이 없었기 때문이다. 적어도 아직은 그랬다.

* * *

지하실은 후덥지근하고 먼지가 많았으며 기어 다니는 것들로 가득했다. 쓰레기는 이미 대부분 처리를 한 상태였기 때문에 널찍한 바닥에는 흙만 남아 있었다. 얼마 있지도 않았던 용기는 이미 사라진 지 오래였고, 오직 아드레날린만이 남아 내 혈관을 타고 흐르고 있었다. 하지만 그것으로 충분했다. 삽을 찔러 보았지만 발밑의 땅은 녹록지 않았다. 삽질을 한 번 할 때마다 숟가락마냥 아주 조금의 흙만 퍼낼 수 있었다. 하지만 혈관이 독기로 가득 찬 지금 삽질을 멈출 수 없었다. 이 집에는 비밀이 숨어 있었고, 지금은 그 비밀을 밝혀낼 참이었다. 땀방울이 목을 타고 가슴 사이로 흘러내렸다. 숨이 차기 시작했고, 묶었던 머리카락이 흘러내려 땀범벅이 된 얼굴에 달라붙기 시작했다. 지금 내 모습을 본다면 이브가 원했던 것처럼 반쯤 정신이 나간 사람의 몰골일 게 뻔했다. 휴대 전화가 울렸지만 벨소리를 무시했다.

15센티미터 깊이의 흙을 파냈을 무렵 뒤에서 발소리가 들렸다. 제트가 삽을 들고 지하실로 내려왔다. 미카도 그의 옆에 있었다.

아무 말 없이 그는 땅을 파기 시작했다. 그렇게 우리는 몇 시간 동안 조용히 삽질을 했다. 빗방울이 떨어지는 소리, 천둥소리, 거친 숨소리만이 들렸다. 팔이 욱신거리고 허리가 저리기 시작했지만 땅 파는 일을 멈추지 않았다.

열한 시쯤 되었을 때 미카가 흥분해 땅을 긁고 꼬리를 격렬하게 흔들었다. 미카의 신호에 고무된 제트와 나는 더 빠르게 땅을 파기 시작했다. 자정이 지났을 무렵 들고 있던 삽이 무언가에 세게 부딪혔다. 나는 멈춰서 제트를 바라보았다. 그는 내 옆에 서서 알 수 없는 물체 주위로 조심스럽게 땅을 파헤쳤다.

"이런, 세상에."

제트가 조용히 속삭였다. 흙바닥에서는 무언가 밖으로 삐죽 튀어나와 있었다. 미카가 칭얼거리며 물체를 향해 발톱을 세웠다.

"미카, 안 돼."

제트는 미카를 제지하고 내게 말했다.

"냄새가 느껴져요? 희미하지만 분명 냄새가 나요."

하지만 내가 맡을 수 있는 냄새라고는 공기에 스며든 퀴퀴한 냄새와 내 몸에서 나는 시큼한 땀 냄새뿐이었다. 한 삽 가득 흙을 퍼내자 뼈만 앙상한 손가락이 모습을 드러냈다. 나는 무릎을 꿇고 손을 이용해 뼈 주위의 흙을 파냈고, 그러자 유골이 점점 더 모습을 드러내기 시작했다. 내 옆에 무릎을 꿇은 제트의 얼굴이 돌처럼 차갑게 굳었다.

"코니, 그만 해요."

손톱이 찢어져 피투성이가 되었지만 나는 멈추지 않았다. 전화벨이 다시 울렸지만 이번에도 받지 않았다. 시큰거리는 손가락으로 유골의 역겨운 흙을 헤집었고, 내가 흙을 파내는 속도만큼 모래 흙은 다시 제자리로 미끄러졌다. 나는 더 열심히, 더 빨리 팠다. 그러자 더 많은 뼈가 나왔다. 미카가 낑낑대며 사납게 짖었다. 발로 보이는 유골이 눈에 들어왔다. 그리고 두개골 윗부분의 곡선도 보였다. 또 다른 손이 점점 모습을 드러내는 게 보였다. 먼저 발견한 손보다 더 크고 길었으며, 섬뜩한 손목에는 금팔찌가 채워져 있었다. 내 코에도 냄새가 나기 시작했다. 달큰하고 부패한 냄새. 게임의 실체가 서서히 형체를 드러냈다.

"이 아래 겹겹이 쌓여 있어요."

제트가 속삭였다.

"전부 뼈밖에 없어요. 얼마나 많은 뼈가 있는지는… 신만이 아시겠죠."

나는 계속 땅을 팠다.

"코니, 그만 해요. 여긴 범죄 현장이라고요."

제트는 주머니에 손을 넣은 채 신경질적으로 주위를 둘러보았다.

"젠장, 젠장, 젠장."

"경찰을 부르긴 하겠지만 아직은 안 돼요. 그냥 땅 파는 것 좀 도와줘요."

제트는 고개를 저었다.

"벽 말인데요."

내가 말했다. 지하실 벽에서는 지독한 악취가 나고 있었다.

"자꾸 신경 쓰여요. 이 지하실이 만들어진 방식 말이에요. 집 면적보다 크기가 더 작은 지하실이 어디 있어요? 그리고 당신도 말했잖아요. 이 동네 집들은 대부분 지하실이 없다고요. 게다가 이렇게 조그만 일자형 주택이라면 더더욱 지하실을 만들 리가 없죠."

제트가 바지에 손을 문지르고 손등으로 이마에 흐르는 땀을 닦
았다.

"그래서 무슨 말을 하고 싶은 거예요?"

나는 벽을 향해 삽을 휘둘렀지만 반동으로 그대로 나가떨어졌다.

"이리 줘요. 내가 할게요."

제트가 삽 끝으로 벽을 파고들었다. 놀라울 정도로 쉽게 벽이 부
서졌다. 그가 몇 번 더 삽을 휘둘렀고, 나도 옆에서 벽을 부수기 시
작했다. 이미 지친 상태였지만 힘이 닿는 대로 빠르게 삽 끝으로
벽을 찍어 내렸다. 뜯어낸 벽 안에는 문이 있었다.

"이게 대체 뭐죠? 코니, 멈춰 봐요. 그만하고 이것 좀 보라고요.
이야기 좀 해야—"

내 귀에는 제트의 말이 들리지 않았다. 주방 구조만 생각하고 있
었다. 냉장고 뒤쪽에 임시로 막아둔 것처럼 보이는 자리. 청소할
용기도, 의지도 들지 않았던 낡은 냉장고. 나는 손에 삽을 들고 한
번에 두 개씩 성큼성큼 계단을 올라 밖으로 나갔다. 비는 그쳤지만
바람이 거세게 불었고, 집을 향해 걸어가는 내 얼굴에 나무 조각들
이 날아들었다. 냉장고를 옆으로 밀어내고 벽에 덧대어진 조각을
관찰했다. 그리고 그 부분을 삽으로 마구 두드렸다. 아무런 소용이
없었다. 나는 서랍에서 육류용 칼을 꺼내 덧대어진 패치를 잘게 자
르면서 조각이 난 것을 잡아 뜯고 석고판에서 떼어내기 시작했다.
부러진 손톱과 다친 손가락 끝에서 피가 새어 나와 벽을 타고 흐르
고 있었다. 상관없었다. 그 안에 뭐가 있는지, 오로지 그것만 알고
싶었다.

칼로 만든 작은 구멍에 손가락을 집어넣고 덧댄 조각을 당겼다. 다시, 또다시, 그리고 또다시, 벽 안을 들여다볼 수 있을 만큼 충분한 구멍이 생길 때까지 몇 번이고 반복했다. 그 안에는 판자로 된 또 다른 문이 있었다. 누군가 계단을 숨기기 위해 엄청난 공을 들인 것 같았다. 그 안에 있던 유골들이 그런 수고로움을 감당할 수밖에 없는 이유를 대변하고 있었다.

등 뒤로 인기척이 느껴졌다. 등을 돌리자 제트가 바로 코앞에 서 있었다. 그는 내 얼굴에 권총을 겨누고 있었다. 미카가 그 옆에 서 있었지만 우리 얼굴을 번갈아 쳐다보고는 낑낑거리기만 할 뿐이었다.

"이 개자식! 이럴 줄 알았어. 이브와 한통속이었던 거지?"

"그만 해요, 코니."

제트가 눈앞에서 총을 흔들었다.

"난 이브와 한통속이 아니에요. 당신을 총으로 쏘지도 않을 거고요. 그냥 주의를 좀 끌고 싶은 것뿐이에요."

총에 시선을 고정한 채 내가 말했다.

"그렇다면 성공하셨네요."

"지하실에 있는 뼈 있잖아요, 그거 다 사람 뼈예요. 혹시 모를까 봐 말해 주는 거예요."

"웃기지 마세요."

"당신은 여기 온 지 얼마 안 됐잖아요. 나는 이사 온 지 벌써 몇 년이나 됐다고요. 몇 년이요. 그리고 말했다시피 난 전과가 있어요. 기록이 지워졌든 아니든 마음만 먹으면 정부에서 누군가에 대한 정보를 다시 알아내는 게 불가능한 일은 아니잖아요."

그가 고개를 뒤로 젖히고 탄식했다.

"당신을 돕고 싶었는데. 정말이에요. 하지만 이건 너무 심했어요. 경찰이 여기저기 들쑤시고 다니는 건 참기 힘들거든요. 다시는 그런 일에 휘말릴 수 없어요."

시선을 총에 고정시킨 채 손등으로 이마를 닦았다.

"나, 경찰이 제트 당신을 의심할까 봐 두려운가 봐요."

제트는 보일 듯 말 듯 미세하게 고개를 끄덕였다.

"난 아무 짓도 안 했어요. 하지만 경찰은 날 가장 먼저 의심하겠죠. 그럴 거라는 거 당신도 잘 알잖아요."

그의 말이 사실이었다. 외딴 지역에 혼자 사는 전과자, 숨겨둔 돈다발, 작업실 바닥의 핏자국, 사라진 여성과 소녀들. 그에게 말했다.

"총 치워요."

제트는 미카와 나, 그리고 총을 차례로 시선을 옮겼다. 마음이 흔들리고 있었다. 제트의 눈에서 그의 감정 변화를 읽을 수 있었다. 조금 전 내가 느끼던 분노와 공포는 잦아들었고, 이제 피로와 짜증만 남았다. 신고하지 말라고 제트가 부탁했지만 어떻게 경찰에 신고할 수 있을까를 생각했다. 라일리는 내게 경찰을 신뢰할 수 없다고 말했다. 게다가 그는 지금 엄청난 사고를 당한 상태였다. 더 그럴싸한 계획이 필요했다. 제트는 주머니에 총을 넣었다. 내가 말했다.

"알겠어요. 이해해요. 하지만 이 상태로 오래 내버려 둘 수는 없어요. 범죄 현장을 은폐하는 것도 범죄고, 이브 때문에 감옥에 갈 수는 없으니까요."

"그럼 어쩌려고요?"

"데릭에게 말해 보죠."

내가 말했다.

"데릭?"

"라일리 친구예요. 그 사람도 경찰인데, 라일리 말이 그는 믿을 수 있다고 하더라고요."

제트가 의심스러운 눈빛으로 나를 쳐다보았고 나는 라일리에 관한 이야기를 간단히 들려주었다.

"우리가 할 수 있는 건 그것뿐이에요."

제트는 내 말을 믿지 못하는 표정이었다.

조금 전 부순 벽을 바라보며 지하실에 있는 시체들을 생각했다. 그 시체들은 연쇄 살인과 관련이 있는 게 분명했다. 플로라 푸엔테스, 카일 서머스, 켈시 포스터도 마찬가지였다. 에이미는 우리 집 근처에서 살해당했기 때문에 과거의 사건과 연관이 있을 수도 있다는 것을 말해 주고 있었다. 살인자가 이곳에 시체를 묻은 게 맞다면 그들이 다시 돌아온 걸까? 공포스러운 이 빨간 집에는 또 어떤 시체가 숨겨져 있을까. 모두 이 집에서 살해당하고 고문당했을까? 작업실 바닥에는 핏자국이 있고, 지하실 시체는 뼈만 남아 있었다. 누군가 작업실에서 희생자들을 죽이고 시체 썩는 냄새가 나지 않도록 살을 녹여 뼈만 남긴 것일까? 이 집은 단순한 무덤이 아니었을지도 모른다. 범인이 누구든 한때 이곳을 은신처로 사용했을 가능성이 있었다. 무엇보다, 발밑에 뭐가 있는지 알게 된 이상 여기서 어떻게 잠을 자지?

"그 소녀들 있잖아요."

겁에 질린 목소리로 내가 말했다. 제트는 고개를 갸우뚱하며 얼굴을 찡그렸다.

"몇 년 전에 이 집을 소유하고 있던 여자가 있었어요. 이름이 플로라인데 딸이 두 명 있었대요. 그런데, 그 딸들도 사라졌다고 해요."

내 의지와 상관없이 몸이 떨리기 시작했다.

"만약에… 만약에 그 아이들도 저 밑에 묻혀 있다면요?"

"그렇다고 해도 별로 놀랍지 않네요."

제트가 숨겨져 있던 출입구를 두드리자 활짝 문이 열렸다.

"…아무것도 없어요."

* * *

"당신이 침대를 써요. 난 여기서 잘 테니까."

제트가 소파로 담요와 베개를 던졌다. 그는 상하의를 운동복으로 갈아입고 권총을 작은 주방 조리대 위에 올려놓았다.

"내가 소파에서 자도 괜찮아요. 정말이에요, 제트."

"마음대로 해요. 차 마실래요? 술은 안 마셔서요, 아니면 카모마일 한 잔 줄게요."

나는 카모마일보다 더 독한 게 필요했다.

"괜찮아요."

제트가 카모마일 차를 만드는 동안 소파에서 잠을 청하기 위해 담요와 베개를 정리했다. 어떻게 잠을 자야 할지 알 수 없었다. 새벽 2시가 넘었는데도 머릿속은 갖가지 생각으로 여전히 소용돌이치고 있었다. 제트는 아까보다 차분해 보였지만 나는 그와 총에서 시선을 떼지 않았다. 제트가 머그잔을 소파로 가져와 담요 위에 앉았다.

"정말 엉망진창이네요."

그가 고개를 저었다.

"지금까지 전혀 몰랐어요."

"이런 하루를 보내고 난 후에도 어떻게 술이 아니라 차를 마실 수가 있어요?"

"별로 대수롭지 않게 생각했던 그 무언가가 나를 이 지경으로 만들었으니까요."

그는 머그잔 너머로 나를 바라보았다.

"코니 당신은 이런 하루를 보내고 난 후에도 어떻게 그 집과 이 마을에서 도망치지 않을 수 있죠?"

정말, 이유가 뭘까? 너무 피곤했지만 오늘 밤은 그 질문을 피할 수 없었다. 좋은 질문이었고 진중히 대답할 가치가 있었다.

"모르겠어요."

간신히 입을 열었다.

"아주 오랫동안 이브의 게임판에 올라가서 지냈어요. 그러고 나니 무엇이 진짜인지 잊어버린 것 같아요."

나는 소파에 코를 비비고 머리를 등받이에 기댔다.

"그건 진짜 대답이 아니에요. 당신도 그랬잖아요. 몇 년 동안 그 게임을 해 왔다고. 왜죠? 왜 진작 도망치지 않았어요?"

그 질문의 답변은 쉬웠다.

"리사 때문에요."

"당신 쌍둥이 자매요?"

"네."

"같이 도망갈 수도 있었잖아요."

"어디로요?"

제트가 말했다.

"어디서 살고 싶은데요?"

나는 어깨를 으쓱했다.

"산이 많은 외딴곳이요. 알래스카나 몬타나도 좋을 것 같아요. 어렸을 때 저는 야생에서도 살아남을 수 있다고 농담하곤 했거든요."

갸름한 리사의 얼굴, 가늘게 뻗은 팔, 서투른 걸음걸이, 이제는 연해진, 등의 붉은 상처가 생명이 뒤틀린 나무처럼 떠올랐다.

"리사는 나와 다른 사람이에요… 연약하거든요. 이브도 그걸 알고 있었어요. 그 점을 이용하곤 했었죠."

"어떻게요?"

수년간 생존 게임을 하는 삶을, 겪어보지 않은 이에게 어떻게 설명할 수 있을까. 내가 하는 말이 납치범의 요구에 순응하는 피해자처럼 들린다는 사실을 알고 있었다. 그래도 어떤 연유에서인지 나는 제트가 나를 이해해 주기를 바랐다. 그 순간에는 우리가 처한 상황을 제트가 이해해 주는 게 가장 중요한 일인 것 같았다. 이브는 세상을 떠났지만, 여전히 강력한 적이었다.

"열여섯 살이 되던 해 집을 나가겠다고 협박조로 말한 적이 있어요. 친구의 부모님을 만났고, 그분들이 절 도와주셨거든요. 당시 홈스쿨링을 하고 있었는데 디트로이트 외곽의 작은 마을에서 4일간 고립되었다가 막 돌아온 상태였어요. 더는 참을 수가 없었죠. 이브와 말다툼을 하면서 외부에 나를 도와주는 사람이 있다는 사실을 말하는 실수를 저질렀고요."

"계획대로 되지 않았군요."

제트가 말했다. 그는 무릎 위에 컵을 내려놓았다.

"맞춰 볼게요. 이브가 그 가족에게 돈을 주고 떠나라고 한 거죠? 당신을 내버려 두라고."

"차라리 그편이 나았을걸요."

나는 9월의 그 날을 떠올렸다. 화려한 단풍, 마시멜로 같은 구름이 챔플레인 호수 위에 떠 있었다. 집 너머 공터에서는 모닥불이 타고 있었다.

"정원사가 나뭇가지를 태우고 있었는데, 아마 불법이었을 거예요. 그가 자리를 비운 사이 리사가 발을 헛디뎠고 그렇게 불 속으로 떨어졌어요."

나는 두 팔로 몸을 감쌌다.

"이브는 실수로 일어난 사고라고 말했어요. 리사가 항상 어설프고 조심성이 없다고요."

"사고가 아니었나요?"

나는 좁은 공간에서 숨이 멎을 것 같은 답답함을 느끼며 자리에서 일어났다. 창문 밖으로 빨간 집을 바라봤지만, 주위가 깜깜했고 아직은 비밀을 단단히 감추고 있었다.

"이브와 관련된 모든 일은 전부 계획된 거예요. 어떻게 했는지 모르지만, 이브가 한 짓이었어요. 리사는 등과 허벅지에 심한 화상을 입고 병원에 입원했죠. 정원사는 그렇게 떠나버렸어요. 나도 더는 친구를 만나지 못했고."

"겁을 줬군요."

나는 그를 향해 고개를 돌렸다.

"꼭 그런 것만은 아니에요."

이제는 다 지나간 일이었다.

"어쨌든, 내가 왜 이브가 시키는 대로 하는지 궁금하다고 그랬죠? 그건 이브가 인질을 잡고 있었기 때문이에요. 이브는 리사를 전혀 신경 쓰지 않았어요. 나는 그 사실을 알고 있었고, 마음속 깊은 곳에서는 리사도 그 사실을 알고 있었다고 생각해요. 이브가 원하는 대로 하지 않으면 나 대신 리사한테 화풀이할 거라는 것도 알고 있었고요. 나에게 남은 건 리사밖에 없었으니까."

제트가 일어나서 싱크대에 머그잔을 가져다 두었다. 그는 조리대에 등을 기대고 생각에 잠긴 표정을 지었다. 비가 그쳤고 멀리서 코요테 무리가 울부짖었다. 나는 코요테의 울음소리에 점점 익숙해지고 있었다. 제트가 말했다.

"이브가 왜 이런 게임을 시켰는지 궁금한 적 없어요? 굳이 떠돌이 게임을 시킨 이유 말이에요."

나는 항상 이브가 그 게임을 통해 비정상적이고 가학적인 형태로 나를 통제하려 한다고 생각했다. 그 게임에 응하는 것은 이브와의 관계에 없어서는 안 될 중요한 부분이었다.

"이브는 우리를 싫어했어요."

"그럼 왜 입양한 거예요?"

"나도 모르겠어요. 고문할 사람이 필요해서?"

제트는 고개를 저었다.

"이브는 통제력이 강하고 굉장히 계획적인 사람이었어요. 아무런 이유 없이 어떤 행동을 했을 리가 없어요."

"무슨 말이에요?"

제트가 소파에 다시 앉자 미카가 곧장 일어나서 제트의 옆에 자리를 잡고 몸을 웅크렸다. 피곤해 보였지만 제트의 검은 눈동자가 반짝이고 있었다.

"생각해 봐요. 큰 그림에서 한번 생각해 보자고요. 이브가 쌍둥이 여아 아이를 입양했어요. 왜죠? 그렇게 가학적인 여자가 왜 어린 딸 둘을 입양했을까요? 너무 이타적이잖아요."

"사이코들도 항상 반려동물을 입양해서 잔인하게 학대하잖아요. 그 사람들이랑 같은 맥락인 거죠."

"그것도 맞는데, 생각해 봐요. 이브는 쌍둥이 중 한 명을 데려다가 아무것도 없이 세상에 내보냈어요. 낯선 지역에 빈털터리로 버리기. 아직도 모르겠어요?"

"잘 모르겠어요—"

"여행 게임을 하면서 패턴 같은 걸 찾지 못했어요?"

"네."

"큰 도시로 보내졌어요?"

이브가 날 보낸 장소들을 떠올려 봤다.

"시카고와 뉴욕을 제외하면 대부분 작은 마을이나 낡은 교외 지역이었어요."

"이브가 왜 그런 곳을 선택했는지 한 번도 궁금한 적 없었어요?"

슬슬 짜증이 나기 시작했다.

"어린아이였잖아요. 내가 아는 세상은 이브하고 리사, 그리고 그 집뿐이었다고요. 아주 어렸을 때 그리스에 살았던 걸 빼고는 우린 한 집에서 살았어요. 학교도 다니지 않고 홈스쿨링을 받았고요. 이브가 준 것 말고는 아무것도 가진 것이 없었고, 내가 떠나기라도 하면 리사도 끝난 거나 마찬가지였어요. 그 장소를 왜 선택했는지 한 번도 물어보지 않았어요. 그냥 그곳이 지구상에서 가장 나쁜 곳이라고 생각했어요. 그게 아니면 나를 그곳으로 보내지 않았을 테니까."

제트가 잠시 침실로 사라졌다가 노트북과 종이 뭉치를 들고 돌아왔다.

"이브가 게임을 하려고 보낸 장소를 순서대로 말해 봐요. 최대한 기억을 더듬어서 날짜도 알려 주고요."

"왜요?"

"시키는 대로 해요. 생각나는 게 있는데, 그게 맞는지 확인하고 싶어요."

나는 이브가 날 홀로 보냈던 장소들을 순서대로 기억하려고 애썼고, 직감에 대한 호기심보다 피곤함이 앞섰다. 제트는 날짜와 장소를 적어 내려갔다.

"다른 곳은 없어요?"

"그거면 충분하지 않나요?"

그가 뭔가를 끄적이는 동안 깜박 잠이 들었다. 하지만 꿈은 흐릿한 붉은 안개 같았고, 어스름한 상태에서 깨어나 버렸다. 제트가 이곳이 어디인지 상기시켜주었다.

몇 시간쯤 지난 후 제트가 소파에 있던 나를 컴퓨터 앞으로 끌고 갔다.

"이거 봐요."

제트가 '뉴욕 데일리 뉴스' 기사 하나를 가리켰다. 소호와 뉴욕의 다른 지역에서 실종 사건이 잇달아 발생했다는 내용이었다. 매춘부, 가출 청소년, 마약 중독자.

"이게 왜요?"

그가 날짜를 가리켰다.

"이브가 죽기 4주 전이에요. 그리고 이것도 봐요."

그가 보여준 다른 뉴스 기사는 열여섯 살에 이브가 디트로이트 교외 지역으로 나를 보냈던 때의 기사였다. 두 명의 여자아이가 부모의 트레일러에서 사라졌다는 내용이었다. 그들의 시신은 한 달 후 두 개의 쓰레기 봉지에서 발견됐다. 강간과 고문을 당한 상태였다.

"이것도요."

몇 년 전 이브가 플로리다의 한 작은 도시로 나를 보냈던 때의 기사였다. 그 기사는 1년 동안 실종된 여성과 소녀들을 찾는 과정을 자세히 다루고 있었다. 이브가 날 그곳에 보냈을 때 나는 열아홉 살이었다. 그제야 수많은 퍼즐 조각이 맞춰지기 시작했다.

"세상에."

켈시와 그녀의 실종. 딸을 납치한 남자를 찾고 있던 거였다.

"이제야 알았군요."

제트가 말했다. 그는 굳은살이 박인 손가락으로 컴퓨터를 가리켰다.

"이건 우연일 수 없어요. 이브가 당신을 보낸 장소마다 이런 사건이 있었으니까. 가출, 불법체류자, 매춘부. 모두 14세에서 30세 사이의 여성들이었죠. 이들이 가지고 있던 유일한 공통점은 아무도 이들을 찾지 않았다는 거예요. 낯선 마을에서 버려진 사람들이었고, 실종 소식은 신문 뒷면에 조그맣게 실릴 뿐이었어요."

잠깐의 정적이 귀를 먹먹하게 만들었다. 내 심장이 뛰는 소리와 미카가 숨 쉬는 소리가 귀에 울리고, 갑작스러운 긴장감으로 공기가 팽팽해졌다. 진실을 발견했다는 것보다 이제야 깨닫게 된 사실이 더 깊게 다가왔다. 아픈 진실이 혈관에 침입해서 해골 손가락으로 내 심장을 움켜쥐었다.

"이브가 날 미끼로 이용하고 있었군요."

우리는 서로를 바라보았다. 제트의 눈동자에 깨달음을 얻은 내 모습이 비쳤다.

"지금, 이 빨간 집에서마저."

제 41 장

이브 포스터
뉴멕시코주 닐라 — 1997년

플로라는 먼지가 많은 구불구불한 이면도로를 따라 차를 몰았고, 그래서 이브는 플로라가 미행당하고 있다는 사실을 눈치 챈 게 아닌지 의심이 들 정도였다. 이브는 일정한 거리를 유지하며 플로라의 뒤를 쫓았는데 교통량이 많지 않은 도시치고도 어렵지 않았다. 사막의 밤은 빠르고 강력하게 찾아왔고, 가로등 불빛이 없는 도로에 붉은 달빛이 비쳤다. 달빛은 지구상에 남은 유일한 사람이 이브와 플로라뿐인 것처럼 빛을 비쳤다.

이브는 창문을 내리고 얼굴로 시원한 바람을 느꼈다. 켈시와 점점 가까워지고 있었다. 이브는 마음속 깊은 곳에서 앞으로 다가올 일을 예고하는 기대감으로 설렘을 느꼈다. 그것이 좋은 일일지 나쁜 일일지는 알 수 없었다. 하지만 켈시에 관한 일은 늘 그런 식이었다. 켈시만큼 예측이 불가능한 사람은 없었다. 하지만 무슨 수를 쓰든 이브는 켈시를 찾아낼 것이고, 한 명도 빠짐없이 대가를 치르게 할 것이었다.

플로라가 갑자기 브레이크를 밟고 비포장도로로 방향을 틀었다. 이브는 속도를 늦추며 그녀가 이동하는 방향을 지켜보았다. 길은 좁고 어두웠으며, 단층 짜리 소박한 집 세 채만 일렬로 늘어서 있었다. 플로라는 가장 안쪽 집 앞에 차를 세웠다. 발각될 위험을 감수하고 싶지 않았던 이브는 근처 공터로 가서 차를 세우고 시동을 껐다.

닐라에서 이 지역은 땅이 평평하고 탁 트여 있어서 쌍안경이 없어도 집을 관찰할 수 있었다. 그 집은 어슴푸레한 선인장과 덤불을 배경으로 막다른 골목에 쓸쓸히 서 있었다. 집 뒤에는 공포 영화의 불길한 세트장처럼 금방이라도 무너질 것 같은 건물들이 어렴풋이 보였다. 이브는 플로라가 현관문을 열고 집 안과 밖의 조명을 켜는 모습을 지켜보았다. 아이들은 아직 차 안에 있었다. 그녀는 한쪽 엉덩이로 식료품 가방을 받치고 현관문을 활짝 열어두었다. 잠시 후 그녀가 아이들을 데리러 다시 밖으로 나왔고, 약간의 실랑이 끝에 투덜거리며 집 안으로 들어갔다.

현관문이 닫히고, 바깥의 조명이 꺼졌다. 이브는 차에서 내려 문에 몸을 기대고 쌍안경의 방향을 플로라의 집에 맞췄다. 집 안의 불이 훤하게 켜진 열린 창문을 통해 이브는 플로라가 예쁜 머리를 찰랑거리며 저녁을 준비하기 위해 이리저리 오가는 모습을 지켜보았다. 코요테가 울부짖었고, 한 무리가 섬뜩하게 울어대는 소리는 너무 가까운 나머지 불안할 지경이었다. 이브는 심호흡을 한 번 하고 귀를 기울였다. 그러자 다른 소리, 포식자가 내는 밤의 소리도 들렸다. 입가에 미소가 번졌다. 이제 이브도 먹이를 노리는 밤의 포식자들과 한 몸이 되었다. 그 생각에 이브는 기분이 좋아졌고,

긴 여정을 위해 차에 몸을 실었다.

어디선가 들려오는 자동차 엔진 소리에 이브는 깜짝 놀랐다. 멀리서 헤드라이트 불빛이 빛나고 있었다. 플로라가 사는 거리를 스토킹하는 모습을 들키지 않길 바라면서 재빨리 차에 올라타 몸을 숙였다. 차 한 대가 매드독 도로 앞에서 속도를 늦추더니 그 도로로 향했다. 문틈 너머로 고개를 살짝 내민 이브는 플로라의 집 앞에 멈춰서는 카일의 BMW를 보았다. 카일은 시동을 켜둔 채 차에서 내려 마치 그 집의 주인인 사람처럼 문을 향해 걸어갔다. 그 모습에 이브는 카일이 닐라와 세상에서 자신이 속한 위치에 자신감을 느끼고 있다고 생각했다. '신이시여.' 이브는 그가 싫었다. 단정하게 빗어 넘긴 잘난 척하는 머리가 싫었다. 잘 다듬어진 손톱과 하얗다 못해 빛이 나는 치아도 싫고, 이브 자신을 하찮은 존재인 것처럼 무시하는 시선도 싫었다.

이브는 어둠의 망토 속에 몸을 숨기고 자리에 앉았다. 차 문손잡이를 잡았다가 이내 신중하게 생각하기로 했다. 주변 사막의 적막 속에서는 소리가 크게 들렸다. 창문을 아주 조금만 내려서 카일이 문을 노크하다가 곧 문을 세차게 두드리는 모습을 몰래 지켜보았다. 자물쇠에 열쇠를 넣고 놀렸지만 쇠사슬이 그의 진입을 막았다. 집 안은 어두워졌고, 이브는 카일의 모습을 넋을 잃은 채 바라보고만 있었다. 냉정하고 차분했던 비즈니스맨의 분노가 점점 강해지고 있었다. 그는 주먹을 불끈 쥐고 문을 쾅쾅 내리치며 플로라에게 문을 열라고 소리쳤다. 문을 발로 차고 손을 집어넣어 쇠사슬 걸쇠를 향해 손을 뻗었다. 어떻게 해도 안으로 들어가지 못한 그는 욕설을 퍼부으며 플로라에게 되돌려주겠다고 윽박질렀다.

카일이 차로 돌아오는 모습을 본 이브는 의자 아래로 몸을 숙였다. 그가 도로를 빠져나갈 때 길가에 낯설고 낡아빠진 자동차 한 대가 주차되어 있다는 사실을 알아채지 못하길 바랐다. 차 문을 쾅 닫는 소리나 시동을 켜는 소리 등 그가 떠나는 소리에 귀를 기울였지만 멀리서 코요테만이 울 뿐이었다. 호기심이 발동해 고개를 내밀고 밖을 내다보았다. 카일이 차에 앉아 머리 받침대에 머리를 기대고 먼 곳을 응시하고 있었다. 그는 시동을 끄고 플로라가 마음을 바꾸기를 기다리는 중이었다.

이브는 어떻게 해야 할지 고민에 빠졌다. 배가 고팠고 화장실도 가고 싶었지만 자신이 갇힌 처지라는 걸 잘 알고 있었다. 끝까지 기다리며 지켜볼 것인가, 아니면 발각될 위험을 감수하고 이곳을 떠날 것인가? 지금 시동을 걸면 아무것도 없는 사막 한가운데 주차된 차에 누군가 앉아 있었다는 사실을 그가 알게 될 것이었다. 다른 사람으로 위장하긴 했지만 그런 위험까지 감수할 수는 없다. 배고픔은 참을 수 있다. 소변 정도는 참아야 했다. 이브는 지갑으로 손을 뻗어 작은 권총을 꺼냈다. 총을 손에 쥐고 자동차 바닥에 자리를 잡았다. '그는 먹잇감이 아니라 포식자야.' 그 사실을 되뇌었다. 하지만 이브는 자신이 너무나 나약하다는 생각을 떨쳐버릴 수 없었다.

* * *

10시 46분, 플로라가 바깥 조명을 켜고 카일을 집 안으로 들여보냈다. 어떤 표정인지는 보이지 않았다. 이브는 차에서 몰래 내려 사막에서 볼일을 본 후 다시 차에 올라탔다. 그러곤 쌍안경으로 다시 플로라의 집을 살폈다.

10시 51분, 비명이 들렸다. 11시 7분, 현관문이 쾅 닫히고 플로라가 밖으로 뛰쳐나왔다. 어느 순간 차에 기댄 채 담배를 피웠고, 분노에 차서 급하게 담배를 빨아들였다. 그녀의 얼굴 위로 현관의 촉촉한 빛이 비쳤다. 반쯤 피운 담배를 바닥에 내동댕이치고는 차 밑으로 발로 차버렸다. 잠시 후 허리춤에 수건을 두른 카일이 문을 열었다. 플로라에게 무어라 말을 했지만 이브가 있는 곳에서는 들리지 않았다. 그녀는 사막을 바라보다가 다시 집으로 향했다. 고개를 푹 숙인 채 천천히 문을 열고 안으로 들어갔다.

카일은 현관문을 닫고 현관 불을 껐다. 이브는 계속 기다렸지만 유일한 빛이라고는 오르지 사막 위 달빛뿐이었고, 유일한 소리라곤 일정한 이브의 숨소리와 밤 동물들의 내는 으스스한 울음소리뿐이었다. 플로라와 카일 사이에 무슨 일이 있었든, 상황은 종료됐다. 집은 어둡고 조용했다. 이브는 차에 시동을 걸고 그곳을 빠져나왔다.

* * *

밤이 길어질수록 이브의 인내심도 점점 바닥나기 시작했다. 켈시가 플로라의 그 '작고 빨간 집'에 갇혀 있는지 알고 싶었다. 아무도 쳐다 볼 생각조차 하지 않는 외딴 장소에 홀로 덩그러니 놓여 있는 그 튼튼한 작은 집은 말하자면 완벽한 장소였다. 이틀 후, 이브가 직접 집을 살펴볼 기회가 생겼다. 카일은 사건 다음 날 아침 떠났지만 이틀 동안 플로라는 창문을 꽁꽁 닫은 채 집 안에만 머물 렀다.

이브는 지프차로 차를 바꾸고, 매드독 도로와 교차하는 지점의 도로 한참 아래 차를 세웠다. 아무것도 없는 황량한 길이었다. 누 군가 자신을 의심할까 봐 걱정했지만 그녀를 신경 쓰는 사람은 아 무도 없었다.

사흘째 아침 9시 30분, 마침내 플로라가 모습을 드러냈다. 양팔 에 쌍둥이 자매를 안고 있었는데 금발 머리는 플로라의 가슴에 반 쯤 기대어 잠들어 있었고, 갈색 머리는 플로라의 링 귀걸이로 장난 을 치고 있었다. 기저귀가 가득 담긴 가방과 낡은 검은색 지갑이 팔꿈치에 매달려 있었다. 이브는 플로라가 아이들을 카시트에 앉 히고 운전석에 오르는 모습을 지켜보았다. 그 움직임은 마치 로봇 처럼 경직되어 있었다. 어딘가 아픈 듯했다. 이틀 전 집에 들어갈 때는 저렇게 걷지 않았는데. 이브는 연민을 느꼈다. 약하든 강하든, 플로라는 못된 놈을 상대하고 있었다.

플로라가 차를 몰고 집을 빠져나와 매드독 도로를 타고 천천히 달리기 시작했다. 교차로에서 좌회전해 마을과 탁아소가 있는 곳 으로 추정되는 방향으로 향했다. 이브는 더는 따라가지 않았다. 대 신 플로라가 시야에서 사라질 때까지 기다렸다가 뒷좌석에서 메리 케이 화장품 간판을 꺼내 지프 유리창에 붙였다. 나중에 차를 버릴 생각이었지만 혹시라도 누군가 차를 목격한다면 나머지는 잊고 그 분홍색 간판만 기억하길 바랐다.

이브는 차를 몰고 집까지 가서 그 앞에 주차했다. 그리고 골목 에 있는 다른 두 집을 흘끗 보았다. 집안에는 아무도 없는 것 같았다. 문손잡이를 돌렸지만 잠겨 있었다. 이브는 집 주변을 돌아다니며 구조를 살펴보고는 안으로 들어갈 수 있는 곳이 없는지 찾아보았다. 집은 폭보다 길이가 긴 단층집으로, 여기저기 페인트가 벗겨져 있었다. 집 뒤에는 작은 차고와 헛간으로 된 두 개의 별채가 자리 잡고 있었다. 둘 다 판자로 덮여 있었다.

이브는 별채부터 시작하기로 했다. 작은 헛간은 비어 있었고, 뒤쪽의 판자는 다 뜯겨 나간 상태였다. 떠오르는 햇빛으로 먼지투성이의 헛간이 비어있다는 사실을 알 수 있었다. 이브는 차고로 이동했다.

차고는 문제가 더 많았다. 단단히 판자로 덮여 있던 그곳은 심지어 출입구가 자물쇠로 굳게 잠겨 있었다. 이브는 타이어 지렛대나 판자를 쪼개는 데 사용할 수 있는 도구를 가져오지 않은 자신을 원망했다. 늙은이의 턱에 듬성듬성 난 수염처럼 여기저기 흩어져 자란 선인장을 밟지 않도록 조심하면서 건물 바깥쪽을 돌아다녔다.

포기하고 돌아서려던 찰나, 차고 뒤쪽 창문에 불완전하게 못이 박힌 판자가 눈에 들어왔다. 이브는 손가락으로 판자를 잡아당겼다. 손톱 세 개에 파편이 박히는 대가를 치르고서야 판자가 떨어지기 시작했다. 이브는 주머니에서 열쇠를 꺼내 손가락 대신 사용했고, 나무 아래쪽으로 깊게 넣어서 최대한 세게 당겨 올렸다. 마침내 삐걱거리는 소리와 함께 판자가 떨어져 나갔다. 이브는 뜯어낸 판자를 쐐기로 사용하여 두 번째 판자 밑에 밀어 넣고 마른 나무가 갈라질 때까지 앞뒤로 거칠게 움직였다. 삐걱거리는 소리가 들리기 시작했을 때 한 번 더 당기자 창문 가장자리만 남기고 판자가 떨어져 나갔다.

창문은 몸을 통과시킬 수 있을 만큼 크지 않았지만 차고 방향에서 햇빛이 비치고 있었기 때문에 뿌연 유리창 안쪽을 살펴볼 수 있었다. 건물에 최대한 몸을 밀착시키고 두 손으로 얼굴을 감싸 안쪽을 들여다보았다. 이브는 숨을 헐떡이며 뒤로 물러섰다. 먼지로 뒤덮인 뿌연 유리 너머로 한 여자의 윤곽이 그녀를 응시하고 있었다.

뒤쪽 어딘가에 있는 세이지 덤불에서 바스락거리는 소리가 들렸다. 뱀 한 마리가 햇볕을 피해 슬금슬금 기어 나와 바위 밑으로 숨어들었다. 이브는 바위에서 떨어진 차고 쪽으로 다가갔다. 다시 안을 들여다보면서 눈을 깜빡였다. 아까 본 그대로였다. 조각난 리넨에 가려진 여성의 모습이 보였다. 낡은 드레스 형태였는데, 먼지가 쌓이고 오래 방치되어 색이 바랜 상태였고, 부분적으로 회색 천 조각으로 가려져 있었다. '마네킹인가?' 이브는 유리에 손을 대고 다른 곳도 살펴보았다. 골판지 상자, 큰 양동이, 정원 삽, 부서진 책상, 공구 상자가 보였다. 빨래 통 옆 나무망치 아래에는 펜치 한 쌍이 튀어나와 있었다. 차고에서 흔히 볼 수 있는 잡동사니들이었다.

차고를 다 살펴봤다고 생각하는 순간 이브의 시선을 사로잡는 것이 있었다. 건물 안의 물체에 태양 빛이 반사되고 있었다. 이브는 눈을 가늘게 뜨고 그 물체를 확인하려 했지만 확실하게 볼 수 없었다. 창문에 침을 뱉고 블라우스로 더러워진 유리를 문지른 후 다시 안을 들여다보았다. 선명해진 차고에는 오래된 잡동사니들 사이 은색 귀걸이가 하나가 새것처럼 반짝이고 있었다. 스톤이 박혀 비싸 보이는데다 플로라 스타일도 아닌 것 같았지만 그래도 플로라의 것일 수 있다고 생각했다. 귀걸이보다 이브의 눈길을 더 사로잡은 것이 있었다. 바로 바닥의 얼룩이었다. 붉은색 뱀같은 그 얼룩은 차고 중앙에서 시작되어 낡은 책상 아래 어딘가로 미끄러지

듯 기어가는 모습이었다. '피다.' 이브는 건물에서 뒤로 물러났다. 너무도 익숙한 빛깔이었다. 그 붉고 차가운 색이 무엇을 의미하는지 너무 잘 알고 있었다.

갑자기 차고에 있던 다른 물건들까지 불길한 분위기를 풍기기 시작했다. 삽, 펜치, 망치, 양동이와 쓰레기통, 귀걸이… 누구의 것인지 확실히 알 수 없지만 켈시가 미국을 횡단하다가 사들인 물건일지도 모른다는 생각이 들었다. 그 애가 좋아하는 스타일과 크기인 것 같기도 했다. 이브는 빨간 집을 쳐다보았다. 단순한 외관 역시 무시무시한 무언가를 감춘 가면처럼 불길해 보였다.

이제 이브는 자신이 무엇을 해야 하는지 깨달았다.

제 42 장

코니 포스터
뉴멕시코주 닐라 ─ 현재

다음 날 아침 날씨가 맑게 개었지만 머릿속 안개는 더 짙어졌다. 우체국에 들러 리사의 작은 소포를 받았다. 그 안에는 손으로 쓴 짧은 편지와 청동 열쇠 하나가 들어 있었다. 편지에는 안전 금고를 찾아가는 방법이 적혀 있었다.

'곧 우리 둘을 위한 충분한 돈을 마련할 수 있을 거야. ─L─'

손으로 쓴 짧은 편지였다. 나는 지갑에 열쇠를 넣고 편지를 손으로 구겼다. 그렇게 간단히 해결될 문제라고 생각한다니. 리사는 환상 속에 사는 게 틀림없었다.

* * *

마누엘라는 변기에서 잠을 잔 단골손님들을 쳐다보듯 나를 계속 곁눈질했다. 그날 나는 아침잠에서 깨어났을 때 머리가 쪼개지는 듯한 두통이 있었고, 끈적끈적한 침에 코피까지 흘리고 있었다. 수신 내역을 확인해보니 리사로부터 전화가 세 통이나 왔었지만 전부 받지 못했다. 다시 전화를 걸었을 때 그녀도 전화를 받지 않았다.

"시럽 통에 시럽을 왜 절반씩 따랐는지 설명하든지, 아니면 집에 가서 잠을 좀 자든지 해."

마누엘라는 작은 유리 피처를 집어 들고 마젠타색 손톱 끝으로 겉을 톡톡 두드렸다.

"농담 아니야."

나는 마누엘라에게 피곤한 미소를 지었다.

"잠을 설쳤어요."

"무슨 일인데? 내가 도와줄 수 있을지도 모르잖아."

"아무 일도 없어요."

나는 억지로 미소를 지었다.

"정말이에요."

나는 마누엘라에게 거짓말하는 게 싫었다. 하지만 에이미와 라일리 이후 내가 아끼는 다른 사람을 또 위험에 빠뜨릴 수는 없었다. 식당 문에 매달린 작은 종이 울렸다. 고개를 드니 안쪽 부스에 60대 남성이 있었다. 그가 자리를 잡아 앉는 것을 보고 마누엘라에게 말했다.

"제가 갈게요."

마누엘라는 남자와 나를 차례로 쳐다보고는 말했다.

"마지막이야. 그다음엔 집에 가."

"네, 알겠어요. 여기서 나갈 테니 저 손님까지만 제가 주문받을

게요."

주문을 받으러 가려는데 마누엘라가 내 어깨에 손을 얹었다.

"나도 문제가 있었던 적이 있었으니까, 다 이해해."

펜슬로 가늘게 그린 눈썹이 찌푸려졌다.

"돈이 필요하거나 머물 곳이 필요하면—"

"에이. 괜찮아요."

나는 마누엘라를 안심시켰다.

"정말이에요. 그냥 좀 피곤해서 그래요."

손님은 머리가 하얗게 센 백발에 얼굴로 소멸할 것 같은 인색한 입술을 가진 나이 든 남자였다. 전에도 그를 본 적이 있었다. 그의 화려한 스웨터 조끼는 마누엘라의 식당과 어울리지 않았고, 나는 그의 식사 시간을 망치지 말아야겠다고, 오늘 같은 날은 손님을 화나게 만들지 않아야겠다고 다짐했다. 그는 치즈 오믈렛과 해시브라운을 주문한 후 요청 사항을 적는 내 모습을 유심히 지켜보았다.

"치즈 추가한다고 썼어요?"

"네."

"달걀은 완전히 덮어주세요."

"네, 알겠습니다."

가려고 돌아서는데 그가 내 팔꿈치를 잡았다. 나는 다시 돌아섰다.

"이 동네에서 가장 좋은 호텔이 어디예요?"

"음, 타오스나 산타페로 가지 않는 이상 길가에 있는 모텔밖에 없어요."

"메인스트리트에 있는 숙소는 어때요?"

"글쎄요."

남자는 짜증이 난 상태에 약간 실망한 표정이었다. 나도 기분이 좋지 않았다. 어쩐지 오늘은 사람들을 실망시키는 날인 것 같았다. 주방에 있는 마누엘라에게 손님의 요청 사항을 전달하고 해시브라운을 만들었다. 음식을 들고 홀로 돌아왔을 때 손님은 이미 사라지고 없었다. 남자가 앉아 있던 자리에는 20달러 지폐 두 장만 덩그러니 놓여 있었다.

"뭐야."

나는 중얼거렸다.

"내가 뭘 어쨌기에 화가 났지. 아는 사람이에요?"

마누엘라도 그가 누군지 모르는 눈치였다.

"딱히 기억나지 않는데."

내가 인상을 찌푸리자 마누엘라가 미소를 지으며 두 손가락으로 부드럽게 나를 찔렀다.

"상관없어, 코니. 기운 내! 오믈렛 먹어. 맛있게 먹고 팁도 많이 받자."

나는 고개를 끄덕이며 그 옹졸한 입술에 대해 생각했다. 그 남자가 어딘지 익숙했지만, 마음이 너무 지친 탓인지 그게 무엇인지 생각할 기력이 없었다.

* * *

나는 뼈들을 내려다보았다. 무덤 아래에서 흙 묻은 하얀 파편이 튀어나와 손전등 불빛을 반사시켰다. 흙 표면 바로 아래에서 뼈가 아닌 반짝이는 무언가가 눈에 들어왔다. 신발 끝으로 그 자리를 문지르며 유골에 붙은 흙을 떼어냈다. 목구멍에 숨이 턱 막히는 기분이었다. 누군가 이 미문의 사건을 바로잡아달라고 흐느끼는 것만 같았다. 누군가 가슴 위에 앉아 있는, 질식할 것 같은 느낌이었다. '정신 차려, 코니.' 반짝이던 물체는 금팔찌였다. 전날 밤 땅을 팔 때 본 것이었다. 허리를 숙여 팔찌를 자세히 관찰하고는 땅에서 주워 셔츠에 닦았다. 섬세한 골드 체인 중앙에 작은 루비가 박혀 있었다. 원래 있던 자리에 다시 돌려놓을까 고민하고 있는데 전화벨이 울렸다.

모르는 번호로 걸려 온 전화였다. 팔찌를 충동적으로 주머니에 넣은 후 햇빛이 쏟아지는 위층으로 뛰어 올라갔다. 그래. 나는 죽은 사람의 팔찌를 훔쳤다. 하지만 여기서는 착한 척이 도움되지 않았다. 지하실 바닥에는 뼈가 널려 있었고, 이곳은 낯선 주, 낯선 도시, 낯선 집인데다 나의 유일한 친구인 제트마저 낯선 사람이나 다름없었으니까. 이 고통과 죄악 속에 나에게 전화를 건 이는 누구일까. 떠올릴 수 있는 사람은 라일리뿐이었다.

전화를 받았다. 누군가 낮은 목소리로 말을 걸어왔다.

"노라와 통화를 하고 싶은데요."

"네, 제가 노라예요."

숨을 가다듬으며 답했다.

"전 데릭 프레스만 경찰입니다. 아내가 그러는 데 전화하셨다고 해서요."

그는 잠시 멈췄다가 조용히 말했다.

"의무 상담에 관한 거라던데요."

"있죠… 사실은 라일리 때문에 전화했어요. 그러니까, 전 트라우마 상담사가 아니에요. 제 이름은 코니예요. 그리고 전… 라일리 친구고요. 그가 당신은 믿을 수 있다고 말했어요."

그는 아무 말이 없었다. 그가 전화를 끊은 건 아닐까 하는 생각이 들 무렵 그가 말했다.

"계속 말씀하세요."

"라일리는 좀 어떤가요?"

"좋지 않습니다."

나는 불쑥 말했다.

"술도 안 마셨고, 마약도 안 했어요."

"어떻게 그렇게 확신하죠?"

"그날 밤 같이 있었으니까요."

나는 심호흡을 하면서 흥분하지 않고 차분히 생각하려고 애를 썼다.

"알려 주고 싶은 정보가 있어요. 단순한 사고가 아니라는 근거요."

또다시 긴 침묵이 이어졌다.

"지금 어딘가요? 만나서 얘기 나누시죠."

그에게 집 주소를 알려 주고 싶지는 않았다. 내가 데릭을 믿을 수 있기 전까지는.

"시내에서 뵈어요. 모텔 옆에 타코 가게에서요."

"한 시간 후에 봅시다."

그가 말했다.

"연한 빨간색 운동복 상의를 입고 나갈게요. 그리고 코니—"

"네?"

"아무한테도 말하지 말고 와요."

＊ ＊ ＊

전날 폭풍의 흔적은 온데간데없이 사라지고 닐라 시내에는 첫
날 보았던 먼지투성이의 모습만 남아 있었다. 거리는 황량했다. 모
텔 앞 도로에서 큰 까마귀가 부드러운 프렛즐을 통째로 뜯어먹는
모습을 보면서 에이미, 그리고 한 치 앞을 내다볼 수 없는 운명에
대해 생각했다. '내가 희생양이 됐을 수도 있어. 그날 밤 내가 문을
열어줬더라면 에이미는 아직 살아있었을지도 몰라.'

자동차 대시보드의 시계를 보니 30분이나 일찍 도착했지만 그
대로 차에서 내렸다. 걸으면서 생각을 정리해야 했다. 안개 낀 생
각의 미로 속에서 길을 잃은 채 큰길을 따라 걷다가 철물점에 도착
했다. 바깥에는 어린이용 수영장이 외벽에 기대어 세워져 있었고,
몰드로 성형한 파란색 플라스틱에 새겨진 웃는 강아지 그림이 내
불안감을 비웃고 있었다. 그 옆에는 캠핑 의자 두 개가 있었다. 결
제 담당인 스텔라가 손가락 사이에 담배를 하나 끼우고 그중 하나
에 기대어 있었다.

"다시 올 줄 알았어요."

스텔라는 담배를 길게 빨아들인 후 바닥에 던지고 운동화 끝으
로 담배를 비벼 불을 껐다. 그러고는 꽁초를 주웠다. 딱히 앉으라
는 말은 없었지만 나는 스텔라 옆자리에 앉았다.

"조시아를 만났어요."

그녀는 주름진 얼굴에 감정이 없는 표정으로 고개를 끄덕였다.
쌕쌕거리며 숨을 쉬고 있었고, 손을 부들부들 떨고 있었다. 나는
스텔라의 팔꿈치에 반창고가 붙은 것과 그 주위로 노랗게 물이 빠
진 멍을 보았다. 그녀는 느릿느릿 자리에서 일어나 아무런 말없이

다시 매장으로 들어갔다. 나도 그녀의 뒤를 따라 안으로 들어갔다.

우리 둘을 제외하고는 매장에 아무도 없었다. 스텔라가 뒤쪽으로 사라져서 영영 가 버린 줄 알았는데 손에 보온병을 들고 돌아왔다. 보온병의 내용물을 한 모금씩 마시는 그녀의 얼굴이 고통으로 일그러졌다.

"인후암이에요."

그녀가 체념한 듯한 표정으로 얼굴을 찡그렸다.

"평범한 물도 넘기기가 쉽지 않네요. 몇 년 전에 담배를 끊었어야 했는데. …식구들이 내 이야기를 듣지 않아요. 하지만 나이 든 여자의 고민을 누가 듣고 싶겠어요. 당신도 나름대로 고민이 있겠죠."

"유감이에요."

무슨 말을 해야 할지 몰랐다.

"…스텔라, 여자가 또 죽었대요."

"이미 들었어요."

당혹스러웠다. 화도 났다.

"올해만 대체 몇 명이 죽은 거죠?"

스텔라는 보온병에 답이 적혀있기라도 한 것처럼 그것을 뚫어져라 쳐다보았다. 잠시 침묵이 흐른 후 그녀는 뼈만 앙상한 어깨를 으쓱했다.

"몰라요. 기록하는 걸 그만뒀어요."

내가 말했다.

"네 명이에요. 다섯 달 동안 여자 네 명."

스텔라가 대답도 하지 않고 내가 한 말에 신경도 쓰지 않는 듯해서 나는 그녀의 손에 있던 보온병을 옆으로 밀었다. 몸을 웅크리고 앉아서 그녀의 얼굴을 똑바로 바라볼 수 있었다.

"저한테 조시아의 이름을 알려 주신 이유가 뭔가요?"

스텔라가 고개를 돌렸다.

"스텔라."

나는 카운터를 손바닥으로 내리쳤다.

"우리 집이 이 모든 것의 열쇠예요. 이제 알겠어요. 예전에 우리 집에 살던 사람이 플로라 푸엔테스라는 여자였다는 것도 알고, 그녀가 화재로 죽었다는 것도 알아요."

나는 카운터를 돌아서 스텔라의 슬프고 공허한 눈동자를 다시 한번 응시했다.

"두 사람이 저지르지도 않은 범죄로 감옥살이를 하다가 죽었다는 것도 알아요. 우리 엄마의 딸이 몇 년 전에 닐라에서 실종된 후 끝내 발견되지 않았다는 것도 알고."

관자놀이가 욱신거리고 가슴이 답답해지는 게 느껴졌다. 스텔라의 얼굴이 창백해졌다. 나는 상관하지 않았다.

"닐라 사람들은 자신들이 눈감아 주면 자식들은 안전할 거라고 생각하는 엉터리 믿음을 갖고 있다는 걸 알아요."

"엉터리 아니에요."

그녀의 말이 봇물처럼 터져 나오자 눈에서 불이 번쩍였다.

"당신이 우리를 이해한다고 생각해요? 아닐걸요. 이해하지도 못하고, 그럴 수도 없고요."

"그럼 말해 봐요. 설명해 봐요! 조시아의 이름을 왜 알려줬어요?"

문에 달린 종이 울리고 한 남자가 가게 안으로 들어왔다. 그는 우리를 힐끗 쳐다보더니 재빨리 시선을 피했다. 나는 기분이 상해 스텔라에게서 몇 발자국 뒤로 물러났다. 여기에는 내게 필요한 것이 아무것도 없었다. 자리를 박차고 가게를 나서려는데 스텔라가 무언가 속삭였다.

"뭐라고요?"

뒤를 돌아보며 물었다.

"조시아 스미스는 빚을 졌어요. 길을 잃은 소녀들에게… 그리고 고통받는 다른 사람들에게요."

"무슨 말이에요?"

그녀는 고개를 저었다.

"감옥에 갇혔던 사람들은 죽었어요. 하지만 당신은 아니잖아요."

"저요? 조시아의 속죄가 저랑 무슨 상관인데요?"

"전부 다요."

그녀가 눈을 깜박이고 주름진 손으로 눈을 닦았다.

"코니, 당신은 살인자의 딸이에요."

제 43 장

이브 포스터
뉴멕시코주 닐라 — 1997년

이브는 지프를 몰고 매드독 도로를 따라 달리면서 다른 집들을 지나 우회전한 후 도로변에 차를 주차했다. 플로라의 집에서 멀리 떨어진 곳이었다. 이브는 자동차 번호판을 떼어내어 가방에 넣어두었다. 이편이 수사를 더디게 할 것이었다. 그런 다음 트렁크에서 진회색 니트 판초를 꺼내 입고 후드를 머리 위로 당겨쓰고 검은색 곱슬머리 가발이 후드 밖으로 흘러나오도록 했다. 여기에 큰 선글라스와 스카프를 추가했다. 혹시라도 이웃 주민이 그녀를 목격한다고 해도 꼬리 밟히지 않도록 하기 위함이었다.

이브는 길을 따라 걸으면서 그 동네 출신인 것처럼 보이려고 노력했다. 심장이 요동쳤고, 뱃속에 매듭이 생긴 듯 답답했다. 숨을 곳이 없었기 때문이다. '경찰이 말을 진지하게 들어줬더라면 이렇게 몰래 돌아다닐 필요도 없는데.' 이브는 매드독 도로를 걸으며 자신의 신분이 노출된 것 같은 기분에 점점 더 화가 나기 시작했다. 지금 당장 경찰에 전화해 차고에 피가 묻어 있다고 신고하고 싶었지만, 이브를 또 한번 마을 밖으로 쫓아내는 것 외에는 아무것도 하지 않으리라는 것을 잘 알고 있었다. 이브의 눈에는 카일이 유죄인 것만큼 경찰도 다를 바 없는 범죄의 공모자들이었다.

집에 도착한 이브는 뒤쪽으로 걸어갔다. 집 뒤쪽에는 창문이 하나밖에 없었고, 너무 높아 손이 닿지 않았다. 이웃의 시야에서는 가려졌어도 도로에서는 훤히 볼 수 있었다. 그러나 이곳으로 오는 차는 없었고, 끝이 없는 것 같은 사막만이 한없이 펼쳐져 있었다. 판초를 벗어 손목과 손에 감은 다음 집 뒤쪽에서 창문의 가장 낮은 부분을 내리쳤다. 유리 조각을 피하기 위해 조심하면서 두어 번 더 창문을 세게 치자 커튼을 젖히고 잠긴 고리를 풀어 창문을 열 수 있게 되었다. 그렇게 문턱을 넘어 비좁은 욕실에 도착했다. 옷과 창틀에 떨어진 유리를 최대한 털어내고는 커튼을 닫았다.

욕실에서는 레몬향 살균제와 아기 샴푸 냄새가 났다. 한쪽 구석에 플라스틱 바구니가 보였다. 그 안에는 고무 장난감 몇 개와 방수 책이 들어 있었다. 스테인리스 스틸 세면대 위에 노란 수건 한 장이 걸쳐져 있었고 세면대의 노출된 파이프 아래에는 유아용 플라스틱 빗이 있었다. 천장에서 창문 위까지 구불구불 떨어지는 물 얼룩과 노란색 벽 페인트는 그 활력이 너무 과한 느낌마저 들었다. 이브는 아이 용품을 보면서 모험을 감행하기로 한 결심을 더욱 굳혔다.

문을 열고 주방으로 갔다. 화장실과 마찬가지로 깨끗하고 깔끔하게 정리되어 있었지만 우울한 분위기는 지울 수 없었다. 흰색 페인트는 회색으로 변해 칙칙했고, 낡은 가스레인지와 허름한 냉장고가 유일한 가전제품이었다. 2인용 리놀륨 상판 테이블이 벽에 기대어 있었다. 상판 위에는 유리 재떨이와 잿더미 위 담배꽁초가 전부였다.

이브는 단순한 구조를 따라 어두운 주방에서 침실로 이동했다. 침실 한쪽에는 작은 유아용 침대 두 개가 놓여 있었고, 침대의 금속 막대는 화장실 벽과 같은 노란색으로 칠해져 있었다. 화장실에서 보았던 바구니와 똑같은 플라스틱 바구니는 창문 아래에 낡은 장난감으로 가득 차 있었다. 벽에는 마욜리카 십자가 두 개가 침대 위에 하나씩 걸려있는 모습이었다. 방 반대편에는 더블 침대가 있었다. 침대는 벽을 마주보는 위치에, 커버는 짝이 맞진 않았지만 깔끔하게 정리되어 있었다. 침대와 벽 사이에는 서랍장 하나가 서 있었다. 가족이 함께 쓰는 서랍장인 모양이었다. 이브는 문득 또다시 플로라에게 연민을 느낄 뻔했다. 하지만 차고에서 봤던 핏자국과 실종된 딸, 그리고 대화조차 거부하는 모습을 떠올리니 동정심은 이내 분노로 바뀌었다.

이브는 계속 이동했다. 마지막 방은 거실이었다. 다른 방들과 마찬가지로 가구가 드문드문 배치되어 있었고, 칙칙한데다 매력이라고는 눈을 씻고 찾아봐도 없었다. 플로라의 삶에서 카일의 존재를 암시하는 유일한 방이기도 했다. 작은 테이블 양옆으로 안락의자 두 개가 있었다. 어린이책으로 가득 찬 낮은 책장과 다른 서랍장 사이의 벽에 책상이 놓여 있었다. 서랍장 위로 남성용 가죽 벨트, 단추가 달린 파란색 셔츠, 말보로 한 갑, 열쇠 꾸러미가 보였다. 이브는 셔츠를 들어 냄새를 맡았다. 머스크향 애프터셰이브, 담배, 땀 냄새. '카일한테서 난 냄새야.' 이브는 셔츠를 내려놓고 열쇠를 집어 들었다. 작은 자물쇠 열쇠와 큰 열쇠 두 개 꾸러미였다. 이브는 현관문을 열고 큰 열쇠로 자물쇠를 잠그려 했지만 맞지 않았다. 집 안에서 다른 자물쇠를 본 기억은 없었다. '차고에 있는 자물쇠인가?' 이브는 다시 직선으로 된 건물 안으로 들어갔다.

이브는 플로라의 사진 앞에서 오래도록 머물렀다. 액자는 사진이 위를 향하도록 서랍장 위에 올라가 있었고, 유리는 수천 개의 조각으로 부서진 채 얇은 플라스틱 프레임에 고정되어 있었다. 사진 속 얼굴은 젊고, 희망차고, 아름답고, 순진하면서도 기쁨, 신뢰를 주는 인상이었다. '나도 플로라 같았던 때가 있었나.' 이브는 궁금했다. 그녀는 부모님의 강요로 열다섯 살에 결혼했고, 같은 해 말에 엄마가 되었다. 열한 살이나 열두 살 때 찍은 사진 속 미소가 진실된 것이겠지. 그때의 이브는 한 치의 거짓 없이 희망에 차 있었을까? 그러니까, 아빠의 협박과 수치심에 대한 설교로 시달리기 전으로 돌아간다면 말이다. '내가 어떤 사람인지에 대한 환상은 없었어.' 이브는 생각했다. 그녀는 켈시가 가난하게 자라지 않도록 필요한 선택을 한 것이라고 마음속으로 생각했다. '플로라가 나와 차이점이 있다면 이것이겠지. 나는 한 번도 리암이 마음대로 하게 내버려 둔 적이 없어. 오히려 맞서 싸웠어.' 이브는 사진에서 억지로 눈을 떼고 손에 열쇠를 든 채 주방으로 돌아왔다. '아냐. 플로라의 삶과 선택에 대해 내가 아는 게 뭐가 있겠어.'

지금 이 순간 플로라가 돌아와서 계획을 망치게 될까 봐 밖으로 나가기가 꺼려졌지만, 이 열쇠가 어디로 통하는 열쇠인지 확인해야 했다. 그렇게 뒷문으로 가던 중 주방에 있는 무언가가 눈에 들어왔다. 냉장고 뒷벽에 금이 가 있었다. 희미하지만 놓칠 수 없는

선이었다. 바닥을 내려다보고 의심이 심증으로 확고해졌다. 나무 바닥까지 새겨진 선은 냉장고를 원래 있던 자리에서 계속 끌어당기면서 생긴 흔적이었다. 심증이 물증으로 더 견고해졌다.

이브는 밖을 내다보았다. 아무도 없다는 사실에 안도하며 냉장고를 옆으로 밀어 작은 출입구를 찾아냈다. 마치 벽을 개조한 것처럼 보였다. 보통 문의 절반 크기밖에 되지 않는 작은 문이었고, 석고 벽과 같은 색으로 칠되어 있었다. 문고리가 있어야 할 자리에는 밧줄이 달려 있었다. 심장이 요동쳤다. 밧줄을 몇 번 잡아당기자 문이 열렸다. 손이 덜덜 떨렸다. 전등 스위치가 있는지 살피다가 아무것도 찾지 못해 주방을 뒤졌다. 싱크대 밑에 손전등이 있었다. 작은 문을 향해 불빛을 비추자 거미줄이 쳐진 소박한 계단이 나타났다. 이브는 숨을 참고 혹시 무슨 소리가 들리는지를 먼저 확인했다. 켈리가 숨 쉬는 소리, 옷이 바스락거리는 소리, 신음, 생명의 흔적이 있지 않을까 생각했지만 침묵만이 가득했다.

이브는 마음을 굳게 먹고 문을 활짝 연 다음, 맨 위 계단에 발을 올려놓았다. 한 손으로는 손전등을 들고 다른 한 손으로는 벽을 더듬으며 내려왔다. 나무 계단은 좁고 천장이 낮았지만 제법 튼튼했다. 공기는 건조하면서 후덥지근했고, 무덤 같은 공간이 밀실 공포증을 불러일으키기에 충분했다. 순간 현기증이 느껴졌지만 이브는 굳은 의지로 앞에 놓인 임무에 집중했다. 이전에 이미 다른 지하실이나 무덤 같은 공간에 가본 적이 있고, 그러한 경험에서 살아남았기 때문이다. 이 시련도 이겨낼 수 있을 거라 생각했다.

이브가 서 있는 아래 계단이 삐걱거렸다. 알고 보니 계단 아래 또 다른 문이 있었다. 이 문은 손잡이가 없었다. 문 가장자리가 보일 때까지 임시로 만든 다른 벽을 따라 손전등 불빛을 움직였다. 한 손으로 문을 밀었지만 움직이지 않았다. 발로 차봤지만 여전히 움직이지 않았다. 어쩔 수 없이 이브는 문이 열리는 게 느껴질 때까지 몸으로 문을 밀었다. 썩은 사과같은 단내와 매캐하고 퀴퀴한 냄새가 가장 먼저 이브를 덮쳤다. 눈이 적응하는 데는 잠시 시간이 걸렸다. 적응하자마자 딸의 흔적이 있는지 살폈다. 골판지 상자 몇 개, 커다란 빈 플라스틱 용기 하나, 여러 가지 도구가 뒹굴고 있었다. 바닥은 흙바닥이었고, 표면은 최근에 만든 것처럼 깨끗했다. 천장은 낮았다. 또, 이곳은 집보다 면적이 작은 좁은 직사각형 공간이었다.

관자놀이가 욱신거렸고, 숨이 턱 막혔다. 몸 안의 모든 세포가 위험 신호를 보내고 있었다. 지하실을 파고 숨겨진 계단과 문을 만든 이유가 뭘까? 잡동사니를 보관하려고? 그럴 가능성은 낮아 보였다. 이곳은 평범한 지하실이 아니었다. 숨을 들이마시자 역겨울 정도로 달큰한 냄새와 먼지, 상하고 찌든 냄새가 빨려 들어왔다. 켈시가 이곳에 있었다는 힌트, 그러니까 켈시의 향수나 샴푸 냄새 따위를 맡고 싶었지만 이 지하실에는 생명의 냄새가 전혀 없었다. 무덤 같았다.

이브는 이곳에 갇히는 것은 악몽이나 다름없다고 생각하며 가장 가까이에 있던 빗자루를 문틀에 끼워 넣었다. 이번엔 서둘러 상자가 있는 쪽으로 갔다. 상자는 봉인되어 있었지만 열쇠를 칼처럼 사용해 테이프를 잘라냈다. 첫 번째 상자에는 청소도구와 마당에서 사용하는 용품이 들어 있었다. 두 번째 상자에는 옷이었다. 세 번째 상자를 열려는 그때, 위에서 어떤 소리가 들렸다. 이브는 침을 삼키고 주머니에 열쇠를 넣은 후 권총을 꺼냈다. 그녀의 머릿속은 이 끔찍한 집 내부 무덤이나 다를 바 없는 지하실에 갇힐지도 모른다는 두려움뿐이었다. '그건 절대로 안 돼.'

이브가 지하실을 전력 질주하여 계단에 거의 다다랐을 때 어떤 여자가 외쳤다.

"카일, 당신이에요?"

'플로라.' 이브는 벽에 몸을 바짝 붙였다. 숨을 참으며 나무 바닥에 부딪히는 플로라의 발소리를 따라 그녀가 지하실에 거의 다다를 때까지 기다렸다.

"카일? 여기 있어요?"

플로라의 목소리는 초조하고 날카로웠다. 눈물로 얼룩진 붉은 얼굴로 이브가 있는 지하실로 얼굴을 내밀었다. 이브는 몸을 돌리며 팔을 뻗어 플로라를 향해 총을 겨눴다.

"움직이지 마."

다른 손으로는 플로라의 얼굴에 손전등을 비췄다. 플로라의 눈이 커졌다.

"총 쏠 거야."

이브는 총구를 견갑골 사이 플로라의 등으로 밀어 넣었다. 긴장한 듯 플로라의 몸이 경직됐지만 그녀는 천천히 계단을 올라갔다.

"아니, 당신은 쏘지 않아."

"어떻게 그렇게 확신하지?"

플로라의 얼굴이 반쯤 굳은 표정으로 변했다.

"난 전화 한 통이면 당신이 원하는 걸 들어줄 수 있는 몸이니까."

제 44 장

코니 포스터
뉴멕시코주 닐라 — 현재

데릭은 아직도 나타나지 않았다. 약속 장소에서 한 시간 넘게 기다리는 중이었다. 스텔라의 말이 이명처럼 귀에 맴돌았다. 직감적으로 그녀가 진실을 말했다는 것을 알았다. 나는 살인자의 딸이다. 그것이 이브가 그렇게 못되게 굴었던 이유였고, 잔혹함과 집착의 원인이었다. 내 아버지가 자기 딸을 죽였다고 믿었으니 천천히 그리고 고통스럽게 자신의 고통을 갚아 주려고 했던 것이다. 제트 말이 맞았다. 이브는 전에도 나를 미끼로 이용했고 지금도 나를 미끼로 이용하고 있었다.

하지만 내가 살인자의 딸이라면 리사도 마찬가지였다. 그게 사실이라면 이브는 리사에게도 복수하고 싶었을 텐데. 리사를 생각하자 목구멍으로 담즙이 역류하는 것 같았다. 나는 기침을 해서 종이 냅킨에 침을 뱉었다. 식도가 타들어 갔다. 리사가 당황한 목소리로 전화를 걸어온 후 하루가 지났고, 그 후로는 아무런 연락도 받지 못했다. 식당 주변을 둘러보았지만 여전히 데릭으로 추정되는 사람은 없었고, 리사가 무사한지 확인하지 않고는 정신을 집중할 수 없었다. 버몬트 집으로 전화를 걸었다. 음성 메시지로 곧장 연결돼서 우선 메시지를 남긴 다음 요리사와 운전기사 데이비드에게 전화를 걸었다. 그들도 전화를 받지 않았다.

두 시간이 지난 후에 타코 가게에서 나왔다. 여전히 뭘 해야 할지 확신이 들지 않았다. 차에 앉아 있는 동안 마음이 혼란스러웠다. 경찰은 믿을 수 없었고, 버몬트로 돌아가 리사를 만나자니 지금 가면 그녀를 위험에 빠뜨릴 수도 있었다. 닐라를 떠나고 싶었다. 하지만 어떤 식으로든 문제가 해결되기 전까지는 그럴 수 없었다. 이브가 숨어 있는 한 결코 평화를 찾을 수 없었고, 이 모든 것이 무엇을 의미하는지 이해하기 전까지는 결코 벗어날 수 없었다.

지하실에 묻힌 시체들. 살인자의 딸. '당신은 그 여자를 닮았어.'

플로라 푸엔테스가 우리 엄마가 맞다면, 우리가 왜 그리스로 끌려갔는지, 왜 그렇게 비밀스러운 삶을 살았는지에 대한 해답이 됐다. 이브는 어떤 마음으로 우리를 데려갔을까? 단순히 복수심 때문이었을까? 이브가 플로라를 죽인 걸까?

조시아 스미스. 그는 많은 걸 알고 있었다. 데릭이 이대로 바람맞힌다면 조시아를 한 번 더 만나러 가야겠다는 생각이 들었다.

* * *

레베카 스미스의 집으로 가는 길, 플로라와 이브에 대해 또 한번 생각했다. 이브는 켈시를 찾으러 닐라에 왔다. 내가 아는 이브는 복수심이 강하고, 영리하고, 수완이 뛰어나고, 양심의 가책을 전혀 느끼지 않는 사람이었다. 내 머릿속은 여러 가지 가능성이 얽히기 시작했다. 이브가 여자아이 두 명을 납치해 그리스로 데려가면서 자기 돈으로 위조 서류를 사는 모습을 상상했다. 나중에 입양아 두 명을 데리고 미국으로 돌아오는 모습까지. 필라델피아에서 버몬트로 이사할 때는 새로운 지역이었기 때문에 아무도 수상하게 생각하지 않았을 것이다. 딸을 잃은 후 삶의 공백을 메우고 싶어 하는 부유한 과부로 보였을 테지. 그러나 이성적인 사람이라면 이브처럼 사고하지 않았을 것이다. 이성적인 사람이라면 입양을 복수와 연결시키지 않았을 것이다.

수년간의 복수. 생각하면 할수록 설득력이 있었다. 내가 닐라에 온 이유를 포함해 모든 것에 대한 충분한 설명이 되었다. 내 생각을 방해하듯 전화벨이 울렸다.

"코니, 우리 이야기 좀 해."

"세상에, 리사. 걱정했잖아. 괜찮은 거야?"

"다 가짜였어. 켈시는 존재하지도 않았어."

리사는 거친 숨을 몰아쉬고 있었다.

"적어도 지하실에 그런 사람은 없었다고."

무슨 말인지 이해하기까지 시간이 걸렸다.

"지하실에 간 거야, 리사?"

"이브… 이브가… 찾고 있었던 거야. 모르겠어. 내가 뭘 본 건지 모르겠어!"

"천천히 말해 봐. 무슨 말인지 하나도 못 알아듣겠어."

"아래층에 있는 방 말이야, 그건 말하자면… 본부야."

리사의 목소리가 신경질적으로 변하기 시작했다. 나는 침착하게 말했다.

"알아듣게 얘기해."

"세상에! 미쳤어. 말도 안 돼."

"리사! 얼른 얘기하라고!"

"당장 집으로 돌아와, 코니. 당장."

"얼른, 리사."

그녀는 한동안 말이 없었다.

"칠판과 보드가 전부 지도와 핀, 그리고 신문 기사로 덮여 있었고… 어떤 건 누렇게 변색된 오래된 기사였는데, 어떤 건 최근 기사였어. 실종자 목격담을 수소문하는."

"그야 켈시를 찾고 있었으니까."

"나도 처음에는 그렇게 생각했어. 그럼 10대, 20대 여자들이 죽었다는 최근 기사는 왜 거기에 붙어 있어? 켈시는 지금쯤 마흔 살은 되었을 텐데!"

리사가 신음했다.

"이미 죽었어. 살해당했다고."

"정신 차려, 리사. 간단한 거 몇 가지만 물어볼게. 칠판하고 보드라고 했지? 그게 네가 본 전부야?"

리사가 머뭇거렸다.

"녹음기도 있었어. 처음엔 죽은 여자애가 없어서 안심하고 주위를 둘러봤어. 녹음기를 보고 재생 버튼을 눌렀는데—"

"그런데?"

"신음…하고 비명이었어."

신음과 비명은 우리가 자라면서 들었던 소리였다. 우리는 그 소리가 정신병에 걸린 켈리의 소리라고 믿었다. 우리는 우리도 그곳에 갇혀질 거라며 공포에 떨곤 했다. 진절머리 나는 침대에 누워 그 끔찍한 소리를 들으며 얼마나 많은 벌을 견뎌왔는지 모른다. 갑자기 관자놀이가 꽉 조이면서 시야가 흐려져 갓길에 차를 세웠다. 이브가 가하는 정신적 고통은 끝을 모르고 이어졌다.

리사가 홀로 지하실에 내려가 모든 기억을 되살리는 버튼을 누르는 상상을 했다. 연약한 리사. 뭐든 순종하는 리사. 그리고 나는 그 순간 이브의 유언, 즉 리사에게만 대저택을 주기로 한 이브의 결정이 나를 핍박하는 것만큼이나 리사를 잔혹하게 고문하기 위한 것임을 알았다. 살인자의 딸들이니까, 똑같이.

"이브는 뭘 찾고 있었던 걸까."

리사가 물었다.

'살인자를 추적하고 있었겠지.' 이브가 나를 보낸 곳이 지도 속 장소와 일치할 거라고 확신했다. 그렇지만 리사까지 그런 걱정을 할 필요가 없었다.

"모르겠어."

파고들수록 그것이 옳다는 확신이 들었다. 이브는 수년 동안 우리의 아빠, 살인자를 추적하고 있었다. 숨어 있는 그를 끌어내고, 지하실 근처에는 가지도 못하게 하면서 그 안에 무언가 도사리는 것처럼 꾸며내 우리를 겁줬다. 플로라가 우리 엄마였다면 카일 서머스라는 남자는 우리 아버지였다. 리사에게 사진을 보내달라고 부탁해서 내 생각이 맞는지 확인하고 싶었지만 차마 다시 지하실에 내려가라고 부탁할 수는 없었다. 리사가 미쳐 버릴까봐 두려웠다.

"리사, 내 말 잘 들어. 데이비드를 찾아. 그리고 당장 집에서 나가. 호텔이나 멀리 떨어진 곳으로 가라고. 알겠어?"

"네가 그냥 집으로 돌아오면 안 돼?"

"그럴 수 없다는 거 잘 알잖아. 그렇게 간단한 문제가 아니야. 모든 걸 잃을 수도 있어."

'내가 살인자를 문 앞까지 유인할 수도 있다고.' 나는 심호흡을 하며 숨을 내쉬었다.

"데이비드를 찾아봐."

"안 보여."

"그럼 혼자 떠나. 호텔로 가서 거기서 지내. 그 정도는 할 수 있지?"

대답이 없었다.

"내 말 듣고 있어?"

"알았어. 그렇게 할게."

리사의 목소리에 단호함과 자신감이 묻어났다.

"내가 보낸 열쇠는 받았어?"

"응, 하지만—"

"보석을 많이 숨겼어. 아마 그건 아무도 찾지 않을 거야. 내가 잃어버렸을 수도 있고, 팔았을 수도 있는 정도야. 걱정하지 마, 코니. 내가 해결할 수 있어."

리사는 전화를 끊었다. 그녀의 결심은 내게 희망이 되어야 마땅했다. 하지만 왜… 그렇게 절망적인 기분이 들었을까.

* * *

조시아 스미스는 내가 올 거라고 상상도 못 하고 있었을 것이다. 갑작스러운 방문이 내게 유리하게 작용하기를 바랐다. 이번에는 레베카의 차가 보이지 않았고 집은 열려 있는 창문 두 개를 제외하고는 불이 다 꺼져 있었다. 문도 닫혀 있었다. 노크해도 아무런 반응이 없었다. 그냥 돌아서는데 안에서 조시아의 기침 소리가 들렸다. 나는 열린 창문 중 하나의 창틀을 두드리면서 창문 너머로 그의 이름을 외쳤다.

"조시아 스미스! 안에 있죠? 스미스 씨. 스미스 씨!"

조시아가 소리를 지를 때까지 계속 이름을 불렀다.

"그만하고 꺼져!"

"코니 포스터예요. 스미스 씨, 얘기 좀 할 수 있을까요?"

"코니 포스터가 누군지?"

"누군지 아시잖아요."

나는 잠시 기다렸다.

"플로라 딸이요."

가래 섞인 기침이 들렸다.

"돌아가요."

그의 목소리의 독기는 전보다 사라진 상태였다.

"이야기 좀 해요."

"싫어."

"매드독 도로에 있는 빨간 집이요, 그 지하실! 부탁이니 얘기를 좀 해요."

나는 심호흡을 했다.

"당신 말이 맞았다고요."

"…돌아서 정원으로 와요."

마침내 그가 말했다.

"뒷문으로. 거긴 문을 항상 열어 두니까."

* * *

뒷문이 열려 있긴 했지만 막상 정원 대문이 잠겨 있어 결국 담을 넘어야 했다. 집은 불이 꺼져 있었고 고양이 소변 냄새와 소독약 냄새, 소시지 냄새가 뒤섞여 있었다. 나는 낡은 벨루어 모자에 고개를 젖힌 채 안락의자에 누워있는 조시아를 발견했다.

"조시아,"

불을 켜고 그의 의자 옆 소파에 쪼그리고 앉았다.

"뭘 찾았는지 말해 봐요."

그가 촉촉한 눈을 떴다. 그의 피부와 눈 흰자위는 누랬다. 가래 낀 기침을 하고 손등으로 입을 닦으며 다시 말했다.

"뼈를 찾았어요. 지하실에서요."

"그럴 줄 알았지."

그의 말투에는 승리의 기운이 감돌았다.

"몇 개나?"

"모르겠어요. 뼈가 맞는지 확인할 수 있을 만큼만 땅을 팠거든요… 뼈밖에 없었어요. 살이 전부 녹아내린 것처럼, 뼈만 남아 있었어요."

"그래서 어쩔 셈이지?"

"저도… 모르겠어요. 경찰은 믿을 수 없어서."

"경찰은 믿을 만한 게 못 되지."

"누가 이런 짓을 한 거예요?"

"아직 못 알아냈나?"

"플로라 짓이에요?"

"플로라도 다른 사람들처럼 희생자일 뿐이었지."

"모르겠어요. 도무지."

나는 앞으로 몸을 숙였다.

"하지만 당신은 알잖아요. 말해 주세요, 조시아. 양심에 가책을 느끼고 있잖아요."

노인은 코웃음을 치며 의자에서 고개를 간신히 들었다.

"당신한테 고백한다 한들 양심의 가책이 없어질 것 같아요? 전에도 말했지만 그 말은 진심이었어요. 인생은 복잡하니까. 한 가지 후회되는 건 그 두 놈이 감옥에서 썩어가는 동안 시체가 숨겨져 있었다는 거예요. 부모들이 자기 딸에게 무슨 일이 일어났는지 전혀 알 수도 없게."

"그럴 필요까지는 없었잖아요."

"하지만 그렇게 되어 버렸지. 만약 내가 마을에서 가장 영향력 있는 사람 중 한 명을 기소했다면 어떻게 되었을까? 다른 사람들이 내 편을 들어줬을까? 당신이 살았던 동네에서는 그럴 수도 있겠지만 여기서는 가족이 중요해요. 인맥과 충성심도 중요하고."

그가 기침하자 입에서 침방울이 떨어졌다.

"누가 그랬는지 완벽히 확신할 수 없었어. 솔직히 말해서 가끔은 악마와 거래해야 할 때도 있었어요."

나는 이브가 만들어 둔 보드와 뉴스 기사, 플로라가 죽은 후 카일 서머스가 사라졌다는 사실을 떠올렸다.

"조시아, 누가 이런 일을 저질렀는지 정확히 알고 있었군요. 사실 진짜 범인은 닐라에서 사건을 종결하는 조건으로 마을을 떠나기로 한 거예요. 맞죠?"

조시아가 대답하지 않아 내가 말을 이었다.

"그럴 필요 없었어요, 조시아. 그 인간을 막으려는 방법은 떠나보내는 것뿐 아니라 감옥에 가둬 두는 것도 있었으니까요."

"아니. 내 사건에 이의를 제기했을 거라고. 그놈도 마을에 계속 살았겠지. 사람들은 계속 법을 어기고."

"법을 '어긴다'라는 게 증거를 조작한다는 뜻인가요?"

조시아가 움찔했다.

"말했듯이 그는 영향력이 있었어."

"'그'가 누군데요, 대체?"

그가 대답하지 않자 내가 말했다.

"지금 바로잡을 기회가 있어요. 당신이 말하는 그 남자가 누구예요? 카일 서머스?"

조시아는 분노로 가득 찬 반쪽짜리 미소를 지었다. 병에 온몸이 잡아먹힌 이 순간에도 그는 죄책감에 시달리며 살인자와 그 기억에 속박되어 있었다.

"당신은 정말 바보 같은 사람이에요. 그거 알아요? 아직 사람들의 목숨을 구할 기회가 있어요. 후회는 잊어버리라고요. 바꿀 수 있잖아요. 마을 사람들을 인질로 잡고 있는데도 당신을 포함한 마을 전체가 그놈 편을 드는 것 같아서 정말,"

"모두는 아니에요."

"모두는 아니라고요? 그럼 그놈에게 맞설 용기가 있던 사람은 누구였죠?"

조시아 스미스가 눈을 감았다.

"누가 고통받았는지 스스로 물어봐요. 코니."

"살해당한 여자들이 고통받았겠죠."

"깊게 생각하세요. 그리고 닐라에서 누가 고통받았는지 계속 자문하세요. 그러면 미약하게나마 고리를 찾을 수 있을 테니까."

눈곱 낀 노란 눈으로 조시아는 내 눈을 바라보았다. 나는 그의 눈빛에서 조바심, 분노, 즐거움을 읽었다. '괴물 같으니라고.' 살인자 같은 악마는 아니었지만 그럼에도 그 역시 괴물이었다. 그가 말했다.

"누가 최악의 고통을 겪었는지 스스로 찾아요, 코니. 양심의 가책을 덜기 위해 누가 사랑하는 사람의 목숨을 내놓았는지 곧 알게 될 겁니다. 왜 이 마을이 침묵하게 됐는지 그 이유도요."

그가 눈을 감았다.

"내가 왜 침묵할 수밖에 없었는지도."

제 45 장

코니 포스터
뉴멕시코주 닐라 — 현재

가장 가까운 병원은 거의 48킬로미터나 떨어져 있었다. 나는 전속력으로 병원으로 달려갔다. 라일리를 만나야 했다. 접수대의 간호사는 내가 약혼자라고 거짓말을 했음에도 병실 번호를 알려 주길 거부했다.

"경찰서로 전화해 보세요. 전 권한이 없어요."

괜찮았다. 적어도 라일리가 그곳에 있고 아직 살아있다는 건 알 수 있었으니까. 뒤돌아 병원을 나설 준비를 하고 있을 때, 제복을 입은 경찰관이 로비로 걸어 들어왔다. 나이도 들었고 몸집이 커서 식당에서 마누엘라의 전 남자친구를 조사했던 그때 그 경찰이라는 것을 단번에 알 수 있었다. 접수원이 다른 사람을 응대하는 동안 숨어 있다가 일정한 거리를 두고 멀리서 경찰을 따라갔다. 그는 4층으로 올라가는 버튼을 눌렀고 나는 계단을 향해 전력 질주해서 올라간 후 그가 사라진 것을 확인한 다음에 복도로 나왔다.

희미한 조명이 켜져 있는 복도의 바닥에는 회색 타일 모서리가 닳아 있었다. 리사가 화상을 입은 이후로 병원이 무서웠고, 병원이 상징하는 절망과 통제 불능 등에 두려움을 느꼈다. 그럼에도 불구하고 모퉁이에 있는 방 밖에서 대화를 나누고 있는 남자들의 소리가 들리는 쪽으로 복도를 따라갔다. 나는 벽에 등을 대고 서서 휴대전화를 보는 척하면서 그들의 무감각한 대화를 엿들었다. 그들은 날씨, 최신 스포츠 경기 결과, 마지막으로 저녁 식사로 무엇을 먹었는지 등 평범한 대화를 나누고 있었다. 그러던 중 대화에서 라일리의 이름이 언급됐다.

"라일리가 아직 혼수상태예요. 차라리 잘된 일이죠. 언론은 부정직한 경찰을 공개 처형하기를 좋아하잖습니까."

누군가 말했다.

"이렇게까지 해야 한다는 게 안타깝군요."

낮은 목소리가 말했다. 내가 아는 목소리였다.

"라일리는 그냥 넘어가지 않았을 겁니다."

라일리가 믿을 수 있다고 했던 경찰 동료, 데릭이었다! 나도 아는 그 경찰이었다니. 가슴이 조여 왔다. 라일리는 그에게 전화를 걸어 의심되는 점을 말했을 것이다. 그게 사실이라면 데릭 역시 부패한 경찰이라는 뜻이었다. 동시에 라일리가 정의로 그들을 위협한다는 뜻이기도 했다. 20년 전 살인을 저지른 범인이 다시 그 일을 벌이고 있었고, 라일리가 범인을 코앞까지 추적했다는 뜻도 됐다. 그렇다면 왜 그의 이야기를 묵살한 걸까.

복도에 발소리가 울려 퍼졌다. 나는 돌아서서 계단을 향해 다시 전력 질주하고 계단을 한 번에 두 개씩 내려가면서 건물 밖으로 빠져나갔다. 밖으로 나가자마자 차로 달려갔다. 라일리는 살아있었다. 적어도 지금은. 하지만 그는 감시받고 있었고 부패한 경찰로 낙인이 찍혀 있었다. 그가 한 일은 질문을 한 것밖에 없었다.

나를 도와준 것 말고도 데릭을 믿은 것이 라일리의 가장 큰 실수였다. 차의 잠금을 해제하고 자리에 앉으려는데 와이퍼 밑에 곱게 접은 종이 한 장이 꽂혀 있는 것을 발견했다. 손을 뻗어 종이를 들고 운전석에 앉아 문을 잠그고 시동을 켰다. 쪽지를 펼쳤다. 반듯하게 쓴 동글동글한 글씨였다.

'작고. 빨간. 집.'

* * *

집은 조용했다. 경찰이 잠복 중이거나 현관문이 부서져 있을지도 모른다고 예상했었다. 하지만 샷건 하우스는 내 상상 속에서 수십 년 동안 그랬던 것처럼 거센 먼지 폭풍에 맞서는 요새같이 우뚝 서 있었다. 바람이 거세지는 게 느껴졌다. 매드독 도로에서는 올리버의 닭들이 시끄럽게 꽥꽥거렸지만 그것 말고는 올리버 형제의 집은 고요했다. 트럭이 주차되어 있었지만 제트의 작은 헛간도 황량해 보였다. 작업실에서는 아무 소리도 들리지 않았다. 자는 중일 수도 있었다.

'작고. 빨간. 집.'

그 말은 내 마음속의 주문이 되었다. 집 안으로 들어가는 것이 두려웠다. 차에 한참을 앉아 있었다. 감당해야 할 감정과 연결해야 할 실타래가 너무 많았다. 플로라는 나의 엄마였다. 나는 엄마를 닮았다. 비록 리사는 엄마를 닮지 않았지만, 우리는 이란성 쌍둥이였고, 리사는 아빠를 닮았는지도 모른다. 이브가 나를 닐라에 있는 이 집으로 보낸 이유는 단 하나, 복수 때문이었다. 내 존재가 범인을 끌어낼 수 있다는 것을 이브는 알고 있었다. 범인이 누구든 내가 할 일은 그를 기다리는 것뿐이었다. 단, 내게 용기가 있다면.

나의 친아빠, 그 살인자는 나를 농락하면서 집, 차, 마누엘라의 식당 등 안전한 피난처를 공포의 장소로 채갔다. 나는 그가 계속 그렇게 하도록 내버려 두지 않을 거라고 생각했다. 더 심한 일도 경험했던 나니까. 마누엘라에게 전화를 걸어 앞으로 며칠 동안 출근을 못 할 거라는 메시지를 남겼다. 걱정도 되고 화도 나겠지만 나 하나 없이도 가게 운영에 큰 문제는 없을 것이었다. 음식과 물은 지난주에 이미 충분히 먹어 두었다. 제트를 믿을 수 있을지 여전히 확신이 없었지만 그래도 그가 곁에 있어 조금은 안심이 되었다. 총을 살 방법이 있었더라면 더 좋았겠지. 그것은 이미 너무 늦어버렸다. 카일이 정말 내 아빠라면 나를 죽이지는 않을 거다. 그러면 굳이 총이 없어도 괜찮을 거라 여겼다.

나는 다시 의자에 머리를 기대고 한숨을 쉬었다. 이 모든 게 다 내 상상일지도 모른다. 어쩌면 마을 전체가 나를 미치게 만들려고 음모를 꾸미고 있었을지도 몰랐다. 다만 모르는 것 투성이인 이 상황 속에도 내가 느끼는 바는 명확했다. 나는 그와 정면으로 맞붙을 것이다. 우리 중 한 명은 죽을 것이고 새빨간 피를 보게 될 것이다. 내가 그 피의 주인공이 될 가능성이 컸지만 상관없었다. 이브는 어떻게든 그의 목숨을 빼앗거나 나를 죽이도록 만들었을 것이다. 보복만이 이 게임의 결말이었으므로. 내가 기억하는 한, 마지막 승리자는 늘 이브였다.

* * *

가장 처음 기억은 그리스에 있을 때다. 사람을 정확히 기억하기
보다는 내 마음에 유령과 같은 흔적을 남긴 잔상과 감각, 감정이
기억난다. 모든 기억이 나빴던 건 아니다. 따스한 햇볕과 짭조름한
바닷물의 시원함, 아침에 일어나 가장 먼저 리사의 얼굴을 보는 즐
거움, 바다가 수평선까지 뻗어 나가듯 우리 앞에 펼쳐진 하루, 갓
딴 수박을 처음 먹었을 때의 달콤함, 코르푸 마을 시장에서 들리는
그리스인들의 이질적이지만 편안한 수다. 내 마음은 색과 모양과
냄새와 소리로 채워져 있었다. 그리고 언제나, 늘, 항상 내 감정을
정의하는 방식을 기억할 것이었다.

이와 같은 첫 기억의 조각들 속에는 그림자가 숨어 있었다. 성난
바다 위 공중에 매달려 있는 붉은 구슬이 보였다. 공주처럼 금빛으
로 물결치는 리사의 긴 금발 머리가 보였다. 뒤이어 독기 어린 분
노로 가득 찬 날카로운 목소리, 끝에 잔인한 고문 소리가 들렸다.
매혹적이고 증오에 찬 고양이 눈동자는 항상 나를 지켜보며 언제
든 달려들 준비가 되어있었다. 악마는 늘 나를 기다렸다.

* * *

이브가 리사와 나를 갈라놓으려고 썼던 모든 방법을 기억하며
집의 붉은 페인트 외벽을 바라보았다. 나는 술래잡기 게임에서 도

470

망자가 되는 것이 피곤했고, 이따위 게임의 표적이 되고 싶지 않았다. 시동을 끄고 차에서 내렸다. 살인자가 나를 찾아온다면, 이브가 이 집 문 앞까지 흔적을 남겨두었다 해도 상관없었다.

제 46 장

코니 포스터
뉴멕시코주 닐라 — 현재

바람이 거세지고 바늘 같은 먼지와 모래가 바람과 함께 날아왔다. 집 문을 열고 안으로 들어가 잠시 멈춰서 귀를 기울였지만 다른 모든 소리는 바람에 눌려 들리지 않았다. 옷장에서 스카프를 꺼내 얼굴을 감싸고 눈만 내놓은 채 뒷문으로 나갔다. 제트가 사는 별채의 문을 두드렸지만 대답이 없었다. 문은 잠겨 있었고 미카가 안에서 정신없이 짖고 있었다. 트럭 운전석을 확인한 후, 따가운 모래가 눈에 들어가지 않도록 손으로 얼굴을 가린 채 작업실로 향했다. 제트는 작업실에도 없었지만 문은 열려 있었다. 나는 안으로 들어가서 문을 닫았다.

작업실은 어딘가 달라 보였다. 그 이유를 알아내려고 주위를 둘러보았다. 장비는 여전히 캐비닛에 깔끔하게 보관되어 있었고, 반쯤 완성된 프로젝트는 벽에 잘 쌓여 있었으며, 작업대 옆 선반에는 여전히 마감재 캔이 줄지어 있었다. 정확히 뭐가 달라졌는지 손가락으로 콕 짚어낼 수는 없었지만 뭔가 달라진 것은 분명했다. 멍하니 생각만 하고 있을 시간이 없었다. 나는 캐비닛과 선반을 샅샅이 뒤져 쓸 만한 물건을 찾았다. 머리 위 캐비닛에서 페인트 시너 캔, 못 상자, 망치와 함께 평면도, 네일 건, 끌 두 개를 꺼냈다. 한쪽 벽에 낡은 판자가 세워져 있었고, 나는 한 번에 옮길 수 있는 가장 많은 판자를 집어 들었다. 나가는 길에 압정, 손전등, 전기 테이프 한 롤을 챙겼다.

그대로 작업실을 나가려다가 불현듯 한 가지 생각이 더 떠올랐다. 제트가 현금을 보관하는 캐비닛을 다시 훑어보았다. 일부 서랍이 자물쇠도 없이 열려 있었다. 서랍을 끝까지 당겨서 안을 들여다보았다. 비어 있었다. 이브의 복수 게임을 혼자 감당하려고 돈을 챙겨 떠나 버렸나? 아니, 내 불안감이 무엇이든 간에 제트를 그럴 사람이 아니었다. 게다가 미카를 혼자 두고는 절대 도망갈 리 없었다. 하지만 지금은 나 혼자였다.

* * *

창문부터 시작했다. 제트의 망치와 못, 합판 몇 개를 이용해 모든 창문을 못으로 고정하고, 유리에 합판을 고정해 창문마다 내가 밖을 내다볼 수 있는 구멍을 하나씩 남겼다. 더 큰 나무 조각을 가져다가 뒷문에 못을 박아 만일을 대비해 현관문은 그대로 두고 손잡이에 곰 퇴치용 종만 고정시켰다. 그다음 손잡이 주위 끈에 방아쇠를 연결해 입구를 향해 네일 건을 조준했다. 피곤해진 나는 뒤로 물러나 내가 설치한 것들을 살펴보았다. 엉성하고 아마추어 같았지만 그래도 효과가 있을 것 같았다. 그놈이 이곳에 온다면 통로는 하나밖에 없을 거야. 나는 준비가 되어있었다.

밖에서는 바람이 세차게 불었다. 흙먼지가 집으로 휘몰아쳐 창문이 덜컹거렸다. 창문에 만들어 둔 구멍으로 얼굴을 들이밀었지만 폭풍이 그나마 남아 있던 햇빛을 가렸다. 올리버의 집에서 나오는 희미한 불빛 외에는 아무것도 보이지 않았다. 지친 내 마음은 올리버에서 제트, 그리고 리사에게로 떠돌아 다녔다. 리사를 생각하면 지하실에 있는 시체들이 떠올랐다. 공포에 휩싸인 나는 지하실 문을 기억해 냈다. 누군가 지하실에 들어가면 숨겨진 계단을 통해 주방으로 올라올 수 있었다.

재빨리 지하실로 통하는 안쪽 문에 판자를 박았다. 밖에서 지하실로 연결된 문에는 자물쇠가 있었지만 허술하기 짝이 없었다. 외부 문도 안전한지 확인해야 했다. 스카프로 머리와 얼굴을 다시 감싸고 후드티를 걸쳤다. 현관문 손잡이를 손으로 잡고 문을 열려는 순간 집 뒤쪽 어딘가에서 날카로운 소리가 들렸다. 쓱, 쓱, 쓱.

나는 잠시 멈춰 서서 밖에서 거세게 부는 바람에 묻힌 소리를 들으려고 애를 썼다. 쓱, 쓱, 쓱. 귀에 들리는 것보다 더 크게 느껴졌다. 분명 뒤에서 들려오는 소리였다. 스카프를 벗고 주머니에 면도칼을 넣은 다음 끈을 챙겼다. 머리 위로 끈을 들고 조용히 집 안으로 들어갔다. 침묵이 나를 조롱하고 있었다. '쥐일지도 몰라.' 바람 때문에 집 널빤지가 헐거워졌을지도 모를 일이었다. 그것도 아니라면 내 상상력이 부풀어진 것일 수도 있었다.

거실로 돌아와 문 앞에 의자를 놓고 오래 기다릴 준비를 했다. 5분 후, 이번에는 더 크고 뚜렷하게 소리가 들렸다. 쓱, 쓱, 쓱, 쓱. 구호를 외치는 것처럼 박자를 맞춰 들리는 소리. 쓱, 쓱, 쓱.

'작고. 빨간. 집.'

술 생각이 간절했다. 술 한 병을 다 비우고 이불 속으로 기어들어 가서 가장 깊고, 가장 달콤하고, 가장 자유로운 잠에 빠지고 싶었다. 쓱, 쓱, 쓱. 주방으로 돌아와서 지하실로 통하는 문에 귀를 대보았다. 바람의 울부짖음과 창문을 때리는 모래 소리 외에는 아무 소리도 들리지 않았다. 눈을 비비고 고개를 흔들며 정신이 돌아오기를 기도했다. 아드레날린에 취한 나머지 겁에 질려 있었다. 정신을 차려야 했다. 쓱, 쓱, 쓱. 이제 그 빌어먹을 소리는 집 아래에서 나기 시작했다. 칠판을 긁듯 혐오스러운 소리였다.

사람의 손톱.

그 순간 나는 다시 어린아이가 되어 이브의 지하실에 갇혀 다른 방에서 울려 퍼지는 신음과 비명, 무언가를 긁어대는 소리를 들었다. 이브가 빌어먹을 게임을 시작했다. 날 괴롭히던 그 소리는 모두 녹음본이었다. 망할 이브! 나는 끌을 이용해 못으로 문에 박았던 판자를 떼어낸 다음, 온 힘을 다해 지하실 문을 열었다. 어두운 심연이 펼쳐졌다.

쥐였을 것이다. 아니면 나뭇가지. 아니면 또 과한 상상력 때문일 수도 있다. 문을 닫으려는 순간, 사람의 신음이 들렸다. 전등 스위치가 작동하지 않아 식탁에서 손전등을 꺼내 계단에 빛을 비췄다. 먼지밖에 없었지만 그 먼지 속에는 남자의 신발 자국이 있었다. 지난번에 여기 왔을 때 생긴 제트의 발자국인가? 또다시 신음이 들렸다. 고통스러워하는 남자의 깊은 신음이었다. 제트의 목소리 같기도 했다.

도움이 필요했지만 누구에게 도움을 요청할 수 있을까 절망스러웠다. 경찰은 확실히 아니었다. 마누엘라? 분명 날 도와주러 오겠지만 이 난장판에 그녀를 끌어들이고 싶지 않은데! 올리버와 레이먼드? 날 도와주기는커녕 죽이려 들 것이다. 저 아래서 누군가 자신을 도와주기를 기다리고 있는 게 제트라면 그를 도울 사람은 나밖에 없었다. 끌보다 더 튼튼한 게 필요했다.

거실을 향해 전력 질주해서 네일 건을 챙겼다. 침실을 통과해 3분의 2쯤 달렸을 때 손이 내 발목을 잡았다. 그렇게 발이 걸려 넘어지면서 바닥에 부딪혀 낡은 주철 욕조에 머리를 부딪쳤다.

"귀신은 항상 그림자 속에 숨어 있어. 네 엄마가 그건 안 가르쳤나 보네."

아는 목소리였다. 공포와 혼란이 나를 사로잡았다. 나를 공격한 사람의 모습을 보기 위해 일어나려고 안간힘을 썼다. 두피와 눈으로 피가 흘러내렸다. 더듬거리며 끌을 찾았지만 아무것도 손에 잡히지 않았다. 거실과 현관문을 향해 허겁지겁 나아갔다. 네 발로 기어 봐도 뒤로 끌려가기만 했다. 손 하나가 내 머리카락을 악랄하게 잡아당기며 나를 일으켜 세웠다. 체리 파이프 담배와 멘톨 냄새. 익숙한 냄새였다.

"데이비드?"

그가 차가운 금속을 관자놀이를 향해 조준했다.

"순순히 말을 듣는 게 좋을 거야."

시야가 맑아지자 그의 모습이 확실히 눈에 들어왔다. 데이비드, 이브의 운전사였다. 머릿속이 여러 가지 생각으로 혼란스러웠다. 운전기사 데이비드는 이브가 시키는 일만 하던 사람이다. 그가 이 모든 죽음의 배후에 있는 사람인 걸까? 닐라의 모든 사람이 그토록 두려워하던 강력한 존재가 데이비드였을까? 내가 물었다.

"이해가 안 돼요. 왜!"

데이비드는 나를 주방으로 끌고 갔다. 지하실 문을 열고 그 안으로 나를 밀어 넣었고 두개골 뒤쪽에 총을 조준했다.

"내려가."

그가 어둡고 좁은 지하실 계단을 향해 총을 흔들며 말했다.

"싫어!"

데이비드는 나를 밀어버렸고, 나는 발을 헛디뎌 넘어지면서 엉덩이와 무릎을 벽에 부딪쳤다. 그는 나를 일으켜 세운 다음 앞으로 밀었다. 그의 손은 내 팔을 꽉 붙잡았다. 무릎이 욱신거렸다. 머리를 맞은 충격으로 몸이 흔들리고 속이 메스꺼웠다.

"저기로 내려가라고!"

데이비드가 말했다. 나는 그가 시키는 대로 하는 척 앞으로 걸어가면서 시간을 끌며 빠져나갈 방법을 찾았다. 하지만 굴러떨어지고 말았다. 나를 따라온 그가 계단 아래로 내려가 불을 켰다. 눈이 빛에 적응하는 데 잠시 시간이 걸렸다. 제트가 있었다. 제트는 지하실 외벽에 놓인 의자 세 개 중 하나에 밧줄과 덕트 테이프로 몸이 고정되어 있었다. 그의 고개는 한쪽으로 기울어져 있었고, 입술과 눈 주위에는 피가 말라붙어 있었다. 얼마나 오랫동안 갇혀 있었던 거지? 그리고 나는 얼마나 오래 갇혀 있게 될까?

"앉아."

데이비드는 나를 두 번째 의자에 앉히고 손목을 뒤로 돌려 밧줄로 고정했다. 나는 제트의 피부에 묻은 피를 쳐다보았다.

"데이비드."

최대한 이상적으로 들리게끔 노력하면서 말했다.

"우린 몇 년 동안 알고 지냈어요. 당신이 원하는 게 돈이라면 우리가 대화로 해결할 수 있어요—"

데이비드는 제트와 내가 파낸 유골이 있는 자리로 걸어왔다. 병든 무덤을 바라보는 그의 냉정한 얼굴은 마스크를 쓰고 있어서 표정을 더 읽을 수 없었다.

"당신이 그랬군요."

내가 말했다.

"여자들을 죽인 사람이 당신이었어."

데이비드가 나를 쳐다봤다. 찰나의 순간이었지만 흠칫한 것 같았다. 그는 곧 표정을 감추었다.

"데이비드—"

그는 내가 알고 있던 걸음걸이로 비틀거리며 다시 계단으로 걸어 올라갔다. 불을 끈 다음 다시 위층으로 올라갔고, 나는 지옥 같은 집의 시커먼 지하실에 의식을 잃은 제트와 함께 남겨졌다.

"데이비드!"

나는 소리쳤다.

"날 풀어 줘요!"

제트의 입술에서 낮은 신음이 흘러나왔다. 그의 신음과 밖에서 들리는 바람의 울부짖음만이 나의 간절한 호소에 유일한 반응이었다.

* * *

어둠이 나를 삼켰다. 제트의 신음은 간격이 더 빨라졌고, 목소리는 전보다 약해졌다. 무언가 흙바닥을 따라 바스락거렸고, 데이비드의 무거운 발소리가 위층에서 울려 퍼졌다. 목이 마르고 머리가 두근거렸다. 소변이 마려웠다.

"제트,"

조용히 속삭였다. 그러다 더 큰 목소리로 그를 불렀다.

"제트!"

그가 신음했다. 데이비드가 제트에게 무슨 짓을 한 걸까? 그가 우리와 함께한 세월이 떠올랐다. 평범하고 특색이 없던 데이비드. 믿을 수 있고 조용한 데이비드. 시도 때도 없이 변하는 이브의 비위를 누구보다 잘 맞춰 주는 사람이었는데 연쇄살인범이라니! 그가 이 일의 배후에 있었다는 증거와 단서는 어디에도 없었다. 일을 시작한 지난 5년 동안 이브의 눈에 띄지 않게 잘도 숨어 있었군. 내 뒤를 쫓고 있었어. 이브가 지하실에서 비밀 요원 노릇을 하는 동안 그녀를 조종하며 뒤에서 몰래 웃고 있었다니!

이 모든 상황으로 미루어 보면 이브가 딸을 죽인 범인을 찾지 못했다는 뜻이기도 했다. 하지만 의아한 점이 한둘이 아니었다. 데이비드가 정말 닐라의 연쇄살인범이라면 왜 그간 아무 행동도 하지 않았을까? 진범을 끝까지 추적하려 한 이브를 처단할 5년의 세월이 있었고 그동안 나와 리사를 죽일 수도 있었는데 말이다. 그저 고양이가 쥐를 가지고 놀 듯 장난을 친 걸까? 아니면 아직도 내가 모르는 이야기가 있나. 머리가 욱신거렸다. 무의미하고 정리되지 않은 생각들이 밀려들었다. 논리적으로 생각하는 것은 마치 물살을 거스르는 것과 비슷했다. 눈을 감고 억지로 집중하려고 노력했다.

조류. 파도. 리사의 머리가 물 위로 흔들렸다. 금발 머리칼이 번쩍였다. 우리를 둘러싼 붉은 색이 우리를 집어삼켰다. 연기, 시야를 뒤덮은 연기… 기억의 조각들이 소용돌이치듯 밀려들었다. 허벅지 아래의 나무와 손목에 닿는 밧줄을 느끼며 지금 여기에 닻을 내려 보려고 했지만 집중할 수도, 버틸 수도 없었다.

조류, 파도, 붉은 문과 붉은 지붕, 그리고 말도 안 될 정도로 푸른 이오니아해 너머 붉은 태양. 밋밋한 복도의 붉은 피, 입을 벌리고 비명을 지르는 붉은 입, 연기, 질식, 공포. 그 모든 것에 저항하며 눈을 뜨려고 했지만 눈꺼풀이 너무 무겁고 피곤했다. '꽉 잡아, 코니.' 머리 위로 번개가 번쩍이는 것처럼 아주 짧은 순간에 무슨 일이 일어난 건지 모든 것을 알게 되었다. 이 시체들처럼 어떤 진실이 내 마음속 표면 바로 아래 묻혀있었다.

붉은 땅 아래 말없이…

제 47 장

이브 포스터
뉴멕시코주 닐라 — 1997년

이브의 손에 들린 총이 묵직했다. '이거 너무 쉬운걸.' 이 브는 상한 우유와 분유 냄새가 진동하는 차 안 플로라 옆에 앉아 생각했다. 마침내 배은망덕한 딸을 찾을 수 있다는 생각에 긴장과 흥분으로 머리가 아프기까지 했다. 켈시를 찾으면 어떻게 할까? 스 물한 살 성인이 될 때까지 지하실에 가둬야 할까. 이브는 이미 켈 시와 의절한 상태였고 지하실에 가둔다고 한들 켈시의 행동은 바 뀔 리가 없었다.

그 결정은 나중에 해도 되니 일단 켈시가 어떤 상태인지 보는 게 중요했다. 이 작은 모험, 켈시가 만든 이 재앙 같은 게임이 그 애로 하여금 자기 행동을 뉘우치는 계기가 되었는지 알고 난 후에 결정해도 늦지 않았다. 하지만 이브는 회의석이었다. 켈시는 자기 아빠와 마찬가지로 정신과 의사가 한때 소시오패스라고 부르던 유 형의 사람이었다. 소시오패스는 속죄하지 않았다. 누군가가 그들을 막을 때까지 계속 사람들을 해쳤다.

이브는 플로라를 오랫동안 바라보았다. 흠잡을 데 없는 검은 머리에 흰머리가 몇 개 끼어 있었다. 젊은 피부에는 찡그린 주름이 새겨져 있었다. 이브는 이를 악물었던 턱, 하얀 손가락 관절, 충혈된 눈, 목 부분 멍을 발견했다. 다른 상황이었다면 이브와 플로라는 친구가 됐을지도 모른다. 고통에서 태어난 우정. 비슷한 처지에 대한 이해로 동지애가 피어났을지도 모른다.

지금 플로라는 이브의 적이었다. 그리고 이브는 자신을 지키는 데 필요한 일을 해야 했다. 플로라는 빨간 집으로부터 떨어진 닐라의 주요 도로를 따라 조용히 운전했다. 골목 끝으로 가서 집 뒤편에 차를 멈추어 쓰레기통 두 개 사이에 차를 세웠다. 잭의 술집 쪽이었다. 이브는 잭의 술집 뒤쪽을 살펴보았다. 동네는 비좁고 흉물스러웠고, 좁은 집들은 하나같이 낡고 허름했다. 이브는 혼란스러운 표정으로 플로라를 쳐다보았다.

"주차하고 기다려요."

플로라가 말했다. 다리는 떨리고 있었고 피부는 상한 우유처럼 창백해져 있었다. 하지만 말투는 얼음처럼 냉정했다.

"여기에 내 딸이 잡혀있는 거예요?"

"주차했으니 기다려 보죠."

이브가 총을 흔들었다.

"아니지. 우리 중 누가 명령을 내리는 사람인지 똑똑히 보세요."

"원하면 쏴요. 오히려 더 좋으니까."

플로라의 미소가 얼굴에서 뱀처럼 비틀어졌다. 분노와 혐오로 가득 찬 씁쓸한 미소였다. 몇 초가 몇 분으로 바뀌고 금세 30분이

지났다. 차 안은 따뜻했고, 공기가 탁해지면서 악취는 더욱 강해졌
다. 이브가 창문 손잡이에 손을 뻗자 플로라가 팔을 뻗어 그녀를
막았다.

"열지 말아요."

그녀가 말했다. 목과 마찬가지로 싸구려 천 아래로 보이는 손목
은 동그란 멍으로 얼룩져 있었다. 이브는 손목에서 얼굴로 시선을
옮겼다.

"나를 묶어두는 걸 좋아했거든요."

플로라가 평온한 목소리로 말했다.

"항상 이러지는 않았어요. 한때는 친절하고 너그러웠는데. 하지
만 지금은… 내가 뭘 하는 건지 모르겠네."

이브가 한숨을 쉬었다. 적막한 골목길을 응시했다.

"내 남편도 게임을 좋아했어요. 지금은 죽었지만. 그가 가장 좋
아했던 게임은 저를 몇 시간 동안 묶어두고 언제 돌아올지 모르게
그대로 두는 것이었어요."

이브는 자기 손으로 시선을 돌렸다. 변장의 일환으로 네온 매니
큐어를 칠한 자신의 손이 낯선 사람의 손처럼 보였다.

"한 번은 종일 저를 묶어 두고 간 적도 있어요."

"어떻게 했어요?"

"버텼죠."

이브는 손을 구부렸다. 그녀는 여전히 손목을 찌르는 금속의 따
끔거림과 발목을 침대에 묶었던 철사의 감각을 느낄 수 있었다. 그
는 이브의 머리 위에 햄스터 물병을 매달아 놓으면서도 음식은 주
지 않았다. 순전한 증오는 공포로 바뀌었고 결국 절망으로 바뀌었

다. 그래도 잘 견뎌냈다.

켈시는 일곱 살이었다. 보모에게서 도망쳐 방으로 들어와 아빠를 찾았다. 그때 켈시는 배설물이 가득한 웅덩이에서 침대에 묶여 있는 엄마를 발견했다.

"도와줄래?"

이브가 수치심을 삼키며 말했다.

"책상에 열쇠가 있어. 그걸 이리 줘, 켈시."

켈시는 놀라움과 혐오, 그리고 냉정함이 섞인 표정이었다. 그녀는 작은 턱을 앞으로 삐죽거렸다.

"아빠가 왜 이런 거예요?"

"깜박하고 잊어 버렸나 봐. 그게 다야."

"나쁜 짓을 했어요?"

"당연히 아니지."

켈시는 서랍장으로 걸어가 열쇠를 들었다. 그러고는 열쇠를 뒤집어 살펴봤다.

"켈시, 열쇠 이리 줘."

"아빠가 얘기했어요. 게임의 반은 직접 참여하는 거라고. 재밌으려면 말이에요. 아빠는 엄마가 직접 방법을 알아내길 바랐을 거예요."

'그는 괴물이야.'

"아빠는 시간을 착각한 것뿐이야. 이건 게임이 아니야, 켈시. 열쇠를 줘."

켈시는 이브의 손이 닿지 않는 침대 가장자리에 열쇠를 놓고는 방을 나가려고 했다.

"켈시, 젠장! 열쇠 내놔."

"엄마, 스스로 쟁취해야 해요. 직접 방법을 알아내세요."

켈시는 방문을 닫고 나갔다. 그로부터 네 시간 후 리암이 돌아왔다. 그는 켈시가 저지른 이야기를 듣고는 웃었다.

"그를 미워했나요?"

이브의 생각을 방해하며 플로라가 물었다.

"네."

"어떻게 죽었어요?"

이브는 허물어져 가는 집들을 바라보았다. 켈시를 찾으면 집으로 데려올 수 있을까? 죗값을 치르게 할 수 있을까?

"이브, 남편이 어떻게 죽었죠?"

이브는 젊은 플로라를 향해 고개를 돌렸다.

"교통사고를 당했어요."

플로라는 천천히 고개를 끄덕였다.

"유감이네요."

이브가 광기 어린 미소를 지었다.

"아뇨."

그녀가 말했다.

"자기 무덤 자기가 판 거죠."

제 48 장

코니 포스터
뉴멕시코주 닐라 — 현재

'엄마라고 부르렴.' 공포와 고통, 두려움이 뒤섞인 끔찍한 감각이었다. 나는 깨어날 수도, 도망칠 수도 없었다. 몇 시간, 어쩌면 하루 내내 잠을 자는 동안 악몽에 갇혀 있었다. 얼굴에 찬물을 맞고 정신을 차렸다.

"코니, 일어나. 어서. 상황을 더 악화시키지 말라고."

차가운 물, 이글거리는 열기, 질식, 공황, 엄마. 꿈이 아니었다. 기억이었다. 인상주의 그림이나 흐릿한 사진처럼 초점이 움직이는 기억의 연속이었다. '엄마라고 부르렴.' 빨간 입술. 빨간 문. 두 개의 작은 빨간 선. '엄마라고 부르렴.' 나는 환한 불빛에 눈을 깜빡였다. 데이비드의 목소리가 마치 터널 건너편에서 말하는 것처럼 들렸다. 머리가 쿵쾅거리고 심장이 두근거렸다. 데이비드의 손가락이 내 턱을 움켜쥐고 고개를 앞으로 끌어당겼다.

"코니, 일어나. 날 봐."

나는 억지로 눈을 떴다. 데이비드의 시선이 내 눈과 마주치더니 이내 죄책감이 사라졌다.

"네가 왜 여기 있는지 알아?"

그가 물었다.

"아니."

금색 시계가 사라지자 문신이 눈에 들어왔다. 푸른색과 은색 꼬리가 그의 손목을 감싼 후 풍만한 가슴에서 만나고 있는 인어의 형태로, 검게 그을린 살갗에서 미소 짓고 있었다. 전에 본 적이 있는 인어였다. 에이미의 얼굴을 보고 바에서 나눈 대화가 떠올랐다. 잭스 플레이스. 인어는 뒤쪽 당구대 위 벽에 그려져 있었다. 인어, 서핑, 파도. 리사의 머리가 물속으로 잠기는 모습… 거칠고 공포에 질린 눈, 내 신음 소리, 고음과 광란의 비명.

'엄마라고 부르렴.'

"당신이… 잭 코즈비였군요. 그 술집 주인."

"왜 여기에 있는 거지, 코니?"

나는 대답하지 않았다. 그가 나에게 물을 더 뿌렸다. 눈을 감자 다시 또 다른 곳에 와 있었다. 숨이 막힐 듯 짙은 연기, 빨간 액체 웅덩이에 놓인 빨간 펌프. 두 개의 눈이 쳐다보고 있었다. '엄마.' 나의 엄마. 인색한 붉은 입술이 말했다. '엄마라고 부르렴.'

"당신이 연쇄살인범이었네."

머릿속의 혼란을 애써 무시하고 겨우 말했다.

"여자들을 살해한 개자식이 당신이었어."

하지만 그렇게 말하면서도 옳지 않다는 것을 알았다. 기억 저편… 기억 깊은 곳 기억이 묻혀있는 그곳에서 나는 다 알고 있었다. 그가 고개를 천천히 앞뒤로 흔들었다.

"지금쯤이면 다 알아챘을 거라고 생각했는데. 넌 똑똑한 아이였으니까. 아, 너무 똑똑했지. 네 엄마는 널 감당하지 못했어."

그는 비웃으며 '엄마'라고 말했다.

"그 여자는 널 가질 자격이 없었어."

인어가 새겨진 팔을 내밀어 내 얼굴 옆을 쓰다듬었다. 지난번 맞은 머리를 맞은 상처가 아직도 물컹거려서 나도 모르게 움찔했다. 그가 말했다.

"해치지는 않을게. 협조만 잘해 준다면."

"나한테 원하는 게 뭐야?"

"곧 알게 될 거야."

제트의 입에서 앓는 소리가 흘러나왔다.

"저 사람, 죽고 있다고!"

"괜찮을 거야."

"제트는 풀어 줘."

데이비드가 일어나 지하실의 어두운 구석으로 사라졌다. 그는 물이 담긴 보온병을 들고 돌아왔다. 내 입에 물을 갖다 댔고 나는 입술을 꽉 다물었다. 물통 안에 뭐가 들어있는지 알 수 없었기 때문이다.

"마음대로 해."

그는 제트의 머리를 뒤로 젖히고 입에 물을 부었다. 제트가 기침하며 물을 토했다. 데이비드는 제트의 머리를 한 번 더 뒤로 젖히더니 이번에는 얼굴에 물을 뿌렸다. 제트가 눈을 떴다. 눈을 깜빡이더니 내 쪽으로 고개를 돌려 눈을 다시 깜빡였다. 그의 눈이 붉게 충혈되어 초점을 잃은 것처럼 보였다. 데이비드가 제트에게 물을 한 모금 먹인 후 나에게 권했다. 이번엔 순순히 받아먹었다. 여기서 살아서 나가려면 힘이 필요했다. 물은 미지근했지만 나는 게걸스럽게 물을 삼켰다.

"얼마나 시간이 흐른 거야?"

물을 삼키며 물었다.

"그렇게 오래되진 않은 것 같은데."

데이비드가 말했다.

"말해 봐, 코니. 왜 여기에 온 거지? 기억만 잘하면 일이 훨씬 쉬워질 거야."

나는 심호흡을 했다. 갈비뼈가 아팠고 관자놀이 뒤쪽에서 칼로 찌르는 듯한 통증이 느껴졌다.

"뇌진탕이 온 것 같아. 오줌도 싼 것 같고."

"괜찮아."

데이비드가 쪼그리고 앉아 내 얼굴을 응시했다.

"여긴 왜 왔냐고."

나는 그의 시선을 피했다.

"내가 그 사람의 딸이니까."

데이비드가 일어서서 뒤로 물러났다.

"그렇지. 넌 그 사람의 딸이야."

"상관없어. 누군지도 잘 모르니까."

나는 바닥에 침을 뱉었다.

"여기서 나가게 해 줘."

"진정해."

"진정하라고? 이게 다 누구 때문인데! 제트는 왜 여기 있어? 제트가 죽어가잖아. 안 보여? 제트를 풀어 주라고!"

하지만 데이비드는 나와 더는 말할 생각이 없었다. 그는 그림자 속으로 손을 뻗었고 이번에는 검은 가방을 가져왔다. 가방 안으로 사라졌던 그의 손에는 주사기가 들려있었다.

"잠깐 따끔하면 기분이 나아질 거야. 내가 왜 여기 왔는지 아직도 모르겠어?"

대답을 거부한 채 고개를 돌렸다. 그가 한 손으로 내 팔을 잡고 살을 꽉 쥔 다음 내 피부 속으로 바늘을 찔렀다.

"잘 자, 애나."

애나? 나는 그에게 꺼지라고 말하려고 했지만, 이미 물 아래에서 허우적거리고 있었다. 성난 바다 위의 붉은 구슬… 이번에는 내 가슴에서 이글거리는 열기가 느껴졌다. 내가 잡고 있는 손이 나를 누르고 있었다. 나를 물속에 가라앉혔다가 끌어올려지고 있었다. 그 행위는 몇 번이고 되풀이되었다. '엄마라고 부르렴.'

* * *

정신을 차렸을 때는 식은땀에 절어 있었다. 몸이 아프고 머리가 욱신거렸지만 그 외에는 아직 살아있었다. 지하실은 칠흑같이 어두웠고 제트의 거친 숨소리가 들렸다. 그도 살아있었다.

"제트,"

내가 속삭였다.

"괜찮아요?"

"나아졌어요. 그 개자식이 내 손목을 부러뜨린 것 같아요."

제트의 목소리는 힘이 없고 불규칙했다.

"머리도 여러 번 부딪혔어요. 갈비뼈도요."

"어떻게 지하실에 갇히게 된 거예요?"

잠시 머뭇거리던 그가 대답했다.

"당신 집에서 무슨 소리가 들려서 확인하러 왔죠."

제트가 끙끙댔다.

"그런데 그 새끼가 뒤에서 날 덮쳤어요. 머리를 때리고 방망이로 마구 팼죠. 저놈 대체 누구예요?"

"이브의 개인 운전기사요. 왜 여기 있는지 모르겠어요."

"이브 운전사라고요?"

제트의 목소리가 높아졌다.

"정말이에요? 그럴 리가 없잖아요."

나는 손목에 감긴 밧줄에 힘을 주었다.

"왜요?"

"문신이요. 손목에 있는 인어 문신 봤어요? 닐라 출신이잖아요."

"나도 봤어요. 술집에 있던 것과 같은 인어 디자인이에요. 버몬트 집에 있을 때는 몰랐는데. 시계를 차서 가리고 있었거든요. 아무래도 그가 술집의 전 주인 잭 코즈비인 거 같아요."

"그럼 그 사람이 범인이라는 거예요?"

제트가 고통에 헐떡이며 천천히 숨을 내쉬었다.

"이 모든 일을 저지른 사람이… 저 남자라는 거냐고요?"

"모르겠어요. 앞뒤가 맞지 않아요. 이브는 정체를 알고 있었을 거예요."

제트에게 리사가 버몬트 지하실에서 발견한 것에 관해 이야기했다.

"이브가 진짜 정체를 몰랐다고 해도 우리와 함께 버몬트에 있었다면 이브가 쫓던 사람은 누구였을까요?"

"좋은 지적이네요."

제트는 잠시 말이 없었다. 다시 입을 열었을 때 그의 목소리는 힘이 없고 갈라져 있었다.

"저 남자가 이브를 죽였다고 생각해요?"

그런 생각을 하지 못한 나 자신을 질책했다. 챔플레인 호수에서 일어난 이브의 죽음은 어딘지 의심스러웠다. 이브는 수영을 잘했다. 강하고 확실하고 자신감 넘쳤고 조심성도 있었다. 허리에 오픈 워터 수영용 부표를 차고 있었고, 시신도 부표 덕에 일찍 발견되었고… 리사는 그날 바람이 거세게 불어 호수의 수심이 평소보다 높았다고 말했다. 우리는 모두 물을 먹은 이브가 통제력을 잃었을 거라고 생각했지만 이브는 그렇게 쉽게 통제력을 잃는 사람이 아니었다.

"사냥감 앞에서 시간을 끄는 거죠."

내가 말했다.

"이브가 마침내 적수를 만난 걸까요?"

"아마도요."

우리는 한동안 침묵 속에 앉아 있었다. 제트의 가쁜 숨소리가 나를 걱정시켰지만, 그가 아무 말이 없었더라면 나는 더 걱정했을 것이다. 제트가 말했다.

"그가 당신을 죽였을까 봐 걱정했어요."

갇혀 있는 상황에도 불구하고 제트의 말에 미소 지었지만 그는 내 미소를 볼 수 없었다.

"돈을 가지고 여기를 떠난 건 아닐까 무서웠어요. 하지만 미카가 짖는 소리를 들었어요. 미카를 두고 떠나지는 않을 거라고 생각했죠."

"그것도 생각 안 한 건 아니었어요. 경찰이 기웃거릴까 봐 돈을 옮기려고 했거든요. 그래야만 하기도 했고요. 아주 멀리 다녀왔어요."

그는 기침을 하더니 더 조용히 말했다.

"여기서 못 나갈지도 몰라요. 만약 그렇게 된다면… 내 트럭을 가져요. 거기에 전부 다 있어요."

"무슨 소리예요. 우리 둘 다 살아서 여길 나갈 거예요."

제트가 다시 기침을 했고, 꽉 막힌 고통스러운 소리를 냈다. 나는 움찔했다. 눈을 가늘게 뜨고 컴컴한 어둠 속에서 제트를 보려고 노력했다. 아득하고 순수한 검은 심연이었다. 나는 물었다.

"움직일 수 있는 손 있어요?"

"주머니에 면도칼이 있어요. 내가 뒤로 가면 면도칼에 손이 닿을 것 같아요."

"이렇게 캄캄한데요? 저기 우리가 팠던 구덩이에 빠지면 어떡해요."

제트는 억지로라도 웃어보려고 애를 썼다.

"좋은 방법이 아닌 거 같아요."

"그럼 여기 앉아서 우릴 죽일 때까지 기다리자는 거네요."

"그렇다고는 안 했어요."

"그럼 내가 해 볼게요. 내 발목을 묶지 않아서 의자를 움직일 수 있을 것 같아요."

나는 심호흡을 한 번 하고 딱딱한 흙바닥에 발을 대고 의자를 5인치 정도 뒤로 밀었다. 머릿속으로 지하실의 구조를 그렸다. 구덩이, 내 옆의 앉아 있는 제트, 불길한 세 번째 의자. 의자를 30센티미터 정도 뒤로 옮기는 것은 쉬운 일이었다. 그다음 1미터 정도 뒤로 옮기기만 하면 끝이었다. 하지만 두 번째 움직임이 까다로웠다. 구덩이 근처 어딘가에 삽을 두고 온 기억이 났다. 의자를 넘어뜨리거나 혹은 더 최악의 상황으로 구덩이에 빠지게 된다면 몸을 바로 세울 수 없었다.

의자의 발이 바닥에 긁히는 소리에 민감하게 반응하며 다시 뒤로 몸을 움직였다.

"뭐라고 말 좀 해 봐요."

내가 속삭였다.

"위치가 어디쯤인지 확인해야겠어요."

제트는 무의미한 몇 마디를 중얼거렸고, 나는 소리가 들리는 방향으로 몸을 기울인 후 의자를 몇 인치 더 밀었다.

"다시요."

내가 속삭였다. 그가 기침하더니 쉬지 않고 말했다.

"젠장, 젠장, 젠장."

"좋아요."

나는 바닥에 뭐가 있는지 느껴보려고 발을 뻗었다. 왼쪽으로만 다리를 뻗을 수 있었지만, 내가 파악하기로는 근처 바닥에 방해가 될 만한 물건은 없는 것 같았다. 나는 옆으로 몇 인치 더 움직였다.

그리고 내가 제트의 뒤로 이동했다는 생각이 들 때까지 이 동작을 반복했다. 이제 그가 의자를 90도로 돌리고 몸을 뒤로 젖히면 주머니에 손을 넣을 수 있을 것 같았다. 나는 발을 내밀고 생각한 각도대로 의자를 비스듬히 움직이면서 머릿속으로 축을 그리며 이동했다. 그리고 같은 동작을 계속 반복했다.

"뭐라고 말 좀 해 봐요."

내가 말했다.

"말."

"아주 독창적이네요."

나는 그의 목소리가 마음에 들지 않았다. 목소리가 점점 약해지고 있었다. 탈수 때문인지, 출혈 때문인지, 통증 때문인지, 뇌진탕 때문인지, 아니면 복합적인 이유 때문인지 확신할 수 없었다. 하지만 제트가 이 지하실을 빠져나가야 한다는 것만큼은 확실했다. 그렇지 않으면 제트도 구덩이에 묻힌 시체들과 같은 신세가 될 것이었다.

"잠깐만요, 알았죠?"

각도를 제대로 잡았다고 생각했지만, 제트가 내 주머니로 손을 뻗을 수 있도록 더 가까이 다가가야 했다. 그런데 어느 주머니에 면도칼을 넣었는지 기억나지 않았다. 눈을 감고 면도기를 주머니에 넣는 장면을 상상하려고 했지만 머릿속이 너무 빠르게 돌아가는 바람에 아무 이미지도 떠오르지 않았다. 한 발짝 움직여 발로 바닥을 쓸자 제트의 의자 뒷다리가 느껴졌다. 계획대로 되고 있었다. 몇 인치만 더 움직이면 됐다. 이 과정을 두 번 반복하자 옆에 있는 제트의 체온이 느껴졌다. 한 발을 내밀자 제트가 앉아 있는 의자의 틈

튼한 나무가 내 발에 닿았다.

"준비됐어요?"

"그럼요."

"어느 손을 움직일 수 있어요?"

"왼손이요."

나는 어둠 속에서 의자 옆면과 엉덩이를 그의 의자에 대고 누르면서 다친 손목을 피하려고 했다. 제트는 숨을 헐떡이더니 호흡을 골랐다. 내가 말했다.

"미안해요."

제트는 대답하지 않았다. 주머니에 그의 손이 닿았다. 나는 몸을 움직여 더 가까이 다가가려고 했다. 그의 손가락이 내 청바지 윗부분에서 미끄러졌다.

"소용없어요. 주머니에 손을 넣을 수 없어요."

"계속해 봐요."

"제트, 주머니가 너무 꽉 끼어서 손이 들어갈 공간이 없어요. 손이 안 닿는다고요."

"그럼 어쩌죠?"

나는 말을 멈췄다. 머리 위에서 들리는 소리가 내 주의를 끌었다. 현관문이 열리는 소리, 그리고 발소리였다.

"쉿,"

내가 말했다.

"들어 봐요."

두 명, 아니 세 명의 발소리였다. 그중 두 개는 무거웠고 한 개는 가벼웠다. 어린아이, 아니면 여자였다. 남자가 이야기하고 있었는데 어조와 높낮이는 들리지만 무슨 말을 하는지 내용까지는 알 수 없었다. 대답은 데이비드가 '카일'이라고 부르는 다른 남자가 했다. '카일 서머스.' 권위적인 어조에 놀라울 만큼 목소리 톤이 높았다. 목소리가 점점 높아졌고 나는 어떤 여자가 애원하는 소리를 똑똑히 들었다. 그녀는 흐느끼고 있었다.

"들려요?"

제트에게 속삭였다.

"네, 두 명이 더 있네요. 한 명은 여자예요."

여자라니. 다른 피해자일까? 그런 가능성은 생각조차 하기 싫었다. 머리 위에서 '쿵' 하는 소리가 났고 뒤이어 비명이 들렸다. 그 소리가 칼이 되어 내 관자놀이를 찔렀다. 다시 나는 소용돌이치는 바다 위로 붉은 구체를 보았고, 비열하고 못된 입을 보았다. '엄마라고 부르렴.' 눈을 감고 주먹을 불끈 쥐었다. 바다 위로 간신히 떠있는 얼굴이 뜨거운 붉은 태양과 어우러져 공포에 질린 눈을 크게 뜨고 있었다.

제트가 말했다.

"코니—"

환각 속 작은 입이 비명을 지르려 하고 있었다. 물속에서 그녀를 잡아당기는 손… 같은 장면이 계속해서 반복되었다. 나는 그 손을 알아볼 수 있었다. 잔인한 선 같은 그 입을 알아볼 수 있었다. 그리고 물속에 잡혀있는 그 작은 머리를 알아볼 수 있었다. '엄마라고 부르렴.' 그 여자가 또다시 비명을 지르는 바람에 다시 현재로 돌아왔다. 나는 어디서나 그 비명을 알아들을 수 있었다.

제 49장

이브 포스터
뉴멕시코주 닐라 — 1997년

골목 어귀에서 헤드라이트 한 쌍이 번쩍였다. 플로라가 자세를 곧게 고쳐 앉았다. 그러고는 가슴에 성호를 그었다. 그녀가 말했다.

"이제 시작하면 돼요."

이브가 플로라를 쳐다보았다.

"뭘요?"

하지만 플로라는 이미 차 문을 열고 있었다. 그대로 멈춰 서서 손잡이에 손을 얹고 이브를 쳐다보았다.

"딸을 다시 만나고 싶어요?"

이브가 고개를 끄덕였다.

"총은 두고 가요. 짐은 전부 놔두고 그가 시키는 대로 해요. 농담 아니에요. 내 말 알겠죠?"

이브는 고개를 끄덕이면서도 플로라 말투와 태도가 갑작스럽게 변했다는 사실은 알아차리지 못했다. 또 다른 차 한 대가 집 옆에 차를 세우고 불을 껐다. 플로라는 차 안을 보기 위해 안간힘을 쓰며 공포에 질린 눈으로 차 안을 살폈다. 플로라의 아이들은 물론 카일이 데려갔다. 이브는 아이들을 되찾기 위해 플로라가 시키는 대로 하는 게임판의 말이 되어있었다. 이브가 이를 악물고 말했다.

"날 이용했군요."

"난 내가 해야 할 일을 했을 뿐이에요. 당신이 그랬던 것처럼요."

이브는 도망칠까 고민했다. 차 문을 열고 밤 속으로 질주하여 렌터카로 돌아갈 길을 찾아 지옥 같은 이곳을 영원히 떠날 수도 있었다. 이브가 물었다.

"켈시가 여기 있긴 한 거예요?"

"여기 있어요. 내 딸들하고 같이."

이브는 심호흡을 하고 고개를 끄덕였다. 이제 거의 다 왔다. 두려움을 버리고 분노를 활용해야 할 때였다. 리암에게도 그렇게 하지 않았던가? 이브의 어머니가 유일하게 해 준 유용한 조언 한 가지는 어떤 사람들은 두려움을 먹고 산다는 것이었다. '그들에게 두려움을 주지 말아라. 괴물에게 먹이를 주면 안 돼.' 결코 카일에게 두려움이라는 먹이를 주지 않을 것이었다.

"가요."

이브가 그렇게 말하고는 문을 열었다.

"딸을 만나야겠어요."

제 50 장

코니 포스터
뉴멕시코주 닐라 — 현재

여자 목소리의 주인은 리사였다.

"안 돼, 안 돼, 안 돼!"

제트의 손이 내 옆구리를 토닥이는 것을 느꼈다. 그의 손길은 부드러웠다. 작은 위로의 제스처였고 고마웠지만 내 안에서 폭발하는 메스꺼움과 공포의 물결을 잠재우는 데는 아무런 도움이 되지 않았다. 몸이 떨리기 시작했다. 무시하려고 애썼던 머릿속의 통증이 다시 파도처럼 밀려왔다. 그가 리사를 데리고 있었다.

"코니, 정신 차려요. 그렇게 넋 놓고 있을 때가 아니에요."

"진심이에요, 제트? 리사가 지금 이 개자식들 손아귀에 있고 나는 지하실에 갇혀서 나갈 방법도 없는데—"

"나갈 방법이 있을지도 몰라요."

"무슨 말이에요?"

나는 깊고 차분하게 숨을 들이마시며 기다렸다.

"내 오른쪽 주머니에 손을 넣을 수 있겠어요?"

"아마도요."

"라이터가 있어요. 그걸로 밧줄을 태울 수 있을지도 몰라요."

나는 그의 말을 곰곰이 생각했다. 손에 닿는다고 해도 우리 중한 명이 밧줄이 다 탈 때까지 라이터를 오래 들고 있어야 한다는 뜻이었다. 밧줄 근처의 피부도 다칠 게 뻔했다. 하지만 아무것도 하지 않는 것보다는 작은 통증이 나았다.

"좋아요. 해 봐요."

나는 의자를 몇 인치 뒤로 밀었다. 발로 뒤쪽 바닥을 확인할 수는 없었기 때문에 앞쪽을 보고 움직였다. 제트의 오른쪽 주머니 옆에 손이 닿을 때까지 한 번에 조금씩 움직이면서 이 과정을 반복했다.

"손이 닿아요?"

그가 물었다.

"아직은."

구덩이에 의자 다리가 걸리거나 삽에 부딪힐까 봐 숨을 참으며 조심스럽게, 조용히 제트 주위로 몸을 기울였다. 그의 주머니에 손을 뻗을 수 있을 만큼 가까이 다가가자 안도의 한숨과 함께 눈물이 흐르기 시작했다. 위층에서는 남자들의 비열한 중얼거림만 들렸다. 세 번째 의자는 리사를 위한 것이고, 얼마 지나지 않아 놈들이 새로운 먹잇감을 들고 내려올 거라는 사실을 알고 있었다.

손목을 최대한 뻗으면 제트의 주머니에 손을 넣을 수 있었다. 나는 밧줄이 피부를 찢는 고통은 무시한 채 최대한 손을 뻗는 데만 집중했다. 딱딱한 플라스틱에 손가락이 닿았지만 손에 잡히지 않았다. 내가 물었다.

"몸을 좀 움직일 수 있어요?"

제트가 꿈틀거리며 의자 모서리로 몸을 움직였다. 나는 라이터 아래로 손가락을 넣을 수 있도록 더 멀리 손을 뻗었다. 밧줄이 손목을 더 깊숙이 파고들었고, 손에 피가 흘러 미끈거렸다. 눈을 질끈 감아 이브의 얼굴을 떠올리며 고통을 이겨내려고 애썼다. 라이터가 조금씩 움직이는 것이 느껴졌고 주머니 위쪽에 닿을 때까지 계속해서 힘을 줬다. 지금이 가장 중요한 순간이었다. 너무 세게 누르면 라이터가 바닥에 떨어질 것이고 그러면 어둠 속에서 라이터를 찾을 방법이 없었다.

"가만히 좀 있어 봐요."

내가 말했다. 라이터를 주머니 위쪽 끝까지 밀어 올리면서 손가락으로 아랫부분을 감쌌다.

"됐어요!"

맥박이 진정될 때까지 기다렸다가 다시 의자를 조금씩 움직이면서 제트 주위를 돌아 이동하기 시작했다. 우리는 서로 손을 잡을 수 있게 등을 맞대야 했다. 제트는 이 지하실에 있는 유일한 버팀목이자 중심축이었다. 지금까지 인생을 살면서 이토록 감사한 적이 없었다. 물론 리사에게 일어난 일은 예외였다. 위층 바닥에서 무언가 끄는 소리가 들렸고 이어서 발소리가 들렸다.

"받아요."

내가 말했다.

"서둘러요, 제트. 그래도 조심하고요. 떨어뜨리면 안 돼요. 손목을 최대한 벌릴 테니 손 사이에 불을 붙여요. 내가 뭘 하든, 무슨 말을 하든, 밧줄이 탈 때까지 멈추지 말아요."

"못해요."

"못 한다니, 무슨 말이에요? 무조건 해야 해요."

"라이터를 손에 쥘 수 없다는 말이에요. 내 손목이… 당신이 해야 해요."

"말도 안 돼요. 여기서 더 다치면 안 된다고요."

"여기서 죽고 싶어요? 그렇지 않으면 어서 해요, 코니."

이미 다친 제트의 살을 불태운다는 생각은 끔찍한 일이었다. 그래도 그의 말이 맞았다. 라이터를 떨어뜨릴 위험을 감수할 수는 없었다. 한 손으로 제트의 팔을 묶은 밧줄을 만져 본 다음 라이터를 그 밑에 놓고 불꽃의 열기가 느껴질 때까지 점화 장치를 튕겼다. 불이 밧줄을 제대로 조준하고 있는지 확인하기 위해 손가락을 밑에 대어 보았다. 고통은 나를 앞으로 나아가게 했고 분노에 휩싸이도록 만들었다.

효과가 있었다. 내 뒤에서 제트가 신음하는 소리가 들렸다. 보이지는 않지만 불꽃이 그의 피부를 스치면서 연약한 살을 태우고 있다는 걸 알 수 있었다. 라이터가 뜨거워지고 있었다. 엄지손가락의 피부가 타들어 가는 냄새와 느낌이 났다. 나는 고통에 맞서 라이터를 계속 똑바로 들고 있으려고 애썼다.

"이제 그만하고 밧줄을 당겨 봐요, 제트."

내가 말했다.

"계속해요. 아직 멀었어요."

제트는 이를 악물고 밀했다. 우리가 고통의 원 안에 갇혀 신음하는 동안 라이터는 밧줄을 점점 태우고 있었다. 그러나 엄지에 힘이 빠져 계속 미끄러졌다.

"젠장."

"괜찮아요."

제트가 말했다.

"이 정도면 충분해요."

우리는 등을 맞대고 가까이 있었기 때문에 그가 고문당한 손목으로 밧줄을 양쪽으로 당기고 있는 것을 느낄 수 있었다.

"내가 도와줄게요."

나는 그을린 부위 양쪽으로 밧줄을 잡고 세게 당겼다. 밧줄이 끊어졌다.

"됐어요!"

제트가 손을 풀었고, 주머니에 있는 면도날을 꺼냈다. 나를 풀어준 그의 손목은 처참했다.

"됐어요."

제트가 말했다.

"다리를 풀어 줘요."

나는 남은 라이터 불빛을 이용해 주변을 비췄다. 천장에서는 오래된 나무 바닥을 가로질러 다니는 발소리가 울렸다. 나는 제트의 의자 주위를 기어 다니며 그의 발을 찾았다. 면도칼로 밧줄을 잘랐다.

"이제 어쩌죠?"

그가 물었다. 그의 목소리가 고통에 거칠어지는 것이 영 마음에 걸렸다.

"제트 당신은 여기 있어요. 어두운 구석으로 가서 힘을 좀 비축해요. 난 가능한 한 빨리 구급차를 부를게요."

나는 화상을 입은 내 엄지손가락을 입에 넣었다. 고통을 즐기며 증오심을 활활 불태웠다. 그리고는 바짝 마른 제트의 입술에 부드럽고 조심스럽게 키스했다.

"알겠죠?"

"물론이죠, 코니―"

"조심해요."

속삭이다시피 하는 목소리였다.

"어쩌려고요?"

고개를 들어 머리 위의 마루판을 바라보았다.

"사람들이 '존속 살해'라고 부르는 그거요."

* * *

계단까지 가는 것은 어렵지 않았다. 나는 라이터와 손의 감각에 의지해 반은 걷고 반은 기어서 흙바닥을 가로질러 올라갔다. 지하실에 남아 있기로 한 제트는 의자 옆 바닥에 쓰러져 있었다. 제트에게는 지금 무엇보다도 도움이 절실히 필요했다. 계단 아래쪽이라고 생각되는 부분까지 기어간 다음 무덤 주변의 흙을 풀 때 사용했던 곡괭이를 찾아 옆구리에 끼고 어두컴컴한 계단을 올랐다. 계단 꼭대기에 있는 문은 조금 열려 있었다. 평범한 날처럼 이들이 웃고 떠드는 소리가 들렸다.

문을 조심스럽게 밀기 시작할 때 들리는 세 번째 목소리에 소름이 돋았다. '이브?' 그녀가 여기서 뭘 하는 거지? 이브는 죽었다. 그 소리의 주인이 이브가 아니라 리사라는 것을 깨닫는 데는 잠시 시간이 걸렸다. 목소리 때문에 착각한 것이 아니었다. 리사가 말을 하는 방식, 단어를 강조하는 방법, 모음 끝을 올리는 말투가 이브와 똑같았다. 전에는 왜 이 사실을 눈치채지 못했지?

나는 지하실을 빠져나와 주방으로 갔다. 일직선으로 된 구조 때문에 주방 가운데에 들어서자마자 그들이 나를 볼 수 있다는 것을 알았다. 어떻게 다가가야 할지 고민하고 있을 때 대화가 멈췄다는 사실을 깨달았다.

"애나."

목소리가 날 불렀다.

"이리 와."

나는 그대로 얼어붙었다. 데이비드의 머리가 모퉁이에서 튀어나왔다. 그는 손을 뻗어 내 손을 잡았다.

"이쪽으로 와."

무감각하고 혼란스러운 상태로 그를 따라 거실로 갔다. 리사는 무릎을 감싸 안고 바닥에 앉아 있었다. 리사가 나를 올려다보았다. 나는 그녀의 얼굴에서 놀라움, 안도감, 그리고 수치심이 여러 가지 색깔처럼 하나로 섞이는 것을 보았다. 데이비드가 말했다.

"앉아, 애나."

나는 두 번째 남자를 단박에 알아보았다. 마누엘라의 식당 근처 주유소에서 직원으로 일하는 사람이었다. 흰머리가 섞인 금발 머리, 보통 체격에 창백한 피부. 별다른 특징이 없는, 단정하고 배가 불뚝 튀어나온 사람. 카일. 내 아빠였다. 너무나도 평범해 보이는 그의 모습은 마치 자유자재로 변신하는 인간 카멜레온 같았다. 겉으로 봐서는 누구도 정체를 알기 힘들었다. 확실히 연쇄살인범처럼 보이진 않았다. 그가 말했다.

"우리와 함께 하기로 해서 기쁘구나. 이러면 일이 훨씬 쉬워지 니까. 친구는 좀 어때?"

나는 대답을 거부했다.

"상황을 조금 꾸며봤는데. 알다시피 네 잘못이야. 그 지하실… 거기에 추억이 많다고 해 두자."

나는 냉정한 눈빛으로 그를 바라보았다. 아무리 생각해도 우리 사이에는 닮은 점이 거의 없었다. 리사는 금발 머리에 흰 피부를 물려받은 것 같고… 그때, 그가 미소 짓자 송곳니가 날카롭고 잔인 하게 빛났다. 내 송곳니와 비슷한 모양이었다.

데이비드가 주방에서 의자를 가져와 벽 옆에 놓았다. 그리고 나 를 의자에 억지로 앉혔다. 나는 모서리에 간신히 걸터앉았다. 카일 이 말했다.

"나는 그냥 리사에게 거래를 제안했을 뿐이야."

내 관심은 이제 리사에게로 쏠려 있었다. 쇄골이 튀어나와 있고, 가는 머리카락을 부스스한 포니테일로 묶은 채 리넨 블라우스를 걸치고 있는 가녀린 리사는 마치 자신의 작은 버전처럼 보였다. 위 로하고 싶었지만 내 마음을 알아주기는커녕 나와 눈도 마주치려 하지 않았다. 카일이 말한 거래가 무엇인지 궁금했다. 무슨 일이 일어나고 있는지 알아야 했다. 카일이 입을 열었다.

"다쳤구나."

"여기서 무슨 일이 벌어지고 있는지 모르겠지만 나도 당신을 모 르고 당신도 나를 몰라요. 걱정하는 척하지 마세요."

"넌 날 알잖아. 애나 마리아. 비록 오랜만에 만나긴 했지만."

나는 일어서서 데이비드의 손에 들린 곡괭이를 잡으려고 손을 뻗었다. 하지만 마지막 순간에 그가 움직이는 바람에 균형을 잃고 비틀거렸다.

"널 또다시 묶지는 않을 거야. 그러니 소란을 피울 필요 없어. 그냥 앉아."

카일이 말했다.

"싫어요."

"앉아."

내가 계속 서 있기만 하자 카일이 말했다.

"좋아, 마음대로 해. 지금쯤이면 알았겠지만 우리 사이에는 혈육의 정이란 게 있잖아."

그가 턱으로 리사를 가리켰다.

"여기 있는 테레사도 마찬가지고."

"카일 서머스. 당신을 알고 있어요."

나는 데이비드에게 물었다.

"두 사람은 어떻게 알게 된 거죠?"

나는 금시계에 가려진 데이비드의 손목을 쳐다보았다.

"닐라에서 술집을 운영하셨죠? 그 정도는 알아냈는데, 정확히 두 사람, 어떤 관계예요?"

데이비드는 미소를 지었고 카일은 대답했다.

"잭과 나는 초등학교 때부터 친구였어. 안 그래, 잭?"

잭이 고개를 끄덕였다.

"잭의 첫 사업에 내가 투자금을 댔지. 시내에 있는 그 술집. 그리고 잭은 나에게 특정 부동산에 접근할 수 있는 권한을 줬고."

카일은 잭에게 진지한 표정으로 고개를 끄덕였다.

"지금은 곧 거래를 같이하려는 친구 사이가 됐지."

"당신이 여자애들을 죽였어요."

데이비드에게 말했다.

"당신 손에 그 애들의 피가 묻어 있다고요."

데이비드는 고개를 저었다.

"난 아무도 건드리지 않았어."

"그렇게 만든 거 당신이잖아요. 카일이 최악의 범죄를 저지르는 동안 당신은 방관했어요. 아니, 어쩌면 도왔죠."

조시아는 살인자가 한 명이 아니라고 믿었다. 그의 말이 어느 정도는 맞았다.

"잭 얘기하자고 이렇게 모인 게 아니야."

카일이 말했다. 자신감 넘치는 태도에서 약간의 감정 변화를 읽었다. 그는 날카로운 성격으로 모든 면에서 중심이 되고 싶은 나르시시스트의 욕망이 있었다. 그 경계를 어떻게 넘게 할 것인지가 문제였다.

"이브가 왜 당신을 알아보지 못한 거죠?"

데이비드에게 물었다.

"글쎄, 내 얼굴이 많이 달라졌나?"

"이브가 우리를 입양한 양어머니가 아니었죠? 그리스에 있는 보육원에서 데려왔다는 건 거짓말이었죠?"

카일이 말했다.

"앉아, 예의 바르게 행동하자고. 어쨌거나 우린 가족이니까. 아니지, 최소한 곧 사업 파트너가 될 사이라고나 할까."

나는 껍데기 속으로 숨어버린 리사에게 시선을 돌렸다.

"저 사람하고 무슨 거래를 한 거야? 저 사람 입에서 나오는 말은 하나도 믿으면 안 돼. 대체 뭘 하기로 한 거야? 말해!"

나는 리사의 어깨를 흔들었다.

"말해 보라고."

카일이 말했다.

"이제부터 둘이 함께 지내도 된다고 했다. 버몬트 저택에서 같이 살 수 있다고. 혼자서 외롭게 살 필요가 없다고 말이야."

"어떻게 그런 약속을 할 수가… 그런 일은 절대 없을 거예요!"

나는 데이비드를 쳐다보았다.

"당신도 알잖아요. 카일에게 말해요. 유언장, 이브가 남긴 신탁에 어떤 조건이 걸려있는지."

카일은 고개를 저었다.

"유언장은 무효야. 아니면 곧 그렇게 될 거야."

나는 카일과 데이비드, 그리고 현실에서 더 멀리 멀어져 있는 리사를 차례대로 쳐다보았다. 리사를 여기서 데리고 나가야 했지만 그러려면 같이 행동해야 했다. 힘을 합쳐야 했다.

"유언장 같은 건 상관없어요."

카일에게 말했다.

"나는 당신이 살인자이고, 무고한 두 사람을 감옥에 가게 한 비겁한 개자식이라는 것을 알고 있어요. 당신은 수많은 여자들, 그리고 내 친엄마를 죽였어요."

그를 쳐다봤다. 그가 흩뿌리고 다닌 공포가 선명히 떠올랐다.

"당신은 에이미를 죽였어요. 납치하고 고문했죠. 날 스토킹하고요. 식당 신문에 '작고 빨간 집'이라고 쓴 사람이 당신이란 것도 알아요. 내 집에 뱀을 넣은 것까지!"

"그것 말고도 아는 거 많잖아."

카일의 목소리는 소름 끼칠 정도로 부드러웠다. 그는 일어서서 내가 앉아 있는 곳으로 걸어왔다.

"생각해 봐, 애나. 생각해."

나는 고개를 저었다. 리사는 흐느끼기 시작했다.

"애나."

날카로운 목소리에 고개를 들었다. 그는 부드럽게, 사랑이 느껴지다시피 말했다.

"그날 밤 기억나? 아주 오래전 일인데."

전과 마찬가지로 내 안을 누르고 빛을 향해 나아가기 위해 안간힘을 쓰는 기억이 떠올랐다. 혼란스럽고 격렬한 생각과 문구들이 뒤죽박죽으로 뒤섞여 있었다. 혼돈의 밑바닥, 기억의 섬광 아래 진실이 숨어 있었다. 머리가 두 개인 괴물이든 부활의 천사이든 진실이 나를 자유롭게 해줄 거라고 믿었다.

"하나도 기억 안 나요. 진실을 말해 줘요."

내가 말했다.

"이 모든 게, 진짜야?"

나는 리사가 무릎을 감싸 안고 바위처럼 앞뒤로 몸을 계속 흔드는 모습을 다시 한번 쳐다보았다.

* * *

왜 그들은 아름다움을 소유하고 싶어 할까. 감탄하고, 찬양하는 것으로 만족하지 않는 이유가 대체 무엇일까. 왜 항상 게임과 경쟁이 필요하지? 답을 알 것도, 모를 것도 같았다. 사냥꾼과 먹잇감, 콜렉터와 오브제, 포주와 매춘부… 왜 누군가는 아름다움을 소유하는 데 그치지 않고 그것을 파괴하려고 할까.

* * *

카일은 다 잊은 듯이 거실에 앉아 질문을 던졌다. 마치 이 집에 뼈와 쓰러지기 일보 직전인 제트가 없는 것처럼. 나와 리사가 인질이 아닌 사랑하는 딸인 것처럼… 그의 입술이 움직이는 것을 지켜보면서 감탄했다. 이 모든 것이 얼마나 비정상적인지 모르는, 그 자기중심적인 생각이 감탄 나올 만큼 끔찍했다. 카일이 말했다.

"스스로 물어봐, 애나. 왜 남자들이 이런 짓을 하는지. 뭐가 원인일까? 많은 정신 분석가들이 생각하듯이 병든 마음 때문일까? 아니면 단순히 저지를 수 있었기 때문에 그런 일을 저지른 걸까?"

"저지를 수 있기 때문이겠죠."

그는 의자에 기대어 다리를 꼬고 앉았다.

"하지만, 왜? 남자들뿐만이 아니야… 일부 여자들도 마찬가지야."

"왜냐고요? 이유 따위 생각한 적 없어요."

카일이 웃었다.

"네 엄마도 그렇게 대답했을 거다. 그 여자는 어떤 일이 왜 그렇게 되는 건지 궁금해한 적이 없었는데 그 점이 슬프게도 나를 가끔 자극했어. 그게 후회되네."

"소시오패스는 후회하지 않는다고 들었는데요."

그가 또 한번 웃었다.

"나를 나 자신을 소시오패스라고 생각하지 않는데. 후회도 하고 심지어 가끔 수치심도 느끼니까."

그가 데이비드를 바라보았다.

"여기 있는 잭에게는 고맙지만 내 사고방식과 일치하는 사람은 지금까지… 딱 한 명이었어."

"이브?"

"켈시, 이브의 딸. 그 애는 눈이 부셨지. 지적이고, 아름답고, 강하고, 아주 똑똑했어. 나에게 대든 유일한 여자애였는데, 그 애가 날 이길까 봐 걱정했었지."

"무슨 말을 하는 거예요?"

"내가 그녀에게 특정 자유와 권한을 허락했다는 뜻이야. 그 이유를 수년 동안 계속 자문해 봤어. 제가 다른 선택을 했다면 상황은 훨씬 달라졌을 거야. 간단히 답하자면 켈시가 날 즐겁게 해줬기 때문인 것 같아. 그 애가 죽은 것보다 살아 있는 편이 훨씬 더 재미있었기 때문에 살려뒀지. 그 애도 나만큼이나 게임을 즐기고 있더군."

카일의 눈이 반짝였다.

"완벽하게 조각된 목. 표정이 특히 풍부한 눈동자. 맛있는 섹스."

그는 그 반짝이는 눈으로 나를 쳐다보았다.

"그 애는 정신적인 부분을 좋아했어. 고양이가 쥐를 죽이기 전에 고문하는 것처럼 켈시도 놀리고 조롱하는 걸 좋아했지. 친절했다가 어느 순간 갑자기 잔인하게 변하곤 했어."

카일이 음흉하게 웃었다.

"켈시와 난 한 팀이었어. 그녀를 고문하는 것만큼이나 즐거운 파트너십이었지."

'친절했다가 어느 순간 갑자기 잔인하게 변하곤 했어.' 금발 머리, 붉은 입술, 거친 바다 위에 떠 있는 붉은 구슬.

"당신은 제정신이 아니야."

나는 분노의 말을 쏟아냈다. 리사는 또다시 흐느끼기 시작했다. 그녀의 눈에 초점이 사라지고 입이 벌어졌다. 내가 기억하지 못하는 걸 기억하는 걸까?

"이 집이 너의 옛 기억을 불러일으키기에 충분할 거라고 생각했어."

카일이 말했다.

"잭이 켈시가 너에게 이 집을 물려줬다고 전해 줬을 때 그에 흥분한 건 사실이야. 물론 켈시도 이 집이 내게 큰 의미가 있다는 사실을 알고 있었지. 내가 여기서 널 찾을 거라는 것도."

하지만 나는 이미 알고 있었다. 이브가 카일을 찾느라 정신없는 사이 그는 이브를 먼저 찾아냈고 집에 스파이까지 심어 놓았다. 만일 내가 일반적인 사고가 가능한 상태였다면 그의 교활함에 감탄했을 것이다. 어쨌거나 이브가 죽은 후에 나를 이곳으로 보내려 한 치밀한 계획은 인정할 수밖에 없었다. 이브는 나나 리사에게는 아무런 감정이 없었다. 그저 카일에게 복수하고 싶었을 뿐이고, 우리에게 상처를 주려던 것이 전부다.

불쌍하고, 예민하고, 연약한 리사가 앞뒤로 몸을 흔들며 불안해하는 모습을 지켜보았다. 나는 눈을 감고 빨간 구슬과 파도, 리사를 안아주던 손을 생각했다. 물속에서 나를 잡아주던 손. 그것들은

다 어떤 의미였을까? '엄마라고 부르렴.'

빨간 입, 빨간 문, 빨간 두 개의 선. 이 기억들은 나를 코르푸에 살던 시절로 보낸다. 어린 시절의 이오니아해와 눈부신 일몰, 그리고 일출에 대해서도 알고 있었다. 선은 뭐였을까. 선이라기보다 성냥이었다. 성냥, 불, 연기.

카일이 재촉했다.

"생각해 봐, 애나."

빨갛고 비열한 젊은 입. 잔인하게 웃는 젊은 여자. 시체를 발로 차는 젊은 여자. 바다에 쓰러져 있는 나의 엄마. 성냥. 불. 리사의 머리를 물속으로 밀어 넣는 젊은 여자. '난 너희 엄마가 될 이브라고 해.' 내 고양이를 데려가는 젊은 여자. 날 멀리 보내는 젊은 여자. 젊은 여자. 내가 아는 젊은 엄마.

나는 침실로 달려갔다. 서랍을 뒤져 지하실에 있던 시체가 차고 있던 팔찌를 찾아냈다. 티셔츠 아래 놓여 있었다. 팔찌를 뒤집어 뒷면을 불빛에 비췄다. 거기에는 이니셜 E. F가 새겨져 있었다. E. F. 이브 포스터. 빨간 집 지하실에 뼈가 묻힌 사람은 켈시가 아니었다. 이브였다. 진짜 이브 포스터가 이곳에 묻혀있었다.

제 51장

이브 포스터
뉴멕시코주 닐라 — 1997년

차가운 금속이 관자놀이에 닿는 동시에 그의 가슴이 그녀의 등에 닿는 것을 느꼈다. 카일은 체구가 작은 남자였지만 지금까지 이 정도로 작은 지 미처 알지 못했다. 그의 가슴은 움푹 팬 척추 곡선에 완벽하게 맞았고, 작은 체격은 이브를 빠르게 제압하기에 알맞았다. 그렇게 작은 남자가 켈시를 쓰러뜨렸다니. 그런 일이 가능하리라고 누가 생각했겠는가? 이브는 비소를 터트렸다. 손을 뻗어 그녀의 뇌를 조준하고 있는 총을 만졌다.

"진심이에요?"

그녀가 물었다.

"이렇게까지 해야 하냐고요."

카일은 이브를 집 뒷문 쪽으로 밀었다. 플로라는 앞에서 문을 잡아당기며 울고 있었다.

"애들 어디 있어요, 카일?"

카일이 조용히 하라며 쉿 소리를 냈다.

"빌어먹을 인간. 여기 있을 거라고 했잖아. 여자를 데려오면 애들을 돌려준다고 했잖아!"

카일은 플로라 옆으로 가서 안전문을 열고는 뒷문 하단에 있는 자물쇠를 풀었다. 자물쇠는 외부에서 집을 잠그는 장치였다. 이브는 까슬거리는 피부를 느끼며 창문이 막혀 있고 커튼이 쳐져 있는 것을 발견했다. 보통의 사람들은 하지 않는, 의심스러운 행태였다. 이웃들은 이런 상황을 아무도 눈치채지 못하는 걸까? 이웃이 대체 누굴까? 술집? 이 거리의 나머지 집들은 모두 낡고 허름하거나 버려진 집처럼 보였다. 이 사람들은 마음속에 다른 생각을 품고 있었다.

"카일, 애들 어디 있어요? 제발 말해 줘요."

조용히 흐느끼고 있는 플로라는 말을 할 때마다 어깨가 들썩거렸다.

"여기 있어. 약속했잖아."

"애들 소리가 안 들린다고요."

"그만해, 플로라."

플로라의 얼굴이 창백해졌다.

"⋯애들을 죽인 거지?"

"그만하라고!"

"세상에, 무슨 짓을 저지른 거야⋯"

플로라는 카일의 등을 때리고, 척추에 주먹을 계속해서 내리꽂았다.

"애들한테 대체 무슨 짓을 한 거야? 내 애들이라고!"

피부에 닿는 총이 주는 긴장감으로 이브는 심장이 두근거렸다.

그렇지만 집중하려고 애썼다. 안에서 무엇을 발견하든 침착해야 했다. 이브에게는 한 가지 목표가 있었다. '켈시를 여기서 꺼내야 돼.' 이브는 계속해서 목표를 떠올렸다. 플로라나 플로라의 딸들, 아니면 두려움 때문에 집중력을 잃을 수는 없었다.

카일이 문을 열고 이브를 밀어 넣었다. 집 안은 좀벌레와 라이솔, 그리고 광기의 냄새가 가득했다. 조명이 희미하게 켜져 있었다. 나무 바닥에 부딪히는 이브의 발소리가 메아리가 되어 울려 퍼졌다. 이브는 눈을 깜빡이며 어둠에 적응했다. 카일이 스위치를 눌렀고, 갑자기 주위가 환해졌다. 그들은 좁은 복도에 서 있었다. 플로라는 흐느낌과 욕을 반복해 내뱉으며 벽에 등을 대고 있었다. 카일은 그런 그녀의 손을 잡아 거칠게 앞으로 끌어당겼다. 집은 미로 같았다. 중앙 복도를 중심으로 나무 패널로 된 작은 방들이 줄지어 있었고, 플로라의 집보다는 컸지만 그다지 크지는 않았다. 비좁고, 덥고, 밀실 공포증을 유발했다. 이브는 곰팡이 냄새가 나는 공기에 눈시울이 붉어지고 머리가 지끈거렸다. 제발 플로라가 입을 다물었으면 좋겠다고 생각했다.

"당신은 미쳤어."

플로라가 중얼거렸다.

"기회가 있었을 때 죽여 버려야 했는데. 너희 둘 다 미쳤어. 너희 둘 다 빌어먹을 괴물이라고."

카일이 뒤로 손을 뻗어 플로라의 뺨을 때렸다. 플로라의 얼굴이 붉어졌다. 그녀는 손바닥으로 얼굴을 감싸고는 눈을 크게 뜨고 카일의 뺨을 때렸다. 카일은 뒤로 물러나 주먹을 날려 플로라를 바닥에 쓰러뜨렸다. 그녀의 머리가 뒤로 꺾이면서 '쿵' 하는 큰 소리와 함께 바닥의 나무 계단에 부딪혔다.

"네가 너무 시끄러운 탓이야."

카일은 옥스퍼드화를 신은 발끝으로 플로라를 쿡쿡 찔렀다.

"젠장, 플로라, 일어나."

이브는 플로라가 일어나지 못할 것 같았다. 눈은 유리알 같이 차가웠고, 입은 벌어진 상태였으며, 이마에 피가 흐르고 있었기 때문이다. 카일이 플로라의 갈비뼈를 툭툭 쳤다. 그러자 모로 누워있던 그녀가 반동에 의해 힘없이 바로 누웠다. 옆으로 굴러떨어지듯이.

"젠장."

카일이 나지막이 중얼거렸다. 그는 이브의 머리에 총을 더 세게 들이밀었다.

"이건 네 잘못이야. 움직여. 당장."

플로라에게서 눈을 떼지 못하던 이브가 말했다.

"구급차를 불러요."

카일은 한 손으로 이브의 양 손목을 잡았다. 그리고는 등 뒤로 잡아당겼다.

"지랄들 하네."

"당신은 지금 여자친구를 죽였어요."

카일은 이브를 세게 밀치며 복도 안쪽으로 깊숙이 밀었다. 이브가 지나쳐 간 방들은 가구가 거의 없었다. 빛바랜 의자 하나와 바닥 쿠션 하나가 전부였다. 하지만 켈시가 여기 있었다. 폭풍우가 몰아치는 파도처럼 딸의 에너지를 느낄 수 있었다. 속에서 한차례 메스꺼움이 밀려왔다. 켈시는 다년간 리암과 함께 살면서 다져온 의지로 그 파도를 밀어냈다.

살아남는 사람이 생존자다. 이브는 스스로 계속 되뇌었다.

카일은 먼지가 잔뜩 쌓인 커다란 가짜 양치식물이 장식된 패널 벽 앞에 멈춰 섰다. 그는 식물 뒤로 다가갔다. 이브를 한 번 힐끔 보고서 무언가를 당기자 패널에 이음새가 나타났다. 이음새를 밀자 벽이 열리면서 문이 드러났다. 카일은 한 손으로 이브의 머리에 총을 겨누고 다른 손으로 문을 연 다음 이브를 밀어 넣었다. 계단이 작은 탓에 하마터면 비틀거리다가 계단 아래로 떨어질 뻔했다. 카일이 딸깍하고 불을 켰다.

"저기로 가."

그가 중얼거렸다.

"켈시!"

이브가 소리쳤다.

"아무리 불러도 안 들려."

"켈시가 저기 있는지 어떻게 알죠?"

카일은 총으로 이브의 머리를 두드렸다.

"이 상황에서 선택의 여지가 있다고 생각해?"

이브는 무기가 될 만한 게 있는지 살펴보았다. 기습 공격에 쓸 수 있다면 무엇이든 좋았다. 카일을 계단 아래로 밀어 버리면 그의 체중을 역이용해 공격할 수 있을 것 같았다. 이브가 좁은 계단 옆으로 몸을 돌리기도 전 카일은 그녀의 머리채를 잡고 가발을 벗겨 버렸다. 그런 다음 손가락으로 그녀의 두개골을 감싸고 머리를 뒤로 당겨 비아냥대는 차가운 눈빛을 억지로 맞추었다.

"허튼수작 부리지 마, 이브. 정말이야. 안 그러면 너랑 네 딸까지 다 죽어."

"딸을 만나고 싶어요."

카일은 경멸과 증오로 가득 찬 사악한 미소를 지었다. 쾌락을 느끼는 그의 표정이 잔인했다.

"기억해… 네가 자초한 일이라는 거."

"플로라는요?"

"이제 쓸모가 없어졌어."

쓸모? 이브는 잭의 술집에서 플로라를 처음 만났던 순간을 떠올렸다. 예쁘고, 사랑스럽고, 매혹적이던 플로라. 조심성 없는 소녀나 여자에게 이보다 더 좋은 함정은 없었다. 친절하고 믿을 수 있는 사람. 그녀의 남자친구를 이 작은 집에서 만나기 전, 피와 흉기… 먼지 쌓인 지하실의 실체를 알기 전까지는.

'맙소사.' 이브는 생각했다. 플로라는 순진한 희생자가 아니었다. 카일은 어린 소녀들을 담보로 삼아 플로라가 협조하도록 강요하고, 그녀의 집을 이용하려 한 게 분명하다. 마을 사람들이 카일과 그녀의 의심스러운 체류 신분에 대해 지적하는 것을 꺼리는 상황에서 플로라는 잔인한 선택을 해야 했다. 카일은 약점 많은 그녀를 공범으로 삼았다. 적어도 그녀가 골칫거리가 되기 전까지는 그랬다. 이제 그는 미끼로 사용할 다른 여자가 필요했다. 그녀가 원하든 원치 않든 그것은 상관없었다.

계단 아래에서 소리가 울려 퍼지고 문이 열렸다. 여자아이 두 명이 문틈으로 얼굴을 내밀었다. 금발 머리와 갈색 머리 아이. 그중 한 아이는 울고 있었고 다른 아이는 호기심에 가득 차서 눈을 크게 뜨고 있었다. 그때, 언제 어디서나 이브가 단박에 알아들을 수 있는 목소리가 들렸다.

"결국 오고야 말았네."

여자치고는 낮은 음성. 매끄럽고 부드럽지만 위엄 있는 목소리.

"켈시,"

이브가 그녀를 불렀다.

"안녕, 엄마."

문 뒤에서 켈시가 모습을 드러냈다. 살이 좀 빠지고, 머리카락이 더 길어졌으며, 굶주린 얼굴의 윤곽이 더 도드라졌다. 여전히 북유럽 스타일의 아름다움을 뽐내고 있었지만, 어린 시절 간직하던 부드러운 푹신함은 사라지고 날이 선 각과 딱딱함만 남아 있었다. 마치 거울 속을 들여다보는 기분이었다. 켈시가 아이들을 앞으로 밀었다.

"플로라는?"

카일이 고개를 저었다. 금발 머리 아이가 흐느꼈다. 그 애는 엄지손가락을 입에 물고 있었고, 다른 아이는 그런 그녀의 어깨에 작은 손을 얹고 토닥이고 있었다. 켈시는 자세를 고쳤다. 청반바지에 빨간 티셔츠를 입고 있던 그녀의 머리칼은 어깨에 물결처럼 흘러내렸다. 창백한 맨다리는 상처로 덮여 있었지만 그 외에는 건강해 보였다. 카일은 이브를 열린 문 쪽으로 밀었다.

"켈시, 애들을 안으로 데려가."

켈시가 아이들의 손을 잡고 지하실 방으로 데려갔다. 금발 머리는 뒤로 물러서서 버티며 들어가기를 거부했고, 켈시는 허리를 숙여 설득하는 말을 속삭였다. 이브는 세 사람을 따라 음습한 공간으로 더 깊숙이 들어갔다. 흔한 지하실의 풍경은 아니었다. 입구에 나무 테이블이 서 있었고, 그 위에는 이브를 소름끼치게 하는 각종 도구와 칼이, 판자로 만든 창문 아래에는 트윈 침대가 놓여 있었다. 작은 옷장, 구석 요강, 커다란 개 침대, 플라스틱 의자가 여기저기 보였다. 벽에는 더러운 동물 가죽이 하나 걸려있었고, 멀리서부터 그 냄새를 맡을 수 있었다.

여긴 단순한 지하 창고가 아니었다. 고문실이었다. 켈시는 침대에 앉았다. 네 모서리에는 가죽 수갑이 채워져 있었다. 이브는 숨이 막혔다. 속이 다시 메스껍기 시작했다. 카일은 아이들을 개 전용 침대에 앉힌 후 플라스틱 의자에 앉았다.

"침대 위로."

그가 이브에게 말했다. 이브는 카일의 공허한 눈빛이 마음에 들지 않았다. 문을 향해 냅다 달려갈까 생각도 했지만 그는 손에는 아직도 총이 들려있었다. 마지못해 아기 침대에 앉아 있는 켈시 옆에 앉았다.

"괜찮은 거야?"

딸에게 물었다. 카일은 켈시를 향해 신호를 줬고, 켈시는 이브를 슬쩍 쳐다보더니 자리에서 일어났다. 천천히, 그리고 의도적으로 자기 엄마의 손목에 수갑을 채웠다. 이브가 몸부림치기 시작하자 카일이 총의 안전장치를 해제했다. 이브는 위층에 죽어있는 플로라를 생각했다. 이 괴물에게 시체 하나 더 추가하는 것쯤은 일도 아니었다. 현재로서는 협조하는 모습을 보여 줘야 했다. 켈시와 자신이 무사히 이 함정에서 빠져나갈 수 있는 방법을 찾아야 하는 것이다.

갈색 머리 아이가 울기 시작했다. 카일은 손을 뻗어 아이의 어깨에 올려놓았다.

"애나, 그만."

아이가 옴짝달싹 못하다가 금발머리 아이 옆으로 몸을 바싹 붙였다. 카일이 켈시에게 말했다.

"발도."

카일은 벽에 붙은 펠트를 가리켰고 켈시의 눈빛이 어두워졌다. 그녀는 이브의 발목을 잡고 똑바로 당긴 다음 가죽 보호대를 고정시켰다. 카일이 켈시에게 말했다.

"뭐든 원하는 대로 해. 여기는 제한이 없으니까."

"다음에 할게."

"즐거운 시간 보내지, 왜. 상 받기 싫어?"

"위층에 있고 싶어."

"그건 우리가 합의한 게 아닌데."

"저 여자가 다음 차례가 될 줄 몰랐잖아."

"자, 켈시, 죄수들은 선택권이 없어."

"죄수? 웃기시네. 당신, 내가 필요하잖아."

켈시가 반항하듯 대드는 모습은 이브에게 너무 익숙한 것이었다.

"네 처지를 잊지 마."

카일이 일어서서 펠트를 향해 걸어갔다. 조심스럽게 가죽을 쓰다듬더니 창백한 손으로 더러운 표면을 훑었다. 그의 손짓은 부드럽고 관능적이기까지 했다. 그의 눈에서 감출 수 없는 광적인 흥분이 드러난 것을 제외하면.

"엄마랑 한 침대에 누워도 되고. 그게 좋겠어."

그는 미소 지었다.

"너도 좋아할 거야."

켈시는 바닥에 침을 뱉었다.

"엿 먹어."

이브의 머리가 쿵쾅거렸고, 입안은 고통스러울 정도로 말라서 말을 할 수 없었다. 어디로 튈지 모르는 상황 속 미친놈과 딸의 기묘한 대치에 모멸감을 느끼며 지켜볼 수밖에 없었다. 불현듯 플로라의 차에 두고 온 가방 속 총을 떠올렸다. 그가 켈시라도 풀어 준다면 밖으로 나갈 수 있을지도 모른다는 생각이 들었다. 차 열쇠는 여전히 차 안에 꽂혀 있었다. 켈시와 함께 도망치든, 그렇게 못하든, 어쨌든 이 상황으로부터 탈피할 수 있었다. 켈시가 침대에서 일어나 방을 가로질러 걸어가 나무 탁자에 기대어 앉았다.

"애들을 위층으로 데려갈 테니까 당신 할 일을 하세요."

"네가 일하는 모습을 보고 싶은데."

카일이 말했다.

"흥분한 후에 하는 게 더 좋잖아. 그냥 내가 시키는 대로 해."

카일의 얼굴이 붉어졌다. 그가 총을 흔들었다.

"옷을 벗겨."

"안 돼."

"날 실망시키지 마, 켈시. 너도 이걸 원하는 줄 알았는데. 권리를 빼앗고, 널 미행하고, 너한테 한 짓을 생각해 봐."

이브의 눈이 커졌다. 켈시가 이 괴물에게 그런 걸 다 말했다고? 이브는 켈시의 얼굴에 후회나 수치심의 흔적이 있는지 살폈다. 하지만 당당한 표정과 맑고 지적인 눈동자, 카일 못지않은 냉정함만 보일 뿐이었다. '엄마, 스스로 쟁취해야 해요.' 카일은 총을 겨눈 채 켈시에게로 다가갔다. 조용한 목소리로 다그치듯 말했다.

"어서. 옷을 벗겨. 그것만 해."

"그럼 먼저 애들을 위층으로 데려가도 돼?"

"허락할 수 없단 거 알잖아."

켈시의 속임수 중 하나였을까? 탈출할 수 있게 아이들을 위층으로 데려가는 것. 그녀가 이브를 위해 돌아올까? 카일은 분명 켈시를 믿지 않았다. 이브가 마지막으로 말했다.

"켈시, 날 풀어줘. 유언장에 다시 네 이름을 넣을게. 같이 집으로 돌아가자. 아무 질문도 하지 않을게."

카일이 말했다.

"아무도 집에 못 가."

이브는 불편함, 두려움, 머리가 멍해지고 입이 마르는 것을 잊으려 노력했다. 자신을 결박한 장치를 더 조이기로 했다. 스스로 이곳에 갇힌다면 켈시가 기회를 봐서 자신을 남겨두고라도 그곳을 탈출할 것임을 직감적으로 알았다. 켈시는 카일과 쌍둥이 자매, 그리고 엄마를 차례로 바라보았다. 그리고 크게 한숨을 쉬었다.

"엄마를 보내줄 거야, 카일."

"움직이지 마. 진짜 쏘는 수가 있어. 켈시, 그렇게 하면 넌 다시 구속복을 입게 될 거야."

조용히, 침착하게 켈시가 말했다.

"쏘든 말든 상관 안 해. 그때쯤이면 나는 계단을 뛰어올라 탈출하겠지. 더 좋은 방법은 당신을 여기 가두는 거고."

켈시는 고갯짓으로 입구를 가리켰다. 겨우 한 발짝 떨어져 있던 반면 그는 방 건너편에 있었다. 카일은 미소를 지었다. 그 순간 이브는 둘 사이에 무슨 작은 게임이 벌어지고 있다는 걸 알 수 있었다. 그녀의 딸이 자신만큼이나 역겨운 사람을 만났다는 것을, 정말 역겹고 뒤틀린 인연을 만났다는 것을 알 수 있었다. 이제 이브의 목숨이 위태로워졌다.

"켈시, 갑자기 왜 그래? 원하는 게 뭐야?"

마침내 카일이 물었다. 쌍둥이 딸들을 바라보면서 총은 이브에게 겨누고 있었다. 더 거친 말투로 덧붙였다.

"말해 보라고!"

"원한다면 옷? 이거 벗겨 줄게. 그다음에는 마음대로 해. 그런데, 깊은 상처는 안 돼. 일을 마친 후에는 풀어 줘야 하고. 엄마는 그 대가로 나를 다시 유언장에 넣어 주고 날 내버려 두기로 해요. 누구에게라도 이 사실을 말하면 우리가 찾아갈 거니까."

"그럼 넌?"

카일이 물었다.

"여기 계속 있어야지. 지하실은 싫고, 나도 동등한 권리를 원해."

"닐라에서 지난 몇 주 동안 네 존재를 부정해 왔어. 이제 와서 공개적으로 널 인정할 수는 없어."

"여기, 이 집에서 숨어 지낼게. 같이 일할 수 있잖아."

켈시가 고개를 기울였다. 그리고 다정한 목소리로 말했다.

"당신, 내가 필요하지?"

카일의 관심이 딸들에게로 향했다.

"딸들을 돌봐 줄 사람이 필요해."

"내가 할 수 있어. 알잖아요, 내가 잘 하는 거."

켈시가 대답했다. 이브는 여러 선택지를 두고 고려하는 그의 모습을 지켜보았다. 타락과 굶주림, 그리고 어둠으로 가득 찬 무한한 악을 보았지만 그를 움직이는 동력은 배고픔이었다. 욕망은 그를 어리석게 만들었고 켈시는 그 어리석음을 이용했다. 그녀는 충동을 조절하고, 인내심을 갖고, 함정을 파고, 적절한 순간을 기다리는 방법을 알고 있었다. 평생을 해 오던 방법이었다. 카일이 고개를 끄덕였다.

"좋아."

켈시가 침대로 돌아갔다. 그녀는 이브의 블라우스 단추를 풀기 시작했다. 이브는 눈을 감고 굴욕감을 삼켰다. 그런 태도는 분노에 부채질만 할 뿐이었다. 이브가 탈출할 수 있는 유일한 방법은 단 하나, 바로 이것뿐이었다. 이브는 켈시의 눈을 바라보았다.

먼저 이브가 다시 눈을 떴을 때 카일은 다리에 손을 얹은 채 그들을 쳐다보고 있었다. 눈앞에서 벌어지고 있는 일에 넋을 잃은 듯 눈을 지그시 감고 있었다. 아이들은 서로를 감싸 안고 반쯤 잠들어 있었다. 이브는 아이들이 곧 일어날 일을 목격하지 않아도 된다는 사실에 감사했다.

"원하는 대로 할게."

이브가 말했다.

"나를 보내주기만 하면 이 이야기는 절대 입도 뻥긋하지 않을게. 켈시도 다시 유언장에 넣어줄 거고, 원한다면 두 사람에게 필요한 만큼 돈도 입금해 주겠어."

이브는 켈시의 손가락이 자신의 목을 따라 선을 그리는 것을 느꼈다. 그녀의 손길은 부드럽고 조심스러웠다. 켈시가 몸을 숙여 속삭였다.

"아뇨, 엄마. 문제는 내가 전부 다 갖고 싶다는 거예요."

켈시가 갑자기 세게 침대를 밀치면서 몸을 바깥쪽으로 밀었다.

켈시가 카일과 부딪혀 그를 쓰러뜨리고 총을 집었다. 망설임 없이 그녀는 카일의 머리를 겨누고 방아쇠를 당겼다. 카일이 바닥으로 몸을 날렸다. 좁은 공간에 울려 퍼지는 소리는 귀가 먹먹할 정도로 컸고, 아이들이 잠에서 깨 두 손으로 귀를 막고 비명을 질러댔다. 켈시는 다시 총을 겨눴지만, 카일이 더 빨랐다. 켈시가 다시 방아쇠를 당기는 순간 카일이 잽싸게 위층으로 뛰어 올라갔다.

"젠장."

켈시가 소리 질렀다.

"빌어먹을!"

아이들이 울고 있었다.

"닥쳐!"

켈시가 말했다. 그녀는 계단을 뛰어 올라가기 전 온 신경을 집중해 위층의 소리를 듣고 있었다. 이브는 머리 위로 발자국과 문이 쾅 닫히는 소리를 들었다.

"켈시!"

어린아이들은 흐느끼고 있었다. 갈색 머리가 금발 머리를 계단으로 끌고 갔지만 금발 머리는 우느라 지쳐서 움직이지 못했다. 잠시 후 켈시가 다시 계단을 내려왔다. 얼굴이 붉어지고 입은 찡그린 상태였지만 오래전부터 이 일을 계획해 왔고 계획이 성공할 거라는 확신을 가진 이처럼 침착하고 서두르지 않는 표정이었다. 분명 탈출을 계획하고 있었다고 이브는 생각했다. 인내심을 갖고 기다리면서 거미줄을 짜고 있었겠지. 켈시가 금발 머리를 안고 갈색 머리 아이의 손을 잡은 후 어깨 너머로 말했다.

"금방 올게요."

켈시의 발소리는 계단을 올라 위층 방으로 들어가는 내내 울려 퍼졌다.

* * *

'다 불타고 있군.' 처음에는 희미한 연기 냄새였지만 곧 기침과 헛구역질을 할 정도로 지독한 냄새가 났다. 켈시가 돌아오지 않았으니 이 지옥 같은 곳에서 죽게 될 것이었다. 이브는 짐승을 키운 것에 대한 속죄라고 생각했다. 어지러웠다. 목이 타들어 갔다.

여러 사람의 발소리가 들렸다. 문이 닫히고 자동차 시동을 걸었다. 간이침대 위의 닫힌 창문은 달빛마저 차단했다. 카일의 지옥 같은 집 캄캄한 지하에서 이브는 무엇보다도 햇볕의 따스함을 느끼고, 신선한 공기를 마시고, 피부에 닿는 부드러운 바람을 느끼고 싶었다. 불과 몇 시간 전까지만 해도 당연하게 여겼던 모든 것들이 멀어졌다. 그녀는 절망의 늪으로 더 깊이 빠져드는 자신을 느꼈다.

'켈시도 이런 일을 겪었겠지.' 이브는 그렇게 생각하며 이해해 보려 애썼다. 대부분의 생명은 태양을 갈망한다. 연못 깊은 곳에서는 아무리 가느다란 식물이라도 희망을 품고 수면 위로, 빛을 향해 뻗어 올랐다. 켈시는 얼마나 고통스러웠을까? 매일 이 침대에 묶여 햇빛을 갈망했을 것이다. 켈시의 타락을 그녀의 잘못이라고만 할 수 있을까? 켈시에게 그런 역겨운 성향이 없었던 것은 아니었지만 완전한 소시오패스로 피어날 수 있게 본능을 일깨운 것은 카일이었다.

연기가 이브의 폐를 가득 채웠다. 위에서 물건이 떨어지는 소리가 나고 이어서 계단을 오르내리는 발소리가 들렸다. 머리는 뜨겁고 부어오르고, 혀는 두껍고 바짝 마른 느낌이 들었다. 눈이 따끔거렸다. 호흡이 가빠졌다. 그녀의 정신이 깊은 곳에서 발톱을 세우는 동안, 어떤 손이 다가와 묶인 그녀를 풀어주고 옮겨주고 있었다. 결국 그녀는 구원받을 수 있었다.

"서둘러요."

켈시가 스카프로 입과 코를 막은 채 말했다.

"걸어야 해요. 어서 가요."

이브는 착란 속에서 희미한 미소를 지었다. 남은 힘을 다해서 켈시가 이브를 끌고 계단을 올라가 플로라의 사체를 지나 나무판자로 된 벽을 타고 치솟는 불길을 통과하는 것을 도왔다. 가슴이 아팠고, 시야가 흐려졌다. 뜨거운 공기가 목과 폐로 스며들었다. 밖으로 나온 이브는 차가운 공기를 들이마셨다. 켈시가 속삭였다.

"나가요."

켈시가 플로라의 차에 올라 이브를 자동차 앞좌석에 태우고 후진 기어를 넣었다. 쌍둥이 아이들은 잔뜩 겁먹은 채로 뒷좌석에 앉아 있었다.

"엄마, 엄마…"

금발 머리가 계속해서 불렀다. 켈시는 아이들을 조용히 시켰다.

"집으로 가."

이브의 말에 단호하게 꽉 다문 입술은 비열한 선을 그렸다.

"그 집은 안 돼요."

마지막 어둠이 그녀를 감쌀 때 이브는 사막 은밀한 곳에 있는 플로라의 빨간 작은 집을 보았다. 그리고 리암과 켈시에게서 벗어나 영원히 홀로 쉴 곳이 바로 그곳이라는 사실을 알았다.

제 52장

코니 포스터
뉴멕시코주 닐라 — 현재

데이비드를 향해 팔찌를 흔들었다.

"당신은 처음부터 알고 있었죠? 이브가 진짜 이브가 아니란 걸. 이브가 켈시라는 사실이요."

나는 리사 옆에 무릎을 꿇었다.

"이브는 켈시에 대해서 단 한 번도 말한 적이 없었어요. 왜냐하면 본인이 켈시였으니까. 지하실? 이브가 우리 입을 막고 겁먹게 만들려고 지어낸 바보 같은 거짓말이에요."

리사의 눈은 두려움으로 가득 차 있었다.

"난 몰랐어."

우리를 물속에 빠트리고 구타했던 일. 새엄마가 벌을 준다는 이유로 우리에게 친절하고 섬세하게 대하지 않았던 일. 그녀는 우리를 세뇌시키면서 낯선 지역으로 기억을 왜곡시키고 자기가 원하는 대로 잔인하게 기억을 바꿔버렸다. '엄마라고 부르렴.' 그녀는 우리가 자신을 이브라고 불러주길 바랐다. 과거는 잊고 엄마의 모습으로 자신을 봐 주기를 원했던 것이다. 다른 사람의 삶을 사는 그녀에게는 세상 사람들이 자신을 이브 포스터라고 믿도록 만들어야 했지만 그렇게 하기 위해서는 먼저 우리를 설득해야 했다.

내가 말했다.

"자신이 원하는 대로 될 때까지 우리를 바다 밑에 가두고 공포에 떨게 만들 거라고 했어요. 그래서 네가 수영을 못하는 거야, 리사. 네가 호스를 무서워하는 게 그것 때문이라고. 그 여자는 오랫동안 우리를 조종해 왔어요. 본인이 이브라는 것을 믿을 때까지 우리에게 거짓말을 했다고요."

나는 카일에게 물었다.

"왜 그런 짓을 한 거죠? 그런 끔찍한 일을 해야 했던 이유가 뭔가요?"

내 질문에 대답해준 사람은 데이비드뿐이었다.

"모든 건 유언장에서 시작됐어. 켈시가 집을 나갔을 때 이브는 유언장에서 켈시 이름을 빼 버렸거든. 그러면 켈시의 행동에 영향을 미칠 거라고 생각했지. 물론 생각대로 되지는 않았어. 이브가 켈시를 찾았을 때 켈시는 자신이 엄마에게 얽매여있다는 사실을 알게 됐거든. 엄마가 살아있었기 때문에 유언장으로는 아무것도 받을 수가 없었지. 그래서 위험을 무릅쓰고 도망친 거야. 새 삶을 살기 위해서."

"너무 엄청난 일이에요."

리사가 말했다.

"너무 많은 일들이라 받아들이기가 힘들어요."

"켈시는 이브의 신분을 도용했어."

카일이 말했다.

"이브의 부모가 사망할 때까지 기다렸다가 미국으로 돌아갈 수 있을 만큼 나이가 들 때까지 기다렸다고. 켈시는 엄마의 젊음을 이용했어."

카일이 아이러니하다는 미소를 지었다.

"엄마를 죽게 내버려 두고, 이 집에 묻은 다음 인생을 훔친 거지."

카일은 켈시를 자랑스러워하는 것 같았다. 그런 모습이 역겨웠다.

"당신도 비슷하잖아요."

내가 말했다.

"당신 딸들이요."

카일이 고개를 끄덕였다.

"너와 테레사는 담보였다. 내가 그녀의 정체를 폭로하면 켈시도 내 비밀을 폭로할 수 있다는 걸 알고 있었어. 하지만 나에게 대항할 두 번째 무기도 가지고 있었지. 그건 바로 너였어."

나는 작은 방을 서성거렸다. 인제야 많은 것들이 이해가 되었다.

"그 게임… 그 여자는 당신이 살아있는 동안은 절대 안전하지 않을 거란 걸 알고 있었어요. 당신이 어떤 스타일인지, 뭘 좋아하는지 알고 있었죠. 그래서 당신이 했을 법한 살인 사건에 대한 뉴스를 뒤져서 나를 보내 숨어 있던 당신을 나오게 만들려던 거예요. …당신이 죽어야만 그녀가 편히 쉴 수 있겠네요."

카일이 뒤틀린 웃음을 터뜨렸다.

"켈시는 그런 거 따위 전혀 신경 쓰지 않아. 기회가 있을 때 나를 죽일 수도 있었어. 하지만 날 이기고 싶어 했고 널 사용해서 나에게 접근하면 훨씬 더 재미있을 거라 생각해서 그랬던 거야."

"그래서 데이비드를 그 집에 심어놨던 거군요."

내가 말했다.

"켈시가 당신을 찾기 전에 당신이 먼저 켈시를 찾았고요. 데이비드가 분명 좋아했겠네요."

나는 데이비드가 무엇을 보았는지, 카일에게 무엇을 전달했는지 궁금했다. 카일이 방 안을 돌아다녔다. 그는 눈에 띄게 다리를 절고 있었다.

"켈시의 강점은 약점이기도 했지. 지나치게 자신감이 넘치는 게 문제였어. 젊고 거만한 데다 자신감이 넘치는 사람이었으니까. 그 이후에 잭도 나이를 먹었으니 위험을 감수했지만, 다행히 효과가 있었어."

"당신이 그녀를 죽인 거네요."

내가 데이비드에게 말했다. 카일의 미소는 아무런 감정이 실려 있지 않았다. 그는 리사를 쳐다보았다.

"왜 그랬지?"

"왜 리사에게 물어보는…"

나는 말문이 막혔다. 리사의 얼굴이 붉게 달아오르고 있었기 때문이다. 나는 답을 알 수 있었다. 뉴욕에 있었을 때 걸려 온 리사의 전화. 평소와 달리 단호하고 명령적이었다. 그리고 유언장을 읽을 때 초조해하던 모습. 모든 정황이 그녀를 가리키고 있었다.

"세상에."

리사는 자기 손만 쳐다보고 있었다. 그녀의 얼굴처럼 얼룩덜룩하고 붉었다. 내가 말했다.

"물 무서워하잖아."

"수영은 그렇지. 카약은 괜찮아."

데이비드가 말했다. 부표 줄, 수영하는 이브를 찾아서 방해한 다음 목에 부표 줄을 감아서 혼자 줄에 걸린 것처럼 보이게 만든다… 리사가 그런 짓을 할 수 있었나? 나는 그녀를 다른 눈으로 보았다. 떠돌이 게임은 어쩌면 이브의 사악한 손아귀에서 벗어날 수 있는 좋은 기회였는지도 모른다.

"그래서 우리한테 원하는 게 뭐예요?"

그 말이 하자마자 스스로 알았다. 그가 원한 건 침묵과 돈이었다.

"말도 안 돼. 절대 안 돼요."

"서로에게 좋은 거야, 애나."

"애나 아니고 코니예요."

"좋아, 마음대로 해, 코니."

카일은 걸음을 멈추고 어깨를 뒤로 젖혔다.

"모두에게 좋은 일이야. 너랑 리사도 켈시 포스터에게 법적으로 입양된 적이 없기 때문에 실질적으로 아무것도 받을 수 있는 자격이 없어. 포스터가의 모든 재산이 먼 친척에게 넘어갈 거야. 너와 리사는 헤어지게 될 거라고."

내가 말했다.

"당신이 살인자라는 사실이 곧 드러날 거예요. 실은 그게 진짜 두려운 거죠. 그 시체들이요. 켈시가 몇 년 동안 가지고 있던 증거들까지 합하면 마을 밖에서 기소됐을 때 종신형을 받을 수도 있겠는 걸요. 안 그래요?"

나는 그에게 가까이 다가갔다.

"돈을 필요하시겠죠, 당연해요. 하지만 그보다도 우리가 계속 입을 다물고 있게 협박하려는 거잖아요."

그가 실눈을 뜨고 경계하는 눈빛을 보냈다. 얼굴에 그림자가 졌다. 그의 눈빛은 차갑고 검었으며, 혐오로 가득 차 있었다. 나는 그 안에서 야수의 모습을 살짝 보았고, 엄마에게 느꼈던 것보다 더 무서운 존재로 비춰졌다. 이브의 모든 잘못에도 불구하고 리사는 희생자였다. 특히 카일의 희생자. 어쩌면 언젠가 이브에게 동정심을 갖거나 적어도 이해할 수 있게 될지도 몰랐다. 지금으로서는 그 사실을 아는 것만으로도 충분했다. 카일은 리사를 바라보다가 내가 움직이기도 전에 그녀를 껴안았다. 리사는 연약하고 창백해 보였지만 놀라울 정도로 침착했다.

"테레사도 이걸 원해, 맞지?"

그가 리사의 귀에 다정하게 말하자 그녀가 고개를 끄덕였다.

"리사는 이 모든 걸 그만 끝내고 싶어 해. 버몬트에 있는 집으로 돌아가서 편안한 삶을 살고 싶어 한다고, 맞지?"

리사가 다시 고개를 끄덕였다.

"부탁이야, 코니. 우리만 입 다물고 있으면 내 계획대로 할 수 있어. 내가 보석이랑 돈을 조금씩 옮길 수 있단 말이야. 그러다가 나중에는 같이 떠날 수 있을 거야."

리사는 흐느꼈다.

"내가 원하는 건 그것뿐이야."

"지금 저 사람은 거짓말을 하고 있어. 저 사람 말을 믿을 수 없다고. 우리가 알고 있는 것만 생각해 봐도 우리를 절대 자유롭게 놔주지 않을 거야. 그가 원하는 대로 하면 그는 무고한 사람들을 강간하고 고문하고 죽인 다음에도 아무렇지 않게 빠져나갈 수 있어. 왜 그래야 해? 뭘 위해 그렇게까지 하는데? 저 사람이 이브의 유언장이나 신탁 규정을 바꿀 수 있는 자격이 있는 것도 아니잖아. 그냥 우리를 협박해서 자기 말에 따르게 하려는 것뿐이야."

리사의 눈빛은 여전히 간절했다. 그가 진짜 원하는 게 돈이라면 리사만으로도 충분했다. 하지만 그가 진짜 두려워하는 건 이 집과 시체들이었다. 그런 점에서 나는 시한폭탄이었다. 그는 포스터 가문의 재산을 차지하기 위해 리사를 살려두려고 했다. 하지만 나는 불필요한 위험 요소란 사실을 이미 보여주었다. 그렇다고 나를 죽이지는 않을 것이다. 그렇게 된다면 그는 지금 필요한 그녀의 돈을 못 받을 테니까. 나는 천천히 말했다.

"시체들, 작업실, 시신을 토막 내고 뼈에서 살을 발라내 땅에 묻은 곳… 플로라가 살았던 집. 플로라와 그녀의 아이들, 그러니까 리사와 나까지 이 공포스러운 집에 갇혀있다는 사실 만으로도 당신에게 변태적인 쾌감을 주었겠죠."

목소리가 점점 높아지고 있었다. 그가 얼마나 타락했는지 다시금 떠올리니 구역질이 났다.

"시체를 사람들이 찾을 수 있는 곳에 전부 가져다 두지 않은 이유가 바로 그거군요. 일부는 이 집에 남겨서 마지막에 공개됐을 때 한 번 더 짓밟으려고. 그 모습을 보면서 역겨운 스릴을 느끼겠죠. 이 집에 당신이 묻은 여자들은 당신의 특별한 보물 컬렉션이잖아요. 내 진짜 엄마인 플로라한테나 우리에게도 언젠가 여기에 묻힐 수 있다고 공포심을 심었던 거예요. 아네요?"

카일은 아무 말이 없었지만 나는 그가 고개를 들고 보일 듯 말

듯 목을 늘리는 모습을 보았다.

"당신은 여자들을 강간하고 살해한 다음 플로라에게 당신의 잔인함을 보여주려고 사냥꾼이 사냥감을 집에 가져오듯 이 집으로 시신들을 가져왔어요."

나는 고개를 저었다.

"몇 년 동안 닐라 근처에는 얼씬도 안했지만 결국 닐라가 다시 당신을 불렀네요. 그리고 여기서 살인이 다시 시작됐고. 그런데 이제 우리더러 그 사이코같은 계획에 따르라고요? 그 계획에서 벗어나려면 누군가는 이 집에 있어야 할 텐데요. 안 그러면 이 동네에 그런 사람이 있는지 모르겠지만 진짜 경찰이 은닉처를 찾아낼 거예요. 발각된 다음에는 어쩌려고요?"

나는 시간을 끌면서 말했다.

"이 집, 내가 가져도 되나요?"

그는 놀란 눈치였다.

"갖고 싶어? 원하는 게 뭐지, 코니?"

나는 주위를 둘러보았다.

"당신이 우리 둘 다 해치지 않겠다는 약속."

"그럼 수락할 거야?"

나는 다시 뒷걸음질 치고 있는 듯한 리사의 눈치를 살폈다.

"네."

카일은 데이비드, 그러니까 잭에게 신호를 보냈다. 잭이 검은색 가방을 향해 고개를 돌리는 순간 내가 재빨리 그의 가방을 낚아챘다. 순식간에 머리 위로 가방을 들어 올렸다가 잭의 등에 내리꽂았다. 그가 비명을 질렀고 나는 가방을 다시 들어 세게 내리쳤다. 카일이 손으로 내 목을 감싸는 것이 느껴졌지만 아드레날린이 솟구치면서 힘과 속도가 붙기 시작했고, 나는 곡괭이 손잡이를 그의 머리를 향해 휘둘렀다. 쿵 소리가 나면서 그가 바닥에 쓰러졌다.

"서둘러."

내가 리사에게 말했다.

"여길 나가자. 당장."

그녀는 고개를 저으며 카일을 바라보았다. 두 뺨을 타고 눈물이 흘러내렸다.

"리사!"

"난 안 가, 코니. 이건 너의 싸움이야. 난 그냥 너와 함께 집에 가고 싶었을 뿐이야."

나는 리사의 팔을 억지로 잡아끌었다.

"헛소리 마."

리사가 아이처럼 바닥에 주저앉자 내 힘으로 어쩔 수 없을 만큼 무거워졌다.

"리사!"

"내가 잘못 생각했어. 나는 이게 다 끝일 줄 알았는데. 이게 마지막이라고 생각했는데."

"리사, 제발. 돈은 그만 잊어버려. 같이 있을 수 있잖아. 그걸 원하는 거잖아."

리사는 잭 아래로 손을 뻗어 총을 꺼냈다. 그 총으로 나를 조준했다. 리사의 눈에서는 눈물이 흐르고 있었다.

"난 도망치지 않아."

리사가 고개를 저었다.

"우리한테 해피엔딩은 없어, 코니. 네 말이 맞아. 우리가 떠나고 카일이 계속 살아있으면 우리는 늘 생각해야겠지… 언제, 어떻게 찾아올까, 하고."

"총을 가지고 있잖아. 그걸로 처리하면 돼. 그러고 나서 도망쳐도 되고. 카일이 한 짓을 생각하면 우리를 찾으러 오지는 않을 거야. 우리는 돈 필요 없잖아."

"그럼 어떻게 살아? 보석은 당분간 먹고살기에는 충분할지 몰라도 그걸로 영원히 먹고 살 수는 없어. 내가 뭘 할 수 있지? 나는 싸움도 잘 못 하는데."

"그건 같이 알아보자. 집, 돈. 아무것도 중요하지 않아. 내가 널 돌봐 줄게. 그러니 그만 가자구."

리사가 다시 고개를 저었다. 그녀의 눈빛은 굳게 마음을 먹은 듯 단호했고 총에 든 손을 높이 들고 내 심장에 조준하고 있었다.

"그걸로 날 쏘진 않을 거야. 날 사랑하잖아."

뒤에서 무언가 움직이는 소리가 들렸다. 벽을 따라 그림자가 미끄러지는 것이 보였다. 뒤돌아서 그를 막기도 전에 총성이 울렸다. 리사가 옆구리에 총을 쏜 것이다. 카일의 몸이 아래로 미끄러지면서 머리가 의자에 부딪혔다. 그는 죽지 않았지만 피를 많이 흘리고 있었다. 리사를 다시 돌아봤을 때 그녀는 총구를 자기 이마에 겨누고 있었다.

"안 돼!"

내가 몸을 날렸고 그 순간 총이 발사됐다. 피와 뇌 물질이 뒤쪽 벽에 튀었다. 켈시가 불을 붙일 때 사용했던 성냥처럼 선명한 붉은 색이었다. 나는 바닥에 쓰러져 있는 자매의 시신을 바라보았다. 미안해 보이는 듯한 입술 위 립스틱 색깔과도 비슷했다. 바들바들 떨며 리사를 마지막으로 한 번 더 확인한 후, 주방으로 가서 지하실로 내려갔다. 마지막 계단에서 제트가 몸을 웅크린 채 옆으로 쓰러져 있었다. 나는 그를 일으켜 세우려 노력하면서 그에게 정신 좀 차리라고 애원했지만 그는 움직임이 없었다. 유리처럼 투명한 눈을 크게 뜨고 있었다. 나는 눈물을 꾹 참았다. 어쩌면 내가 그를 구할 수도 있었는데. 한 번에 두 칸씩 성큼성큼 계단을 올라 주방 주위를 둘러보았다.

폭풍은 잦아들어 있었다. 바깥으로 나갔다. 제트의 트럭은 여전히 모래로 뒤덮인 주차장에 세워져 있었고, 열쇠는 그가 항상 보관하던 좌석 밑에 있었다. 글로브박스를 열어봤지만 아무것도 없었다. 좌석 아래도 마찬가지였다. 제트의 말이 기억났다. 충동적으로 레버를 당겨 후드를 열었다. 엔진 위쪽에 물건이 가득 찬 평평한 가방이 있었다.

헛간 문을 열었다. 미카가 제트의 헛간에서 낑낑대며 짖고 있었다. 나는 잠시 멈춰서 소리에 귀를 기울였다. 개를 어떻게 해야 하지? 개에 대해서는 아는 바가 없었지만 제트에게 진 빚이 있었다. 미카에게 함께 가자고 설득하는 데 잠시 시간이 걸렸다. 마침내 미카는 제트의 트럭에 올라타 문에 몸을 웅크려 앉았다.

매드독 도로에 트럭을 다시 주차했을 때 나는 아무것도 느끼지 못했다. 안도감, 분노, 슬픔, 아무 감정도 없었다. 미카가 낑낑거렸고, 나는 녀석을 안심시키기 위해 좌석으로 손을 뻗었다. 감정은 나중에 찾아올 것이다. 이것은 확실했다. 지금은 무관심한 평화로 만족스러웠다.

* * *

알베르토는 흥분한 기색이 하나도 없이 무덤덤한 표정으로 내 진술을 받아 적었다. 그는 구급차를 불렀다. 우리 집은 마치 범죄 현장의 슈뢰딩거 고양이 같았다. 내게 카일은 살아있기도, 죽어있기도 했다. 하지만 안타깝게도 리사는 삶을 떠난 것이 맞았다. 나는 그녀가 얼마나 다쳤는지 직접 눈으로 보았다. 알베르토는 내 아픔에 공감해주었다. 또한 닐라 경찰에 전화하는 것은 자살행위나 다름없다는 생각도 이해해 주었다. 나는 고개를 끄덕였다. 모든 것을 은폐하고, 나는 무슨 이유로든 비난을 받을 것이었다.

라일리에게는 아직 희망이 있었다. 그리고 억울한 누명을 쓴 두 명의 남자도 명예 회복의 기회가 있었다. 알베르토가 닐라 외부에 아는 사람이 있었다. 나는 그가 먼저 연락해 주길 바랄 수밖에 없었다. 알베르토에게도 이 사건과 관련된 중요한 일이 하나 있었다. 지하실에서 발견된 시신 가운데 어쩌면 그의 막내 여동생 글로리아가 있을 수도 있었다. 그렇다면 마침내 여동생의 시신을 찾게 된 알베르토도 마음의 짐을 조금은 덜 수 있을지도 몰랐다.

나는 전화를 한 통 더 걸었다. 그 후 앨버커키 장기 공항 주차장에 휴대전화를 떨어뜨리고는 그 위로 차를 몰았다. 완전히 박살났을 즈음 트럭을 세우고 번호판을 떼어낸 후 미카와 함께 셔틀 노선을 기다렸다. 그들이 제트의 트럭을 발견하고 나를 찾으러 오기까지 한참이 걸렸다. 그사이 나는 현금으로 새 차를 사서 뉴멕시코주에서 아주 떨어진 곳으로 운전했다. 새 출발을 하고 싶었다. 미카는 놀라울 만큼 얌전했다. 아마도 둘을 위해 우리가 강해져야 한다고 생각했을지도 모른다.

결코 빠져나오고 싶지 않았다. 이 이야기의 시작과 끝 그 곁에 있어야만 했다. 하지만 나의 존재는 상황만 복잡하게 만들 뿐이었다. 또한 나는 리사처럼 더는 싸움을 하지 않기로 했다. 켈시와 그를 억류하고 있던 생존 게임의 노리개가 되지 않는 유일한 방법은 아이러니하게도 그들이 나를 위해 계속 준비해 온 일을 내버려 두는 것이었다. 사라지기. 섞이기. 살아남기.

제 53장

코니 포스터
몬타나주 빌링스 — 현재

그의 이름은 얼이었다. 친절한 마음씨와 얄팍한 주머니를 가졌지만 어떤 것도 신경 쓰이지 않았다. 그는 나를 리즈 브라운으로 알고 있었다. 간단한 집안일과 말동무가 되어 주는 대가로 자신의 밝은 빨간색 차고 아파트를 아주 저렴한 가격에 빌려주었다. 그는 내가 과거 이야기를 하지 않는 것에 대해 한 번도 의문을 제기하지 않았고, 내게 추파를 던진 적도 없었다. 미카도 그를 좋아했다. 차고 아파트에서 바라본 풍경이 근처 정유 공장이긴 했지만 그래도 그가 내 사생활을 존중해 주는 것이 고마웠다. 이 모든 게 평화를 의미한다면 나는 언제든 정유 공장과 아파트와 얼을 받아들일 수 있었다. 나의 평화가 소중했다.

자신의 평화를 소중히 여기는 다른 누군가도 알고 있다. 누군가는 임종이 가까워지면서 마침내 평화를 얻을 수도 있다. '누군가는 모든 것을 잃었어.' 몇 개월 전 조시아가 했던 말이다.

나는 끔찍한 봄날 앨버커키 주차장에서 알베르토와 전화를 끊고 나서야 그 '누군가'가 누구인지 알 수 있었다. 고통스러운 눈빛과 마른기침, 친절한 마음씨를 갖고 있던 철물점의 스텔라. 그녀는 스치듯 자기 딸에 관해 말했지만 그 이후로는 이야기하지 않았다. 그날 오후, 알베르토와 통화를 마치고 나서 휴대전화를 박살 내기 전에 그녀에게 전화를 걸었다. 그녀는 르브론과 스몰우드가 무고하다고 공개적으로 말한 직후 자기 딸이 누군가에게 살해당했다는 사실을 확인해 주었다. 그것은 닐라에 대한 경고이기도 했다. 나는 카일에 대해 알고 있는 모든 것을 그녀에게 알려 주었다. 그녀는 그 정보를 가지고 자신이 원하는 대로 할 수 있었다. 지금까지 계속 말을 아꼈던 것은 비겁한 행동이었지만 마지막에는 스텔라에게도 나만큼의 결말이 필요할 거라고 생각했다.

11월 첫 번째 월요일, 춥고 칙칙하고 엄청나게 많은 눈이 쏟아지던 날, 전국 신문을 편 나는 헤드라인에 카일의 이름이 실린 것을 보았다. 그날 카일은 총을 맞고도 살아났다. 다만 척수가 절단되어 허리 아래로는 하반신이 전부 마비되었다. 세상에 정의가 남아 있다면 그는 마지막 생을 교도소에서 마감할 것이고, 집 아래 묻어둔 시체들과 스텔라의 증언이 그의 운명을 결정지을 것이다. 카일이 감옥에 수감된다는 사실이 우주의 아이러니 같은 것으로 느껴졌다. 업보라는 게 있는지 알 수 없었지만 있을지도 모르겠다고 생각했다.

카일은 켈시에 대한 진실을 말한 적이 없고 나는 그가 끝까지 묵비할 거라 여겼다. 구덩이에 있는 시체들을 부검하다 보면 진실이 저절로 밝혀질지도 몰랐다. 잭은 죽었다. 그리고 그의 오래된 술집처럼 기억에서 잊혀졌다. 제트도 세상을 떠났다. 라일리는 회복해서 일리노이주로 조용히 이사했다. 부유한 미망인 이브 포스터의 딸 리사는 버몬트에 있는 마지막 안식처에서 편히 잠들었다.

머리 위 구름이 작은 주방에 아늑한 느낌을 주었다. 미카도 동의하는 듯 난로 옆 침대에서 편히 웅크리고 있었다. 신문을 더 훑어보았다. 리사의 가족 재산 상속인인 '코니 포스터가 지난 6월 닐라에서 사라졌다'고 보도되어 있었다. '코니의 행방을 알 수 있는 정보를 제공하면 상당한 포상금을 준다'는 내용도 있었다.

신문을 접고 탁자 위에 놓인 청동 안전 금고 열쇠를 바라보았다. 아침으로 먹을 오트밀을 만들면서 '코니 포스터와 그녀를 기다리고 있는 유산'에 대해 생각했다. 그리고 리사와 지금까지의 내 삶에 대해 생각했다. 애나 마리아, 코니 포스터, 리즈 브라운. 이름에는 어떤 힘이 있는 걸까. 애나와 코니로 살았을 때는 내 자신이 아니었던 것만 같다. 리즈 브라운으로 사는 지금은 자유가 있다.

자리에서 일어나 가스버너를 켜고 신문 끝에 불을 붙였다. 신문이 타들어 가는 모습을 바라보았다. 불꽃을 넋 놓고 바라보다가 싱크대에 신문을 던졌다. 신문 끝이 동그랗게 말려 까맣게 타들어 가다가 재로 흩어졌다. 수도꼭지를 틀고 재가 된 조각들을 흘려보냈다. '코니 포스터.' 나는 생각했다. '코니 포스터라는 사람은 이제 죽고 없어. 불행한 영혼들이 그랬던 것처럼 그 빨간 집에 묻혀있다는 사실을 세상 사람들은 다 모르겠지.'

나는 희미한 미소를 머금었다.

LITTLE RED HOUSE

빨간 집

초판인쇄 2024년 3월 29일
초판발행 2024년 3월 29일

지은이 리브 앤더슨
옮긴이 최유솔
발행인 채종준

출판총괄 박능원
국제업무 채보라
책임편집 박민지
디자인 서혜선
마케팅 안영은
전자책 정담자리

브랜드 그늘
주소 경기도 파주시 회동길 230 (문발동)
투고문의 ksibook13@kstudy.com

발행처 한국학술정보(주)
출판신고 2003년 9월 25일 제406-2003-000012호
인쇄 북토리

ISBN 979-11-7217-139-1 03840

그늘은 한국학술정보(주)의 SF/판타지/스릴러 큐레이션 출판 전문브랜드입니다.
더운 여름날 그늘 밑에서 편하게 읽을 수 있는 책,
사건의 내막을 들여다보며 느끼는 음습한 그늘이라는 의미를 중의적으로 담았습니다.
나무 아래에서 혼자 편히 쉬고 싶을 때, 넓은 그늘이 되어 주는 책을 만들고자 합니다.

@geuneul_book